Marco Buticchi
Der Fluch der goldenen Maske

PIPER

Zu diesem Buch

Auf der Suche nach dem sagenumwobenen Goldschiff des Kaisers Nero stoßen Admiral Grandi und der Segler Vittard auf eine Goldmaske aus dem 14. Jahrhundert sowie eine antike Amphore mit Schriftrollen. Sie beauftragen Sara Terracini, die Fundstücke zu entziffern. Doch die Archäologin ist nicht die Einzige, die sich für die Schriften interessiert: Auch der japanische Großindustrielle Yasuo Maru, dem enge Kontakte zur japanischen Mafia, der Yakuza, nachgesagt werden, ist Neros geheimem Schatz auf der Spur. Er setzt alles daran, Saras Forschungsergebnisse an sich zu bringen. Dass ihm dafür jedes Mittel recht ist, müssen Sara und ihre Auftraggeber schon bald auf schmerzhafte Weise erfahren ... »Unwiderstehlich! Marco Buticchi kann es mit den großen Meistern des amerikanischen Thrillers aufnehmen. Wer Buticchi liest, wird nicht enttäuscht werden!« (Oggi)

Marco Buticchi, geboren 1957 in La Spezia, studierte Wirtschaft in Bologna. Er ist der einzige italienische Thrillerautor, dessen Bücher neben denen von Dan Brown und Ken Follett auf der Bestsellerliste zu finden sind. Dies gelingt ihm, indem er »in seinen Handlungen geschickt antike Manuskripte mit Hochleistungstechnologien, Historie und Legenden vermischt« (L'Arena). Marco Buticchi lebt mit seiner Frau und seinen zwei Kindern an der ligurischen Küste.

Marco Buticchi

Der Fluch der goldenen Maske

Thriller

Aus dem Italienischen von
Christel Galliani und Krista Thies

Piper München Zürich

Mehr über unsere Autoren und Bücher:
www.piper.de

Von Marco Buticchi liegen bei Piper vor:
Die dritte Prophezeiung
Der Fluch der goldenen Maske

Deutsche Erstausgabe
Mai 2010

Titel der italienischen Originalausgabe:
»La nave d'oro«

Umschlagkonzeption: semper smile, München
Umschlaggestaltung: Hauptmann & Kompanie Werbeagentur, Zürich
Satz: Kösel, Krugzell
Druck und Bindung: CPI – Clausen & Bosse, Leck
Printed in Germany ISBN 978-3-492-25809-8

Für Vincenzo

Flectere si nequeo Superos, Acheronta movebo.

Kann ich die höheren Mächte nicht beugen,
so bewege ich doch die Unterwelt.

VERGIL

Prolog

Rom, Januar 2002

»Als ich Lucius Domitius Ahenobarbus zum ersten Mal sah, war er kaum älter als ein Kind. Doch schon damals blitzte in seinen Augen ein Licht, das Mut und das Streben nach Macht zum Ausdruck brachte. Jenen Mut und jenes Machtstreben, wie es derjenige braucht, der das größte Imperium aller Zeiten zu regieren hat.«

Sara Terracini streckte die Beine unter dem kleinen Tisch weit von sich und strich sich nachdenklich die Haare zurück, bevor sie ihre Finger auf die Computertastatur legte. Einen Augenblick lang senkte sie die Lider, um sich zu konzentrieren, dann öffnete sie die Augen wieder und schaute auf die Buchstaben, die den Bildschirm füllten.

Wieder einmal war sie auf eine Geschichte gestoßen, die sich zwar in ferner Vergangenheit zugetragen hatte, aber vor faszinierender Lebendigkeit nur so sprühte. Erneut war es ihr vergönnt, geheimnisvolle Begebenheiten aus weit zurückliegenden Zeiten ans Licht zu bringen.

Rom – ein so ganz anderes Rom als die Stadt, die ihr aus diesen alten Dokumenten entgegentrat – lebte und atmete draußen vor den Fenstern ihres Büros. Doch das so chaotische Leben, das diese Stadt ausmachte, war ihr längst vertraut, und sie hatte sich daran gewöhnt.

Weniger als einen Monat hatte sie gebraucht, um die Papyri mithilfe des Computers zu entziffern und grob zu übersetzen. Nun ging es darum, dies alles zu sortieren und zu interpretieren und es in eine klare, lebendige Sprache zu übertragen. Dabei würde sie auf ihr hervorragendes Geschichtswissen zurückgreifen können, denn sie war eine der größten Expertinnen auf dem Gebiet der antiken Geschichtsforschung, sodass es ihr sicherlich nicht schwerfallen würde, die zeitlich dicht aufeinanderfolgenden Ereignisse in eine chronologische Reihenfolge zu bringen.

Plötzlich sah sie das Gesicht Oswald Breils vor ihrem geistigen Auge. Wie viele Male hatte der kleine Mann sie ermahnt, sich an die Tatsachen zu halten und sich nicht einfach ihren Vorstellungen hinzugeben. »Wenn man verstehen will, ist die Phantasie hinderlich …«

Ein schelmisches Lächeln umspielte ihre Lippen, und für einen Moment wirkte sie wie ein Kind, das jemandem einen Streich spielt und dabei ganz genau weiß, was es tut.

Sich nicht seiner Phantasie überlassen … Das predigte Oswald Breil ständig. Als ob man ohne die entsprechende Phantasie übersetzen konnte, was ein Mann vor fast zweitausend Jahren im alten Griechenland niedergeschrieben hatte.

Ich würde dir ja gern recht geben, mein guter alter Freund und Spion, dachte sie, doch auch diesmal werde ich die Geschichte auf meine Art bearbeiten, zumal du mit dieser Sache nichts zu tun hast und mit völlig anderen Dingen beschäftigt bist.

Sara beschloss, sich noch ein paar Augenblicke Pause zu gönnen, und schloss erneut die Augen, die Beine noch immer ausgestreckt. Wenn man es genau nahm, war auch sie mit völlig anderen Dingen beschäftigt …

»Frau Dr. Terracini«, sagte sie kurz darauf zu sich selbst, während sie ihre Trägheit abzuschütteln versuchte, »dir ist doch klar, dass diese Arbeit unbedingt diese Woche erledigt sein muss.«

Was das bedeutete, wusste sie nur allzu gut: sieben Tage lang von früh bis spät in die Nacht schuften, ohne auch nur zum Duschen nach Hause zu fahren. Immerhin verfügte das Institut über ein Gästehaus, wobei sie die Nächte längst nicht mehr zählen konnte, in denen sie mehr schlecht als recht dort geschlafen hatte.

Als ihre Mitarbeiter sie mit der Reisetasche in der Hand erblickt hatten, war ihnen gleich klar geworden, dass die »Chefin« mal wieder einen höchst dringlichen Auftrag zu erledigen hatte. Alle hatten sich sogleich um sie geschart, als wollten sie dadurch den ausgezeichneten Ruf, den das Institut aufgrund seiner effizienten Arbeit in aller Welt genoss, bestätigen.

»Eine Woche«, murmelte sie noch einmal. »Fangen wir also mit den Memoiren des Lysikrates an.«

Mittelmeer, 1326

Das Schiff des Muqatil mit seinen niedrigen Seitenwänden und der schlanken, schnittigen Form pflügte durch die Wellen des Mittelmeers. Die Schiffsruder tauchten gleichmäßig ins Wasser, immer im Takt, als ginge es darum zu beweisen, wie sehr die Besatzungsmitglieder miteinander harmonierten. Es handelte sich um wilde, furchtlose Kämpfer, die ständig bereit waren, ihr Leben für das ihres Anführers zu geben.

Der Blick der kobaltblauen Augen des Muqatil glitt auf der Suche nach weiteren Schiffbrüchigen über das leicht gekräuselte Meer. Die Schlacht gegen die Flotte der Christen war überaus heftig und blutig verlaufen, dennoch hatten die Schiffe der Sarazenen den Sieg errungen, und keiner der Männer sollte den Fluten überlassen werden, auch nicht, wenn es sich um einen Ungläubigen handelte. Das war der übliche Befehl, den der Muqatil an seine Männer ausgab, selbst dann, wenn sie dafür Wellen trotzen mussten, die so hoch wie Berge waren.

Ein edler christlicher Ritter hatte vor vielen Jahren seiner Mutter das Leben gerettet, als sie kaum dem Kindesalter entwachsen war. Danach war sie in der Welt der Christen aufgezogen worden und hatte sich später in einen Tempelritter verliebt, den sie auch geheiratet hatte. Doch der Hass, der immer stärker unter den Ungläubigen umging – und nichts anderes waren sie für den Muqatil –, hatte schließlich dazu geführt, dass sie umgebracht worden war.

Als letztes Zeichen seiner Herkunft wehte über seinem Schiff die alte Kriegsflagge des Templerordens, ein weißer Schädel auf schwarzem Grund, der sich über zwei gekreuzten Beinknochen erhob. Niemand nannte ihn mehr bei seinem ursprünglichen Namen Lorenzo di Valnure, da er sich mittlerweile wie ein Araber gebärdete und auch wie einer kleidete. Im Kampf gegen die Ungläubigen war er für sein Volk das leuchtendste Beispiel, und für alle war er der Muqatil, der Krieger, dessen Ruf über jeden Zweifel erhaben war.

Wie eine Galeere, die das Wasser durchpflügt, zog der Muqatil unbesiegbar über die Welt. Dabei zählte er noch nicht einmal zwanzig Jahre.

Rom, Januar 2002

»Der Geruch des Pechs ist stets kraftvoll und intensiv, wenn die Meister aus den abgelagerten Baumstämmen die unbegreiflichsten Formen mit ihren Äxten herausarbeiten. Bereits von Kindesbeinen an wurde ich Zeuge, zu welch schöpferischen Taten der menschliche Geist fähig ist und wie er seine Pläne zu verwirklichen weiß. Diese Art Herausforderung habe ich immer geliebt, und stets habe ich versucht, jeden meiner Träume Gestalt werden zu lassen. Der einzige Mensch, dem ich mich freiwillig unterworfen habe, war ein Knabe, der, als er mit dreizehn Jahren der Adoptivsohn Kaiser Claudius' wurde, seinen ursprünglichen Namen Lucius Domitius Ahenobarbus ablegte und den Namen Nero Claudius Drusus Germanicus annahm.

Mein Name ist Lysikrates. Ich stamme von einem Kalfaterer ab, der die Zwischenräume der Schiffsplanken mit Pech abdichtete und es durch Fleiß und Erfahrung bis zum Eigentümer einer der namhaftesten Schiffswerften am Piräus brachte. Ich weiß nicht, was mich dazu veranlasst, meine Lebenserinnerungen in geordneter Form schriftlich niederzulegen. Vielleicht denke ich dabei an meine Kinder, falls die Götter es mir vergönnen, je welche zu zeugen. Vielleicht aber ist es auch der Gedanke an die Nachwelt, für die ich all diese ungewöhnlichen Geschehnisse festhalten möchte. Auf jeden Fall hoffe ich, dass diese Papyri von irgendjemandem gelesen werden und sie ihm helfen, daraus die entsprechenden Lehren für sein eigenes Leben zu ziehen, so wie ich sie Lucius Domitius zu vermitteln versuchte, einem Jungen, der kaum älter als elf Jahre war, als ich ihn kennenlernte. Er war von außergewöhnlicher Intelligenz und hatte bronzefarbenes Haar. Wer auch immer meine Memoiren finden wird, möge wissen, dass sie der Wahrheit entsprechen und in keiner Weise von jener Person beeinflusst wurden, der ich die Ehre – und manchmal auch die Bürde – hatte, lange Jahre dienen zu dürfen.«

Sara Terracini schüttelte den Kopf und hielt einen Augenblick inne. Sie wehrte sich dagegen, dass diese Seiten ihr Herz so sehr berührten, dass ihre Emotionen die Kraft ihrer Vernunft bezwangen. Inzwischen legten sich draußen die ersten Schatten eines Winterabends über die ewige Stadt.

Hör auf, ständig zu grübeln, und mach weiter, mahnte sie sich. Am besten wechselte sie in die dritte Person, um als neutraler Übersetzer das Leben der *Urbe* in der Zeit Neros wiedererstehen zu lassen. Auf diese Weise schaffte sie es hoffentlich, sich nicht allzu stark in dieses antike Tagebuch zu verlieren. Das Hauptaugenmerk sollte auf dem chronologischen Verlauf der Ereignisse liegen, sodass daraus eine gut lesbare Geschichte wurde, so wie bei einem Roman.

Mit einem Lächeln kam Sara wieder Oswald Breil in den

Sinn, dessen Name seit einigen Tagen auf den Titelseiten aller Zeitungen prangte. Die schwierige Situation in Palästina hatte die Regierung an den Rand einer Katastrophe getrieben, und es hatte ganz so ausgesehen, als ob sie hätte zurücktreten müssen. Nach dem Terrorangriff auf die Vereinigten Staaten und damit auf die gesamte westliche Welt war das fragil ausbalancierte Gleichgewicht des israelischen Staates ins Wanken geraten, wozu die unnachgiebige Politik des scheidenden Kabinetts nicht unerheblich beigetragen hatte.

Auf der Suche nach einem neuen israelischen Regierungschef war der Namc Oswald Breil wie das sprichwörtliche Kaninchen aus dem Zylinder eines Zauberers gezogen worden. Die Wertschätzung, die sich der kleinwüchsige Mann auf politischem Gebiet erarbeitet hatte – zunächst als Oberbefehlshaber des Mossad und des Shin Beth, später als Vizeverteidigungsminister –, schien das geeignete Bindemittel gewesen zu sein, um die gegensätzlichen Strömungen in der israelischen Politik zu vereinen.

Alle hatten um Breils Energie und innere Stärke gewusst und hatten vor allem seine klare Entschlossenheit und seine moralischen Grundwerte geschätzt, die bei einem Staatsdiener mit solch bedeutenden Ämtern, wie er sie sein Leben lang bekleidet hatte, nicht unbedingt zu erwarten waren. In einem für die gesamte Welt unglaublich schwierigen Moment war er der richtige Mann für Israel gewesen.

Sara schüttelte die Gedanken an ihn ab und wandte ihre Aufmerksamkeit erneut der fesselnden Arbeit zu, mit der sie befasst war.

Heian, Japan, 1326

Hito Humarawa streckte die Hände nach vorn und legte sie flach auf den Boden aus Kirschbaumholz. Er beugte den Kopf und begrüßte die Sonne, die das Symbol seines Heimatlands war. Dann wiederholte er die Verbeugung, wobei er den Namen des Tennos von Japan, Go-Daigo, aussprach. Noch ein drittes Mal legte er die Hände flach auf den Boden, senkte erneut das Haupt und skandierte diesmal mit hart klingender Stimme den Namen des Mannes, der das Oberhaupt der Samuraischule war.

Mizuno hieß der Meister, der nun vor ihn hintrat und ihn mit einem strengen Blick bedachte. In seinem langen Leben hatte er so viele Schüler ausgebildet, wie sein schneeweißes Ziegenbärtchen Haare hatte, doch niemals hatte einer von ihnen eine derartige Entschlossenheit an den Tag gelegt wie Hito Humarawa. Und keiner von ihnen hatte im Umgang mit Waffen eine derart leidenschaftslose und daher überlegene Haltung gezeigt, wie sie Hito Humarawa offenbar angeboren war. Der Meister hatte sich vorgenommen, sie nicht als Boshaftigkeit zu bezeichnen, obwohl er mehr als einmal hatte einschreiten müssen, damit ein Übungskampf zwischen seinen Schülern nicht in einer Tragödie endete.

Zwei junge Männer, die neben Meister Mizuno standen, hielten eine Kampfmaske aus purem Gold und eine Rüstung in Händen. Letztere bestand aus lamellenförmigen lackierten Eisenplättchen, die mit Seidenbändern zusammengebunden waren. Zwei weitere junge Männer hielten auf ihren ausgestreckten Armen das Schwert, ein *Katana*, das Humarawas Vater gehört hatte, der ebenfalls ein edler, hochgeschätzter Samurai gewesen war, und einen Bogen aus Bambus, dessen Sehne ein in ein spezielles Harz getauchter Seidenfaden war.

Mizuno präsentierte seinen Schülern, die sich ordentlich rings um die Tatami, eine Matte aus Reisstroh, niedergelassen hatten, die Kampfausrüstung, dann befahl er, sie Hito zu überreichen, dessen tiefgründige, schmale Augen aufleuchteten.

Humarawa verbeugte sich erneut. Zwei Schüler traten neben ihn und begannen, die Rüstung an seinem muskulösen Körper anzulegen. Der Samurai zog das Schwert, und das kalte metallische Zischen, das dabei entstand, zerschnitt die Stille, die bei dem Ritual herrschte.

Hito legte die goldene Kampfmaske an, die das zürnende Gesicht eines Dämons zeigte. Diese Maske war etwas Besonderes, ebenfalls ein Vermächtnis seines Vaters, des berühmten, edlen Samurai. Normalerweise bestanden solche Masken aus dem Holz eines Maulbeerbaums, diese aber war aus funkelndem Gold.

Sodann sprach Hito den feierlichen Schwur, mit dem er sowohl dem Tenno als auch dem Anführer der Samurai, dem *Shogun,* Treue gelobte und sich ganz dem *Bushido* unterwarf, dem Verhaltenskodex der edlen Kaste der Samurai.

Rom, Februar 2002

Für einen Augenblick löste Sara Terracini den Blick vom Bildschirm ihres Computers. Sieben Tage waren inzwischen vergangen und ebenso viele Nächte. Die Geschichte, die sie rekonstruierte, stellte sich tatsächlich als außerordentlich interessant dar. Ein Schauder lief ihr über den Rücken. Früher hatte sie diese Empfindung immer ihrer Müdigkeit zugeschrieben oder der Genugtuung, wenn sie ihre Arbeit fertiggestellt hatte. Inzwischen hielt sie es für wahrscheinlicher, dass dieses heftige Zittern aus dem Gegensatz zwischen ihrer Angst und dem gleichzeitigen Vergnügen an der eigenen Herausforderung herrührte. Sie hatte es bereits so oft mit dem Unbekannten aufgenommen, hatte dabei immer Mut und Entschlossenheit gezeigt, und dieses Mal würde es nicht anders sein.

Doch sie hatte keine Zeit, sich mit ihren Emotionen zu beschäftigen, denn irgendwo im Mittelmeer warteten bereits zwei Menschen begierig auf das Tagebuch jenes Lysikrates, der ein zukunftsweisender Ingenieur und der Erzieher des jungen Nero gewesen war. Die Beschäftigung mit seinen Memoiren versprach außergewöhnliche Erkenntnisse.

Sara fragte sich, aufgrund welcher Kriterien ein Künstler entschied, ob sein Werk wirklich fertig war oder nicht. Jedes Mal, wenn sie ihre Arbeit noch einmal las, änderte sie diese wieder ab, zumindest teilweise. Doch jetzt war keine Zeit mehr, alles noch einmal umzuarbeiten.

Mit schnellen Bewegungen hämmerte sie auf die Tastatur ihres Computers ein und fügte ihrer elektronischen Post die Datei mit dem Namen »Das goldene Schiff« hinzu.

»Liebe Freunde, jetzt gehört es ganz euch!«, murmelte sie und drückte eine Taste, um die E-Mail zu versenden.

Schon in kurzer Zeit würden jene Freunde, die sie an ihrem neuen Abenteuer teilhaben lassen wollte, eine Schneise in eine weit zurückliegende Epoche schlagen.

Obwohl sie wirklich erschöpft war, blieb sie noch einige Minuten vor dem Computer sitzen. Es war halb zwölf nachts, und nach einer ganzen Woche, die sie im Institut verbracht hatte, sehnte sie sich nach einem erholsamen Schlaf in ihrem eigenen Bett.

Sie stand auf, griff nach ihrer Handtasche und schloss die Tür zu ihrem Büro hinter sich ab. Die mit Bäumen bestandene Straße im römischen Stadtviertel E.U.R., in der das Institut lag, war menschenleer. Sara machte sich auf den Weg zu ihrem Wagen, der ein paar Blocks weiter geparkt war. Es war kühl, und so zog sie ihren kamelhaarfarbenen Mantel noch ein wenig enger um sich. Sie achtete nicht auf die beiden asiatisch aussehenden Männer, die mit federndem Gang auf sie zukamen.

Auf einmal wurde ihr ein Wattebausch auf Mund und Nase gedrückt. Nur für einen kurzen Augenblick nahm sie den scharfen Geruch des Anästhesiemittels wahr, dann trübten sich ihre Sinne.

Las Vegas, Februar 2002

Das Glamour-Hotel war das letzte Gebäude, das in der für Glücksspieler heiligen Stadt entstanden war. Es war auch das prunkvollste, das man jemals erbaut hatte. Es präsentierte sich von außen wie ein sündhaft teurer Filmset mit sprudelnden Fontänen und Wasserfällen, Schwimmbecken und Thermalzentren und war mit seinen herrlichen Suiten eines der luxuriösesten Hotels Amerikas und der ganzen Welt.

Mit dem für ihn typischen hinkenden Gang betrat Antony Sorrentino die Hotelhalle. Die herzliche Begrüßung seiner Angestellten erwiderte er mit einem kurzen Wink seiner Hand. Die *Familie* hatte ihn mit der Verwaltung dieser aus einem Hotelkomplex und einem angeschlossenen Kasino bestehenden Geldmaschine betraut. Viel Zeit war vergangen, seit er durch New York gestreift war und dabei immer hatte befürchten müssen, an der nächsten Straßenkreuzung umgebracht zu werden. Inzwischen war er ein geachteter Geschäftsmann und ein prominentes Mitglied der *Cosa Nostra*, der einem Glücksspiel-Imperium vorstand. Natürlich kam gelegentlich ein wagemutiger Journalist auf die Idee, ihn mit seinen engen Bindungen zu den *Familien* erneut in den Mittelpunkt des Interesses zu stellen. Doch ein paar wenige Dollars und eine leichte Drohung genügten meist, um auch die neugierigsten Fragen verstummen zu lassen.

Gelegentlich wurde auch die alte Geschichte vom Attentat wieder ausgegraben, bei dem Sorrentino beinahe das rechte Bein verloren hatte. Doch nur wenige wussten, dass ihm damals ein kleinwüchsiger Mann das Leben gerettet hatte, der mittlerweile an der Spitze eines der wichtigsten Staaten der Welt stand.

Oswald Breil stieg aus einem unscheinbaren Kleinwagen und schritt auf den Lieferanteneingang zu, durch den die ungeheure Warenmenge in das Glamour-Hotel in Las Vegas geschafft wurde. Er verbarg sich hinter einem Wäschewagen, bevor er mit einem elastischen Satz im Lieferantenaufzug verschwand. Kaum hatte sich die Tür geschlossen, zog er sein Handy aus der Tasche und tippte eine Nummer ein.

In den vielen Jahren, in denen er dem Staate Israel gedient hatte, hatte er sich unzählige Feinde gemacht. Der Großteil von ihnen – zumindest die, die noch lebten – bezeichneten ihn verächtlich als den »Zwerg«.

Doch selbst in dieser abfälligen Bezeichnung klang noch eine Note von Ehrfurcht und Bewunderung durch. Wie auch bei allen übrigen Menschen, wenn sie von Oswald Breil sprachen. Ganz eindeutig stellte er eine lebende Legende dar, eine Legende, die durch seine kleinwüchsige Statur sicher noch genährt wurde.

Geschwind glitten Oswalds Finger über die Handytastatur, bevor er sich das Telefon ans Ohr hielt und darauf wartete, dass am anderen Ende jemand abnahm.

Zufrieden überflog Antony Sorrentino die Tabellen mit den Einnahmen aus dem Spielsaal, als ihn die Stimme seiner Sekretärin bei dieser Tätigkeit unterbrach.

»Ein gewisser Mr. Breil möchte Sie am Telefon sprechen, Mr. Sorrentino. Was soll ich ausrichten?«

»Breil? Oswald Breil? Stellen Sie ihn sofort durch!«

Oswald Breil verlor keine Zeit mit Höflichkeiten. »Sofern es mir gelingen sollte, die Mauer aus Leibwächtern und Sekretärinnen zu durchbrechen, die Sie um sich herum errichtet haben, würde ich mich gern mit Ihnen treffen.«

»Sagen Sie mir, wann und wo. Ich stelle das beste Empfangskomitee für Sie bereit, das ich auftreiben kann, Dr. Breil.«

»Sagen wir in Ihrem Büro, in etwa fünfundzwanzig, maximal dreißig Sekunden.«

Tokio, Februar 2002

Das Apartment nahm die gesamte oberste Etage des zweiunddreißigstöckigen Wolkenkratzers von Water Enterprises ein. Ein Mann stand vor einer der breiten Fensterfronten, die einen Blick auf die berühmte Einkaufsstraße Aoyama-Dori bot, genau auf Höhe des Parks, der sich rings um den Togu-Kronprinzenpalast erstreckte. Der Mann war um die sechzig, zwar kräftig gebaut, doch wie die meisten Japaner von kleiner Statur. Er hatte schmale, intelligente kalte Augen. Sein Teint, ein wenig dunkler als bei seinen Landsleuten üblich, ließ ihn eher wie einen Mann aus Malaysia oder Thailand wirken, doch Yasuo Maru war in Japan als Spross einer sehr alten Familie geboren worden.

Das Ambiente, in dem er sich aufhielt, war ausgesprochen kostspielig und exklusiv. Allein dieser Raum maß nahezu vierhundert Quadratmeter, und inmitten der nüchternen Einrichtung im westlichen Stil verteilte sich eine Fülle antiker Fundstücke und Kunstgegenstände, die man eher in einem Museum als in einem so prunkvollen Penthouse im Zentrum von Tokio erwartet hätte. Neben der Anhäufung von Reichtümern waren Antiquitäten und Kunst Yasuo Marus große Leidenschaft, eine Leidenschaft, die für den »Herrn der Wasser«, wie ihn jedermann nannte, eine echte Obsession darstellte.

Über sein Gesicht glitt ein Lächeln, das jedoch nicht Ausdruck eines Glücksgefühls war, sondern der von eisigem Triumph.

Kraftvoll umfasste der japanische Tycoon mit beiden Händen einen goldenen Kelch, dessen Metall sich wie bei vielen antiken Gegenständen warm und geschmeidig anfühlte. Der Kelch barg eines der vielen Geheimnisse, die aus ferner Vergangenheit bis in die Gegenwart mündlich überliefert worden waren, und Yasuo Maru wusste, dass er einst einem der berühmtesten und von ihm am meisten bewunderten Männer der Antike gehört hatte – Nero Claudius Drusus Germanicus Caesar, dem Kaiser von Rom.

Wieder verlor sich sein Blick im Grün der Anlagen, die den Togu-Kronprinzenpalast umgaben, und das eisige Lächeln kehrte auf sein Gesicht zurück.

Im selben Augenblick, in einem anderen Teil der Welt, erstarrte eine wichtige Person in einer Sekunde des Schreckens, eine Person, die die Kühnheit gehabt hatte, ihn herauszufordern.

Las Vegas, Februar 2002

»Welchem Umstand habe ich den unerwarteten Besuch eines der mächtigsten Männer der Welt zu verdanken?«, fragte Antony Sorrentino mit einem leichten Grinsen im Gesicht.

Oswald Breil hatte vor dem großen Mahagonischreibtisch Platz genommen und ließ die kurzen Beine baumeln. Durch seine kleine Gestalt vermittelte er den Eindruck eines Kindes mit einem zu großen Kopf, obwohl er vor wenigen Wochen zum Premierminister des Staates Israel ernannt worden war.

»Einerseits, Antony, handelt es sich um die Begleichung einer alten Schuld, andererseits möchte ich um Hilfe für einen entfernten Bekannten bitten.«

Niemals hätte Antony Sorrentino vergessen, dass ihm dieser kleine Mann das Leben gerettet hatte. Der war damals noch Offizier im israelischen Geheimdienst gewesen und hatte durch sein mutiges Eingreifen ein Attentat auf Sorrentino vereitelt. Nur konnte er sich noch keinen Reim auf die Sache machen.

»Ich verdanke Ihnen mein Leben, Dr. Breil. Leute wie ich vergessen solche Dinge nicht. Doch ich frage mich, wieso sich ein Mann in Ihrer Position an einen bescheidenen italo-amerikanischen Hotelier wendet, wenn er – soweit ich das beurteilen kann – ein Problem hat, das einer der vielen israelischen Geheimdienste sehr viel leichter lösen könnte.«

»Ich verrate Ihnen jetzt etwas, wovon die Öffentlichkeit erst in wenigen Tagen erfahren wird. Ich fürchte, ich werde als einer der Regierungschefs, die ihr Amt am kürzesten ausgeübt haben, in die Geschichte eingehen. Ein intelligent eingefädelter Skandal wird mich in den nächsten Tagen überrollen, weshalb ich bereits mein Entlassungsgesuch aufgesetzt habe. Sicher verstehen Sie, dass ich nicht mehr auf die Organe des Staates Israel zurückgreifen kann. Aber ich bin nicht hier, um über meine persönlichen Angelegenheiten zu sprechen. Oder, besser gesagt, nicht nur deswegen …«

»Was kann ich für Sie tun, Oswald?«

»Ich weiß ganz genau, dass ich nicht mit einem ›bescheidenen italo-amerikanischen Hotelier‹ rede, sondern mit einem Vertreter der *Cosa Nostra,* dessen Wort in seiner Organisation großes Gewicht hat. Und nur die könnte mir aus einer brenzligen Situation helfen. Nicht nur mir, sondern auch anderen, mir sehr am Herzen liegenden Menschen …«

Antony Sorrentino hörte aufmerksam zu. Tief unter ihnen brodelte das hektische Leben jener Metropole, die als Hauptstadt der Sünde bezeichnet wird, angefüllt bis zum Überlaufen mit bunten Lichtern, mit der falschen Hoffnung auf Reichtum und mit falschen Träumen, die selten länger als ein paar Minuten andauern.

Breil schaute Sorrentino direkt in die Augen. Er wusste, er konnte eine solche Intensität in seinen Blick legen, dass er damit in der Lage war, jeden in die Knie zu zwingen.

»*Yakuza*«, sagte Oswald und senkte dabei die Stimme. »Auf diese Weise können Sie die Rechnung begleichen, die zwischen uns noch offen steht: Ziehen Sie mit mir in die Schlacht gegen den Giganten, den ich nur mit Ihrer Hilfe niederzuringen vermag.«

Erster Teil

Omnia humana brevia et caduca sunt
et infiniti temporis nullam partem occupant.

Alles Menschliche ist nur von kurzer Dauer und hinfällig,
es hat keinen Anteil an der unendlichen Zeit.

SENECA

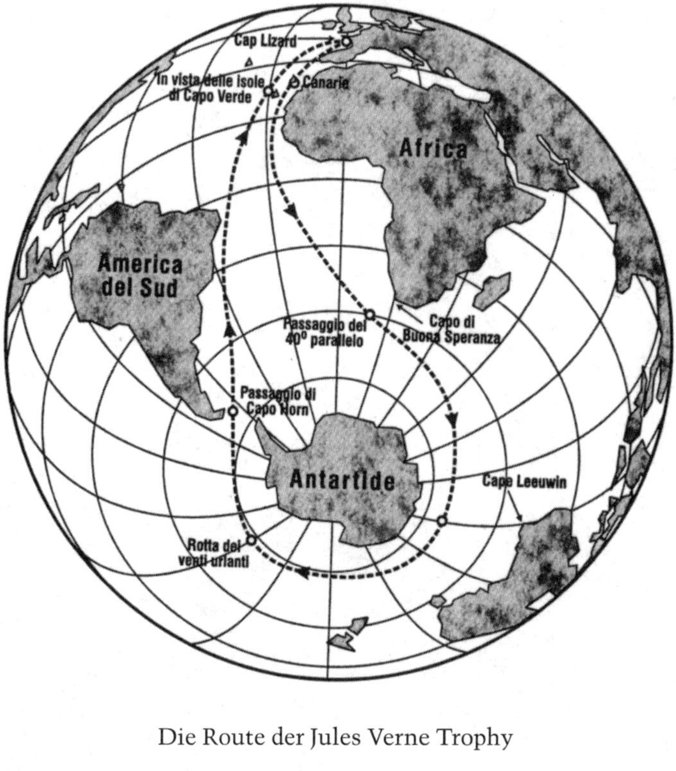

Die Route der Jules Verne Trophy

1

Monte Carlo, Juni 2001

Das dunkle, wild brodelnde Meer brach sich an den Felsen unterhalb von Fort Antoine, nicht weit von der Hafeneinfahrt. Vor Kurzem hatte der Juni begonnen, wie immer waren die Tage an der Riviera sommerlich warm gewesen, und zahlreiche Spaziergänger hatten an den Liegeplätzen der Yachten flaniert, die sich dicht an dicht aneinanderdrängten. Dann war der Schirokko gekommen, schweißtreibend und schwer, wie ein Vorbote einer traurigen und düsteren Zukunft.

Es schien, als habe sich dieser heiße Wüstenwind des Verstandes jenes Mannes bemächtigt, der am Strand saß und grübelnd auf das Meer hinaus starrte, das vor Jahren mit seinen machtvollen Wogen sein Leben zerstörte. Er war höchstens vierzig Jahre alt und von hochgewachsener, schlanker Statur. Sein sonnengebräuntes Gesicht wurde zur Hälfte von einem ungepflegten Bart bedeckt, doch seine grünen Augen hatten einen klaren, intensiven Blick.

In stetem Rhythmus rollten die hohen Brecher an den Strand, und während er das immer gleiche Spiel der Wellen beobachtete, brachen aus seiner Erinnerung plötzlich ähnliche Bilder hervor: ein vom Sturm aufgewühltes Meer, in dem vor langer Zeit sein Leben zerbrochen war.

Die Stimme hinter ihm übertönte das Getöse und klang stark und fest.

»Sind Sie Henry Vittard?«, fragte der Unbekannte.

Vittard wandte sich um und erblickte einen kultiviert wirkenden Herrn, der um die fünfundsechzig Jahre zählen mochte. Er hatte weißes Haar und Augen mit einem durchdringenden Blick, die keinerlei Befangenheit verrieten. Seine von einem ebenfalls weißen Schnurrbart überschatteten Lippen zeigten ein freundliches Lächeln.

Vittard nickte. Er fand diesen ihm unbekannten Herrn sehr sympathisch, obwohl er befürchtete, dass es sich auch bei ihm nur um einen der zahlreichen Neugierigen handelte, die sich für die traurigen Ereignisse aus der Zeit interessierten, da er ein mit allen Wassern gewaschener Seemann gewesen war.

»Ich habe einen langen Weg zurückgelegt auf der Suche nach Ihnen, Monsieur Vittard«, sagte der Herr mit dem schneeweißen Schnurrbart, während er geschickt die Felsen nach unten kletterte. »Mein Name ist Guglielmo Grandi, ich bin ein pensionierter Admiral der italienischen Kriegsmarine«, stellte er sich vor und hielt Vittard die Rechte hin. Er hatte einen kräftigen, ehrlichen Händedruck.

»Womit kann ich Ihnen dienen, Admiral?«, fragte Vittard zurückhaltend, als wollte er von vornherein sämtliche unerwünschten Anforderungen abwehren.

»Auf vielfache Weise. Als Allerersten aber bin ich davon überzeugt, dass Sie mir dabei behilflich sein können, etwas aufzuklären, was mein Leben bestimmt. Wenn Sie Zeit und Lust haben, sich einmal kurz mit mir zu unterhalten …?«

Mit diesen Worten deutete der Admiral auf ein Bistro ganz in der Nähe der Hafenmole.

Japan, 1330

In den Machtkämpfen zwischen dem Shogun Hojo und dem Tenno Go-Daigo spiegelte sich die Ungewissheit und Bedrohung wider, in der das ganze Land schwebte. Hinter jeder Straßenecke lauerten Gefahren, die sich nur allzu oft als tödlicher Hinterhalt entpuppten.

Nur dem Schein nach nahmen der Tenno und der Shogun

im Kaiserreich unterschiedliche Aufgabenbereiche wahr. In Wirklichkeit wurden der Kaiser und sein Gefolge als bloße Marionetten und Staffage angesehen, die keinerlei Macht innehatten.

Doch im Gegensatz zu vielen seiner Vorgänger wollte sich Go-Daigo mit dieser allzu unwichtigen Rolle nicht zufriedengeben, und sein größter Wunsch war es, die alte kaiserliche Macht wiederherzustellen.

Aus diesem Grund herrschte zwischen den beiden wichtigsten Autoritäten des Landes eine konfliktbeladene Spannung, die immer häufiger in blutige Auseinandersetzungen zwischen den Vertretern der gegensätzlichen Parteien umschlug.

Keiner konnte sich auf japanischem Boden mehr sicher fühlen, nicht einmal die Samurai, die die Eskorte General Ashikagas während seines Besuchs beim Tenno bildeten. Diese furchtlosen, im Kampf gestählten Männer hatten geschworen, den General mit ihrem Leben zu verteidigen. Nun rückte die kleine Truppe unter größter Wachsamkeit auf den Kaiserpalast zu, wohl wissend, dass sie sich in drohender Gefahr befanden, die plötzlich – mitten im Zentrum der Hauptstadt, nur wenige Schritte von der Residenz des Tennos entfernt – offensichtlich wurde.

Wie aus dem Nichts tauchten etwa zwanzig bewaffnete Männer auf und fielen über den General und seine Männer her. Doch der wilde, blutige Kampf dauerte nur wenige Augenblicke, länger brauchten Ashikagas Samurai nicht, um mit den Angreifern fertigzuwerden.

Der Anführer der Eskorte, dessen Gesicht hinter einer goldenen Kriegermaske verborgen war, warf sich den Angreifern sogar als Erster entgegen. Schnell und geschickt wie eine Katze stürzte sich Hito Humarawa auf die Feinde und zog sein Kurzschwert, das *Wakizashi*, das mit dem längeren *Katana* ein Schwertpaar bildete und das jeder Samurai an seiner Seite trug.

Der Mann vor ihm blickte ihm ängstlich entgegen und flehte um Erbarmen. Doch unversöhnlich beendete der von unten nach oben geführte Schwertstreich seine inständige Bitte mit einem unheilvollen Zischen, und die rasiermesserscharfe Schwertklinge schnitt eine klaffende Wunde in den Körper des Unglückseligen, vom Nabel bis zum Brustbein. Hito sah zu, wie sein Gegner unter unsäglichen Qualen starb, während er noch vergeblich versuchte, seine Eingeweide zusammenzuhalten.

Erst als er sicher war, dass das Schicksal des Mannes besiegelt war und sein Samurai-Trupp die Angreifer unter Kontrolle hatte, verbeugte sich Hito Humarawa vor dem großen Ashikaga Takauji.

»Ich gratuliere dir, mein junger Hito«, sagte Ashikaga. »Du hast mir ein weiteres Mal das Leben gerettet. Ohne dein von der Vorsehung gesandtes Eingreifen hätte mich dieser Mann gewiss getötet. Du bist der tapferste unter meinen Samurai.«

Humarawas Blick blieb gleichmütig. Ruhig und bedacht steckte er das Schwert in die Scheide zurück, bevor er den *Yumi,* einen mehr als zwei Meter langen Bogen, vom Boden aufhob. Er schaute sich um, worauf die kleine Gruppe von Neugierigen, die sich rings um ihn versammelt hatte, erstarrte. Dann setzte sich Hito mit seinen Kameraden wieder in Bewegung und marschierte durch die Straßen der Hauptstadt, an der Seite jenes jungen Mannes, der kaum älter war als die Krieger, jedoch von allen »Der Große General« genannt wurde.

»Sieh, Hito«, sagte Ashikaga, den der hinterhältige Angriff offenbar nicht im Mindesten beeindruckt hatte und der unbeirrt weiter auf die kaiserliche Residenz zu ritt, »unsere Nation ist völlig von Feigheit und Verrat durchdrungen. Dies alles ist so, weil sich sowohl der Adel als auch der Tenno in die völlige Isolation ihrer luxuriösen Paläste zurückgezogen haben. Ich bin sicher, dass dieser Hinterhalt einer jener zahllosen Banden von Abtrünnigen zuzuschreiben ist, die sich im Land herumtreiben – zutiefst verzweifelte Menschen, die zu allem imstande sind. Als sie die Eskorte sahen, dachten die Straßenräuber an nichts anderes als an reiche Beute. Jetzt haben sie erhalten, was sie verdienten. Die Dinge müssen sich ändern und das Machtvakuum schleunigst ausgefüllt werden, sonst wird dies Japans Verderben sein. Und es scheint, als sehnte sich auch der Tenno nach einer restaurativen Neuordnung.«

Hito Humarawa hörte dem Großen General schweigend zu, während sein aufmerksamer Blick forschend in die umliegenden Gassen schweifte, um einen neuerlichen Überfall rechtzeitig ernennen und abwenden zu können.

Vom General konnte er nicht nur die Geheimnisse der Kriegskunst erlernen, sondern darüber hinaus auch etwas über subtile Diplomatie und die effektive Anwendung von Macht. Vor allem die raffinierten Finten des Generals weckten sein Interesse, da Ashikaga stets mit traumwandlerischer Sicherheit wusste, wann Täuschung oder gar eine Lüge angebracht waren.

General Ashikaga war fünfundzwanzig Jahre jung, doch seine Familie zählte seit mehr als einem Jahrhundert zu den einflussreichsten und mächtigsten des Landes. So wunderte es Hito keineswegs, dass Go-Daigo nach dem General geschickt hatte, um mit ihm höchst dringliche Angelegenheiten zu besprechen. Unter anderem sollte die kaiserliche Streitmacht unter Ashikagas Kommando gestellt werden, um auf diese Weise Go-Daigos Macht wiederherzustellen. Und jede der beiden Parteien, sowohl die restaurative als auch die der Familie des Hojo-Shogun, wusste darum.

Mittelmeer, 1330

Die Galeere des Muqatil nahm ihre Position in der Mitte der Schlachtordnung ein, und die beiden kleineren, aber sehr viel wendigeren Schiffe setzten sich beidseits des Flaggschiffs. Das Schiff, das sie gesichtet hatten, fuhr seltsamerweise noch immer auf sie zu, ohne irgendein Anzeichen, dass es abdrehen würde. Zuerst war es nur ein Punkt am Horizont, dann kam es näher und näher, bis der Muqatil die Flagge mit den Farben des Emirs Ibn ben Mostoufi erkennen konnte.

Obgleich seine Anspannung kurz nachließ, befiel ihn doch sogleich die unselige Erinnerung daran, wie ihn damals ein Bote eingeholt hatte, um ihm den Tod seines Vaters zu melden. Wer wusste, welche Nachricht ihm die Boten diesmal überbrachten, die sich an Bord dieses Schiffes befanden?

Mit knatternden Segeln drehte das Schiff des Emirs in den Wind, während der Abgesandte Ibn ben Mostoufis eine Schaluppe bestieg, die auf die Galeere zuhielt.

»Die Krankheit deines Großvaters, des Emir Ibn ben Mostoufi, droht ihn dahinzuraffen, Muqatil«, verkündete der Bote, kaum dass sie im Schatten des großen bunten Zelts, das den Großteil des Galeerenhecks einnahm, Platz genommen hatten. »Er äußerte den Wunsch, dich noch einmal zu sehen, bevor der große barmherzige Gott ihn zu sich nimmt.«

Hafen Piräus, anno 786 nach der Gründung Roms (33 n. Chr.)

Lysikrates sollte sich zeitlebens an die Werft und den intensiven Pechgeruch erinnern, obwohl er bereits als Heranwachsender das väterliche Unternehmen verlassen und in den Dienst eines reichen ägyptischen Kaufmanns treten würde.

»Dein Sohn ist ein aufgeweckter Bursche, Balthasar«, sagte der Kaufmann zu dem Schiffsbauer. »Ich glaube, es wäre eine gute Sache, würde er mich auf meiner Wanderschaft begleiten und die Kunst des Handels erlernen. Er ist zu intelligent, um sein Leben lang nur Werg und Pech zwischen Schiffsplanken zu stopfen. Er sollte die Welt kennenlernen.«

»Mein guter Freund, da muss ich dir recht geben. Lysikrates ist einem Jungen seines Alters weit voraus. Ich würde ihn nur allzu gern in die Obhut eines Hauslehrers geben, eines kultivierten Mannes, der seinen täglich wachsenden Wissensdurst stillen kann.«

»Gewiss wird er zwischen dem Gehacke der Handwerker und den Pinienholzsplittern wenig Edles erlernen. Alexandria, meine Stadt, blüht im Glanz ihrer Schulen und Lehrinstitute. Abgesehen davon ist Cherèmones, der Direktor der Bibliothek, ein entfernter Verwandter von mir.«

»Ich habe es immer gewusst«, sagte Balthasar zum Abschluss, »dass ich es Lysikrates früher oder später erlauben muss, sich seinen Neigungen zu widmen. Doch als mein einziger Sohn wird er mir schrecklich fehlen, auch wenn er, da bin ich mir sicher, bei dir eine bessere Zukunft haben wird, als ich sie ihm bieten kann.«

So geschah es, dass sich der zehnjährige Knabe mit den dunklen Haaren und den Augen, die neugieriger dreinblickten als die der anderen Kinder, auf eine fantastische Reise begab, wie er sie sich noch kurze Zeit zuvor nie hätte träumen lassen.

Monte Carlo, Juni 2001

Henry Vittard warf einen neuerlichen Blick über das sturmgepeitschte Meer und spürte in sich ein Gefühl der Leere. Wie oft hatte er sich vorgenommen, etwas gegen seine Depressionen zu unternehmen, die ihn immer wieder zu verschlingen drohten. Noch immer beherrschte das Unglück von damals sein gesamtes Denken. Ständig schwebte das Gesicht Sylvies vor seinem geistigen Auge, der Frau, die er mehr geliebt hatte als sein eigenes Leben.

Alles hatte vor wenig mehr als drei Jahren im Hafen von Barcelona begonnen.

Vittard hatte schon viel von jenen Dingen erreicht, die er sich für sein Leben vorgenommen hatte, bevor er sich auf das kühne, wenn auch nicht unmögliche Unternehmen einer Weltumseglung einließ.

Die Jules Verne Trophy – eine Segelregatta, die etwa vor einem Jahrzehnt aus einer Idee von Yves Le Cornec entstanden war – erregte seit 1990 großes Interesse, das von Jahr zu Jahr immer mehr stieg und eine beständig größer werdende Anzahl von Teilnehmern anzog. Das Reglement war recht großzügig und beschränkte sich auf nur wenige Paragraphen, abgesehen von einer Reihe von Anhängen, die die wenigen Fälle regelten, bei denen eine andere Antriebskraft als die Kraft eines Menschen oder des Windes erlaubt waren.

Vittard erinnerte sich noch genau an die Formulierung der Regattaregel: »Die Teilnehmer erklären sich bereit, an Bord eines Schiffes jeder Art und Größe ausschließlich nur mithilfe von Segeln die imaginäre Linie zwischen Créach sur l'Ile d'Ouessant und dem Leuchtturm von Kap Lizard zu überfahren. Anschließend umrunden sie die Welt, wobei das Kap der Guten Hoffnung, Kap Leeuwin und Kap Hoorn jeweils an der Backbordseite liegen müssen. Das Ziel ist erreicht, wenn die Start- und Ziellinie in der Gegenrichtung überfahren wird.«

Vittard sah wieder Sylvies dunkle Augen vor sich, als sie ihm mitgeteilt hatte, dass sie ihn niemals allein segeln lassen würde. Noch einmal hörte er seine Worte, mit denen er beharrlich darauf verwiesen hatte, welche Gefahren der Wettbewerb barg. Und er erinnerte sich daran, wie besorgt er war, als er den Namen seiner Gefährtin auf die Liste der anderen sieben Besatzungsmitglieder gesetzt hatte.

Und dann hatte ihn Sylvie für immer verlassen.

Kyoto, Japan, 1330

Die kaiserliche Residenz war von einer hohen Einfriedungsmauer umgeben, die ständig von bogenbewehrten Soldaten bewacht wurde. Hito Humarawa wurde es als Einzigem erlaubt, Ashikaga ins Innere zu begleiten, während der Rest des Trupps vor dem großen Gittertor haltmachte, durch das man in den Park des Kaiserpalasts gelangte.

Das weitläufige Gelände und die Parks waren makellos gepflegt. Zwischen hölzernen Brücken, kleinen Seen und perlenden Wasserspielen schlenderten prächtig gekleidete Personen von adeliger Abstammung unter den wachsamen Blicken der kaiserlichen Garden dahin, aus deren angespannten Mienen das Wissen beständiger Gefahr herauszulesen war.

Der Tenno lebte in dem größten Gebäude, das zusammen mit den übrigen Bauten einen riesigen Komplex bildete. Sein Palast war eine Art Pavillon in quadratischer Form, der fast nur aus einem riesigen Raum bestand und in dem der Tenno seine Audienzen abhielt.

Hoch aufgerichtet saß der Kaiser von Japan auf einer *Tatami* aus gepresstem Stroh, die mit einem kostbaren Seidenüberwurf mit echter Goldstickerei bedeckt war.

Ashikaga und Humarawa blieben in respektvoller Entfernung vor ihm stehen und verbeugten sich tief.

»Es ist an der Zeit, dass unser Land seine alten Traditionen wieder annimmt, Takauji«, sprach der Tenno.

»Kaiserliche Majestät, jeder Eurer Wünsche ist mir Befehl«, antwortete Ashikaga und verbeugte sich erneut.

»Aber du weißt doch genau, dass dies nicht zutrifft – gerade du, der du einen Eckpfeiler der Macht Hojos darstellst. Dabei ist deine Familie durch ein enges, jahrhundertealtes Freundesband mit der kaiserlichen Familie verbunden. Takatoki Hojo, der Shogun, ist offenbar nicht in der Lage, das Land gerecht zu regieren. Ich glaube, es ist höchste Zeit, hier Abhilfe zu schaffen.«

»Hätte jemand anderer diese Worte gesprochen, mein Tenno, wären sie eine Aufforderung zum Treuebruch. Sicher ist Euch bekannt, was der *Bushido*, der Ehrenkodex der Samurai, im Falle eines derartigen Verrats gegen den eigenen Herrn oder den göttlichen Tenno verlangt – *Seppuku*, die Selbsttötung, indem man sich mit einer scharfen Klinge selbst den Bauch öffnet, sodass die Eingeweide herausquellen, jenes ruhmreiche Ritual, wodurch der schmachvolle Verlust der eigenen Ehre wieder getilgt werden kann.«

»Ich stifte den Großen General weder zum Verrat an, noch verlange ich von ihm die Selbsttötung. Ich biete ihm lediglich die Gelegenheit, seinen Platz einzunehmen, der ihm innerhalb der Hierarchie unseres Landes zusteht. Japan braucht einen Mann wie dich.«

Einen Augenblick lang blitzte es in den Augen Ashikagas auf, während der Tenno weitersprach und zum Kern der Sache kam.

»Es gibt viele Personen, die mit der heutigen Situation unzufrieden sind, nicht nur die Vertreter des Adels, sondern auch die der verschiedenen Stände. Innerhalb der Armee ist sogar ein Großteil der Soldaten bereit, die mächtige Hojo-Familie herauszufordern. Wenn du dich mit deinen Truppen anschließen würdest, sollte es nicht allzu schwer sein, die Stadt Kamakura zu erobern und den Shogun abzusetzen. Ich würde jeden, der mir seine Treue beweist, mit hohen Ämtern belohnen ...«

Als sie die Kaiserresidenz verließen, sagte Ashikaga mit einem Lächeln zu Humarawa: »Go-Daigo hat mir etwas zugesagt, was er niemals wird halten können, zumindest nicht zum jetzigen Zeitpunkt. Wenn ein Tenno so weit geht, einem General das Amt des Shoguns zu versprechen, wer weiß, welche Belohnung derjenige anbietet, dem dieses Amt dafür entrissen werden soll. Es ist höchste Zeit, dass Takatoki Hojo erfährt, welcher Plan hinter seinem Rücken ausgeheckt wird.«

Nur wenige Monate später wurde der Tenno Go-Daigo auf der Flucht nach Kyoto verhaftet und dazu gezwungen, auf der Insel Oki im östlichen Landesteil Japans ins Exil zu gehen.

Tabarka, 1330

Es war keine Zeit zu verlieren. Wenn er seinen Großvater noch einmal lebend sehen wollte, musste sich Lorenzo di Valnure, den alle als den Piraten Muqatil fürchteten, beeilen.

Während die Galeere noch vor Anker ging, saß Lorenzo bereits an Bord einer Schaluppe, und als er die Schwelle zu dem prunkvollen Palast des Emirs überschritt, trat ihm auch schon einer der Hofärzte entgegen. »Euer Großvater ist sehr schwach. Ich befürchte, dass er nicht mehr lange unter den Lebenden weilt. Unsere Kunst konnte nichts gegen die Krankheit ausrichten, die ihn den Armen Gottes entgegentreibt.«

Das Zimmer lag im Halbdunkel, und der Muqatil kniff die Augen zu schmalen Schlitzen zusammen, um überhaupt etwas erkennen zu können. Sein Großvater Ibn ben Mostoufi lag auf dem Bett und bedeutete ihm näher zu treten. Seine knochige Hand suchte die Hand Lorenzos, die er schwach drückte.

»Jetzt kann ich in Frieden zu Gott eingehen, da du endlich bei mir bist, du Blut von meinem Blut.« Nur sehr langsam und unter ungeheurer Anstrengung gelang es dem Emir, sich aufzusetzen, dann fuhr er mit leiser Stimme fort: »Mein lieber Enkel, es ist nun deine Aufgabe, mein Volk zu regieren, und da ich dich so gut kenne, weiß ich, dass du dieser Herausforderung gewachsen bist. Vertraue niemandem, auch deinen Freunden nicht. Nun hilf mir bitte, mich zu erheben, da ich, vielleicht zum letzten Mal, zu Gott beten möchte.«

Ein Diener half dem Emir, das *Ghusl* durchzuführen, die rituelle Waschung. Dann rückte er den Gebetsteppich in die *Qibla*, die exakte Ausrichtung nach Mekka, bevor er Ibn ben Mostoufi aufhalf, sodass er, mit den geöffneten Händen an seinem Haupt, den *Tabrik* sprechen konnte. »*Allah akbar* – Gott ist groß«, wiederholte der Emir jedes Mal, sobald er unter großer Qual und Mühe seine Position in den Bewegungen der *Rak'a* veränderte.

Bevor er sich auf seine Knie niederließ, blickte der Emir seinen Enkel an und sprach dabei den abschließenden Segen: »*Der Gruß und die Barmherzigkeit Gottes komme über euch.*« Der Diener und der Muqatil stützten ihn dabei, auf dass er nicht zu Boden sank. Dann halfen sie ihm, sich wieder ins Bett zu begeben.

Lorenzo wollte die Nacht bei seinem sterbenden Großvater verbringen. Er dachte daran, mit wie viel Liebe und Aufmerksamkeit Ibn ben Mostoufi über seine Kindheit gewacht und ihn großgezogen hatte.

Kurz nach Sonnenaufgang schreckte der Muqatil plötzlich aus dem Schlaf empor. Abd al-Hisàm, der Sohn der Schwester des Emirs, stand nur wenige Schritte vom Bett entfernt.

Niemals hatte eine große Zuneigung zwischen Lorenzo und seinem Cousin bestanden, und nun, da der Emir im Sterben lag, wusste er, dass das gegenseitige Misstrauen rasch in Feindschaft umschlagen konnte, die ihre weitere Zukunft schwer belasten würde.

»Gott sei mit dir, Muqatil«, sprach Abd al-Hisàm mit dröhnender Stimme und hob dabei den rechten Arm. »Ich bin sofort hergeeilt, als ich erfuhr, wie es gesundheitlich um meinen Onkel steht.«

»Gut, dass du gekommen bist«, sagte Lorenzo sehr leise. »Er hat gestern nach dem Gebet das Bewusstsein verloren, und ich glaube nicht, dass er es wiedererlangen wird.«

»Wir haben eine Menge zu besprechen, mein lieber Cousin. Es wäre sicherlich besser, wenn wir uns in einen der Salons im Palast zurückzögen, um dies in Ruhe zu tun.«

»Dazu werden wir noch genügend Zeit und Gelegenheit haben. Ich würde Ibn Ben Mostoufi in diesen Augenblicken um keinen Preis der Welt verlassen.«

»Es wäre aber besser, du und ich würden uns sofort unterhalten«, forderte Abd-al Hisàm entschieden.

»Was sollte so wichtig sein, dass ich dafür meinen sterbenden Großvater im Stich lasse?« Die meergrünen Augen des Muqaṭil verengten sich zu schmalen Schlitzen, während er seinen Cousin einer strengen Musterung unterzog.

»Die Frage etwa, wer dem Emir nachfolgen soll. Ich bin mir sicher, dass du mit mir einer Meinung bist, dass ich der direkte Erbe des Emirs bin und …«

»Es ist nicht an der Zeit, über diese Dinge zu sprechen, zumindest so lange nicht, bis Ibn ben Mostoufi seinen letzten Atemzug getan hat.«

»Ich bleibe dabei, dass wir die Sache klären müssen. Unser Volk kann in dieser schwierigen Lage nicht regiert werden von einem … cinem …«

»… von einem Bastard, wolltest du sagen, mein lieber Cousin?«

»Diesen Begriff wollte ich nicht verwenden. Aber du weißt, dass die Ungläubigen unsere Untertanen mit ihren Überfällen bedrohen. Es wäre daher unangebracht, einen Mann zum Emir von Tabarka auszurufen, in dessen Adern Christenblut fließt.«

In diesem Augenblick stieß Ibn ben Mostoufi einen schwachen Klagelaut aus, worauf sich ein sorgenvolles Schweigen im Raum ausbreitete.

Der Muqatil befahl dem Diener, den Arzt zu rufen, der rasch herbeieilte. Doch kaum trat er an das Bett des Alten, zeigte dieser jene Klarsichtigkeit, die häufig dem Tod eines Menschen vorangeht.

»Ich habe meinem Enkel, Lorenzo di Valnure, die Aufgabe übertragen, meine Nachfolge anzutreten. Möge Gott ihm beistehen, denn so habe ich es bestimmt.« Dann senkte Ibn ben Mostoufi ein letztes Mal das Haupt.

»Das werden wir noch sehen!«, rief Abd al-Hisàm wütend und stürmte aus dem Raum.

Der Muqatil schien ihn nicht gehört zu haben. Er streichelte zärtlich die leblosen Hände seines Großvaters, den er von allen Menschen am meisten geliebt hatte.

Alexandria, anno 786 nach der Gründung Roms (33 n. Chr.)

Die Bibliothek bestand aus insgesamt zehn riesigen Sälen, in denen das gesamte Wissen der Menschheit – zumeist niedergeschrieben auf zahllosen Textrollen – in hohen Regalen ordentlich einsortiert war. Außerdem gab es noch verschiedene Räume, in die sich die Gelehrten zurückziehen konnten, um dort die für sie interessanten Werke zu studieren.

Ungläubig glitt Lysikrates' Blick in die Runde und hielt gelegentlich inne. Er konnte kaum fassen, wie viele Papyrusrollen, Pergamente und Wachstafeln er zu sehen bekam. Die Bibliothek von Alexandria hatte einst mehr als siebenhunderttausend Texte umfasst, von denen etwa fünfzigtausend – so zumindest sagt man – bei einem Brand zerstört wurden, den etwa achtzig Jahre zuvor die Legionäre Julius Caesars in einem der zehn Pavillons gelegt hatten.

Cherèmones, der Direktor der Bibliothek, des dazu gehörende Museums und der zahlreichen Schulen, die rings um das Institut entstanden waren, war von kräftigem Körperbau und hatte kaum noch Haare auf dem Kopf. Er bewegte sich zwischen den einzelnen Sälen so gemessen wie ein Priester und sprach mit seinen Untergebenen in einem sehr würdevollen Ton.

Dank der Verwandtschaft zwischen seiner Frau und dem Direktor der Bibliothek war es für Sef, den ägyptischen Kaufmann, nicht allzu schwer gewesen, von diesem so einflussreichen Mann, der zu den Honoratioren der Stadt gehörte, empfangen zu werden.

»Das also ist der Knabe aus Athen, für den meine Cousine so lobende Worte gefunden hat«, sagte Cherèmones in perfektem Griechisch und betrachtete Lysikrates mit strengem Blick. »Kannst du schreiben, lesen und auch rechnen, mein Junge?«

»Ja, Herr, allerdings nur in meiner eigenen Sprache«, gab Lysikrates etwas verschüchtert zur Antwort. »Zwar erlerne ich gerade auch die Sprache Roms, aber bisher spreche ich sie nur mit großer Mühe.«

»Gut, mein Junge. Für Leute, die zu lernen bereit sind, haben wir große Verwendung. Sicherlich wirst du dich freuen, in eine unserer Schulen aufgenommen zu werden, vorausgesetzt, du bringst die nötige Eignung dazu mit. Die Empfehlungen des guten Sef und seiner Frau haben da leider kein Gewicht. Du wirst nur aufgenommen, wenn du dich dieser Institution als würdig erweist, andernfalls musst du zu deinem Vater an den Piräus zurückkehren. Du solltest wissen, im Augenblick sind mindestens tausend Männer in der gesamten Welt unterwegs, um die wichtigsten Dokumente, die wir selbst nicht besitzen, für unsere Bibliothek abzuschreiben. Würdest du vielleicht auch gern ein Schreiber werden?«

Lysikrates nickte begeistert. Allerdings sollte die Laufbahn, die ihm das Schicksal zuwies, eine ganz andere sein.

Monte Carlo, Juni 2001

Admiral Guglielmo Grandi betrachtete Henry Vittard mit großer Aufmerksamkeit, als der ihm, verloren in seinen Erinnerungen, wie ein Roboter in das Bistro an der Ecke folgte. Grandi überließ ihn seinen Gedanken, stellte aber beunruhigt fest, dass der Mensch an seiner Seite nur noch wenig mit dem mutigen Seemann zu tun hatte, der einst die Legendenbildung nährte.

Obwohl das Unglück bereits drei Jahre zurücklag, wurde Vittard noch immer von den erschreckenden Bildern der Vergangenheit heimgesucht...

Eine Brise, die von den Regattateilnehmern als mittlere Windstärke eingestuft worden war und deren Geschwindigkeit um die fünfunddreißig Knoten betrug, hatte den Katamaran mit dem Namen *C'est Dommage* über das Meer getrieben. Allerdings hatte Vittard, der Skipper, dem Leichtmetallaufbau seines dreißig Meter langen Schiffs weit mehr abverlangt, als bei den zahlreichen technischen Prüfungen ausgetestet worden war, denn er hatte für die Umsegelung der Antarktis die weitaus gefährlichere Route der Brüllenden Winde gewählt.

Zu dieser Jahreszeit übersteigen in diesen Breitengraden mehr als siebzig Prozent der Windphänomene die Stärke acht, wobei die Hälfte davon zwischen Windstärke zehn und zwölf liegt. So waren sie bei mehr als einhundert Stundenkilometern in einem fortwährenden ohrenbetäubenden Getöse gesegelt, in dem die aufgepeitschten Wassermassen sofort kristallisierten und die Besatzung mit herabregnenden Eisnadeln überschütteten. Wellen von mehr als zwanzig Metern Höhe und mit einer Geschwindigkeit von dreißig Knoten hätten den kleinsten Fehler zur tödlichen Gefahr werden lassen.

Sylvie hatte mehr als einmal bewiesen, dass sie mit den anderen Besatzungsmitgliedern durchaus mithalten konnte, und so hatte sie Vittard keinen Grund gegeben, seine Entscheidung zu bereuen, sie mit an Bord genommen zu haben. Bei den Manövern bewegte sie sich mit größter Gewandtheit und war in jeder Situation überaus geistesgegenwärtig und voller Aufmerksamkeit.

Nachdem sie Kap Hoorn bereits mehr als tausend Meilen hinter sich hatten, war die *C'est Dommage* auf einen verdienten Sieg zugefahren. Sobald sie den landläufig als »Loch« bezeichneten Windschatten überquerten, ein Gebiet, das fernab von jeder Route der Handelsmarine oder der Luftfahrt lag, würden die Temperaturen wieder milder werden. Sie würden an Südamerika vorbei in Richtung Norden segeln, bis sie dann auf Höhe der brasilianischen Küste in die heiße Zone der Tropen gelangten.

Bisher hatte Vittards Boot alle vorherigen Zwischenrekorde geschlagen. Wenn sie weiterhin so gut vorankämen, würden sie die Ziellinie bereits lang vor dem siebzigsten Regattentag überfahren.

Japan, 1331

Hito Humarawa ließ keine Gefühlsregung erkennen. In gestraffter Haltung und mit unbewegter Miene, die sein Gesicht wie eine starre Maske wirken ließ, stand er vor seinem General.

»Der Grund, warum ich dich habe rufen lassen, Hito«, sagte General Ashikaga zu dem Samurai, »ist außerordentlich wichtig. Ich habe den Shogun Hojo gebeten, dir ein angesehenes Amt zu verleihen, und ihm geraten, dich deinen Begabungen und Fähigkeiten entsprechend für den Posten des Daimyo der Präfektur Shimane einzusetzen.«

Das Amt des Daimyo, eines feudalen Herrschers über ein bestimmtes Gebiet, stellte das höchste Bestreben eines Samurai dar, auch wenn Hito darauf nur kurz erwiderte: »Ich bin Euch für diese großzügige Empfehlung überaus dankbar, General Ashikaga.«

»Bedenke aber«, fuhr Takauji Ashikaga fort, »dass die Oki-Inseln, auf die der Tenno verbannt wurde, auch unter deine Rechtssprechung fallen werden, und glaube nicht, dass Go-Daigo aufgrund seiner Verbannung seine in langen Jahren errichtete Macht verloren hätte. Vielmehr bin ich davon überzeugt, dass direkt unter den Augen des Shoguns ein gefährlicher Märtyrer entsteht, der jederzeit mit der Schnelligkeit und der Kraft einer Schlange zuschlagen könnte. Deine Aufgabe wird es sein, mir über jede Bewegung Go-Daigos Bericht zu erstatten. Neue, beunruhigende Ereignisse zeichnen sich am Horizont ab, doch dein zukünftiges Amt als Daimyo wird dir erlauben, so zu handeln, dass du genug Reichtum und Macht ansammeln kannst, wie es für unsere Sache nützlich ist.« Der Blick, mit dem er Humarawa während seiner Worte bedachte, sprach Bände.

Wenige Monate später übernahm Hito Humarawa das Amt des Daimyos, und sofort machte die Legende vom strengen, unbeugsamen Samurai mit der goldenen Maske die Runde, der einst der Leibgarde des Großen Generals angehörte. Eine Legende, von deren Wahrheitsgehalt sich die Bevölkerung schon bald überzeugen konnte, vor allem, was ihre Kehrseite betraf.

Im Verlauf der beiden nächsten Jahre verschärfte Humarawa den steuerlichen Druck auf die weniger wohlhabenden Stände und stellte eine *Wokou*-Flotte auf, die ganz und gar aus Piraten bestand und ausschließlich auf Befehl und zum

Nutzen des Daimyo agierte. Manche sagten, dass Humarawa häufig selbst die Raubzüge anführte, denen vor allem Handelsschiffe zum Opfer fielen. Doch da die brutalen *Wokou* so gut wie nie Überlebende zurückließen, konnte kaum jemand davon Zeugnis ablegen.

Tabarka, 1331

Dass es nicht leicht sein würde, eine Stadt zu regieren, hatte sich der Muqatil natürlich gedacht. Aus diesem Grund setzte er ganz auf die Erfahrung all jener, auf die sich bereits sein Großvater Ibn ben Mostoufi hatte verlassen können.

Seit der alte Emir tot war, führte der Muqatil keine Seeoperationen mehr durch, sondern konzentrierte sich allein auf die Verwaltung seiner Ländereien. Innerhalb einer sehr kurzen Zeit erarbeitete er sich bei seinen Untergebenen einen ebenso großen Respekt, wie er ihn als Krieger genossen hatte.

Der Mann, der durch das Haupttor in die Stadt einritt, wirkte müde und war zugleich äußerst erregt. Er trug die Uniform eines Soldaten des Emirs und saß auf einem gescheckten Pferd. Das Fell des Tiers war über und über mit Schweiß bedeckt, und aus seinen geweiteten Nüstern stieß es geräuschvoll die Luft aus.

»Rasch, rasch!«, beschwor der Reiter den Kommandanten des Wachkorps, kaum dass er das Tor durchquert hatte. »Ihr müsst euch auf eine Belagerung vorbereiten. Die Ungläubigen sind nur wenige Meilen von hier an der Küste gelandet. Sie stellen bereits ihre Reihen auf und werden sich in Kürze in Marsch setzen.«

In Windeseile verbreitete sich die Nachricht in der gesamten Stadt. Als einer der Ersten wurde der junge Emir unterrichtet, der sofort das Kommando über eine Patrouille übernahm, um auf diese Weise die Stärke des Feindes einschätzen und seine Aktionen voraussagen zu können.

Kurz bevor sie den Ort der Ausschiffung erreichten, schwang sich die Gruppe von ihren Reittieren und marschierte zu Fuß weiter. Zwischen den zahlreichen Felsen, die zu dem weißen Sandstrand abfielen, fanden sie ausreichend Deckung.

Banner flatterten über dem feindlichen Heer, das aus etwa fünftausend Mann bestand – eine Streitmacht, die den Bewohnern von Tabarka mit einer langen Belagerung arg zusetzen konnte.

Aufmerksam besah sich der Muqatil die bunten Fahnen, die im Wind wehten. Als er darunter ein maurisches Banner ausmachte, zuckte er heftig zusammen. Fassungslos suchte er mit seinem Blick die Vielzahl der Reiter ab, bis er Abd al-Hisam zu erkennen glaubte.

Sein niederträchtiger Cousin, bekleidet mit Rüstung und Kriegerhelm, führte ein Kontingent von Verrätern an und marschierte Seite an Seite mit den Ungläubigen gegen sein eigenes Volk.

Atlantischer Ozean, 1998

Das hochauflösende Radar des Katamarans meldete ein starkes Unwetter, das im Laufe der Nacht eintreffen würde.

Vittard erteilte seine Befehle und zog sich dann in seine Koje zurück. Er brauchte ein paar Stunden Schlaf, sonst würde er die Nachtwache nicht durchstehen.

Kurz bevor er wieder das Ruder übernahm, wurde das Meer stürmischer. Der Wind kam vom Heck und blies mit gut fünfundvierzig Knoten. Die *C'est Dommage* flog auf dem dunklen Wasser dahin, mit einer Geschwindigkeit, die selbst die eines Hochseeboots überstieg. Der Vollmond stand am Himmel, war aber nur dann zu sehen, wenn die Wolken aufbrachen, sodass er jedes Mal nur für einen kurzen Moment sein kaltes Licht auf das sturmgepeitschte Meer warf.

Sylvie saß neben dem Ruder und betrachtete Vittard durch die Schutzbrille, wobei ihr Blick die Intensität ihrer Liebe und Bewunderung widerspiegelte.

»Bei diesem Seegang muss ich den Radarschirm ständig kontrollieren. Es kann leicht sein, dass die Wellen das Signal der ›Kinder‹ überdecken.«

Als »Kinder der Eisberge« bezeichnete Vittard jene Eisplatten, die sich bei milderen Temperaturen von den umherschwimmenden Eismassen lösen und dann, wenn ein Sturm das Meer aufwühlt, nicht zu sehen sind. Wie bei einem wirklichen Eisberg kann eine Kollision mit einem solch unsichtbaren Hindernis zu einem katastrophalen Schiffbruch führen.

Lächelnd dachte Vittard darüber nach, welche Kapriolen doch das Leben bei fast allen Menschen schlug. Er hatte sein Examen in Paris gemacht und eine Fachausbildung in Unterwasser-Archäologie absolviert, ohne allerdings je diesen Beruf ausgeübt zu haben. Das harte Training und die zahlreichen Regatten hatten seine Kräfte fast vollends beansprucht, und dies, obwohl er schon als Jugendlicher beste Ergebnisse bei diesem Wettkampfsport erzielt hatte.

»Soll ich dir einen Kaffee machen, mein Käpt'n?«, fragte Sylvie, während die beiden Rümpfe des Katamarans in eine riesige Welle tauchten.

»Ja, danke. Könntest du mir aber vorher noch die Luvschot des Klüvers öffnen?«, rief er ihr direkt ins Ohr, um das Tosen des Sturms zu übertönen.

Mit flinkem Schritt lief Sylvie über das elastische Netz zwischen den beiden Schiffsrümpfen und machte sich an der Winsch zu schaffen, um die festgezurrte Schot zu öffnen.

Plötzlich überraschte sie eine Bö, die aus einer völlig neuen Richtung blies.

Der Baum schlug heftig auf die andere Bordseite und schien die Luft direkt über Vittards Kopf zu durchschneiden. Ein heftiger Schub aus der entgegengesetzten Richtung schleuderte das Segel des Katamarans wieder zurück, wodurch riesige Wassermassen auf das Deck klatschten und es überfluteten. Zwar steuerte Vittard das Schiff gekonnt durch die Wellen, doch kaum hatte er die Kontrolle wiedergewonnen, stellte er fest, dass Sylvie im Schein der Lichter an der Saling nicht mehr zu sehen war.

Ihm blieb keine Zeit nachzudenken. Er rief auch nicht um Hilfe, denn wer hätte ihn gehört? Stattdessen schaltete er den Autopiloten ein, griff nach einem Rettungsring und sprang kopfüber in das sturmgepeitschte Meer.

Der wasserdichte Segleranzug, den er trug, behinderte zwar seine Bewegungen, gewährleistete ihm aber im eiskalten Wasser ein etwa zweistündiges Überleben. Mit kräftigen Stößen schwamm er gegen den Wind auf den Punkt zu, an dem die Welle Sylvie von Deck gerissen hatte.

Da entdeckte er unverhofft einen Lichtschein. Einer der immer selteneren Mondstrahlen war auf einen reflektierenden Streifen auf Sylvies Thermoanzug getroffen. Als Vittard sie erreichte, war er völlig erschöpft, doch Sylvie befand sich in einem so bedenklichen Zustand, dass er seine Müdigkeit nicht spürte.

Sie hatte eine tiefe Wunde am Kopf und war bewusstlos, doch das schwimmfähige Material ihres Overalls hatte ihr Gesicht glücklicherweise aus dem Wasser gehoben. Unter ungeheurer Anstrengung gelang es Vittard, sie in den Rettungsring zu hieven, dann legte er ihr einen Arm unter den Kopf und drückte seinen Mund auf ihre Lippen, um sie zu beatmen.

Sylvie durchfuhr ein Zucken.

»Das hättest du nicht tun sollen, Henry«, flüsterte sie, als sie wieder zu sich gekommen war. »Jetzt werden wir beide sterben. Mir ist kalt, so schrecklich kalt.«

Vittard begriff, dass sie beide bereits so stark unterkühlt waren, dass sie kaum noch Überlebenschancen hatten. Dennoch ruderte er unablässig weiter mit den Beinen und hielt sich mit den behandschuhten Händen an dem Rettungsring fest, der Sylvie über Wasser hielt.

Dann fühlte er einen Stoß an seinem rechten Bein, der ihn förmlich durchrüttelte. Ein fester Körper schwamm neben ihnen, der in diesem unendlich weiten Meer ihre einzige Chance auf Rettung darstellte. Es war ein »Eisbergkind« von einer Größe von etwa dreißig Quadratmetern.

Vittard löste eine Hand vom Rettungsring und klammerte sich mit der Kraft der Verzweiflung an die glatte Oberfläche des Eisblocks. Er musste all seine Kraft zusammennehmen und durfte sich nicht gehen lassen, nicht in diesem Augenblick.

Er befestigte eines der Bänder seines Overalls an dem Rettungsring mit Sylvie, bevor er versuchte, über die glatte, rutschige Wand auf die Eisplattform zu klettern. Erst beim dritten Versuch gelang es ihm, und während er das Gleichgewicht zu halten versuchte, beugte er sich vor, um auch Sylvies ohnmächtigen Körper aus dem sturmgepeitschten Meer auf die Eisplatte zu ziehen.

Wenige Augenblicke später sank er völlig erschöpft über ihr zusammen.

Er wusste nicht, wie viel Zeit vergangen war, Minuten oder Stunden. Irgendwann ließ Sylvie ein Stöhnen vernehmen. Er legte sein Ohr an ihren Mund.

»Mir ist kalt, Liebster«, hauchte sie. »Ich gehe. Ich liebe dich, mein Käpt'n.«

Vittard begann ihren Körper mit kräftigen Bewegungen zu massieren. Als die Besatzungsmitglieder eines chilenischen Schiffes von Meereskundlern sie viele Stunden später entdeckten, massierte er Sylvies leblosen Körper immer noch.

Alexandria, anno 789 nach der Gründung Roms (36 n. Chr.)

»Ich bin sehr zufrieden mit dir, Lysikrates«, sagte Cherèmones eines Tages zu dem Knaben, der über einen wissenschaftlichen Text gebeugt dasaß. »Ich sehe, du vertiefst dich mit großem Interesse in die wundersamen Experimente Herons von Alexandria. Überhaupt stelle ich fest, dass du eine ausgeprägte Neigung zur Mathematik und zum Bauwesen hast.«

Lysikrates blickte von dem Papyrus auf. »Ich bin dir dankbar für die Möglichkeiten, die du mir bietest, Cherèmones. Ich verspürte immer schon den starken Wunsch zu lernen, und jetzt sitze ich inmitten des gesammelten Wissens der Welt.«

»Heron hat unsere Hochschule für Physik und Mechanik gegründet«, erklärte Cherèmones dem Jungen, den er inzwischen für seinen besten Schüler hielt. »Er war ein vortrefflicher Ingenieur, der erstaunliche Wunderwerke der Mechanik entwarf. Er hat zum Beispiel den komplizierten Mechanismus einer Wärmekraftmaschine konstruiert, die sich nur mithilfe von Feuer und Wasser bewegt.«

»Ich bin fest davon überzeugt, Cherèmones, dass die Anwendungsmöglichkeiten dieser Maschine erst noch entdeckt werden …«

»Eine dieser Anwendungsmöglichkeiten hat Heron bereits gefunden: Er hat seine Erfindung an einem Tempeltor angebracht, das sich nun ohne die Muskelkraft von Menschen öffnen lässt.«

Lysikrates' Tage liefen stets auf die immer gleiche Weise ab: Die Stunden des Vormittags waren fast ausschließlich dem Lernen gewidmet, und nachmittags beschäftigten ihn bis kurz vor Sonnenuntergang das Abschreiben und die Pflege der Werke in der Bibliothek. Und nicht selten kam es vor, dass er noch bis spät in die Nacht im Schein einer Öllampe las.

Inzwischen beherrschte er Griechisch und Latein in Wort und Schrift, obwohl er nach wie vor seine Muttersprache dem Idiom der Römer vorzog. Auch hatte er in anderen antiken Sprachen bemerkenswerte Fortschritte erzielt, sodass es ihm möglich war, in diesen Sprachen verfasste Texte zu lesen.

Bei seiner konzentrierten Ausbildung zum Schreiber fand Lysikrates nicht mehr die Zeit, sich den üblichen Zerstreuungen zu widmen, denen seine Altersgenossen nachgingen. Als ihn ein Schulkamerad nach dem Grund seines Desinteresses an diesen Vergnügungen fragte, gab Lysikrates nur knapp zur Antwort: »Ich ziehe eine gute Lektüre vor.«

Die Ertüchtigung seines Körpers jedoch vernachlässigte er nicht und verausgabte sich jeden Morgen bei zahlreichen gymnastischen Übungen. Und während sein Wissen von Tag zu Tag größer wurde, wuchs er zu einem gesunden, kräftigen Mann heran.

Drei Jahre waren vergangen, seit er die Bibliothek von Alexandria zum ersten Mal betreten hatte, und inzwischen brachten ihm sämtliche Mitarbeiter von Cherèmones Respekt und Zuneigung entgegen. Der junge, gut aussehende Mann mit dem schwarzen Haar war immer hilfsbereit, und oft arbeitete er mit den älteren Schreibern an der Entzifferung unverständlicher Werke oder erbot sich, die Stapel von schweren Wachsplatten für sie auf die oberen Regalbretter zu heben.

Auch Cherèmones, der fast seine gesamte Zeit seiner leidenschaftlich geliebten Altertumskunde und dem Okkulten widmete, nahm die Unterstützung des ihm mittlerweile unentbehrlich gewordenen Jünglings nur allzu gern in Anspruch und förderte ihn auf jede erdenkliche Weise.

Tokio, Juni 2001

Yoshio Kodama war 1981 einem Herzinfarkt erlegen. Jahrelang hatte er als das unangefochtene Oberhaupt aller Familien der *Ikka* gegolten. Unter seiner Ägide gedieh die *Yakuza*, die furchterregende japanische Mafia, und erfreute sich einer Zeit ohne Blutvergießen, denn Yoshio Kodama war es gelungen, zwischen den einzelnen Parteien Frieden zu stiften. Der Wille des *Oyabun*, des japanischen Paten, wurde auch hinsichtlich der Frage seines Nachfolgers respektiert. Den hatte Kodama schon lange vor seinem Tod bestimmt, sodass er über die Jahre hinweg für diese Stellung ausgebildet worden war.

Yasuo Maru saß in seinem luxuriösen Büro im Wolkenkratzer von Water Enterprises an einem ausladenden Schreibtisch aus Nussbaumholz. Ein Stockwerk darüber befand sich sein Penthouse. Der Mann, der vor ihm Platz genommen hatte, trug einen tadellosen maßgeschneiderten Anzug, seine asiatischen Gesichtszüge ließen ihn streng und unergründlich wirken und seine Miene bedrohlich erscheinen.

»Die Akquisition des Aquädukts der Vereinigten Emirate wurde erfolgreich abgeschlossen«, sagte er gerade zum Vorstandsvorsitzenden und Inhaber von Water Enterprises, »obwohl wir vor der Jahresversammlung ein klein wenig Druck auf die Gesellschafter ausüben mussten.«

»Du weißt, dass ich so ein Eingreifen nicht gutheiße, weil es uns letztendlich schadet. Physische Gewalt sollte nur dann ausgeübt werden, wenn es gar nicht anders geht.« Yasuo Maru sprach diese Worte nicht, weil er ein besonders edles Gemüt gehabt hätte, vielmehr resultierten sie aus seinem scharfen Verstand. Die Mitglieder einer Gesellschaft, in die sich der Herr der Wasser einzukaufen beschlossen hatte, ließen sich viel nachhaltiger einschüchtern, wenn man ihnen zum Beispiel damit drohte, dass ihr nicht immer korrektes Geschäftsgebaren im Falle einer Weigerung aufgedeckt werden könnte. Spektakuläre Morde führten nur selten einen nötigen Konsens herbei. Doch ein Minderheitsgesellschafter, der während einer der regelmäßigen Geschäftsversammlungen das Wort ergreifen und, gestützt auf einige sich in seinem Besitz befindliche Unterlagen, administrative Unregelmäßigkeiten enthüllen konnte, war so gefährlich wie eine Wandermine. Mit den Jahren hatte sich diese von Yasuo Maru bevorzugte Methode als sehr viel effektiver erwiesen als alle übrigen, wenn es darum ging, Gesellschafter oder Manager gefügig zu machen, damit sie ihre Anteile an jenem Unternehmen abgaben, das ins Visier von Water Enterprises geraten war.

Maru wusste nur allzu genau, dass oft die Andeutung derartiger Maßnahmen genügte, um die nötigen Türen zu öffnen, sodass er sich in das entsprechende Aktienpaket gemütlich einnisten konnte. Sobald er erst einmal den Fuß in einem Unternehmen hatte, schlug er mit der Schnelligkeit und Entschlusskraft einer Kobra zu und übernahm innerhalb kürzester Zeit die Kontrolle. Das gelang durch den Erwerb so vieler Aktien wie nur möglich, die Water Enterprises weit über Schätzwert aufkaufte. Und am Ende war jeder zufrieden, der Käufer wie auch der Verkäufer; schließlich hatte Letzterer, selbst wenn die Transaktion nicht ganz freiwillig zustande gekommen war, doch ein gutes Geschäft gemacht. Gegenüber den ganz Hartgesottenen blieb als letzte Möglichkeit noch immer eine persönliche Drohung oder Mord, denn wenn Yasuo Maru etwas haben wollte, konnte nichts ihn davon abbringen. Nichts und niemand.

Das schien der Mann, der ihm gegenübersaß, genau zu wissen. Trotz seines beunruhigenden Äußeren sprach er zu Maru in einem sehr ehrerbietigen, fast unterwürfigen Ton. Die Unterhaltung wirkte ansonsten wie ein normales Gespräch unter zwei Geschäftsleuten, und es waren sicher auch nichts anderes als Geschäfte, über die in diesem Büro gesprochen wurde.

Offiziell war Kuniko Sagashi eine Studentin im letzten Semester ihres Ingenieurstudiums. Der Mossad hatte sie vor etwa drei Jahren angeheuert, als sie der festen Überzeugung gewesen war, ein junger Bursche, der im Dienst der israelischen Botschaft in Tokio stand, wäre der Mann ihres Lebens. Obwohl ihre Liebesbeziehung vor gut einem halben Jahr schmerzlos zu Ende ging, war sie weiterhin für den israelischen Geheimdienst tätig, der immer an unverdächtigen Mitarbeitern und lokalen Informanten interessiert war, vor allem in Ländern, in denen er nur wenige davon hatte.

Kuniko war nicht sehr groß, aber gut proportioniert und von gefälligem Äußeren. Ihre Mandelaugen unterstrichen die Anmut ihres Gesichts und ließen sie intelligent und aufgeweckt wirken. Man konnte sich nur schwer vorstellen, dass sie einem der effektivsten Geheimdienste der Welt angehörte.

Ihr Befehl lautete, die Geschäfte von Yasuo Maru unter die Lupe zu nehmen. Es war der wichtigste Auftrag, den man ihr je anvertraut hatte, und er war von ganz oben gekommen.

Kuniko Sagashi ging auf den Wolkenkratzer von Water Enterprises zu, um ihren ersten Arbeitstag bei dem weltweit agierenden Großunternehmen für Wasserversorgung zu beginnen, an dessen Spitze Yasuo Maru stand, der Herr der Wasser.

Maru blickte seinem Gesprächspartner unverwandt in die Augen. »Aktionen außerhalb der Legalität dienen lediglich dazu, das nötige Kapital anzuhäufen, das wir für ehrliche, aber nichtsdestotrotz einträgliche Unternehmungen benötigen«, sagte Yasuo und unterstrich seine Worte mit einem Blick, der jeden zu Eis erstarren ließ. »Die Gesellschaft, die ich geschaffen habe, operiert auf dem saubersten Gebiet, das es überhaupt gibt: Zum heutigen Stand kontrolliert Water Enterprises fast zwanzig Prozent der gesamten Wasserversorgung auf diesem Planeten. Und es dürfte nur wenige Mutige geben, die es wagen, über mich Nachforschungen anzustellen und mich zu bezichtigen, kein gesetzestreuer Geschäftsmann zu sein. Ich habe überall Freunde, sogar im Weißen Haus. Ein einziger Anruf von mir genügt, um jeden in die Knie zu zwingen.«

Alle wussten – und als Allererster er selbst –, dass der Herr der Wasser kein gewöhnlicher Mensch war. Seit Yasuo Maru nach seinem Examen in Betriebswirtschaftslehre die Universität Cambridge verließ, hatte er den größten Teil seiner Energie dazu verwendet, diesen Multikonzern aufzubauen. Er war ein eleganter, kultivierter Mann ohne jede Skrupel. Seine Eltern waren von der Salve einer Maschinenpistole niedergemäht worden, als er noch ein Kind gewesen war. Wie es die Tradition verlangte, hatte sich der Chef der *Ikka*, der Familie, der sein Vater angehörte, um seine Erziehung gekümmert: Yoshio Kodama, der größte aller *Kumiko* innerhalb der *Yakuza* und der Boss aller Bosse.

Als Kodama 1981 gestorben war und Maru seine Nachfolge antrat, hatte niemand auch nur den geringsten Zweifel daran gehegt, dass ihm dieses Amt von Rechts wegen zustand.

Kuniko saß in einem ergonomisch geformten Armstuhl hinter einem großen halbrunden Mahagonischreibtisch. In der ersten Arbeitswoche würde ihr eine der vier jungen Empfangsdamen ständig zur Seite stehen und sie unterstützen.

Kuniko war eine sehr aufmerksame junge Frau und würde ihre schnelle Auffassungsgabe bald unter Beweis stellen.

Einen Augenblick lang wippte Maru auf seinem Sessel hinter dem ausladenden Schreibtisch vor und zurück. Hinter ihm an der Wand hing das Gemälde eines niederländischen Meisters, für das wenige Jahre zuvor, wie die einschlägige Presse berichtet hatte, ein unbekannter japanischer Wirtschaftsmagnat bei einer Auktion in New York den Zuschlag erhalten hatte, und zwar bei einer Rekordsumme von neunzig Millionen Dollar.

Der Mann, der vor ihm saß, öffnete eine große Ledertasche, zog mehrere Gegenstände daraus hervor, die in schlichtes Packpapier eingewickelt waren, und platzierte diese vor dem Herrn der Wasser auf dem Schreibtisch.

»Da ich deine Leidenschaft für Antiquitäten kenne, habe ich mir erlaubt, dir ein ganz spezielles Geschenk mitzubringen, Yasuo«, sagte er und deutete dabei auf die drei eingewickelten Gegenstände.

Maru gelang es, seine Neugier zu verbergen. Er nahm das größte der Pakete in die Hand und packte es aus. In der Ausführung wirkte die kleine Statue, die ein Mädchen darstellte, nicht allzu wertvoll, doch sie stammte offensichtlich aus der römischen Kaiserzeit.

Das zweite Objekt war ein goldener Kelch, der einst mit Perlen und kostbaren Edelsteinen verziert gewesen sein musste. Er war von unschätzbarem Wert und ging, ebenso wie das vorherige Werk, auf die Zeit des alten Roms zurück.

Das dritte Paket war kleiner als die beiden anderen. Darin befand sich ein goldener Ring mit einem geschliffenen Stein, auf dem mythologische Figuren eingraviert waren. Yasuo zuckte zusammen, ohne dass er das Gefühl, das ihn überkam, hätte definieren können. Ihm war es, als sendete eines dieser Objekte, vielleicht sogar alle zusammen, eine ganz besondere Botschaft aus, auch wenn sein Verstand nicht imstande war, sie zu entziffern.

Marus Gegenüber lächelte, als er es in den Augen des Herrn der Wasser aufflackern sah. »Diese Stücke gehörten dem Ahnen eines *Kobun* meiner *Ikka*. Es heißt, er sei ein tapferer Samurai gewesen, der zur Zeit der Ashikaga-Dynastie im vierzehnten Jahrhundert lebte. Der Ahne meines *Kobun* war gezwungen, nach Europa zu fliehen, wo er, wie ich glaube, diese Objekte fand. Ich hoffe, Yasuo, dass dir mein Geschenk Freude bereitet.«

Nach diesen Worten verbeugte er sich ehrerbietig und verließ den Raum.

Als er wieder allein war, konnte Maru seine Aufregung kaum mehr bezähmen und nahm den goldenen Kelch in die zitternden Hände. Lange sah er ihn an, bevor er es wagte, zärtlich über die schlichten geometrischen Muster und die fein ziselierten Reliefs zu streichen. Dann stellte Yasuo die drei Fundstücke in die Mitte seines Schreibtisches und zog einige in Leder gebundene Bücher aus einem Regal; sie enthielten die Zeugnisse von Geschichtsschreibern aus dem alten Rom.

Er suchte nach Informationen über den Kelch, stieß aber auf einige Schriften, die den Ring betrafen, der, wie er herausfand, der Proserpina geweiht war.

Mit großer Sorgfalt übersetzte er den betreffenden Teil aus Suetons lateinischem Text *Leben der Caesaren*: »*Während er [Nero] die Vorzeichen las, schenkte Sporus ihm einen Ring, auf dessen Edelstein eine Darstellung des Raubs der Proserpina eingeschnitten war.*«

Genau, Sporus ... Er war der unglückliche junge Mann gewesen, den Nero angeblich geheiratet hatte, weil er ihn an seine geliebte Poppaea erinnerte.

Yasuo lächelte, zufrieden darüber, dass er den außerordentlichen Schatz seiner humanistischen Bildung, den er im Laufe seines Lebens angesammelt hatte, immer wieder anwenden konnte. Doch dieses Lächeln währte nur einen kurzen Moment, dann konzentrierte er sich wieder auf die Texte Suetons, Tacitus' und Plinius' des Älteren und suchte darin nach Objekten, die Nero zugeschrieben wurden.

Schließlich stellte er ein Verzeichnis der kostbaren und einzigartigen Stücke aus dem Besitz des römischen Kaisers auf – mehrere goldene Fischernetze und ein Paar silberne Pantoffeln, Theatermasken und ein edelsteinbesetztes Zepter, ein goldener Armreif und das Haupt einer Schlange, das ein Geschenk seiner Mutter Agrippina gewesen war.

Ganz besonders interessierte sich Maru jedoch für einen goldenen, mit Perlen verzierten Kelch, der Neros ersten Bart enthalten hatte und als Votivgabe auf dem Campidoglio dargeboten worden war, und für die Statuette einer Jungfrau, die ein Unbekannter dem Imperator geschenkt und die dieser wie eine Göttin verehrt hatte. Danach richtete sich Marus Blick wieder auf die drei Werke, die auf seinem Schreibtisch standen. Nun war ihm klar, woher sie stammten.

Kuniko betrachtete aufmerksam den Mann, der soeben aus dem einzigem Aufzug getreten war, mit dem man zum Büro des Vorstandsvorsitzenden gelangen konnte. Sofort umringten ihn mehrere Leibwächter, die in der Vorhalle gewartet hatten, und führten ihn zu einer vor dem Gebäude wartenden dunklen Limousine.

Sie hegte keinen Zweifel, dass es sich bei dem Mann um Oda Yoshiro handelte, den *Oyabun* der mächtigen Yamaguchi-Gumi und damit den Chef der einflussreichsten Familie der japanischen Unterwelt.

2

Monte Carlo, Juni 2001

Henry Vittard hätte einiges darum gegeben, hätte er dieses Abenteuer nicht überlebt, doch ihm fehlte der Mut, sich selbst aus der unermesslichen Leere zu befreien, die Sylvies Tod in ihm hinterlassen hatte. Die Besatzung des Katamarans *C'est Dommage* hatte die Regatta unterbrochen, um an der Suche teilzunehmen, ungeachtet dessen, dass sie das Rennen ansonsten gewonnen hätte.

Vittard hatte sein Schiff erst ein Jahr nach dem Unfall wieder übernommen, als sein Schmerz, zumindest vordergründig, ein wenig nachgelassen hatte.

Er gab das Schiff ins Trockendock einer europäischen Werft und veranlasste einige Veränderungen daran, sodass es jetzt eher einem Segelkreuzer glich als einem Prototyp für Regatten. Zwar ließ er die charakteristischen Merkmale unverändert, doch wurden im Inneren der beiden »Schuhe« komfortable Kajüten und Nasszellen für Gäste eingebaut, und das breite Tragdeck zwischen den beiden Rümpfen wurde mit einem Aufbau versehen, in dem ein großer Salon untergebracht war.

Die kostspielige Ausstattung sowie die ausgefeilte Technik ließen den Katamaran auf dem Markt für Charterschiffe zu einem äußerst begehrten Objekt werden. Die Warteliste für das Schiff wurde lang und länger, als wollte eine ständig wachsende Zahl von Menschen nichts lieber, als ihren Urlaub in der Gesellschaft des berühmtesten Skippers der Welt zu verleben.

Dennoch blieb die *C'est Dommage* ein außergewöhnlich leistungsfähiges Schiff. Die stürmischen Winde des Mittelmeers verschafften den Gästen ein Gefühl, das eine

Mischung aus Begeisterung und Nervenkitzel war, doch glichen sie in keiner Weise den Extremen, denen Vittard bereits mit seinem Katamaran getrotzt hatte. Er selbst wurde weiten Kreisen als ein aufmerksamer und erfahrener Kommandant und als unübertrefflicher Unterwassersportler bekannt …

Admiral Grandi saß mit ihm an einem Tisch des Bistros und wartete, bis Henry seine Gedanken von den Gespenstern der Vergangenheit befreit hatte.

»Ich würde mich gern mit Ihnen unterhalten, Signor Vittard«, begann der Admiral auf Italienisch, dann unterbrach er sich und hakte nach: »Sie verstehen doch meine Sprache, oder? Wenn ich richtig informiert bin, war Ihre Mutter Italienerin.«

Vittard nickte bestätigend, und sein Gesprächspartner fuhr fort:

»Wie schon gesagt, ich bin vor wenigen Monaten in Pension gegangen. In meiner militärischen Laufbahn hatte ich etwa ein Dutzend Führungsaufgaben inne und war zum Beispiel für die Segelwettbewerbe in der italienischen Kriegsmarine zuständig. Ich kann nicht verhehlen, dass mich als leidenschaftlichen Segler besonders diese Aufgabe begeistert hat. Doch die Ereignisse, über die ich mit Ihnen sprechen möchte, liegen etwa zehn Jahre zurück, als ich auf einer der größten italienischen Inseln stationiert war. Zu der Zeit tauchte ich gern. Ich bin sicher kein professioneller Unterwassersportler, und daher beschränkten sich meine Tauchgänge auf nicht mehr als dreißig Meter Wassertiefe. Bei einem dieser Tauchgänge habe ich mein erstes Fundstück entdeckt, und im Jahr darauf gelang es mir mithilfe eines Metalldetektors, weitere antike Objekte zu finden, die ich bergen konnte.«

»Ja, das gesamte Mittelmeer und insbesondere die italienischen Küsten sind mit Wracks aller Epochen förmlich übersät«, stimmte Vittard zu.

»Ich spreche hier nicht von einem Frachtschiff voller Amphoren oder einem Zerstörer, der im Zweiten Weltkrieg unterging.« Grandis Augen leuchteten vor Begeisterung, während er mit der rechten Hand in eine Tasche griff. »Ich meine dies hier.«

Eine Vielzahl von goldenen Münzen rollte über den Tisch und sammelte sich an den abgeschabten Tischkanten. Die in der Mitte aufgeprägte Gestalt war deutlich zu erkennen. Vittard nahm die am wenigsten in Mitleidenschaft gezogene Münze zwischen die Finger.

»Interessant. Eine Goldmünze aus der späten Zeit Kaiser Neros, die den Kaiser als Apoll und Sänger mit einer Kithara zeigt. Ich habe bereits ähnlich geprägte Münzen aus Bronze gesehen, aber noch nie eine aus Gold.«

»Ja, genau. Ich fand sieben Stück, die nahe beieinander lagen. Sieben – für die Menschen der Antike eine heilige Zahl. Wahrscheinlich befanden sie sich in der Mastspur des Hauptmastes, um die Götter günstig zu stimmen, damit sie das Schiff auf all seinen Fahrten beschützten. Der Feingehalt an reinem Gold ist relativ gering. Das bestätigt die These, dass Nero Münzen einführte, die einen geringeren Nominalwert als zuvor üblich hatten.«

»Stimmt, man kennt Nero ja auch als den Erfinder der Inflation.«

»Ich stelle fest, Henry, dass Sie trotz aller Ozeanüberquerungen und Ihrem Engagement für Regatten Ihr Wissen aus dem Universitätsstudium nicht vergessen haben«, meinte der Admiral lächelnd.

»Ich dagegen stelle fest, dass Sie sich recht intensiv über mich erkundigt haben, bevor Sie sich mit mir trafen.«

»Alte Berufskrankheit eines Militärs. Andererseits gibt es Fakten, die einem Bewunderer von Ihnen, wie ich es bin, nur schwerlich entgehen können, etwa dass Ihre Mutter Italienerin war und Sie ein exzellentes Examen in Archäologie abgelegt haben.«

»Nun, Admiral, meinen Sie nicht, dass wir nach diesem Vorgeplänkel endlich zur Sache kommen sollten?«, fragte Vittard, dem das Eindringen in seine Privatsphäre sichtlich unangenehm war.

»Ich habe die Stelle gefunden, an der das Schiff eines mächtigen Mannes aus der Antike sank. Mag sein, dass es sich bei ihm sogar um einen Kaiser handelte. Es ist ein Schiff aus Gold. Und nun möchte ich Sie, Signor Vittard, darum bitten, an der Expedition teilzunehmen, um das Wrack zu heben.«

»Sehen Sie, Admiral, seit ich keine Regatten mehr segle, schleppe ich abenteuersüchtige Touristen mit mir herum, sowohl auf wie auch unter dem Wasser. Glauben Sie mir, mindestens fünfzig Prozent von ihnen kommen mit dem neuesten Modell eines Metalldetektors an Bord und träumen davon, einen Schatz zu finden. Im besten Falle gelingt ihnen das auch, doch meistens handelt es sich dann um einen Anker, der vor nicht länger als zehn Jahren irgendwo in der Tiefe hängen geblieben ist.«

»Ich verstehe, was Sie damit sagen wollen, Vittard. Aber in meinem Alter ist man kein Visionär mehr. Ich weiß genau, wovon ich rede.«

»Schon gut. Aber wer garantiert Ihnen, dass diese Münzen nicht in der Tasche eines reichen Kaufmanns steckten, der unglücklicherweise ins Wasser stürzte?«

»Werfen Sie doch bitte noch einen Blick auf die anderen Fundstücke, Vittard, dann werden sich Ihre Zweifel zerstreuen. Obwohl meine finanziellen Möglichkeiten beschränkt sind, bin ich bereit, den Preis für die Anmietung Ihres Schiffs sowie die Zeit zu bezahlen, die das Unternehmen in Anspruch nimmt.«

»Bald beginnt die Saison, Admiral, und die Vorbestellungen, die bei mir eingegangen sind, lassen mir wirklich kaum Zeit.«

»Natürlich, ich will Sie und die *C'est Dommage* ja auch

nicht in den Sommermonaten in Beschlag nehmen. Ich weiß ja, dass Sie um diese Zeit viel zu tun haben. Meine Bitte bezieht sich auf die Herbstmonate, in denen das Wetter im Mittelmeer noch mild genug ist, um Tauchgänge durchzuführen.«

»Darüber muss ich erst nachdenken, Admiral. Nicht etwa, weil ich Ihrem Angebot ausweichen will, denn soweit ich das beurteilen kann, habe ich es bei Ihnen mit einer Person zu tun, die meinen Respekt verdient. Ich möchte nur nicht dazu beitragen, dass Ihre, wie Sie es ausdrücken, ›beschränkten finanziellen Möglichkeiten‹ bei der Jagd nach einer Chimäre vollständig aufgezehrt werden. Wie ich verstanden habe, befindet sich das Objekt Ihrer Suche in italienischen Gewässern, und was archäologische Funde anbelangt, ist die Gesetzgebung in Ihrem Land besonders streng.«

»Ich habe nicht die Absicht, den archäologischen Schatz jener Nation zu plündern, der ich mein ganzes Leben lang gedient habe. Und eine sogenannte institutionalisierte Expedition auf die Beine zu stellen, ist viel zu kompliziert. Die Organe des Staates schaffen es ja nicht mal, die bereits geborgenen Funde zu katalogisieren, geschweige denn die zu heben, die noch im Meer liegen. Ich dachte mir, ich finde heraus, wo sich das Schiff befindet, und melde anschließend meinen Fund ganz regulär dem Amt für Denkmalschutz. In meinem Alter ist man nicht mehr begierig auf Reichtum oder Ruhm. Doch es wäre mir eine große persönliche Befriedigung, ein Schiff aus der römischen Kaiserzeit zu entdecken – ohne darauf zu spekulieren, dass per Gesetz und von Staats wegen dem Entdecker eines solchen archäologischen Kulturguts eine nicht unbeträchtliche Belohnung zugesprochen wird. Ich erwarte also Ihren Anruf und vielleicht sogar einen Besuch, damit ich Ihnen auch den Rest meiner Sammlung zeigen kann.«

Während er dies sagte, zog Grandi eine Visitenkarte aus seiner Tasche und übergab sie Vittard.

Japanisches Meer, 1331

Langsam und majestätisch glitt das chinesische Schiff dahin. Das Meer war ruhig, und nichts deutete auf die bevorstehende Gefahr hin. Die Wachtposten im Mastkorb des etwas niedrigeren Baums am Vorschiff waren dennoch auf der Hut, denn der Meeresarm, der die japanischen Küsten von Pusan in Korea trennte, wurde ständig von den furchterregenden Piraten der *Wokou* heimgesucht.

Das Schiff war vollständig aus Kampherbaumholz gefertigt, das gegen die korrosive Kraft des Meerwassers besonders resistent war. In Bug und Heck, die beide hoch aufragten, waren die Bordküche, die Stauräume für Trinkwasser und Waffen sowie die Kajüten der Passagiere und Offiziere untergebracht. In der Schiffsmitte befand sich der Zugang zum Laderaum, der voll mit überaus kostbaren Objekten war, bestimmt für den europäischen Markt, auf dem die Produkte chinesischer Handwerkskunst große Wertschätzung fanden.

Alessandro Crespi, der venezianische Kaufmann, saß nur unweit von einem der drei Heckruder. Er betrachtete das Meer, und sein Blick verlor sich in der Weite der Wasserfläche. Wie oft hatte er diese Route schon befahren und wie viele Male sich der Herausforderung des fernöstlichen Meeres mit seinen schrecklichen Taifunen gestellt. Mit dieser Art Handel hatte er ein riesiges Vermögen in seinen Geldschränken angesammelt, auch wenn er nur wenig mehr als dreißig Jahre zählte. Er verfügte über einen kreativen und wendigen Geist, der ihm in seiner Stadt Venedig den Ruf eines tollkühnen und verwegenen Kaufmanns eingebracht hatte. Doch es war ihm nicht besonders wichtig, was seine Mitbürger über die Art seiner Geschäfte dachten. Er war ein reicher Mann, und das genügte ihm.

Er kleidete sich stets elegant, selbst an Bord seines Schiffs, das seine Waren bis an die indischen Küsten trug, wo sie auf andere Schiffe verladen wurden, die zurück nach Europa fuhren. Mit den Jahren hatte er viele, dem Italienischen in nichts gleichende Sprachen erlernt und konnte sich inzwischen fast fehlerfrei auf Chinesisch, Japanisch und noch in ein paar weiteren asiatischen Sprachen ausdrücken. Seine Gestalt war nicht die eines Mannes, der zu kämpfen gewohnt war, er war eher schmächtig und von mittelgroßer Statur. Jedoch hatten ihm sein Witz und seine Gerissenheit schon in mancherlei schwierigen Situationen aus der Klemme geholfen.

Ein schriller Ruf ertönte aus dem Mastkorb.

»*Wokou*!«

Dieses einzige Wort, das der Wachtposten rief, senkte über das gesamte Handelsschiff einen Schleier der Angst. Kurz darauf wurden zehn Segelschiffe am Horizont sichtbar, die sich in geschlossener Formation näherten und bedeutend schneller waren als das schwere Frachtschiff.

Die Männer an Bord bereiteten sich auf den Kampf vor und wussten, dass keiner von ihnen überleben würde, wenn die Piraten sie besiegten.

Tabarka, 1331

Yousef war alt, und sein Haar, das unter seiner Kopfbedeckung in Form eines abgeschnittenen Kegels hervorlugte, war grau. Doch wenn sein Blick über Menschen oder Gegenstände glitt, schien es, als entlockte er trotz seines Alters allem, was er betrachtete, neue Einsichten. Und nun ruhte sein Blick auf dem Muqatil.

Yousef hatte einen Großteil seiner Jahre damit verbracht, die Erfahrungen seines Lebens dem Geist dieses jungen Mannes mit den meergrünen Augen zugänglich zu machen.

Ohne Anzeichen von Nervosität marschierte der Muqatil über den Wehrgang, der sich auf der Stadtmauer erstreckte.

Dabei blickte er forschend über den Hügel, in jene Richtung, aus welcher der Feind kommen würde.

Auf einmal wirbelte hoch über der Hügelspitze eine Staubwolke empor, und kurz darauf wurden die Standarten und Lanzenspitzen sichtbar, die ein dichtes, schier unentwirrbares Labyrinth aus Stangen bildeten. Dann kamen die Pferde, und wenig später brachten sich die Angreifer in perfekter Ordnung vor der Stadt in Stellung.

Der Muqatil wandte den Blick für einen Moment von dem christlichen Heer und richtete ihn auf Yousef, der etwas hinter ihm stand. Schweigend legte der Alte die wenigen Schritte zurück, die ihn von seinem Schützling trennten. Lange betrachtete er die feindlichen Linien, die eine eindrucksvolle, geordnete Front bildeten, um gegen Tabarka zu marschieren. »Sie sind uns an Zahl weit überlegen, Herr. Doch unsere Männer fürchten sich nicht vor dem Tod. Das ist der einzige Vorteil, den wir haben.«

Der Muqatil wandte sich um und betrachtete von der Höhe des Wehrgangs aus die unter ihm liegende Stadt. Auf den Straßen wimmelte es nur so von Frauen und Kindern, die ihre außerhalb des Mauergürtels erbauten Häuser verlassen und Zuflucht innerhalb der Festung gesucht hatten. Wer Glück hatte, konnte sich in die Wohnung eines Verwandten flüchten, doch der Großteil war obdachlos und musste sich mit einem öffentlichen Platz, einem Innenhof oder dem Ende einer Gasse begnügen und versuchte, sich in den beengten Verhältnissen der belagerten Stadt einigermaßen einzurichten.

Jedoch hatte ein jeder eine genau festgelegte Aufgabe während der Belagerung. Einige waren für die Beschaffung der notwendigen Lebensmittel zuständig, andere hielten Wasser zum Löschen der Brände in zahlreichen Eimern bereit, und wieder andere kümmerten sich um jene Kinder, deren Eltern die Stadt verteidigen würden.

»Die wirkliche Waffe der Ungläubigen ist nicht ihre zahlenmäßige Überlegenheit, sondern dass sie ihre Liebsten in Sicherheit wissen«, sagte der Muqatil, während er die Einwohner der Stadt beobachtete.

Plötzlich verließen einige Reiter die feindliche Aufstellung. Als sie näher heran waren, erkannte der Muqatil in der Mitte der Schar seinen Cousin Abd al-Hisam, der eine seiner Standarten durch ein weißes Tuch ersetzt hatte.

Die Reiter machten nicht weit von der Stadtmauer halt, genau an der imaginären Linie, bis zu der die Pfeile reichten, doch nah genug, dass ihre Stimmen sowohl von den Soldaten des Muqatil als auch von der Bevölkerung, die im Schatten des mächtigen Mauerrings Schutz gefunden hatte, gehört werden konnten.

Abd al-Hisam legte eine Hand an den Mund und rief: »Lorenzo, ich fordere dich hiermit auf, dich zu ergeben, wenn du nicht willst, dass Tabarka dem Erdboden gleichgemacht und nahezu seine gesamte Einwohnerschaft getötet wird. Aber vielleicht interessieren dich diese unschuldigen Menschen ja auch nicht, weil in ihren Adern nicht dasselbe Blut fließt wie in deinen.«

Der Muqatil betrachtete ihn ruhig und gefasst, ohne auch nur ein einziges Wort von sich zu geben.

»Du antwortest mir nicht, Lorenzo?«, begann sein Cousin erneut. »Hast du vielleicht Angst, dass dein unreines Blut rebelliert? Noch einmal fordere ich dich auf, die Stadt zurückzugeben, die du ihrem rechtmäßigen Emir gestohlen hast!«

»Du kommst daher und sprichst von Betrug und unreinem Blut, Abd al-Hisam«, erhob sich da die mächtige Stimme des Muqatil, »während du dich von einer Armee von Ungläubigen eskortieren lässt! Damit machst du allen deutlich, dass ganz sicher nicht ich, sondern du unser Volk verraten hast!«

»Einwohner von Tabarka«, rief da wieder Abd al-Hisam, »lehnt euch auf gegen diesen Verräter, der es wagt, über euch zu regieren! Übergebt ihn mir, und ich verspreche allen, dass sobald die rechtmäßige Regierung eingesetzt ist, an niemandem Vergeltung geübt werden wird. Übergebt mir diesen treulosen Bastard!«

Zunächst erhob sich in der Stadt ein Geraune, das sich anhörte wie ein Schwarm, der auf den Bienenstock zufliegt, dann wurde das Stimmengewirr zunehmend stärker und nahm einen fast musikalischen Rhythmus an. Die Töne, die aus den Kehlen der Frauen drangen, wurden lauter und schriller und erfüllten mit ihrer vielfältigen Modulation die Luft. Schließlich schwoll es zu einem Getöse an, das die Worte von Abd al-Hisam vollständig verschluckte.

»Gott ist groß!«, murmelte der Muqatil, während er beobachtete, wie sein Cousin kehrtmachte und zurück zu den feindlichen Linien ritt. »Bereiten wir uns auf den Kampf vor.«

Alexandria, anno 794 nach der Gründung Roms (41 n. Chr.)

»Du bist jetzt ein Mann, Lysikrates.« Die sonst so streng blickenden Augen des Cherèmones waren voller Zuneigung, und auch Stolz und Respekt lagen darin. »Ich glaube, es ist an der Zeit, dich einzuweihen.«

Der junge Mann, der mittlerweile achtzehn Jahre zählte, sah von seinem Wachstäfelchen auf. Er wirkte sehr intelligent, und sein Körper war von den täglichen Leibesübungen gestählt. Inzwischen verfügte er über eine bemerkenswerte Bildung, oft kamen sogar die Weisen zu ihm und baten ihn um eine Stellungnahme. Er hätte sämtliche Texte in der Bibliothek im Schlaf finden können und kannte in vielen Fällen sogar deren Inhalte.

»Eingeweiht?«, fragte Lysikrates, obwohl er verstanden hatte, was Cherèmones ihm sagen wollte.

»Nun, eingeweiht in die Riten des Osiris. Du wirst danach einer kleinen auserlesenen Gruppe angehören.«

»Ich fühle mich durch deine Wertschätzung hoch geehrt,

Cherèmones, aber ich wäre dir dankbar, könntest du mir das genauer erklären. Natürlich weiß ich, dass es sich dabei um ein Privileg handelt, das nur wenigen zuteil wird. Ich würde es auch niemals wagen, deinem Willen zu widersprechen. Meine Bitte, mich vollständig aufzuklären, resultiert allein aus meinem Drang nach Wissen.«

»Rom ist groß, Lysikrates. Rom ist sogar außerordentlich riesig und hat mit seiner Macht unsere Sitten, unsere Lebensart und unsere Götter unterjocht. Doch es bringt nichts, gegen Rom und die Römer kämpfen zu wollen, sie überrollen einen Rebellen mit der gleichen Wucht, mit der sie sich die gesamte Welt untertan gemacht haben. Ich jedoch bin der Wächter des gesammelten Wissens unseres Volkes, und dieses Wissen lässt sich sehr wohl für bestimmte Zwecke einsetzen. Die Priester des Osiris haben sich zum Ziel gesetzt, unsere Sitten und Gebräuche den Römern näherzubringen, ohne Aufstände oder Blutvergießen, sondern allein durch Überzeugung. Natürlich wird das Jahre dauern, vielleicht sogar mehr als ein Jahrhundert. Doch letztendlich wird unser Wissen über die rohen Sitten der Eroberer triumphieren, denn Worte und Schriften verfügen über eine viel größere Macht als Schwerter.«

Der Tempel von Abydos, der dem Osiris geweiht war, erhob sich an jener Stelle, an welcher der Legende nach der zerstückelte Leichnam der Gottheit wieder zusammengefügt worden war. Die Zeremonie wurde im Monat Khoiak abgehalten, der dem Leiden, dem Tod und der Wiederauferstehung des Osiris gewidmet war.

Hektisch und fieberhaft bewegte sich eine Menschenmenge über den Platz und stellte damit die Suche nach den Körperteilen der Gottheit nach. Der gesamte Boden war mit einem Teppich aus Blütenblättern bedeckt, die einige mit Girlanden geschmückte Frauen mit weit ausholenden Bewegungen ihrer Arme verstreuten.

Lysikrates befand sich in der Gruppe derjenigen, die während der Zeremonie in die heiligen Mysterien eingeweiht werden sollten. Verzückt blickte er sich mit seinen dunklen Augen um, als wollte er nicht einen einzigen Moment dieses prunkvollen Spektakels verpassen.

Wie auch bei den übrigen Eingeweihten war sein nackter Körper in ein Laken aus schneeweißem Leinen gehüllt, und man hatte ihm das Haupt geschoren. In der einen Hand hatte er ein silbernes Klanginstrument, das Systrum, während er in der anderen ein Amulett aus rotem Jaspis hielt, das als Isisknoten bekannt war.

Plötzlich erschien hinter einer Biegung des Großen Flusses die goldene Barke mit der Statue des Gottes. Lysikrates fühlte sich von dem hellen Schein, der von dem Boot ausging, wie gebannt. An Bord standen acht Priester, an beiden Wandungen des Schiffes aufgereiht. Sie lenkten die Barke auf jene Route, die das Orakel vorbestimmt hatte.

Sobald die Statue des Gottes an Land gebracht und ins Innere des Tempels geschafft worden war, besprenkelten die Priester die Einzuweihenden und erflehten für jeden Einzelnen die Gunst der Gottheit. Dabei ermahnten sie diese, auch die nächsten zehn Tage keusch zu bleiben und sich weiterhin des Genusses von Fleisch und Wein zu enthalten. Die einzige Kost, die die jungen Adepten in den letzten beiden Tagen zu sich genommen hatten, war ein Getränk aus Honig und Rosenblüten gewesen.

Am Abend wurden die Einzuweihenden in die unterirdischen Gewölbe des Tempels geführt. Fackeln beleuchteten mit ihrem goldenen Schein die beiden Statuen, die die Gottheiten Isis und Osiris darstellten. In mehreren Kohlebecken brannten verschiedene Kräuter, die einen starken, herben Duft verströmten.

Nach kurzer Zeit empfand Lysikrates Unwohlsein. Sein Kopf drehte sich wie in einem Wirbel, und schon befand er sich zwischen Traum und Wirklichkeit und auf einer Geistreise, die ihn bis vor das Angesicht Osiris' führte. Die Bilder, die er zunächst nur verzerrt und verschwommen wahrnahm, bekamen nach und nach Form und Gestalt. Er erblickte die Sonne der Verstorbenen und meinte, sich in ihrer überirdischen Welt zu verlieren. Er flog über kahle, menschenleere Landstriche und über verschneite Berge und wusste, dass er sich durch jene Gefilde bewegte, die von den Geistern und Chimären der Angst bewohnt wurden.

Später kehrte er, nicht ohne Qual, zurück zu den Lebenden. Noch benommen, spürte er, wie ihn zwei samtweiche Hände zärtlich berührten, dann gewahrte er, dass ihn eine Frau von einzigartiger Schönheit mit zwölf Kleidungsstücken bedeckte und ihn anschließend vor die Statue der Isis führte. Die Blicke der Priester und der anwesenden Gläubigen waren auf ihn gerichtet, und er sah, mit welchem Stolz ihn Cherèmones betrachtete, der die Gewänder des Hohepriesters trug. Auf seiner dunklen Tunika leuchtete, aus Goldfäden gestickt, der Isisknoten, das alte magische Symbol, das die Kraft besaß, den Schutz der Göttin auf die gläubigen Adepten herabkommen zu lassen.

Lysikrates hatte einen seltsamen Geschmack im Mund und den herben Duft der halluzinogenen Kräuter in der Nase. Und dann wurde ihm klar, dass nichts mehr so sein würde wie zuvor, denn er war durch den Initiationsritus in einen auserwählten und sehr mächtigen okkulten Kreis aufgenommen worden.

Japan, September 2001

Nach Meinung der Experten war der Zerstörer *Shimakaze* einer der größten, die während des Zweiten Weltkriegs die Meere befahren hatten. Gebaut zwischen 1941 und dem Frühjahr 1943, blieb er aufgrund der wirtschaftlichen Einschränkungen, denen Japan während der Kriegsjahre unterworfen war, ein Prototyp, obwohl noch weitere vierzehn Zerstörer derselben Klasse geplant waren.

Bei seinem Stapellauf war er mit sechs Kanonen zu fünf Zoll und drei Batterien von jeweils fünf Torpedorohren zu vierundzwanzig Zoll sowie mit vierzig Maschinengewehren verschiedenster Kaliber bestückt gewesen.

Er hatte gut hundertzwanzig Meter Länge und elf Meter Breite und zwei Turbinen, die bis zu siebzigtausend Pferdestärken entwickeln und eine Höchstgeschwindigkeit von vierzig Knoten erreichen konnten. Seine Aktionsweite belief sich bei einer Geschwindigkeit von dreißig Knoten auf vierzehnhundert Seemeilen. Zudem war die *Shimakaze* eine der ersten Einheiten der kaiserlichen Marine, die mit Radar ausgestattet war. Wegen ihrer charakteristischen Merkmale wurde sie niemals einem Verband zugeteilt, sondern operierte innerhalb der starken japanischen Flotte völlig autonom. Vielleicht war es ja genau diesem Umstand zu verdanken, dass sie sich während der Kriegsjahre so ehrenhaft schlug, ohne unter den Treffern eines feindlichen Angriffs versenkt zu werden.

Bei Kriegsende wurde das immer als Vorhut eingesetzte Schiff stillgelegt und dümpelte dann auf einem Schiffsfriedhof im Hafen von Kagoshima vor sich hin, auf der Insel Kyushu, bis im Jahr 1998 der Herr der Wasser den Zerstörer kaufte, der mittlerweile kaum mehr war als ein Wrack.

Es dauerte mehrere Jahre, bis das ehemalige Kriegsschiff in ein herrliches Kreuzfahrtschiff umgebaut worden war. Yasuo Maru hatte die Konstrukteure beauftragt, die technischen Gegebenheiten und die äußere Gestalt so weit wie möglich beizubehalten. Der Großteil der Veränderungen wurde im Schiffsinneren vorgenommen, wobei sich Konstrukteure und Architekten dabei überschlugen, ebenso luxuriöse wie komfortable Räumlichkeiten zu schaffen.

So nahm zum Beispiel das Apartment Yasuo Marus das gesamte Heck bis etwa zur Hälfte des Schiffes ein, denn der

Reeder beanspruchte für sich ein prunkvolles Ambiente. Neben dem Schlafzimmer befand sich sein privater Salon, der fast zwanzig Meter maß, von einer Bordwand zur anderen. Sein Arbeitsbereich wurde noch vor den Suiten der Gäste und den Gemeinschaftsräumen eingerichtet – ein Büro mit modernstem Equipment, von dem aus er sämtliche Niederlassungen von Water Enterprises in jedem Winkel der Welt in Echtzeit kontaktieren konnte. Maru behauptete stolz, er könne von diesem Raum aus sogar den Trinkwasserverbrauch eines Bürgers in Armenien kontrollieren, womit er sicherlich nicht übertrieb.

Im Bug befanden sich die Kajüten für rund neunzig Matrosen sowie Diensträume und ein bestens ausgestattetes Bordkrankenhaus.

Yasuo Maru durchschnitt das Seil, das mit der Schiffshalterung verbunden war, und die *Shimakaze* glitt langsam und majestätisch in das Wasser des Hafenbeckens von Kagoshima.

Kuniko Sagashi betrachtete die schlanke Gestalt des Schiffs, als es ins dunkle Wasser glitt. Sie sah das Heck eine hohe Welle schlagen, bevor die physikalischen Gesetze zum Tragen kamen und zweitausendsechshundert Tonnen Stahl auf dem Wasser hielten. Noch ein kurzes Schwanken, dann stabilisierte sich die Bewegung allmählich, wie der Oszillograph deutlich machte, und die *Shimakaze* schwamm.

Dank ihrer Qualitäten hatte sich Kuniko nach ihrer Probezeit bei Water Enterprises eine hervorragende Position erarbeitet. Innerhalb weniger Monate hatte sie sich als Empfangsdame bei den zahlreichen Veranstaltungen von Yasuo Marus Konzern eine Spitzenposition erkämpft, die sie nahezu unersetzlich machte. Der vielleicht wichtigste gesellschaftliche Anlass war für den Vorstandsvorsitzenden sicherlich der Stapellauf des neu umgebauten Schiffs. Die Gästeschar drängte sich auf einer dafür eigens errichteten

Tribüne. Kuniko ließ den Blick über die vielen bekannten und weniger bekannten Gesichter schweifen, unter denen sie führende Vertreter der Regierung, Industrielle und Männer aus der internationalen Hochfinanz ausmachte, die an der Feierlichkeit teilnahmen. Sie wurden samt und sonders von der Miniaturkamera, die in einem ihrer Jackenknöpfe versteckt war, aufgenommen.

Mittelmeer, September 2001

Ein steifer Wind kräuselte die Meeresoberfläche in der Bucht von Girolata im nördlichen Korsika, wo die *C'est Dommage* vor Anker lag. Dieses Wunderwerk der Technik schien sich ganz in das Naturschauspiel einzufügen, mit dem sich die roten Felsen über dem Wasser erhoben, um dann ebenso plötzlich wieder darin zu versinken.

Henry Vittard betrachtete das Fundstück, das er in der Hand hielt und das einer seiner Gäste soeben aus einer Wassertiefe von ungefähr vierzig Metern geholt hatte. Es war eine alte Münze, sicher von nur geringem Wert, und sie war derart in Mitleidenschaft gezogen, dass es nahezu unmöglich war, sie zu identifizieren. Vittard hielt sie zwischen seinen Fingern und starrte sie lange an, ganz so, als sollte ihm dieses Objekt über andere Kanäle als die fünf Sinne seine Geschichte vermitteln, die vielleicht aus Stürmen und Schlachten bestand, bei der sie irgendwie verloren gegangen oder durch eine Unachtsamkeit ins Wasser gefallen war.

Während der Sommermonate war er als Skipper derart beschäftigt gewesen, dass er nicht die Zeit gefunden hatte, sich nähere Gedanken über seine merkwürdige Begegnung mit dem italienischen Admiral zu machen. Doch der unverhoffte Fund dieser Münze erinnerte ihn wieder an Guglielmo Grandi und das goldene Schiff.

Vittard war sich völlig sicher, dass der Admiral nur ehrbare Absichten verfolgte, auch wenn er meinte, dass Grandis Fantasie allzu sehr mit ihm durchgegangen war. Die Vorstellung, dass die sieben Goldmünzen, auch wenn sie unzweifelhaft einen gewissen Wert hatten, Teil eines ganzen Schatzes waren, setzte einen maßlosen Optimismus voraus.

Dennoch entschied sich Vittard, den Auftrag des Admirals anzunehmen. Gleich nach Beendigung dieser Charterfahrt würde er sich auf den Weg machen, um Grandis Fundstück selbst in Augenschein zu nehmen.

Die sich auf- und abwindenden Straßen und die Menge der ungewöhnlich kühnen Gebäude waren das Wahrzeichen Genuas. Je mehr sich Vittard auf seinem Fußmarsch durch die engen Gassen dem Hafen näherte, desto deutlicher roch und hörte er dessen Gerüche und Geräusche. Endlich erreichte er durch die immer schmaler werdende Gasse sein Ziel, ein herrliches Gebäude aus dem neunzehnten Jahrhundert. Er stieg einige Stufen empor, bevor ihm Grandi die Tür öffnete.

Die Wohnung des Admirals war übersät mit Erinnerungen aus seinem langen Leben auf See. Grandi führte ihn ins Wohnzimmer, auf dessen Tisch Vittard etwas schimmern sah. Er trat näher heran. Penibel geordnet lagen da einige Objekte, die in früheren Zeiten wohl beeindruckend geglänzt haben mochten und selbst heute in ihrem ungereinigten Zustand im Betrachter das seltsame Gefühl unbezähmbaren Verlangens weckten, wie es nur das edelste aller Metalle zu erregen vermag.

Da waren Bodennägel, einige Stangen und ein größeres Objekt, das einem dicken Finger glich und sicherlich über drei Kilo wog.

Vittard stand schweigend vor dem Tisch. Im Laufe seiner wenn auch eher zufälligen Karriere als Unterwasser-Archäologe hatte er noch nie etwas Ähnliches gesehen. Die insgesamt dreißig Manufakte waren alle aus dem gleichen Metall.

Vittard nahm einen Nagel in die Hand, der ganz krumm war. »Sind Sie sicher, Admiral, dass es sich dabei um Gold handelt?«

»Bei den Nägeln ist der Goldanteil ziemlich niedrig und liegt nur bei etwa vier Prozent. Aber die anderen Objekte haben einen sehr viel höheren Feingehalt.« Grandi nahm eine der Stangen auf, die ungefähr siebzig Zentimeter lang war. »Dies hier war meiner Ansicht nach Teil der Reling und kommt auf einen Feingehalt von dreißig bis fünfunddreißig Prozent. Was mir allerdings am wichtigsten erscheint, ist das Verfahren, mit dem das Metall geschmolzen wurde. Ich bin davon überzeugt, dass es einer Methode ähnelt, wie sie in China angewendet wurde, und zwar bei Gegenständen für den täglichen Gebrauch am Hofe des Kaisers. Bei dieser speziellen Schmelze setzt sich das Gold an der Außenseite ab und bildet dort eine Patina von unterschiedlicher Dicke. Stellen Sie sich vor, Vittard, welchen optischen Effekt ein solches Schiff hervorgerufen hat – ein Schiff, das etwa sechzig Meter lang war und fast zwanzig Meter breit. Ein Schiff, über und über mit Gold bedeckt und darüber hinaus noch reich verziert mit Friesen und Statuen, die ebenfalls aus Legierungen dieses edlen Metalls gefertigt waren.«

Vittard starrte auf einen Punkt im Raum und sah dort Bilder, die Grandis Worte in ihm heraufbeschworen. Vor seinem geistigen Auge sah er ein Schiff, das majestätisch über das Wasser glitt, während die Ruder im gleichmäßigen Takt einer Trommel ins Wasser tauchten. Und er sah, wie sich die Sonne in den goldenen Schiffswandungen widerspiegelte, die dadurch zu erstrahlen schienen.

Er nahm eine der Stangen in die Hand, deren Form ihn an einen voluminösen Finger erinnerte, doch noch ehe er eine Frage stellen konnte, erklärte der Admiral: »Ich glaube, bei diesem Stück handelt es sich um eine der Spitzen des Rammsporns am Bug. Der Feingehalt an Gold ist ziemlich hoch, so um die zwölf Prozent. Durch seine besondere Form ist es uns auch möglich, das Schiff zeitlich zu datieren, denn um das erste Jahrhundert nach Christus verlieren die Rammsporne ihre typische kammförmige Gestalt und werden in Form von übereinander gelegten Fingern geschmiedet und am unteren Ende mit Friesen oder Skulpturen noch weiter verziert. Dass diese Rammspornspitze gespalten wurde, ist, wie ich meine, der Beweis für die Heftigkeit, mit dem das Schiff einen Gegner rammte. Und obwohl ich denke, dass bei einem Schiff wie diesem der Rammsporn mehr eine dekorative als eine militärische Funktion hatte, wurde er sicherlich dennoch so gefertigt, dass er einem solchen Zusammenstoß normalerweise standhielt.«

»Im Augenblick befindet sich die *C'est Dommage* für die üblichen Wartungsarbeiten in der Werft. Ich nehme jedoch an, dass sie in der zweiten Oktoberwoche wieder auslaufen kann. Dann stehen mein Schiff und ich Ihnen zur Verfügung, Admiral.«

»Damit ist es Zeit, wie ich denke, über Ihre Bezahlung zu sprechen. Wie ich schon sagte, meine finanziellen Möglichkeiten sind ...«

»Dieses Abenteuer fasziniert mich unabhängig von einem eventuellen wirtschaftlichen Erfolg. Daher schlage ich vor, sämtliche Kosten gerecht zu teilen, Admiral, und falls es etwas zu verdienen gibt, werden wir auch die Einnahmen oder die staatliche Belohnung teilen.«

Die beiden sahen sich fest in die Augen, dann tauschten sie einen mannhaften Händedruck. Sie waren beide Seeleute, für die ein Händedruck ebenso viel galt wie die Unterschrift unter einem sorgfältig ausgearbeiteten Vertrag.

Japanisches Meer, 1331

Die Verfolgung zog sich die ganze Nacht hin, ohne dass es dem Kommandanten der großen chinesischen Dschunke gelang, die Piraten abzuschütteln. Wie ein Rudel Hyänen ein verletztes Tier bedrängt, so verfolgten die zehn Schiffe der *Wokou* ihre Beute. Beim ersten Morgengrauen befanden sich die Verfolger bereits in Rufweite. Noch einmal versuchte das Frachtschiff eine Wende, um die *Wokou* abzuschütteln, doch während die Besatzung eifrig zu manövrieren versuchte, hingen die Segel schlaff hinab, denn der Wind war ganz plötzlich abgeflaut, und das Schiff saß fest wie in einer Falle, völlig hilflos dem Überfall ausgeliefert.

Mit ihren leichten, wendigen Schiffen kreisten die *Wokou* das wehrlose Handelsschiff ein und fielen von allen Seiten darüber her. Die mit Krummsäbeln bewaffneten Männer sprangen ungestüm über die Bordwände und enterten es.

Alessandro Crespi, der reiche Kaufmann, der in der Kunst des Kampfes wenig bewandert war, versuchte sich mit einem Schwert zur Wehr zu setzen, das ihm ein Matrose in die Hand gedrückt hatte, doch seine Beine waren durch die Angst wie gelähmt.

Ein Pirat griff ihn an. Mit der Kraft der Verzweiflung führte der Venezianer einen ersten und dann einen zweiten Hieb. Der *Wokou* wich mit großem Geschick zurück, womit alle Anstrengungen, ihn zu treffen, vergebens waren.

Mit einem höhnischen Lächeln um seinen Mund sah er den Kaufmann an, dann wurde sein Blick plötzlich zu dem eines Mörders.

Doch gerade als sich der Pirat anschickte, Alessandro Crespi zu töten, wurde er von hinten von einem Mitglied der Besatzung attackiert, was seine Aufmerksamkeit von der allzu leichten Beute ablenkte. Der erschrockene Kaufmann erblickte einige Weidenkörbe, die hinter dem Großmast standen. Rasch glitt er in den größten.

Sein Mund war völlig ausgetrocknet, und die Brust war ihm so eng geworden, dass er kaum noch Luft holen konnte. So still wie nur möglich, verfolgte er durch die Schlitze des Flechtwerks das Massaker an Bord, wie ein Kaninchen, das aus seinem Käfig, in dem es eingesperrt ist, zusieht, wie seine Artgenossen einer nach dem anderen geschlachtet werden.

Wenig mehr als eine Stunde genügte den zweihundert Piraten, um die Oberhand über die neunzig Matrosen des Handelsschiffs zu gewinnen. Am Ende standen, völlig erschöpft und viele von ihnen verwundet, die letzten zwanzig Besatzungsmitglieder und Passagiere zusammengedrängt an Deck und wurden von den Waffen der Piraten bedroht.

Alessandro Crespi beobachtete sie aus seinem Versteck heraus und dachte noch einmal an den *Wokou*, mit dem er gekämpft hatte. Niemand, so schien es ihm, konnte sich diesem Mann widersetzen, denn er führte das Schwert ungeheuer schnell und bewegte sich dabei so geschickt, wie nur jemand mit jahrelanger Kampferfahrung dazu in der Lage war. Auf seinem Gesicht trug er eine goldene Maske, die eine schreckliche Gottheit darstellte. Jeder Hieb dieses *Wokou* war tödlich.

Es war genau dieser Mann, der sich als Anführer der Piraten entpuppte, indem er das Wort an die Gefangenen richtete.

»Wer von euch hat den höchsten Rang?«, fragte der Pirat mit der Goldmaske.

Der Kommandant straffte sich und trat zwei Schritte nach vorn. Er war an der Schulter verletzt und presste eine Hand auf die stark blutende Wunde. »Ich bin Hong Li, der Kommandant dieses Schiffs.«

»Ausgezeichnet«, erwiderte der Anführer der Piraten. »Ihr habt euch mit großer Ehre geschlagen, und dafür verdient Ihr eine Belohnung.«

Das Schwert des *Wokou* zischte durch die Luft, während

er einen lauten Schlachtruf ausstieß. Dann rollte der Kopf des Kommandanten mit einem dumpfen Laut über das Deck.

»Da seht ihr den Lohn für eure Tapferkeit: Ihr werdet so gut wie schmerzlos sterben.«

Als wäre das ein Signal gewesen, stürzten sich die Seeräuber brüllend auf die unbewaffneten Überlebenden. Unerbittlich sausten ihre Säbel hinab, deren blutbesudelte Klingen sich immer wieder gegen den klaren Himmel abzeichneten, um dann den nächsten Gefangenen zu massakrieren.

Alessandro Crespi war viel zu schockiert, als dass er sich über das Blutbad, das dort angerichtet wurde, hätte empören oder Mitleid mit seinen Untergebenen hätte empfinden können.

Als auch der letzte leblose Körper im Meer versank, fielen die Piraten in den Laderaum ein und schleppten den Großteil der ansehnlichen Beute an Deck – Gold und Silber, fein geschnitzte Jade, mit Gold bestickte Stoffe und kostbare Edelsteine.

Ihr Anführer schien mit dem Umfang der Ladung sehr zufrieden. Er wandte sich an den *Wokou*, der neben ihm stand und sich wie sein direkter Untergebener verhielt. »Sag deinen Männern, dass sie feiern und sich an den Sake-Vorräten des Handelsschiffs laben mögen. Morgen früh werden wir die Beute auf unsere Schiffe laden und das nutzlose Stück Holz hier versenken.«

Von seinem Versteck aus beobachtete Crespi, wie sich die Piraten in die kostbaren Stoffe hüllten, die er mit Gold aufgewogen hatte. Er sah, wie sie ganze Flaschen von Reisschnaps leerten, bis sie schließlich berauscht aufs Deck sanken.

Zwei der *Wokou* setzten sich fast direkt neben seinen Korb.

»Wie viel, meinst du, wird uns unser Herr für die Ladung hier geben?«, fragte einer der beiden.

»Die Beute fällt diesmal sehr reich aus. Unser Anteil wird mindestens einen Goldbarren aus der Schatzkammer des Shoguns betragen«, meinte der zweite.

»Genau. Und denk nur, wenn der Shogun wüsste, dass sein treuer Daimyo unser Anführer ist, der grausamste und furchtloseste aller *Wokou* im Japanischen Meer...«

Alessandro Crespi verstand nun den Grund für die Gnadenlosigkeit, mit der die Piraten jeden für sie gefährlichen Zeugen hinrichteten. Der Mann, der die *Wokou* anführte, war der Gouverneur einer Präfektur und hatte damit eines der höchsten Ämter Japans inne, das gleich hinter dem Kaiser und dem Shogun kam. Er hatte oft davon erzählen hören, dass die Seeräuber dem örtlichen Daimyo erhebliche Anteile ihrer Beute überließen, um keine Unannehmlichkeiten zu bekommen. Doch was er eben belauscht hatte, überstieg dieses Gerücht bei Weitem.

Der Anführer der Piraten ging zur Mitte des Decks. Die Männer, die nicht zu betrunken waren, stellten sich rings um Hito Humarawa auf, den Daimyo der Präfektur Shimane.

»Männer«, sagte Humarawa, »dieses Schiff ist voll von Gold, Silber und anderen Kostbarkeiten. Somit stehen jedem von euch zwei Goldbarren als Anteil zu.«

Gellende Freudenschreie erklangen, doch mit einer einzigen Geste seiner Hand sorgte Hito Humarawa für Ruhe.

»Es versteht sich von selbst, dass niemand von euch je meine Identität verraten darf, nicht einmal unter Folter.«

»Wir sind deine Männer und bereit, dir unser Leben zu opfern!«, rief einer der Piraten, und die anderen stimmten ein.

Nach der Ansprache verließ Humarawa das Deck, während sich einer der *Wokou* vor dem Korb hinstellte. Vom Alkohol berauscht, zog er seinen Säbel und begann damit herumzufuchteln, als wollte er sich mit dem Weidengeflecht ein unmögliches Duell liefern.

Nur einen kurzen Moment, bevor der Pirat den Korb mit

einem einzigen Hieb bis zur Gänze zerteilte, kroch Crespi zitternd aus seinem Versteck hervor.

»Sieh an, was haben wir denn da für ein schönes weißes Kaninchen. Ich glaube, mein Herr hat große Lust, dir bei lebendigem Leib das Fell über die Ohren zu ziehen.«

Während er diese Worte sprach, presste der *Wokou* ihm den Säbel an die Kehle und führte ihn nach hinten zu den Kajüten am Heck.

Tabarka, 1331

Ein unheilvolles Zischen zerschnitt die Luft über ihren Köpfen. Das erste Katapultgeschoss zerschellte mitten auf einer der Straßen und vergoss seinen feurigen Inhalt über mehrere Meter rings um die Einschlagstelle. Der Muqatil sah, wie die Flammen die Wände eines Holzhauses umzüngelten, bevor die Frauen herbeieilten, um den Brand zu löschen.

Draußen vor der Stadtmauer begrüßte der ohrenbetäubende Jubel der Angreifer den ersten Katapultschuss, der sein Ziel erreicht hatte.

Die Ungläubigen hatten ihren Angriff mit nervenzerrüttender Bedächtigkeit gestartet, als setzten sie alles daran, die Belagerten mit der schrittweisen Enthüllung ihrer eigenen Überlegenheit zu zermürben. Unter den Blicken des Muqatil und seiner Männer hatten sie ihre Kriegsmaschinen montiert und sie zu einer Batterie zusammengestellt. Er hatte jede ihrer Tätigkeiten beobachtet, hatte dabei auch auf das winzigste Detail geachtet, um eventuell einen Schwachpunkt seiner Feinde zu entdecken, sodass er keine der Phasen versäumt hatte, die den eigentlichen Kampfhandlungen vorausgegangen war.

Schließlich hatte die gesamte Belagerungsmacht Stellung hinter den Katapulten bezogen, und eine beängstigende Ruhe hatte sich über die beiden Kampfgruppen gesenkt.

Vielleicht lag es daran, dass ein jeder still für sich betete, auf jeden Fall hatte sich ein bedrohliches Schweigen wie eine unwirkliche Glocke über den Ort gestülpt, an dem bereits kurze Zeit später ein langer blutiger Kampf entbrennen sollte. Lautlos hatte ein jeder Krieger zu seinem Gott gebeten, dass er ihm helfen möge, die Angst zu überwinden, dass er nach einem Sieg Frau und Kinder wieder in die Arme schließen konnte, dass weder sein Heim noch seine Existenz zerstört wurden und er nicht die Schmach einer Niederlage hinnehmen musste. Jeder betete, mutig genug zu sein, dem Tod zu trotzen, aber auch um sein Leben, obwohl jeder wusste, dass viele von ihnen bei der bevorstehenden Schlacht fallen würden.

»Schau, Muqatil, sie machen den Turm bereit!« Ibrahim, der Mann, der gesprochen hatte, wandte sich respektvoll an den Emir, auch wenn aus seiner Stimme angstvolle Sorge erklang.

Tatsächlich machten sich einige der Ungläubigen an dem hölzernen Gerüst zu schaffen, das es den Angreifern ermöglichen sollte, auf einer beweglichen Brücke stehend, mit den Männern auf der Stadtmauer auf gleicher Höhe zu kämpfen.

Noch eine kurze Weile hatte die Stille angehalten, doch nun erfüllten die dumpfen Schläge der Katapulte die Luft, und ein Feuerregen ergoss sich auf die belagerte Stadt. Der Muqatil stand oben auf dem Wehrgang und beobachtete den Feind, leidenschaftslos und ohne sich um die Geschosse zu scheren. Er sah, wie sich in der Ferne, nicht weit von dem christlichen Feldlager, eine Karawane den Zelten näherte. Bestimmt transportierte sie die nötigen Lebensmittelvorräte für die mehr als fünftausend Mann.

Der junge Emir wirkte sehr zufrieden. »Ibrahim«, wandte er sich an den Krieger an seiner Seite, »wir werden ihnen die gleichen Schmerzen zufügen, die sie sich zu unserem Leidwesen ausgedacht haben. Sobald die Nacht hereingebrochen ist, marschierst du durch den Geheimgang unter die feindlichen Linien hindurch. Sieh dich genau um und berichte mir dann, was du über den Nachschub an Lebensmitteln für die Ungläubigen erfahren kannst.«

Es war Nacht, als Ibrahim die schwere Tür aufstieß, die ansonsten den Eingang des Geheimgangs verschloss. Durch den engen Stollen, den jeweils nur eine einzelne Person zu durchschreiten vermochte, konnte er leicht die Küste erreichen, sodass es ihm möglich war, die Mission, die ihm aufgetragen worden war, innerhalb weniger Tage durchzuführen.

Der Mond schien auf ihn herab, als er durch den hinter dichtem Buschwerk verborgenen Ausgang trat, hinaus ins Freie. Mit tiefen Atemzügen sog er die klare Nachtluft in seine Lungen ein.

Eine Stimme durchbrach die Stille. »Bist du es, mein getreuer Freund?«, erklang es aus der Dunkelheit.

»Ich bin es, mein Herr, mein einziger Herr«, antwortete Ibrahim.

Dann war das Hufgetrappel eines Pferdes in der ansonsten lautlosen Nacht zu vernehmen.

Der Mond beschien die Gestalt Abd al-Hisàms. Der Cousin des Muqatil saß auf einem Ross, das so schwarz war wie der Schlund eines Vulkans.

»Gut, mein getreuer Ibrahim. Ich habe dich jede Nacht erwartet, seit wir die Stadt umzingelten. So wie wir es abgemacht hatten. Welche Neuigkeiten kannst du mir berichten?«

Alexandria, anno 796 nach der Gründung Roms (43 n. Chr.)

»Du, Lysikrates, wirst den edlen Abgesandten Roms während ihrer Studien in unserer Bibliothek zur Seite stehen«, sprach Cherèmones im Beisein der römischen Delegation, die in großer Zahl in einem der Säle der Bibliothek von Alexandria zugegen war.

Die Römer wurden von einigen Militärs begleitet, die Afranius Burrus kommandierte, ein Mann, der bei den Prätorianern eine wichtige Position einnahm und eng verbunden war mit Agrippina der Jüngeren, der Tochter des Germanicus, Schwester des verstorbenen Caligula, Enkelin des derzeitigen Kaisers Claudius und Urenkelin des Augustus. Die eigentliche Aufgabe der Militärs war es, die Schlagkraft des Heers in der Provinz Ägypten zu stärken, dennoch begleiteten sie die Gruppe von Gelehrten, die in den Texten der Bibliothek Nachforschungen anstellen wollten.

Nicht ohne Verwunderung hatte Lysikrates erfahren, dass sich unter der Gesandtschaft auch eine Frau namens Julia Litia befand, die Arbeiten und Traktate über Astrologie in Augenschein nehmen sollte.

Die Patrizierin war mit der kaiserlichen Familie verwandt und bereits seit vielen Jahren Agrippinas bevorzugte Gesellschafterin. Die Jahre hatten ihre Schönheit leicht getrübt, doch vermochten ihre anmutigen Züge noch immer die Herzen vieler Männer in der *Urbe* zu entflammen. Als der Blick des jungen Schreibers dem ihrer grünen Augen begegnete, fühlte er sich sofort zu ihr hingezogen. Es war das erste Mal, dass er von solch einer Glut erfasst wurde.

Sein Gefühl geschickt verbergend, sagte Lysikrates freundlich zu ihr: »Wenn ich dir von Nutzen sein kann, verfüge über mich, Julia Litia.«

»Du sprichst die Sprache der Römer sehr gut, Lysikrates«, antwortete sie und schenkte ihm ein bezauberndes Lächeln. »Morgen möchte ich einige astrologische Traktate einsehen, die nur in dieser Bibliothek zu finden sind. Meine Herrin Agrippina gab mir den Auftrag, die Sterne über die Zukunft ihres Sohnes Lucius Domitius Ahenobarbus zu befragen.«

»Ich fühle mich geehrt, wenn ich dir behilflich sein kann.«

In dieser Nacht fand Lysikrates kaum Schlaf. Völlig aufgeregt war er, und er wünschte sich sehnlichst den Zeitpunkt herbei, an dem er Julia Litia wiedersehen würde. Ihm erschien es ohne Bedeutung, dass sie fast doppelt so viele Jahre zählte wie er und daher seine Mutter hätte sein können.

Pünktlich traf sie in den frühen Morgenstunden des folgenden Tages in der Bibliothek ein, eskortiert von vier Leibwächtern und zwei Dienern. Cherèmones, der immer darauf bedacht war, die Beziehungen zu den Römern zu pflegen, empfing sie mit der gebotenen Zuvorkommenheit. Dann vertraute er die Delegation Lysikrates an, der ihnen besser als jeder andere zu Diensten sein konnte, da er genau wusste, wo sich welche Niederschrift in der Bibliothek befand und was ihr Inhalt war.

»Die Texte, die das Thema Astrologie behandeln, sind alle im letzten Saal zusammengefasst«, erklärte Lysikrates, während sie eine der großen Hallen durchschritten. »Wir sind im Besitz sehr alter ägyptischer und griechischer Traktate. Ich werde dir gern alles übersetzen, was dich interessiert.«

Mit sicherem Schritt durchmaß Julia Litia die weitläufigen Hallen, während Lysikrates über die Wunder dieses Wissensschreins sprach.

Als sie den letzten Saal erreichten, zeigte der junge Mann auf einige Regale: »Jetzt brauchst du mir nur noch zu sagen, an welcher Stelle wir deine Forschungen beginnen sollen.«

Drei Tage waren vergangen, innerhalb derer sie die Papyri und Wachstafeln durchforschten, um Agrippinas Wunsch nachzukommen, die in Rom, wie Lysikrates wusste, eine sehr mächtige Persönlichkeit war.

An diesem Morgen war Julia Lita ohne die beiden unzertrennlichen Sklaven, die sie sonst immer begleiteten, in der Bibliothek erschienen. Lysikrates war erstaunt darüber, wie sehr sich die Gespräche zwischen der edlen römischen Dame und ihm jeden Tag mehr und mehr vertieften. Oft unterbrachen sie ihre Arbeit an den Texten und redeten dann schier endlos miteinander. Dabei rutschten Julia gelegentlich einige Sätze heraus, die ihr von ihrer Herrin Agrippina oder den höchsten römischen Gremien sicherlich zur Last gelegt worden wären.

»Claudius ist ein unsicherer Mensch, obwohl er als Regent hervorragend ist und wahrhaft gerecht. Er lebte immer im Schatten seines Bruders, des tapferen Germanicus, bis er durch das schreckliche Ende Kaiser Caligulas selbst zum Kaiser wurde. In Rom geht das Gerücht, dass er sich, während die Verschwörer Caligula ermordeten, hinter einem Vorhang verborgen hielt. Und diese Verschwörer, darunter viele Senatoren, riefen ihn auf der Stelle zum Augustus aus, als er nach der Bluttat aus seinem Versteck trat. Eine Lähmung, die ihren Ursprung in zarten Kindertagen hat, lässt den Kaiser in seinen Bewegungen recht plump wirken, und es heißt, dass gerade diese Behinderung die Ursache für die ständigen Seitensprünge seiner Frau Messalina ist.«

»Erzähl mir von deiner Herrin, Julia«, bat Lysikrates.

»Agrippina ist eine sehr energische, intelligente Frau, die neben ihrer Willensstärke auch eine ungemein große Anziehungskraft besitzt. Nie habe ich erlebt, dass sie je den Mut verlor, auch nicht im Angesicht selbst größter Schwierigkeiten. Sie weiß ganz genau, was sie will, und setzt jedes Mittel ein, um ihre Ziele zu erreichen. Nach dem Tod des blutrünstigen Caligula kehrte sie sofort aus dem Exil zurück, zu dem sie ihr Bruder verurteilt hatte, und tat von da an alles, um immer mehr geliebt und verehrt zu werden. In ihren Adern fließt das Blut der seit Generationen regierenden Kaiser, und so würde es mich nicht wundern, wenn der junge Lucius Domitius, der Sohn Agrippinas und ihres Ehemanns Gnaeus Domitius Ahenobarbus, ebenfalls dazu bestimmt ist, in der Hierarchie der *Urbe* eine herausragende Stellung einzunehmen.«

Es war Abend geworden. In dem kleinen Lesesaal warfen die Leuchter kaum mehr genügend Licht auf die Texte, über die Lysikrates gebeugt war. Die Bibliothek war menschenleer, denn die üblichen Besucher mussten die Räume bei Sonnenuntergang verlassen.

»Ich weiß gar nicht, was ich ohne deine wertvolle Hilfe tun sollte«, sagte Julia Litia und lächelte den jungen Mann an.

Lysikrates blickte von dem Papyrus auf. »Ich bin glücklich, wenn ich in deiner Nähe bin, Litia, und dir dabei helfen darf, das Schicksal eines edlen Römers aus den Sternen herauszulesen. Es ist mir eine große Ehre.«

Julia Litia senkte den Blick nicht, sondern hielt ihn weiterhin auf ihn gerichtet. »Machen wir weiter, Lysikrates, ohne uns wieder ablenken zu lassen. Wir haben in den letzten Tagen eine enorme Menge an Texten durchforscht, ohne allerdings besonders große Fortschritte gemacht zu haben. Bei meiner Rückkehr nach Rom muss ich Agrippina zumindest ein Detail liefern, das sie in Erstaunen versetzt. Wenn wir uns weiter mit Vertraulichkeiten aufhalten, werde ich ihr nichts anderes sagen können, als ihr die Scharen von Hofastrologen bereits seit der Geburt von Lucius Domitius vor sechs Jahren täglich erzählen.«

»Ich glaube, dass das, was die Astrologen den Mächtigen vorhersagen, genau dem entspricht, was auch deine Herrin hören will. Hingegen hat unsere Durchsicht der Texte ergeben, dass sich in Agrippinas Liebling sowohl negative als auch positive Impulse mischen, die sich bis zum Exzess steigern können. Aus der Quadratur seines Mondes im Skorpion wird zum Beispiel deutlich, welches Chaos in seinen Gedanken und Vorstellungen herrscht und wie wild und ungebärdig die Natur seines Geistes ist. Eine solche Person, die noch dazu die Neigung zum Einzelgänger in sich trägt, hegt ein maßloses Verlangen nach ungezügelten Vergnügungen und Genuss. Auch sagen die Sterne, dass Lucius Domitius zu einem sehr misstrauischen Menschen heranwachsen wird, der sich zwar stets mit den allerbesten Beratern umgibt, aber nur, um ihnen all ihre Geheimnisse zu entreißen.«

»All diese Dinge kann ich niemals Agrippina sagen. Sie würde mich bestrafen.«

»Die Astrologie ist alles andere als eine exakte Wissenschaft. So kannst du immer das, was wir aus den Sternen herauszulesen meinen, auf eine Weise interpretieren, die den Wünschen deiner Herrin entspricht.«

»Jemanden wie dich findet man selten, Lysikrates. Lass dir das von einer Frau gesagt sein, die deine Mutter sein könnte.« Der Blick allerdings, mit dem ihn Julia bedachte, ließ alles andere als mütterliche Gefühle erkennen.

Plötzlich griffen seine starken Hände nach den ihren. Ohne ein Wort zu sagen, strich er ihr zärtlich und behutsam über Finger und Handrücken, gespannt, wie sie darauf reagieren würde. Als sie ihn nicht abwehrte, wurde er kühner und ließ die Hände über ihre Tunika gleiten, bis sie auf ihren Brüsten lagen.

Der Blick aus Julias schwarzen Augen ließ den seinen nicht los, bis ihre Gesichter einander immer näher kamen. Ihre Lippen berührten sich, und dann versanken sie in einem leidenschaftlichen, ungestümen Kuss, der genau das war, was sie vom ersten Moment an, da sie einander begegnet waren, gewollt hatten.

Wild fegte Lysikrates die Menge der Papyri zu Boden, die sich auf dem schweren Lesetisch angesammelt hatte. Mit seinen kräftigen Armen hob er Julia zu sich empor und ließ sie sanft auf das Holz niedergleiten.

Sie küssten sich lange, während die Hände der reifen Frau den Körper des jungen Mannes erforschten. Wenig später beleuchtete das Licht der Kandelaber ihre beiden Profile, die fast ineinander zu verschmelzen schienen.

»Ich habe mir das gewünscht, seit ich dich zum ersten Mal sah«, sagte Lysikrates mit atemlos bebender Stimme. Er liebkoste ihre noch immer glatte Haut, dann öffnete sie sich und gab sich ihm ohne den Hauch einer Gegenwehr hin.

Noch einen kurzen Moment lang schaute er sie an und betrachtete ihre halb geschlossenen grünen Augen und ihren vollen roten Mund.

Dann spürte er wieder ihre Hände auf sich, die kundigen, geschickten Hände einer Frau mit großer Erfahrung. Sie führten ihn, und er folgte ihrer Leitung. Als er in sie eindrang, erfüllte ihn eine unbändige Lust, die ihm fast die Sinne raubte.

Julia vibrierte unter der Kraft seiner Jugend und genoss zugleich seine Unerfahrenheit, die den Liebesakt süß und erregend machte. Es schürte ihre Leidenschaft, ihm unbekannte Pfade zu zeigen und ihn all die vielfachen Bewegungen zu lehren, die ihrer beider Ekstase noch immer weiter steigerten.

Als er hörte, wie sie unter ihm immer lauter stöhnte, konnte sich auch Lysikrates nicht länger zurückhalten. Danach streckte sich der junge Mann wie ein müder Krieger am Ende einer Schlacht neben ihr nieder. Sein Brustkorb hob und senkte sich heftig unter schweren Atemzügen, und der Blick seiner Augen war trunken vor Glück.

Julia Litia zog sich wieder an und küsste ihn. »Die Nacht ist bereits hereingebrochen, ich muss gehen«, raunte sie.

»Bis morgen«, sagte Lysikrates und drückte seine Lippen ein letztes Mal auf die ihren.

Dann sammelte er die Texte ein, die er vorher zu Boden geworfen hatte, und vertiefte sich erneut in seine Arbeit, ohne sich allerdings darauf konzentrieren zu können. Ständig tauchten vor seinem geistigen Auge all die Einzelheiten wieder auf, die er kurz zuvor erlebt hatte. Er strengte sich gewaltig an, seine innere Ruhe zurückzugewinnen und die Erregung zu unterdrücken, von der er noch immer erfasst war.

Nur das und nichts weiter verband ihn mit Julia Litia.

Seine lustvollen Gefühle hatten keinesfalls etwas mit Liebe zu tun, auch wenn er für die römische Patrizierin große Zuneigung empfand. Das alles wurde von einem blinden Verlangen bestimmt und dem unbändigen Wunsch, sich über Grenzen hinauszubewegen und ein wenig mehr über das unendliche Areal seiner Instinkte zu erfahren.

Auf einmal hallte in den nachtdunklen Sälen das Geräusch von Schritten wider. Lysikrates weilte schon zu lange in Alexandria, um nicht den Gang Cherèmones' zu erkennen.

»Du bist noch da, Lysikrates?«, fragte Cherèmones mit scheinbar strenger Stimme.

»Ja, ich bin noch mit dem Auftrag beschäftigt, den du mir erteilt hast, und ich möchte die Arbeit für Julia Litia vorzeitig fertigstellen. Sie hat mich gebeten, sie bei der Besichtigung unseres Leuchtturms und all der anderen Wunderwerke in unserer Stadt zu begleiten, bevor sie nach Rom zurückkehrt. Ich habe mir gedacht, dafür den letzten Tag ihres Aufenthalts in Alexandria zu nutzen.«

»Ich bin noch nicht alt genug, um nicht die Leidenschaft zu erkennen, die in dir lodert. Und ich kann sie dir nicht verübeln, Lysikrates, denn Julia ist eine sehr schöne Frau. Aber pass auf, mein junger Freund, dass du dich nicht von deinen Gefühlen überwältigen lässt. Niemals. Als Priester des Osiris haben wir eine Aufgabe zu erfüllen, die weit über die Emotionen der Menschen hinausgeht.«

Lysikrates war erstaunt, diese Worte zu hören. Er hatte angenommen, dass ihn Cherèmones bestrafen würde, sobald er sein Liebesverhältnis entdeckte. Stattdessen verhielt er sich wie ein treusorgender Vater, der versucht, die Gefühle eines Sohnes zu verstehen.

Lysikrates lächelte Cherèmones an. »Keine Angst, ich weiß genau, wer ich bin und was ich zu tun habe.«

Tel Aviv, Oktober 2001

Derrick Erma kleidete sich sehr stilvoll und elegant. Er war nicht sehr groß, doch unter der Kleidung war ein zwar schmaler, aber dennoch athletischer Körper zu erahnen. Trotzdem wirkte er durch das an den Schläfen ergraute Haar und die Brille mit feinem Goldrand eher wie der Manager eines Industriekonzerns. Er hatte auf dem Weg nach oben jede einzelne kleine Stufe erklimmen müssen, bis er schließlich den Posten jenes Mannes übernommen hatte, der sein Lehrmeister und Chef des Mossad gewesen war.

Erma verdankte Oswald Breil viel, und noch immer hörte er auf die Ratschläge des kleinwüchsigen Mannes, als könnten selbst bei den umfassendsten Ermittlungen nur diese zur Lösung eines Falls führen.

Noch einmal sah er sich den Film an, dann setzte er sich nachdenklich an seinen Schreibtisch. Er nahm den vertraulichen Bericht zur Hand, den ihm eine junge Agentin vor Kurzem aus Japan geschickt hatte. Sie hatte sich dafür des komplexen telematischen Systems bedient, das alle Informanten des Mossad für ihre Mitteilungen verwendeten.

Kuniko Sagashi hatte gute Arbeit geleistet. Der Verdacht, den Erma bezüglich Water Enterprises hegte, schien durchaus begründet.

»Hauptmann Bernstein und Major Milano sollen sich bei mir melden«, sagte Erma, während er die Taste der Sprechanlage gedrückt hielt.

Wenig später standen die beiden Mossad-Offiziere in seinem Büro.

Erma verschwendete keine Zeit mit Höflichkeitsfloskeln. Nachdem er die beiden Männer aufgefordert hatte, sich zu setzen, kam er gleich zur Sache:

»Die Attentate der vergangenen Tage in Amerika und Israel ließen notgedrungen viele laufende Ermittlungen in den Hintergrund treten. Wichtige Vorgänge blieben beunruhigenderweise liegen, da sich unsere Aktivitäten fast ausschließlich auf die islamistische Bedrohung konzentrierten. Zum Glück ließ sich eine unserer Agentinnen in Japan nicht von den Bildern der einstürzenden Zwillingstürme lähmen, sondern tat weiterhin ihre Arbeit und verfolgte eine Spur, die ich für sehr interessant halte.

Wie Sie sicher wissen, steht in unserem Land die gesamte Energie- und Wasserversorgung unter der strengen Kontrolle des Staates, und das aus offensichtlichen Gründen der Sicherheit und Zweckdienlichkeit. Vor ungefähr sechs Monaten empfahl die Mekorot, die israelische Staatsfirma für die Verteilung des Trinkwassers, das gesamte Wassernetz zu erneuern, zumal der Tiberias-See, die Hauptversorgungsquelle sowohl Israels als auch Palästinas und Jordaniens, nicht mehr die nötigen zwei Milliarden Kubikmeter pro Jahr liefern kann. So sind einerseits grundlegende Verbesserungen am Transportnetz erforderlich, andererseits muss der Trinkwasservorrat durch den Bau von Entsalzungsanlagen erhöht werden.

Also hat die Mekorot eine öffentliche Ausschreibung ausgegeben. Von den sechs Gesellschaften, die ein Angebot vorgelegt haben, verblüffte besonders eine die mit der Prüfung beauftragten Beamten, denn sie offerierte einen um dreißig Prozent niedrigeren Preis als der Durchschnitt der Konkurrenz. Dieses Angebot kam von dem japanischen Unternehmen Water Enterprises und schien den Verantwortlichen in der Regierung kaum noch eine Wahl zu lassen.

An diesem Punkt mischten wir uns ein, der Mossad, und überprüften das japanische Unternehmen. Zunächst war das nur die übliche routinemäßige Untersuchung durch eines unserer Auslandsbüros, mit der wir Beschaffenheit und Zuverlässigkeit von Firmen durchleuchten, bevor wir sie uns ins Haus holen. Genau das hat unsere emsige Agentin getan. Sie nahm die Solidität und Seriosität des japanischen Multis unter die Lupe, doch als sie sich dann auch mit dem

Gründer des Unternehmens befasste, machte sie ein paar äußerst interessante Entdeckungen.«

Erma machte eine kurze Pause, bevor er fortfuhr:

»Yasuo Maru ist einer der reichsten Männer der Welt. Sein von ihm geschaffenes Unternehmen Water Enterprises kontrolliert heute etwa zwanzig Prozent der gesamten Wasservorräte unseres Planeten. Was das bedeutet, können Sie sich sicher vorstellen. Tatsächlich verfügt Maru über eine Monopolstellung bei diesem so wichtigen Gut; kein anderer privater Anbieter kontrolliert einen höheren Anteil als maximal zwei Prozent des gesamten Weltbedarfs. Um einen einfachen Vergleich zu ziehen: In großen Industriekonzernen mit aufgesplittetem Kapital garantiert ein Aktienpaket von vier bis fünf Prozent die Kontrolle über das Gesamtunternehmen.

Der Herr der Wasser, wie Yasuo Maru genannt wird, kontrolliert hingegen die Wasserversorgung von annähernd zwei Milliarden Menschen und einer Vielzahl industrieller Betriebe und anderer Unternehmen. Um diese Position zu halten, bedient sich Maru auch recht fragwürdiger Methoden, die von Einschüchterung der Konzernleitungen jener Unternehmen, die Water Enterprises aufzukaufen beabsichtigt, bis zum Erwerb sämtlicher Börsenaktien der jeweiligen Firma reichen. Er lässt nicht locker, bevor er nicht die Mehrheitsbeteiligung hat. Dabei schreckt er auch nicht davor zurück, Leute, die sich ihm in den Weg stellen, spurlos verschwinden zu lassen oder dafür zu sorgen, dass jemand durch einen mysteriösen Unfall ums Leben kommmt, wenn er es wagt, sich seinen vorteilhaften Angeboten zu widersetzen.

Der Herr der Wasser und seine Helfershelfer überrollen alles mit der Wucht eines Bulldozers, und ganz gewiss liegt es nicht im Interesse des Staates Israel, einer Gesellschaft aus Japan, die sich solcher Methoden bedient, Zutritt zu unserem Territorium zu gewähren, selbst wenn unsere Beziehung zu Maru nach Ende der Vertragszeit nicht wieder erneuert werden sollte. Wir befürchten, dass er all seine Mittel einsetzen und auch ein paar sehr gute Kontakte nützen könnte, um sich einen Weg in die Strukturen unseres Staates zu öffnen. Hat Water Enterprises erst einmal den Fuß in unserer Tür, könnte das Unternehmen rasch unentbehrlich werden, und am Ende würde das Überleben unseres Staates von dieser Gesellschaft abhängen.

Glauben Sie nur nicht, dass meine Phantasie mit mir durchgeht. Was ich hier aufzeige, ist eine reale Bedrohung, die uns ins Haus steht, nachdem wir nach der Ausschreibung bereits mit den Arbeiten in Verzug sind. Darüber hinaus gibt es eine weitere Sache, die mich beunruhigt: Wir sind inzwischen fast absolut sicher, dass Yasuo Maru der Yakuza angehört.«

Bevor er weitersprach, musterte Derrick Erma seine beiden Gesprächspartner. Hauptmann Bernstein trug einen Anzug aus dem Kaufhaus, und auf seiner Adlernase saß eine schon uralte Hornbrille. Seine äußere Gestalt und die körperliche Erscheinung ließen an einen x-beliebigen Verkäufer denken. Dieser unscheinbare Mann vermittelte ganz sicher nicht den Eindruck, dass er in Wirklichkeit die Geheimnisse des Mossad hütete. Er war sowohl verantwortlich für die Verbindungsnetze der Agenten als auch für das Archiv, die berühmte »Einheit 8200«, welche die sprichwörtliche Effizienz des israelischen Geheimdienstes erst ermöglichte.

Auch Major Milano war ein überaus tüchtiger und fähiger Agent, bei dem sich Tatkraft und ermittlerische Fähigkeiten aufs Beste verknüpften. Er hatte breite Schultern und dunkle, durchdringend blickende Augen. Obwohl nur knapp über dreißig Jahre, gehörte er bereits lange Zeit dem Mossad an. Seine Großeltern hatten gleich nach dem Krieg Italien verlassen und zu den ersten Siedlern des neuen Staates Israel gehört, in dem Bruno Milano geboren worden war. Er hatte zahlreiche Ämter im Ausland bekleidet, bis er schließlich in den engen Kreis der Agenten aufgenommen worden war, die von ihren eigenen Kollegen »die Assassinen« genannt werden – Männer mit dem Auftrag, auf wirksame, unwiderrufliche Art die Feinde Israels unschädlich zu machen, wo immer sie sich auch aufhalten.

»Von Ihnen, Hauptmann Bernstein«, fuhr Erma fort, »benötige ich sämtliche Informationen über Yasuo Maru. Nutzen Sie all Ihre Suchmaschinen und finden Sie eine Möglichkeit, in die Kommunikation unseres japanischen Freundes einzudringen. Auch wenn es unserer Regierung gelingen sollte, aus dem mit Water Enterprises geschlossenen Vertrag auszusteigen, fürchte ich, dass wir schon in sehr kurzer Zeit wieder von dieser Gesellschaft und ihrem mysteriösen Eigentümer hören werden.«

Dann wandte er sich an Bruno Milano: »Sie, Major, werden zu unserer Botschaft in Tokio abkommandiert, und zwar als Leiter des Büros für Wirtschaftsbeziehungen. Tatsächlich besteht Ihre Aufgabe darin, unsere Agentin, die Maru auf den Fersen ist, zu unterstützen und ihr jede nur erdenkliche Hilfe zukommen zu lassen. Die Agentin wird Sie selbst kontaktieren, ihr Tarnname lautet Bushido.«

Mittelmeer, Oktober 2001

Ein frischer Nordwind trieb die *C'est Dommage* nach Süden, und der dreiunddreißig Meter lange Katamaran glitt mit der beachtlichen Geschwindigkeit von fünfzehn Knoten über das Wasser. Die noch immer sehr warme Sonne strahlte auf das Gesicht von Henry Vittard, während er das Luvruder fest mit beiden Händen umschlossen hielt und mit winzigen Drehungen des Steuerrads die Widerstände ausglich, die das Schiff auf dem vom Wind gekräuselten Meer zu überwinden hatte.

Admiral Guglielmo Grandi saß nicht weit von ihm entfernt im Cockpit und beobachtete mit großem Interesse, wie meisterhaft es Vittard gelang, diesen Boliden aus Leichtmetall und modernsten Materialien zu steuern. Er selbst regulierte den Klüverschoten, wobei er je nach Stärke der Windböen das Segel fierte oder straffte.

Neben ihm saß der junge Akir, der farbige Matrose, der Vittard als Einziger auf den Kreuzfahrten begleitete. Es war kaum zu glauben, dass ein Schiff von dieser Größe so ausgelegt war, dass es nur von diesen drei Männern gesteuert werden konnte. Aber ihre auf vielen Seereisen gewonnenen Erfahrungen reichten aus, um die *C'est Dommage* bis ans Ende der Welt zu segeln.

Vittard hingegen staunte darüber, dass sich der Admiral selbst unter seinen höchst kritischen Augen als perfekter Segler entpuppte.

»Ich nehme es mit jedem Hochseeboot auf«, sagte Grandi mit zufriedenem Lächeln.

»Akir, übernimm du das Ruder. Der Admiral und ich gehen zur weiteren Bestimmung des Kurses runter in den Kartenraum.«

Der Karten- und Instrumentenraum befand sich im hinteren Heck des Steuerbordschwimmers. Es war ein nur kleiner Raum, der lediglich Platz für den Tisch bot, auf dem die Seekarten ausgebreitet lagen. Dafür waren an der Schottwand sämtliche nur erdenklichen modernen Instrumente angebracht, mit denen sie die Position und den Kurs des Schiffs bestimmen konnten.

Vittard deutete auf das Satellitensystem, das mit einer Toleranz von nur wenigen Metern die Position der *C'est Dommage* zu jeder Zeit anzeigte. Als er den Ausschnitt auf dem Computerbildschirm vergrößerte, wurde die Küste Siziliens sichtbar, und ein blinkender roter Punkt zeigte die Lage ihres Katamarans.

»Es sind noch etwa hundert Seemeilen bis zu unserem Bestimmungsort, Admiral«, erklärte Vittard. »Wenn wir diese Geschwindigkeit beibehalten, erreichen wir die Ägadischen

Inseln noch heute Nacht und können morgen mit dem ersten Tauchgang beginnen.«

»Bauen wir auf unser Glück, denn wie ich Ihnen bereits sagte, benötigte ich mehrere Monate Tauchgänge, um die Gegenstände zu bergen, die ich Ihnen gezeigt habe. In den meisten Fällen bin ich mit leeren Händen raufgekommen. Ich hoffe nur, dass Sie den Mut nicht verlieren, Vittard.«

»Ich bin Herausforderungen gewohnt und kenne auch den bitteren Geschmack des Misserfolgs, Admiral. Ich mache mir keine Illusionen, auch nicht hinsichtlich des goldenen Schiffs.«

»Ja, das goldene Schiff…«, wiederholte Grandi später, während sein nachdenklicher Blick auf das Kielwasser der dahinfliegenden *C'est Dommage* gerichtet war.

Japanisches Meer, 1331

Alessandro Crespi, der unternehmungslustige Kaufmann aus Venedig, zitterte am ganzen Leib wie Espenlaub. Der *Wokou* brachte ihn vor seinen Anführer, während die übrigen Piraten, die zusammengedrängt auf dem Deck des gekaperten Schiffs standen, zur Seite wichen, um sie durchzulassen.

Der Mann, vor den Crespi geführt wurde, war nicht besonders groß, aber unter der aus zahlreichen Metallblättchen gefertigten Rüstung steckte ein massiger, kampferprobter Körper. Der Kaufmann hatte selbst gesehen, mit welcher Meisterschaft dieser Mann das Schwert führte und wie er mit einem einzigen Hieb den Kapitän des Schiffs, dessen Waren man an Bord genommen hatte, enthauptet hatte.

Hito Humarawa starrte mit völlig reglosem Blick direkt in Crespis Augen. Er hatte die goldene Kampfmaske abgelegt, nachdem er gedacht hatte, auch das letzte Besatzungsmitglied des Handelsschiffs wäre getötet worden. Doch der Ausdruck seines Gesichts flößte Crespi nicht weniger Angst ein als die Fratze der höllischen Gottheit, die die goldene Kampfmaske zeigte.

»Wie hast du es geschafft zu überleben?«, fragte der Samurai mit fester Stimme.

»Ich habe mich in einem dieser Körbe versteckt«, antwortete Crespi radebrechend auf Japanisch.

»Das war sinnlos, Fremder. Du wirst nicht mit dem Leben davonkommen.« Humarawas Rechte umfasste den Griff des *Katana*, das er an der Seite trug.

»Wartet, Herr, ich bitte Euch«, beschwor ihn der Venezianer und faltete dabei die Hände vor der Brust. »Ich bin sicher, dass ich Euch lebend mehr von Nutzen bin als tot.«

»Und welche deiner Fähigkeiten oder Kenntnisse sollten für mich so wertvoll sein, dass ich dafür dein Leben schone?«

»Ich bin reich, sehr reich. Ich könnte anordnen, dass Ihr ein beträchtliches Lösegeld erhaltet!«

Die Männer auf Deck brachen in polterndes Lachen aus und riefen wild durcheinander, während Humarawa, von diesem Vorschlag unbeeindruckt, sein Schwert zog.

»Ich kenne sämtliche Routen der chinesischen Handelsschiffe«, sprach Crespi hastig weiter, »und kann sie bereits aus zehn Seemeilen Entfernung voneinander unterscheiden. Und ich weiß, welche Waren ein jedes geladen hat.«

Für einen Augenblick hielt Humarawa inne und überlegte. Die Informationen, von denen der Venezianer sprach, konnten seiner *Wokou*-Flotte sehr von Nutzen sein. Und so stieß er das *Katana* zurück in die Scheide und sagte: »Zuallererst werde ich dich auf die Probe stellen, Fremder, um mir Gewissheit über deinen Wert zu verschaffen. Ich gebe dir die einmalige Möglichkeit, dich zu retten. Wenn es dir gelingt, Wu zu bezwingen, werde ich dich nicht hinrichten. Zumindest jetzt noch nicht.«

Wieder brach die Besatzung des Piratenschiffs in bedrohliches Gelächter aus. Und nachdem sich Wu vor ihm aufgebaut hatte, verstand Alessandro Crespi auch den Grund für ihre Heiterkeit.

Wu war ein *Wokou* chinesischer Abstammung, so groß wie ein Baum und so dick wie ein Ochse. Seine Hände wirkten wie Eisenglieder, und seine Miene zeigte den Wahn eines Mannes, der das Morden liebt. Während er sich seiner Beute mit langsamen, abgezirkelten Schritten näherte, schwabbelte bei jedem Schritt das Fett, das wie ein Ring um seine Hüften lag.

Rasch wich Crespi zur Seite aus, um damit dem ersten Angriff des Berserkers zu entgehen. Doch Wus Fausthieb traf ihn dennoch in die Seite, was ihm für einige Momente den Atem nahm. Dann ließ der Chinese den Arm durch die Luft kreisen, bevor seine Faust auf Crespis Gesicht niedersauste.

Der Blick des Venezianers trübte sich. Instinktiv betastete er mit der Hand seinen Jochbogen und zog sie blutbeschmiert wieder zurück. Rings um die beiden Kontrahenten hatte sich ein großer Kreis aus den Männern der Besatzung gebildet, die Wu zuriefen, er solle seinen Gegner fertigmachen.

Der Koloss stapfte auf Crespi zu, und der war zu benommen, um Wus Armen auszuweichen, die ihn im nächsten Moment umklammerten. Der Venezianer hörte seine eigenen Rippen knirschen, als ihn der Riese in seinem unerbittlichen Griff vom Boden hob. Crespi bekam keine Luft mehr. Bald würde alles vorbei sein.

Mit der letzten Kraft der Verzweiflung bewegte Crespi den linken Arm, der nicht im eisernen Zangengriff feststeckte. Mit zwei Fingern griff er zwischen die Lippen des Chinesen und zog und zerrte mit aller Kraft, die er noch aufzubringen imstande war.

Sofort lockerte sich der Griff, und Wu riss die Hände zum Mund empor. Ein blutender Riss, an den Rändern unregelmäßig ausgefranst, dehnte sich über die gesamte rechte Wange, vom Mundwinkel bis fast ans Ohr.

Crespi machte sich die Ablenkung seines Gegners sofort zunutze, ergriff einen schweren hölzernen Ankerblock, der auf dem Deck liegen geblieben war, und versetzte dem *Wokou* damit einen Schlag gegen die Brust.

Wu erbebte, denn der Hieb traf ihn mit der Wucht eines zutretenden Nashorns. Dann fasste er sich und stürmte mit gesenktem Kopf auf Crespi zu.

Dem war klar, dass er diesen Haufen aus Muskeln und Fett nicht aufhalten konnte. Alles, was ihm noch blieb, war, wieder zur Seite auszuweichen und erneut mit dem Ankerblock zuzuschlagen. Er packte ihn diesmal oben an der Befestigung und traf den Chinesen an der Stirn, direkt über der Augenbraue. In der gelblichen Haut tat sich ein milchigweißer Riss auf, dann lief das Blut in das darunter liegende Auge.

Das war es, was der Venezianer hatte erreichen wollen. Taumelnd und orientierungslos drehte sich Wu um sich selbst, wobei er nicht aufhörte, sich ständig mit einer Hand das Blut von seinem Auge zu wischen.

Den Ankerblock wie einen Knüppel schwingend, stürzte sich Crespi auf ihn und hämmerte wild auf den Kopf seines Gegners ein. Wie ein leerer Sack fiel der Riese schließlich in sich zusammen und blieb besinnungslos liegen.

Hito Humarawa machte eine Handbewegung, und sofort verklang das Geschrei der Piraten.

Crespi stand keuchend auf dem Deck, die Arme hingen ihm an den Seiten nach unten, und noch immer umklammerte er die improvisierte Waffe.

»Von nun an bist du einer von uns, Venezianer. Aber nur solange, wie du mir treu ergeben bist.«

Die Männer stimmten bei dieser ehrenvollen Ernennung ein Freudengeheul an.

Da erst spürte Crespi die ungeheure Anstrengung, die ihm dieser Zweikampf abverlangt hatte, und die Beine gaben unter ihm nach. Er sank auf die Knie und verweilte einige

Sekunden lang in dieser Haltung, während sich sein Brustkorb unter schweren Atemzügen hob und senkte.

Tabarka, 1331

Es hatte zahlreiche Angriffe gegeben, mindestens einen pro Tag, doch die Stadt des Muqatil hielt ihren Feinden tapfer stand. Ohne Unterlass hatten die Katapulte während der ersten Belagerungsvorstöße Tabarka beschossen und dabei Schäden und Brände verursacht. Letztere waren von der Bevölkerung aber sofort gelöscht worden.

Der Muqatil wandte sich an den getreuen Yousef. »Unsere Stadt könnte vielleicht jahrelang einer derartigen Belagerung standhalten. Aber wenn es den Christen gelingt, eine Bresche in die Stadtmauer zu schlagen, müssten wir innerhalb weniger Stunden kapitulieren.«

»Das sehe ich auch so, Emir«, antwortete sein bewährter Berater, »doch viel entscheidender sind die Entbehrungen, die die Bevölkerung zu ertragen hat. Sie werden immer größer, je länger die Kämpfe andauern. Solange es den Ungläubigen nicht gelingt, in das Innere des Mauerrings vorzudringen, gibt es in einer so gut geschützten Festung wie dieser keinen anderen Grund zur Kapitulation als den Hunger und die unzumutbaren Verhältnisse, die eine Belagerung mit sich bringt.«

»Da hast du recht, Yousef. Vielleicht gelingt es ihnen, uns auszuhungern oder durch eine betrügerische Kriegslist in die Stadt einzudringen, doch sie zwingen uns sicherlich nicht durch ihre zahlenmäßige Überlegenheit in die Knie.«

Eine Wache betrat den Saal, der als Besprechungsraum diente.

»Emir, sie graben einen Stollen unter dem Osttor«, meldete der Soldat, kaum dass er vor seinen Herrn getreten war.

Der Muqatil begriff sofort, was die Ungläubigen im Sinn

hatten. Im Stollen waren sie vor dem Beschuss durch die Belagerten geschützt, während sie sich bis zum Fundament der Stadtmauer gruben, um dort Holz und anderes brennbares Material anzuhäufen. Ein unterirdisches Feuer war die einzige Möglichkeit, den Verteidigungsring zu durchbrechen.

»Ich habe gesehen, wie der Johanniter-Turm in Akkon zerbröckelte, als wäre er aus Sand, nachdem al-Malik al-Ashraf Khalil in dem von uns gegrabenen Stollen Feuer legen ließ«, sagte Yousef, als hätte er die Gedanken des Emir gelesen. »Durch diese Kriegslist war es uns möglich, das letzte Bollwerk der Ungläubigen im Land des Propheten zu erstürmen.«

Allein die Erwähnung des Namens der alten christlichen Stadt entfachte in dem Muqatil einen wahren Wirbel von Erinnerungen. Wie ihm aus den Erzählungen seines Vaters bekannt war, hatte an diesem Ort die militärische Laufbahn des Bertrand de Candie begonnen, eines Ritters des Templerordens, mit dem sein Vater in unauflöslicher Freundschaft verbunden gewesen war.

»Siehst du, wie das Leben spielt, Yousef? Mein Vater kämpfte für die Erhaltung der Christenheit in diesem Land und ist dafür gestorben. Dieselbe Christenheit belagert heute Tabarka.« Dann zwang sich der junge Heerführer, nicht länger an die Vergangenheit zu denken. »Wir müssen alles tun, um die drohende Gefahr abzuwenden.«

Als sich der Abend herabsenkte und der Muqatil und seine Stellvertreter noch immer darüber beratschlagten, wie sie die Ungläubigen davon abhalten konnten, sich bis an die Fundamente der Mauer zu graben, gelangte Ibrahim, den der Emir unter die feindlichen Linien hindurchgeschickt hatte, wieder durch den Geheimgang ins Innere des Mauerrings zurück.

Alexandria, anno 798 nach der Gründung Roms (45 n. Chr.)

»Im Angesicht ihrer eigenen Machtlosigkeit flüchten sich viele Menschen in Aberglauben oder Religion«, erklärte Cherèmones und blickte Lysikrates dabei fest in die Augen. »Und derartige Überzeugungen können größere Umwälzungen hervorrufen als tausend Heere und einen Eroberer zerschmettern.«

»Was willst du damit sagen, Cherèmones?«, fragte Lysikrates.

»Sieh dir die Anhänger Christi von Nazareth an. Sie breiten sich aus wie Öl auf dem Wasser, obwohl doch Christus selbst und der größte Teil seiner Jünger bereits längst tot und begraben sind. Dennoch sind seitdem eine Menge Sekten entstanden, die versuchen, die christliche Religion mit magischen Riten zu verbinden. Das Volk braucht einen Glauben, und die Lehren des Nazareners kommen bei den einfachen Leuten noch immer gut an.«

Cherèmones hielt einen Augenblick inne. Der Ausdruck auf Lysikrates' Gesicht, das in nichts mehr an den Knaben erinnerte, den er vor Jahren in die Schreibschule der Bibliothek aufgenommen hatte, war ernst und aufmerksam.

»Sagt dir der Name Simon von Samaria etwas?«, fuhr Cherèmones fort.

Lysikrates schien in seinem Gedächtnis zu graben, dann hellte sich seine Miene auf. »Doch, ich habe von jemandem reden gehört, den sie Simon den Magier nennen. Es heißt, er wollte den Anhängern des Christus von Nazareth das Wissen abkaufen, wie man Menschen Heiligkeit verleiht.«

»Dieser Mann schart viele Jünger um sich. Man erzählt sich, er hätte göttliche Fähigkeiten. Ich dagegen denke, dass er ein geschickter Scharlatan ist.«

»Verzeih mir, wenn ich dich unterbreche, Cherèmones, aber warum erzählst du mir von ihm?«

»Weil du der zuverlässigste Mensch bist, den ich kenne,

außerdem jung und stark und in jeder Art Kampf erprobt. Zudem bist du ein Priester des Osiris und somit unserer Sache verschrieben. Ich möchte, dass du dich in dem Stadtviertel Gitthis von Samaria unter die Jünger des Simon einschleichst und versuchst, ihm seine Geheimnisse zu entlocken. Doch gib gut auf dich acht, Lysikrates! Simon ist ein Magier und alles andere als naiv.«

Ägadische Inseln, Oktober 2001

Der Druck der Tauchermaske hatte eine veilchenblaue Ellipse um Augen und Nase des Admirals hinterlassen. Doch es war bestimmt kein Tiefenrausch, der seine Anspannung ausgelöst hatte. Grandi öffnete den Reißverschluss seines Neoprenanzugs. Erst in dem Augenblick bemerkte Vittard, dass sich etwa in Brusthöhe darunter eine Wölbung abzeichnete.

Zwischen Grandis Händen wurde ein Wolfskopf sichtbar, der im Schein der noch immer heißen mediterranen Sonne golden erstrahlte.

Das Fundstück wies Anzeichen von Erosion auf, und jahrhundertealter Schlick hatte sich in den Gravuren festgesetzt, die von der bewundernswerten Meisterschaft eines antiken Kunsthandwerkers zeugten. Die sandige Tiefe, in der es so lange Zeit geruht hatte, bevor es von dem Metalldetektor des Admirals aufgespürt worden war, hatte das Manufakt jedoch vor Oxidation und Korrosion geschützt. Das scheibenförmige Stück, in das der Wolfskopf eingraviert war, hatte etwa die Größe eines Untertellers und wog wohl, sobald es gesäubert war, nicht weniger als zweihundert Gramm.

»Ein Wolf«, raunte Vittard und drehte das Fundstück in den Händen.

»Genau. Der Wolf wurde in der römischen Welt sehr geschätzt, insbesondere von Nero. Denn er verehrte vor allem den Gott Apoll, der oft in der Gestalt eines Wolfes dargestellt wurde«, erklärte Grandi. »Doch bevor wir uns in Spekulationen ergehen und unsere Phantasie strapazieren, müssen wir dieses Artefakt zunächst mal säubern und dann genauestens unter die Lupe nehmen.«

Während Vittard mit großer Sorgfalt die Verkrustungen abbürstete, richtete sich seine Aufmerksamkeit auf die Zeichen im Wolfsfell, die er zunächst für Locken gehalten hatte.

»Sehen Sie einmal her, Admiral!«, rief er und deutete auf den unteren Rand des Wolfskopfes.

»Das sieht ja …! Ja, sicher, das sieht wie eine Inschrift aus!«

»Oder eher wie ein einziges Wort. Das sind arabische Schriftzeichen.«

»Arabisch? Sind Sie sicher, Vittard?«

»Ziemlich sicher, Admiral. Das scheinen mir kufische Schriftzeichen zu sein.«

»Kufisch?«, fragte Grandi, ohne seine Zweifel zu verhehlen. »Korrigieren Sie mich, wenn ich mich irre, doch das würde ja bedeuten, dass dieses Fundstück nicht vor den ersten Jahrhunderten der Hidschra zu datieren wäre.«

»So ist es. Der Wolfskopf könnte aus dem achten bis zehnten Jahrhundert nach Christus stammen.«

»Das würde alles durcheinander bringen, was ich bis heute über das Wrack zu wissen glaubte. Falls es sich tatsächlich um den Teil eines Wracks handelt. Und was steht da geschrieben?«

»Mir ist die ältere Schriftart des Arabischen nicht so vertraut, als dass ich dies hier entziffern könnte. Aber ich werde es abpausen und dann per E-Mail an meinen Freund Grégoire Funet senden, der im Denkmalamt in Orléans arbeitet. Er war das Genie unter meinen Kommilitonen und ist besonders versiert in alten Sprachen.«

Nachdem das Halbrelief trocken war, legte Vittard ein dünnes Blatt Papier darauf und schraffierte die Schriftzeichen mit einer Bleistiftspitze nach. Anschließend legte er das Blatt in einen Scanner und verschickte die digitale Abbildung daraufhin als Anhang einer kurzen E-Mail, nachdem er seinen französischen Freund zur Sicherheit bereits telefonisch vorgewarnt hatte.

Etwa eine Viertelstunde später, in der sowohl Grandi als auch Vittard mehrere Male den elektronischen Posteingang auf neue E-Mails überprüft hatten, traf endlich die sehnlich erwartete Antwort ein. Vittards französischer Freund bestätigte, dass es sich bei den Schriftzeichen um Kufisch handelte, um jene Schrift und Sprache also, in der die alten Koranhandschriften verfasst waren. Das Wort, das diese Buchstaben bildeten, lautete:

Muqatil – der Krieger.

Matsue, Japan, 1331

Der Empfang, der dem Großen General bereitet wurde, als er die Stadt Matsue besuchte, war bereits vorher bis in die letzten Einzelheiten festgelegt worden. Jede Wegkreuzung war mit riesigen roten Bannern geschmückt, auf denen die achtungsgebietende Persönlichkeit von Takauji Ashikaga, dem tapferen Kommandanten und Anführer des Heeres des Shoguns Hojo, gepriesen wurde.

Der aus etwa hundert Samurai bestehende Trupp, der von Takauji befehligt wurde, erreichte das Kastell, das der Daimyo bewohnte. Die Samurai wurden zu beiden Seiten von einer riesigen Menschenmenge begleitet.

Hito Humarawa erwartete seinen General unweit der Holzbrücke, die den einzigen und gut geschützten Zugang bildete, wenn man in die *Shiro* gelangen wollte, die Festung von Matsue, in der er residierte und als Präfekt der Provinz

Shimane seine unangefochtene Macht ausübte. Sie war ein regelrechtes Bollwerk und bot nicht nur einen bedrohlichen Anblick, sondern war kaum zu erstürmen.

Das Kastell lag auf der Kuppel eines Hügels, von dem aus man einen Großteil von Matsue überblicken konnte. Die meterhohen Bastionen ruhten auf einem imposanten Sockel aus Steinquadern, der nur schwer zu erklimmen war. Darauf waren die verschiedenen Gebäude des Festungskomplexes errichtet, insgesamt sieben an der Zahl. Dazwischen ragte der *Tenshu* empor, der massivste und der am besten geschützte Turm, in den man sich bei einer Erstürmung der Festung als letzten Zufluchtsort zurückziehen konnte, sollte es den Angreifern gelingen, die äußeren und zahlreichen inneren Gräben, die zudem geflutet werden konnten, zu überwinden.

Mit Ausnahme des Fundaments bestanden sämtliche Gebäude aus Holz. Dieser Baustoff wurde schon immer dem Stein vorgezogen, da er den Gebäuden eine größere Elastizität verlieh, sodass sie den Erdbeben, die den japanischen Boden häufig erzittern ließen, besser standhielten. Diese Naturkatastrophen waren nur selten vorhersehbar und damit schrecklicher als der schlimmste Feind.

Die Wände waren mit einer dicken Schicht aus Ton und Salz verputzt, ein überaus robustes Material, das gegen korrosive Einflüsse schützte. Damit diese Schicht nicht dem Regen ausgesetzt war, hatte man darüber pyramidenförmige Dächer errichtet, die dem befestigten Komplex die typische Gestalt einer Pagode verlieh.

»Seid willkommen, mein General«, grüßte Hito Humarawa und verbeugte sich, während der Blick seiner kalten schwarzen Augen auf jenen Mann gerichtet blieb, der ihn zum Präfekten des vielleicht wichtigsten Landesteils Japans gemacht hatte.

»Ich freue mich, dich zu sehen, Hito, du tapferster meiner Samurai«, sagte der General, der zugleich mit einer Geste seiner Hand den Gruß der Menschenmenge erwiderte, die sich rings um das Kastell versammelt hatte. »Es gibt viele Dinge, die ich mit dir zu besprechen habe, jedes davon von allergrößter Wichtigkeit.«

Beide überquerten sie die hölzerne Brücke, die von einem verwinkelten Netz aus Balken und Planken gebildet wurde. Sie war zwar stabil, aber im Fall eines Angriffs konnte die Konstruktion mit wenigen Axt- oder Knüppelhieben auf die tragenden Elemente innerhalb kürzester Zeit zum Einsturz gebracht werden.

Im Hauptsaal des Kastells trat Humarawa zur Seite und ließ den Großen General auf dem hochgelegenen Armsessel Platz nehmen, seinem Thron, von dem aus er als Daimyo Recht sprach – auch wenn das nichts anderes bedeutete, als den Menschen seine Gebote notfalls mit Terror und Gewalt aufzuzwingen.

Ashikaga sah sich ganz genau um. Mit viel Geduld war auf mehrere Reisblätter die detaillierte Aufstellung all der Wertgegenstände geschrieben worden, die der Daimyo dem General zu übergeben gedachte.

Ashikaga zeigte sich zufrieden. »Ich wusste, dass du mir das Vertrauen, das ich in dich gesetzt habe, großzügig vergelten würdest, Hito. Und heute überreichst du mir einen regelrechten Schatz.«

»Der Sinn meines Lebens ist es, dir zu dienen, mein General«, antwortete Humarawa, und ohne Angst oder Unterwürfigkeit begegnete sein Blick dem von Ashikaga.

»Genau. Deine Präfektur wirft zehn Mal so viel ab wie die reichste von ganz Japan. Ich nehme an, der Shogun ist mit deiner Arbeit zufrieden und endlich bereit, gewisse Gerüchte zu vergessen.«

Hito Humarawa wusste nur allzu gut, dass nur wenige der Reichtümer, die er unter Einsatz aller nur erdenklichen Mittel angehäuft hatte, jemals in den Kassen des Shoguns Hojo landen würden. Der Großteil der Goldbarren und der Stoffe, des Porzellans und aller sonstigen Güter, die er dem Großen General darbot, würde einzig und allein die Ruhmesträume von Ashikaga finanzieren.

»Was sollten das für Gerüchte sein, mein General?«

»Es heißt, du kennst die *Wokou*, die unsere Meere heimsuchen, von Angesicht zu Angesicht. Ein paar wagen sogar zu behaupten, du selbst wärst der grausame Anführer der Piraten, denn die wenigen Zeugen sprechen von einem erfahrenen Kämpfer, der sein Gesicht hinter einer goldenen Maske verbirgt, so wie die, die einst dein Vater trug.« Ashikaga musterte Hito mit einem Gesichtsausdruck, der zwischen Zufriedenheit und forschendem Interesse lag, dann sprach er weiter: »Bedenke, falls sich diese Gerüchte als wahr erweisen, werde ich dir weder beistehen können noch imstande sein, dich vor diesen Anschuldigungen zu schützen.«

In diesem Moment wurde Hito Humarawa klar, dass die Befriedigung seiner finanziellen Bedürfnisse nur ein vorgeschobener Grund für das Erscheinen seines Förderers und Gönners war. Der Große General war auch nicht gekommen, um die Interessen seines Herrn zu vertreten. Nein, er trat einzig und allein für sich selbst ein, wobei ihn die Gefahr für sein Leben, falls dies irgendwann ans Licht kam, nur wenig interessierte. Sein Dasein zog all seinen Sinn aus der Verherrlichung des Kampfes, der nach dem Diktat und den eisernen Ehrenregeln der *Bushido* verlaufen musste. Den Griff des *Katana* in seinen Händen zu spüren, war für ihn genauso wichtig wie die Luft zum Atmen.

Humarawa verdankte ihm das Amt als Daimyo, wofür er ihn auch von Zeit zu Zeit mit regelrechten Reichtümern überhäufte, allesamt bei Überfällen gemachte Beute, die Humarawa nicht für sich beanspruchte.

»Doch kam ich gewiss nicht her, um dir eines der zahlreichen Gerüchte zu erzählen, die sich die klatschsüchtigen

Höflinge, die den Shogun umlagern, tagtäglich zuflüstern«, fuhr Ashikaga fort und schlug wieder einen freundschaftlichen Ton an. »Ich glaube, es ist an der Zeit, dass wir mit Tenno Go-Daigo sprechen. Die Stunde naht, da er sein Exil auf der Insel Oki beenden muss.«

Tabarka, 1331

Ein heißer Wind blies aus der weiter südlich gelegenen Wüste, und die Stadt drohte darunter zu ersticken. Nicht nur die Menschen wurden von der Hitze niedergedrückt, auch das Meer war unter der Glut in einer anhaltenden Flaute gefangen.

Der Muqatil stand auf dem Wehrgang der Stadtmauer und wartete auf Ibrahim. Erst vor wenigen Minuten war die Nacht hereingebrochen, und nur noch ein violetter Schimmer erhellte den Horizont. Nicht allzu weit entfernt verloren sich die Zelte der Belagerer jenseits der Feuer des Feldlagers im Dunkel.

»Du hattest recht, Emir«, sagte Ibrahim, den man ein paar Tage zuvor hinter die feindlichen Linien geschickt hatte. »Die Plünderungszüge, die die Christen gelegentlich durchführen, reichen nicht aus, um die Tausenden von Belagerern zu ernähren. Zwei Schiffe pendeln zwischen hier und wahrscheinlich Sizilien und den Küsten anderer befreundeter Länder hin und her und beliefern die Ungläubigen mit Nachschub. Ständig bringen Karawanen Verpflegung für jeweils gut zwei Wochen.«

»Genau das wollte ich wissen, Ibrahim«, murmelte der Muqatil, während sein Blick noch immer auf das feindliche Lager gerichtet war und er darüber nachdachte, wie er die Angreifer von ihrem Verpflegungsnachschub abschneiden konnte.

Seit diesem Abend waren drei Tage vergangen, in denen die Angriffe der Ungläubigen immer intensiver geworden waren. Der Muqatil war sicher, dass der Stollen, den die Belagerer gruben, mittlerweile bis an die südliche Stadtmauer reichte. Schon bald würde er ohnmächtig mit ansehen müssen, wie man Bündel aus Holz und anderes Brennmaterial in den Tunnel schleppen und – sobald die Feinde dort Feuer gelegt hatten – dichter Rauch aus dem unterirdischen Gang aufsteigen würde. Die Hitze würde die Fundamente zerstören und dadurch die Stadtmauer zum Einsturz bringen. Dann würde die Stadt den beständigen Feuergeschossen und den Angriffen der nachrückenden Truppen nicht mehr standhalten können, sondern sich ergeben müssen.

Während einer der immer selteneren Kampfpausen, die die Belagerer ihnen gönnten, versammelte der Muqatil seine treuesten Männer um sich.

»Zwei Schiffe, die alle zwei Wochen unsere Küsten erreichen, versorgen die Ungläubigen mit Proviant«, erklärte der junge Emir seinen Getreuen. »Schaffen wir es, dass zumindest eine einzige Ladung nicht durchkommt und damit der Versorgungsfluss unterbrochen wird, würden wir den Feind ernsthaft schwächen. Eine Armee aus Hungrigen, und ist sie noch so groß, hört auf, eine Armee zu sein.«

»Und wer, mein Herr, soll die Versorgungslinie der uns belagernden Truppen durchtrennen?«, fragte einer der Berater. »Mit Ausnahme deines Großvaters Ibn ben Mostoufi, Gott hab ihn selig, hat keiner von uns je ein Schiff während eines Seegefechts kommandiert.«

»Ich selbst werde die Unternehmung leiten«, erklärte der Muqatil ohne Zögern. »Die eigentliche Schwierigkeit besteht darin, wie es uns gelingen soll, zumindest zwei unserer Schiffe aus dem belagerten Hafen auslaufen zu lassen. Die Jagd auf zwei Transportschiffe ist gewiss keine Sache, die mich einschüchtern könnte.«

»Großer und barmherziger Gott, leite den Mut unseres

tapferen Herrn!«, rief einer der Anwesenden inbrünstig aus.

Es war ausgerechnet Ibrahim, der Verräter.

Tokio, Oktober 2001

Die Empfangstheke in der Halle des Wolkenkratzers von Water Enterprises bestand aus massivem Mahagoniholz. Hinter der auf Hochglanz polierten Tischplatte arbeiteten drei asiatische junge Frauen, die jedem, der Informationen benötigte, höflich die entsprechenden Antworten erteilten.

Kuniko Sagashi lächelte den älteren Herrn an, der darum bat, einen der dreitausendachthundert Angestellten sprechen zu dürfen, die in diesem Wolkenkratzer arbeiteten. Neben der Empfangstheke standen zwei uniformierte und bewaffnete Sicherheitsmänner, zwei weitere hielten sich in der Nähe der großen Glastür des Eingangsbereichs auf. Doch die machten Kuniko keine Sorgen, sondern die weiteren etwa hundert Männer, die im Inneren des Gebäudes für die Sicherheit zuständig waren. Außerdem kontrollierte ein ausgeklügeltes Video-Überwachungssystem nahezu jeden Winkel der hunderttausend Quadratmeter. Nicht dass sich Yasuo Maru im Hauptsitz seines Unternehmens vor Attentaten oder Überfällen gefürchtet hätte. Das installierte Videosystem war nur einer der tausend Kniffe, mit denen er jeden Einzelnen seiner Angestellten ausforschte. Es hieß, der Chef des Sicherheitspersonals würde einmal die Woche einen Bericht über jeden Angestellten und dessen Verdienste, besonders aber über dessen Verfehlungen verfassen, den er dann persönlich dem Herrn der Wasser aushändigte.

Fast genau in der Mitte der Halle befand sich ein großer Springbrunnen aus Marmor, offensichtlich sehr alt. Ein Messingschild besagte, dass die wundervolle Skulptur Teil der Ladung eines römischen Frachtschiffs gewesen sei, das vor der italienischen Küste gesunken war und dank des finanziellen und operativen Einsatzes von Water Enterprises hatte gehoben werden können. Zum Zeichen ihrer Dankbarkeit hatten die italienischen Behörden dem multinationalen Konzern dieses kostbare Manufakt zum Geschenk gemacht.

Das Fundstück war, zusammen mit weiteren legal erworbenen Werken, als Teil der offiziellen Sammlung Yasuo Marus katalogisiert. Eine höchst ehrbare Sammlung, wenngleich sie im Vergleich zu der inoffiziellen nahezu unbedeutend war.

Der Herr der Wasser betätigte den geheimen Schalter, und ein Teil der Wand innerhalb der Bibliothek fuhr wie das elektrische Eingangstor einer gewöhnlichen Garage nach oben, um den Blick auf eine Tür aus Edelstahl freizugeben. Nachdem er den entsprechenden Code in eine Tastatur eingetippt hatte, öffnete sich der kleine gepanzerte Fahrstuhl, der nur ein einziges Stockwerk emporfuhr – die Strecke zwischen seinem Apartment und dem, was er selbst als seinen »Familien-Safe« bezeichnete.

Der Saal wirkte wie die Ausstellungshalle eines Museums. Überall sah man Stücke von unermesslichem Wert, die von geschickt angebrachten Lichtquellen perfekt in Szene gesetzt wurden.

Der Herr der Wasser blieb einige Augenblicke reglos stehen. Dieser Anblick war das Einzige, was ihn in Erregung versetzen konnte. Zärtlich ließ er die Finger über die antiken Statuen streifen und besah sich die Gemälde, von denen ein Großteil in den Katalogen der berühmtesten Museen der Welt verzeichnet war.

Einen Moment lang blieb er vor dem Bild einer Frau stehen, deren Kopf teilweise von einem Schleier bedeckt war. Das Gemälde war nicht groß, nur etwa achtzig mal sechzig Zentimeter, aber die »Verschleierte Dame« von Raffael schien den japanischen Tycoon mit einem strengen Blick zu bedenken. Sie hätte sicher allen Grund dazu gehabt, auch wenn der Rest der Welt keine Ahnung davon hatte, dass nach dem Ende der Ausstellung in Japan nur eine perfekte Kopie des Werks in die Galleria Palatina des Palazzo Pitti zurückgekehrt war.

Das gleiche Schicksal hatte ein weiteres Gemälde ereilt, das während des Ausladens aus dem Flugzeug auf italienischem Boden entwendet und ausgetauscht worden war. Auf einem Messingschild auf dem unteren Rahmen war zu lesen: Botticelli (Sandro Filipepi), 1445–1510, *La scoperta del corpo di Oloferne*, inventario 1890 / nr. 1487.

Yasuo Maru liebte die Kunst mit einer absoluten, geradezu wahnhaften Leidenschaft, und diese fast manisch zu nennende Besessenheit zwang ihn dazu, jene Werke, auf die er ein Auge geworfen hatte, in seinen Besitz zu bringen. Die Kunst, die es ihm jedoch am meisten angetan hatte, war die des antiken Rom.

Maru schlenderte weiter durch sein Privatmuseum, für das er einen soliden Bunker in der Spitze des Wolkenkratzers hatte errichten lassen. Von außen konnte niemand, nicht einmal der aufmerksamste Betrachter, erkennen, dass sich zwischen Marus Apartment und dem Hubschrauber-Landeplatz auf dem Dach des Gebäudes ein weiteres Stockwerk befand, sozusagen ein doppelter Boden aus Beton. Noch weniger konnte jemand ahnen, dass er die kostbaren Werke aus vielen Jahrhunderten Kunst und Geschichte in diesem geheimen Versteck angehäuft hatte.

Er schritt durch einen Gang, der von Objekten aus verschiedensten Epochen und von unterschiedlichster Form und Machart gesäumt wurde. Nur eins hatten sie gemein: Sie alle waren Einzelstücke von unschätzbarem Wert, aus den berühmtesten Galerien und Sammlungen entwendet und zum Großteil durch Kopien ersetzt, die von den Originalen kaum zu unterscheiden waren.

Anschließend erreichte er einen Bereich des Saals, der wie ein eigener Raum wirkte und, im Gegensatz zum Reichtum des gesamten Museums, fast leer war. Dort waren nur eine Marmorbüste und einige Münzen zu finden, die Kaiser Nero zeigten, und eine Wand war teilweise von einer marmornen Inschriftentafel bedeckt, auf der ein Name hervortrat – *Nero Claudius Drusus Germanicus Caesar*.

Yasuo legte die drei Objekte, die er mitgebracht hatte, auf einem Sockel ab: Im Licht der Halogenleuchten betrachtete er den goldenen Kelch, die Statue des Mädchens und den Ring, der den Raub der Proserpina zeigte. Er war sich sicher, seinen Schatz, der einst der von ihm am meisten verehrten Person der Antike gehört hatte, schon bald mit weiteren Fundstücken bereichern zu können. Zuverlässige Männer in seinen Diensten fahndeten auf dem grenzenlosen Schwarzmarkt für Kunst nach Objekten aus Neros Umfeld. Auch hoffte er, Informationen über die Herkunft dieser drei Kostbarkeiten zu erhalten.

In der Eingangshalle des Büropalasts beobachtete Kuniko Sagashi, wie die sechs Mitglieder der chinesischen Delegation den privaten Aufzug betraten, der sie in den Arbeitsbereich des Vorstandsvorsitzenden bringen würde. Nach den Knebelverschlüssen und Auszeichnungen auf dem Militärgrün der Uniformen zu schließen, die zwei der Delegationsmitglieder trugen, handelte es sich um wichtige Persönlichkeiten.

Seit Zhu Ling vier Jahre zuvor zum Vorsitzenden der Zentralen Militärkommission ernannt worden war, hasste er es, wenn man seinen militärischen Rang vor seinen neu erworbenen Titel stellte. Obwohl er bei offiziellen Anlässen die Uniform eines Generals der Armee der Volksrepublik China trug, wollte er nur als »Vorsitzender« angesprochen werden.

Zhu Ling war ein ehrgeiziger Mensch und hatte seine militärische Laufbahn mit etlichen in den Augen seiner direkten Vorgesetzten äußerst verdienstvollen Aktionen garniert, bis er den obersten Rang der Hierarchie erreicht hatte. Die Zentrale Militärkommission, an deren Spitze er nun stand, war der politisch-administrative Arm der gesamten Volksbefreiungsarmee und traf, obwohl die Regierung der Volksrepublik China einen Verteidigungsminister hatte, jede Entscheidung auf militärischem Gebiet. Seit Januar 1997 war auf Geheiß von Staatspräsident Jiang Zemin die Anzahl der Vertreter der Kommission von neun auf vierundzwanzig erhöht worden, vielleicht, um die unangefochtene Macht jedes einzelnen dieser Männer einzuschränken. Kurz nach dieser kleinen Revolution hatte Jiang Zemin, wahrscheinlich um die zahlreichen Strömungen innerhalb der Kommunistischen Partei Chinas zu befrieden, sein Amt niedergelegt und es dem Willen des Nationalen Volkskongresses überlassen – der allerdings entsprechend indoktriniert worden war –, General Zhu Ling zum Vorsitzenden der Zentralen Militärkommission zu wählen. Mit dieser Ernennung wurde eine lange Tradition unterbrochen, in der sowohl Mao Zedong als auch Deng Xiaoping neben dem Amt als Premierminister und Sekretär der Chinesischen Kommunistischen Partei auch den höchsten Posten der Kommission innegehabt hatten.

Nachdem Zhu Ling zum ersten Vorsitzenden der Zentralen Militärkommission ernannt worden war, festigte er seine Macht immer mehr. Hätte er nicht so ein ausgeprägtes martialisches Auftreten gehabt, wäre er bestimmt ein hervorragender Nachfolger von Premierminister Jiang Zemin gewesen. Allerdings hatten seine oft fragwürdigen Methoden dazu geführt, dass sich innerhalb des Nationalen Volkskongresses eine Gegenströmung gebildet hatte, die sich Zhu Lings Wahl aufs Heftigste widersetzte. Doch Ling kümmerte dies nicht. Er wollte seine brillante militärische Karriere ohnehin nicht einem Posten von gesichertem Prestige opfern, sondern war vielmehr entschlossen, seinen Ehrgeiz in der zweiten Liga auszuleben, direkt hinter dem Amt des Staatspräsidenten der Volksrepublik China.

Yasuo Maru saß auf der rechten Seite des großen Konferenztisches aus Nussbaumholz. Neben ihm hatten zwei Juristen seiner Gesellschaft Platz genommen, die auf Vertragsangelegenheiten spezialisiert waren, während der Hauptvertreter der chinesischen Delegation dem Herrn der Wasser die Vereinbarung vorlas.

Schließlich reichte Marus Sekretär seinem Chef einen Füllfederhalter, mit dem dieser seinen Namenszug unter das Dokument setzte. Dann reichte er es feierlich an Zhu Ling weiter, der es, wie auch jedes weitere Mitglied der chinesischen Delegation, ebenfalls unterzeichnete.

Nachdem Marus Sekretär die Tinte mit einer halbmondförmigen Löschwiege getrocknet hatte, waren Water Enterprises und die chinesische Volksbefreiungsarmee, die zahlenmäßig größte Streitmacht der Welt, unlösbar miteinander verbunden. Durch diesen Vertrag hatte der japanische multinationale Konzern neben der Instandhaltung des Wassernetzes auch die Trinkwasserlieferung an sämtliche militärische Einrichtungen, die es auf dem endlosen chinesischen Territorium gab, übernommen.

Zhu Ling nahm die ihm angebotene Zigarre gern an und ließ sie sich von Yasuo Marus Sekretär anzünden. Er nahm zwei tiefe Züge, sodass das unerschöpfliche Aroma der Montecristo den Raum füllte. Mit seinen unergründlichen schwarzen Augen blickte er tief in die ebenso dunklen, eisigen Augen Marus.

»Man hat mir zugetragen, Sie seien ein großer Verehrer antiker Kunst, Herr Präsident Maru.«

»Dasselbe sagt man von Ihnen, Herr Vorsitzender Ling.«

»Auch wenn diese Leidenschaft tatsächlich existiert, bin

ich nur ein Dilettant und verfüge über lachhafte Kenntnisse, verglichen mit Ihrem Wissen auf diesem Gebiet. Allerdings fände ich es außerordentlich interessant, würden wir uns wiedersehen, Herr Präsident Maru. Ich glaube, es ließen sich viele Gemeinsamkeiten finden, die wir erörtern könnten.«

Noch einmal trafen sich die Blicke der beiden Männer. Soeben war ein ebenso machtvolles wie gefährliches Bündnis besiegelt worden.

Zweiter Teil

Ducunt volentem fata, nolentem trahunt.

Den Willigen führt das Schicksal,
den Widerstrebenden schleppt es mit sich.

KLEANTHES

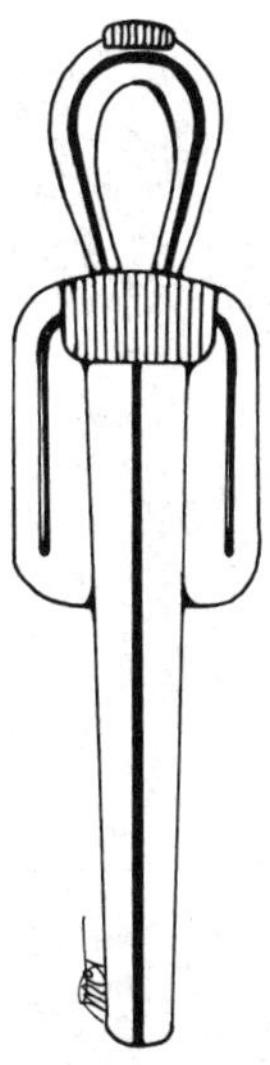

Isisknoten

3

Ägadische Inseln, Oktober 2001

»Alles, von dem ich bisher überzeugt war, ist ins Wanken geraten«, sagte Grandi und seufzte, doch seine Miene wirkte alles andere als verzagt. »Haben Sie eine Idee, Vittard, warum ein Schiff aus dem Mittelalter dort liegt, wo eigentlich ein Wrack aus der römischen Kaiserzeit liegen müsste?«

»Dafür kann es viele Erklärungen geben«, antwortete Vittard. »Zum Beispiel könnte ein arabisches Schiff aus dem Mittelalter mit den Münzen, die das Bildnis Neros zeigen, in diesen Gewässern gesunken sein. Das hieße, dass die von Ihnen früher geborgenen Fundstücke von dem arabischen Schiff stammen und nicht, wie wir bisher angenommen haben, von dem goldenen Schiff eines römischen Kaisers.«

Grandi schüttelte den Kopf. »Das ist eine Hypothese, die ich schon überprüft habe. Erinnern Sie sich an die Bleilamelle, die ich Ihnen bei Ihrem Besuch in Genua gezeigt habe? Diese dünne Schicht Metall wurde auf dem Rumpf angebracht, um das im Wasser liegende Holz vor dem Schiffswurm zu schützen. Mit Sicherheit geht diese Technik auf die Zeit zwischen dem sechsten Jahrhundert vor bis zum zweiten nach Christus zurück. Damit dürfte das Wrack – und da wir einen Teil des Rumpfes gefunden haben, handelt es sich mit Sicherheit um ein Wrack – nicht aus mittelalterlicher Zeit stammen. Doch ein Zeitraum von acht Jahrhunderten ist einfach zu groß, um eine präzise Einordnung vornehmen zu können. Richten wir jedoch unsere Aufmerksamkeit auf die Menge an Gold, die beim Gießen verwendet wurde. Durch die Tatsache wie knapp dieses Edelmetall in den Anfangsjahren der Römischen Republik war, lässt sich der Zeitraum sehr viel genauer eingrenzen, nämlich zwischen dem ersten und zweiten Jahrhundert nach Christi Geburt, was wiederum durch die Form des Rammspornteils als auch durch die Münzen mit dem Bildnis Neros bestätigt wird.«

»Genau. Sieben Münzen aus Gold, die Kaiser Nero in Gestalt des Apoll darstellen, der die Lyra spielt«, entsann sich Vittard mit träumerischem Blick. »Sieben, die Zahl, die der römischen Welt heilig war, besonders im Apollo-Kult. Nach der Mythologie wurde die Gottheit als Siebenmonatskind geboren, und mit den sieben Saiten seiner Lyra brachte er eine Musik hervor, mit der er die Sterblichen gesund werden ließ.«

»Exakt. Sieben Goldmünzen, die in die Mastspur eingefügt waren. Sie haben den gleichen Wert wie das Signum des Kaisers, der dem Gott Apoll Treue geschworen hatte, dem Gott der Sonne, die leuchtet wie das edle Metall selbst. Dieser Gottheit und diesem Gestirn war das kaiserliche Schiff geweiht.«

»Dann bleibt immer noch das Problem mit dem Wolfskopf.«

»Eine schöne Enttäuschung. Wir hatten gehofft, er wäre eine Art Visitenkarte, die uns Nero in die Hand gegeben hätte, eine Art Kreuz auf der Schatzkarte, das uns sagen soll: ›Grabt hier an dieser Stelle, dann werdet ihr das goldene Schiff mit Sicherheit finden.‹ Doch offenbar handelt es sich um ein Fundstück aus jüngerer Zeit.«

»Es gab vielleicht nicht nur den unvorsichtigen Kaufmann aus dem alten Rom, der mit sieben Goldmünzen in der Tasche ins Meer stürzte, sondern möglicherweise auch einen reichen Araber, dem der goldene Wolfskopf ins Wasser fiel. Oder, oder …«

Auf einmal zuckte Henry Vittard wie unter einem leichten Stromstoß zusammen, dann sprang er auf und stiefelte in den Kartenraum, in dem sich sowohl sein Computer mit Internetanschluss als auch die Telefonanlage befanden. »Wir brauchen eindeutig Unterstützung. Mein Freund Funet muss uns helfen, sofern ihm das Aktenstudium im Denkmalamt genügend Zeit lässt.«

»Geben Sie acht«, warnte ihn Grandi mit einem Lächeln. »Sobald ein Erwachsener ein Märchen betritt, findet er aus dieser Welt so schnell nicht mehr heraus.«

»Ein weiteres gelehrtes Zitat von Ihnen, Admiral?«, fragte Vittard, während er eine Nummer in sein Handy tippte, das schneller und kostengünstiger als das Satellitentelefon war.

»Nein, bloß ein banaler Satz, den der Held eines Comics sagt, ein Abenteurer namens Corto Maltese. Eins wollte ich noch wissen: Ist Ihr Freund Funet ein Mann, dem man trauen kann?«

»Abgesehen von Ihnen, Admiral, würde ich in dieser Sache niemandem trauen, und erst recht nicht Grégoire Funet, der zeit seines Lebens ein habgieriger Kerl war. Aber wir brauchen jemanden, der sich auskennt und Zugang zu Archiven und Niederschriften hat. Seien Sie beruhigt, ich werde das goldene Schiff nicht erwähnen und versuchen, meine Fragen so vage wie möglich zu halten.«

Grégoire Funet hatte immer davon geträumt, ein Archäologe wie Indiana Jones zu sein und sein Glück zu machen, doch dann wurde er bei der Direction Régionale des Affaires Culturelles du Centre Leitender Kurator für historisches Kulturgut.

Im Laufe der Zeit war die sichere Festanstellung zu einer sehr engen Gefängniszelle für seinen Abenteuerdrang geworden, und das erzeugte in ihm eine grundlegende Unzufriedenheit, die nur durch den Duft von Geld besänftigt werden konnte. Dennoch ließ ihn die Position, die er innehatte, über relativ lange Zeit zu einem ehrbaren Wächter über unermessliche Schätze werden, dann aber drängte ihn seine Gier nach Geld immer wieder zu Taten, die weit über die Grenzen der Legalität hinausgingen.

Mit noch verschlafenem Blick und der unvermeidlichen ledernen Aktentasche unterm Arm betrat Funet das Gebäude aus dem achtzehnten Jahrhundert in der Rue de la Manufacture in Orléans, in dem seine Behörde untergebracht war. Funet kleidete sich elegant. Er war nicht besonders groß, und die sitzende Tätigkeit hatte ihm mindestens fünfzehn Kilo Übergewicht beschert.

Kaum hatte er in seinem Sessel vor seinem unter Papieren begrabenen Schreibtisch Platz genommen, krächzte die Stimme seiner Sekretärin aus der Sprechanlage.

»Ein Anruf für Sie, Dr. Funet.«

Grégoire nahm den Hörer ab, und auf einmal war seine schläfrige Miene verschwunden, und er wurde blass.

»Ich verstehe, dass es eilig ist. Aber Sie sollten mich nicht im Büro anrufen. Ich werde Ihrer Anfrage nachgehen und Sie sofort verständigen, sollte mir etwas zu Ohren kommen.«

Funet legte den Hörer auf, und das leichte Zittern seiner Hände verschwand. Er blickte auf die Uhr. In Japan war es später Nachmittag. Sein bester »Kunde« schien es wirklich eilig zu haben, sonst wäre er sicherlich nicht so unvorsichtig gewesen, ihn im Büro anzurufen. Doch auch wenn diese Eile ein höheres Risiko bedeutete, versprach sie doch auch höhere Einkünfte für die gierige Geldbörse des Monsieur Landesdenkmalpfleger.

Erneut schlug sein Telefon an und ließ ihm keine Zeit zum Nachdenken, und als er abnahm, vernahm er die Stimme seines alten Kommilitonen Henry Vittard.

»Hast du denn nicht meine Antwort auf deine Nachricht erhalten, Henry? Ich bin mir ganz sicher, dass es sich um kufische Schriftzeichen handelt«, sagte Funet kurz angebunden, da er sich durch den Anruf des reichen Japaners noch immer in einem Zustand des Aufruhrs befand.

»Doch, und ich danke dir dafür, Grégoire. Deshalb rufe ich dich ja auch an. Ich brauche deine Hilfe!«

Funet hatte seinen alten Kommilitonen bereits einmal

kostenlos beraten, zu weiteren Gefälligkeiten hatte er keine Lust. Außerdem konnte sich der Suchauftrag des Magnaten aus Asien als äußerst zeitraubend erweisen.

»Ich helfe dir gern, sofern die Sache nicht allzu viel Zeit in Anspruch nimmt. Nach dem Sommerurlaub muss in den Museen wieder für Ordnung gesorgt werden, ich bin also sehr beschäftigt.«

»Ich glaube nicht, dass die Sache schnell erledigt ist, Grégoire. Ich brauche einen Experten, der für mich auf dem Festland als eine Art Basisstation mit Archiv fungiert. Am dringendsten aber interessiert es mich, ob zwei Fundstücke aus verschiedenen Epochen übereinander oder im Abstand von wenigen Zentimetern Entfernung voneinander liegen können.«

»Das ist nicht allzu selten, Henry. Vor wenigen Jahren fand man in San Rossore in der Nähe von Pisa die Reste von gleich sechzehn Schiffen, von denen acht noch in recht gutem Zustand waren. Sie datierten aus verschiedenen Jahrhunderten, und zwar aus der vorchristlichen Zeit bis in die späte Kaiserzeit, was einen Zeitraum von mehr als fünf oder sechs Jahrhunderten umfasst. Leider war das bereits alle Unterstützung, die ich dir geben kann, Henry. Ich habe keine große Erfahrung in diesen Dingen.« Funet versuchte seine Hast zu verschleiern, die ihn dazu drängte, seinen alten Freund möglichst schnell wieder loszuwerden. »Allerdings erinnere ich mich, dass eine italienische Kollegin von mir die Ausgrabungen betreut hat. Sie ist eine Bekannte, und du kannst dich auf mich berufen. Ihr Name ist Sara Terracini. Warte einen Moment, ich such dir ihre Telefonnummer raus.«

Am anderen Ende der Verbindung schrieb Vittard sorgfältig mit.

In einem gespielt neugierigen Ton erkundigte sich Grégoire, worum es denn wirklich ging, jedoch ohne wirkliches Interesse, sondern nur um auf wohlerzogene Art seinen

Freund zu verabschieden. »Sag mir, Henry, was veranlasst dich dazu, deine Karriere als Skipper wieder aufzunehmen? Hast du irgendwelche Wracks gefunden?«

»Zunächst einmal habe ich keinerlei Absicht, meine Karriere als Skipper fortzusetzen. Und ich habe auch kein Wrack gefunden, sondern hege nur ein paar Vermutungen.«

»Also, nach den Schriftzeichen zu schließen, mit denen das Wort ›Muqatil‹ geschrieben war, könnte eines der Wracks aus der Zeit des Mittelalters stammen. Aber was ist mit dem anderen? Erzähl mir doch ein wenig davon.«

»Das andere könnte aus der römischen Kaiserzeit stammen, doch das ist, um es noch einmal zu wiederholen, bloß eine Vermutung.«

»Kaiserzeit?«, wiederholte Funet aufgeregt. Auf einmal war seine Neugier doch geweckt, und er war ganz Ohr. »Hast du das Wrack etwa schon gefunden? Und aus welcher Zeit der römischen Kaiser stammt es? Wo bist du gerade?«

»Ich habe keinerlei konkrete Hinweise«, log Vittard, »nur Vermutungen. Es könnte sich um die Epoche Neros handeln. Wir sind in Süditalien.«

»Ah, Nero!«, rief Funet und bedauerte bereits, seinen alten Kommilitonen an eine andere Informationsquelle verwiesen zu haben. »Der römische Kaiser Nero erlebt gerade eine Phase großer Popularität. Anscheinend interessieren sich im Augenblick viele Menschen wieder für ihn und seine Taten. Jedenfalls ... Nun, wenn ich mir meine Termine noch einmal so ansehe ... Vielleicht könnte ich für einen alten Freund noch ein wenig Zeit abknapsen ...«

»Ich danke dir, Grégoire. Das werde ich mir merken. Aber ich will deine Dienste wirklich nicht zu sehr in Anspruch nehmen.«

Grandi hatte das ganze Telefonat über geschwiegen. Vittard sagte, nachdem er sein Handy zugeklappt hatte: »Grégoire Funet war nicht ehrlich. Er kam mir vor, als säße er auf glühenden Kohlen. Wir können ihm nicht trauen. Als ich den Namen Nero erwähnt hab', ist er fast ausgeflippt ...«

Grégoire Funet erhob sich aus seinem Sessel, zog seinen Burberry-Trenchcoat an und verließ das Gebäude. In seinem Gehirn wirbelten immer die gleichen Überlegungen umher: Dieses Zusammentreffen, diese Simultanität der Ereignisse – war das Zufall oder nicht? Bestand vielleicht eine Verbindung zwischen den beiden Personen, die sich innerhalb weniger Minuten von völlig unterschiedlichen Gebieten des Erdballs her bei ihm nach dem römischen Imperator informiert hatten?

Sein Kunde würde glauben, dass er außergewöhnlich effizient arbeitete, wenn er ihm von Vittards Entdeckung berichtete. Er betrat eine Telefonzelle und wählte die Geheimnummer seines Auftraggebers, woraufhin in einer luxuriösen Privatwohnung in Tokio ein Telefon zu läuten begann.

Alexandria, anno 798 nach der Gründung Roms (45 n. Chr.)

Die Nekropole erstreckte sich jenseits des westlichen Stadttors von Alexandria. Die Ausmaße der unterirdischen Totenstadt überstiegen mittlerweile um ein Vielfaches die der Stadt der Lebenden.

Die Nacht war schon lange angebrochen. Geführt von einem Anhänger des Simon Magus, des Magiers aus Samaria, schlenderte Lysikrates auf den Wegen zwischen den Totenkapellen daher. Die kleinen Bauten, oft in Form eines Tempels, boten Zugang zu den unterirdischen Gräbern, wo sich die Angehörigen versammelten, um die Gnade der Götter für ihre Verstorbenen zu erflehen.

In der Nähe eines Gebäudes, das ein wenig größer war als die anderen, blieb sein Führer stehen.

»Bist du dir wirklich sicher, dass du dich den Anhängern

Simons von Samaria anschließen möchtest?«, fragte er den jungen Griechen.

»Darüber besteht nicht der geringste Zweifel«, beteuerte Lysikrates.

»So folge mir«, sagte der andere und beugte sich hinab, um durch die enge Öffnung des Totentempels zu schlüpfen.

Einige Kohlebecken im Inneren spendeten schwachen Schein, und zusätzlich hielten etwa dreißig Adepten kleine Fackeln empor. In der Mitte stand neben einem Opferstein ein Mann, dessen Statur größer war als die der meisten. Er hatte die Hände erhoben und die Augen geschlossen. Wie die Saite einer Kithara wiegte sich sein Körper hin und her.

Lysikrates betrachtete ihn aufmerksam, bis der Magier die Augen öffnete und ihren Blick im flackernden Schein des Feuers direkt auf Lysikrates richtete.

Ein Schauer lief Lysikrates über den Rücken, und gleichzeitig nahm er eine geheimnisvolle Kraft wahr, die ihn zu diesem Mann hinzog. Er versuchte sich zu konzentrieren, doch die magische Intensität dieses Blicks drohte seinen Willen zu unterjochen.

Plötzlich war der Spuk vorüber, und wider Erwarten schien sich das Kräftemessen zugunsten Lysikrates entschieden zu haben, der spürte, wie ihm wie durch Zauberhand eine Last von den Schultern genommen wurde.

»Bist du der Grieche?« Die Worte des Magiers wurden durch den Widerhall innerhalb des Gewölbes um ein Vielfaches verstärkt.

»Ja, Simon. Ich bin Lysikrates aus Athen und kommandiere ein Frachtschiff«, log der junge Mann und hielt dabei dem forschenden Blick des Magiers stand.

»Was hat dich dazu veranlasst, nach mir zu suchen?«

»Seit ich davon reden hörte, welche Wundertaten du zu vollbringen vermagst, hege ich den Wunsch, dich kennenzulernen und deiner Lehre zu folgen.«

»Was weißt du denn von meiner Lehre, Lysikrates?«

»Ich bin hier, um sie zu erlernen, nicht um sie dir darzulegen. Jedenfalls bin ich davon überzeugt, dass die Engel das Universum geschaffen haben und die Seele nach dem Tod von einem Körper in den nächsten wandert. Auch glaube ich, dass der Mensch nicht imstande ist, den Wert seiner Taten einzuschätzen. Und so verneige ich mich vor dir, Simon, gesetzgebender Gott der Juden.« Und damit kniete Lysikrates nieder.

»Wie ich sehe, bist du mit einer guten Portion Demut und ebenso viel Wissen gesegnet. Doch wirst du einige Prüfungen bestehen müssen, bevor du in den Kreis meiner Anhänger aufgenommen wirst. Spione gibt es überall, und schon bald wird jede Religion, die sich von der Roms unterscheidet, verfolgt werden. Aus diesem Grund kann ich niemandem trauen.«

»Das verstehe ich, Simon. Und ich bin bereit, jede Prüfung auf mich zu nehmen, um von dir lernen zu dürfen.«

In diesem Moment entstand ein großer Tumult. Die beiden Männer, die den Eingang der Grabkapelle bewachten, führten eine Frau herein, die völlig außer sich war und ein kleines Kind im Arm hielt, das fahlweiß war und leidend aussah.

»Ich beschwöre dich, Simon, rette ihn! Rette meinen Sohn Moses, du kannst das. Er wurde von einer Schlange angegriffen, und das Gift tötet ihn.« Dann brach die verzweifelte Frau in lautes Schluchzen aus, während sie die tote Schlange zu Boden schleuderte, die sie nach dem Angriff auf ihren Sohn offenbar erschlagen hatte.

Simon trat zu ihr und nahm ihr das Kind ab, dann ging er einige Schritte zurück und legte den verletzten Knaben auf den Altar. Er breitete weit die Arme aus und sprach die Formel, von der die Magier Ägyptens behaupteten, sie könnten mit ihr jedes gefährliche Fieber vertreiben.

»Haray! Haray! O o o Chak Arò Nuf.«

Der kleine Körper begann zu zittern, während der Magier

derart konzentriert war, dass seine Augen wild in ihren Höhlen rollten, bis nur noch das Weiße zu sehen war.

»Horus, Sohn der Isis und des Osiris, der du in den Sümpfen großgezogen wurdest. Horus, Gott mit dem Falkenkopf«, sang Simon mit tiefer Stimme. »Ich erflehe deine Hilfe. Rette dieses Kind vor dem sicheren Tod.«

Lysikrates, selbst Priester des Osiris, hatte bereits von dem Ritual gehört, mit dem, wie man sagte, selbst das stärkste Gift besiegt werden konnte. Es war eine uralte Beschwörungsformel, die sich an Horus, den Sohn von Isis und Osiris, richtete, um ihn dazu zu bewegen, in den Körper des Kindes einzudringen.

»Weiche zurück, tödliches Gift!«, fuhr Simon fort und streckte die Hände über dem Kind aus, während der flackernde Schein der Fackeln Lichtblitze auf seiner aus reflektierendem Stoff gefertigten Tunika entstehen ließ.

»Tödliches Gift! Weiche unter dem Wort des Ra, des mächtigsten aller Götter! Bevor der junge Horus nicht gesundet ist, soll kein Wasser mehr aus den Quellen sprudeln, soll es keine Nahrung mehr geben und sollten die Kultstätten ihre Pforten verschlossen halten. Solange das Gift dieses Leben bedroht, soll Dunkelheit herrschen, der Weizen nicht reifen, und sollen die Früchte an den Bäumen verfaulen.«

Simon warf eine Handvoll zerstoßenes Pulver in das Kohlebecken zu seiner Rechten, worauf bläulicher Rauch mit einem durchdringenden Aroma den Raum füllte.

Alle Anwesenden verharrten in vollkommener Stille und hielten ihre Blicke unverwandt auf das Wunder gerichtet, das sich gerade vor ihren Augen ereignete.

»Seht her! Das ist der Wille Ras, der sich gegenüber dem Bösen durchsetzt. Da haben wir den kleinen Horus, der wieder ins Leben zurückkehrt!«, rief Simon laut und legte dem Kind die Hand auf die Stirn. »*Haray! Haray! O o o Chak Arò Nuf*. Nicht mehr brennt das Fieber auf seiner Stirn. Kehrt alle in eure Häuser zurück. Auch du, besorgte Mutter, kehr mit deinem Kind an den heimischen Herd zurück. Es wird leben. Horus ist zu ihm gekommen und hat ihm das Leben gerettet.«

Völlig ermattet sank Simon nieder. Die Frau lief zum Altar und half dem Kleinen, sich aufzusetzen. Dem Kind ging es offensichtlich gut, auch wenn es noch ein wenig benommen wirkte.

»Die Macht des Gottes liegt in deinen Händen, Simon«, dankte ihm die Mutter mit Tränen in den Augen. »Du hast mir das Leben meines einzigen Kindes zurückgegeben. Bitte mich, worum du willst.«

»Geh nach Hause! Lass deinen Sohn einen Tag und eine Nacht lang ruhen«, sagte Simon mit müder Stimme. »Nicht mir musst du dankbar sein, sondern Ra, der mir die Macht verlieh, den Kranken das Leben zu retten.«

Die Frau verließ mit ihrem Kind im Arm den Grabtempel. Mit einer schnellen Handbewegung bedeutete der Magier den Anwesenden, dass auch sie sich entfernen sollten. Er schien keine Kraft mehr zu haben, und auf seiner Stirn perlte der Schweiß.

Innerhalb weniger Stunden würde sich die Nachricht von dem neuen Wunder in der ganzen Stadt verbreiten.

Lysikrates ging zum Altar. Ehrfürchtig verneigte er sich vor dem Magier, der die Hände nach ihm ausstreckte, um ihn zu segnen. In diesem Moment bemerkte Lysikrates den goldenen Ring.

Es war ein sehr altes Schmuckstück mit einem Siegel, einem sechszackigen Stern, das Symbol für die Kraft der Magie, vor allem aber das Zeichen Salomons, des ehemaligen Königs der Juden.

Dann wandte sich Lysikrates dem einzigen Ausgang zu. Nach wenigen Schritten fiel sein Blick auf die Schlange, die leblos am Boden lag. Es war eine Nilnatter mit Zähnen so scharf wie Rasierklingen und mit einem tödlichen Biss. Von manchen wurde sie Pytas genannt, die spuckende Schlange, die ihren mit Gift vermischten Speichel selbst über eine größere Entfernung gegen ihre Opfer schleudern konnte. Kam diese Flüssigkeit mit den Schleimhäuten solch eines Unglückseligen in Kontakt, wurde sein Körper sofort starr und taub.

Wahrscheinlich hatte die Schlange dies auch bei dem Knaben so getan, da – soweit es Lysikrates hatte erkennen können – an dem Körper des kleinen Moses keine Bissspuren zu sehen gewesen waren.

Gewiss hatte auch Simon ihr Fehlen bemerkt, denn als Priester, der die Kunst der Magie ausübte, war er im Umgang mit Medizin, der Herstellung von Zaubertränken sowie Giften und Gegengiften bestens vertraut.

»Alles, was du bisher unternommen hast, Lysikrates, scheint sinnlos gewesen zu sein. All deine Bemühungen, zu Simon dem Magier vorzudringen, waren letztlich umsonst. Vielleicht, ja, vielleicht … Wenn ich an die Schilderung deiner Begegnung mit ihm denke, so könnte man meinen …«, überlegte Cherèmones einige Tage später laut, als er dem jungen Mann gegenüberstand. »Leider konnte ich dich nicht vorher benachrichtigen, denn auch ich habe die Botschaft erst vor Kurzem erhalten, vielleicht im selben Augenblick, da sie auch Simon ausgehändigt wurde.«

»Was willst du damit sagen, Cherèmones?«

»Ich habe von einem meiner Informanten erfahren, dass Simon in der nächsten Woche nach Rom reisen wird. Kaiser Claudius will ihn an seinem Hof haben. Deine ganze Arbeit war umsonst.«

»Arbeit ist niemals umsonst, Cherèmones. Du selbst hast mir beigebracht, dass keine Erfahrung wertlos ist.«

»Mein Informant, eine den Kreisen des Kaisers sehr nahestehende Person, hat mir ebenfalls von Agrippinas Wunsch berichtet, dass ich Anicetus und Berillus, die Lehrer des jungen Lucius Domitius, unterstützen soll.«

Mit einem Mal wirbelten unzählige Erinnerungen durch Lysikrates' Kopf, und er dachte an jene Zeit zurück, als er vor zwei Jahren mit Julia Litia versucht hatte, das astrologische Geburtsgestirn von Agrippinas Sohn zu ergründen, und an die vielen Geschichten über das Rom der Caesaren, die sie ihm erzählt hatte.

»Ich weiß, woran du denkst«, sagte Cherèmones. »Doch wirst du mich, sollte ich mich nach Rom begeben, nicht begleiten können. Wer außer dir sollte sich während meiner Abwesenheit um die Bibliothek kümmern, mein treuer Lysikrates?«

»Was du sagst, schmeichelt mir sehr, Cherèmones. Wie auch immer du dich entscheidest, ich werde mich geehrt fühlen.« Doch sehnte er sich in seinem Innern unwiderstehlich danach, die *Urbe* mit eigenen Augen zu sehen, da er sich wie jedes lebende Wesen magisch von ihr angezogen fühlte.

»Kommen wir zurück zu uns, Lysikrates«, fuhr Cherèmones fort. »Ich war gerade dabei, dir von der Vermutung zu erzählen, die ich hege, seit du mir von deiner Begegnung mit Simon dem Magier berichtet hast.« Während er sprach, entfaltete der alte Priester einen alten Papyrus. »Ähnelte der Ring, den Simon am Finger trug, vielleicht diesem hier?« Er deutete auf ein Abbild auf dem vergilbten Blatt.

»Der sah wirklich so aus! Wie ich bereits sagte, handelte es sich um einen sehr alten Ring, und in ihm war der Stern mit den sechs Spitzen eingraviert.«

»Was du hier siehst, ist eine Abbildung von König Salomons Ring, dem, wie man sagt, der König der Könige all sein Wissen und auch seine Macht verdankte. Die Legende besagt, dass Salomon jeden Dämon, den er mit diesem Ring kennzeichnete, zu seinem Sklaven machte. Und als er ihn eines Tages im Jordan verlor, erlangte der König seine erstaunliche Weisheit erst wieder zurück, als ihn ein Fischer wiederfand und ihm Salomon aushändigte. Wenn dem wirklich so ist, ist Simon der Magier im Besitz eines Gegenstands, dem man unglaubliche Kräfte zuschreibt und auf dessen Innenseite der Name des jüdischen Gottes eingraviert sein soll. Ein Name, den kein Sterblicher kennt, es sei denn, er gehört zu dem engen Kreis der Auserwählten, die ebenfalls mit göttlichen Kräften gesegnet sind.«

Ägadische Inseln, Oktober 2001

Die von einer dünnen Algenschicht bedeckte Sandbank dehnte sich etwa eine halbe Seemeile in Richtung auf die sizilianische Küste aus und reichte nahezu konstant zwischen fünfzehn und achtzehn Meter unter die Wasseroberfläche. Aus den endlosen sandigen Untiefen ragte, vier oder fünf Meter hoch, eine einzelne Klippe, ein felsiger Monolith, und es schien, als wäre er mitten hinein in den Bereich geworfen worden, in dem die zwei Männer tauchten. Genau von dieser einzigartigen Markierung aus, in deren Nähe der Admiral den größten Teil seiner kostbaren Objekte fand, hatten er und Vittard ihre Suche begonnen. Doch nach dem ersten Tag, als sie den Wolfskopf gefunden hatten, schien das Glück sie verlassen zu haben. In den letzten zwei Tagen waren sie zwar mehrfach bis zum Grund getaucht, hatten das Gebiet aber vergeblich mit ihren Metalldetektoren abgesucht.

Sie hatten eine einfache, aber recht effektive Suchtechnik entwickelt, bei der sie mithilfe von Unterwassersignalen ein Rechteck von ungefähr achtzig Metern Seitenlänge absteckten, das sich an der vom Schirokko erzeugten Hauptströmung ausrichtete. Sie bewegten sich parallel zu den horizontalen Linien, wobei sie ihre elektronischen Apparate beinahe über den Sand streifen ließen.

Bereits der dritte Tag ihrer Tauchgänge war fast vorüber. Vittard gab dem Admiral ein Zeichen, dass es Zeit zum Auftauchen war.

Wieder an Bord der *C'est Dommage*, zogen sie ihre Taucheranzüge aus und wuschen sie sorgfältig mit Süßwasser ab, da ihr Überleben unter Wasser ganz und gar von der perfekten Pflege ihrer Ausrüstung abhing.

Grandi brach das Schweigen. »Ich bin ziemlich enttäuscht, Vittard. Hoffentlich denken Sie nicht, ich wäre ein Idiot, der sich nur irgendetwas eingebildet hat ...«

»Ich bitte Sie, Admiral!«, unterbrach ihn Vittard mit einem verschmitzten Lächeln. »Wenn ich mich nicht irre, sitzen wir beide im selben Boot. Und das im wahrsten Sinne des Wortes.«

»Natürlich. Aber wir tauchen nun bereits seit drei Tagen, und das einzige Fundstück, das wir außer dem Wolfskopf geborgen haben, ist eine Ankerkette, die irgendein unaufmerksamer Tourist ins Meer geworfen hat, wobei sich die geschichtliche Epoche dieses Funds auf den letzten Sommer datieren lässt. Wirklich außergewöhnlich!«, kommentierte der Admiral in zugleich scherzhaftem und vergrämtem Ton.

»Auch Sie wissen, dass es Jahre der Mühe und Misserfolge kosten kann, ein Wrack zu finden. Das schreckt mich in keiner Weise. Wir müssen uns fast durch eine Quadratmeile Sand wühlen, und wie wir mit unseren Sonden ermittelt haben, ist die Sandbank an mehreren Stellen mehr als zwanzig Meter tief. Das macht die Suche nicht gerade leicht.«

Plötzlich wurde die Ruhe in der Bucht durch das Geräusch eines Außenbordmotors durchbrochen. Ein asiatisch aussehendes Paar kam in einem Schlauchboot in ihre Nähe und winkte ihnen grüßend zu. Die Frau hielt eine Videokamera in der Hand, ein für japanische Touristen unabdingbares Zubehör.

Vittard und Grandi erwiderten den Gruß, während das kleine Boot an der vor Anker liegenden *C'est Dommage* entlangfuhr.

»Wir machen uns besser bereit«, sagte Vittard, sobald sich die Touristen wieder entfernt hatten. »Der Wetterdienst hat für diese Nacht einen Sturm von Süden her vorhergesagt. Wir sollten besser den Anker lichten und uns in eine besser geschützte Bucht zurückziehen, zumindest bis sich das Wetter wieder beruhigt hat.«

Kurze Zeit später beauftragte er Akir, den treuen maghrebinischen Matrosen, den Anker zu lichten, und sie fuhren die wenigen Meilen auf die gegenüberliegende Seite der Isola Favignana in die Baia di Cala Rossa.

Insel Oki, Japanisches Meer, 1331

Gefangen in seinem goldenen Exil auf der Insel Oki, war der Tenno Go-Daigo wie ein wildes Tier, das man in einen Käfig gesperrt hatte. Schon seit seiner Thronbesteigung vor dreizehn Jahren hatte er sich gegen die althergebrachte Vorstellung eines »Tennos in Klausur« gestemmt. Vielleicht war sein Wunsch, aktiv am politischen Leben seines Landes teilzunehmen, der Hauptgrund für sein unglückliches Dasein. Doch obwohl man ihn kaltgestellt hatte, verfügte er noch über eine größere Schar von Gefolgsleuten, die sich mit der Waffe in der Hand für seine Wiedereinsetzung geopfert hätten. Aber noch waren seine Anhänger nicht zahlreich genug, um die Militärdiktatur des Shoguns auch nur ins Wanken zu bringen.

Zu Beginn des Machtkampfes hatte der Tenno die Macht der Familie Hojo vollkommen unterschätzt. So hatte die ihm den Thron rauben und ihn auf diese Insel im Japanischen Meer verbannen können. Seit dieser schmachvollen Niederlage war sein ganzes Bestreben darauf gerichtet, einen Weg zu finden, wie er die Macht zurückerlangen konnte, die ihm von den Göttern verliehen und von den Rebellen genommen worden war.

So verbrachte der Tenno die endlos langen Tage mit dem Schmieden von Plänen und dem Ausarbeiten von Strategien, wie er seine Macht zurückerobern könnte. Doch am Ende all dieser Überlegungen mussten Go-Daigo und seine Getreuen feststellen, dass ihnen ein entscheidender Faktor fehlte, um die Hojo stürzen zu können – ein wirkliches Heer, das dazu bereit und in der Lage war, einen Krieg gegen den Shogun und seine Armeen zu führen.

Da erschien, plötzlich und von keiner Nachricht angekündigt, der General des Shogun-Heers mit seinem treuen Vertreter auf der Insel Oki. Go-Daigo gelang es nicht, seine Verwunderung zu verbergen, als man die beiden vor ihn führte.

Humarawa und Ashikaga verneigten sich ehrerbietig vor dem Kaiser.

»Welche folgenschwere Nachricht veranlasst den Großen General und seinen treuen Daimyo, einem Kaiser ohne Reich einen Besuch abzustatten?«, fragte Go-Daigo, kaum dass er mit den beiden Männern allein war.

»Gewiss handelt es sich hier nicht um einen schlichten Höflichkeitsbesuch, Eure Majestät«, sagte Ashikaga und kam dann sofort zur Sache. »Ich glaube, die Zeit ist reif, dass Ihr wieder an die Macht gelangt, die Euch durch göttlichen Willen zusteht.«

»Es überrascht mich nicht wenig, dass ausgerechnet der Kommandant, der die Streitkräfte der Hojo-Usurpatoren befehligt, dies äußert.« Go-Daigo sah sehr viel älter aus als dreiundvierzig, doch sein Gesicht erstrahlte auf einmal wie das eines Kinds, das ein Feuerwerk betrachtet. »Wie stellt Ihr Euch vor, die Streitkräfte des Shoguns zu bekämpfen? Vielleicht mit einer Flottille der *Wokou*?« Als er den Namen der schrecklichen Piraten aussprach, sah er direkt in die Augen Humarawas. »Denkt Ihr tatsächlich, dass das gesamte Heer zusammen mit seinem General desertieren wird?«

Sein stechender Blick sagte weit mehr als tausend Worte. Offensichtlich waren die Gerüchte über die Identität des grausamen Piratenanführers, die seit einiger Zeit kursierten, auch dem Kaiser zu Ohren gekommen.

Ashikagas prompte Antwort verdrängte die eisige Atmosphäre, die sich über die drei höchsten Adligen Japans senken wollte. »Nein, doch das Heer folgte niemals seinem General, sondern immer nur dem legitimen Herrscher. Die Unterdrückung des Volkes durch die Familie Hojo bringt stetig wachsenden Unmut hervor. Ganz abgesehen davon stellt Euer Sohn, Prinz Morinaga, gerade zusammen mit seinem getreuen Samurai Masashige ein richtiges Heer in Eurem Namen auf. Wir müssen nur warten, doch sollt Ihr wissen, göttlicher Kaiser, dass Ihr mich und meine Männer an Eurer Seite habt.«

»Und ich werde bereitwillig all Eure Hilfe vergelten, wie Ihr es verdient.« Go-Daigo hatte damit genau die richtige Antwort gegeben, und er wusste es auch, denn es war kein Geheimnis, dass Ashikaga die Ernennung zum Shogun anstrebte.

Tabarka, 1331

Die Kette, die die Einfahrt zum Hafen versperrte, wurde langsam und vorsichtig heruntergelassen, und die beiden Schiffe glitten in die Dunkelheit einer mondlosen Nacht. Der Muqatil stand, zum Heck gewandt, auf dem Oberdeck und betrachtete den Hügel, von dem aus er den Katapultbeschuss der Belagerer erwartete, doch es sah so aus, als würden die Ungläubigen ausgerechnet in dieser Nacht den Hafenbereich nicht überwachen. Jedenfalls waren außerhalb der schützenden Stadtmauer von Tabarka keine Wachtposten auszumachen, die ansonsten auf den Erhebungen im Gelände und auf den Angriffstürmen postiert waren.

Der Duft des freundlich gesinnten Meeres erweckte in dem Muqatil und seinen Männern die Sehnsucht nach Freiheit, einer Freiheit, die ihnen während des Belagerungszustandes bereits zu lange verwehrt gewesen war.

Seite an Seite glitten die beiden Kriegsschiffe dahin, wofür die schnellere Galeere des Muqatil häufig ihre Fahrt abbremsen musste, um mit dem anderen Schiff auf gleicher Höhe zu bleiben. Er hatte von den alten Meistern der Axt tausend und mehr Geheimnisse erlernt, etwa wie die Rippen des Schiffsrumpfs den Wellen und die Segel dem Wind angepasst werden mussten und wie man bei jedem Ruderschlag ein ideales Eintauchen erzielte. Als er dann als Jüngling Tabarka verlassen hatte, um auf See zu kämpfen, hatte er selbst ein Schiff entworfen, dem die Galeeren der Christen vergebens nachgejagt waren.

Tagelang kreuzten sie auf dem offenen Meer vor Ras Addar, um an der Durchfahrt jenen Schiffen aufzulauern, die die Ungläubigen mit Lebensmittel versorgten. Plötzlich ertönte der Ruf des Ausgucks: »Segel am Horizont!«

Im Norden wurden in der undefinierbaren Grenze zwischen offenem Meer und Himmel kleine grau-weiße Umrisse sichtbar, die aussahen wie Perlen auf einem hellblauen Seidenschleier.

»Die Leinen einholen, an denen die Kette befestigt ist!«, befahl der Emir seinen Männern. »Damit werden wir die Ungläubigen fangen!«

Sofort machten sich die Besatzungsmitglieder an die Arbeit, und bald darauf verband eine robuste Eisenkette die beiden Schiffe, die sich spannen würde, sobald die Schiffe des Muqatil in der Nähe des geplanten Überfalls auseinanderdrifteten. Wenn sie dann links und rechts der feindlichen Schiffe entlangsteuerten, steckten die Ungläubigen in einer ausweglosen Falle.

»Schau, Yousef, sie drehen bei, um zu fliehen!«, sagte der Muqatil zu seinem alten Kameraden.

Alle Männer standen nach Norden gewandt da und beobachteten die feindlichen Schiffe, die plötzlich erneut den Kurs wechselten und entschlossen auf sie zuhielten.

»Weitere Segel, mindestens sechs, direkt am Vorschiff!«, rief der Ausguck mit besorgter Stimme.

»Eine Falle!«, erkannte der Muqatil und warf einen raschen Blick in Richtung Festland, auf der Suche nach einem Ausweg. Drei weitere Schiffe der Christen hielten von Süden her auf sie zu. Sie schienen aus dem Nichts gekommen zu sein, während die maurische Besatzung abgelenkt gewesen war.

Der Zusammenstoß war unvermeidlich und sein Ausgang nur allzu vorhersehbar. Doch der Muqatil befahl seinen Männern, sich für den Kampf bereitzumachen. Bevor sie selbst auf dem Grund des Meeres endeten, würden sie so viele Ungläubige wie nur möglich den Fischen zum Fraß vorwerfen.

Die beiden Schiffe mit dem Wappen des Emirs nahmen Kurs nach Süden, da aus dieser Richtung die geringere Gefahr drohte. Doch die anderen, aus Norden kommenden Schiffe würden sie mit großer Wahrscheinlichkeit gerade dann erreichen, wenn der Kampf mit den drei aus Süden herbeisegelnden Booten entbrannte. Dann gäbe es keinen Ausweg mehr, und die Mannschaft des Muqatil würde mit Sicherheit der erdrückenden Übermacht des Feindes erliegen.

Doch kaum hatte die Schlacht begonnen, stand schon eines der drei christlichen Schiffe in Flammen – das Katapult mit dem »Griechischen Feuer« am Bug der Galeere, die der Emir befehligte, hatte präzise getroffen.

Da machte der Muqatil seinen heimtückischen Cousin Abd-al Hisàm auf einem der beiden feindlichen Schiffe aus: Er stand an der Windvierung im Heckbereich neben dem Steuermann und erteilte den Befehl zur Flucht, um den Schiffen des Muqatil zumindest so lange zu entkommen, bis die Verstärkung aus nördlicher Richtung sie erreicht hatte. Eine Welle des Hasses stieg in dem Muqatil auf, mindestens so hoch wie eine im Sturm anschwellende

Meereswelle, die mit verheerender Wucht auf die Küste zuläuft.

»Schnappen wir uns den Verräter, bevor die anderen da sind, um ihm beizustehen!«, feuerte er seine Männer an.

Nach etlichen Wendemanövern steuerten die beiden feindlichen Kriegsschiffe in Richtung Norden, den sechs anderen Galeeren und den beiden Handelsschiffen entgegen.

Angetrieben von der Kraft der Segel und dem aufopferungsvollen Bemühen der Ruderer, gewann das Schiff des Muqatil zunehmend an Geschwindigkeit. Allen an Bord war bewusst, dass sie dem Tod entgegenritten, aber keiner von ihnen wollte sich seiner Angst ergeben.

Als die Galeere Abd al-Hisàms ein falsches Manöver ausführte, rückten die Verfolger noch näher, und der Muqatil konnte direkt in die zu Tode erschrockenen Augen seines Cousins sehen.

»Schau, Yousef, der Feigling will sich uns durch Flucht entziehen! Doch wir fangen ihn ein, noch bevor er in Sicherheit ist!«

Das Gesicht des alten Mannes, der mit ihm mehr als tausend Schlachten geschlagen hatte, wirkte zwar angespannt, aber in gewisser Weise auch überaus zufrieden – endlich würde Abd al-Hisàm für seinen Verrat bezahlen.

Da zerriss ein Pfeifen die Luft und verklang in dem Moment, da der Brandpfeil in Yousefs Brust einschlug. Ohne einen Laut der Klage sank er in sich zusammen, während Feuer und Rauch rings um den Schaft tanzten.

Rasch warf sich der Muqatil auf die Knie und löschte das Feuer mit einem Sack, doch es war nichts mehr zu machen, der Pfeil hatte das Herz seines alten Gefährten und Meisters durchbohrt.

»Auch dafür wirst du bezahlen!«, knirschte der Muqatil mit vor Hass zusammengekniffenen Augen, während er dem Schiff Abd al-Hisàms folgte, das mit plumpen Manövern seinen Häschern zu entfliehen versuchte.

Das Geräusch der berstenden Ruder, die an den Wandungen der Schiffe zersplitterten, war einige Momente lang lauter als das Geschrei der Matrosen. Als Erster sprang der Muqatil über die Reling und stürzte auf die Brücke des feindlichen Schiffes zu. Wie wild schlug er mit seinem Säbel nach allen Seiten um sich, wobei er nach seinem Cousin Ausschau hielt.

Dann machte er den Erzfeind im Gemenge aus. Drei seiner Männer dienten dem Verräter als Schild und sollten ihn vor den Angreifern beschützen.

Den Muqatil kümmerte es nicht, wie viele der Feinde mutig genug waren, sich ihm in den Weg zu stellen. Er hörte nicht auf, seinen blutbesudelten Säbel zu schwingen, ganz so, als fühlte er nicht einmal dessen Gewicht. Unter seinen mörderischen Hieben fielen mehrere Männer, bevor er zu seinem Cousin und dessen Leibwächtern vordrang, die sich auf dem Vorschiff verschanzt hielten.

Sofort nahm es der Muqatil mit den drei Männern auf, die den Verräter schützen wollten. Innerhalb kürzester Zeit hatte er bereits zwei von ihnen niedergemacht, während der dritte Reißaus nahm. Dann blickte er in die Augen seines Cousins Abd al-Hisàm.

»Jetzt wirst du sterben!«, sagte der Muqatil mit gepresster Stimme und schlug zu, doch der erste Hieb ging ins Leere. Dann stießen ihre Klingen heftig und mit großem Getöse aufeinander, wobei die Bewegungen der beiden Kontrahenten eher einem Tanz als einem Kampf auf Leben und Tod glichen.

Schnell wie eine Wüstenschlange parierte der Muqatil den Stoß seines Cousins, um ihn dann seinerseits sofort zu attackieren. Seine Klinge durchstieß den leichten Lederpanzer, und ein blutroter Riss tat sich auf Abd al-Hisàms Brust auf. Dann kreiste der Muqatil einmal um sich selbst, wobei er den Säbel hoch über dem Kopf hielt, um Schwung für den entscheidenden Hieb zu nehmen.

Auf den Kampf konzentriert, bemerkte er nicht die Gestalt, die von hinten an ihn heranglitt. Als ihn einer seiner Männer zu warnen versuchte und rief, er solle aufpassen, war es bereits zu spät.

Ibrahim, der Mann, der jede Aktion des Emirs an den Feind verraten hatte, sprang ihn von hinten an und überraschte ihn damit völlig.

Kurz blitzte die Messerklinge auf, bevor sie sich in den Rücken des Muqatil grub.

Der stechende Schmerz war so heftig, dass er ihm den Blick trübte, dennoch gelang es dem Muqatil, den Angreifer von seinem Rücken zu werfen. Mit der Wut eines Mannes, der durch ein unwichtiges Detail seines Sieges verlustig geht, rammte er seinen Säbel in den Leib des Verräters. Dann sank er nieder, wobei er seine bluttriefenden Hände auf die Wunde presste.

Als sie ihren Herrn verwundet sahen, wurden seine Männer noch ungestümer und brachen jeden Widerstand auf dem feindlichen Schiff mit unaufhaltsamer Gewalt.

Sofort wurde der Muqatil von Bord der Galeere gebracht, die inzwischen lichterloh brannte, da die Mauren Feuer gelegt hatten. Nachdem man den Muqatil auf seinem eigenen Schiff niedergelegt hatte, unter dem großen Zelt am Heck, untersuchte einer seiner Männer die stark blutende Wunde.

»Ist es schlimm? Kann ich weiterkämpfen?«, flüsterte der Muqatil und versuchte vergeblich, sich aufzusetzen.

»Du hast viel Blut verloren, Emir. Ich werde versuchen, dich zu verarzten.«

»Was ist mit Abd al-Hisàm? Wer hat mich von hinten angegriffen?«

»Dein Cousin ist ins Wasser gesprungen und langte noch vor seinem Schiff auf dem Meeresgrund an. Der Mann, der dich angegriffen hat, war Ibrahim, mein Herr. Er befand sich an Bord des feindlichen Schiffs.«

Bevor sich sein Verstand vollends trübte, wurde dem Muqatil der Umfang dieses Verrats klar, dann schwanden ihm die Sinne.

Vielleicht war es besser so, denn so musste er die entsetzliche Niederlage nicht miterleben. Innerhalb kürzester Zeit hatten die sechs Kriegsschiffe die maurische Galeere eingekreist, die so schwer beschädigt war, dass sie sich nicht mehr steuern ließ. Nachdem sie die Brücke des Feindes eine Zeit lang beschossen hatten, enterten die Ungläubigen das schwer angeschlagene Schiff.

Und schließlich verschlang das Meer auch die vom Muqatil entworfene Galeere, während an Deck noch das Feuer loderte.

Das Einzige, was von dem Schiff, das einst die christlichen Flotten zu Tode erschreckte, übrig blieb, waren ein paar dahintreibende Schiffsplanken.

»Entert das Wrackteil!«, lautete der Befehl, den der Kommandant des kleinen Handelsschiffs seinen Männern erteilte.

Hasan befuhr seit mehr als zwanzig Jahren die Route zwischen der islamischen Welt und Al-Andalus jenseits des Mittelmeers. Ihm war klar, dass er jedes Wrackteil, das sie auf dem Meer entdeckten, inspizieren musste. Nicht, weil er darauf vielleicht kostbare Gegenstände hätte finden können, sondern um Schiffbrüchige zu bergen, die auf Rettung hofften. Und unter dem Segeltuch, das auf den dahintreibenden Planken lag, musste seiner Meinung nach ein Mann oder eine Frau liegen.

»Es ist ein Verwundeter!«, rief der Matrose, der sich auf das Wrackteil abgeseilt hatte. »Scheint einer unserer Brüder zu sein!«

»Schnell, hievt ihn an Bord!«, befahl Hasan.

Schon kurze Zeit später lag der Schiffbrüchige auf dem Deck. Es war klar, dass man ihn absichtlich auf die Planken gelegt hatte, vielleicht, damit er auf diese Weise einem Feind entkam oder nach einem Schiffbruch von jemandem gefunden wurde. Neben ihm hatten sich ein Krug mit Süßwasser und einige Lebensmittel befunden, und sein Körper war mit Tauen festgebunden worden, damit er nicht ins Meer hatte rutschen können.

»Offenbar sind wir gerade noch rechtzeitig gekommen, auch wenn ich glaube, dass er sehr viel Blut verloren hat«, sagte Hasan.

Gleich darauf wurde die Aufmerksamkeit des Kommandanten von einem goldenen Gegenstand angezogen, der in Höhe des Brustbeins auf der Lederrüstung des verwundeten Kriegers angebracht war. Es handelte sich um ein Halbrelief aus wundervoll getriebenem Gold, das einen Wolfskopf darstellte. Zwischen den Fellhaaren am Hals des Tiers war ein Wort eingraviert.

»Muqatil …«, murmelte Hasan, dann hob er den Blick zum Himmel. »Wenn dieser Mann tatsächlich die lebende Legende meines Volkes ist, muss ihn der große barmherzige Gott selbst am Leben erhalten haben.«

Oktober 2001

Der Mann konnte Kuniko Sagashis aufmerksamem Blick nicht entgehen; sie erkannte in ihm sogleich den Vertreter der chinesischen Delegation wieder, der sich nur wenige Tage zuvor mit dem Präsidenten von Water Enterprises getroffen hatte. Dieses Mal kam er zwar allein und trug auch nicht die Uniform eines hohen Militärs, doch das nahezu unfehlbare fotografische Gedächtnis der vom Mossad trainierten jungen Frau erkannte sein Gesicht sogleich wieder.

General Zhu Ling, der Vorsitzende der Zentralen Militärkommission, wandte sich zwar an eine von Kunikos Kolleginnen, doch die Agentin konnte die Worte klar und deutlich verstehen, die er zu der freundlichen Angestellten sprach: »Ich habe einen Termin bei Präsident Maru«.

Nachdem über Telefon der Gesprächstermin bestätigt worden war, begleitete Kuniko den General persönlich zu jenem Lift, der als Einziger hoch in jenes Stockwerk fuhr, das die Büros des Präsidenten und seiner engsten Mitarbeiter beherbergte.

Wieder im Erdgeschoss angelangt, bat Kuniko eine Kollegin, sie für ein paar Minuten zu vertreten. Eilig schritt sie zur Personaltoilette und zog ihr Handy hervor. Innerhalb weniger Augenblicke tippte sie eine Nachricht ein und sandte sie an eine Geheimnummer.

Der Text bestand aus wenigen Worten: TREFFEN STANDORT 3 HEUTE 18.30 BUSHIDO.

Dann kehrte sie zu ihrem Arbeitsplatz zurück. Ein leises Lächeln lag auf ihrem Gesicht, als sie daran dachte, dass ihr Codename einst den unerschütterlichen Ehrenkodex der alten Samurai bezeichnet hatte.

»Ich weiß nicht, welche politischen Ansichten Sie vertreten, Herr Präsident Maru«, begann General Zhu Ling, nachdem sie zu Anfang ein paar Höflichkeiten ausgetauscht hatten, »doch ich glaube, es ist für alle Beteiligten besser, wenn die Volksrepublik China kommunistisch bleibt.«

»Was möchten Sie damit zum Ausdruck bringen, Herr Vorsitzender Ling?«

»Stellen Sie sich einmal vor, eine Milliarde und zweihundertfünfzig Millionen Menschen würden auf einmal mit Ihrem Land konkurrieren auf ... nun, sagen wir: auf industriellem oder technologischem Gebiet. Oder China würde sich entschließen, seine Vorkommen an Erdöl und Gold oder seine Nahrungsmittelproduktion auf den Markt zu werfen. Indem mein Land nahezu blind versucht, die westliche Lebensweise zu kopieren, hat es sich zu einem grenzenlosen Markt für die Überschusswaren des kapitalistischen Systems entwickelt, selbst wenn es sich dabei um veraltete Maschinen und ausgesonderte Fabrikanlagen handelt.

Andererseits erwächst dem Westen in China ein ernstzunehmender Konkurrent. Doch das imperialistische System versucht, China weiterhin in der Rolle des rückschrittlichen Landes zu halten. Ein Beleg dafür ist der kürzliche Besuch des amerikanischen Präsidenten – ein Besuch, der bestimmt wurde von den Zwängen, denen seine kriegsführende Nation unterworfen ist, und der zunächst zu mehreren Handelsabkommen geführt hat, die China oberflächlich betrachtet einige Vorteile versprechen, die mein Land aber tatsächlich weiter zu einem imperialistischen Kolonialstaat degradieren.«

»Ich verstehe, was Sie mir sagen wollen, Herr Vorsitzender«, antwortete Maru, »doch ehrlich gesagt bin ich zu sehr mit meiner Arbeit beschäftigt, als dass ich mich auch noch mit der chinesischen Außenpolitik befassen könnte.«

»Ich suche ganz bestimmt nicht Ihre Zustimmung, Herr Präsident. Ich brauche Verbündete für eine Schlacht.«

Diese Worte ließen Yasuo Maru aufhorchen. Einen der einflussreichsten Männer Chinas zum Verbündeten zu haben, konnte für ihn nur von Vorteil sein, obwohl Zhu Ling nahezu alle Charaktereigenschaften eines fanatischen Diktators in sich vereinte. Aber Maru war es, der entscheiden würde, wann und zu welchen Bedingungen man dieses Bündnis wieder aufheben würde.

»Fahren Sie fort, Vorsitzender Ling. Obwohl ich bezweifle, dass Ihnen der Inhaber einer Gesellschaft, die sich mit der Verteilung von Wasser und dem Betrieb von Aquädukten befasst, bei Ihrem Plan, wie immer der aussehen mag, behilflich sein kann.«

»Verzeihen Sie mir, wenn ich offen spreche und vielleicht etwas zu persönlich werde.« Das Lächeln, das über Zhu Lings Lippen glitt, glich dem eines Pokerspielers. »Wir beide wissen, dass Sie als Präsident von Water Enterprises offiziell über ein weltweites Imperium mit insgesamt gut hundertzwanzigtausend Angestellten herrschen. Direkt oder indirekt kontrollieren Sie ungefähr zwanzig Prozent des dringend benötigten Wassers auf diesem Planeten. Täglich verdanken Ihnen einige Milliarden Menschen ihr Leben. Und über weitere Strohfirmen, die in keiner Weise auf Sie oder Water Enterprises zurückzuführen sind, versorgen Sie achtzig Prozent der Einwohner der Republik Taiwan mit Wasser …«

Zhu Ling hielt einen Moment inne, um Marus Reaktion abzuwarten, doch dessen Miene blieb unbewegt.

»Doch wir werden später noch Gelegenheit haben, über dieses Thema zu sprechen und uns näher kennenzulernen«, fuhr Zhu Ling dann fort. »Immer vorausgesetzt, dass Sie in mir einen möglichen Verbündeten sehen, vielleicht sogar einen Freund. Denn es gibt noch etwas, das uns beide verbindet: unsere Leidenschaft für Antiquitäten.«

Während er dies sagte, holte Zhu Ling einige Fotografien und ein Blatt Papier hervor und hielt sie Yasuo Maru hin.

Die Fotos zeigten alle dasselbe Objekt, aus verschiedenen Perspektiven aufgenommen und zur näheren Bestimmung der Größenverhältnisse neben ein Millimetermaß gelegt. Es handelte sich um einen goldenen Ring, anscheinend sehr alt, auf dessen Siegel sich ein sechszackiger Stern befand, gebildetet von zwei übereinander gelegten gleichschenkligen Dreiecken.

Bei dem Papier wiederum handelte es sich um die Fotokopie eines auf Griechisch geschriebenen Papyrus, der offenbar hervorragend erhalten war.

»Aus dem Inventar von Kaiser Lucius Domitius Nero, verfasst von Lysikrates aus Athen, Vertrauter des Kaisers.« Yasuo Maru las mit lauter Stimme, obwohl er die antike Sprache nur mit Mühe übersetzen konnte. *»Inhalt und Beschreibung der Amphore Nr. XXI: Kelch aus Gold, Statue eines Mädchens, Ring der Könige, Ring mit Edelstein, darin eingraviert eine Abbildung des Raubs der Proserpina. Diese*

dem Kaiser besonders teuren Objekte werden von mir hermetisch in der Amphore versiegelt, welche die Nummer XXI trägt. Eine Kopie der Inventarliste, die von den Schreibern angefertigt wurde, wird von mir gegengezeichnet und in die Amphore gelegt. Das Original wird dem Kommandanten des kaiserlichen Schiffs übergeben und zusammen mit dem Inventar aufbewahrt. Lysikrates.«

»Die Welt der Kunsthändler ist klein, Herr Präsident, sehr klein.« Ling lächelte. »Ihre Anfrage bezüglich Kunstgegenständen aus der Epoche Kaiser Neros ging um den ganzen Erdball. Sie sind überall als der Sammler mit den größten finanziellen Mitteln bekannt. So ist Ihr Gesuch auch mir zu Ohren gekommen. Und obwohl ich keine Ahnung habe, wo die anderen drei Objekte abgeblieben sind, nehme ich an, dass der Ring, den ich besitze, zu Neros persönlichem Schatz gehörte. Die chinesische Regierung bekam ihn sowie den dazugehörigen Papyrus vom Staatschef eines europäischen Ostblocklands geschenkt, danach verstaubten diese kostbaren Artefakte jahrelang in irgendeinem Lagerraum in der Volksrepublik China, bis ein aufmerksames Auge sie bemerkte. Heute gehören sie zu meiner … sagen wir: Privatsammlung.«

Kuniko Sagashi betrat das Kaufhaus Mitsukoshi. Sie sah auf ihre Armbanduhr, dann ging sie entschlossen in die Kosmetikabteilung und schaute sich zerstreut einige Tiegel mit Feuchtigkeitscreme an, wobei sie heimlich die anderen Kunden, vorwiegend Frauen, beobachtete, die sich um all die Stände mit den bekannten Markennamen drängten. Sie hatte den mit der Nummer drei bezeichneten Standort pünktlich erreicht.

Wer würde wohl dieses Mal ihre Kontaktperson sein? Bei den vorangegangenen Treffen hatte sie ihre Informationen zwei verschiedenen Agenten übergeben.

In Gedanken versunken, griff Kuniko nach einem Lippenstift in leuchtendem Violett. Das war das verabredete Zeichen.

Eine tiefe Stimme klang von hinten an ihr Ohr und ließ sie zusammenzucken. »Ich würde meiner Frau gern einen Lippenstift schenken. Hätten Sie vielleicht die Freundlichkeit, mir bei der Auswahl zu helfen.«

»Ich würde Ihnen zu Rubinrot oder blassem Rosa raten.«

Damit hatte Kuniko die Erkennungsparole ausgesprochen und drehte sich zu ihrem Kontaktmann um. Sie war fast verwundert, als sie das offene Lächeln von Major Milano sah. Er war gekleidet wie ein westlicher Geschäftsmann, so wie viele Japaner in der Metropole, und war ausgesprochen attraktiv, ganz im Gegensatz zu den beiden anderen Mossad-Kontaktmännern, die sie getroffen hatte.

»Bushido«, flüsterte der Mann, der offiziell seit wenigen Tagen der Leiter des Amts für wirtschaftliche Zusammenarbeit in der israelischen Botschaft in Tokio war.

»Ich an Ihrer Stelle würde diesen wählen.« Kuniko zog einen Lippenstift aus ihrer Manteltasche, der genauso aussah wie die anderen, wobei sie so tat, als hätte sie ihn vom Verkaufsstand genommen.

Milano nahm ihn dankend entgegen und stellte sich eilfertig in die Schlange vor der Kasse an, um zu bezahlen. Kuniko verließ die Kosmetikabteilung und ging auf den Ausgang zu.

Um diese Zeit, mehr als neuntausend Kilometer entfernt, erwachte Tel Aviv nach einer Nacht voller Angst und Schrecken. Die Situation in den besetzten Gebieten wurde nicht besser, ganz im Gegenteil hatten sich die anfänglichen Scharmützel zu blutigen Zusammenstößen mit der Stadtguerilla gesteigert.

Der letzte Tropfen, der das Fass zum Überlaufen brachte, war der Mord, den drei Terroristen einige Tage zuvor an dem zurückgetretenen Minister für Tourismus in einem Hotelzimmer verübt hatten.

Der Premierminister schüttelte erschöpft den Kopf. Zu den innenpolitischen Problemen kam noch der Druck der Vereinigten Staaten hinzu, die von der israelischen Regierung eine Waffenruhe forderten. Eine Regierungskrise schien mittlerweile unabwendbar.

Der Premierminister nahm den Telefonhörer ab und wählte eine Nummer. Er hatte das Bedürfnis, mit einem Menschen zu sprechen, der nicht den üblichen Politikerkreisen angehörte und dem dieses Land ebenso am Herzen lag wie ihm selbst.

»Dr. Breil, ich hoffe doch, ich störe nicht«, sagte der Premierminister.

Oswald erkannte die Stimme sofort. »Sie stören ganz und gar nicht. Was kann ich für Sie tun?«, antwortete der Vize-Verteidigungsminister.

»Wenn Sie nichts dagegen haben, möchte ich mich mit Ihnen einmal unter vier Augen unterhalten. Sofern Sie keine anderen Termine haben, würde ich gern heute in meinem Büro gemeinsam mit Ihnen zu Mittag essen.«

»Ich werde pünktlich um halb zwei bei Ihnen sein.«

Der Premierminister legte auf. Dass er Breil bald sehen würde, munterte ihn ein wenig auf. Der kleine Mann hatte im Laufe seiner brillanten Karriere die schwierigsten Ämter bekleidet und sich dabei immer vortrefflich bewährt, hatte sowohl den Shin Beth, den Inlandsgeheimdienst, als auch den Mossad hervorragend geleitet. Noch bevor er den Posten des Vize-Verteidigungsministers angenommen hatte, hatte er bereits bei verschiedenen Gelegenheiten die Welt vor äußerst bedrohlichen Situationen bewahrt.

Bruno Milano bestieg die U-Bahn der Yūrakucho-Linie und verließ den Waggon wieder an der Station Nummer fünf. Um von der Kojimachi zur israelischen Botschaft an der Niban-cho zu gelangen, brauchte er nur ein paar Minuten zu Fuß zu gehen. Sie war in einem kleineren dreistöckigen

Gebäude von moderner Architektur untergebracht, das sehr elegant wirkte.

Milano zog seinen Dienstausweis und passierte die drei elektronisch gesicherten Absperrungen, die nicht autorisierten Personen den Zugang zu den Büroräumen verwehrten.

Als er dann an seinem Schreibtisch saß, zog er den Mikrochip aus dem Lippenstiftröhrchen, das ihm Bushido gegeben hatte, und steckte ihn in die entsprechende Buchse seines Computers. Schließlich besah er sich die Bilder, die dem Bericht seiner Agentin beigefügt waren, und er konnte sich ein Lächeln nicht verkneifen: Die junge Frau war offensichtlich ebenso tüchtig wie schön. Mit einigen Tastenbefehlen kodierte Milano den Inhalt des Chips, dann versendete er ihn als Anhang einer E-Mail. Jemand ganz oben, der sich sehr weit entfernt aufhielt, wartete bereits auf diese Informationen.

Derrick Erma, der Leiter des Mossad, saß in seinem bequemen ergonomischen Drehsessel, als Hauptmann Bernstein mit einer CD-ROM in der Hand eintrat.

»Neuigkeiten von der Aufgehenden Sonne«, sagte Bernstein und hielt ihm die Scheibe hin.

Kurz darauf erschienen auf dem Bildschirm von Ermas Computer die Schnappschüsse, die Kuniko in den vergangenen Tagen mit ihrer Mini-Digicam gemacht hatte, die in einem Knopf ihrer Rezeptionistinnen-Uniform steckte.

Erma las den kurzen Kommentar, den Kuniko den Fotos hinzugefügt hatte.

General Zhu Ling, Vorsitzender der Zentralen Militärkommission, war bei Yasuo Maru zu Besuch, erst als Delegationsleiter am 18. Oktober und dann ein zweites Mal heute, am 26. Wie es scheint, wurde beim ersten Treffen ein wichtiger Vertrag zwischen Water Enterprises und der chinesischen Regierung abgeschlossen. Ich habe keine Informationen über den Anlass des jüngsten Besuchs, doch ich werde mich bemühen, darüber Aufschluss zu erhalten. Nach meiner Erfahrung erscheinen die Apparatschiks, wenn sie nicht in vollem Gepränge daherkommen, noch einmal, um ihre persönliche Belohnung abzuholen oder um höchst geheime Dinge unter vier Augen zu besprechen.

Bushido.

Erma lächelte, obwohl das bulldoggenartige Gesicht des chinesischen Generals, das die Digicam eingefangen hatte, kaum Anlass dafür gab. Der Grund für Ermas Zufriedenheit lag darin, dass er es gewesen war, der Kuniko für die Mission ausgewählt hatte. Er hatte ihre Personalakte eingesehen und die periodischen Berichte ausgewertet, die von dem langjährigen Kontaktagenten der jungen Frau eingegangen waren. Dies gehörte nach Ermas Meinung durchaus zu den Aufgaben des obersten Leiters des Mossad, da eine Führungsperson nur so viel wert war wie ihre Untergebenen. Das war etwas, das er damals an der Seite seines Lehrmeisters Breil gelernt hatte.

Genau, Oswald Breil … Wo der sich wohl im Augenblick aufhielt?

Hätte Erma einen Blick aus seinem Fenster im obersten Stockwerk des Geheimdienstgebäudes geworfen, hätte er den Sitz der Knesset, des Parlaments der Republik Israel, gesehen. Breil befand sich dort, in einem kleinen Salon direkt neben dem Büro des Premierministers, und aß gerade mit der höchsten Regierungsautorität des Landes zu Mittag.

Gegen Ende ihres Mahls kam der Premierminister endlich zum Kern der Sache: »Ich glaube, dass die Zeit reif ist für den Rücktritt der amtierenden Regierung, Dr. Breil.«

»Verzeihen Sie«, sagte Oswald, »aber dies scheint mir

nicht der beste Moment dafür, dass der Staat führungslos dasteht.«

»Genau deswegen habe ich Sie ja um dieses Treffen gebeten, Dr. Breil. Israel liegt mir mehr am Herzen als mein eigenes Leben, und ich bin überzeugt, dass es für mein Land das Beste ist, wenn ich mich von den Regierungsgeschäften zurückziehe. Meine Entscheidung ist bereits gefallen.«

»Darüber bin ich, offen gestanden, sehr traurig. Ich kann nur hoffen, dass Sie Ihren Standpunkt noch einmal überdenken.«

»Tausend Jahre sind nicht genug, um meine Meinung noch zu ändern, zumal die beunruhigende Situation sowohl innerhalb unserer Grenzen als auch außerhalb keinen Moment des Zögerns zulässt. Sie, Dr. Breil, sollen meine Nachfolge antreten, denn Sie verfügen über die wunderbare Fähigkeit, interne Streitigkeiten schnell schlichten zu können. Außerdem haben Sie bei unseren Verbündeten einen großen Vertrauensvorschuss. Daher bitte ich Sie zum Wohle Israels, für das Amt des Premierministers zu kandidieren.«

4

Kaiserliches Rom, anno 801 nach der Gründung (48 n. Chr.)

In Gedanken versunken betrachtete Julia Litia Pallantes, den mächtigen Freigelassenen, wie man in Rom ehemalige Sklaven nannte, als er gemeinsam mit Kaiser Claudius die privaten Gemächer Agrippinas verließ.

Seit diese aus der Verbannung zurückgerufen worden war, zu der sie ihr Bruder Caligula verurteilt hatte, war Julias Kontakt zu Agrippina immer intensiver geworden. Die Urenkelin von Kaiser Augustus setzte alles daran, ihre Ziele zu erreichen, auch wenn nur sie allein wusste, was für Ziele das waren.

»Julia!«, rief Agrippina aus ihrem Schlafgemach.

Sie lag nackt auf dem Bett. Ihr statuenhafter Körper lag auf der Seite, und ihr Haar fiel in kupferroten Wellen über die Schulter. Die Zeit hatte ihrer seidigen Haut nichts anhaben können, vielmehr schienen die Jahre und die unliebsamen Ereignisse ihres Lebens an ihrer Schönheit wie Quellwasser an einem Felsen abgeglitten zu sein. Agrippina war dreiunddreißig Jahre alt und hatte zwei Witwenschaften sowie die Verbannung hinter sich. Der einzig konkrete Hinweis auf ihre Vergangenheit war Lucius Domitius, ihr Sohn aus erster Ehe, der ein lebhaftes Kind mit dunkelroter Haarpracht und blauen Augen war. Er war der eigentliche Grund für sie, ihre Ziele so hartnäckig zu verfolgen.

»Pallantes ist genau mein Fall, intelligent, skrupellos und ehrgeizig. Vor allem scheint er ausreichend in mich verliebt, um mir all meine Wünsche erfüllen zu wollen. Ein äußerst nützlicher Mann, zumindest für den Augenblick.« Während Julia ihrer Herrin das Haar kämmte, dachte diese laut darüber nach, wie sie sich den Mann zunutze machen konnte, mit dem sie noch vor Kurzem das Bett geteilt hatte und den sie sich natürlich anschließend vom Hals schaffen musste.

Julia massierte Agrippinas Rücken mit einer Honigsalbe ein, dann hielt sie ihr ein Gewand in blassem Hellblau hin und half ihr dabei, es anzuziehen. Schließlich legte sie ihr die Geschmeide an, die mit zahlreichen Edelsteinen besetzt waren. Agrippina wollte einen strahlenden Auftritt haben, wenn sie sich gleich mit ihrem Oheim Claudius traf, dem Kaiser von Rom.

»Stell dir vor, seine eigene Mutter nannte Claudius ein Monster. Dabei verfügt er über einen hohen Intellekt und große Gleichmut. Schade, dass er Messalina geheiratet hat, die so liederlich und hemmungslos ist.«

Julia Litia lächelte in sich hinein. Sie hatte bereits Generäle und Senatoren, Frauen und Knaben in diesem Zimmer ein- und ausgehen sehen, und nun durfte sie sich von Agrippina Lektionen über Moral anhören. Vielleicht war es nur Neid, hervorgerufen durch die große charakterliche Ähnlichkeit der beiden Frauen, den Agrippina gegenüber der Gattin des Kaisers empfand.

»Jedenfalls erzählte mir der gute Pallantes, dass Messalinas Liebschaft mit Sillius wohl der Tropfen ist, der das Fass zum Überlaufen bringen wird, denn offenbar hat der Freigelassene den Kaiser davon überzeugt, sie wegen Ehebruchs zu verurteilen. Dann wird Claudius eine neue Ehefrau brauchen.«

Das also war das Ziel ihrer tausend Listen und Intrigen, erkannte Julia.

»Sag den Hauslehrern, sie sollen dir meinen Sohn Lucius Domitius für heute Vormittag übergeben; ich möchte ihn mit zum Kaiser nehmen. Ach, übrigens, was die Hauslehrer betrifft: Ich habe gestern gehört, wie du mit Cherèmones über diesen Lysikrates gesprochen hast …«

Julia Litia schlug die Augen nieder und errötete wie ein

junges Mädchen. »Lysikrates ist ein junger Grieche, den ich während meines Besuchs in der Bibliothek von Alexandria kennengelernt habe. Er hat den Körper eines Athleten und das Herz eines Dichters. Dabei ist er überaus gebildet, denn angeblich besteht sein liebster Zeitvertreib darin, sämtliche Texte der Bibliothek von Alexandria zu studieren …«

»Und wenn ich dich so betrachte, liebe Julia, so scheint es, als sei der junge Grieche auch ganz anderen Formen des Zeitvertreibs zugetan. Es ist sicher nicht falsch, wenn in den alten Brunnen des Wissens, aus dem bei der Erziehung von Lucius Domitius geschöpft wird, ein neues, junges Nass mit einfließt.«

Zwei Jahre waren vergangen, seit Cherèmones nach Rom aufgebrochen war. Seitdem war Lysikrates für die Bibliothek von Alexandria verantwortlich.

Ein römischer Beamter wandte sich fordernd und polternd an die Bediensteten, mit einem Benehmen, wie es die Eroberer häufig gegenüber den Völkern ihrer Provinzen an den Tag legten.

»Ich suche Lysikrates von Athen!«, verkündete er mit lauter Stimme, während er durch die Stille der Lesesäle stampfte.

»Lysikrates steht vor dir. Was willst du von ihm?«

»Ich habe Befehl von Kaiser Claudius, dich mit mir nach Rom zu nehmen.« Mit diesen Worten überreichte ihm der Römer eine Papyrusrolle, auf der das kaiserliche Siegel prangte.

Lysikrates öffnete den Brief und las ihn aufmerksam. »Wie viel Zeit ist mir gewährt, bevor ich mich einschiffen muss?«, fragte er, scheinbar völlig ungerührt von dem ruppigen Befehlston des Römers.

»Nur wenige Tage. In höchstens einer Woche wird das Schiff, das mich herbrachte, wieder nach Ostia abfahren.«

Sieben Tage später segelte das römische Kriegsschiff durch die Hafeneinfahrt Alexandrias wieder aufs Meer hinaus. Lysikrates wandte den Kopf und schaute auf den riesigen Leuchtturm und die majestätischen Bauten in der Ferne. Er dachte wieder an die Worte, mit denen der Kaiser ihn an die Seite Cherèmones' rief: »*... um neben den Hauslehrern, die sich bereits um ihn kümmern, meinen Neffen, Lucius Domitius Ahenobarbus, zu unterrichten und auf das Leben vorzubereiten ...*«

Das Schiff hatte erst wenige Meilen zurückgelegt, als plötzlich Möwen am Himmel kreisten. Sie schienen aus dem Nichts gekommen zu sein und flogen mit spitzen Schreien um eine bestimmte Stelle, an der das Wasser wild aufwallte. Im Sturzflug stießen die Vögel dorthin hinab, und sobald sie die Meeresoberfläche berührten, spritzte das Wasser hoch auf.

Mit großer Geschwindigkeit bewegte sich ein Schwarm Makrelen knapp unter der Wasserfläche, doch bildeten die Möwen für sie nur die unbedeutende Bedrohung. Unterhalb des Fischschwarms erkannte Lysikrates deutlich einige dunkle Umrisse, die der tatsächliche Grund für das halb verrückte Verhalten der Makrelen war, die immer wieder versuchten, an die Wasseroberfläche auszuweichen. Es waren riesige Thunfische, die sich auf die kleineren Fische stürzten und sie nur wenige Meter von der Bordwand des Schiffs entfernt im aufschäumenden, blutigen Wasser in Pirouetten umkreisten und dann abschlachteten.

Da sprang einer der Räuber aus den Wellen heraus und schien einen Augenblick lang reglos über seinem natürlichen Element zu schweben, bevor er schwer wieder zurückfiel und dabei das Wasser so hoch aufpeitschte, dass es das Schiffsdeck bespritzte. Lysikrates trat von der Reling zurück und stellte fest, dass seine weiße Toga mit roten Flecken besprenkelt war. Es war das Blut der zerfetzten Makrelen, das das Meer gefärbt hatte.

Lysikrates sah es als Symbol für die großen Veränderungen, die sein Leben in Rom erfahren würde – ganz sicher würde die Reinheit seines Herzens in der *Urbe* mit Blut befleckt werden.

Ägadische Inseln, Oktober 2001

Drei Tage und drei Nächte war der Schirokko über den südlichen Teil der Insel gefegt, doch die *C'est Dommage* hatte an einer Reede in der Bucht von Cala Rossa einen sicheren Ankerplatz gefunden, wo sie vor dem Toben von Wind und Wellen geschützt gewesen war.

»Jahrhunderte der Geschichte blicken auf uns herab«, sagte der Admiral in Abwandlung eines Ausspruchs von Napoleon, während kleine weiße Schaumkronen an den Wandungen des Katamarans entlangglitten. »Die Legende besagt, dass der Name dieser Bucht von dem Blut der Römer und Punier herrührt, die hier in einer der größten Seeschlachten der Antike gegeneinander gekämpft haben.«

»Ja, richtig«, fiel Vittard ein. »Es heißt, dabei seien mindestens tausend Schiffe untergegangen.«

»Und trotz dieser großen Zahl sind bisher nur wenige Wracks in dieser Gegend aufgefunden worden.«

»Wie erklären Sie sich das, Admiral?«

»Ich glaube, dass niemals der Versuch unternommen wurde, das Gebiet archäologisch genauer zu untersuchen. Sämtliche Entdeckungen wurden vielmehr rein zufällig von einzelnen Unterwasserausflüglern gemacht. Außerdem sanken die Kriegsschiffe nach dem Beschuss mit Brandgeschossen oder -pfeilen erst, nachdem die Flammen sie schon halb zerstört hatten und sie auseinanderfielen. Aber der dritte und vielleicht wichtigste Punkt ist die sich verändernde Wassertiefe. Die örtlichen Fischer behaupten, sie würde nach einer Sturmflut um mehrere Meter variiert, da beträchtliche Mengen von Sand mit den unterseeischen Strömungen über den Meeresgrund wandern.«

»Hoffen wir, dass der Schirokko, der dieser Tage wütete, auch unter Wasser getobt und etliche neue Fundstücke emporgehoben hat«, antwortete Vittard.

»Wenn dem nicht so ist, müssen wir, so schätze ich, die Suche abbrechen«, fügte Grandi betrübt hinzu.

»Admiral«, sagte Vittard entschlossen, »vielleicht haben Sie mich mit Ihrer anfänglichen Euphorie angesteckt. Alle Fundstücke, die Sie mir gezeigt haben, stammen mit Sicherheit aus diesem Gebiet, das wir noch weiter untersuchen werden. Ich bin mehr denn je davon überzeugt, dort unten noch einiges zu finden. Vielleicht ein Wrack, das von Tonnen von Sand zugedeckt ist. Alles, was wir brauchen, ist ein wenig Geduld.«

»Natürlich, Signor Vittard. Wer würde Ihnen da lieber zustimmen als ich, der ich doch bereits seit meinem ersten Fund vor vielen Jahren fest an dieses Unternehmen glaube. Andererseits laufen die zehn Tage, die wir uns als zeitlichen Rahmen für die Suche gesetzt haben, heute ab. Und alles, was wir bis jetzt an die Oberfläche gebracht haben, ist ein mittelalterlicher Wolfskopf, und der hat nichts mit einem Schiff aus der römischen Kaiserzeit zu tun. Ich kann nicht verlangen, dass Sie und Ihr Boot so lange zu meiner Verfügung stehen, bis mein Lebenstraum vielleicht irgendwann in Erfüllung geht.«

»Für immer sicher nicht, doch ich bin dafür, unsere Abfahrt um drei Tage zu verschieben, natürlich nur, wenn Sie keine anderweitigen Verpflichtungen haben, Admiral«, sagte Vittard mit einem komplizenhaften Lächeln. »Laut Vorhersage soll das Wetter besser werden, obwohl erneut ein Gewitter aufzieht, das diesmal von Norden kommen soll. Wir kehren wohl besser an den Ort unserer Suche zurück.«

Eine Stunde später gab er Akir das Zeichen zum Auswerfen des Ankers, und das schwere Eisen glitt auf der Steuerbordseite ins blaue Wasser vor Punta Marsala.

Etwa eine Viertelmeile von dem Katamaran entfernt, dümpelte ein Schlauchboot mit zwei starken Außenbordmotoren. Grandi erkannte sofort, dass es sich dabei um dasselbe Boot handelte, das vor dem Schirokko in der Nähe der *C'est Dommage* aufgetaucht war, ein Schlauchboot mit zwei Japanern an Bord.

Japan, Frühling 1333

In den vergangenen zwei Jahren war Alessandro Crespi für Hito Humarawa, den Daimyo der Präfektur Matsue, unersetzlich geworden. Da der venezianische Kaufmann kein Krieger war, musste er an den Piratenüberfällen nicht teilnehmen, und auch Humarawa selbst tat dies immer seltener. Innerhalb sehr kurzer Zeit betraute er Crespi mit der gesamten Verwaltung der Provinz und gab ihm ebenso die Kontrolle über die beachtlichen inoffiziellen Einkünfte, die die Überfälle der *Wokou* der persönlichen Kasse des Daimyos einbrachten.

Sowohl die Korrespondenz als auch die persönlichen Treffen zwischen Humarawa und General Ashikaga wurden mit der Zeit immer intensiver. Sie hatten inzwischen den Plan zur Wiedereinsetzung des Kaisers fertiggestellt, der unter anderem vorsah, dass der Daimyo von Matsue als einer der Drahtzieher aktiv an der Verschwörung gegen den Hojo-Shogun teilnahm.

Was anfänglich wic sporadische Guerilla-Aktionen gegen die Macht der Hojo-Familie ausgesehen hatte, nahm immer bedrohlichere Ausmaße an, die ein erfahrener Krieger wie der Shogun trotz seiner unbestrittenen militärischen Überlegenheit nicht länger unbeachtet lassen konnte.

Noch konnten die Angriffe gegen einsam und weit von den Kommandozentren entfernt gelegene Garnisonen als zum Scheitern verurteilte Verzweiflungstaten von Kaisertreuen angesehen werden, die nichts anderes als sinnlose Opfer brachten und alles andere als geeignet waren, die kaiserliche Macht wiederherzustellen. Denn soweit der Hojo-Shogun und seine Männer wussten, lebte der Go-Daigo isoliert auf einer Insel mitten im Japanischen Meer.

Als jedoch Go-Daigo und seine Anhänger plötzlich auf den Plan traten und die Rechte des legitimen Herrschers einforderten, erfüllte dies die Strategen im Dienst des Shoguns mit großer Sorge. Tatsächlich sah es so aus, als wollten Go-Daigo und seine Anhänger die alte Ordnung wiederherstellen.

Doch wie üblich, so meinten die Hojo-Getreuen, würden sämtliche Anstrengungen der schlecht organisierten kaiserlichen Milizen in einem Blutbad enden.

Inzwischen hatte Prinz Morinaga, der erstgeborene Sohn Kaiser Go-Daigos, sein Versteck in den Bergen des Bezirks Yoshino verlassen und die Linien der Hojo-Truppen an mehreren Stellen durchbrochen, und an einem anderen Ort hielt der tapfere Masashige, ein sehr treuer und dem Kaiser ergebener Samurai, mit seinem Heer die Festung Chihaya umklammert.

Dies allerdings machte in den strategischen Überlegungen des Hojo-Shoguns nur einen geringen Teil seiner Sorgen aus. Weitaus gefährlicher schien ihm, dass der Kaiser sein Exil verlassen hatte und während der warmen Frühlingswinde mit einem ansehnlichen Kontingent in der Nähe der Stadt Hoki an Land gegangen war. Da Go-Daigo beim Volk niemals sein mit dem Anschein der Göttlichkeit behaftetes Charisma verloren hatte, stellte der Kaiser die wahre Bedrohung dar.

Hojo hatte deshalb beschlossen, unverzüglich zu handeln und all jene frontal anzugreifen, die Go-Daigo treu ergeben waren. Seine Strategie schien so sicher, dass nichts eine Niederlage vorausahnen ließ.

Und so brachen in Kyoto zwei Heere auf, von denen das eine unter dem Kommando des Großen Generals Ashikaga, das andere unter dem von General Nagoshi stand.

Mitten auf der Straße zügelte Hito Humarawa sein Ross, das so weiß war wie der Mond. Er trug die Rüstung eines Samurai, und die goldene Kampfmaske, die eine Höllengottheit darstellte, bedeckte sein Gesicht. Das dichte Gehölz, das den Pfad nach Hoki säumte, schien die mehr als dreitausend unter seinem Kommando stehenden Männer verschluckt zu haben. Der Daimyo vergewisserte sich, dass man von dem schmalen Pfad aus keinen seiner Soldaten sehen konnte, dann lenkte er sein Pferd ins Unterholz.

General Nagoshi marschierte an der Spitze der Truppen des Shoguns und war in Gedanken damit beschäftigt, wie er den unmittelbar bevorstehenden Zusammenstoß mit den Milizen des Kaisers siegreich für sich entscheiden konnte. Die Banner seiner Truppen wehten im heftigen warmen Wind, den die niedrigen Bäume zu beiden Seiten des Pfades nicht zu mildern vermochten. Die Männer, die ihrem Feldherrn folgten, hatten die Waffen weggesteckt und ihre Bögen über die Schulter gehängt und waren von dem langen Marsch erschöpft.

Hito Humarawa senkte die Hand, und ein Hagelschauer aus Pfeilen fiel auf die Schlange der marschierenden Soldaten herab. Fast gleichzeitig mit dem zweiten Pfeilregen brach die wütende Horde seiner Krieger aus dem Unterholz hervor und schwang mit lautem Geschrei die Schwerter. Die Truppen des Shoguns gerieten in Panik, denn niemand von ihnen hatte mit einem Hinterhalt gerechnet.

Unaufhaltsam bahnte sich Humarawa seinen Weg durch die flüchtenden Soldaten; er gab seinem Pferd die Sporen und ließ das *Katana* unablässig kreisen. Die wenigen, die den Mut hatten, sich seinem vorpreschenden Ross in den Weg zu stellen, wurden von seinem scharfen Samurai-Schwert niedergemacht, sodass der Daimyo schon bald die Spitze des feindlichen Heeres erreichte.

Vergeblich versuchte General Nagoshi, seine Männer nach vorn zu treiben. Schon war Humarawa bei ihm. Das Zischen der wirbelnden Klinge durchschnitt für einen Augenblick das Hufgetrappel seines Pferdes, dann rollte der Kopf des Generals wie eine blutspritzende Kugel über den Boden.

Humarawa spießte die makabre Trophäe auf die Spitze seines *Katana* und reckte sie hoch empor, während er sein Ross zwischen den Soldaten hindurchlenkte, die Mann gegen Mann gegeneinander kämpften. Dies wirkte wie ein Signal auf die dem Shogun treuen Truppen, und zum Zeichen ihrer vernichtenden Niederlage legten sie die Waffen nieder. Wer sich nicht ergab und um Gnade flehte, entfloh durch das Unterholz.

General Ashikaga lagerte mit seinen Männern in der Nähe der Stadt Kyoto. Als die ersten Überlebenden des Hinterhalts dort eintrafen, war ihm klar, dass sein Plan der Destabilisierung Erfolg gehabt hatte. Erst jetzt legte der General seine Tarnung ab und forderte seine Männer zur Fahnenflucht auf.

»Der Hojo-Shogun stellt nicht mehr die höchste Institution Japans dar«, sprach er zu seinem Heer. »Wir haben dem Kaiser Go-Daigo die Treue geschworen und werden in seinem Namen nach Kyoto marschieren.«

Und wieder einmal brachte die Überraschung die Entscheidung, und innerhalb weniger Stunden konnten die von Ashikaga kommandierten Milizen das Rokuhara, das Generalquartier des Shoguns in Kyoto, einnehmen.

Wenige Tage später betrat der Kaiser von Japan durch das Spalier einer feiernden Menschenmenge, die laut seinen

Namen rief, die Stadt. Neben ihm ritt General Ashikaga, von dem gemunkelt wurde, dass er durch die Dankesschuld, zu der er Go-Daigo verpflichtet hatte, schon bald zum neuen Shogun Japans werden würde.

Al-Andalus, 1333

Zwei Jahre! Zwei Jahre dauerte es, bis der Traum des Muqatil endlich in Erfüllung ging. Noch lag das Kriegsschiff im Trockendock und wartete darauf, zum ersten Mal ins blaue Meerwasser gelassen zu werden.

Eine schier endlose Zeit war vergangen, die dem Muqatil wie eine schonungslos harte Gefangenschaft vorgekommen war. Er erinnerte sich noch gut, wie er als Genesender in genau diesem Hafen von Bord des Handelsschiffs gegangen war, das Hasan, der ihm das Leben gerettet hatte, kommandierte. Die Nachricht, dass der Muqatil in der Stadt gelandet sei, verbreitete sich in Windeseile.

Drei Tage später erschienen an der Hafenmole zwei Wachen und ein Offizier des Emir bin Nasr, des Statthalters von Hadarru, und fragten die Matrosen, die das Schiff beluden: »Wer von euch behauptet, der Enkel von Ibn ben Mostoufi, dem Emir von Tabarka zu sein, genannt der Muqatil?«

»Das bin ich«, antwortete der junge Krieger, dessen Kräfte inzwischen fast vollständig zurückgekehrt waren. Er griff zu seinem Krummsäbel, bereit, sich gegen jene zu verteidigen, die ihn vielleicht verhaften wollten.

»Unser Herr, der Emir von Hadarru, befahl uns, dich zu ihm zu führen. Er kann es gar nicht erwarten, dich von Angesicht zu Angesicht zu sehen.«

»Richtet dem Emir meinen Dank aus, aber ich muss so schnell wie möglich nach Tabarka, das von den Ungläubigen belagert wird«, erwiderte der Muqatil.

»Tabarka hat kapituliert«, erwiderte der Soldat. »Wie ein

Kurier dem Emir berichtete, drangen die Ungläubigen durch einen geheimen Gang in die Stadt ein und setzten deinen Cousin an deiner Stelle ein. Wenn du in deine Heimat zurückkehrst, erwartet dich dort nichts anderes als deine Hinrichtung.«

»Abd al-Hisàm lebt?«

»Er ist gesund und munter, zumindest nach den Geschichten zu urteilen, dass er im Schnellverfahren zahllose Hinrichtungen durchführen ließ. Ich glaube, dass es besser für dich wäre, mit meinem Herrn zu sprechen, bevor du weitere Entscheidungen triffst.«

Nur mit Mühe gelang es dem jungen Emir, seine Wut zu unterdrücken, und er schwang sich ohne ein weiteres Wort auf das Pferd, das der Soldat ihm zuwies.

Am folgenden Morgen trat der Muqatil vor das Angesicht des Emirs von Hadarru.

Muhammad bin Nasr war klein und trug einen grauen Schnurrbart. Seine Miene war würdevoll, sein Blick wohlwollend, als er den Muqatil empfing.

»Tatsächlich, du bist ganz der Enkel deines Großvaters!«, rief er aus. »Ibn ben Mostoufi war wie ein Bruder für mich, und jeder, der von ihm abstammt, ist in meinem Hause willkommen.«

»Ich danke dir, Muhammad. Aber, sag mir, entspricht es der Wahrheit, dass Tabarka gefallen ist?«

»Leider ja. Ein Trupp von Ungläubigen drang des Nachts durch einen geheimen Gang in die Stadt ein und tötete alle Wachen, sodass der Feind freien Zugang hatte. Dann schrie Abd al-Hisàm aus vollem Halse von der Stadtmauer herab, dass du tot wärst, was sich wie ein Lauffeuer verbreitete.«

»Meine Stadt … Ich war nicht imstande, sie zu verteidigen.«

»Doch ist dies nicht deine Schuld, sondern die anderer.«

»Wäre ich nicht hinaus aufs Meer gefahren … Das alles …«

»Das alles wäre früher oder später ohnehin passiert«, unterbrach ihn Muhammad, »nur mit dem Unterschied, dass man dich ebenfalls gefangen genommen und unter furchtbaren Qualen öffentlich auf dem größten Platz von Tabarka hingerichtet hätte. Auf diese Weise konntest du wenigstens dein Leben retten.«

»Ja, aber wie kann ich mit einer solchen Last weiterleben?«

»Fühle dich hier in meiner Stadt Hadarru wie zu Hause. Natürlich wohnst du in meinem Palast, und ich kann dir auch eine Aufgabe zukommen lassen, die deiner Stellung würdig ist.«

»Ich danke dir, Emir, aber gewiss bin ich kein Mann, der für Paläste geeignet ist. Mein einziger Wunsch ist, Tabarka zu befreien und den Usurpator zu verjagen.«

»Ich kann dich dabei nicht unterstützen, Muqatil, denn vor Kurzem habe ich einen Waffenstillstand mit den Ungläubigen geschlossen, die Hadarru ernsthaft bedrohten. Ich wage es auch nicht, ein Heer gegen einen Popanz aufzustellen, der von den Christen unterstützt wird, denn das könnte für mich und meine Stadt das sichere Ende bedeuten. Dennoch – ich könnte dir ganz sicher ein Schiff geben, mit dem du die Meere durchkreuzen kannst, sodass du deine Feinde bekämpfen und eines Tages vielleicht sogar deine Stadt wieder zurückerobern wirst.«

Das Geräusch, mit dem der hölzerne Rumpf über das Trockendock glitt, drang ans Ohr des Muqatil und vertrieb die quälenden Erinnerungen. Das Schiff, das er bis ins kleinste Detail selbst entworfen hatte und das ihm von dem Emir Muhammad bin Nasr geschenkt worden war, glitt ins Wasser.

Der Muqatil zog ein schwarzes Tuch aus seinem Gürtel und befestigte es an einer Want. Wieder flatterte die alte Kriegsfahne des Tempelritterordens im Wind. Wieder würde der weiße Totenkopf auf schwarzem Grund mit den beiden überkreuzten Knochen Angst und Schrecken im Mittelmeer verbreiten.

Oktober 2001

Yasuo Maru saß in seinem Ledersessel und drückte auf einen der bunten Knöpfe, die sich auf einer Tastatur an der Seite seines Schreibtischs befanden.

Die holzvertäfelte Decke des Zimmers öffnete sich, und der digitale Bildschirm senkte sich herab. Wenige Augenblicke später betrachtete der Herr der Wasser in Echtzeit die Bilder, die ihm aus Italien zugeschickt wurden.

Die Kamera, die eine erfahrene Hand führte, verweilte ein paar Augenblicke lang auf einem Japaner, der – ein wenig unbeholfen – einen Hechtsprung von einem Schlauchboot ins kristallklare Wasser machte. Dann schwenkte das Objektiv langsam über die gesamte Bucht und verharrte schließlich auf der *C'est Dommage*, die im leichten Wellengang vor Punta Marsala schaukelte.

Die Köpfe von zwei Männern tauchten auf der Wasseroberfläche auf. Beide trugen sie eng anliegende Taucheranzüge. Etwa einen Meter von ihnen entfernt tänzelte etwas auf den Wellen, das von leuchtend gelber Farbe war. Das Objekt wurde so weit es ging von der Kamera herangezoomt, und Maru erkannte einen aufblasbaren Wasserballon, der zum Heben schwerer Lasten aus der Tiefe des Meeres diente.

Kuniko Sagashi verließ am Feierabend das Gebäude von Water Enterprises. Die Nachricht von ihrer Beförderung hatte sie überrascht, auch wenn ihr Arbeitseifer und ihre Pünktlichkeit ihre Vorgesetzten einfach auf sie hatte aufmerksam machen müssen. Doch dass sie ins Vorzimmer von Yasuo Maru versetzt worden war, das war bei den vielen weiblichen Angestellten dieser Firma ein enormer Karrieresprung. Für Kuniko bedeutete dies, dass sie die Person, die zu observieren ihr Auftrag war, aus nächster Nähe beobachten konnte.

Die junge Frau empfand dies als eine so bedeutende Nachricht, dass sie sich noch am selben Abend mit ihrem Verbindungsmann treffen wollte. Am folgenden Tag würde sie hinauf in die obere Etage wechseln und der Gruppe aus vier Assistentinnen angehören, die direkt dem persönlichen Sekretär des Präsidenten unterstanden und deren Aufgabe es war, Yasuo Marus engen Terminkalender zu koordinieren.

Das Treffen mit ihrem Kontaktmann sollte in der Ginza Street, der am dichtesten besiedelten Straße Tokios, stattfinden, in einem McDonalds-Restaurant. Kuniko setzte sich an einen der Tische und stellte ein Tablett vor sich ab und ein zweites auf den Platz ihr gegenüber, um ihn besetzt zu halten. Sie biss gerade in ihren Teriyaki-Burger, einer Abwandlung des weltweit beliebten Hamburgers, als die tiefe Stimme von Bruno Milano sie zusammenfahren ließ.

»Darf ich mich setzen?«, fragte der Major des Mossad.

»Bitte nehmen Sie Platz«, antwortete Kuniko etwas zerstreut.

Hätte jemand die beiden gesehen, hätte er an eine zufällige Begegnung gedacht, eine der vielen, wie man sie in einem U-Bahn-Waggon oder einem überfüllten Fast-Food-Restaurant hat und dann ein Gespräch anfängt, um sich die Zeit zu vertreiben.

Zehn Minuten später verabschiedete sich Kuniko höflich von ihrem Tischnachbarn und verließ das Lokal.

Kaiserliches Rom, anno 801 nach der Gründung (48 n. Chr.)

Der prachtvolle Anblick der *Urbe* ließ viele Provinzler mit offenem Mund staunen. Auch Lysikrates erging es so, obwohl er aus dem hinreißend schönen Alexandria kam. Oft blieb er stehen und besah sich völlig hingerissen die Marmorstatuen und spritzenden Fontänen, die gepflegten Gärten, die majestätischen Denkmäler und die riesigen prunkvollen Patrizierhäuser.

Und kaum, dass er von Ostia aus in Rom angelangt war, führte man ihn in solch ein Haus.

Agrippinas Palast bestand aus einem Hauptgebäude, in dem sie selbst residierte, sowie zwei Nebengebäuden, in denen all ihre Angestellten und Diener untergebracht waren, die auf die eine oder andere Weise ihren Haushalt betreuten.

Die eigentliche Villa war sehr groß und hatte mindestens zwölf Schlafzimmer. Die anderen beiden Gebäude waren weniger luxuriös, auch wenn es sich darin, nur wenige Schritte vom Haupthaus entfernt, sehr bequem und komfortabel leben ließ. Und in einem der Räume, der groß und hell war, wurde der junge griechische Hauslehrer untergebracht.

Lysikrates packte seine wenigen persönlichen Habseligkeiten aus und verstaute die zahlreichen Schriften. Am späten Nachmittag erschien ein Sklave mit dunklem Teint und teilte ihm ehrerbietig mit, dass seine Herrin, Julia Litia, ihn sprechen wolle.

Die wenigen Jahre, die seit dem Tag ihrer leidenschaftlichen Begegnung vergangen waren, hatten in Julias schönem Gesicht tiefe Falten hinterlassen. Doch auch Lysikrates war nicht länger ein Knabe in der Pubertät, sondern zu einem Mann von athletischem Körperbau herangewachsen.

Sie begrüßten sich mit großer Herzlichkeit und sprachen liebevoll und beinahe zärtlich von ihrer kurzen Begegnung in Alexandria.

»Bald führe ich dich zu Agrippina, meiner Herrin, der ich noch immer als Gesellschafterin diene«, sagte Julia. »Doch bevor sie dich kennenlernt, will ich dir mehr über den jungen Lucius Domitius erzählen, den du, wie du weißt, erziehen und auf das Leben vorbereiten sollst.«

Lysikrates hörte aufmerksam zu.

»Der Sohn von Gnaeus Domitius Ahenobarbus und Agrippina erblickte am achtzehnten Tag vor den Kalenden des Januars das Licht der Welt, und seine Geburt stand unter zwei bedeutenden Omen. So war das Kind eine Steißgeburt, was Astrologen und Wahrsager als Zeichen des Unglücks auslegten. Doch ihre unheilvolle Weissagung wurde unmittelbar darauf durch einen Sonnenstrahl ausgeglichen, der bei Tagesanbruch im Hause der Claudier in Anzio das neugeborene Kind in strahlenden Glanz hüllte. Ich erinnere mich, wie das Fest der Namensgebung von der ganzen Stadt gefeiert wurde. Selbst Kaiser Gaius Caesar Caligula, der Onkel des Kleinen, kam nach Anzio, um ihm, wenn man seiner Schwester glauben will, den Namen Lucius Domitius Ahenobarbus zu geben.

Doch die ersten Lebensjahre des Kindes waren gewiss nicht einfach, denn kaum, dass er drei Jahre alt war, verstarb sein Vater. Durch das Misstrauen, das Caligula zunehmend gegenüber Agrippina empfand, wurde die Erziehung des Kindes schnöde vernachlässigt. Der Kaiser fürchtete die starke Persönlichkeit seiner Schwester so sehr, dass er sie – wie die meisten Menschen – verdächtigte, gegen ihn ständig und überall Verschwörungen anzuzetteln. Darum verbannte er meine Herrin nach Ponza, wohin ich ihr folgte und wo sich Domitia Lepida, Lucius Domitius' Tante väterlicherseits, des Kindes annahm. Zu seinen Lehrern erkor sie in dieser Zeit übrigens einen Barbier und einen Tänzer.

Heute ist die Situation natürlich eine völlig andere, und die besten Pädagogen des Kaiserreichs bemühen sich um die Erziehung des jungen Lucius Domitius. Kurz nach der Ermordung Caligulas durfte Agrippina aus ihrer Verbannung zurückkehren und erhielt auch wieder Zugriff auf das riesige Vermögen, das ihr als Erbin aus dem Geschlecht des Augustus zusteht. Auch scheint Kaiser Claudius dem Sohn seiner Nichte äußerst zugetan und nutzt jede Gelegenheit, Lucius Domitius in seiner Gesellschaft zu haben.

Der Junge, um den du dich kümmern wirst, ist sehr intelligent und aufgeweckt, außerdem gesund und kräftig. Manchmal allerdings offenbaren sich in ihm die Spuren seines wechselvollen jungen Lebens. Doch du wirst, so glaube ich, keine großen Schwierigkeiten beim Unterricht mit ihm haben.«

»Erzähl mir auch von Agrippina«, bat Lysikrates. »Sie hat auf Lucius Domitius sicherlich erheblichen Einfluss.«

»Das ist noch untertrieben. Agrippina ist eine willensstarke Frau, die ihre Rolle als Abkömmling einer kaiserlichen Familie sehr genießt. Obwohl sie erst dreiunddreißig Jahre alt ist, ist sie bereits zweimal verwitwet. Seit dem Tod ihres zweiten Ehemanns, des Redners Sallustius Passienus Crispus, sind zahlreiche Gerüchte im Umlauf, die meine Herrin als Giftmischerin denunzieren. Doch es scheint, als wäre heutzutage Lucius Domitius ihr einziger Lebensinhalt. Um ihm Zutritt in die höchsten politischen Kreise des Kaiserreichs zu gewähren, lässt sie ihm die beste Erziehung zukommen. Ich würde mich nicht wundern, wenn er eines Tages Senator würde oder vielleicht, ja, vielleicht noch etwas mehr als das.«

»Was willst du damit sagen, Julia?«, fragte Lysikrates, dabei wusste er sehr genau, dass es nur wenige prestigeträchtige Ämter über dem eines Senators gab.

»Bring mich nicht dazu, etwas zu äußern, was ich nicht sagen will, Lysikrates. Folge mir nun in Agrippinas Gemächer, damit ich dich ihr dort offiziell vorstellen kann. Und vergiss nicht, dass ich die beste Vertraute meiner Herrin bin und bereits ein Blick von ihr genügt, dass ich weiß, was sie will. Kein Freund, ja, nicht einmal ein Bruder brächte mich dazu, ihr gegenüber indiskret zu sein.«

Damit erhob sich Julia, und sie verließen das Zimmer und betraten den Korridor, der zu den herrschaftlichen Gemächern der Villa führte.

»Natürlich will ich nicht, dass du mir gegenüber Geheimnisse preisgibst«, sagte Lysikrates, während er hinter ihr herging. »Ich möchte nur einige Details besser verstehen, die sich für meine Arbeit als sehr nützlich erweisen könnten.«

»Hier ist alles schwierig und kann mitunter auch gefährlich sein, mein junger Freund. Wer heute auf dem Thron sitzt, den kann morgen bereits ein Dolch durchbohren oder ein vergifteter Trank das Leben nehmen. Traue niemandem. Sprich wenig und nur, wenn es sich nicht vermeiden lässt. Ergreife, wenn möglich, niemals offen Partei, nicht einmal für den Kaiser, da sein Amt ebenso unsicher ist wie das des letzten Freigelassenen.

Verstehe meine Worte bitte nicht als Respektlosigkeit oder gar als aufrührerisch, aber in der Stadt wird gemunkelt, dass viele Senatoren Claudius' Entscheidung missbilligen, wichtige Teile der Verwaltung ausgerechnet Freigelassenen anzuvertrauen. Selbst in den höchsten politischen Rängen macht sich darüber Unzufriedenheit breit.

Zudem rückt das – gelinde gesagt – freizügige Verhalten Kaiserin Messalinas das gesamte Wirken von Caligulas Nachfolger in ein schlechtes Licht. Wenn Claudius tatsächlich so intelligent und vorausschauend ist, wie er es bisher erkennen ließ, sollte er in dieser Sache beizeiten Abhilfe schaffen. Doch nun kein Wort mehr. Wir sind fast da.«

Der Saal, in dem das Nachtmahl serviert wurde, war riesig. In den Ecken bildeten je drei Triklinien eine Gruppe, die jedoch an einer Seite offen war, damit die Diener zu dem Tisch gelangen konnten. Der stand in der Mitte der jeweils drei Speisesofas, von denen Lysikrates insgesamt einundzwanzig zählte.

Die halbrund geformten Möbel wurden *Stibadia* genannt und waren so aufgestellt, wie es die gerade moderne Innenarchitektur für Patrizierhäuser forderte. Alle waren sie an den Schnecken, die sich auf Kopfhöhe der Tischnachbarn befanden, mit den bronzenen Häuptern mythologischer Tiere verziert. Der weitläufige Raum, dessen Wände mit symmetrischen Malereien in pompejanischem Rot ausgeschmückt waren, konnte wenn nötig mindestens siebzig Bankettgästen Platz bieten.

Lysikrates sollte später erfahren, dass Agrippinas Haus gern von den Mächtigen aufgesucht und auch als Treffpunkt geschätzt wurde. Die Speisen waren köstlich, denn die besten Köche der Hauptstadt wechselten sich in der Küche ab, um die Wünsche der Hausherrin und ihrer berühmten Gäste zu erfüllen. Die ausgesuchtesten Speisen und kulinarischen Raritäten wurden auf den festlich geschmückten Tischen serviert, die vor den mit weichen Kissen und hochwertigen orientalischen Stoffen bedeckten Triklinien standen.

Auch konnten die ausgewählten Tischgäste das beste *Garum* genießen, das aus Iberien stammte und aus Makrelen hergestellt wurde, sowie den köstlichen Honig aus Hymettos, dem östlich von Athen gelegenen Bergzug. Dazu kamen außerdem die raffiniertesten Gewürze und ein ebenso seltenes wie kostbares Süßungsmittel, das man aus besonderem Zuckerrohr aus Ägypten destillierte und das manchmal den Honig ersetzte, der allerdings nie fehlen durfte.

Lysikrates bemerkte, dass sich unter den einundzwanzig Gästen, die auf ihren Diwanen lagen, nur vier Frauen befanden. Den Römern missfiel die Anwesenheit von Vertreterinnen des weiblichen Geschlechts bei ihren Banketten, und sie wurden nur unter der Voraussetzung zugelassen, dass sie sich durch einwandfreies Verhalten auszeichneten und sich nicht mit den Köstlichkeiten vollstopften, wenig honiggesüßten Wein tranken und sich beim Genuss der Speisen die Hände und das Gesicht nicht beschmutzten.

In einer Ecke des Saals waren fünf *Scissores* damit beschäftigt, das Fleisch in mundgerechte Stücke zu zerteilen, die den geladenen Gästen serviert wurden. Eine Vielzahl von Sklaven ging zwischen den Triklinien umher und brachte frische Krüge mit parfümiertem Wasser, damit man sich Gesicht und Hände waschen konnte. Oder sie reichten die mit vielen Leckereien befüllten Teller, die sie auf Silbertabletts so spektakulär jonglierten, dass es den Akrobaten im Zirkus alle Ehre gemacht hätte.

Julia Litia steuerte entschlossen auf drei Triklinien in der Mitte des Raumes zu, auf denen zwei Männer und eine gut aussehende Frau lagen.

Agrippina sprach liebenswürdig mit dem Tischgast zu ihrer Rechten. Sie trug das Haar zu Locken aufgedreht, und ein Diadem aus Gold und Edelsteinen auf ihrer Stirn krönte ihr schönes Gesicht. Lysikrates sah, dass sie groß gewachsen war, runde Hüften und kleine, aber gut proportionierte Brüste hatte. Ihre Augen waren von durchdringendem Grün und ihr Blick stolz und willensstark.

Als Julia Litia ihn vor ihre Herrin führte, sagte Agrippina zu dem Mann zu ihrer Linken: »Das ist der junge Grieche, der gekommen ist, um Cherèmones zu unterstützen, Annaeus.«

Lysikrates blieb stehen, während Agrippina und ihr Tischnachbar zu ihrer Rechten ihn eingehend musterten. Die anderen Gäste schenkten ihm kaum Beachtung, sondern lobten ein in Milch gekochtes und gefülltes Schwein, das ihnen sehr mundete.

»Also du bist der gute Geist aus der Bibliothek von Alexandria, der so unentbehrlich ist«, sagte der Mann an Agrippinas rechter Seite und sah ihn dabei mit überlegenem Gesichtsausdruck an. Er wirkte nur wenig älter als fünfzig, war körperlich noch gut in Form und trug das Haar mit den Stirnfransen kurz und gepflegt.

»Ich bin Lysikrates von Athen und fühle mich geehrt, dir meine Dienste antragen zu dürfen, Herrin.« Es war ein wenig respektlos von dem jungen Mann, sich direkt an Agrippina zu wenden, verstieß aber nicht gegen die Regeln des Anstands.

»Wir werden sehen, inwieweit dein Wissen dem jungen Lucius Domitius nützlich sein kann.« Wieder war es der Mann mit dem abschätzenden Blick, der dies sagte.

»Sei nicht so streng mit ihm, Seneca«, gebot Agrippina in scherzhaftem Ton. »Unser junger Hauslehrer ist eben erst nach langer Reise in Rom eingetroffen, und wenn man Cherèmones glauben darf, ist er durchaus in der Lage, sich um Lucius Domitius zu kümmern, auch weil ihm erfahrene Menschen wie du dabei helfen werden.«

In diesem Moment näherte sich ein Diener und flüsterte Agrippina etwas ins Ohr. Aufmerksam lauschte sie ihm, dann richtete sie sich mit lauter Stimme an alle Anwesenden: »Ich habe gerade die Nachricht erhalten, dass Claudius in aller Eile aus Ostia zurückkehrt. Diesmal hat Messalina alle Grenzen überschritten, indem sie ein orgiastisches Bacchanal in den Räumen der kaiserlichen Residenz veranstalten ließ, um dort mit Sillius ihre bigamistische Ehe zu feiern.«

Alle Gäste brachten laut ihre Empörung zum Ausdruck, doch Lysikrates entging nicht die Genugtuung und Befriedigung in Agrippinas Augen, während sie Seneca unverwandt ansah.

Ägadische Inseln, Oktober 2001

Vittard und Grandi hatten das Fundstück an der elektrischen Hebevorrichtung befestigt, die achtern zwischen den beiden Rümpfen der *C'est Dommage* befestigt war. Sie wollten die Dunkelheit abwarten, bevor sie das Objekt aus der Tiefe holten, da es immer besser war, archäologische Funde vor neugierigen Augen zu verbergen.

Nach dem Anlegen der Hebeseile kletterte Grandi zurück an Bord des Katamarans, während Vittard bereits dabei war, den Arm der Hebevorrichtung in Bewegung zu setzen.

Vittard hatte sich ein archäologisches Buch geholt und die Abbildungen darin mit der Amphore verglichen, die sie unter Wasser entdeckt hatten.

»Wir haben es geschafft, Admiral«, sagte er und hielt Grandi das Buch hin. »Schauen Sie. Die hier sieht doch genau so aus wie die, die wir gefunden haben.«

Der Admiral sah sich die Abbildung an und nickte dann bestätigend. »Nach der Beschreibung in diesem Buch haben wir eine Amphore aus dem südlichen Spanien gefunden. Sehen Sie nur den ausgestellten Hals und die wenig ausgeprägten Henkel. Besonders interessant ist, dass Amphoren dieser Art nur in dem Zeitraum zwischen dem ersten und zweiten Jahrhundert nach Christus Verwendung fanden.«

»Genau«, bestätigte Vittard. »Ein weiterer Beweis für Ihre Vermutungen, Admiral. Es ist wirklich ein Glück, dass die Metalldetektoren überhaupt auf die Amphore reagierten, aber sie wurde offenbar aus einem Ton mit hohem Metallgehalt hergestellt und oxidiert daher im Wasser. Andernfalls wäre unsere Entdeckung noch weitere zweitausend Jahre im Sand begraben geblieben.«

»Ich habe mir unseren Amphoriskos gerade noch mal im Wasser angesehen. Mir scheint, er trägt keine Markierungen oder Signatur irgendwelcher Art.«

»Das stimmt. Es befinden sich keinerlei Zeichen darauf, die seinen Ursprung erkennen lassen oder auf den früheren Besitzer hindeuten. Doch offenbar ist sowohl die Amphore als auch der Korken bestens erhalten. Vielleicht hat der Amphoriskos seine Aufgabe über die Jahrhunderte hinweg so gut erfüllt, dass sein Inhalt noch immer dicht versiegelt ist.«

»Kann sein. Schließlich kommt es nicht selten vor, dass

man Amphoren mit Honig oder Wein findet, deren Inhalt noch hervorragend erhalten ist. Was meinen Sie, was unser Gefäß enthält?«

»Vielleicht gibt es heute zum Abendessen ein leckeres *Garum*, direkt von der iberischen Küste.«

»Ich weiß nicht, warum diese salzige Fischbrühe in der römischen Küche als Spezialität gehandelt wurde«, antwortete Grandi lächelnd. »Ich werde mich ganz sicher nicht zu den geladenen Tischgästen Ihres hervorragenden Abendessens zählen, Vittard.«

Rasch brach die Dunkelheit herein. Doch Vittard setzte den elektrischen Hebemechanismus erst in Bewegung, als die Finsternis sämtliche Umrisse verschwimmen ließ. Wenige Augenblicke später pendelte die Amphore in der Nähe des Deckshauses in der Luft, wo Vittard einen Dreifuß aus Holz aufgestellt hatte, der als Sockel dienen sollte.

Grandi lächelte, als das antike Manufakt an Bord der *C'est Dommage* war. Mit spöttischer Miene zitierte er aus der Erinnerung das Gesetz aus dem Jahre 1939, mit dem der italienische Staat die Vorgehensweise bei archäologischen Entdeckungen bestimmte:

»Wer zufällig ein archäologisches Fundstück entdeckt, hat die Pflicht, den Fund unverzüglich den zuständigen Behörden zu melden. Auch muss das Fundstück vorläufig an seinem Fundort verbleiben, damit sein Zustand keinen Schaden nimmt ... Nun, so ganz halten wir uns ja nicht an den Gesetzestext.«

»Wenn alles läuft wie geplant und wir konkretere Hinweise in Händen halten, werden wir die Behörden verständigen«, antwortete Vittard, während er den Zustand des Siegels prüfte, »auch wenn ich für eine sofortige Antwort des italienischen Denkmalschutzes nicht garantieren kann. Jetzt machen wir aber weiter, Admiral, und bereiten Sie sich darauf vor, von dem wunderbaren *Garum* zu kosten.«

»Ich hoffe, Sie liegen damit falsch, und statt des gesalzenen Fisches dürfen wir uns einen guten Tropfen genehmigen, der zweitausend Jahre lang unter Wasser in einer Amphore reifte.«

Der mit Harz vermischte Ton aus Pozzuoli, mit dem der Amphoriskos verschlossen worden war, hatte der Zeit so gut standgehalten, dass es Vittard nicht gelang, den Stopfen herauszuziehen. Nach etlichen vergeblichen Versuchen beschloss er, mit Gewalt vorzugehen, und als das kleine Messer des Skippers eine Ecke des Verschlusses aufbrach, drang zischend Luft in den Amphoriskos.

»Anscheinend kommen uns die physikalischen Gesetze zu Hilfe«, sagte Vittard. »Durch den Druck und vielleicht noch weitere Faktoren war der Inhalt der Amphore die ganze Zeit über durch ein Vakuum geschützt.«

Wenige Augenblicke später war der Korken entfernt. Die Überraschung der beiden Männer war groß, als Vittard und Grandi statt einer Flüssigkeit eine Reihe von Gegenständen in dem Amphoriskos fanden, die jemand etliche Jahrtausende zuvor schön säuberlich ins Innere der Amphore gepackt hatte.

Das japanische Paar benutzte eine Infrarotkamera und hielt sich hinter einem Felsen verborgen. Durch die Dunkelheit, die sich vor Stunden auf das Riff von Punta Marsala herabgesenkt hatte, waren sie noch zusätzlich geschützt. Die Frau war zufrieden. Durch den Zoom der teuren Kamera konnte sie die Szene, die sich etwa dreihundert Meter entfernt im Heck-Cockpit der *C'est Dommage* abspielte, in bester Qualität aufzeichnen.

Matsue, Japan, 1333

Der erneute Besuch des Großen Generals war nur wenige Stunden zuvor angekündigt worden, sodass Humarawa das übliche Empfangskomitee nicht mehr aufstellen konnte. In heller Aufregung fragte er sich, welche schwerwiegenden Gründe seinen Herrn zu diesem plötzlichen Besuch veranlassten.

Hito Humarawa musste nicht lange warten, bis er erfuhr, was den Großen General zu ihm führte. »Vor einigen Tagen gewährte mir Kaiser Go-Daigo eine Audienz«, begann er, »und das Thema, über das wir sprachen, war, wie du dir sicher vorstellen kannst, meine Ernennung zum Shogun. Weißt du, Hito Humarawa, was der einzige Grund ist, warum es dem Kaiser widerstrebt, diese Ernennung auszusprechen?«

»Nein, welcher denn, General?«, fragte Humarawa, obwohl er die Antwort bereits kannte.

»Go-Daigo behauptet, ich würde mich mit Menschen umgeben, deren Moral äußerst zweifelhaft sei. Und als er dies sagte, fiel dein Name. Der Kaiser erklärte, im Besitz von Beweisen zu sein, die dich als Auftraggeber der Piratenüberfälle überführen. Schon bald werden kaiserliche Wachen hier auftauchen, mit dem Befehl, dich zu verhaften. Ich kann leider nichts für dich tun. Angesichts einer derart großen Schmach bleibt dir nach dem *Bushido*, dem Ehrenkodex der Samurai, nur eines zu tun.«

Hito Humarawa senkte das Haupt. Natürlich war ihm bewusst, was man von einem Krieger, der sich eines derartigen Vergehens schuldig gemacht hat, erwartete. Niemals hätte er, um sich zu retten, verlautbaren lassen, dass der hauptsächliche Nutznießer der Piratenbeute niemand anderer als Ashikaga selbst war, nicht einmal bei Androhung von Folter oder Tod.

Der Große General verabschiedete sich in aller Eile, jedoch nicht ohne vorher anzuordnen, dass zwei seiner besten Krieger bei dem Daimyo blieben. Sie sollten garantieren, dass Humarawa die letzte Ehrenhandlung, die man ihm nahegelegt hatte, auch tatsächlich ausführte.

Alessandro Crespi hoffte in banger Erwartung, dass er den Grund für Ashikagas Besuch so bald wie möglich erfuhr. Als er sah, wie der General das Kastell von Matsue wieder verließ, eilte er in Humarawas Gemächer.

Der Gesichtsausdruck des Daimyo war wie üblich eisig, auch wenn sich tiefe Sorgenfalten auf seiner Stirn abzeichneten.

»Die Schmach der Entehrung überwältigt mich nicht, Alessandro«, sagte Humarawa gefasst. »Jeder Samurai weiß, was er in solch einer Situation zu tun hat.«

Der Daimyo ging auf den Daisho zu, einen Sockel aus Holz und Elfenbein, auf dem zwei Schwerter lagen. Mit einer Verbeugung nahm er das rituelle Schwert in die Hand, eine Waffe, die deutlich kürzer war als das *Katana* und die sich bereits seit vielen Generationen im Besitz der Humarawas befand. Niemand aus der Familie hatte sie je benutzen müssen, da seit Menschengedenken kein Humarawa je solche Schande auf sich geladen hatte.

»Was willst du tun, Hito?«, fragte Crespi, als er die Absicht des Daimyo begriff.

»Jeder Samurai lebt und kämpft um der Ehre willen, so wie er auch dafür zu sterben hat, selbst wenn er sich zur Wiederherstellung seiner Ehre das Leben nehmen muss«, erklärte Humarawa, während er die Schärfe der Klinge prüfte. »Ich bin bereit, mein Andenken zu bewahren, doch nur das heilige *Seppuku* kann meinen Namen wieder reinwaschen und damit für alle Zukunft bewahren.«

»Von welcher Entehrung sprichst du? Es ist dein General, der die Schmach auf sich nehmen müsste, schließlich wissen wir beide, dass ein Großteil der Beute in seinen gierigen Händen gelandet ist. Ashikaga müsste Harakiri begehen, nicht du, der du nur in seinem Interesse gehandelt hast. Dein Tod wird deinen Namen nicht von Schande befreien, sondern ihn auf ewig zur Ehrlosigkeit verdammen. Höre auf mich, Hito: Ich habe einen Kurier zum Hafen geschickt. Dort liegt ein Schiff zum Auslaufen bereit, das dich zum Schlupfwinkel der *Wokou* bringen kann. Dort kannst du dir dann in aller Ruhe überlegen, ob du dir wirklich das Leben nehmen willst.«

»Mein guter Freund, ich danke dir für deine Bemühungen. Doch wie könnte ich, von der Schmach der Entehrung befleckt, in diesem Land weiterleben?«

»Wer sagt denn, dass du in Japan bleiben musst? Du besitzt enorme Reichtümer. Innerhalb kürzester Zeit könntest du dein Vermögen an Juwelen, Edelsteinen und Schmuck in einen Schrein packen und mit ihm Japan verlassen, um an einem weit entfernten Ort ein neues Leben zu beginnen. Wir könnten in meine Heimatstadt zurückkehren, die ich lange nicht gesehen habe. Venedig hieß schon immer Menschen jeder Rasse und Herkunft willkommen.«

Mit langsamen Schritten ging Humarawa, mit dem Helm und den Schuhen eines Samurai bekleidet, in die Mitte des Raumes. Keine Rüstung bedeckte seinen Kimono, sodass sein Bauch ungeschützt war. Sein Haar hatte er zu einem Pferdeschwanz gebunden, an seiner Seite hing das unverzichtbare *Katana,* und seine Hände umfassten den Dolch.

Das Ritual des *Seppuku* verlangte, dass ein Assistent hinter dem Selbstmordkandidaten Aufstellung nahm, um den Krieger zu enthaupten, wenn diesen nach dem Aufschlitzen des Bauches nicht sofort der Tod ereilte.

Diese Aufgabe übernahm einer der Bewacher, die Ashikaga im Kastell von Matsue zurückgelassen hatte. Er stellte sich hinter Humarawa, der auf einem Seidenkissen kniete. Der andere Wächter stand seitlich von ihm und versperrte den einzigen Ausgang des Zimmers.

Mit einer feierlichen Bewegung zog Humarawa den Dolch aus der Scheide und ... wirbelte plötzlich herum, um den hinter ihm stehenden Mann, den der Große General zur Überwachung abkommandiert hatte, mit der aufblitzenden Klinge zu durchbohren. Sodann riss Humarawa den *Katana* aus der Scheide und wehrte mit perfekten Paraden den Angriff des zweiten Wächters ab.

»Solltest du, nachdem ich dir den Kopf abgeschlagen habe, noch genügend Atem haben, so berichte deinem Herrn, dass Hito Humarawa nicht mehr in seinen Diensten steht.« Nach diesen Worten ließ Humarawa das *Katana* durch die Luft kreisen und stieß blitzschnell von oben nach unten zu.

Das Blut des Bewachers spritzte bis an die Wand, als die Klinge des Daimyo seinen Kopf in zwei Hälften zerteilte.

Mittelmeer, 1333

Das Schiff des Muqatil fuhr rasch dahin, angetrieben von den zwei übereinander angebrachten Ruderreihen. Von denen fasste eine jede hundertzwanzig Ruderer, die aus den kräftigsten Matrosen des Emirs Muhammad bin Nasr ausgesucht worden waren.

Das Schiff wies ungewöhnliche Merkmale auf, da sich der Muqatil bei dessen Bau von einem alten byzantinischen Handwerksmeister hatte inspirieren lassen. Der hatte ihm uralte, seit Generationen überlieferte Beschreibungen von Schiffen gegeben, die über drei Deckebenen verfügten und vor etwa achthundert Jahren mit dazu beigetragen hatten, die Macht Konstantinopels über das Mittelmeer zu festigen. Die byzantinische Flotte hatte vor Jahrhunderten fast ausschließlich aus Schiffen dieses Typs bestanden, die sich dank der seitlichen Schwimmkörper durch geringen Tiefgang und beneidenswerte Stabilität ausgezeichnet hatten. Dieses so entstehende Gleichgewicht hatte eine wesentlich größere

Segelfläche als bei üblichen Schiffen ermöglicht. Nicht umsonst waren diese Schiffe als Dromonen oder »Läufer« bezeichnet worden, was durchaus sinnbildlich zu verstehen war.

Dies war das Vorbild, das dem jungen Muqatil im Kopf herumgeschwirrt war, und nun befand sich das Schiff auf Jungfernfahrt und verhielt sich einwandfrei. Obwohl der Wind nicht übermäßig stark war, waren die beiden Lateinersegel straff gespannt, und das Schiff mit seinen drei flankierenden Kielen reagierte präzise und flink bei all den Manövern, die der Muqatil durchführte. Zwar forderten die beiden Steuerblätter am Heck große Kraft, doch sie ermöglichten es, sehr viel härter am Wind zu segeln, als dies mit den meisten anderen Schiffen, die das Mittelmeer durchpflügten, möglich war. Die schwarze Fahne mit dem Totenkopf und den beiden überkreuzten Knochen flatterte am Bug, an einer Fahnenstange oberhalb des Rammsporns.

Auch bei dieser furchterregenden Angriffswaffe hatte der Muqatil eine ungewöhnliche Form und Abmessung gewählt. So war der Rammsporn oberhalb der Wasserlinie angebracht und stand in konischer Form wie das gesenkte Horn eines Rhinozerosses mehrere Meter vom äußersten Vorschiff ab.

Neben den Ruderern hatte der Emir von Hadarru dem Muqatil auch eine hervorragende Besatzung zur Verfügung gestellt: dreihundert Mann, aufgrund ihrer großen Erfahrung aus tausend Freiwilligen ausgesucht, die alle Seite an Seite mit dem Muqatil gegen die Ungläubigen hatten kämpfen wollen.

Dieser hatte mehrere Male das Deck überquert und blieb nun auf dem Vorschiff stehen, um das Katapult zu überprüfen. Salìm, ein junger Offizier aus der Flotte des Emir bin Nasr, der sich und seine Kraft ganz der Sache des Muqatil verschrieben hatte, folgte ihm wie ein Schatten, immer bereit, jedes Wort des großen Mannes in sich aufzunehmen und all seine Ratschläge zu befolgen.

»Sieh nur, Salìm«, sagte der Muqatil und deutete dabei auf den Rammsporn. »Wenn ich alles richtig berechnet habe, müsste diese Vorrichtung bei voller Fahrt unseres Schiffs so in die Bordseite des Feindes krachen, dass sie voll und ganz aufreißt und nicht nur ein einfaches Leck unterhalb der Wasserlinie hervorruft.«

»Ich glaube, wir sind mit diesem Schiff unbesiegbar, mein Herr«, antwortete der junge Mann begeistert.

»Leider, mein lieber Salìm, musste ich in meinem Leben bereits lernen, dass niemand unbesiegbar ist. Freilich sind die Vorteile dieses Schiffes ungeheuer groß, aber schon bald werden uns die Ungläubigen mit ihrer gesamten Flotte über das Mittelmeer jagen. Doch hoffe ich, bis dahin genügend Männer um mich versammelt zu haben, um den Verräter Abd al-Hisàm aus meiner Stadt vertreiben zu können.«

Tokio, Oktober 2001

Kuniko Sagashi wurde sofort klar, dass ihr Leben in den höheren Etagen des Büropalastes alles andere als leicht werden würde, als Taka, der Privatsekretär des Präsidenten, sie in knappen Worten über die eisernen Regeln in Kenntnis setzte, die für all jene galten, die mit Maru und seinen Geschäften in direkten Kontakt kamen.

Takas Ton klang so gekünstelt, als spräche er im Falsett. Er mochte Mitte dreißig sein und war nach der neuesten Mode gekleidet, wobei er grundsätzlich Schwarz und eng anliegende Schnitte bevorzugte. Auf der Stirn stach zwischen seinen kurzen, stark gegelten Haaren eine sonderbar blonde Strähne hervor, die offenbar frisch gefärbt war. Zudem fixierte er Kuniko durch die Gläser einer Brille, die mit ihrer sehr auffälligen schwarzen Fassung besser zu einem Filmstar als zu dem gestrengen Assistenten eines einflussreichen Geschäftsmanns gepasst hätte.

Jede seiner Gesten outete Taka als Homosexuellen mit nervösen Verhaltensweisen, die viele irritierten, die mit ihm zu tun hatten. Doch vor allem bei Untergebenen verhielt sich Taka zudem äußerst rigoros und unbeugsam. Der Privatsekretär von Yasuo Maru schien auf jeden, den er vor sich hatte, eine gezückte Waffe zu richten.

»Ihre Stelle bei Maru-*sama* wird einen Großteil Ihrer Zeit in Anspruch nehmen«, stellte Taka klar. »Es erscheint mir fast unnötig zu betonen, dass Hingabe und Diskretion bei der Ausführung der Ihnen übertragenen Aufgaben als unabdingbar anzusehen sind. Ihre Kolleginnen werden Sie über Vorgehensweisen und Arbeitszeiten in Kenntnis setzen. Während des ersten Monats werden Sie ständig unter der striktesten Beobachtung stehen, und nach Ende dieser… nennen wir es: Probezeit werden wir dann bewerten, ob Sie das Zeug dazu haben, ins Privatsekretariat des Präsidenten übernommen zu werden. Betrachten Sie diese Möglichkeit als großes Privileg, Kuniko Sagashi.«

»Ich danke Ihnen, Taka-*san*«, antwortete die junge Frau, während sie sich verbeugte, die Arme vor der Brust überkreuzt.

»Taka-*sama,* vergessen Sie nicht, Taka-*sama*«, korrigierte sie Taka mit metallischer Stimme und brachte damit seinen Wunsch zum Ausdruck, dass sein Name mit dieser Nachsilbe ausgesprochen wurde, die üblicherweise Persönlichkeiten hoher Abstammung vorbehalten ist.

Das Läuten, das durch die Sprechanlage erklang, ließ den Herrn der Wasser von seiner Beschäftigung aufblicken.

»Ja, was ist, Taka?«, fragte Maru.

»Ich wollte Ihnen die neue Sekretärin vorstellen, Maru-*sama.*«

Wenige Augenblicke später betrat Kuniko das Büro des Präsidenten. In dem riesigen Raum befanden sich nur wenige Möbel, doch viele Kunstgegenstände. Ein antiker Kamin von beträchtlichen Ausmaßen nahm rechts von ihr einen Großteil der Wand ein. Gegenüber der Tür, durch die sie eingetreten war, gewährte eine breite Fensterfront einen großartigen Blick auf den Park, und davor stand ein beeindruckender hölzerner Schreibtisch mit leicht abgerundeten Formen.

Sie hatte den Herrn der Wasser bereits öfter gesehen, wenn er durch die Eingangshalle geschritten oder bei bedeutenden Veranstaltungen aufgetreten war, doch noch niemals hatte sie ihm von Angesicht zu Angesicht gegenübergestanden. Sie schlug die Augen nieder und verbeugte sich tief.

Maru riet ihr, sich Wort für Wort an Takas Anweisungen zu halten, dann verabschiedete er sie mit kühler Höflichkeit.

Noch nie hatte Kuniko bei einem Mann, mit dem sie zu tun hatte, ein derartiges Desinteresse verspürt. Normalerweise wurde ihr Äußeres überaus positiv vermerkt, und sie erntete stets Bewunderung und anerkennende Blicke. Obwohl sie das von ihrem Chef sicher nicht erwarten konnte, kam es ihr vor, als hätte ein Stück Edelstahl bei ihm wesentlich mehr Aufmerksamkeit erregt als sie.

Nein, mit Anmut konnte man das Wohlwollen des Herrn der Wasser offenbar nicht gewinnen. Mit diesem Gedanken schloss die junge Frau die Tür hinter sich.

Zum wiederholten Mal sah sich Yasuo Maru den Film an, der wenige Stunden zuvor in Italien mit einer Infrarotkamera aufgenommen worden war. Trotz des starken digitalen Zooms gelang es ihm nicht, auf dem Flüssigkristallbildschirm die Gegenstände zu erkennen, die von den beiden Männern aus der Amphore gezogen wurden.

Unwichtig, dachte sich der Herr der Wasser. Die beiden arbeiten mir in jedem Fall zu.

Kaiserliches Rom, anno 801 nach der Gründung (48 n. Chr.)

An diesem Morgen erwachte Lysikrates früher als sonst. Der Empfang, der ihm am Abend zuvor auf dem Bankett bereitet worden war, hatte ihn ziemlich verblüfft. Er hätte sich niemals vorstellen können, dass die Ankunft eines jungen Lehrers so bedeutend sei, dass man ihn mit dem Pomp eines Triumphzugs begrüßte. Allerdings war das reservierte und ein wenig geringschätzige Verhalten Senecas fast beleidigend gewesen.

Einige Kinderstimmen drangen an sein Ohr, während er durch den wunderbar gepflegten Park spazierte, der, von einer hohen Mauer umfriedet, zu Agrippinas Residenz gehörte.

Auf einer kleinen Lichtung, die von jahrhundertealten Bäumen umstanden war, sah Lysikrates zwei Jugendliche gleichen Alters, die von einer Gruppe von Kindern umringt waren. Die beiden Jungen standen sich in einem Duell gegenüber, das kaum wie ein Spiel aussah. Mit geschwungenen Schwertern aus Holz stürmten sie angriffslustig aufeinander los.

»Jetzt hat dein letztes Stündlein geschlagen!«, rief der kleine Junge mit den roten Haaren. Geschickt setzte er die hölzerne Klinge an die Kehle seines Gegners und nahm ihm das Holzschwert ab.

Plötzlich bemerkten die beiden Knaben, dass sie von jemandem beobachtet wurden. Der vom Ungestüm seines Gegners besiegte Duellant stand vom Boden auf und wischte sich mit der Hand den Staub von der Kleidung.

»Wer bist du?«, fragte der Sieger in strengem Ton.

»Ich heiße Lysikrates und wurde von Agrippina aus dem fernen Alexandria hierher berufen.«

»Das hieße, du wärst mein neuer Lehrer?«, meinte der rothaarige Junge und bedachte Lysikrates mit einem abschätzenden Blick.

»Ich bin dein neuer Lehrer, sofern du Lucius Domitius Ahenobarbus bist«, antwortete Lysikrates, und während der Kleine nickte, fuhr er fort: »Ich beglückwünsche dich zu deiner Fechtkunst, Lucius Domitius. Ich habe gesehen, wie gut du mit dem Schwert umgehst und wie gekonnt du deinen Gegner entwaffnet hast, auch wenn der im Kampf nicht das gleiche Format wie du aufweist. Dennoch glaube ich, dass euer beider Kampftechnik noch verbessert werden kann, und, wenn ihr dazu Lust habt, könnte ich euch dabei helfen.«

»Kannst du uns wirklich das Kämpfen beibringen, Lysikrates?«, fragte Lucius Domitius ein wenig ungläubig.

Lysikrates nickte, worauf sich der Junge dazu hinreißen ließ zu sagen: »Endlich jemand, der mir nützliche Sachen beibringen kann! Ich habe die alten Lehrer satt, die mich nur mit Philosophie und Mathematik traktieren.«

»Fächer, die wichtig sind, vergiss das nicht. Doch müsst ihr vor allen Dingen lernen, wie man ein Schwert in die Hand nimmt, also seht einmal her ...«

Die Knaben stellten sich neben ihren neuen Lehrer und schwangen ihre hölzernen Waffen nach seinen Anweisungen.

Lysikrates beobachtete seinen neuen Zögling, der intelligente hellblaue Augen hatte und von gesundem, kräftigem Körperbau war. Er war nicht besonders groß, doch ruhte sein Oberkörper, der noch jugendlich unreif wirkte, auf festen, stämmigen Beinen.

Lysikrates fühlte sich von der Kraft, die aus den Augen des eben erst elfjährigen Lucius Domitius strömte, stark angezogen und war erfreut darüber, seine Aufmerksamkeit errungen zu haben. Das war der erste bedeutende Schritt, um das Vertrauen seines Zöglings zu gewinnen. Und gleich einer Vorahnung spürte er, dass von diesem Moment an sein Leben niemals mehr mit den normalen Erfahrungen eines Menschen zu vergleichen wäre. So beschloss er in diesem

Moment, für die Nachwelt die Erinnerungen seines Lebens festzuhalten, da es einzigartig und unwiederholbar sein würde.

Ägadische Inseln, Oktober 2001

Mit zitternden Händen zogen Grandi und Vittard jedes der zehn Papyri aus der Amphore. Jedes *Volumen* bestand aus einem langen aufgerollten Papyrusblatt, an dessen beiden Enden ein Knochenstab angebracht war. Außerdem war jede Rolle mit einem Pergamentblatt, dem *Paenula*, umhüllt, das an das erstere Blatt angeklebt war, um damit den Inhalt zu schützen. Die Fundstücke waren durch das Vakuum in der hermetisch abgedichteten Amphore hervorragend erhalten, und der unbekannte Autor hatte vor Jahrhunderten erhebliche Mühe auf sein Werk verwandt. Auch die Kordeln, die die *Titula* zusammenhielten und die kleinen Etiketten aus Leder, die an den Knochenstäben befestigt waren und auf denen der Inhalt der Rolle bezeichnet war, waren noch in bestem Zustand. Nur das Pergament der *Paenulae* war an manchen Stellen beschädigt.

»Da ist noch etwas drin«, sagte Grandi, kippte die Amphore vorsichtig um und fuhr mit der Hand hinein. Wenig später zog er aus dem Hals des Gefäßes ein Kästchen aus Elfenbein, nicht größer als zwanzig Zentimeter, das mit Intarsien und goldenen Einfassungen verziert war. Andächtig betrachtete Grandi die Figuren, die ein bewundernswerter Graveur aus einer Elfenbeinplatte herausgearbeitet hatte. Sie stellten eine Frau dar, die mit einem Mann, der von zwei Soldaten begleitet wurde, zusammentraf. Die Soldaten, die den Mann eskortierten, trugen keine römischen Legionärsuniformen, und der hahnenkammähnliche Umriss ihrer Helme ließ eher an Krieger aus der Zeit des antiken Griechenlands denken.

Grandi klappte langsam den Deckel auf. Dieser war an Angeln befestigt, ebenfalls aus massivem Gold gefertigt und noch völlig erhalten. Er nahm einen Isisknoten aus rotem Jaspis heraus, der das Licht der kleinen Halogenlampen im Salon der *C'est Dommage* widerspiegelte.

Das Amulett hatte eine Länge von ungefähr fünfzehn Zentimetern und eine maximale Breite von zehn Zentimetern.

»Ein *Tjet* oder auch Isisknoten«, erklärte Vittard, nachdem er das Fundstück in die Hand genommen und genauer in Augenschein genommen hatte. »Ein im alten Ägypten ziemlich gewöhnlicher Gegenstand, der vor allem in der Priesterklasse weit verbreitet war. Mit diesem Talisman glaubte jeder, der ihn trug, dass er unter dem Schutz der Göttin stand.«

Grandi betrachtete seinen Kameraden mit strahlender Miene. »Warum versuchen wir nicht – natürlich mit der gebotenen Vorsicht –, einen der Papyri auszurollen?«

»Für so etwas sind wir nicht ausgerüstet und könnten die Manuskripte daher zerstörten. Das muss in extra dafür eingerichteten Labors durchgeführt werden, von jemandem, der über die nötige Erfahrung und die geeigneten Mittel verfügt. Nur so können die Blätter unbeschädigt auseinandergerollt werden.«

Vittards Mobiltelefon durchbrach die Stille der Nacht.

»Hallo, Henry. Ich rufe an um zu hören, was es Neues gibt.« Laut und deutlich klang Grégoire Funets Stimme aus dem Lautsprecher des Handys.

Vittard ließ sich die Überraschung nicht anmerken, doch er konnte sich nicht erinnern, dass sein ehemaliger Kommilitone *ihn* seit ihrem gemeinsamen Universitätsbesuch jemals angerufen hätte.

»Alles in Ordnung, Grégoire. Danke der Nachfrage.«

»Und was ist mit deinen Nachforschungen bezüglich Nero?«, fragte ihn der Beamte der französischen Denkmalschutzbehörde drängend. »Bist du da weitergekommen?«

»Leider stehe ich noch immer mit leeren Händen da, Grégoire«, log Vittard. »Alles, was mir blieb, ist die Erinnerung an etliche Tauchgänge im Mittelmeer, die fantastisch waren.«

»Habt ihr denn gar nichts heraufgeholt?«

»Rein gar nichts – außer einen Schweizer Chronographen mit Quarzlaufwerk, jede Menge von Getränkedosen und das Medaillon mit der mittelalterlichen Gravur, das du bereits untersucht hast.«

»Schade, wirklich schade. Falls ... Ich meine, solltest du irgendetwas brauchen, so kannst du dich ...«

»Vielen Dank, Grégoire, das ist furchtbar nett von dir. Ach ja, mein Partner möchte gern mit dieser Wissenschaftlerin in Kontakt treten ... Wie hieß sie doch gleich? War ihr Name nicht Sara Terracini? Er hat einige Fundstücke, die sich schon sehr lange in seinem Besitz befinden, und über die würde er gern mit ihr sprechen. In welcher Beziehung stehst du eigentlich zu ihr?«

»Besonders gut kenne ich sie nicht, ich bin ihr zufällig auf einigen Seminaren oder Kongressen begegnet und habe mit ihr wegen einer Reklamation auch einige Briefe gewechselt. Mehr war da nicht. Doch der Admiral kann sich gern auch direkt an mich wenden, da ich mich von vielen meiner Verpflichtungen freigemacht habe.«

Vittard versuchte den Schauer zu ignorieren, der ihm über den Rücken rieselte. Er war sich vollkommen sicher, Admiral Grandi gegenüber Grégoire Funet niemals erwähnt zu haben.

Rasch beendete er das Telefonat mit einem kurzen Abschiedsgruß, dann wandte er sich an seinen Gefährten.

»Die Sache beginnt interessant zu werden. Einige Leute scheinen über jede unserer Bewegungen im Bilde zu sein. Doch wenn Funet nicht gelogen hat, könnte Sara Terracini die Person sein, die für uns in Frage kommt. Dennoch befürchte ich, wir müssen ab jetzt weitaus mehr Vorsicht walten lassen. Sofern sich Sara damit einverstanden erklärt, uns zu helfen, werde ich ihr ein oder zwei von unseren Papyri zeigen. Falls wir ihr tatsächlich trauen können, bekommt sie auch den Rest.«

»Gewiss, aber das gilt doch nur im Fall einer wirklich interessanten Entdeckung. Wenn es sich bei den Papyri lediglich um die Einkaufsliste einer ehrbaren römischen Hausfrau handelt, wäre jede Notwendigkeit zur Verschwiegenheit hinfällig.«

»Natürlich. Aber ich kann mir nicht vorstellen, dass eine Hausfrau der Antike ihre häuslichen Angelegenheiten für derart wichtig erachtet hat, dass sie sie auf Papyrus niederschrieb, die *Volumina* nummerierte und sie anschließend in einer Amphore versiegelte, die sie danach auf ein Schiff bringen ließ, vielleicht auf ein goldenes Schiff, das seinem Untergang entgegenfuhr.«

»Eine schöne Geschichte, Vittard. Jetzt fehlt nur noch eins, um ihren Wahrheitsgehalt zu überprüfen.« Grandis Miene nahm beinahe den Ausdruck eines Kindes an, das eine gute Schulnote erhalten hatte und nun die Mutter um eine Belohnung dafür bittet.

»Sie haben mich überzeugt, Admiral«, sagte Vittard mit einem Lächeln. »Denn auch ich bin mir nicht sicher, ob ich meine Neugierde bis zu einem eventuellen Urteil von Dr. Terracini bezähmen kann.«

Sorgsam suchten die beiden Männer nach einer Rolle, die von der Zeit am wenigsten in Mitleidenschaft gezogen worden war. Diese legten sie auf den Esstisch und entfernten vorsichtig die äußere Hülle, die das Papyrusblatt schützte.

Der vergilbte Papyrus war äußerst brüchig und knirschte besorgniserregend, je weiter ihn die beiden Männer ausrollten, auch wenn sie dabei so behutsam vorgingen, als hätten sie es mit dem zerbrechlichen Leib eines Neugeborenen zu tun.

»Ich glaube, das reicht, Admiral.« Vittard betrachtete den

ausgerollten Teil, der vor ihm auf dem Tisch lag. »Wenn wir noch weitergehen, wird das uralte Schriftstück, so befürchte ich, in seine Bestandteile zerfallen. Wenn ich mir den noch aufgerollten Papyrus so ansehe, schätze ich, dass er insgesamt recht lang sein muss. Ich würde sagen, ungefähr um die zwölf Meter mit insgesamt zwanzig vertikal beschriebenen Blättern.«

»Wenn ich mich recht entsinne«, antwortete Grandi, »haben die Menschen der Antike einen Papyrus in Quadrate unterteilt, in die mit einer kleinen, runden Scheibe aus Blei Führungslinien gezogen wurden. Zuvor aber wurde die gesamte Rolle mit Zedernöl bestrichen, um sie vor Schimmel zu schützen und die Tinte haltbar zu machen.«

»Schaut man sich das Ergebnis an, das vor uns liegt, scheint es, als hätte diese Vorgehensweise bestens funktioniert«, meinte Vittard, auf das Blatt deutend.

Deutlich war darauf die rote Tinte der Überschriften zu erkennen, auch wenn der Papyrus über die Jahrhunderte ein wenig vergilbt und die Umrisse nachgedunkelt waren. Die einzigen Wörter in lateinischer Sprache, die sie erkannten, bezogen sich auf die Katalogisierung dieses Bandes und seine Datierung. Darunter aber war ein Satz in der Mitte der Seite geschrieben, der vielleicht ein Epigramm war. Der ganze übrige Text war dagegen in altgriechischer Sprache verfasst, und zwar ziemlich sicher mit *Atramentum*, einer schwarzen Tinte, wie sie die Schreiber verwendeten und die aus einer Mischung aus Ruß, Pech, Harz und Sepia gewonnen wurde.

»*Vierter Band. Anno* 802 *nach der Gründung Roms*« Grandi las die wenigen Zeilen auf Latein laut vor: »*Ducunt volentem fata, nolentem trahunt.*«

»Den Willigen führt das Schicksal, den Widerstrebenden schleppt es mit sich.«

»Die Zeit entspricht nach christlicher Rechnung dem Jahr 904 nach Christus«, erklärte Vittard aus dem Stegreif, dann versuchte er sich nicht ohne Mühe an dem griechischen

Text. »›*Lysikrates, warum?*‹, *so fragte mich eines Tages der kleine Lucius Domitius.* ›*Warum empfahl Pythagoras, dass man keine Schoten von den Saubohnen essen soll?*‹ *Das waren Fragen, die mich stets erstaunten. Lucius Domitius hatte die Eigenart, die ungewöhnlichsten Aspekte eines jeden seiner Unterrichtsfächer zu erfassen, und seine angeborene Neugier verwandelte den rothaarigen Knaben mit den Sommersprossen sodann in einen mutigen Erforscher des Ungewöhnlichen.* ›*Das kommt daher, dass Pythagoras an die Metempsychose, also an die Seelenwanderung, glaubte und die Schoten als menschliche Föten ansah, die im Begriff waren, sich zu reinkarnieren*‹, *antwortete ich ihm, überzeugt davon, den Wissensdurst meines jungen Schülers damit gestillt zu haben.*«

»Das angegebene Datum und der Name Lucius Domitius stimmen überein. Ich glaube, dass wir das Tagebuch eines der zahlreichen Hauslehrer des zukünftigen römischen Kaisers vor uns haben. Ich hoffe, dass Sara Terracini uns helfen wird, diese wirklich noch nie dagewesene archäologische Entdeckung zu erschließen.«

5

Japanisches Meer, 1333

Das Schiff der *Wokou* unterschied sich in nichts von den vielen Handelsschiffen, die den Hafen von Tsingtao am Gelben Meer bevölkerten. Crespi hatte sich bereits mehrmals dieser Ausgangsbasis bedient, um die kostbaren Stoffe und andere Dinge nach Venedig zu verschiffen. Er wusste, dass von dem chinesischen Hafen periodisch Schiffe in den Arabischen Golf fuhren, von wo aus es leicht war, Konstantinopel und schließlich die Lagunenstadt zu erreichen.

»Wir haben eine lange, anstrengende Reise vor uns, Hito, und wenn du die mehr als zweihundert Tage, die sie dauern könnte, weiterhin ständig schweigst, werden dir deine Lippen wie die Hautfetzen einer Wunde zusammenwachsen«, sagte Crespi in dem Versuch, den Samurai aus seinen Grübeleien aufzurütteln.

Dem venezianischen Kaufmann war bewusst, dass nur sehr wenige japanische Krieger durch einen nicht vollzogenen Selbstmord Schande auf sich geladen hatten – für die Mentalität der Samurai ein so niederträchtiges Verhalten, dass es einfach als unerhört einzustufen war. Doch ebenso überzeugt war er, dass die herrliche Stadt Venedig mit all ihrem bunten Treiben diese schrecklichen Erinnerungen aus dem Geist seines Gefährten auszulöschen vermochte. In jedem Fall war es auch um sein eigenes Überleben gegangen, als er Humarawa zur Flucht überredet hatte. Denn starb Humarawa, war auch das Leben seines engsten Mitarbeiters nicht mehr wert als eine blecherne Münze.

Humarawa wandte sich ihm zu. Der Blick seiner dunklen Augen versank in denen des venezianischen Kaufmanns, als wollte er ihn davon überzeugen, dass ein Mann aus Eis nicht beim ersten Wärmestrahl auftauen konnte.

»Man betrachtet mich jetzt als einen *Ronin*, und ich muss mich erst daran gewöhnen, als Abtrünniger zu gelten.«

Ronin war die Bezeichnung für einen Samurai, der keinen Landbesitz mehr hatte und keinen Herrn, dem er Gehorsam schuldete. Entweder war dieser verstorben, oder der Samurai hatte – in den selteneren Fällen – Schande über sich gebracht und seine Ehre nicht durch eine rituelle Selbsttötung wiederhergestellt. *Ronin* waren dazu verdammt, durch die Lande zu ziehen und wurden dann oft zu blutrünstigen Räubern.

Wu, der Koloss unter den chinesischen Piraten, unterbrach die Unterhaltung der beiden.

»Ich bitte um Verzeihung, Herr«, sagte er nuschelnd, so wie er immer sprach, seit ihm Crespi die Wange aufgerissen hatte. »Ich möchte dich auf deiner Reise begleiten. Ich bin bereit, mein Leben für dich zu opfern, Hito Humarawa, und niemand besiegte mich je im Kampf, bevor der venezianische Kaufmann dein Vertrauter und Hatamoto wurde. Ich glaube, ihr könntet den großen Wu und seine Kraft gut brauchen.« Wu legte die Hände, die ohne jedes Erbarmen Männer und Frauen erwürgt hatten, wie bei einem Gebet zusammen, und aus seinem vernarbten Mund strömten die Worte hervor wie von den Lippen eines Kindes, das ein Gedicht aufsagt. Doch seine Bitte erreichte nicht das Gemüt von Crespi oder Humarawa, sondern schlug eher eine Schneise in ihren kühl kalkulierenden Verstand.

Wu konnte ihnen tatsächlich nützlich sein. Er war mutig und kräftig und würde perfekt zu der neuen Identität Humarawas passen. Der hatte sich nämlich entschlossen, die Rolle eines reichen japanischen Kaufmanns einzunehmen, der sich in Begleitung seines venezianischen Teilhabers in den Westen begab, um neue wirtschaftliche Möglichkeiten zu erschließen. Ein treuer Diener würde seine Rolle in den

Augen der Neugierigen sehr viel glaubhafter machen, und zudem waren Untergebene wie Wu immer bereit, jemandem einen Dolch in den Rücken zu stoßen, wenn dieser die Belohnung kassieren wollte, die Ashikaga sicherlich auf den Kopf des abtrünnigen Daimyo ausgesetzt hatte.

Gut drei Wochen später stach die Dschunke in See. Crespi, der diese Route schon mehrmals befahren hatte, versuchte die Aufmerksamkeit seines Gefährten auf sich zu ziehen, indem er die Häfen beschrieb, die sie anlaufen würden, oder auf das Wunderwerk dieses Schiffs hinwies, das mindestens fünfmal so groß war wie ein normales Handelsschiff aus dem Westen und in dessen Laderäumen man Unmengen an Waren unterbringen konnte.

»Schau dir die Segel an, Hito. Siehst du die in regelmäßigen Abständen parallel ins Segeltuch eingenähten Bambusstangen? Sie verkleinern die Segelfläche, falls der Wind allzu stark wird.«

Hinter ihnen ragte im Abstand von nur wenigen Schritten Wus Gestalt wie ein Berg auf.

Die Reise der drei Männer in ein neues Leben hatte begonnen.

Mittelmeer, 1333

Die ersten beiden Schiffe, die der Muqatil mit seiner Dromone enterte, konnte er auf unblutige Weise in seinen Besitz bringen. Die Handelsschiffe ergaben sich ohne jede Gegenwehr, nachdem sie zunächst vergeblich versucht hatten, zu entfliehen.

Es waren Segelschiffe der Republik Venedig, die auf dem Weg nach Spanien waren. Sie transportierten keine besonders wertvolle Ladung, doch der junge Emir hatte sie ausgewählt, weil sie sich für seine weiteren Kaperfahrten gut als Stafetten oder Basisschiffe eigneten.

Die Besatzung bestand zum großen Teil aus maurischen Sklaven, und als ihre muselmanischen Brüder sie befreiten, schlossen sie sich bereitwillig dem Piratenhaufen an.

Die beiden Kommandanten hingegen wurden zusammen mit den christlichen Besatzungsmitgliedern auf Beibooten ins Meer hinabgelassen, und man erlaubte ihnen, auf die nahe Küste zuzusteuern.

»Richtet euren Herren ruhig aus, dass ich zurückgekommen bin und sämtliche Versuche der Ungläubigen, weiterhin das Meer zu durchpflügen, zu einem waghalsigen Unterfangen machen werde«, rief der Muqatil den Venezianern nach, die sich eilends von der kleinen Freibeuterflotte entfernten.

November 2001

Manchmal fand Kuniko Sagashi, dass sie die Regeln des Mossad allzu buchstäblich befolgte.

»Bei der Geheimdienstarbeit gibt es einfach nichts, was nicht von Bedeutung wäre. Das Land, für das Sie arbeiten werden, kann nur dank der minutiösen Kenntnis aller Details überleben, die von Personen wie Ihnen geliefert werden«, hatte der Agent, der sie angeheuert hatte, zu ihr während ihrer ersten und einzigen Unterredung außerhalb der »verdeckten« Kontakte gesagt, über die sie üblicherweise ihre Informationen lieferte und ihre Befehle erhielt.

Ihre neue Stelle im Sekretariat des Präsidenten von Water Enterprises war in der ersten Woche geprägt von stupiden Arbeiten. So hatte sie unter anderem die liegen gebliebenen Aufgaben zu bewältigen, wie liebe Kollegen sie gern auf neue Mitarbeiter abwälzen. Allerdings war Kuniko diese Art von Eintrittszoll mehr als recht, denn während der stupiden Fotokopierarbeiten konnte sie wesentlich besser interessante Informationen sammeln, als wenn sie ständig bei irgendwelchen Sitzungen und Konferenzen hätte anwesend sein müssen.

Die Nachricht, dass sich Yasuo Maru schon sehr bald auf einen Kurzurlaub nach Europa begeben würde, den er natürlich mit so einigen dienstlichen Terminen spickte, stellte das gesamte Sekretariat auf den Kopf. Es mussten Treffen mit Regierungsvertretern, Industriemagnaten und Leitern ausländischer Filialen vereinbart werden, wobei es galt, die unterschiedlichen Zeitzonen zu berücksichtigen. Die drei Tage vor seiner Abreise arbeitete der Stab seiner Assistenten und sonstigen Mitarbeiter ohne Pause durch, und Kuniko schien dabei eine kleine Stufe auf dem langen Pfad zum Vertrauen ihrer Kolleginnen und des Privatsekretärs Taka zu erklimmen.

Im Büro von Yasuo Maru fand in der Zwischenzeit eine Besprechung mit dem leitenden Justitiar von Water Enterprises statt. Der war ein ausgemachter Experte auf dem Gebiet des internationalen Rechts und hatte sich lange mit der betreffenden Gesetzgebung der Republik Israel befasst.

»Es kann doch nicht sein, dass wir den Auftrag noch nicht erhalten haben«, sagte Maru zu ihm.

»Aber es ist so, Herr Präsident. Anscheinend verhindern irgendwelche bürokratischen Hürden, dass die Mekorot, die für die Wasserversorgung zuständige israelische Behörde, unser Abkommen ratifiziert«, antwortete der Jurist mit einer weit ausholenden Geste.

»Haben wir denn genügend in der Hand, um vor Gericht zu gehen?«

»Ich würde sagen, mittlerweile ja, Herr Präsident. Immerhin haben wir die Ausschreibung gewonnen. Sollte die israelische Regierung von der Abmachung zurücktreten, müsste sie eine Menge Geld an Water Enterprises zahlen.«

»Ja, aber das wollten wir nicht. Wir wollen keine Entschädigung, sondern die Wasserversorgung Israels kontrollieren. Nein, ich glaube, es ist noch nicht an der Zeit, den Rechtsweg zu beschreiten. Versuchen wir lieber, die Hindernisse, von denen Sie gesprochen haben, mit ein paar Dollarbündeln aus dem Weg zu räumen. Finden Sie deren Schwachpunkte und üben Sie entsprechenden Druck aus.«

Die *C'est Dommage* war seit zwei Tagen im Hafen von Monte Carlo vertäut. Im Vergleich zu den belebten Sommermonaten wirkten die Kais beinahe verwaist.

Vittard hatte Sara Terracini bereits während der Rückreise des Katamarans von der Isola di Favignana zum Hafen an der französischen Küste zu erreichen versucht. Im Institut hatte man ihm geantwortet, Dr. Terracini werde erst in einigen Tagen von einem Kongress zurück erwartet.

Admiral Grandi, der Ungeduldigere der beiden, schien an diesem regnerischen Tag die Minuten bis zu dem vereinbarten Zeitpunkt des Telefonats zu zählen.

Der graue Himmel lastete schwer über den Wolkenkratzern des Fürstentums, während der dichte Verkehr auf den Straßen nahe des Yachthafens die beiden Männer wehmütig an die Ruhe und die letzten Sonnentage zurückdenken ließ, die sie im sizilianischen Archipel genossen hatten.

Der Bug eines großen Schiffes schob sich extrem langsam in den Hafen. Zunächst dachte Vittard, dass es sich dabei um ein Kriegsschiff der hiesigen Marine handelte, die irgendwo in der Nähe ein Manöver abhielt, wenngleich das Schiff ebenso antiquiert wie bedrohlich wirkte. Als der Großteil des einhundertzwanzig Meter langen Zerstörers aber die Hafenmündung passiert hatte, erkannte Vittard, dass der einstige Zerstörer komplett umgebaut worden war, obwohl man noch immer die Gefechtsstände ausmachen konnte. Doch die Türme an Bug und Heck, in denen sich ursprünglich mächtige Kanonen befunden hatten, hatte man in drehbare Zimmer umgewandelt, deren Dächer und breite Fensterfronten aus verdunkeltem Glas jeden Blick nach innen verwehrten, aus der Plattform der Luftabwehrbatterien war ein Hubschrauberlandeplatz geworden, und ein moderner achtsitziger Mehrzweckhubschrauber der Marke Bell thronte achtern vom zweiten Schornstein. Auf beiden Seiten des grünsilbrigen Helikopters war das Logo einer Gesellschaft aufgemalt, ein stilisierter wasserblauer Tropfen, der die Initialen »W« und »E« trennte.

Oberhalb der Kommandobrücke erhob sich ein Wald aus Antennen für modernste Kommunikationstechnik.

»Das ist eindeutig ein ehemaliges Kriegsschiff, aus dem man eine Luxusyacht gemacht hat«, sagte Grandi, während er das Anlegemanöver beobachtete.

Am Heck flatterte die weiß-rote Fahne der aufgehenden Sonne. Der Name prangte sowohl in japanischen Schriftzeichen als auch in lateinischen Buchstaben an den Wandungen.

»*Shimakaze*«, las Grandi laut vor, während mehrere asiatische Matrosen die Taue zum Festmachen auf den Kai warfen.

»Nun wieder zu uns, Admiral«, sagte Vittard und tippte eine Telefonnummer in die Tastatur seines Handys. Nur wenige Augenblicke später war er mit einem Institut in Rom verbunden.

Sara Terracini eilte geschäftig durch das Institut. Wie im Flug waren die drei Tage vergangen, die sie auf dem internationalen Kongress verbracht hatte, und nun stapelte sich nach ihrer Abwesenheit eine erschreckende Menge liegen gebliebener Arbeit auf ihrem Schreibtisch. Glücklicherweise waren die mehr als zwanzig Kollegen, auf die sie zählen konnte, Leute von größter Zuverlässigkeit und unbestreitbarer Professionalität. Besonders auf einen konnte sie sich immer verlassen, denn der hatte mit ihr bereits die haarsträubendsten Abenteuer bestanden und mit seinen Fähigkeiten dabei geholfen, komplizierte und oft auch sehr gefährliche Rätsel zu lösen. Toni Marradesi war darauf visiert, in die dunkelsten Winkel der Geschichte hinabzusteigen und daraus mit einer Vielzahl von Fakten wieder hervorzutauchen. Er war ihr Mitarbeiter, seit man ihr die internationale Forschungsbehörde anvertraut hatte.

Kaum hatte Sara Terracini ihr Büro betreten, läutete auch schon das Telefon.

Kuniko stand vor dem Fotokopiergerät. Auf dem Tisch daneben lagen die mehr als dreißig Blätter, die sie kopieren sollte und deren Inhalt zumeist die Termine betraf, die für Yasuo Marus Europaaufenthalt vereinbart worden waren. Wie immer begann die junge Frau mit jenen Papieren, die ihrer Meinung nach für ihre wahren Arbeitgeber am interessantesten waren, um von jedem einzelnen eine zusätzliche Kopie zu machen. Sie würde die so enthaltenen Informationen weiter auswerten, sobald sie zu Hause in ihrer Wohnung war.

Taka folgte ihr mit seinen Blicken, als sie schließlich am Fotokopiergerät fertig war, nach ihrem Mantel griff und sich höflich von ihm verabschiedete. Die neue Mitarbeiterin schien tüchtig, fast ein wenig zu tüchtig. Vielleicht war das der Grund, warum der Privatsekretär des Präsidenten ein instinktives Misstrauen ihr gegenüber hegte.

Kuniko ging in den kalten Abend Tokios hinaus. Wie immer staute sich auf den Straßen der Stadtverkehr. Sie ging in die U-Bahn hinunter und wartete auf ihren Zug. In wenigen Minuten würde sie in ihrer Wohnung sein und sich die aus dem Büro geschmuggelten Papiere genauer anschauen können.

Taka war allein. Er wählte eine hausinterne Nummer, und ein paar Augenblicke später stand der Leiter des Sicherheitsdienstes von Water Enterprises vor ihm.

»Ich traue dieser jungen Frau nach wie vor nicht«, sagte Taka zu ihm.

»Wir haben Kuniko Sagashis Leben bereits durchleuchtet, ohne dass sich irgendwelche Verdachtsmomente ergeben hätten«, antwortete der Sicherheitschef. »Sie lebt sehr zurückgezogen und ist beruflich fleißig und strebsam. Mehr gibt es über sie nicht zu sagen. Die einzige Abweichung von der Norm besteht darin, dass sie noch einige Prüfungen an der Universität abzulegen hat, denn sie promoviert in Elektronikingenieurwesen.«

»Ihren Lebenslauf kenne ich auswendig, wie den aller meiner unmittelbar Untergebenen. Beobachte sie unbedingt weiter. Ich weiß nicht, aber Kuniko Sagashi gefällt mir immer noch nicht. Es ist nur ein Gefühl, aber …«

Sara Terracini fand, dass seine Stimme warm und sinnlich klang. Er sprach perfekt Italienisch, und der französische Akzent verlieh seinen Worten einen angenehmen Ton.

Natürlich wusste sie um die schreckliche Geschichte, die ihm widerfahren war. Sie hatte seinerzeit in sämtlichen Zeitungen gestanden. Auch meinte sie sich an einige Fotos zu erinnern, auf denen er durchaus attraktiv gewirkt hatte, aber ihr Erinnerungsvermögen reichte nicht aus, dass sie sich das Gesicht des Mannes vorstellen konnte, mit dem sie gerade telefonierte.

»Sie erwischen mich in einem etwas problematischen Moment, Monsieur Vittard«, sagte Sara höflich. »Trotzdem wird es mir ein Vergnügen sein, mir die Fundstücke anzuschauen und Ihnen behilflich zu sein. Und sollte der Arbeitsaufwand zu groß sein, als dass ich ihn bewältigen könnte, werde ich Ihnen einen Kollegen nennen, an den Sie sich wenden können.«

»Ich danke Ihnen, Dr. Terracini. Aber wie ich bereits erklärte, handelt es sich um einen sehr wichtigen Fund.«

»Natürlich, Monsieur Vittard«, antwortete Sara lächelnd. Noch niemals hatte sie gehört, dass jemand einen Fund aus der Antike als unbedeutend bezeichnet hätte. »Was halten

Sie davon, wenn wir uns übermorgen Vormittag in meinem Büro treffen?«

Kaiserliches Rom, anno 802 nach der Gründung (49 n. Chr.)

Das Leben im Palast Agrippinas war alles andere als beschwerlich, vor allem nicht für Lysikrates, den jüngsten Hauslehrer des Lucius Domitius. Drei Tage die Woche nahm er den Knaben in den frühen Morgenstunden in Empfang und blieb bis zum *Prandium* in der Tagesmitte, also zwischen der sechsten und siebten Stunde, mit ihm zusammen. An den verbleibenden vier Tagen übernahm er gegen Ende des Vormittags anstelle von Seneca oder Cherèmones die Aufsicht über die Studien von Lucius Domitius im Studiersaal und nahm anschließend in seiner Gesellschaft ein einfaches Mahl ein, um dann wieder fast bis zum Abend mit ihm zusammenzubleiben.

»Weißt du, dass ich es kaum erwarten kann, bis du endlich meine alten Lehrer ersetzt, Lysikrates?«, vertraute ihm Lucius Domitius eines Tages an.

»Warum sagst du so etwas?«

»Weil die mich nur über die Wachstafeln gebeugt sehen wollen, damit ich meine Aufgaben in Mathematik, Philosophie und Recht löse. Bei dir ist das anders, was du mich lehrst, ist schöner, und du lässt mich auch nur wenige Tage im Studiersaal verbringen, wo ich Dinge pauken muss, die ich nie mehr brauchen werde.«

»Da bist du im Irrtum, Lucius Domitius. Deine Ausbildung muss dir ein möglichst breites Spektrum an Wissen geben, und deine Lehrer gelten in ihren Disziplinen als die besten. Eines Tages wirst du begreifen, dass dir die Redekunst sowie die Kenntnis und Beherrschung von Fremdsprachen Wege öffnen, die dir sonst verwehrt blieben.«

»Schon, aber die Hauslehrer lassen mich die ganze Zeit

über ein Gelände in Acre abmessen oder erzählen mir von den Lebensansichten der Stoiker. Niemand von ihnen, weder Cherèmones geschweige denn Seneca, hat mich je gelehrt, wie man ein Schwert hält oder einen Hieb abwehrt. Und Afranius Burrus, der mir eigentlich die Kriegskunst beibringen soll, verbringt Stunden um Stunden damit, mir in den kleinsten Einzelheiten die Heeresaufstellungen in irgendwelchen Heldenschlachten darzulegen. Außer dir ist noch nie jemand mit mir auf eine Biga gestiegen und hat mir die Zügel in die Hand gegeben. Niemand hat mir je etwas über die Maschinen des Heron von Alexandria erzählt, mit denen die Tore des Tempels wie von Zauberhand geöffnet werden. Aber du – kannst du auch eine solche Maschine bauen?«

»Ich weiß es nicht, Lucius Domitius. Vielleicht.«

»Wenn ich groß bin, will ich, dass du für mich Maschinen baust, bei deren Vorführung den Anwesenden meiner Gastmähler der Mund vor Staunen offen stehen bleibt«, sagte der Knabe mit träumerischem Blick.

Es war tiefe Nacht, als Julia Litias Hand zärtlich über den Pfosten der Tür von Lysikrates' Zimmer strich. Im Halbschatten der Laternen schlüpfte sie in den Raum. Das Licht reichte gerade noch, dass man den strahlenden Ausdruck in ihrem Gesicht ausmachen konnte.

»Ein Prätorianer hat Messalina getötet, die sich in Lucullus' Park geflüchtet hatte«, flüsterte Julia. »Angeblich zeigte Kaiser Claudius, als man ihm während eines Gastmahls die Nachricht vom Tod seiner Gattin überbrachte, nicht die geringste Reaktion.«

»Auf diese Weise bringt Claudius seine Gegner zum Schweigen, die immer über seine liederliche Ehefrau herzogen, um seinen Unmut zu wecken«, antwortete Lysikrates nach kurzem Nachdenken.

»Genau. Und damit könnte die Angelegenheit außerordentlich interessant für uns werden. Der Kaiser wird sich dem Volk und dem Senat in neuer, gereinigter Gestalt präsentieren wollen und braucht dafür eine weise, ausgeglichene Ehefrau, die seinen Kindern Oktavia und Britannicus eine gute Mutter wäre. Dann wird Rom wissen, dass sein Haus von nun an nicht länger entehrt und beschmutzt ist. Das muss rasch geschehen, bevor einer seiner Gegner noch eine Verschwörung anzettelt.«

»Ich erblicke allmählich das Ende des wirren Knäuels. Fahre fort.«

»Agrippina ist eine derjenigen, die gern mit Claudius in den Hafen der Ehe einlaufen würden. Doch wie üblich wird der Kaiser die Entscheidung seinen getreuen Freigelassenen überlassen. Narcissus, der die Bluttat an Messalina in die Wege geleitet hat, neigt zu einer jungen Patrizierin, während Pallantes meine Herrin favorisiert. Nun, wir werden sehen.«

»Verbietet die römische Welt denn nicht Beziehungen zwischen nahen Verwandten?«

»So nah ist die Verwandtschaft auch wieder nicht. Und vergiss nicht, Lysikrates, wenn ein Mächtiger etwas will, dann ändert er, um es zu erreichen, einfach Gesetze und Gebräuche.«

Julias Blick richtete sich auf den nackten Oberkörper des jungen Mannes, auf dem die Schatten die Linien seiner Muskeln nachzeichneten.

»Ich will dich«, sagte sie mit begehrlichem Funkeln in den Augen.

Lysikrates musterte ihr von zahlreichen Falten überzogenes Antlitz, die sich allerdings noch nicht allzu tief in die Haut gekerbt hatten, und ihren Körper hatte die Zeit noch verschont. Ihr Gesichtsausdruck war der eines kleinen Mädchens. Für ihn verkörperte Julia einen Rettungsanker und eine Freundin, der er sich anvertrauen konnte. Sie war einerseits eine Mutter, zu der er gehen konnte, wenn er etwas benötigte, aber auch eine erfahrene Gefährtin, mit der er sich seinen erotischen Wünschen hingab.

Also erhob er sich von seinem Bett, und sein nackter Körper erschien ihr im schwachen Licht der Lampe so vollkommen wie eine Skulptur.

Kosend streifte er mit seinem Mund über ihre Lippen, bevor sein verlangender Kuss die beiden Liebenden in eine endlose Nacht der Leidenschaft stürzte.

Mittelmeer, 1334

Crespi befand sich mit seinem sonderbaren Gefolge auf der Suche nach einem auslaufenden Boot im Hafen von Konstantinopel. Die Reise zu den Küsten des Mittelmeers war lang und mühselig gewesen. Zunächst war die chinesische Dschunke über das Rote Meer gekreuzt, bis sie schließlich in Akaba angelegt hatte. Von dort hatten die drei mit einer Lastkarawane über den Landweg die ägyptische Küste erreicht und sich dort mit dem Ziel Konstantinopel wieder eingeschifft, von wo sie zur letzten Etappe ihrer langen Reise nach Venedig aufbrechen wollten. Sie waren bereits mehr als zweihundert Tage unterwegs, doch nun war das Ziel nicht mehr allzu weit entfernt.

Jedem, der sich nach der Identität der beiden Asiaten erkundigte, antwortete Crespi, dass es sich um einen reichen japanischen Kaufmann und seinen Diener handle. Tatsächlich legte die ausgesucht elegante Kleidung von Hito Humarawa, dem einstigen Daimyo von Matsuen, die Zugehörigkeit zur Kaste des Adels nahe. Im Gegensatz dazu wirkte die äußere Erscheinung des Piraten Wu, der sich ihnen angeschlossen hatte, mehr als beängstigend.

Umso besser, dachte Crespi. Mit diesem bedrohlich wirkenden Riesen, der ihnen den Rücken deckte, hatten sie von Räubern und anderen Halsabschneidern wenig zu befürchten.

Angelo Campagnola war in Venedig eine einflussreiche, aber auch gefürchtete Person. Er gehörte zu den einundvierzig Männern, die den Dogen wählten, und manch einer hätte gewettet, dass Campagnola im Falle einer Wiederherstellung des mächtigen Rats der Zehn diesem angehören würde. Der Grund für seine Reise nach Konstantinopel hatte jedoch nichts mit den Interessen der Seerepublik zu tun, sondern war die Heirat seiner ältesten Tochter mit einem der Edelleute, die im Namen der Lagunenstadt einen großen Teil der ägäischen Inseln in Besitz genommen hatten. Es zählte nicht, dass der künftige Bräutigam bereits über sechzig Jahre alt war, während Angelos Tochter Diletta erst neunzehn Lenze zählte. Wichtig war, dass die Campagnolas mit dieser Heirat mit zu den reichsten und mächtigsten Familien Venedigs gehören würden.

Angelo sah sehr zufrieden aus, während er das Schiff bestieg, das ihn in seine Heimat zurückbringen sollte. Nun musste er sich ganz und gar auf die Vorbereitungen für die Hochzeit konzentrieren, die nach seinem Wunsch die prunkvollste werden sollte, die man sich denken konnte.

Während er seinen Gedanken nachhing, marschierten drei Männer an der Hafenmole entlang auf das Schiff zu. Neugierig blieb der Venezianer stehen und betrachtete sie. Einer war sichtlich Europäer, während die anderen beiden wohl Asiaten waren.

Auf einmal sprach ihn der Europäer an: »Euer Kapitän sagte mir, dass Ihr der Besitzer dieses Segelschiffes seid, Herr. Mein Name ist Alessandro Crespi, ich bin ein Landsmann von Euch, der jahrelang Handel mit dem Fernen Osten trieb. Darf ich Euch um die Gefälligkeit bitten, uns an Bord Eures Schiffes bis Venedig Quartier zu gewähren, gegen entsprechende Bezahlung, versteht sich.«

»Wer sind dic beiden Asiaten in Eurem Gefolge?«, fragte Campagnola und beugte sich über die Bordwand.

»Ich habe einen vornehmen japanischen Kaufmann bei

mir, der daran interessiert ist, Handel mit unserer Stadt zu betreiben, sowie seinen Diener Wu.«

Kurz darauf ging das Terzett an Bord des Schiffes, das nach Venedig aufbrach.

In fast demselben Augenblick hatte der Doge Francesco Dandolo in den luxuriösen Sälen seines Palazzos mit einigen seiner engsten Mitarbeiter eine Unterredung.

»Das kann doch nicht möglich sein, dass wir diesen verdammten Piraten nicht zu fassen kriegen!«

»Er hat sehr viel schnellere Schiffe als wir, Euer Hochwohlgeboren«, antwortete der Admiral, der die venezianische Flotte befehligte. »Und es scheint, als verschwinde er nach jedem Schiffsangriff im Nichts.«

»Schon vor einem Jahr tauchte der Muqatil wieder auf unseren Meeren auf und hat uns Verluste zugefügt, die nur von denen, die uns die Genueser beibrachten, übertroffen werden. Ihr müsst diesen verdammten Piraten schnappen und mir seinen Kopf auf einem Silbertablett bringen«, sagte der Doge und verabschiedete dann kühl den Kommandanten der Flotte.

Angesichts der Bedrohung durch diesen Piraten fühlte sich der Admiral völlig machtlos. Er wusste, wie man eine feindliche Flotte bezwang und wie man vom Meer aus eine befestigte Stadt belagerte, doch schienen ihm diese nachweisbaren militärischen Fertigkeiten angesichts dieses Seeräubers nichts zu nützen, da dieser schnell wie der Blitz zuschlug, um dann ebenso schnell wie ein Spuk zu verschwinden. Der Muqatil war auf den Schiffsrouten des Mittelmeers zum Schrecken jedes Seemanns geworden.

Langsam glitt das Schiff über die Wasser des Bosporus, der von der Silhouette der Hagia Sophia beherrscht wurde. Angelo Campagnola bekreuzigte sich hingebungsvoll, und Crespi an seiner Seite tat es ihm gleich.

»Die Meere werden immer gefährlicher, mein Freund. Die Mauren lassen ihrer Natur freien Lauf, und das ist die von Räubern und Piraten«, sagte Campagnola zu Alessandro Crespi, während sich das Schiff im Marmarameer einem Konvoi anschloss. »Anscheinend verachtet jeder Ungläubige, der das Meer befahren kann, derlei gewöhnliche Betätigungen wie Fischerei oder Transportwesen und geht stattdessen der viel einträglicheren Seeräuberei nach. Jedenfalls wimmelt es in diesen Gewässern nur so von Piraten – von dem ›großzügigen‹ Muqatil, der die Gefangenen am Leben lässt, bis zu den allerübelsten Mördern, die sämtliche Besatzungsmitglieder niedermetzeln. Deshalb reisen wir auch in diesem Konvoi von zehn Schiffen, da sich auf diese Weise das Risiko eines Angriffs um ein Vielfaches verringert.«

Der Sturm, in den Campagnolas Schiff zwei Tage nach der Abfahrt geriet, war nicht besonders stark und dauerte auch nur eine Nacht. Doch am nächsten Morgen hatte das Segelschiff den Kontakt zu dem restlichen Konvoi verloren.

November 2001

Henry Vittard und Grandi betraten pünktlich das Institut im Norden Roms. Eine eifrige Sekretärin ließ sie im Wartezimmer Platz nehmen und bot ihnen Kaffee an. Die beiden Männer blickten verwundert auf die aseptische Ordnung, die in allen Räumen herrschte; Menschen in ausschließlich weißer Bekleidung eilten darin geschäftig hin und her. Um diese Zone außerhalb der vom Institut belegten Räume zu betreten, hätten sie drei Türen aus Panzerglas durchschreiten müssen, wobei mehrere Kameras einer Überwachungsanlage jede ihrer Bewegungen aufgezeichnet hätten.

Sara Terracini wollte die beiden Besucher gerade in ihr Büro bitten lassen, da schlug ihr Telefon an.

»Hier Grégoire Funet«, sagte die Stimme am anderen Ende der Leitung. »Ich weiß nicht, ob Sie sich an mich erinnern. Ich arbeite bei der Direction Régionale des Affaires Culturelles du Centre, wir sind uns bei einigen Kongressen begegnet und haben … nun ja, etliche Briefe ausgetauscht.«

Wie hätte Sara diesen schleimigen französischen Beamten vergessen können, der auf die Zahlung von mehreren Milliarden für nicht existente Schäden beharrt hatte, die einige Kunstwerke seinen Angaben nach während einer Ausstellung in Italien erlitten hatten.

»Ich erinnere mich sehr gut an Sie, Dr. Funet …«, antwortete Sara und ließ an ihrer Stimme erkennen, dass er besser gleich zum Kern der Sache kam.

»Ich rufe Sie aus einem ganz bestimmten Grund an, der … nun ja, vielleicht ein wenig banal ist. Ich habe mir erlaubt, Ihren Namen einem *Beinahe*-Kollegen zu empfehlen, der Unterwasserforschungen im Mittelmeer betreibt. Es handelt sich um Henry Vittard. Vielleicht haben Sie schon von ihm gehört, der Weltumsegler.«

Die Bitte um Diskretion, um die sie Vittard vor einigen Tagen gebeten hatte, wäre gar nicht nötig gewesen, da Sara niemals eine Information bezüglich ihrer Arbeit weitergab. Das hatte ihr Oswald Breil vor langer Zeit eingebläut, sodass immer nur ein sehr enger Mitarbeiterstab über die internen Angelegenheiten des Instituts informiert war und niemand sonst.

»Ja, Monsieur Vittard hat tatsächlich angerufen, aber leider bin ich viel zu beschäftigt, als dass ich weitere Arbeiten annehmen könnte …«

»Haben Sie vielleicht eine Ahnung, an wen sich Vittard sonst gewendet haben könnte?«

»Ich glaube, er hat es ganz gelassen. Er sagte mir, die Fundstücke, die er da geborgen hat, seien nur von geringer Bedeutung …«

Wenige Minuten später standen Vittard und Grandi der Wissenschaftlerin in Saras Büro gegenüber. Vittard betrachtete sie verwundert, denn er hatte eine Forscherin mit strengem Blick und Brille auf der Nase erwartet. Saras Erscheinung aber machte ihn sprachlos. Ihr weißer Kittel war nicht weit genug, um ihre attraktiven Kurven zu verbergen, und unterstrich vorteilhaft ihren gebräunten Teint, und ihr tiefschwarzes Haar umrahmte ein Gesicht mit ausgeprägten mediterranen Zügen. Abwartend stand sie da und besah sich neugierig die beiden Männer mit großen, intelligenten Augen.

Grandi und Vittard hatten lange darüber diskutiert, ob sie der italienischen Gelehrten trauen konnten. Der Admiral hatte auch mehrere seiner Freunde aus Militärkreisen um ihre Meinung gebeten, die ihm, entgegen all seinen Erwartungen, wortreich versicherten, wie seriös das Institut sei, das Sara Terracini leitete.

Aus Vorsicht aber hatten sie beschlossen, ihr nur den einen Papyrus zu zeigen, den sie bereits auf ihrem Boot zum Teil entrollt hatten.

»Wie ich Ihnen schon am Telefon sagte, Monsieur Vittard«, meinte Sara, wobei sie mit unverwandtem Blick in die Augen des Skippers sah, »ist unser gesamtes Institut zurzeit mit Untersuchungen beschäftigt, die absoluten Vorrang haben. Unter diesen Umständen einen neuen Arbeitsauftrag anzunehmen, dürfte mir nur schwer möglich sein. Ich kann Ihnen aber einen Kollegen empfehlen, der Ihnen behilflich sein wird. Ach ja, apropos Kollege: Ihr Freund Grégoire Funet rief mich gerade an, um sich nach Ihren Fortschritten zu erkundigen. Anscheinend liegt ihm Ihre Sache sehr am Herzen. Da ich nicht wusste, was ich antworten sollte, habe ich gelogen und ihm gesagt, Sie würden von weiteren Untersuchungen Ihrer Funde absehen, weil die zu uninteressant wären.«

»Grégoire Funet?«, fragte Vittard verwundert. »Dass Sie

ihm diese Antwort gegeben haben, war bestimmt nicht falsch, Dr. Terracini. Die übermäßige Neugier meines alten Kommilitonen ist mir gar nicht recht.«

»Unter uns gesagt, war mir der französische Kollege noch nie besonders sympathisch«, gab Sara ehrlich zu. Dabei zeigte sie ein so offenes Lächeln, dass es jegliches Misstrauen zerstreute, das die beiden Männer ihr gegenüber noch gehabt haben mochten.

»Kommen wir zum Anlass unseres Besuchs, da Ihre Zeit ja sicher kostbar ist.« Vittard zog aus einer Tasche einen in Luftpolsterfolie eingewickelten Gegenstand, entfernte vorsichtig die schützende Hülle und nahm den Papyrus in die Hand. »Das ist einer der Gründe, warum ich mich an Sie wende. Sowohl Admiral Grandi als auch ich konnten uns nicht bezähmen, wir mussten diesen Papyrus einfach ausrollen, wobei uns das nur zu einem geringen Teil gelungen ist. Ich hoffe sehr, dass wir eine sachgemäße Analyse des Funds damit nicht zunichte gemacht haben.«

Sara nahm das antike Schriftstück aus Vittards Händen entgegen und besah es sich kurz.

»Obwohl man tatsächlich nicht so vorgehen sollte, wie Sie das getan haben, scheint das Fundstück noch immer unversehrt. Üblicherweise werden solche Funde in geeignete Flüssigkeiten gelegt, die ihnen die notwendige Feuchtigkeit zuführen und sie auch festigen, sodass der Trägeruntergrund während des Lesens nicht bricht. Danach werden sie in speziellen Öfen getrocknet, wobei sie auch weiterhin befeuchtet werden müssen. Erst anschließend werden die Buchstaben oder das, was von ihnen übrig ist, mithilfe einer Hochleistungskamera entschlüsselt. Die gelieferten Bilder heben die unterschiedliche Dichte der Materialien hervor, eine Methode, die man übrigens auch bei den in Pompeji und Herkulaneum verbrannten Papyri anwandte. Mit diesem Verfahren gelingt es tatsächlich, noch aus der schwächsten Tintenspur einen Buchstaben oder ein Schriftzeichen zu rekonstruieren. Der Computer übernimmt dabei auch die Übersetzung des antiken Textes in jede gewünschte Sprache, natürlich keine endgültige Übersetzung, doch das Ergebnis ist normalerweise zufriedenstellend.

Dank des guten Erhaltungszustands dieses Papyrus denke ich, dass Ihre Neugier dem Dokument nicht geschadet hat. Ich vermute, dass es aus der Kaiserzeit, also dem ersten Jahrhundert nach Christus stammt, zumindest, wenn man von dem Zustand der Knochenstäbe ausgeht, auf die der Papyrus aufgerollt ist. Jedenfalls habe ich nur selten so gut erhaltene Dokumente aus dieser Epoche zu Gesicht bekommen.

Könnten Sie mir etwas mehr über die Umstände Ihres Fundes sagen?«, fragte Sara, während sie sich daran machte, das Papyrus sorgfältig aufzuwickeln.

Die ersten Worte, die sie las, versetzten sie in einen Zustand angespannter Begeisterung, den sie, seitdem sie Wissenschaftlerin war, gut kannte.

»Die Rolle befand sich in einer Amphore, die wahrscheinlich in Iberia hergestellt wurde, grob geschätzt im ersten Jahrhundert«, erklärte Grandi. »Sie war hermetisch verschlossen, sodass der Inhalt konserviert wurde und …«

Sara, die scheinbar mühelos die alten griechischen Schriftzeichen übersetzen konnte, unterbrach ihn ziemlich aufgeregt und mit lauter Stimme: »Lucius Domitius, Lucius Domitius …«

»So ist es, Dr. Terracini«, bestätigte Vittard, der nun überzeugt davon war, die Karten auf den Tisch legen zu können. »Wir glauben, dass wir das Tagebuch eines Mannes gefunden haben, der Nero sehr nahe stand. Der Papyrus gehört übrigens zu insgesamt zehn ähnlichen *Volumina*. Wie der Admiral bereits erwähnte, fanden wir die Papyri im Inneren einer Amphore, zusammen mit einem Kästchen, das einen Isisknoten aus Jaspis enthielt. Außerdem sind wir davon überzeugt, dass am Fundort, unter einer dicken Schicht Sand, noch ein Wrack begraben liegt, das wohl als einzigartig bezeichnen werden kann.«

»Was verstehen Sie unter einzigartig?«

»Darunter verstehe ich das Schiff eines der umstrittensten Kaiser von Rom – das Schiff von Nero. Und wir nehmen an, dass es aus purem Gold ist.«

Die einhundertzwanzig Mitglieder der Knesset lauschten in völliger Stille der Rede, mit welcher der Premierminister seinen Rücktritt einreichte.

»Am Ende dieser Sitzung, verehrte Kollegen, werde ich dem *Nasì* mein formelles Rücktrittsschreiben übergeben.« Der Premierminister nannte den Präsidenten der Republik bei seinem Titel als Oberhaupt des *Sanhedrin*, wie der Hohe Rat des alten hebräischen Volkes genannt worden war, der zuständig gewesen war für die Legislative und Judikative. »Nach Erledigung dieser Formalität werde ich, entsprechend der mir vom Gesetz verliehenen Befugnis, der Regierung den Namen meines von mir erwählten Nachfolgers nennen. Falls die Mitglieder der Exekutive sowie der hier anwesenden Versammlung meinen Vorschlag akzeptieren, hat Israel einen neuen Premierminister. Unser Staat als auch die gesamte Welt befindet sich in einer schwierigen Lage. Darum ist es meine feste Absicht und auch meine Pflicht, meinen Posten beizubehalten, bis der neue Premierminister sein Amt antritt.«

Applaus brandete im Parlament auf, dem am nächsten Tag ein ebenso warmer und ehrlich gemeinter Beifall von den achtzehn Ministern folgte, als Oswald Breil zum Nachfolger des Premierministers ernannt wurde. Die Zustimmung durch die Knesset stand von vornherein fest.

Kaiserliches Rom, anno 803 nach der Gründung (50 n. Chr.)

Die Hochzeit wurde auf prunkvolle Weise gefeiert. Zuvor hatte der Senat ein Gesetz erlassen, das es dem Kaiser ermöglichte, seine Nichte zur Gattin zu nehmen, ohne das Delikt eines Inzests mit Blutsverwandten zu begehen. In den vertraulichen Staatsangelegenheiten erhielt das Wort Agrippinas damit unermessliche Bedeutung.

Die erste Auswirkung dieser Hochzeit war, dass jede Person, die zum Gefolge der neuen Kaiserin gehörte, in die kaiserliche Residenz umziehen musste. Lysikrates und die anderen Lehrer von Lucius Domitius machten da keine Ausnahme und wurden im bedeutendsten *Domus* Roms komfortabel untergebracht.

Die kaiserliche Residenz stand auf dem Palatin, wo Tiberius sie in der Nähe von Augustus' Palast hatte erbauen lassen. Unter Caligula war sie dann bis zum Tempel der Dioskuren im Forum Romanum erweitert worden, und Claudius hatte sie übernommen, ohne erhebliche Veränderungen an der architektonischen Gestaltung seiner Vorgänger vorzunehmen.

Lysikrates konnte nicht aufhören, sich über Agrippinas Weitsicht zu wundern und über die Mittel, die sie einsetzte, um zu bekommen, was sie wollte. Es schien, als könne sich nichts ihren Ambitionen in den Weg stellen.

Wenige Tage vor der Hochzeit, so erinnerte sich Lysikrates, hatte er eine Unterredung zwischen Seneca und seiner schönen Herrin mit angehört.

»Findest du nicht, dass die Verlobung von Oktavia und Senator Lucius Sillanus zumindest ein wenig voreilig war?«, hatte der Philosoph mit einschmeichelnder Stimme gefragt. »Ohne Zweifel ist Claudius' Tochter eine sehr gute Partie, vielleicht eine zu gute, um einfach mit irgendeinem Patrizier verheiratet zu werden. Ich hätte nichts dagegen, würde sie eines Tages die Braut deines Sohnes werden.«

»Dir gelingt es stets, meine Gedanken zu lesen, Seneca«, hatte Agrippina geantwortet. »Doch sind die Dinge inzwischen zu weit gediehen, als dass diese Entscheidung noch rückgängig gemacht werden könnte. Wie ich hörte, hat Claudius bereits Sillanus die Triumphzeichen für die Verlobung mit Oktavia überreicht.«

»Es verwundert mich, dass du dich als Verlobte des Kaisers von derlei banalen Hindernissen abschrecken lässt, zumal ich hörte, dass dein zukünftiger Schwiegersohn seiner Schwester Julia sehr verbunden ist, vielleicht allzu eng …«

Dieser Satz des Philosophen genügte.

Am Tag, da Agrippina und Claudius in den Hafen der Ehe einliefen, beging Lucius Sillanus Selbstmord, da ihn die Anschuldigung, mit seiner Schwester Inzest begangen zu haben, zu sehr belastete und er sie nicht ertrug.

Scheinbar berührten Lucius Domitius die Intrigen und dunklen Machenschaften seiner Mutter nur am Rande, doch seine wache Intelligenz ließ ihn durchaus erkennen, dass sie wie eine Spinne ein Netz um ihn wob.

Die Zeremonie, mit der er zum Adoptivsohn des Kaisers ernannt wurde, war ebenso prunkvoll wie alles, was Agrippina für ihn in die Wege leitete. Lysikrates begriff sehr wohl, dass Lucius Domitius durch diese Adoption zum Erstgeborenen und damit zum Nachfolger des Claudius erhoben wurde. Britannicus und Oktavia, die Kinder, die der Kaiser mit Messalina gezeugt hatte, waren zu diesem Zeitpunkt erst sechs beziehungsweise vier Jahre alt.

»Und nun, mein Sohn«, sagte der Kaiser bei der feierlichen Zeremonie so laut, dass jeder der Anwesenden es hören konnte, »verleihe ich dir entsprechend meinem eigenen Willen und dem der Augusta den Namen Nero Claudius Drusus Germanicus. Mögest du die Namen deiner tapferen Ahnen mit Würde tragen.«

Agrippina strahlte. Der Blick ihrer grünen Augen glitt stolz über die zahlreich erschienenen Gäste. Als sie aber den mächtigen Freigelassenen Narcissus sah, verfinsterte sich ihr Gemüt, hatte er sich doch ihrer Eheschließung bis zum Schluss widersetzt und Elia Petina favorisiert. Mit der verschmähten Anwärterin würde sich Agrippina von nun an messen müssen.

Beide Liebesbeweise, die sie an diesem Tag von ihrem Gatten erhielt, hatten beträchtliches Gewicht. Ihr Sohn war zum potenziellen Nachfolger auf dem Kaiserthron benannt worden, und sie selbst konnte sich nach dem Willen Claudius' mit dem Titel Augusta schmücken.

Lysikrates beobachtete, wie der Kaiser ihr sein Gesicht zuneigte. Er konnte gar nicht umhin, als die Worte zu hören, die der mächtigste Mann der Welt zu ihr sprach und die einem feierlichen Versprechen glichen: »Dies ist nur der Anfang, Geliebte. Ich werde dafür sorgen, dass Nero schon bald die *Toga Virilis* tragen darf, indem ich den Senat dazu veranlasse, dass er das dafür notwendige Alter auf fünfzehn vorverlegt. Die Intelligenz deines … ich meine, *unseres* Sohnes verdient zweifellos eine derartige Belohnung. Außerdem werde ich bestimmen, dass Nero bei Vollendung seines zwanzigsten Lebensjahrs zum Konsul ernannt wird.« Der Blick des Kaisers verlor sich in den wunderschönen Augen seiner Gattin. Wären sie imstande gewesen, Flammen auszustoßen, hätten Agrippinas Augen glühende Feuer versprüht.

Lysikrates konnte es kaum fassen, dass ein so gerechter und vernünftiger Mann wie Claudius, der sich wider alle Erwartungen als guter Regent erwiesen hatte, gegenüber den Blick einer Frau derart wehrlos war. Und er hielt das Versprechen, das er seiner Gattin gegeben hatte. Im Jahr nach der Adoptionszeremonie überreichte er bei einer noch weit prächtigeren Feier Nero die purpurgesäumte Toga und die *Bulla*, den goldenen Anhänger, der eine Wasserblase darstellte. Am folgenden Tag legte dieser das aus weißer Wolle gewebte Gewand an und präsentierte sich in Begleitung seines Adoptivvaters dem Senat.

Von da an wetteiferten die mächtigsten Männer Roms in ihren Lobreden um die Gunst dieses aufgeweckten, intelligenten Jünglings, der dazu ausersehen war, Claudius in der Führung des Imperiums nachzufolgen.

Unter der Statue der von den Tarantern erbeuteten Geflügelten Viktoria, die Augustus im Inneren der Kurie hatte aufstellen lassen, erhielt Nero, sobald er das Alter von zwanzig Jahren erreicht hatte, von den begeisterten Senatoren seine Ernennung zum Konsul, und zusätzlich wurden ihm mit sofortiger Wirkung die prokonsularische Würde und der Titel eines *Princeps Iuventutis* verliehen.

Nach dieser Zeremonie überreichte Claudius Geldgeschenke an seine Soldaten und ordnete die kostenlose Verteilung von Weizen an die Plebs an. Im Zirkus wurden zahlreiche Spiele ausgerichtet, die Nero persönlich eröffnete, im Triumphgewand gekleidet und begleitet von Britannicus, Claudius' leiblichem Sohn, der die *Toga Puerilis* trug.

Dies war das erste Mal, dass sich Lysikrates in den Zirkus begab. Als die Menge laut Neros Namen skandierte, bewegte ihn dies so sehr, dass seine Glieder zu zittern begannen.

Mindestens hundertfünfzigtausend Menschen befanden sich an diesem Tag im Circus Maximus, die einstimmig Neros Namen riefen, des Mannes, der nach Claudius' Tod die Geschicke des Imperiums lenken sollte. Natürlich würde bei einem vorzeitigen Tod des Kaisers Agrippina Rom und seine unermesslich weiten Territorien regieren, bis ihr Sohn die Volljährigkeit erlangte. Auch wenn diese Überlegungen nur einen kurzen Moment lang in Lysikrates aufflammten, so hatte der junge Grieche inzwischen gelernt, sich von den skrupellosen Machenschaften dieser Frau nicht mehr überraschen zu lassen. Er beobachtete, wie sie auf der Bahn dahinfuhr, auf der in Kürze die Wagenrennen stattfinden würden. Ihre von herrlichen weißen Pferden gezogene Quadriga war inzwischen in der ganzen Stadt bekannt. Agrippina stand auf dem Wagen, war wunderschön, und die zahlreichen goldenen Schmuckstücke, die sie wie üblich trug, erglänzten im Licht der Sonne.

Lysikrates wusste genau, dass diese sorgfältige Inszenierung, die Britannicus kleiner erscheinen lassen und Nero erhöhen sollte, wie üblich das Werk der Augusta war.

Mittelmeer, 1334

Die venezianische Kogge schaukelte träge in der Flaute, die auf den Sturm gefolgt war, und schien in der reglosen Weite des Meeres festzustecken. Das Schiff war überaus stabil und verfügte über eine herausragende Ladekapazität, doch es war zudem auch unglaublich langsam. Sowohl das quadratische Segel am Großmast als auch das am Kreuzmast hingen schlapp herab wie nasse Tücher zum Trocknen in der Sonne.

Auf einmal aber blies der Wind ebenso plötzlich, wie er ausgesetzt hatte, stramm von achtern. Angst verbreitete sich an Bord, als Segel am Horizont sichtbar wurden, Angst, die sich zur Panik steigerte, je näher die beiden Segelschiffe der Kogge kamen.

»Die sehen aus wie zwei kleine arabische *Badan*«, sagte Angelo Campagnola zu Alessandro Crespi. »Das sind die Schiffe, mit denen die Ungläubigen einzelne, nur leicht bewaffnete Schiffe überfallen. Ich glaube nicht, dass sie mehr als zwanzig Mann an Bord haben, doch die reichen, um uns zu kapern.«

»Was sagt er?«, fragte Hito Humarawa an Crespi gerichtet.

»Wie viele Männer, die mit Waffen umgehen können, haben wir an Bord?«, wollte er dann wissen, nachdem ihm der Kaufmann Campagnolas Worte übersetzt hatte.

»Mit Ausnahme der vier Soldaten meiner persönlichen Wache gibt es, so glaube ich, nur noch die Männer der Besatzung, die zwar tüchtige Seeleute, aber bis auf einige wenige nicht sonderlich vertraut im Umgang mit Waffen sind«, antwortete Campagnola kopfschüttelnd. »Ganz gewiss sind sie nicht darauf vorbereitet, dass blutrünstige Piraten ihr Schiff entern wollen.«

»Sagt den Männern, die einigermaßen zu kämpfen wissen, sie sollen zu Distanzwaffen wie Bögen, Armbrüste und Lanzen greifen. Die übrige Besatzung soll Pech und Dochte bereithalten. Ein jeder muss genau die Befehle ausführen, die ich über Alessandro Crespi erteilen werde«, ordnete der Japaner an.

Die Besonnenheit und Bestimmtheit, die Humarawa an den Tag legte, ließ den Reeder Vertrauen zu ihm fassen. Angesichts eines gnadenlosen Todes durch die Hand der Piraten blieb ihm auch nichts anderes übrig.

Plötzlich änderte die Kogge den Kurs und steuerte entschlossen auf die beiden Angreifer zu, was die zwei *Badan* offenbar verunsicherte, denn sie gaben ihre Formation Seite an Seite auf. Wahrscheinlich nahmen die maurischen Seeräuber an, dass die venezianische Kogge sie rammen wollte. Doch die wendete wieder, als sie sich in der Nähe des ersten Piratenschiffs befand, und verharrte dann mit in den Wind schießenden Segeln, sodass die Bordwände der beiden Schiffe nur wenige Schritte voneinander entfernt lagen.

Von der weit über dem Piratenschiff liegenden Brücke blickten Humarawa und seine Männer auf die zum Entern bereiten Seeräuber hinab. Dann gab der Japaner, ganz unerwartet, das Zeichen zur Attacke.

Von den Segeln verborgen, hatte Humarawa etwa zehn Seeleute, die mit Bögen und Armbrüsten bewaffnet waren, zwischen den Wanten Stellung beziehen lassen. Auf einmal hagelte ein wahrer Schauer von Pfeilen auf das Piratenschiff hinab und streckte die überrumpelten Seeräuber nieder. Bevor sich die Überlebenden von dem Schrecken erholt hatten, folgte bereits eine zweite Salve, diesmal mit Brandpfeilen.

Neben jedem Bogenschützen stand ein Mitglied der Besatzung mit einem Köcher voller Pfeile, deren Spitzen mit einem in Pech getauchten Tuch umwickelt waren. Nachdem mit etwas Werg die Pfeilspitze entzündet wurde, schoss der Bogenschütze das Brandgeschoss mit großer Präzision auf das feindliche Schiff.

Innerhalb kürzester Zeit hatte sich der erste *Badan* in einen brennenden Sarg voller Toter und Verwundeter verwandelt, während das zweite Schiff angesichts der Gefahr abdrehte und mit dem Bug zum offenen Meer entfloh.

Während der brennende *Badan* im Meer versank, brach an Bord der Kogge lautes Freudengeschrei aus.

»Sagt Eurem Gefährten meinen Dank!«, sagte Campagnola zu Crespi. »Ohne ihn wäre unser aller Schicksal besiegelt gewesen! Man hätte uns am Großbaum oder in den Rahen aufgehängt, und dann wären wir von den verdammten Ungläubigen wie Schweine zerlegt worden. Jedenfalls besteht kein Zweifel, dass Euer Freund, der japanische Kaufmann, die Kunst des Kampfes hervorragend beherrscht und dabei so kühles Blut bewahrt, wie es nur der erfahrenste Krieger vermag – was in meinen Augen für jemanden, der Tongefäße und Stoffe verkauft, doch ziemlich ungewöhnliche Talente sind.«

Fast im selben Augenblick lauschte, viele Meilen weit entfernt, der Muqatil aufmerksam den Worten des Emirs von Hadarru.

»Leider kann ich dir und deinen Mannen keine Gastfreundschaft mehr gewähren, Muqatil«, sagte Muhammad mit besorgter Miene. »Die Ungläubigen sind dir auf den Fersen, und einer ihrer Emissäre hat offiziell Auskunft von mir verlangt, ob es der Wahrheit entspricht, dass deine Schiffe im Hafen von Hisn al Munakkab anlegen, der an der unter meiner Gerichtshoheit stehenden Küste liegt. Natürlich habe ich das vehement bestritten. Trotzdem kann ich diese Situation nicht länger aufrechterhalten, die Ungläubigen werden sonst den Waffenstillstand brechen, der bereits seit so vielen Jahren besteht, und mit einer ihrer Flotten die Stadt angreifen.«

»Ich verstehe deine Beweggründe sehr wohl, Muhammad«, antwortete der Muqatil ruhig. »Ich bin dir für alles, was du für mich getan hast, von Herzen dankbar. Gleich morgen werden meine Schiffe den Hafen verlassen und sich einen anderen sicheren Unterschlupf suchen. Gott sei mit dir, mein Freund.«

»Gott sei mit dir, junger Krieger.«

November 2001

Die Boeing 767, die der Herr der Wasser für seine Geschäftsreisen benutzte, landete überpünktlich auf dem Flughafen von Nizza, wo ihn bereits am Fuß der Gangway eine Luxuslimousine mit abgedunkelten Fenstern erwartete. Das Logo von Water Enterprises, ein stilisierter Wassertropfen zwischen den Initialen W. und E., stach deutlich am Rumpf des Flugzeugs hervor.

Die Limousine steuerte auf den Yachthafen von Monte Carlo zu, wo Yasuo Maru an einer wichtigen Sitzung teilnehmen sollte.

Nach und nach trafen die Autos der geladenen Gäste achtern bei der *Shimakaze* ein. In vielen Fällen bedienten sich die Teilnehmer dieser so genannten Geschäftsessen eines Kleinwagens oder eines Taxis, um weniger aufzufallen.

Rings um einen großen runden Tisch auf der Yacht nahmen acht Männer Platz, von denen der Gastgeber der einzige Asiat war.

Gegen Ende des erlesenen Abendessens kam Yasuo Maru

zur Sache. »Ich glaube, dass die Zeiten der Valentinstag-Massaker und der ratternden Thompson-Maschinenpistolen vorbei sind«, sagte er in korrektem Italienisch. »Heutzutage gleichen unsere Organisationen mit ihren vielfachen Interessensgebieten mehr multinationalen Konzernen als jenen Banden, zu denen sich dereinst brutale Verbrecher zusammenschlossen. Daher möchte ich Ihnen ein Geschäft vorschlagen, das für beide Seiten mehr als einträglich wäre. Die Yakuza hat mittlerweile in vielen Ländern Wurzeln geschlagen. Ein Großteil des weltweiten Drogenhandels läuft über unsere Organisation, ganz zu schweigen von den zahlreichen Beteiligungen im Bereich des Finanzsektors. Wären wir bereit, unsere Kräfte zusammenzuschließen, könnte keine Organisation mehr mit uns mithalten. Innerhalb weniger Jahre würden die russische und die chinesische Mafia am Boden liegen, sodass wir den gesamten Handel kontrollieren könnten.«

Danach erläutere der Herr der Wasser etwa eine Stunde lang die Modalitäten der möglichen Vereinbarung.

Als der Älteste der geladenen Gäste das Wort ergriff, schien sich auf alle im Speisesaal der *Shimakaze* eine Glocke aus Schweigen zu stülpen. Der Mann hatte silbergraues Haar und einen dunklen Teint, war elegant gekleidet und sprach ein hervorragendes Italienisch, das mit angenehm klingendem sizilianischem Tonfall durchsetzt war.

»Was Sie da vorschlagen, Signor Maru, ist gewiss keine Interessengemeinschaft, bei der die Anteile gerecht unter den einzelnen Gesellschaftern aufgeteilt werden. Das Ganze klingt mehr, als sollten wir eine Art Tochterunternehmen Ihrer Gesellschaft werden. Doch weder die italienische Mafia noch die amerikanische Cosa Nostra sind daran interessiert, sich der Yakuza unterzuordnen. Bis heute gibt es zwischen unseren Organisationen – vielleicht, weil sie in verschiedenen geographischen Zonen auf unterschiedlichen Gebieten tätig waren – nicht allzu viele Berührungs- und damit auch keine Streitpunkte. Ich finde, wir sollten das auch für die Zukunft beibehalten, und niemand sollte versuchen, in das Territorium des anderen einzudringen. Es ist noch längst nicht an der Zeit, sich zusammenzuschließen, und schon gar nicht unter den von Ihnen vorgeschlagenen Bedingungen.«

»Ich dagegen bin der Meinung, dass wir uns nicht mehr länger aus dem Weg gehen können.« Marus schwarze Augen blickten unverwandt in die des Mannes, der soeben diese geheime Kriegserklärung gegen ihn ausgesprochen hatte. »Wir treten uns de facto bereits in vielen Branchen gegenseitig auf die Füße.«

»Ja, und wir mögen es gar nicht, wenn man uns auf die Füße tritt, Signor Maru. Und üblicherweise reagieren wir darauf umgehend und mit den entsprechenden Mitteln. Ich danke für das köstliche Abendessen und hoffe auf ein baldiges Wiedersehen.«

Nach diesen Worten erhob sich der alte Sizilianer, und die anderen sechs Tischgäste folgten seinem Beispiel. Nachdem sie ihre Mäntel und Hüte in Empfang genommen hatten, stiegen sie wenige Augenblicke später die Gangway der *Shimakaze* hinab. Von Norden her blies ein steifer Wind über den monegassischen Hafen.

»Dumme Italiener«, quetschte Maru zwischen den Zähnen hervor, nachdem er allein im Salon seiner Yacht zurückgeblieben war.

Vor mehr als zwei Stunden hatte Admiral Grandi seine Wohnung in der Stadtmitte von Genua betreten. Vittard hatte ihn fast bis zu seiner Haustür begleitet, bevor er nach Monte Carlo zurückgekehrt war. Sie hatten vereinbart, dass der Admiral am nächsten Tag wieder nach Rom fahren würde, um Sara Terracini den Isisknoten und die neun weiteren Papyrusrollen zu übergeben, nachdem er sie aus dem Schließfach bei seiner Bank abgeholt hatte.

Als das Telefon klingelte, sah Grandi auf die Uhr. Normalerweise rief ihn niemand nach zehn Uhr abends mehr an, es sei denn, es lag ein wichtiger Grund vor.

Vittards Stimme klang ganz außer Atem. »Die Polizei hat Akirs Leiche aus dem Hafenbecken von Monte Carlo gezogen. Dem Armen wurde das Genick gebrochen, und auf der *C'est Dommage* wurde alles durchwühlt.«

Kuniko Sagashi war erleichtert über die Abreise ihres obersten Bosses nach Europa. Nicht nur, dass sich damit ihr persönliches Arbeitsaufkommen beträchtlich verringerte, sie konnte nun endlich die zahlreichen Unterlagen, die sie fotokopiert und gesammelt hatte, dem Mossad zukommen lassen.

Dabei hoffte sie, sich wieder mit jenem jungen Mann mit dem dunklen Teint treffen zu können, mit dem sie schon zuvor zu tun gehabt hatte. Sie hatte sich oft dabei ertappt, dass sie an sein freundliches Lächeln und sein einnehmendes Auftreten dachte, die im krassen Gegensatz zu seiner Position als Mitglied eines der effizientesten Geheimdienste der Welt standen.

Im Gebäude des Ha-Mossad le-Modiin ule Tafkidim Meyuhadim, von den eigenen Angestellten und den Mossad-Agenten im Rest der Welt schlicht »das Institut« genannt, betrat Bernstein das Büro seines Chefs und übergab ihm eine Reihe von Fotografien.

Derrick Erma besah sie sich aufmerksam, dann forderte er seinen Kommunikationsoffizier an, ihn über die Identität der abgelichteten Männer aufzuklären.

»Nachdem es den langen Weg von Japan nach Europa zurückgelegt hatte, machte Marus Schiff vor einigen Tagen in Monte Carlo fest. Die *Shimakaze* – so lautet der Name des einstigen Zerstörers aus dem Zweiten Weltkrieg – wurde in eine Luxusyacht umgebaut, und in ihr wohnt der Herr der

Wasser, Bushidos Berichten zufolge, während seines Europaaufenthalts. Maru traf kurz vor einem Geschäftsessen mit seinem Privatflugzeug aus Japan ein. Wenn man sich die Liste der geladenen Gäste betrachtet, muss es sich um ein Geschäft von ziemlich gewaltigem Umfang gehandelt haben.«

Bernstein machte eine kurze Pause, dann deutete er mit dem Finger auf eines der Fotos. »Nicola Crisafulli. Offiziell ein Baumagnat und ebenso in der italienischen Hochfinanz tätig. Seine unzähligen Gesellschaften haben ihren Sitz in Mailand, wo er auch lebt, seit er vor ungefähr dreißig Jahren seine Heimatstadt Palermo verließ. Jeder weiß um seine Verbindungen zur Mafia, da er bereits einige kleinere Strafen aufgebrummt bekam und derzeit in mindestens vier Prozessen wegen Bildung einer kriminellen Vereinigung nach Art der Mafia verwickelt ist. Einige Leute behaupten, er sei sogar der oberste Boss dieser Organisation. Für den Fall aber, dass noch irgendwelche Zweifel an der Zugehörigkeit Crisafullis zur Cosa Nostra bestehen, werden diese von seinen ›freundlichen Begleitern‹ vollkommen zerstreut. Die Spitznamen der sechs Männer, die in seinem Gefolge die Gangway der Yacht hinabschreiten, reichen von ›Narbengesicht‹ bis zu ›Der Amerikaner‹, ausschließlich große Fische der italienischen und US-amerikanischen Mafia. Würde mich nicht wundern, wenn an dieser Versammlung auf der *Shimakaze* die gesamte Dachorganisation der Mafia teilgenommen hat.«

»Wissen wir mehr über die Vorgänge auf der *Shimakaze?*«, fragte Erma.

»Leider mussten unsere Agenten ihre Position aufgeben, da an Bord einer Yacht ein Diebstahl in Verbindung mit dem Mord an einem Matrosen gemeldet wurde und es im Hafen plötzlich nur so von Polizisten wimmelte.« Bernstein holte tief Luft. »Aufgrund der strengen Sicherheitsüberwachung durch Marus Leute ist es nahezu unmöglich, Wanzen an Bord zu installieren, und die solide Bauweise des Schiffs macht auch den Einsatz von Richtmikrofonen oder lasergesteuerten Mikrofonen unmöglich. Die klassische Beschattung ist vorläufig die einzige Art, wie wir Maru beobachten können.«

Nachdem Bernstein das Büro verlassen hatte, griff Erma zum Telefon und wählte eine Geheimnummer.

»Ich wollte einer der Ersten sein, der Ihnen gratuliert. Soll ich Sie von nun an Exzellenz nennen?«

»Nennen Sie mich ruhig weiter ›Supergalaktischer Boss‹«, antwortete Oswald Breil scherzhaft am anderen Ende der Leitung. »Wie laufen die Dinge im Institut, Dr. Erma?«

»Das können Sie sich sicher denken, Dr. Breil, gerade in Zeiten wie diesen. Doch wir sind davon überzeugt, dass Sie als Premierminister ...«

»Wunder kann keiner vollbringen, mein Freund«, unterbrach ihn Breil. »Das Amt, das mir soeben verliehen wurde, ist dermaßen heikel und anspruchsvoll, dass es jeden bis an die Grenzen belastet.«

Ermas Gedanken schweiften kurz ab zu den zahlreichen Operationen, die er an der Seite dieses Mannes, der für ihn ein Lehrmeister gwewesen war, durchstanden hatte.

Nein, dachte sich Erma, Oswald Breil würde sich den Problemen niemals ergeben. Mit ihm würden die Dinge sicher besser werden.

Der gleichen Meinung war auch das Parlament, das mit nahezu einstimmigem Votum Oswald Breil an die Spitze der israelischen Regierung gewählt hatte.

Für einen kurzen Moment löste Sara Terracini ihre Aufmerksamkeit von dem Anblick des antiken Papyrus' auf dem Flachbildschirm ihres Computers und tippte eine kurze E-Mail. Besser verschlüsseln!, dachte sie und bearbeitete den Text so, das er für Dritte unlesbar war. Verdammt seist du mit deiner Manie von Spionage und Lauschangriffen, Oswald Breil!

In der Nachricht stand:

<WÄHREND ICH HIER WIE ÜBLICH IN ALTEN ÜBERLIEFERUNGEN VERSINKE, BASTELST DU, WIE ICH HÖRE, GENÜSSLICH AN DEINER KARRIERE!!! ICH BIN STOLZ AUF DICH, HERR PREMIERMINISTER!
SHALOM
SARA.

P.S.: MELDE DICH, SOBALD DU ETWAS ZEIT HAST.>

Mit einem Tastendruck versandte sie die Mail, und der Rechner bestätigte die Ausführung des Befehls.

Kaiserliches Rom, anno 804 nach der Gründung (51 n. Chr.)

»Jetzt, da du für alle ein Mann bist«, sagte Lysikrates wenige Tage nach der Zeremonie, »ist es meiner Meinung nach an der Zeit für dich zu sehen, was die Augen von Männern üblicherweise zu sehen kriegen, Nero.«

Beide verließen den Palast durch eine der Nebentüren und trugen Gewänder, die für einen zukünftigen Kaiser und seinen Hauslehrer gewiss nicht geeignet waren. Zudem hatte Nero, um seinen roten Haarschopf zu verbergen, eine Kappe aus dicker Wolle aufgesetzt.

Zum ersten Mal verließ er den Palast ohne seine Eskorte und schritt auch nicht die bekannten Wege ab. Neugierig und aufgeregt marschierte er durch ein Rom, das sich von dem, das er bisher gekannt hatte, vollkommen unterschied.

Die *Urbe*, die etwa eine Million Einwohner zählte, bestand aus Gassen, die manchmal so eng waren, dass kaum zwei Leute nebeneinander sie durchschreiten konnten. Die größtenteils aus Holz erbauten Häuser waren übermäßig in die Höhe gewachsen und wiesen mittlerweile fünf oder sechs Stockwerke auf, denn angesichts der Jahrhunderte, in denen die Stadt immer weiter gewachsen war, war es unmöglich, auf die Einhaltung irgendwelcher Bauvorschriften zu pochen. Auf den Straßen gingen die Menschen ihren alltäglichen Beschäftigungen nach. Da waren Magier, die die Zukunft voraussagten, und zahllose Geschäfte, in denen Brot, Öl, Wein und Fleisch verkauft wurden. Einige Händler versuchten in einem sonderbaren Singsang, die Aufmerksamkeit der Passanten auf ihre Waren zu ziehen, und lautes Stimmengewirr hallte durch die Gassen.

Nero marschierte an Lysikrates' Seite und fühlte sich offenbar kein bisschen unbehaglich. Im Gegenteil zeigte er den gleichen aufmerksamen Gesichtsausdruck, den man auch während seiner Unterrichtsstunde bei ihm zu sehen bekam.

Bald verließen sie die überfüllten Dekumanen, also die von Ost nach West verlaufenden Straßen, und nahmen ihren Weg durch die kleinen, engen Seitengässchen. Da Tausende von Plebejern der öffentlichen Investiturzeremonie beigewohnt hatten, war das Risiko, als Sohn des Kaisers erkannt zu werden, alles andere als gering.

In einer übel riechenden, engen Straße traten ihnen plötzlich zwei Gestalten in den Weg. »Ich wette, du hast dich in dieses schattige Gässchen begeben, um es mit deinem jungen Begleiter zu treiben«, sagte einer der beiden zu Lysikrates.

»Lasst uns vorbei!«, befahl dieser mit fester Stimme.

»Hört, hört«, höhnte der Zweite. »Ein Dörfler, der zwei vornehme Römer bittet, ihn vorbeizulassen.«

»Wahrscheinlich kann er es nicht abwarten, von seinem Jüngelchen zu kosten. Da ist es doch nur recht und billig, wenn er für seine Eile Wegegeld zahlt.« Und während er diese Worte sprach, zog der Kerl einen Dolch aus seiner verdreckten Tunika.

»Ja, ein Wegegeld! Werden sehen, ob es genug ist, den Provinzler und sein Knäblein vorbeizulassen«, sagte der andere und zeigte ein zahnloses Lächeln, das nichts Gutes ahnen ließ.

Schon streckte sein Kumpan die gekrümmte Hand nach Neros Gesicht aus. Der jedoch reagierte blitzschnell und wandte dabei ein paar der Tricks an, die man ihm während der zahllosen Unterrichtsstunden im Ringen und Kämpfen beigebracht hatte. Er ließ das Bein hochschnellen und rammte dem Banditen das Knie in den Unterleib. Sofort krümmte sich der Kerl zusammen, worauf ihm Nero mit einer geschickten Bewegung die Arme zusammenpresste. Das trockene Knacken eines brechenden Knochens hallte durch die eng beieinanderstehenden Hauswände der kleinen Straße.

Lysikrates wich zur Seite, womit er den Angriff des anderen Spitzbuben vereitelte. Zwar streifte ihn noch dessen Messerklinge, dann aber stolperte der Kerl, von der eigenen Wucht vorwärts getrieben, an ihm vorbei und fiel zu Boden. Lysikrates rammte ihm die Faust in den Nacken, und auch der zweite der beiden Halsabschneider war besiegt.

Lysikrates ging zu seinem Schützling und überzeugte sich davon, dass er in Ordnung war. Lachend setzten sie, Seite an Seite, ihre Exkursion fort, als wäre nichts geschehen. Für lange Zeit sollte diese Episode ein Geheimnis zwischen ihnen bleiben – das erste von vielen, die sie miteinander teilen sollten.

Mittelmeer, 1334

Die Republik Venedig war eine große Kolonialmacht und umfasste die gesamte Inselgruppe der Kykladen sowie einen Großteil des ägäischen Archipels. Für ihre Handelsbeziehungen, insbesondere den sehr aktiven mit dem Orient, nutzte sie eine Reihe gut ausgerüsteter Häfen, die von Dalmatien über Konstantinopel bis zum Schwarzen Meer reichten. Die blutigen Kriege mit Genua um die Vorherrschaft über das Mittelmeer schwächten die Macht der Dogen nicht ernsthaft. Vielmehr war es die Unsicherheit der Meere, welche die expandierenden Geschäfte der Venezianer bedrohte. Die Piraten, die auf jeder Seeroute lauerten, schienen unbesiegbar, trotz der zahlreichen bewaffneten Flotten, und die Beute, die sie an sich rafften, wurde immer beträchtlicher.

Das Schiff von Angelo Campagnola lag vertäut im Hafen der Insel Sant'Erasmo, nicht weit von Murano. Der venezianische Kaufmann bestand darauf, dass Crespi und die beiden Asiaten zusammen mit ihm das Boot bestiegen, das sie in die Stadtmitte bringen sollte, von wo aus sie zu seinem Palast weiterfahren würden.

»Heute ist Altweiberfastnacht. Euer asiatischer Freund wird sich sicher wundern, mit welchen Bräuchen sich unsere Mitbürger hier so amüsieren«, sagte Campagnola zu Crespi.

Auf der Piazza San Marco wimmelte es nur so von Menschen, wobei der Auflauf in der Nähe der Arkaden noch dichter schien. Von dort erklang ein Kläffen und Grunzen, das weder Crespi noch Hito Humarawa einzuordnen wussten.

»Das Portal der Basilika wurde mit den vier Pferden aus Bronze geschmückt, die aus Konstantinopel nach Venedig gebracht worden sind. Es heißt, sie gehörten einst einem altrömischen Kaiser«, erklärte Crespi, während er Humarawa auf die Schönheiten des Platzes hinwies, der schon immer den Mittelpunkt des städtischen Lebens bildete. »Auch die goldene Tafel, die oberhalb des Portals angebracht ist, wurde vor mehr als drei Jahrhunderten aus Konstantinopel hierhergebracht. Sie stellt den Sohn unseres Gottes und die Jungfrau Maria, seine Mutter, dar und ist mit eintausenddreihundert Perlen, dreitausend Saphiren und fünfzehn Rubinen von großer Karatzahl besetzt.«

Nun wurde das Geschrei, das sie bereits seit ihrer Ankunft hörten, von Hundegebell übertönt. Mindestens einhundert

Schweine, die von den Hunden gehetzt wurden, liefen im wilden Durcheinander hin und her und bewiesen eine Wendigkeit, wie man sie solchen Tieren eigentlich gar nicht zutraute. Dann hob ein Mann, der als Kampfrichter fungierte, die Hand, worauf die umstehenden Männer, mit Messern und Beilen bewaffnet, die Jagd begannen. Innerhalb kürzester Zeit verwandelte sich der gesamte Platz in ein entsetzliches Schlachthaus, auf dessen im Fischgrätmuster angeordnetem Steinboden die noch lebenden, mit dem Blut ihrer Artgenossen besudelten Schweine immer wieder ausglitten.

Jedes Mal, wenn wieder ein Schwein niedergemetzelt wurde, stürzten sich die Leute darauf wie Geier auf ein Stück Aas und schnitten und rissen Fleischbrocken aus dem oft noch lebenden Tier.

Da warf sich der riesige Wu, der aufgeregt das Spektakel verfolgte, in das Gemenge. Allein mit der Kraft seiner Arme nahm er es mit einem wild gewordenen Eber auf und rang ihn zur Verwunderung der umherstehenden Leute zu Boden.

Die Wunde auf seiner Wange, die ihm Crespi vor Jahren zugefügt hatte, verzerrte sein beunruhigendes Lächeln noch mehr, während er sich mit einem bluttriefenden Schweineviertel über der Schulter wieder zu Crespi, Humarawa und ihrem Begleiter gesellte.

November 2001

Bruno Milano sah aus dem Fenster seines Büros im Gebäude der israelischen Botschaft in Tokio.

Die blasse Sonne schaffte es nicht, die Stadt aus dem ständigen bedrückenden Grau zu erheben. Vielmehr schien es, als empfinge die Hauptstadt ihre Bewohner mit der gleichen Wärme wie ein Ameisenhaufen die Ameisen.

Darüber dachte Milano gerade nach, als ihm die Erinnerung an das sanfte Gesicht von Bushido das Denken erhellte. Sie schien das einzig Annehmliche in dieser Metropole zu sein.

Doch aus Sicherheitsgründen würde an diesem Tag nicht er selbst die neue Sekretärin von Water Enterprises treffen, sondern ein anderer Agent. Es war allgemein Usus, ständig die Emissäre, die Informationen einholten, zu wechseln, und der Mossad war mehr als alle anderen Geheimdienste darauf bedacht, seine Undercover-Agenten zu schützen.

Ungeduldig blickte Kuniko Sagashi auf die Uhr – nur noch knapp fünfzig Minuten bis zu ihrem Feierabend. Mit ein wenig weiblicher Eitelkeit öffnete sie ihre Handtasche und betrachtete zufrieden ihr Gesicht in dem kleinen Kosmetikspiegel. Sie hoffte inständig, den gutaussehenden israelischen jungen Mann wiederzusehen, der, wie sie hoffte, mit ziemlicher Sicherheit von ihr nicht enttäuscht sein würde.

Kuniko saß allein in dem großen Raum, der das persönliche Sekretariat des Präsidenten beherbergte. Plötzlich klingelte eines der Telefone.

»Persönliches Sekretariat von Yasuo Maru-*sama*«, meldete sich Kuniko höflich.

Eine ebenso höfliche Frauenstimme, die vom vielen Rauchen ein wenig heiser klang, sagte am anderen Ende der Leitung: »Mein Name ist Genji Enshigoju, ich muss Herrn Präsident Maru sprechen, es ist persönlich.«

»Es tut mir leid, gnädige Frau, aber Herr Maru ist noch für zehn Tage verreist. Wenn Sie möchten, können Sie eine Nachricht für Yasuo Maru-*sama* hinterlassen.«

»Nein, das ist nicht nötig. Aber richten Sie ihm bitte aus, dass ich angerufen habe. Dann weiß er Bescheid.«

Das war, soweit sich Kuniko erinnern konnte, das erste Mal, dass man ihren Chef versuchte anzurufen, ohne dass es dabei ums Geschäft ging. Während sie auch diesen Anruf gewissenhaft in die Liste der eingegangenen Telefonate eintrug, prägte sie sich den Namen der Dame ein. Dann wartete sie weiter sehnsüchtig auf das Ende ihres Arbeitstags.

Sara Terracini lauschte aufmerksam den Ausführungen Admiral Grandis, der ihr telefonisch die Änderungen im Programm mitteilte, die nach dem Mord an dem jungen Matrosen notwendig geworden waren. Als sie den Hörer wieder auflegte, war sie seltsam ruhig, obwohl sie nun ahnte, dass ihr Abenteuer eine neue, weit gefährlichere Dimension angenommen hatte.

Sie hatte bereits mehrere Male diesen Schauder gespürt, der ihr auch beim Lesen der ersten Zeilen des Papyrus über den Rücken gerieselt war. Und jede dieser früheren Situationen hatte ihr eine unendliche Menge an Schwierigkeiten und weitreichenden Komplikationen beschert. Nur eine Spielfigur fehlte, die sonst immer dabei gewesen war – Oswald Breil. Ob er wohl ihre Mail gelesen hatte, mit der sie ihm zu seinem neuen Amt gratuliert hatte?

In diesem Augenblick informierte sie der Signalton ihres Computers, dass ein Anruf bei ihr eintraf.

Das von Derrick Erma, dem Chef des Mossad, unterzeichnete Informationsschreiben lag auf dem Tisch des Premierministers. Oswald erkannte die Wichtigkeit dieser wenigen, in bürokratischer Sprache verfassten Worte und las aufmerksam, was das sogenannte Institut über Yasuo Maru und Water Enterprises in Erfahrung gebracht hatte. Dann rief er jenen Minister an, der dem japanischen Multi letztlich den Zuschlag für die Erneuerung der israelischen Wasserversorgung gegeben hatte.

»Wir müssen den Startschuss für die Arbeiten ein wenig hinauszögern. Konsultieren Sie Ihre Rechtsabteilung, und finden Sie irgendeinen Formfehler. Ich kann Ihnen nur sagen, dass ich die gesamte Angelegenheit für mehr als gefährlich halte und die Wasserversorgung niemals in die Hände von Water Enterprises geben werde«, sagte er mit einer Bestimmtheit, die keinen Widerspruch zuließ.

Den schwachen Protest des Ministers, der ihn davor warnte, Rechtsmittel gegen die japanische Gesellschaft einzulegen, beantwortete er nur knapp: »Von mir aus soll Israel eine gesalzene Strafe zahlen, die Bedrohung, vor der ich mich fürchte, wäre weitaus folgenschwerer.«

Oswald legte auf und ging den Inhalt seines E-Mail-Postfachs durch. Saras Nachricht öffnete er als erste. Wohlwollend schüttelte er den Kopf, während seine kurzen Beine unter dem Schreibtisch in fast kindlichem Überschwang hin und her baumelten.

»Schauen wir mal, ob du noch immer ständig mit deinem Computer online bist, meine wunderschöne Signora Dr. Terracini«, murmelte er, während er seine Antwortmail tippte.

Der Himmel über Monte Carlo war grau und dunkel. Es schien, als wollte er mit dem zu erwartenden Regen, der bald dünn, aber gleichmäßig herabrieseln sollte, das Gemüt seiner Einwohner niederdrücken. Das Meer wurde zunehmend aufgewühlter, und jedes Mal, wenn sich eine Welle an der Mole brach, die den Hafen schützte, spritzten die weißen Schaumkronen hoch empor.

Grandi wusste, wo Vittard zu finden war. Genau an jenem Ort, wo er ihn zum ersten Mal getroffen hatte, während er verloren über die unendliche Weite des Wassers geschaut hatte.

»Ich war bei der Gendarmerie und habe die Aussage gemacht, um die Sie mich gebeten hatten, Vittard.«

»Ich danke Ihnen, Admiral. Der mit der Untersuchung beauftragte Inspektor hat mich mit großem Feingefühl nach meinem Alibi gefragt. Doch kommen wir zum entscheidenden Punkt. Haben Sie Dr. Terracini über unsere Programmänderung unterrichtet?«

»Schon erledigt, sie erwartet uns mit den restlichen Fundstücken morgen Vormittag. Ihr Institut ist ebenso sicher wie das Schließfach meiner Bank in Genua.«

In diesem Moment glitt der Umriss der *Shimakaze* durch die Hafenmündung. Der Bug durchschnitt das Meer mit der Leichtigkeit, mit der ein Messer Butter zerschneidet.

Grandi und Vittard blickten der Yacht nach, die sich Richtung Süden entfernte.

Kuniko Sagashi konnte nur schwer ihre Enttäuschung verbergen, als sich ein ihr unbekannter Japaner näherte und die Losung sprach. Dann aber sagte sie sich, dass man nie vorsichtig genug sein konnte und es sicherlich besser war, sich nicht immer mit demselben Agenten zu treffen.

Sie übergab dem neuen Emissär die Mikrodisk voller Informationen und einen Zettel, auf dem der Name Genji Enshigoju stand. Darin befanden sich allgemeine Angaben über die Frau, die kurz zuvor angerufen und nach Maru verlangt hatte, sowie exakt die Worte, die sie am Telefon gesagt hatte, und die Bitte um weitere Informationen für Agentin Bushido.

<DAS NENNE ICH TELEPATHIE, HERR PREMIERMINISTER. GERADE HABE ICH AN DICH GEDACHT!>, tippte Sara auf ihrer Computertastatur.

<DAS IST KEINE TELEPATHIE, MEINE LIEBE. VIELMEHR GEISTERE ICH IMMER DURCH DEINE GEDANKEN>, antwortete Oswald.

<DAS KANN ICH NICHT ABSTREITEN. ABER SAG, WIE FÜHLST DU DICH ALS EINER DER MÄCHTIGSTEN MÄNNER DIESES PLANETEN?>

<NA JA, JETZT ÜBERTREIB MAL NICHT ...>

<WILLST DU VIELLEICHT SAGEN, DASS SICH DIE

FÜHRUNG ISRAELS NICHT AUF FAST ALLE INTERNATIONALEN ANGELEGENHEITEN AUSWIRKT?>

<NATÜLICH NICHT, ABER ZWISCHEN MIR UND EINEM WIRKLICH MÄCHTIGEN MANN GIBT ES EINEN RIESIGEN UNTERSCHIED. ICH KANN DIR NUR SAGEN, DASS MIT JEDER WINZIGEN STUFE, DIE MAN EMPORSTEIGT, DIE PROBLEME EXPONENTIAL ZUNEHMEN. OFT BENEIDE ICH DICH UM DEIN HOCHTECHNOLOGISCHES INSTITUT, DENN KUNSTWERKE MACHEN EINEM, AUCH WENN SIE EINE SEELE HABEN, WEIT WENIGER PROBLEME ALS MENSCHEN.>

<ICH WUNDERE MICH, DASS AUSGERECHNET DU SO ETWAS ÄUSSERST, DA DU DOCH GANZ GENAU WEISST, DASS DAS NICHT WAHR IST. DIE VERGANGENHEIT ERWECKT IN EINIGEN MENSCHEN OFT EINEN GEFÄHRLICHEN APPETIT.>

<DEM TON DEINER ANMERKUNGEN IST ZU ENTNEHMEN, DASS DU WIEDER EINMAL IN EINE DIESER PROBLEMATISCHEN GESCHICHTEN HINEINGERATEN BIST, DIE DU SO GERN MAGST. DIESES MAL ALLERDINGS KANNST DU MICH NICHT DAFÜR VERANTWORTLICH MACHEN …>

<DAS STIMMT, OSWALD, ZUMINDEST SIEHT ES DEM ANSCHEIN NACH IM AUGENBLICK SO AUS. DENNOCH MÖCHTE ICH GERN MIT DIR DARÜBER SPRECHEN …>

In kurzen Worten berichtete Sara Terracini über die jüngsten Ereignisse und ließ auch ihr Zusammentreffen mit Vittard und Admiral Grandi nicht aus. Dann schloss sie mit den Worten: <ANSCHEINEND HAT SICH JEMAND AUF DEN KATAMARAN DES WELTUMSEGLERS GESCHLICHEN UND ALLES DURCHWÜHLT. OFFENBAR WURDE DER EINDRINGLING VON VITTARDS MATROSE ERTAPPT, DEN DIE GENDARMERIE WENIG SPÄTER MIT GEBROCHENEM GENICK AUS DEM HAFEN VON MONTE CARLO GEFISCHT HAT. DIE ERMITTLUNGSBEHÖRDEN

GEHEN VON VERSUCHTEM DIEBSTAHL AUS, DER IN EINEM MORD ENDETE.>

<MONTE CARLO?>, tippte Oswald. Dann nahm er die Fotoserie zur Hand, die er von Derrick Erma erhalten hatte und auf denen Datum, Uhrzeit und Ort der jeweiligen Aufnahme am linken unteren Rand angegeben waren.

»Monte Carlo«, murmelte Oswald. Natürlich konnte es sich um einen Zufall handeln, doch er hatte schon vor langer Zeit gelernt, dass bei dem, was er tat, Zufälle sehr selten eine Rolle spielten.

Während die beiden Turbinen mit ihren siebzigtausend Pferdestärken die *Shimakaze* auf die beachtliche Geschwindigkeit von dreißig Knoten brachten, erschütterte plötzlich ein kaum wahrnehmbares Schlingern das Schiff.

Yasuo Maru saß mit strengem Gesichtsausdruck im großen Salon auf einer Couch. Vor ihm stand ein Mann.

»Ich bitte um Verzeihung, Maru-*sama*. Aus irgendeinem Grund war das Betäubungsgas nicht richtig dosiert, und als ich den Katamaran durchsuchte, warf sich der Matrose von hinten auf mich. Dennoch konnte ich das hier noch fotografieren.«

Der Mann legte ein Foto, das die Amphore zeigte, vor Maru auf den Tisch und verbeugte sich.

»Deine Mission war eine totale Katastrophe«, sagte Maru gebieterisch. »Ich habe dir den Auftrag erteilt, lediglich Informationen zu sammeln und alles ordentlich zu hinterlassen. Glaubst du, für das Foto einer Amphore setzen wir alles aufs Spiel? Du hast versagt, und du weißt, was dir zu tun bleibt.«

Auf dem großen Tisch vor der Couchgarnitur stand ein Holzklotz, und ein kleines scharfes Schwert mit mächtiger Klinge lag darauf, das mehr einem Beil als einem Säbel glich. Mit einem Blick wies Maru auf das Schwert. Ohne Zögern verbeugte sich der Mann ein weiteres Mal, dann griff er nach der Waffe und stieß, nachdem er seinen Zeigefinger auf den Holzklotz gelegt hatte, entschlossen zu. Glatt oberhalb des Knöchels abgeschnitten, lag sein Finger auf dem Holz, auf das das Blut aus der Wunde spritzte. Ohne einen Laut der Klage von sich zu geben, sah der Mann Yasuo Maru stolz an. Dies war die unterste Stufe der Strafen, die die Männer der Yakuza auf sich nahmen, hatten sie sich eines Fehlers schuldig gemacht.

Dritter Teil

Nemo tam divos habuit faventes,
crastinum ut possit polliceri.

Nie waren die Götter jemandem so gewogen,
dass er sich davon eine sichere Zukunft versprechen
konnte.

SENECA

Das goldene Schiff

6

Kaiserliches Rom, anno 806 nach der Gründung (53 n. Chr.)

Was konnte ein Kaiser seiner Gemahlin geben, das ein anderer Mann, und sei er noch so reich, ihr niemals geben könnte?

Ihr wurde der Titel Augusta verliehen, dann übertrug ihr der Senat das Amt einer Ministerin, und die Stadt, in der sie das Licht der Welt erblickt hatte, weil ihre Mutter ihrem Vater Germanicus gefolgt war, wurde in Colonia Claudia Augusta Agrippinensis umbenannt.

Eine andere Frau wäre mit der Ergebenheit ihres kaiserlichen Gatten zufrieden gewesen. Nicht so Agrippina. Wie ein Fluss, der bei Hochwasser alles mit sich reißt, vernichtete sie jeden, der ihr Vorankommen behinderte, und unerbittlich verfolgte die mächtigste Frau Roms jeden, der ihren Zorn erregte.

Narcissus, der Freigelassene, der zusammen mit Pallantes und Callistus zu den hoch geschätzten Beratern des Kaisers zählte, wurde der Unterschlagung von Haushaltsmitteln bezichtigt, die für den Bau der Untertunnelung bestimmt waren, mit der die Wasser des Fucino-Sees in den Fluss Liri geleitet werden sollten. Zwar wurde Narcissus nicht verurteilt, doch war er nach dem Prozess gegen ihn für immer kompromittiert. Der Freigelassene war für Agrippinas Pläne, ihren Sohn Nero zum nächsten Kaiser zu erheben, der gefährlichste Widersacher gewesen und hatte offen für Britannicus, den leiblichen Sohn des Claudius, Partei ergriffen. Außerdem hatte Agrippina die ablehnende Haltung ihr gegenüber nicht vergessen, die Narcissus anlässlich der Entscheidung, wer nun die neue Gattin des Kaisers werden solle, an den Tag gelegt hatte.

Lysikrates saß auf der Bank, auf der sonst sein Schüler Platz nahm, und vor ihm stand Nero in der ungewohnten Rolle des Lehrers. Er trug die Toga eines Senators und unterstrich seine leidenschaftliche Rede mit weit ausholenden Gesten. Hin und wieder unterbrach ihn Lysikrates und empfahl ihm einige passendere Wörter oder wirkungsvollere Sätze. Der junge Nero sollte am nächsten Tag vor dem Senat seine erste Rede über die Lager der Stadt Bononia halten, die von einem Brand schwer in Mitleidenschaft gezogen worden waren.

Stolz blickte der griechische Hauslehrer auf sein Mündel, das es ganz offensichtlich verstanden hatte, das Beste aus den Unterweisungen seiner Lehrer herauszuziehen – so hatte Nero von Seneca Eloquenz und Dialektik, von Afranius Burrus die militärischen Kenntnisse und von Cherèmones die mathematischen und astrologischen Künste erlernt. Und Lysikrates hatte ihm ein wenig von allem beigebracht und dabei Neros mehr theoretisch ausgerichtetes Wissen mit praktischen Tätigkeiten und Verhaltensweisen bereichert, womit er die Aufmerksamkeit des Knaben stets zu fesseln gewusst hatte.

Lysikrates hatte in seinem ganzen Leben niemals einen Freund gehabt, und nun, da Nero nach und nach erwachsen wurde, fühlte er sich ihm durch etwas verbunden, das weit über das normale Verhältnis zwischen Lehrer und Schüler hinausging. War es vielleicht Zuneigung, Freundschaft oder bloß schlichte Ergebenheit?

»Meine Anwesenheit in Rom ist nun nicht mehr vonnöten«, sagte Lysikrates mit einem Anflug von Bitterkeit zu Nero, nachdem ihm dieser strahlend davon erzählt hatte, wie er mit seiner Rede den Senat für sich hatte gewinnen können. »Nun werden das Leben und die Erfahrung deine Lehrer sein.«

»Bist du dir da sicher, Lysikrates?«, entgegnete ihm Nero. »Bist du wirklich davon überzeugt, dass ich nicht einen

Menschen wie dich an meiner Seite brauche, der mir hilft, den Weg zu beschreiten, den das Schicksal mir bestimmt hat? Innerhalb dieser Mauern lauern zahlreiche giftige Schlangen, und jeder Raum in diesem Palast birgt eine Falle. Schau dir zum Beispiel meinen Bruder Britannicus an. Mit einer Überheblichkeit, die fast an Verachtung grenzt, bezeichnet er mich immer wieder mit dem Namen Ahenobarbus. Die Verweigerung, mich als älteren Bruder anzuerkennen, kann sich bereits morgen zu Verschwörung und Brudermord steigern. Ich will, dass du an meiner Seite bleibst und mir dabei hilfst, den sichersten Weg durch die sturmgepeitschten Wellen zu finden.«

Diesen Weg, dachte Lysikrates, hatte Agrippina doch schon längst festgelegt.

Noch am selben Abend schickte die Augusta nach ihm. Das Schlafzimmer der edlen Frau hatte riesige Ausmaße. Fast in der Mitte des Raums stand das Bett, das mit kostbaren Stoffen drapiert war und einen Sockel aus rotem Granit hatte. Alle vorhandenen Möbel wiesen wunderbare Verzierungen aus Gold und Elfenbein auf, in einer Ecke glühte ein Kohlebecken und verbreitete einen schwachen Schein, der kaum die Halbschatten besiegte.

»Du hast mich rufen lassen, Herrin?«, fragte Lysikrates und verbeugte sich respektvoll.

Mit einem Wink gebot Agrippina ihren Mägden sich zu entfernen, dann sprach sie: »Mein Sohn hat mir von der Unterredung berichtet, die er heute mit dir hatte. Was ist los, Lysikrates? Fühlst du dich in diesem Hause, dem Haus des Kaisers von Rom, nicht wohl?«

»Das zu behaupten, käme einer Gotteslästerung gleich, Herrin. Da ich jedoch feststellen konnte, wie außergewöhnlich viel Nero bereits gelernt hat und vermag, habe ich mich gefragt, ob mein Wirken überhaupt noch vonnöten ist. Mir geht es hier gut, Augusta. Ich liebe diese Stadt und bin deinem Sohn zutiefst verbunden.«

»Und er scheint dir ebenso verbunden. Überhaupt scheinen viele Menschen dir verbunden zu sein, vor allem Julia Litia. Sie erzählt mir oft von dir, und das mit einer Begeisterung, die sie kaum verbergen kann.«

Beschienen vom Feuer des Kohlebeckens, leuchteten Agrippinas grüne Augen einen Moment lang hell auf. Dann ging sie einige Schritte und stellte sich zwischen Lysikrates und der einzigen Lichtquelle im Zimmer so in Position, dass durch das dünne, nun nahezu durchsichtige Leinengewand die Rundungen ihres ansonsten nackten Körpers deutlich zu sehen waren. Ihre Brustwarzen waren so hart, dass sie den Stoff fast durchbohrten.

Instinktiv senkte Lysikrates den Blick, während Agrippina weitersprach: »Jedenfalls habe ich beschlossen, dass du an Neros Seite bleibst. Er braucht seine Lehrer, um weiterhin ehrenvoll den Weg zu beschreiten, den das Schicksal für ihn vorgezeichnet hat.«

Lysikrates neigte den Kopf und verabschiedete sich in fast schroffer Weise. Jeglicher Kontakt mit Agrippina, der über seine Aufgaben als Pädagoge hinausging, konnte ihm nur gefährlich werden.

Im selben Jahr ehelichte Nero seine Stiefschwester und Cousine Oktavia, Kaiser Claudius' Tochter und Schwester des Britannicus, mit der er einen Gutteil seiner Kindheit verbracht hatte. Damit schien der Aufstieg des Sechzehnjährigen unaufhaltsam geworden, bis er dereinst den kaiserlichen Thron besteigen würde.

Mittelmeer, 1335

Der Buzentaur, wie das venezianische Prunkschiff des Dogen genannt wurde, pflügte langsam und majestätisch durch die ruhigen Wasser des Canale Grande. Die goldenen

Reflexe der Galeere warfen Lichtschimmer aufs Wasser, die in der schwachen Frühlingssonne noch verstärkt wurden.

Die »Festa della Sensa«, die die besondere Beziehung der Stadt Venedig zum Meer symbolisierte, ging ihrem Ende zu, und wie jedes Jahr am Himmelfahrtstag würde der Doge den Ritus zelebrieren, mit dem der Sieg über die berüchtigten kroatischen Narentano-Piraten im Jahr eintausend gefeiert wurde.

Diletta stand neben ihrem Vater Angelo Campagnola. Sie trug prunkvolle Gewänder, ihr Kleid aus rotem Samt, von einem blauen Mantel bedeckt, fiel an einem Körper herab, der erst seit kurzer Zeit frauliche Kurven zeigte. Wie viele Venezianerinnen hatte sie einen hellen Teint, doch der frische Nordwind, der die letzten Kälteschauer von den Alpen nach Süden wehte, rötete leicht ihre Wangen, wodurch das intensive Blau ihrer aufmerksam blickenden Augen und die Blässe ihrer Haut noch mehr zur Geltung kamen. Unter ihrer Kopfbedeckung, die mit einer goldenen Kette und einigen gefassten Steinen verziert war, lugten vorne Löckchen hervor und fielen ihr leicht in die Stirn. Ein Anflug von Traurigkeit trübte Dilettas Blick, die viele für das schönste Mädchen von ganz Venedig hielten.

Plötzlich hoben sich gleichzeitig die dreiundvierzig Ruder des Prunkschiffs und standen still über der Wasserlinie in der Luft, sodass es, vom eigenen Schwung angetrieben, durch die Einfahrt des Hafens von San Niccolò hinausglitt. Die Honoratioren, die sich alle auf der zweiten Brücke befanden, traten zur Seite, während Francesco Dandolo, der Doge, mit einem Eimer geweihten Wassers in beiden Händen über die gesamte Länge der Planken schritt. Als er den Balkon am Prunkheck erreichte, goss er das Wasser ins Meer und sprach dabei ein Gebet. Dann nahm er den goldenen Ring, den der Patriarch der Stadt geweiht hatte, und ließ ihn in die reglose Wasserfläche der Lagune fallen, wobei er folgende Worte sprach: »Zum Zeichen deiner wahrhaftigen und beständigen

Herrschaft, o Meer, verbinden wir uns und unser Geschick mit dir.«

Niemand bemerkte die Träne, die über Dilettas Gesicht rann, denn nur wenige Tage später sollte sie in den Orient reisen, um mit einem Mann vermählt zu werden, den sie nicht kannte, einem Mann, der so alt war wie ihr Vater, dem ihre wundervolle Jugend im Namen übergeordneter Interessen geopfert werden sollte.

Crespi und Humarawa beobachteten vom Platz aus jene Zeremonie, mit der die Serenissima, wie man die Republik Venedig nannte, mit dem Meer vermählt wurde. Danach zerstreute sich die Menschenmenge wieder, und der Abend brach herein. Die beiden gingen an den Kanälen entlang zum Heim des venezianischen Kaufmanns. Als sich der Nordwind legte, kam leichter Nebel auf, der zwischen den Calli wallte. Ein Vorfall auf einer Brücke vor ihnen zwang sie, ihren Schritt zu verlangsamen.

Auf der geländerlosen Brücke standen sich zwei Männer im Kampf gegenüber, die von den Umstehenden, die aus vollem Halse Hetzrufe und den Stand ihrer Wetten brüllten, angestachelt wurden.

Da neigte einer der beiden mit einem Ruck den Kopf nach unten und rammte seine Stirn gegen die Nase des anderen. Der schlug instinktiv die Hände vors Gesicht, während zwischen seinen Fingern bereits das Blut hervorquoll. Dass sein Gegner angeschlagen war und kurzzeitig jede Orientierung verlor, veranlasste den Angreifer allerdings nicht dazu, Gnade walten zu lassen. Vielmehr versetzte er ihm einen heftigen Fußtritt in den Unterleib und hieb ihm zudem mit der Faust hinters Ohr. Dem Unglücklichen schwanden die Sinne, und er fiel schlaff in den Kanal, aber sofort sprangen einige seiner Freunde ihm nach, um ihn vor dem Tod durch Ertrinken zu retten.

Zum Zeichen seines Triumphs riss der Sieger die Arme

empor, dann wandte er sein unheimliches Gesicht den Anwesenden zu und rief mit schallender, wenn auch vor Atemnot stockender Stimme: »Wer fordert mich noch heraus und will von dem Lagunenwasser saufen?«

Keiner der sichtlich eingeschüchterten Zuschauer nahm den Fehdehandschuh auf.

Das Ende des Kampfes nutzend, an dem sich der Pöbel ergötzt hatte, gingen Crespi und Humarawa auf die Brücke zu, um sie zu überqueren.

»Willst vielleicht du als Nächster ins Wasser springen, seltsamer Mann ohne Augen, der du dich kleidest wie eine Flickenpuppe?« Der Blick des Siegers, der, angestachelt von seinem Triumph, Hito Humarawa herausforderte, glich dem eines blutrünstigen Irren.

Doch der Samurai schenkte der drohenden Faust keine Beachtung, mit welcher der andere vor seinem Gesicht herumfuchtelte, und wollte die Brücke überqueren. Als ihm der andere aber von hinten einen Stoß versetzte, wirbelte Humarawa herum, packte den Arm des Mannes und ließ den Kerl durch die Luft fliegen.

Alle Anwesenden lachten beim Anblick dieser lächerlichen Figur, zu der sich der Sieger des vorangegangenen Kampfes gemacht hatte. Der sprang schleunigst wieder auf und griff sofort an.

Humarawa parierte die Schläge seines Widersachers so schnell, dass das Auge kaum folgen konnte, und kurz darauf fand sich sein Gegner erneut am Boden wieder. Erneut lachte ihn die Menge aus.

Vor Zorn fast rasend, zog er daraufhin einen Säbel aus dem Gürtel eines der anwesenden Männer und stürzte sich mit vor Hass funkelnden Augen ein drittes Mal auf Hito Humarawa.

»Jetzt wirst du sterben, asiatischer Teufel!«

Unheilvoll erklang das Zischen des *Katana*, als es der Samurai zog. Er nutzte die Wucht, mit der sein Angreifer auf ihn zustürmte, um die Kraft seines Stoßes zu erhöhen. Gleich darauf brach sein Gegner leblos in sich zusammen.

Die einflussreichsten Honoratioren standen versammelt vor dem Dogen.

»Die Zeiten sind beunruhigend und sehr ernst, daher habe ich beschlossen, den Rat der Zehn wieder einzusetzen. Nur der *Decem Sapientes* kann den Venezianern Frieden und Freiheit garantieren. Zudem werde ich dieses mit weitreichenden Machtbefugnissen ausgestattete Gericht darum bitten, auf die Vorschriftsmäßigkeit im Warenverkehr zu achten, und fordere es auf, den Überfällen der Seeräuber Einhalt zu gebieten. Männer wie der Muqatil dürfen nicht länger ihr Spiel mit der am meisten gefürchten Seemacht des Mittelmeers treiben.«

Angelo Campagnola lächelte still in sich hinein, denn er war sich sicher, dass man ihm einen der zehn Sitze zuweisen würde.

Nachdem er die Küsten von Al-Andalus verließ, suchte der Muqatil eine Zufluchtsstätte für sich und seine Männer sowie einen sicheren Hafen für seine Schiffe.

Sie fanden eine unbewohnte Insel, an der südlichsten Stelle der Zykladen gelegen, fast im Zentrum des Ägäischen Meers. Zehn seiner Mannschaften verlegte er auf das Land, damit sie dort eine neue Basis errichteten.

Währenddessen machten die sarazenischen Schiffe weiterhin fette Beute auf See. Sobald sie den Peloponnes hinter sich gelassen hatten, trafen sie auf venezianische Frachter, die für ihren Handel mit dem Orient die Routen des Ionischen Meers befuhren.

Natürlich war dem Muqatil bewusst, dass er sich mit seinen mehr als fünfhundert Männern nur vorübergehend auf der Insel aufhalten durfte. Er konnte sie nur so lange als Basis nutzen, wie sie geheim war. Sobald die Ungläubigen erfuhren, wo sich eine der schlimmsten Bedrohungen der Christenheit verbarg, würden sie seine Zufluchtsstätte mit einem riesigen Truppenkontingent angreifen.

Die natürliche Beschaffenheit des erloschenen Vulkankegels im Zentrum der Insel erfüllte hervorragend die Vorstellung des Muqatil. So waren die dem Meer zugewandten Berghänge derart tückisch und steil, dass sie nahezu unerklimmbar waren. Auf der anderen Seite dagegen war der Kegel so weit eingestürzt, dass er eine natürliche Bucht bildete, die nicht nur den Schiffen Schutz bot, sondern ebenso sanft zum Inneren der Caldera hin abfiel. Damit schien es der ideale Ort, um dort ein Dorf zu errichten, was der Muqatil auch sofort in die Wege leitete.

Innerhalb kurzer Zeit bildeten seine Handwerksmeister Tischler und Zimmerleute aus, und sie alle hatten nach knapp einem Jahr eine kleine Stadt mit Häusern und Straßen errichtet, die, halbkreisförmig angeordnet, von einer hohen Palisade fast hermetisch abgeschlossen war. Innerhalb dieser Mauern sollten seine Männer nach jedem Raubzug Zuflucht finden. Außerdem sollte das Dorf die Ausgangsbasis für den Weiterverkauf der geraubten Waren auf den sarazenischen Märkten bilden und im Hafen die notwendigen Reparaturen an den Schiffen durchgeführt werden.

Lange blickte der Muqatil mit zufriedener Miene auf das Dorf. Selbst wenn die Ungläubigen seine Zufluchtsstätte entdeckten, würden sich seine Männer bestens verteidigen können. Ja, seine Männer. Alles Leute, die ihm treu bis in den Tod ergeben waren und sich im Umgang mit Waffen ebenso gut auskannten wie in den unterschiedlichen Kampftechniken. Er betrachtete die Gesichter, die er aus so vielen Schlachten kannte, und wusste um die Fehler und die Vorzüge jedes Einzelnen von ihnen.

»Nun, da wir ein Zuhause haben«, sprach er zu seinen Männern, »müssen wir es mit Leben füllen, und dafür sind, wie ihr sicher wisst, Frauen nötig. Doch glaube ich kaum, dass irgendeine Frau den Weg auf diese gottverlassene Insel finden wird, daher müssen wir uns aufmachen und selbst welche suchen.«

Mit einem lauten Freudenschrei wurden die Worte des Heerführers beantwortet.

Das Schiff, das von Venedig ablegte, war genau jenes, auf dem Angelo Campagnola – in Begleitung von Crespi und den zwei Asiaten – von Konstantinopel zurückgekehrt war.

Diletta betrachtete dic den Kai hoch überragende Bordwand, als handle es sich dabei um die Mauern eines Gefängnisses, hinter denen man sie für immer einschließen würde.

»Ich segne dich, meine Tochter«, sagte Campagnola und legte die Hände auf die Stirn des Mädchens. »Ich erwarte eine glänzende und unbeschwerte Zukunft für dich.«

Eine Zukunft?, dachte Diletta, als das Schiff nach dem Losmachen der Leinen aufs offene Meer zusteuerte. Würde sie überhaupt noch eine Zukunft haben? Würde sie die Stadt, die sie liebte, jemals wiedersehen, oder musste sie von nun an für immer die welke Haut des alten Mannes liebkosen, dessen Gattin sie werden sollte?

Angelo Campagnola blickte der davonfahrenden Kogge nach. Leider hielten ihn seine Aufgaben im Rat der Zehn davon ab, an der Hochzeit seiner Tochter teilzunehmen, dennoch konnte er sein Glück kaum fassen. Bereits jetzt hatte sein persönliches Vermögen durch die zukünftig angeheiratete Verwandtschaft beträchtlich zugenommen, wofür er seiner Tochter gar nicht genug danken konnte. »Geh mit Gott und werde glücklich«, flüsterte er so leise, dass niemand es hören konnte, während das Schiff am Horizont verschwand.

Die Flotte des Muqatil war um zwei Einheiten bereichert worden, die man den Venezianern bei einem der zahllosen Überfälle abgenommen hatte. Während die Dromone das einzige Kriegsschiff bleiben sollte, mit dem er seine Raubzüge durchführte, beschloss er, die vier anderen als Basisschiffe einzusetzen und für den Transport der ansehnlichen Beute, die er den Ungläubigen raubte.

Auf der Suche nach Dörfern, die überfallen werden konnten, kreuzte die Dromone vor der sizilianischen Küste, wie ein Raubtier, das auf dem endlosen Meer nach Futter jagt.

Dezember 2001

Auf dem Tisch von Major Milano lag das Dossier über Genji Enshigoju. Die Fotos der älteren japanischen Dame illustrierten einen etwa zehnseitigen Bericht, der ihr gesamtes Leben widerspiegelte. Milano war klar, dass er Bushido, seine Agentin, über das, was seine Männer herausgefunden hatten, sofort in Kenntnis setzen musste.

Die Szene in dem Kaufhaus wiederholte sich ganz ähnlich wie wenige Monate zuvor. Während ihm Kuniko Sagashi eine Lippenstifthülse überreichte, deutete Milano auf einen Schminkbeutel.

Die einzige Variation zu dem streng festgelegten Szenario stellten die wenigen Worte dar, die Milano ihr zuflüsterte, bevor er sich auf den Weg zur Kasse machte, wobei er Kunikos tief in die schwarzen Augen blickte: »Manchmal würde ich lieber einen anderen Beruf ausüben.«

Sie antwortete ihm mit einem Lächeln, das ehrlich war und ihr Gesicht erhellte.

»Manchmal würde auch ich das gern tun …«, murmelte sie nach einer Weile, bevor sie dann wieder mit übergroßem Interesse die ausgestellten Kosmetikprodukte auf dem Tresen begutachtete.

Vittard hatte seinen Range Rover direkt vor der Gangway der *C'est Dommage* abgestellt. Während Grandi sie gerade herunterstieg, näherte sich ein Unbekannter dem Heck des Katamarans.

»Guten Tag«, sagte er höflich. »Ich suchte Monsieur Vittard.«

»Das bin ich«, antwortete dieser, während er den Zugang zum Deckshaus verschloss.

»Ich habe von der traurigen Nachricht gehört, Monsieur Vittard«, begann der Mann, als er neben Vittard auf dem Kai stand. »Und ich glaube, dass Sie einen neuen Matrosen brauchen. Ich verfüge über die besten Referenzen und bin ein guter Skipper. Schließlich werden Sie ein Monster wie die *C'est Dommage* schlecht allein steuern können.«

»Entschuldigen Sie uns einen Augenblick«, sagte Grandi und zog Vittard ein Stück weit weg.

»Dieser Mann könnte uns tatsächlich sehr nützlich sein«, meinte Grandi, nachdem er sich sicher war, dass der Fremde ihr Gespräch nicht mit anhören konnte. »Außerdem finde ich auch, dass Sie Ihr Schiff nicht allein steuern können. Was passiert, wenn eine neue Reise nötig wird? Ein alter Seemann wie ich ist nur noch dazu gut, mit überholten Instrumenten die Route zu bestimmen, zu mehr auch nicht. Versuchen wir es mit dem Jungen und schauen wir, wie er sich macht. Die *C'est Dommage* unbewacht im Hafen liegen zu lassen, kann noch immer gefährlich sein.«

»Nicht minder gefährlich, als sich einen Unbekannten ins Haus zu holen, Admiral. An Bord befindet sich außer dieser alten wertlosen Amphore zwar nichts, was auf unseren Fund hindeutet, doch was mir Sorge macht, ist die Zukunft. Mein Schiff hütet alle unsere Geheimnisse, und in seinen Wänden sind selbst unsere Gedanken gespeichert. Was ist, wenn ein Spion unserer Gegner, die offenbar Jagd auf uns machen, den treuen Akir ersetzt? Kommt es Ihnen denn nicht seltsam vor, dass plötzlich ein Meistermatrose bei uns anheuern will, während Akir noch im Leichenschauhaus liegt?«

»Als guter Soldat kann ich nichts anderes tun, als mich den Befehlen meines Kommandanten unterzuordnen.«

»Entschuldigen Sie«, sagte Vittard, als er nach dieser Unterredung auf den Matrosen zu ging. »Der Verlust von Akir hat mich sehr bewegt. Ich halte es für verfrüht, einen Ersatz für ihn einzustellen. Vielleicht in ein paar Monaten, wenn ich die *C'est Dommage* auf die Sommersaison vorbereite und Sie bis dahin keine andere Heuer gefunden haben, Monsieur …?«

»Jalard, Etienne Jalard. Verzeihen Sie, wenn ich noch ein wenig nachhake. Natürlich verstehe ich, nach allem, was geschehen ist, Ihr Misstrauen. Doch ich bin verschwiegen, ehrlich und treu und könnte Ihnen in vielerlei Hinsicht behilflich sein. Sehr einflussreichen und ebenso diskreten Freunden von Dr. Terracini liegt Ihre Sicherheit sehr am Herzen.«

Verblüfft sahen Grandi und Vittard einander an. Doch der Anflug von Zorn, den sie gegenüber Sara empfanden, die ihre Schweigepflicht verletzt zu haben schien, brach jäh in sich zusammen, und plötzlich fanden sie es in dieser schwierigen Situation durchaus legitim, dass sie ihnen zu Hilfe kam. Sara war alles andere als eine Person, die leichtsinnige Entscheidungen traf, also beschlossen Grandi und Vittard, ihr zu vertrauen.

Kurze Zeit später, als Vittards Range Rover schon auf die Corniche zusteuerte, ging der als Matrose angeheuerte Etienne Jalard an Bord der *C'est Dommage*.

Zweifelnd schaute Taka den Leiter der Sicherheitsabteilung an, als könne er sich einfach nicht vorstellen, dass sein Verdacht falsch sein sollte.

»Wenige Freunde, geht nur selten aus. Die schöne Kuniko Sagashi verbringt ihre Zeit nur zu Hause und bei Water Enterprises«, erklärte er und deutete dabei auf den Bericht, den er soeben Yasuo Marus Privatsekretär überreicht hatte.

»Wir haben sie tagelang beschattet, und die einzigen Abweichungen von ihren Gewohnheiten waren ein paar Stippvisiten in der Universität, ein Tag zum Shoppen und ein Hamburger in einem Schnellrestaurant. Sonst nichts. Anscheinend ist sie eine Musterangestellte. Ich glaube, es wird schwer, irgendwelche Bestätigungen für Ihren Verdacht zu finden, Taka-*sama*.«

Mit einem Ruck stand Taka auf und ging auf die breite Fensterfront mit Blick auf den Park zu, wobei er sich wie üblich sehr feminin bewegte. Was immer der Leiter der Sicherheitsabteilung von Water Enterprises dachte, den man seinerzeit unehrenhaft aus dem Geheimdienst entlassen hatte, Taka war diese Kuniko Sagashi noch immer zutiefst suspekt.

Kuniko trug einen Morgenrock mit kostbarer Spitze, den sie über einen Pyjama aus kratzigem dunklem Wollgemisch angezogen hatte, der aus irgendeinem Militärbestand stammen musste.

Sie saß vor dem Computer in ihrem Schlafzimmer und steckte die Mikrodisk in den Kartenleser. Ihr war klar, dass sie sich jede einzelne Information ins Gedächtnis einprägen musste, da sich, sobald die Verbindung endete, der Inhalt der Mikrodisk automatisch selbst vernichtete.

Ihre Lippen öffneten sich zu einem Lächeln, während sie den Bericht las.

Eine Hure, dachte Kuniko, während sie die Worte über den Bildschirm laufen ließ. Genji Enshigoju war nichts anderes als eine Hure. Oder besser gesagt: die Chefin eines ganzen Stalls von Prostituierten auf höchstem Niveau. Gut zu wissen. Endlich ließ Präsident Yasuo Maru eine Schwachstelle erkennen.

Der Hubschrauber in den Farben Smaragdgrün und Grau ging präzise auf der Landeplattform der *Shimakaze* nieder.

Funets Gesicht zeigte weiterhin einen angespannten Ausdruck, während der Beamte der französischen Denkmalbehörde die kleine Treppe zum Deck des Schiffes hinabstieg. Dennoch erschien ihm das Schiff nach dem Hubschrauberflug, während dem er von Turbulenzen durchgeschüttelt worden war, wie eine Oase in der Wüste. Doch schon bei der zweiten Meereswelle verschwand dieses trügerische Gefühl, und Funet stürzte zur Reling, hing den Kopf in den Wind und erbrach in die endlose Weite des Mittelmeers die Reste all dessen, was er in den vorangegangenen Stunden zu sich genommen hatte.

Als er wenig später dem Herrn der Wasser gegenübertrat, hätte die Blässe in seinem Gesicht vermuten lassen, dass nicht Maru, sondern er der asiatischen Rasse angehörte.

»Neuigkeiten?«, fragte Maru nur und hielt zwischen den Fingern eine dicke Montecristo.

»Nun ja, wenn ich ehrlich sein soll, behaupten die Informationen, die ich über meine geheimen Kanäle erhielt, dass Vittard und Grandi nicht das Geringste geborgen haben. Meine zuverlässigen Quellen …«

»Bullshit!«, unterbrach ihn Maru. »Hören Sie schon auf, Funet! Ihre ›zuverlässigen Quellen‹ haben Ihnen offenbar verschwiegen, dass Ihr ehemaliger Kommilitone eine Amphore geborgen hat, deren Inhalt wir nicht kennen. Und dass er die *C'est Dommage* vorübergehend im Hafen von Monte Carlo zurückgelassen hat und mit seinem Freund nach Rom geflogen ist, wo er sich sofort zum Forschungsinstitut von Sara Terracini begab. Und wenn ich mich nicht irre, schlossen Ihre ›zuverlässigen Quellen‹ sogar aus, dass überhaupt ein Kontakt zwischen Terracini und Vittard besteht.«

»Aber, Monsieur Maru. Was Sie mir da sagen, ist mir gänzlich neu. Ich wusste nicht …«, murmelte Funet. »Außerdem bin ich gewiss kein Geheimagent, sondern Ihr Berater in Sachen Kunst …«

»Und genau in dieser Funktion befinden Sie sich an Bord

der *Shimakaze*, Funet. Sie werden, sobald wir den Ort von Vittards und Grandis Tauchgängen erreicht haben, jedes Fundstück katalogisieren und klassifizieren, das meine Männer an die Oberfläche holen.«

Und die *Shimakaze* glitt durch das Meer, das sich nach und nach beruhigte.

Mit großer Vorsicht nahm Sara Terracini die Tasche, die ihr Vittard hinhielt, entgegen. Sie öffnete den Reißverschluss des Hauptfachs und legte die Papyri, einen nach dem anderen, auf einen Tisch, den sie vorher dafür freigeräumt hatte.

»Ich werde die Fundstücke in die dafür geeignete Lösung tauchen. Es wird einige Zeit dauern, bis der Inhalt der Rollen lesbar ist. Doch seien Sie unbesorgt, hier sind sie in guten Händen und außer Gefahr.«

»Apropos Gefahr«, warf Vittard ein. »Wir danken Ihnen, dass Sie sich um unsere Sicherheit gekümmert haben. Der neue Matrose, der uns von Ihren ›wichtigen Freunden‹ empfohlen wurde, scheint sein Handwerk zu verstehen.«

»Neuer Matrose?«, fragte Sara überrascht. »Ach ja, ich muss Sie um Entschuldigung bitten, aber das hat sich alles innerhalb der letzten Stunden ergeben. Die Sache ist ein wenig komplizierter, als sie aussieht, und ein sehr einflussreicher Freund war der Ansicht, dass man Sie beide beschützen müsse. Er sagte mir, dass er Ihnen einen Wachmann würde zukommen lassen, aber ich wusste nicht, dass das innerhalb so kurzer Zeit geschieht. Ich werde jedenfalls nachfragen und Ihnen mitteilen, ob mit dem Matrosen alles in Ordnung ist.«

»Ein einflussreicher Freund ...«, murmelte Grandi. »Ich hoffe doch, dass Sie das Leben nicht mit einem Spionagethriller von Ian Fleming verwechseln, Dr. Terracini. Wer soll denn dieser einflussreiche Freund sein, der sich um uns kümmert?«

»Nein, Admiral. Ich bin und bleibe eine Forscherin und befasse mich ausschließlich mit Dingen, die uns dabei helfen, die Vergangenheit besser zu verstehen. Ich habe keine Ambitionen, ein weiblicher James Bond zu sein, auch wenn mich meine Erfahrung leider gelehrt hat, niemals den Verkaufswert oder die geschichtliche und religiöse Bedeutung eines Fundstücks zu unterschätzen. Wenn ich mich nicht irre, reden wir von dem goldenen Schiff eines römischen Imperators und von einer Person, die sich vor zweitausend Jahren jede nur erdenkliche Mühe gemacht hat, uns ein paar einzigartige und unbezahlbare Dokumente zu hinterlassen. Und für diese Dinge interessieren sich, soweit ich weiß, ein paar üble Burschen, die das Leben anderer wenig respektieren. Ich weiß, dass Sie sich über mich ärgern, Admiral, weil ich eine vertrauliche Information weitergegeben habe. Doch ich versichere Ihnen, dass ich mich in dieser Sache ausschließlich an Menschen wende, die mein vollstes Vertrauen genießen.«

»Ich glaube Ihnen, Dr. Terracini«, versicherte Vittard. »Und da wir alle im selben Boot sitzen, halten wir lieber das Steuerrad gut fest, um den Sturm zu überstehen. Das Einzige, worum ich Sie bitten möchte, ist, dass wir den Kurs in gemeinsamer Absprache bestimmen.«

»Wie ich Ihnen bereits sagte, hat sich das alles innerhalb weniger Stunden ergeben. Verschiedene Dinge kamen zusammen, die alle mit dem Mord an Akir zu tun haben«, sagte Sara.

»Nun gut, es sollte niemand dem anderen etwas nachtragen«, beendete Grandi das Thema. »Aber vielleicht dürfen wir den Namen unseres Beschützers und den Grund für sein Interesse an uns erfahren.«

»Oswald Breil«, antwortete Sara. »Über den Grund seines Interesses kann ich Ihnen nichts mitteilen, ich weiß lediglich, dass es dabei um ›wichtige Staatsangelegenheiten‹ geht.«

»Sie meinen *den* Oswald Breil?«, fragte Vittard. »Den israelischen Premierminister?«

»Genau den«, erklärte Sara, während ein Lächeln ihr Gesicht erhellte. »Wir sind schon seit Langem befreundet.«

Die drei unterhielten sich lange über die vor ihnen liegende Aufgabe, wobei ihnen Sara erklärte, welche Verfahren sie bei den Papyri anwenden würde, um Beschädigungen zu vermeiden und die Lektüre zu erleichtern.

Ungefähr eine Stunde später verließen Vittard und Grandi ihr Büro. Wieder allein, griff Sara zum Telefon und wählte eine hausinterne Nummer, um mit ungewohnt sanfter Stimme ihren besten Mitarbeiter zu sich zu bitten.

Toni Marradesi betrat ihr Büro mit dem üblichen abgehetzten Gesichtsausdruck, den Sara mit ihrem wärmsten Lächeln erwiderte. Er warf einen Blick auf die Papyri, die aufgereiht auf dem Tisch lagen, und fragte: »Was hat uns denn heute Frau Doktor Terracini Leckeres zum Abendessen aufgetischt? Hm, ungefähr zehn Papyri mit Soße, die sie sicher bis morgen früh trocken und ausgerollt auf ihrem Schreibtisch haben will. Möchte sie vielleicht auch, dass ich die Buchstaben nachfahre, bei denen die Tinte verschwunden ist, oder soll diese Aufgabe eine ihrer Höllenmaschinen übernehmen?« Als er dann fortfuhr, verzichtete Toni auf den spöttischen Ton. »Ich möchte dich nur daran erinnern, dass ich unten bei mir derart viele Schriften bearbeiten und restaurieren muss, dass man ein ganzes Museum von riesigen Ausmaßen damit bestücken könnte. Und die sind auch alle unheimlich eilig.«

»Ich habe dich nicht um eine Aufzählung all deiner Aufgaben gebeten. Ich bitte dich lediglich um deine Hilfe dabei, eine wichtige Person aus der Antike ins rechte Licht zu rücken. Diese Papyri wurden offensichtlich von einem ihr sehr nahestehenden Mann geschrieben. Ein Mann, der sehr gebildet war und, wie ich vermute, jedes Kapitel mit einem Zitat einleitete. Und lateinische Zitate sind ja, wie mir scheint, deine große Stärke. Für das Einzige, das ich zu lesen imstande war und das von Kleanthes stammt, habe ich mehr als eine ganze Stunde benötigt.«

»Diesmal falle ich nicht auf deine Schmeicheleien herein, meine Liebe. Vor allem will ich erst einmal wissen, ob wieder mal Oswald Breil bei dieser Geschichte die Finger im Spiel hat. Das Beste, was wir dann zu erwarten haben, ist eine Granate, die direkt unter unserem Hintern explodiert.«

»Oswald hat nichts damit zu tun«, log Sara, um sich sofort zu korrigieren: »Zumindest bisher nicht. Würde es dich vielleicht umstimmen, wenn ich dir sage, dass es sich bei den antiken Texten offenbar um die Biografie Neros handelt?«

Da leuchteten Marradesis Augen wie Fackeln auf. Dieser rätselhafte, einem Chamäleon gleiche Imperator, der ebenso erbarmungslos wie großzügig gewesen war und dessen Spuren durch die *Damnatio Memoriae* vollständig ausgelöscht wurden... Womöglich enthüllten diese Dokumente der Nachwelt die dunkelsten Seiten seines Lebens.

Marradesi lächelte. Er holte einen der Handwagen vom Flur und drapierte die kostbaren Papyri darauf, wobei er sie beinahe zärtlich liebkoste.

»Übrigens«, sagte er, während er seine wertvolle Fracht über die Schwelle schob. »Gerade sind zehn Gemälde aus Paris eingetroffen, die auf ihre Restaurierung warten.«

»Aus Paris?«, wiederholte Sara ein wenig verwundert. »Wir haben hier seit Jahren keine ›Pakete‹ aus Frankreich mehr erhalten.«

»Das stimmt, und sie scheinen ihren Weg nicht über die traditionellen Kanäle genommen zu haben. Anscheinend wurde uns der Auftrag direkt vom Amt für Denkmalpflege erteilt, nicht von dem sonst zuständigen Büro, dem dieser wirklich sympathische Grégoire Funet vorsteht.«

»Ach ja, Grégoire Funet...«, dachte Sara laut.

Grégoire Funet lief zum wiederholten Mal zur Reling der *Shimakaze*. Selbst die kleinste Welle löste bereits in seinem Organismus unkontrollierbare Reaktionen aus.

Seit zwei Tagen lag die luxuriöse Yacht unweit von Punta Marsala auf der Isola di Favignana vertäut. Zwei Mannschaften, jede von ihnen aus vier Tauchern bestehend, führten ständig neue Tauchgänge durch, ohne bisher irgendein Fundstück von Wert entdeckt zu haben. Seine geschäftlichen Verpflichtungen zwangen Yasuo Maru, die Anker der *Shimakaze* am folgenden Tag zu lichten.

»Wenn ein Schiff auf Grund läuft, geschieht das meist, ohne dass es auseinanderbricht. Der Schiffskörper erleidet nur dann größere Schäden, wenn er kippt und dabei entweder das Heck oder der Bug in die Höhe schießt.« Immerhin schaffte es Funet, in den seltenen Pausen zwischen seinen Brechanfällen Marus Aufmerksamkeit durch seine detaillierten Erklärungen zu gewinnen. »Sobald das Wrack am Grund liegt, beginnt die Sedimentation. In einer so sandigen Gegend wie dieser ist es durchaus wahrscheinlich, dass der Sand das Wrack regelrecht verschlungen hat. Das wäre, archäologisch gesehen, ein Glücksfall, da die sandige Hülle den Schiffskörper wie eine Glasglocke schützt. Natürlich erfordert das alles eine Menge Zeit. So werden die oberen Wrackteile, die der unterseeischen Erosion am längsten ausgesetzt sind, weil sie nur nach und nach vom Sand bedeckt werden, häufig von der Strömung, Mikroorganismen und korrosiven Wirkstoffen angegriffen. Diese zerstören das hölzerne Material, das sich außerhalb des Sandes befindet, sodass sich die Schiffsladung in der gesamten Umgebung verteilt, vorwiegend aber innerhalb der Hauptströmung. Wenn ich mich nicht irre, bläst der Schirokko über diese Bucht. Daher habe ich die Mannschaft gebeten, ihre unterseeische Suche an der Achse Süd-Ost/Nord-West auszurichten.«

»Trotz Ihrer interessanten Theorien, Monsieur Funet, ist

es uns bis jetzt noch nicht gelungen, irgendetwas ans Tageslicht zu befördern«, erwiderte Maru kühl.

Wieder nahm Funets Hautfarbe diesen blassen Ton an, der ihn, seit er sich an Bord befand, charakterisierte. In aller Eile murmelte er seinem Gastgeber eine Entschuldigung zu, bevor er im Laufschritt wieder zur Reling hetzte.

Einer der Offiziere kam herein und blieb in respektvollem Abstand vor dem Herrn der Wasser stehen. »Soeben kam die zweite Schicht der Taucher zurück, Maru-*sama*. Ich halte es für angebracht, dass Sie sich bitte das Fundstück ansehen, das sie geborgen haben.«

Kaiserliches Rom, anno 807 nach der Gründung (54 n. Chr.)

Lysikrates hatte nie besondere Sympathie für die Menschen in Agrippinas Gefolge empfunden und hielt sie für das, was sie waren – eine Schar von Opportunisten, die nur auf ihren Profit aus waren. Es waren einige Magier und Astrologen von zweifelhafter Befähigung darunter, aber auch viele Mädchen, die sich im Tausch für das Lächeln eines hochgestellten Mannes bereitwillig hingaben. Dazu kamen Senatoren, die nie für etwas anderes eintraten als den honiggesüßten Wein, der bei den Banketten der mächtigen Ehefrau des Kaisers in Strömen floss.

Lucusta stellte da gewiss keine Ausnahme dar. Gewandet in die bunten Stoffe ihrer orientalischen Heimat, war sie erst wenige Monate zuvor in Agrippinas Hofstaat aufgetaucht. Niemand hatte die Anklage wegen Giftmords vergessen, die gegen sie erhoben worden war. Offiziell wollte Agrippina, dass Lucusta für sie Cremes und Salben für die Erhaltung ihrer Schönheit anfertigte. Doch waren es ganz andere Mixturen, in denen sich die alte Frau als Expertin hervortat. Es hieß, sie kenne das Geheimnis eines jeden Zaubertranks und sei auch im Umgang mit zahlreichen Giften bewandert –

Giften, die einen Menschen für lange Zeit bewegungsunfähig machten, bis hin zu denen, die ein Pferd innerhalb weniger Augenblicke töteten.

Julia Litia vertraute sich oft Lysikrates an, denn auch sie hegte keinerlei Sympathien für die aalglatten Höflinge ihrer Herrin.

»Anscheinend ist Kaiser Claudius selbst sehr verblüfft über Agrippinas Verhalten. Und Narcissus scheint keine Gelegenheit auszulassen, die skrupellose Art meiner Herrin herauszustreichen«, berichtete Julia an einem der vielen Abende, die sie mit dem griechischen Pädagogen verbrachte. »Denk dir, der Kaiser hat Agrippinas Tante, Domitia Lepida, zum Tode verurteilt, obwohl der Freigelassene, der ihm so nahe steht, sich für sie einsetzte. Dabei hat sie für Nero gesorgt, als er noch ein Kind war. Doch es war Agrippina selbst, die ihren Tod verlangte.«

»Ich glaube, alles hat mit Nero zu tun«, entgegnete Lysikrates. »Agrippina wünscht sich nichts sehnlicher, als dass er den Thron besteigt. Doch nicht aus dem legitimen Bestreben aller Eltern, ihre Kinder im Wettbewerb mit anderen als Sieger hervorgehen zu sehen. Sie selbst will durch ihren Sohn Rom regieren.«

»Da liegst du richtig. Doch scheint es, als wolle Claudius die Pläne für seine Nachfolge ändern. Inzwischen ist Britannicus fast erwachsen und tut alles, um sich den Platz an der Seite seines leiblichen Vaters zurückzuerobern. Man munkelt, dass Claudius ein neues Testament verfasst habe und das Dokument bereits von sämtlichen Magistratsangehörigen gegengezeichnet wurde. Und es heißt auch, er habe gegenüber einigen seiner engsten Mitarbeiter geäußert, er würde sehr unter dem von seiner Ehefrau verursachten Chaos leiden und wolle sie dafür bestrafen.«

»Weiß Agrippina davon?«, fragte Lysikrates.

»Ich war dabei, als Pallantes ihr von dem Zorn des Kaisers berichtete.«

»Wenn ich deine Herrin so gut kenne, wie ich vermute, werden wir Zeugen umwälzender Ereignisse, meine liebe Julia.«

Der Eunuch Alotus, der kaiserliche Vorkoster, nahm sich einen Happen von den Pilzen und führte ihn zum Mund. Ungeduldig beobachtete ihn Claudius, für den Pilzgerichte den höchsten Genuss darstellten. Es gilt als sehr wahrscheinlich, dass der Vorkoster, der die Speise prüfte und für sicher erklärte, das starke, von Lucusta gebraute Gift erst danach unbemerkt in das Gericht schüttete.

Schon bald darauf spürte der ahnungslose Kaiser, der mit Sicherheit nicht wusste, mit welcher Sorgfalt die Verschwörung ausgeheckt worden war, die Symptome der Vergiftung. Doch da der Augustus von kräftiger körperlicher Verfassung war, entleerte er mehrfach seinen Magen, bevor das Gift in seinen Kreislauf gelangt wäre. Dann erschien der kaiserliche Leibarzt Xenophon, den die allem Anschein nach vom Schmerz überwältigte Agrippina herbeigerufen hatte, am kaiserlichen Krankenbett.

Sofort machte sich der Arzt an die Arbeit, obgleich sich der Zustand des Kaisers schon wieder stabilisierte. Mit einer Feder gelang es Xenophon, erneut einen Brechreiz auszulösen. Doch obwohl Claudius bereits wieder Farbe im Gesicht bekam, sank er plötzlich nieder und starb kurz darauf unter schrecklichen Qualen. Die vom Arzt verwendete Feder war mit einem noch stärkeren Gift getränkt als das, was über die Pilze gegeben worden war.

Drei Tage lang wurde der Tod des Kaisers geheim gehalten, und innerhalb dieser Zeitspanne schloss Agrippina die wenigen Bündnisse, die ihr noch fehlten, um ihren Plan zu verwirklichen. Dann, am Morgen des dritten Tages – es waren die Iden des Oktobers –, gab sie Befehl, die Türen der kaiserlichen Gemächer zu öffnen, und teilte der Welt mit, dass

Claudius verstorben sei. Der junge Nero erschien in Begleitung des Prätorianerpräfekten Afranius Burrus vor den Wachen und den Freigelassenen, den Höflingen und den Sklaven. Das unterdrückte Geschrei verwandelte sich zunächst in ein Gemurmel und schließlich zu einer Akklamation aller Anwesenden.

Man forderte Nero auf, in eine Sänfte zu steigen, und brachte ihn zum *Castrum* der Prätorianer. Dort versicherte sich der junge Mann des Wohlwollens aller Soldaten, die ihm im Namen des gesamten Heeres die Treue schworen. »Ich werde«, so beendete Nero seine Rede vor den Truppen, »die gleiche Summe stiften, die mein armer Vater, Claudius, der Kaiser von Rom, zum Zeitpunkt seiner eigenen Ernennung gestiftet hat. Jeder von euch wird die Summe von fünfzehntausend Sesterzen erhalten.«

Unter lauten Ovationen nahmen die Prätorianer die Worte Neros auf. Noch bevor die Ernennung vom Senat ratifiziert worden war, wurde der siebzehnjährige Nero Claudius Caesar Drusus Germanicus der neue Kaiser von Rom.

Es war, als würde eine Vorahnung Lysikrates heimsuchen, während sich alle übrigen Bewohner des Palasts der Freude hingaben. Plötzlich wurde ihm voll bewusst, dass die Investitur seines Schülers eine neue Quelle der Sorgen darstellte. Dabei kam ihm wieder der wilde Angriff der Thunfische in den Sinn, bei dem sich einer der Raubfische in die Luft emporgeschwungen hatte, um sich dann mit geballter Kraft ins Blut seiner eigenen Opfer hinabfallen zu lassen.

Lysikrates schloss sich in seinem Zimmer ein und holte aus seinem Gepäck das silberne Systrum und den Isisknoten hervor, mit der jeder Priester der Isis ausgestattet war, und versenkte sich ins Gebet.

»Dir, o Göttin des Lebens, vertraue ich den jungen Nero an. Du, o Isis, lenke seine wenige Erfahrung und seine Kraft, auf dass es ihm gelingen möge, sein Schiff durch die tückischen und stürmischen Gewässer zu steuern. Und welche Wasser könnten tückischer sein als dieser Palast hier, in dem hinter jeder Tür Verschwörung und Giftmord lauern? Und dir, Horus, vertraue ich Neros Verstand an. Mach, dass er gesund bleibt und nicht von den Machenschaften berührt wird, die von falschen Gefolgsleuten um ihn herum angezettelt werden. Kümmere dich um ihn, Horus, allmächtiger Gott mit dem Falkenkopf.«

Mittelmeer, 1335

Mit geräuschvollem Flügelschlag ließ sich der Falke nieder, während der Muqatil schweigend die herrlichen Farben des Tieres bewunderte. Das Gelb seiner Brustfedern ging nach und nach in andere Schattierungen über, bis es sich auf den mächtigen Flügeln in ein glänzendes helles Braun verwandelte. Nur einen winzigen Moment lang begegneten sich die Blicke des Mannes und des Vogels, denn zwei Räuber vermögen einander nicht lange in die Augen zu sehen. Dann verharrten sie beide: Der Krieger betrachtete, müde von einer Treibjagd, das von ihm errichtete Dorf, und nicht weit von ihm entfernt hielt sich der Falke mit seinen stählernen Krallen an einem Felsausläufer fest. Keinerlei Misstrauen war zu erkennen, weder in den kobaltblauen Augen des Mannes noch in den gelben des Raubvogels. Der Emir warf ihm ein Stückchen Fleisch von einem Hasen zu, den er eben erlegt hatte, und der Falke breitete seine Flügel aus und fing den Happen mit dem Schnabel auf. Doch anstatt wegzufliegen, blieb das majestätische Tier still sitzen und betrachtete mit neugierigen Augen den Mann, der ihm noch weitere Fleischbrocken zuwarf, wobei er etwas näher auf ihn zukam. Er streckte die Hand aus, und der Falke ließ sich von ihm streicheln.

Das Dorf wuchs zusehends. Die zwölf Frauen, die in

einem Küstenort geraubt worden waren, schienen sich allmählich an ihr neues Leben zu gewöhnen, da ein jeder der Männer des Muqatil ihnen zweifellos ein besseres Dasein bieten konnte, als die armseligen Küstenfischer es vermocht hätten.

Als er ins Dorf zurückkehrte, blieb der Muqatil bei dem alten Kahyr stehen, der Brieftauben züchtete, und erzählte ihm von der Begegnung mit dem Raubvogel.

»Wenn er sich dich ausgesucht hat«, sagte Kahyr, »wird er dich schwerlich wieder verlassen.«

Diletta Campagnola konnte ihre Unruhe nur schwer bezähmen. Je näher das Schiff seinem Ziel kam, desto mehr wuchs in ihr die verstörende Angst. Sie und ihre drei Gesellschafterinnen waren die einzigen Frauen an Bord.

Der Kapitän hatte der Tochter des Reeders und ihren Brautjungfern seine eigene Kabine überlassen, in der die vier Frauen trotz der Enge den größten Teil der Überfahrt verbrachten.

Alessandro Crespi wartete geduldig, bis ihm Angelo Campagnola eine Audienz gewährte.

»Mein guter Freund, welch günstiger Wind bringt Euch her?«, fragte Campagnola herzlich, kaum dass der Kaufmann vor ihm stand.

»Um ehrlich zu sein, ist es kein Wind, der gute Nachrichten brächte. Hito Humarawa wurde wegen Mordes verhaftet«, antwortete Crespi.

»Ich kenne die Geschichte, die sich im Übrigen die ganze Stadt erzählt. Mittlerweile pfeifen es die Spatzen von den Dächern. Der Japaner hat einen der gefährlichsten Raufbolde von ganz Venedig in zwei Hälften geteilt.«

»Es handelte sich um Notwehr, Exzellenz.«

»Das weiß ich auch. Ihr werdet sehen, dass selbst die Justiz zu dieser Überzeugung kommen und Euren Freund freilassen wird. Doch ich haltc es im Augenblick für besser, dass er im Gefängnis bleibt, denn dort ist er sicher vor der öffentlichen Meinung.«

Das Schiff des Muqatil schob sich vorsichtig wie eine Katze aus der vulkanischen Bucht. Noch war die Insel in Sicht, als der Falke über dem Großmast der Dromone zu kreisen begann.

»Ich hab es dir ja gesagt, Muqatil«, sagte Kahyr, während er auf den Raubvogel deutete. »Er hat dich zu seinem Herrn und Freund erwählt. Der wird dich nicht mehr so ohne Weiteres verlassen.«

Der Raubvogel breitete die Flügel aus, und seine Krallen umschlossen die obere Rahe des Hauptmastes. Lange musterten die Augen des Vogels die Menschen auf Deck, bis ihr Blick dem des Muqatil begegnete.

Während die Männer der Besatzung damit beschäftigt waren, die venezianische Kogge durch das Mittelmeer zu manövrieren, vernahmen die vier Frauen in ihrer Kabine, wie der Lärm und das Getümmel zunehmend lauter wurden. Sie hörten dumpfe Schläge und das Schlurfen schwerer Schritte, bis plötzlich schlagartig und wie durch einen Zauber der Lärm verstummte.

Auf Deck starrte einer der Matrosen in den Himmel und machte seine Kameraden auf den großen Vogel aufmerksam, der gemessen über das Schiff glitt.

»Ganz bestimmt ist das keine Möwe oder ein sonst bekannter Wasservogel«, sagte einer aus der Schiffsbesatzung. »Vielmehr sieht er ... ja, er sieht wie ein Raubvogel aus, wie ein Adler oder ein Falke!«

»Aber was macht ein Falke hier auf dem offenen Meer?«, fragte ein anderer.

»Ich weiß es nicht, und es ist mir auch gleich. Darüber können wir heute Abend reden, wenn wir ihn gebraten haben und verspeisen.« Kaum hatte er das gesagt, lief er unter Deck, um seine Armbrust zu holen.

Der Falke schien die Gefahr zu spüren und flog immer schneller immer engere Kreise. Schon zischte der erste Pfeil aus der Tiefe empor, dann folgten ein zweiter und ein dritter, der beinahe seinen rechten Flügel traf. Da stieß der Raubvogel im Sturzflug herab, wobei seine Geschwindigkeit es niemandem, nicht einmal dem geschicktesten Schützen erlaubte, ihn zu treffen.

Am Heck der Kogge flatterte die Fahne von Venedig im Wind. Die Krallen des Falken schlossen sich um das rote Banner mit dem goldenen Löwen von San Marco, rissen die Fahne von der Fahnenstange, und der Raubvogel flog davon, in seinen Klauen einen bunten Stofffetzen.

»Hört auf mit den Spielchen, Männer!«, erklang die strenge Stimme des Bootsmanns. »Macht weiter mit dem Manöver, damit wir nicht den Anschluss an die Formation verlieren. Wir befinden uns in gefährlichen Gewässern.«

Der kleine Punkt am Himmel war immer deutlicher zu erkennen, dann ließ sich der Falke auf dem Deck nieder. Er öffnete die Krallen und ließ die venezianische Fahne fallen.

»Wenn man bedenkt, wie wenig Zeit er brauchte, um das feindliche Schiff zu erreichen, kann es nur wenige Meilen von uns entfernt sein«, sagte der Muqatil, während er zur Belohnung ein großes Stück Pökelfleisch dorthin legte, wo der Falke das Banner fallen gelassen hatte.

»Vielleicht«, sagte der Emir zu seinen Offizieren, »handelt es sich um einen Konvoi. Dann müssen wir uns auf eine schlaflose Nacht gefasst machen.«

Eine mondlose Nacht senkte sich sanft über das ruhige Meer, auf dem es völlig windstill war. Die Signallaternen am Bug und Heck jedes Schiffes des Konvois schaukelten träge vor sich hin und erzeugten goldene Reflexe auf der Wasseroberfläche.

Keiner der Kapitäne achtete in dieser Flaute darauf, die Formation zu halten. Vielmehr ließen sie ihre Schiffe in verschiedene Richtungen treiben, da sie hofften, irgendwo eine leichte Brise zu erhaschen.

Auf Campagnolas Schiff war es ziemlich ruhig. Daher war der Mann im Mastkorb schon mehrere Male eingenickt, und selbst das Wachpersonal hatte sich auf Deck hingelegt, ermattet vom Nichtstun.

Da zischte ein Pfeil durch die Luft, und unmittelbar darauf folgte ein dumpfer Schlag. Ohne einen Klagelaut brach der Mann im Ausguck in sich zusammen. Sein lebloser Körper kippte über den Rand des Mastkorbs und fiel ins Leere. Der Aufschlag des toten Körpers auf dem Deck schien das Signal zum Angriff zu sein.

Die Männer des Muqatil bewegten sich, ohne das geringste Geräusch zu verursachen, und präzise wie ein Pfeil stürzten sie sich auf ihr anvisiertes Ziel. Nur wenige Augenblicke genügten, dann hatten sie sich des Schiffes bemächtigt.

Nun sprang eine zweite Mannschaft über die Bordwand und verteilte sich über das gekaperte Segelschiff, während sie in den Fäusten ihre Waffen schwangen.

Wie immer hatte ihnen der Muqatil befohlen, einen jeden, der keinen Widerstand leistete, am Leben zu lassen.

Die beiden Schaluppen, die seitlich des venezianischen Schiffs angelegt hatten, drehten ab. Für sie erschien in der dunklen Nacht der Umriss der Dromone wie ein Höllenungeheuer auf der Jagd nach Seelen. Das Anlegemanöver wurde in völliger Stille durchgeführt, sodass die Venezianer im Schlaf überrascht wurden. Ihnen blieb nichts anderes übrig, als zum Zeichen der Kapitulation die Hände zu heben, da sie die Klingen der Piraten direkt an ihren Kehlen spürten.

Zaydun war aus der Sklaverei befreit worden, als ein venezianisches Schiff von den Piraten geentert worden war. Er hasste die Ungläubigen von ganzem Herzen und teilte die Milde, die der Muqatil oftmals gegenüber seinen gefangenen Feinden walten ließ, ganz und gar nicht. Wäre es nach ihm gegangen, er hätte sie alle mit dem größten Vergnügen mit eigenen Händen gevierteilt.

Er stieg die kleine Treppe hinab, die zur Kapitänskajüte führte. Die Tür war von innen verschlossen, doch der Pirat trat sie mit einem kräftigen Tritt ein, und vor ihm tat sich ein Bild auf, das seinen schönsten Träumen entsprungen sein musste. Vier Frauen mit schneewcißer Haut drängten sich ängstlich aneinander und flehten um Gnade.

Zaydun steckte den Säbel weg, während sich ein aalglattes Lächeln auf sein Gesicht legte. Und schon schritt er auf diejenige zu, die ihm im Schein der Laterne als die Jüngste und Schönste erschien.

Diletta rührte sich nicht, während der Mann sich ihr näherte. Sie wich nicht einmal zurück, als seine Hand über ihren Busen glitt und dann innehielt. Der erst leichte Griff wurde fester, ja, fast schmerzhaft. Ein Ruck ging durch Dilettas Körper, dann schnitt eine Klinge in den Handrücken des Sarazenen.

Zaydun verzog vor Schmerz das Gesicht, doch es brauchte mehr als eines Dolches, um ihn von seinem Tun abzuhalten.

»Dafür wirst du bezahlen, Ungläubige.«

Es half nichts, dass sie um Hilfe rief, im nächsten Augenblick lag sie bereits auf dem Boden und hatte den Körper des Piraten über sich. Sie spürte seinen Atem auf ihrem Gesicht, während seine Beine die ihren auseinanderdrückten. Es war ein ungleicher Kampf, und bald würde sie ihn verlieren.

»Schluss, Zaydun!« Die gebieterische Stimme des Muqatil erfüllte den Raum. »Ich befehle dir, lass sofort ab von ihr und steh auf!«

Zaydun stemmte sich hoch, den Blick voller Groll auf seinen Kommandanten gerichtet, der verhindert hatte, dass er sich über die schöne Christin hatte hermachen können.

Durch ihre Tränen sah Diletta jenen Mann, der sie vor der Vergewaltigung bewahrt hatte.

Der Muqatil bückte sich und hob den Dolch mit der dünnen Klinge auf, mit dem sie ihren Angreifer verletzt hatte. Er wischte das Blut ab und betrachtete ihn abwägend. Es war eine kostbare Waffe mit einem Griff aus Gold, in den oben am Griff zwei Smaragde und ein großer Rubin eingearbeitet waren. In der Mitte des Griffs befand sich, in feiner Treibarbeit, der Löwe von San Marco mit zwei kleinen Brillanten als Augen.

Doch trotz ihrer kostbaren Machart war die feine Waffe exakt austariert und eignete sich auch als Wurfdolch. Der Emir steckte sie in seinen Gürtel, während Diletta vor Hass bebte.

»Ich verfluche Euch! Gott wird Gerechtigkeit walten lassen.« Mit den Fäusten trommelte sie auf den Brustkorb des Muqatil ein, der von einer ledernen Rüstung bedeckt war.

Ohne jede Brutalität drückte er ihre Hände zusammen und führte sie hoch aufs Deck.

Das Umladen der Beute dauerte nur wenige Stunden. Bevor es hell wurde, befand sich die venezianische Besatzung gefesselt und eingeschlossen in einem der Laderäume. Noch bei Tagesanbruch sah es so aus, als würde das überfallene Schiff dem Rest des Konvois folgen, da die Männer des Muqatil das Steuerruder, kurz bevor sie das Schiff verließen, festgebunden hatten. Von der Dromone der Piraten war nirgends mehr auch nur eine Spur zu sehen.

Aller Wahrscheinlichkeit nach würden die anderen Schiffe den Überfall sowie den Raub der Frauen erst am späten Vormittag bemerken, wenn die Piraten bereits nicht mehr einzuholen waren.

»Wir haben das Fundstück unter mehr als einem Meter Sand geborgen, Maru-*sama*. Ich glaube, das ist der Grund dafür, dass es so hervorragend erhalten ist«, erklärte einer der Taucher, während er dem Herrn der Wasser den eingewickelten Gegenstand überreichte.

Yasuo Maru öffnete den Plastiksack mit der gleichen Aufregung, mit der ein Kind seine Weihnachtsgeschenke auspackt.

An dem Dolch war ein großer Teil der Klinge, zumindest der Teil, der sichtbar war, durch Oxydation arg in Mitleidenschaft gezogen. Seine Spitze steckte in einem Stück dunklen Holzes, das wahrscheinlich Teil eines Schiffes gewesen war. Der Griff der Waffe bestand aus massivem Gold. Auf der einen Seite waren zwei Fassungen zu sehen, in denen wahrscheinlich einst Edelsteine gestekt hatten. Den oberen Teil des Griffs aber schmückte noch immer ein großer Rubin.

Yasuo Maru schüttelte den Kopf und hielt die Waffe mit ihrer ungewöhnlichen Halterung Funet hin. Der untersuchte sie aufmerksam, und ohne zu zögern gab er ein Urteil ab, während er auf die Figur in feiner Treibarbeit zeigte, die deutlich zu sehen war.

»Das entspricht nicht dem, was wir suchen. Hier handelt es sich um eine Waffe, die, nach dem Löwen von San Marco zu schließen, einem reichen Venezianer gehörte. Wenn ich mir die Verarbeitung der Fassungen anschaue, liegt der Zeitraum, in dem dieser Dolch hergestellt wurde, zwischen dem dreizehnten und vierzehnten Jahrhundert – also weit später als die römische Kaiserzeit.« Funet schien eine Idee zu haben: »Es sei denn ... Es sei denn ...«

Der Satz, der von einem unbekannten Fundstück stammte und den zu übersetzen ihn Vittard gebeten hatte, mochte vielleicht aus derselben Periode stammen. Dann erinnerte er sich, dass ihn sein ehemaliger Kommilitone nach einem

Experten für übereinanderliegende Wracks gefragt hatte. Und, wie es schien, steckte dieser Wurfdolch in einem Stück Holz, das zu einem Schiffskörper gehört hatte. Die beiden Funde miteinander in Verbindung zu bringen, bedurfte keiner großen Anstrengung.

»Offenbar sind wir auf derselben Spur, auf die auch Vittard und sein Freund, der Admiral, gestoßen sind«, erklärte Funet. »Ich glaube, hier sind insgesamt zwei Schiffe untergegangen, und zwar im Abstand von mehr als einem Jahrtausend. Und das sandige Grab, das die beiden Wracks – oder das, was von ihnen übrig blieb – verschlang, sorgte dafür, dass im Lauf der Jahrhunderte immer wieder einzelne Stücke der Vergangenheit entrissen wurden. Die Amphore, die Vittard in dem Film geborgen hat, stammt bestimmt nicht aus dem Mittelalter, sondern mit absoluter Sicherheit aus der Kaiserzeit. Dagegen scheint dieser Dolch, der vor langer Zeit ins Holz gerammt wurde, aus der gleichen Epoche zu sein wie die Inschrift, die ich für Vittard übersetzt habe.«

»Welche Schlüsse auch immer Sie daraus ziehen mögen, Monsieur Funet«, sagte Maru, »in den nächsten Tage haben Sie sicher die Gelegenheit, sie auch zu verifizieren. Meine Verpflichtungen erlauben es mir nicht, weiter hier zu bleiben. Von morgen früh an werden Sie allein die Tauchmannschaften leiten, und Sie werden mich über alle Vorkommnisse auf dem Laufenden halten. Doch gehen Sie bitte äußerst vorsichtig vor. Sie müssen in den Augen der Öffentlichkeit wie der Begleiter einiger japanischer Unterwassersportler aussehen.«

Sara Terracini rieb sich mit dem Handrücken die Augen. Sie war ziemlich müde und kam mit ihrer Arbeit nur sehr langsam voran. Doch obwohl die Papyri gut erhalten waren, konnte sie es sich nicht erlauben, irgendwelche Fehler zu begehen. Nach vielen Stunden, die sie unter höchster Konzentration verbracht hatte, benötigte sie eine Pause.

Sie rief ihre E-Mails ab und war nicht überrascht, Oswalds Namen im Posteingang zu lesen. Sie öffnete das Entschlüsselungsprogramm, das in einem Speicher ihres Computers verborgen war, und bald wurde der Text, der aus einer gestaltlosen Anhäufung von Buchstaben und Symbolen bestand, verständlich.

<ENTSCHULDIGE, DASS ICH DIR ERST JETZT DIESE MITTEILUNG SCHICKE, ABER – WIE ICH SCHON SAGTE – ICH BIN MIR SICHER, DASS DEINE FREUNDE SCHUTZ BENÖTIGEN. MACH IHNEN UNTER EINHALTUNG DER GEBOTENEN VORSICHTSMASSNAHMEN KLAR, DASS ICH IHRE ÜBERWACHUNG VERANLASST HABE. ICH HOFFE NICHT, DASS ES DIR WIEDER EINMAL GELUNGEN IST, DEN DECKEL EINES DIESER KOCHENDEN TÖPFE ZU LÜFTEN, IN DIE DU DICH IMMER WIEDER GERN HINEINSTÜRZT.
SHALOM
OSWALD>

»Ich stürze mich gern hinein?«, kommentierte Sara die Mail bissig. »Das musst ausgerechnet du sagen! Ich stürze mich jetzt wohl besser in meine Arbeit, sonst müssen die Geschichten von Nero vielleicht noch weitere zwanzig Jahrhunderte warten.«

Toni Marradesi trocknete sich die Stirn. Zufrieden betrachtete er das Resultat seiner Arbeit: Keiner der einzelnen Papyri hatte durch das Verfahren nennenswerten Schaden erlitten.

In offenem Zustand betrug die Länge einer jeden Rolle genau zwölf Meter. Jeder der vertikal beschriebenen Papyri war über die gesamte Länge hinweg in exakte Quadrate eingeteilt, sodass jede Rolle etwa aus zwanzig Blättern bestand. Oft waren die griechischen Buchstaben unleserlich oder schienen vollkommen verschwunden zu sein.

Marradesi lächelte, während er die erste Rolle für die nächste Untersuchung fertigmachte. Er selbst hielt sich für einen zuverlässigen Mitarbeiter und wusste, dass auch die anderen so über ihn dachten. Vielleicht war das der Grund, warum er es immer vermied, die Inschriften, die er auf den Papyri fand, bereits während der einzelnen Arbeitsschritte zu lesen oder zu übersetzen. Obwohl Marradesi ungefähr ein Dutzend alter Sprachen beherrschte, wartete er doch gern erst Saras Urteil über die Dokumente ab.

Das *Gehirn* wird an all dem großes Vergnügen haben, dachte Toni, während er die Beleuchtung ausrichtete und die Kamera justierte, wobei es schiere Untertreibung war, einen CCD-Sensor mit einer derartigen Auflösung als »Kamera« zu bezeichnen. Das Gerät lieferte Aufnahmen sowohl von sichtbaren Strahlen als auch von Infrarotstrahlen, wodurch es möglich war, mit nur schwacher Beleuchtung zu arbeiten, sodass die antiken Schriftstücke nicht gefährdet wurden.

Dennoch entsprachen die Aufnahmen den höchsten qualitativen Anforderungen, was einerseits an der extrem hohen Bildauflösung der Kamera lag und andererseits auch daran, dass die digitalen Daten mehr als viertausend Grautöne aufzeichneten. Ein jedes der eine Million und vierhunderttausend Pixel, dieser mikroskopisch kleinen Bildpunkte, aus denen ein digitales Bild zusammengesetzt ist, hatte eine Größe von sieben Mikron. Die Kamera operierte auf einer konstanten Temperatur von vierzig Grad und war mit einer permanenten Druckluftkühlung ausgestattet.

Bei größeren Papyri wie denen, die Marradesi gerade untersuchte, waren verschiedene Durchgänge nötig, die anschließend zu einer Art digitalern Collage zusammengesetzt wurden. Anschließend wurden die gesammelten Informationen vom Computer ausgewertet und dadurch die Lesbarkeit des Textes noch um ein Vielfaches verbessert. Im nächsten Schritt fertigte der Computer eine erste Übersetzung in eine der mehr als hundert Sprachen an, auf die er programmiert war.

»Auf uns!«, rief Marradesi. Dann begann die komplexe Kamera damit, die Wörter und Gefühle, die Dramen und den Ruhm einer längst vergangenen Welt digital zu speichern.

Am Tag nach Auffinden des Dolchs lief die *Shimakaze* aus. Wie ein Schiffbrüchiger, der nach tagelanger Mühsal auf dem Meer endlich das Festland erreicht, ging Grégoire Funet in dem kleinen Hafen Favignana an Land.

Um einigermaßen glaubwürdig zu wirken, wurden Marus Männer von zwei Bordhostessen begleitet, die das Team der hochqualifizierten Taucher wie eine fröhliche Gesellschaft von Touristen aus dem Land der aufgehenden Sonne wirken ließen, die außerhalb der Saison ein paar Unterwasserabenteuer erleben wollten. Doch während der gesamten Expedition, die sich über mehrere Tage hinzog, gelang es keinem der Männer, ein weiteres Fundstück zu bergen. Das riesige unterseeische Grab aus weißem Sand schien ihnen seine Geheimnisse nicht preisgeben zu wollen.

7

Kaiserliches Rom, anno 807 nach der Gründung (54 n. Chr.)

»Aus den Händen meines verstorbenen Vaters nehme ich ein Imperium entgegen, das keine Grenzen hat«, sagte Nero vor der versammelten Kurie. »Ich bin zu jung, um die Bürgerkriege miterlebt oder die römischen Divisionen gesehen zu haben. Mein Gemüt ist frei von jeglichem Hass und dem Durst nach Rache, und so soll es auch bleiben. Ich werde kein Kaiser sein, der Aufgaben an sich zieht, die den dafür zuständigen Institutionen vorbehalten sein sollten, und ich werde auch nicht der einzige Richter und der einzige Gesetzgeber unseres Volkes sein. Ich werde mich all den Gesetzmäßigkeiten dieses ungeheuer großen Reichs unterordnen, das Claudius mit so viel Weisheit und Gerechtigkeit regiert hat, und Ihr, Senatoren von Rom, werdet mir dabei zur Seite stehen. Euch obliegt die nicht leichte Aufgabe, mit Rechtschaffenheit das größte Reich aller Zeiten zu regieren.«

Von den Sitzen stiegen laut die Ovationen empor – die rhetorisch geschickte, von Seneca vorbereitete Rede hatte genau das zum Ausdruck gebracht, was jeder Senator hören wollte. Die Unabhängigkeit der Kurie war das Kernproblem, über das ein junger, unerfahrener Herrscher stolpern konnte. Doch war das bei Nero anders. Durch die Lobpreisung seines Vorgängers und Stiefvaters war es ihm gelungen, meisterhaft sowohl die Mächtigen als auch die Plebs für sich einzunehmen. Die liberale Haltung des jungen Herrschers, der sich auf Augustus berief, eroberte die römische Welt voll und ganz.

An jeden Plebejer wurden vierhundert Sesterzen ausgegeben, die aber nur zu wenig mehr als einigen Umtrunken reichten, bei denen auf den neuen Kaiser angestoßen wurde. Den weniger wohlhabenden Senatoren wurde ein jährliches Salär garantiert, das in einigen Fällen bis zu fünfhunderttausend Sesterzen betrug, und für die Prätorianer wurde eine reichhaltige Getreidespende beschlossen.

Die Begeisterung rings um Nero war so groß, dass die chaldäischen Priester und die Wahrsager in Agrippinas Gefolge von der Rückkehr des goldenen Zeitalters sprachen und Nero mit dem Sonnengott verglichen.

Die Kurie wollte goldene Statuen des jungen Kaisers aufstellen lassen, doch der frisch gekürte Caesar verweigerte mit unerwarteter Bescheidenheit diesen Tribut und verlangte, dass die entsprechenden Mittel dorthin weitergeleitet würden, wo man sie dringender benötigte.

Eines Morgens wurde Lysikrates in die kaiserlichen Gemächer gerufen. Wie immer, wenn Außenstehende anwesend waren, sprach er zu Nero in äußerst förmlichem Ton.

Er erkannte den Mann, der vor dem Kaiser stand, nicht sofort, doch als er die Hände des Gastes betrachtete, der mit dem Rücken zu ihm dastand, zuckte er zusammen. Was er sah, war der Ring König Salomons.

»Ich glaube, du hast Lysikrates noch nicht begrüßt«, sagte Nero, »ein Mann, dessen unbestrittene Fähigkeiten meinem Vater Claudius überaus nützlich waren.«

In diesem Augenblick wandte sich Simon von Samaria um. Sein Blick bohrte sich für einen kurzen Moment in die Augen von Lysikrates, der die gleiche Art von Unbehagen empfand wie schon Jahre zuvor, als er im Auftrag der mächtigen Priester des Osiris Nachforschungen über Simon den Magier angestellt hatte.

»Dein Gesicht ist mir nicht unbekannt, Lysikrates. Ist es möglich, dass wir uns schon einmal begegnet sind?«, fragte Simon der Magier mit misstrauischer Miene.

»Das zu verleugnen, ist fast unmöglich, Simon. Ich stehe

dem göttlichen Caesar schon seit vielen Jahren zur Seite, gewiss hast du mich bereits hier in diesem Palast gesehen«, log Lysikrates.

»Vielleicht«, murmelte Simon. »Vielleicht…« Doch der Schatten des Zweifels wich nicht aus seiner Miene.

Mittelmeer, 1335

Die vier Frauen wurden in einer Kabine am Heck der Dromone untergebracht. Nach dem entschiedenen Eingreifen des Muqatil würde es niemand mehr wagen, sie zu belästigen. Zaydun war einen Tag und eine Nacht in Ketten gelegt worden, und zwar deswegen, weil er dem Befehl seines Anführers nicht unmittelbar Folge geleistet hatte.

Während die Dromone auf dem Weg zu ihrem geheimen Zufluchtsort war, begab sich der Emir in die Kabine der Frauen.

»Seid Ihr, verfluchter Schurke, gekommen, uns Gewalt anzutun?«, rief Diletta mit dem ganzen Hass, der sich in ihr aufgestaut hatte. Dann schien sie sich wieder zu beruhigen. »Nun, ich glaube, es ist nutzlos, hier Atem und Tränen zu vergeuden. Ein Halsabschneider wie Ihr versteht gewiss meine Sprache nicht. Los, worauf wartet Ihr noch? Missbraucht doch uns vier wehrlose Frauen.«

Auf das Gesicht des Muqatil legte sich ein amüsiertes Lächeln, und er akzentuierte in der Sprache, die er sehr gut beherrschte, jedes Wort sehr deutlich, als er antwortete: »Ich bin der Meinung, einem Fräulein von adligem Geblüt stünde ein schicklicheres Benehmen besser zu Gesicht. Ihr habt nichts zu befürchten, weder Ihr selbst noch die Frauen, die Euch begleiten. Ihr stellt eine Kriegsbeute dar und werdet als solche behandelt. Noch habe ich nicht entschieden, ob ich Lösegeld für Euch verlangen soll oder ob Ihr den Frauenanteil in meinem Dorf erhöhen werdet.«

»Wer seid Ihr? Wieso sprecht Ihr meine Sprache so gut?«, fragte Diletta mit verwunderter Miene.

»Das ist eine lange Geschichte. Eine sehr lange sogar. Nennt mich nur Muqatil den Krieger.«

Dieser Name reichte, dass Diletta vor Schreck zusammenzuckte. Sie selbst und ihre Gesellschafterinnen waren Gefangene des gefürchteten Piraten.

Dennoch erhob sie sich zu ihrer vollen Größe und nahm all ihre Kraft zusammen. »Ich warne Euch. Mein Vater, Angelo Campagnola, ist ein einflussreiches Mitglied des venezianischen Rats der Zehn. Wenn er erfährt, welches Schicksal seine Tochter ereilt hat, wird er mit einer beachtlichen Flotte nach mir suchen lassen und …«

»Wir werden hier warten und sie gebührend empfangen«, unterbrach sie der Muqatil, ohne dass er aufhörte zu lächeln.

»Ich verfluche Euch, Euch und alle Seeräuber, die unter Eurem Befehl ihre blutrünstigen Raubzüge durchführen. Ich verfluche Euren blasphemischen Gott und Euer treuloses Land. Ich hasse Euch aus tiefstem Herzen.« Und dann rannen zwei Tränen über die Wangen ihres hübschen Gesichts.

»Nun gut, Euer beleidigender Hass hat den Weg geebnet und all meine Zweifel beseitigt. Ich werde für Euch kein Lösegeld verlangen, sondern Euch in meinem Dorf zu meiner Verfügung halten. So kann ich Euch nach meinem unanfechtbaren Urteil für gutes Geld als Sklavin auf irgendeinen Markt jenes Landes, das Ihr soeben verflucht habt, verkaufen, oder ich kann Euch einem meiner Männer, die Ihr ebenfalls verflucht habt, zum Weib geben. Was haltet Ihr von Zaydun, dem Mann, der versucht hat, Euch Gewalt anzutun?« Die blauen Augen des Muqatil hatten sich in zwei kalt funkelnde Edelsteine verwandelt.

Einige dumpfe, kräftige Schläge gegen das Eingangstor seines Hauses rissen Alessandro Crespi aus dem Schlaf. Er zündete eine Laterne an und stürzte zur Tür. Zu seiner Verwunderung sah er das wachsbleiche Gesicht Angelo Campagnolas vor sich.

»Das Schiff…«, sagte der venezianische Edelmann sichtlich erschüttert. »Mein Schiff und der ungeheure Schatz, den meine Tochter als Mitgift mit sich führte … Alles haben die Piraten erbeutet und Diletta und ihre Gesellschafterinnen gefangen genommen.«

»Beruhigt Euch, Herr. Setzt Euch hin und erzählt mir die ganze Tragödie.«

»Während der Nacht haben die Piraten an der Kogge angelegt, das Schiff geentert und die gesamte Besatzung übertölpelt. Und da eine Flaute herrschte, dümpelte das Schiff ziemlich isoliert von dem übrigen Konvoi vor sich hin. Innerhalb kurzer Zeit raubten sie alles aus den Laderäumen und verschleppten Diletta mit den übrigen drei Frauen. Am späten Vormittag, als einige Seeleute das vom Kurs abgekommene und offensichtlich menschenleere Schiff erreichten, fand man die gesamte überlebende Besatzung angekettet im Laderaum. Doch von meiner Tochter fehlte jede Spur. Sie wurde von den Piraten entführt!«

»Habt Ihr eine Ahnung, wer für diesen Frevel verantwortlich sein könnte?«, fragte Crespi.

Voll tiefster Verachtung sagte Campagnola nur zwei Worte: »Der Muqatil.« Dann, nach einem Augenblick des Schweigens, begann er erneut: »Ich glaube, dass Ihr und Euer asiatischer Freund, der im Umgang mit Waffen so überaus geschickt ist, mir bei dieser Sache helfen könntet.«

»Und wie soll das gehen? Humarawa ist, so viel ich weiß, noch immer Gast im venezianischen Kerker.«

»Ich konnte einen Dispens des Dogen erwirken, der besagt, dass, falls sich Humarawa mir zu helfen entschließt, er aus seiner Haft entlassen wird.«

»Fahrt fort, Herr, denn was Ihr sagt, beginnt sehr interessant zu werden…«

Tagelang hatte Diletta das Essen verweigert, dann aber war sie in eine tiefe Resignation gefallen.

Die Behandlung, die man ihr zuteil werden ließ, war untadelig. Ihr und ihren drei Frauen war zum Beispiel ein großes Zimmer in einem der Häuser zugewiesen worden, und es war ihnen erlaubt, sich auf der kleinen Vulkaninsel völlig frei zu bewegen. Niemand wagte es mehr, ihnen respektlos zu begegnen.

Inzwischen war das Schiff des Muqatil bereits mehrere Male wieder ausgelaufen, und jedes Mal hatte die Mission etwa zehn Tage gedauert. Unerklärlicherweise ertappte sich Diletta oft dabei, wie sie auf das Meer hinausblickte und darauf wartete, dass der Piratenkapitän mit den kobaltblauen Augen zurückkehrte.

Dass sie sich auch noch nach ihrem Entführer sehnte, machte sie völlig rasend. Diletta versuchte sich einzureden, für den Muqatil ausschließlich Hass zu empfinden. Dennoch musste sie immer öfter an seine Augen denken, die, wie es schien, bis in ihr Herz blicken konnten.

Immer häufiger leistete die junge Frau den wenigen Frauen auf der Insel Gesellschaft und half ihnen auch bei der Hausarbeit. Und als das erste Kind im Dorf das Licht der Welt erblickte, zeigte Diletta ihr Können als Hebamme, als hätte sie nie etwas anderes gemacht.

Der Muqatil stand an Heck seines Schiffs. Angetrieben von dem unaufhörlichen Rhythmus der Ruder, glitt die Dromone majestätisch dahin.

Der Muqatil streckte den Arm aus, über den er ein Stück Leder gelegt hatte. Er öffnete die Hand und schloss sie dann wieder zu einer Faust, bis plötzlich der Falke von einem undefinierten Punkt am Himmel herunterschoss und mit seinen mächtigen Krallen die lederumgürtete Faust umfasste.

Lächelnd rief Kahyr, der Abrichter der Brieftauben: »Jetzt bist du ein Teil von ihm, er wird dir für immer treu sein.«

»Ich werde dir jenen Namen geben, den das geflügelte Pferd trug, das den Propheten in den Himmel geleitete«, sagte der Muqatil und zog die Haube über den Kopf des Falken. »Al-Buraq.«

Die Insel Albiola war ein schmaler Streifen Land und lag fast vergessen in der venezianischen Lagune.

Mit finsterem Blick betrachtete Hito Humarawa die Männer, mit denen er die sarazenischen Piraten stellen sollte – ausnahmslos Häftlinge, die wegen schwerer Vergehen im Gefängnis gesessen hatten und die man begnadigten würde, wenn sie an der Jagd auf die Piraten teilnahmen. Doch nur bei erfolgreicher Mission würden ihnen die Freiheit und ein Anteil an der Beute gewährt. Sie alle waren hervorragende Seeleute und hatten beträchtliche Erfahrung im Kampf und im Waffengebrauch.

Zur Ausbildung dieser Ausgestoßenen bediente sich Humarawa sowohl des getreuen Wu als auch der Hilfe von fünf Offizieren der venezianischen Flotte. Es waren sicher nicht die besten Männer, die ihm der Doge zur Verfügung gestellt hatte, doch sie waren mutig, und – was noch wichtiger war – sie dürsteten nach Blut.

»Mir scheint, die Ausbildung geht gut voran«, sagte Angelo Campagnola eines Tages zu Crespi, auf die Männer deutend, die einen Angriff übten.

»Ja, Humarawas Einsatz ist bewundernswert. Er beherrscht bereits alle Worte, um die nötigen Befehle zu erteilen. In einem Büchlein hat er sich auch jene Worte aufgeschrieben, die in unserer Sprache am häufigsten gebraucht werden, einer Sprache, in der er bemerkenswerte Fortschritte macht.«

Die Männer waren müde und verschwitzt. Einige von ihnen nahmen die Armbrust zur Hand, um sich in deren Handhabung zu üben, einer Disziplin, in der die Venezianer wahre Meister waren. Schießwettbewerbe zwischen den einzelnen Stadtteilen waren an der Tagesordnung, und schon von Kindesbeinen an wurden die Einwohner der Lagune in dieser Kunst unterwiesen.

Mit zufriedener Miene beobachtete Humarawa seine Männer. Er war zuversichtlich, aus diesem Haufen von Gesetzesbrechern eine Gruppe gut ausgebildeter Kämpfer zu formen. Natürlich waren sie weit davon entfernt, sich etwa dem *Bushido* zu unterwerfen, dem Ehrenkodex der Samurai, dem er sich verpflichtet fühlte.

Aber war Humarawas Handeln tatsächlich noch ehrenvoll? War er diesen Männern nicht ähnlicher, als er sich gegenüber eingestehen wollte? War er nicht auch ein Ausgestoßener und Ehrloser? Die einzige Kraft, die ihn weiterhin antrieb, war seine Sehnsucht nach weiteren Schlachten.

»Wu«, sagte er laut, »wenn du weiter die Gai-Jin mit dem Stock schlägst, wirst du bald keine Schüler mehr haben.«

Der chinesische Riese hielt für einen Augenblick inne – eine Gelegenheit, die sein Gegner nutzte, um ihn von dem Baumstamm zu stoßen, auf dem beide balancierten.

»Ihr müsst Euch beeilen, Humarawa«, sagte Campagnola zu dem Japaner. »Sobald der Frühling kommt, wird der Seeverkehr deutlich zunehmen und der Muqatil aus seinem Versteck kommen.«

Januar 2002

Yasuo Maru war soeben von seiner Europareise zurückgekehrt und schien sehr schlecht gelaunt. Die *Shimakaze* war in einem italienischen Hafen vertäut zurückgeblieben.

»Privatsekretariat von Yasuo Maru-*sama*.« Kuniko Sagashi meldete sich mit freundlicher Stimme am Telefon, da sie der Annahme war, dass es sich auch diesmal um einen der zahlreichen geschäftlichen Anrufe handelte, die seit Marus Rückkehr in schneller Folge eingingen.

»Hier General Zhu Ling. Ich möchte mit Herrn Präsidenten Maru sprechen«, erklang es in kriegerischem Ton.

Schon wenige Augenblicke später war er mit dem Herrn der Wasser verbunden.

»Haben Sie sich inzwischen mein Angebot durch den Kopf gehen lassen, Herr Präsident Maru?«, fragte der mächtige Vorsitzende der chinesischen Militärkommission.

»Dazu müsste ich zunächst alle Einzelheiten kennen, Herr Vorsitzender Zhu Ling. Was halten Sie davon, wenn wir uns treffen? Schon seit einiger Zeit plane ich eine Reise nach China, dies könnte der geeignete Anlass dafür sein.«

»Einverstanden, Maru-*sama*. Doch es wäre besser, wir würden uns nicht in Peking treffen. Hier haben selbst die Blätter an den Bäumen Ohren ...«

Derrick Erma saß in dem Zimmer des italienischen Richters Alberto Vite, der schon seit Jahren der DNA vorstand, der Direzione Nazionale Antimafia. Er war ein alter Freund von Oswald Breil und hatte sich gern bereit erklärt, den Chef des Mossad zu treffen.

»Unser gemeinsamer Freund hat mir Ihren Besuch angekündigt, Dr. Erma«, begrüßte ihn der Richter und drückte seinem Gast herzlich die Hand. »Ich freue mich sehr über Oswald Breils Berufung zum Premierminister. Ich denke, Israel braucht jemanden wie ihn an der Spitze. Doch kommen wir zu Ihnen, Dr. Erma. Womit kann ich Ihnen dienen?«

Erma öffnete eine Akte, die er aus seiner Tasche geholt hatte. Ein Aufdruck in Rot machte deutlich, dass es sich bei dem Inhalt um Material der höchsten Geheimhaltungsstufe handelte. Wenig später war Vites Schreibtisch über und über mit Fotos bedeckt, die die Spitzen der einzelnen Mafia-Organisationen zeigten, während sie die *Shimakaze* verließen.

»Interessant«, kommentierte der Richter, nachdem er dem Chef des Mossad aufmerksam zugehört hatte. »Und Sie sind der Überzeugung, die Yakuza versucht über Maru, mit anderen kriminellen Vereinigungen ein Bündnis zu schließen? Nun, nach meiner Kenntnis hinsichtlich der Mentalität der Mafia glaube ich, dass derlei Angebote ins Leere laufen. Die heilige souveräne Struktur der Mafia duldet keinerlei Einmischung oder Bündnisse, wem immer sie auch nutzen mögen. Abgesehen davon, dass es auch die Mafia zurzeit nicht leicht hat, musste sie zudem allerlei harte Schläge seitens der staatlichen Institutionen einstecken und ist mit den eigenen Krisen in ihren Nachfolgestreitigkeiten vollauf beschäftigt. Ich bezweifle wirklich, ob sie sich mit einer kriminellen Organisation aus dem Fernen Osten zusammentun will. Dennoch danke ich Ihnen für Ihre Informationen, die wirklich von allergrößtem Interesse für mich sind, Dr. Erma. Ich werde in dieser Richtung weiter ermitteln.«

»Unnütz zu sagen, dass hier höchste Diskretion angebracht ist, Dr. Vite«, sagte Erma zum Schluss. »Die Yakuza verfügt über tausend Tentakel und hat ihre Ohren überall.«

»Kuniko?« Marus Stimme klang autoritär wie immer. »Sagen Sie der Besatzung meines Privatjets, sie sollen sich morgen früh für den Abflug bereithalten.«

»Flugziel, Maru-*sama*?«

»Shanghai«, antwortete der Herr der Wasser.

Pünktlich um acht Uhr dreißig erhob sich ein von Maru persönlich gesteuerter Hubschrauber in die Lüfte. Der internationale Flughafen Narita, wo ihn sein Jet erwartete, lag sechsundsechzig Kilometer vom Zentrum Tokios entfernt. Maru schaute auf den Firmensitz der Gesellschaft hinab, die er aus dem Nichts errichtet hatte, auch wenn er eine beträchtliche Starthilfe des *Oyabun* Yoshio Kodama erhalten hatte, dem Boss der Bosse der Yakuza, der für ihn fast wie ein Vater gewesen war.

Dennoch war es nicht so, als wäre der Herr der Wasser einer genialen Intuition gefolgt, als er diesen gigantischen

Wirtschaftskoloss gegründet hatte. Vielmehr hatte ihm der Artikel einer englischen Tageszeitung, den er während seines Studiums gelesen hatte, die Idee geliefert, die sich später als so erfolgreich erwiesen hatte.

Er war zu Kodama gegangen, um mit ihm unter vier Augen diese Idee zu besprechen.

»Denk mal darüber nach«, hatte er gesagt. »Von einem so unverzichtbaren Gut wie Wasser wird, bevor es unsere Häuser überhaupt erreicht, gut dreißig Prozent vergeudet. Kein einziger Industriezweig kann sich einen so hohen Verlust leisten. Wenn wir die Leitungssysteme effektiver machen, kann dies das renditestärkste Geschäft überhaupt werden. Und es ist ein sauberes Geschäft, so sauber wie das Wasser.«

Yoshio Kodama war ein wortkarger Mann gewesen, dennoch hatte er dem jungen Yasuo eine Menge Fragen gestellt und hatte zum Schluss noch wissen wollen: »Wie viel, glaubt du, ist nötig, um das neue Geschäft auf die Beine zu stellen?«

»Ohne allzu groß zu planen, schätze ich, dass acht oder zehn Millionen Dollar ausreichen müssten«, hatte Maru geantwortet.

Von diesem Augenblick an war Water Enterprises bis ins Unermessliche gewachsen. Ein ausgeklügeltes System von computergesteuerten Sensoren kontrollierte über fast den gesamten Erdball hinweg den Zufluss dieses lebensnotwendigen Elements, und Yasuo Maru wurde einer der zehn reichsten Männer der Welt.

Um auch nicht den kleinste Tropfen zu vergeuden, hatte er das System so angelegt, dass im Falle eines Lecks oder bei sonstigem übermäßigen Verbrauch die Zufuhr in die entsprechende Leitung entweder beschränkt oder ganz eingestellt wurde. Gleichzeitig wurde eine Reihe von Ventilen computergesteuert betätigt, sodass die entsprechende Verbrauchsstelle von einem der anderen weltweiten Aquädukte, von denen die Leitungen strahlenförmig ausgingen, weiterversorgt wurde.

Der Hubschrauber wendete und wurde langsamer. Sanft setzte er in der Nähe des großen Flugzeugs auf, das das Logo von Marus Gesellschaft auf seinem silbrig-grünen Rumpf trug.

Zwanzig Minuten später hob die schwere Boeing 767 von Startbahn Nummer drei des New Tokyo International Airport ab.

Yasuo Maru würde während der drei Flugstunden, die es dauerte, um die eintausendachthundert Kilometer zwischen Tokio und Shanghai zurückzulegen, die Annehmlichkeiten seines Privatflugzeugs nutzen, um ausgeruht zum Treffen mit General Zhu Ling zu erscheinen.

Kaiserliches Rom, anno 808 nach der Gründung (55 n. Chr.)

»Setz dich und beruhige dich, Julia«, sagte Lysikrates besänftigend zu ihr. »Ich werde dir zuhören.«

»Agrippina ist scheinbar völlig verrückt geworden«, legte sie los. »Wie eine Furie fegt sie durch ihre Gemächer und stößt dabei wilde Flüche gegen ihren Sohn aus und verwünscht den Tag, da sie ihn dazu ausersehen hat, der Nachfolger des Kaisers zu werden.«

»Was sagst du da, Julia?«, fragte Lysikrates ungläubig.

»Nero hat Pallantes entlassen, ohne seine Mutter davon zu unterrichten. Und du weißt ja, wie eng die Beziehung zwischen Agrippina und dem mächtigen Freigelassenen war.«

»Das weiß ich sehr wohl«, antwortete er.

»Agrippina sieht in Neros Entscheidung eine persönliche Beleidigung und sinnt auf Rache. Ich habe mit eigenen Ohren gehört, wie respektlos meine Herrin über ihren Sohn, den Kaiser, sprach.«

»Dennoch glaube ich, es ist an der Zeit, dass Nero seinen eigenen Weg geht und nicht mehr nach dem Gutdünken seiner Mutter handelt.«

»Das meine ich auch, aber Agrippina scheint das nicht dulden zu wollen. Ich denke, dass sich schon bald einige Bündnisse verändern werden.«

»Du redest in Andeutungen. Sag klipp und klar, was du meinst.«

Julia nickte und erklärte dann: »Agrippina erzählt jedem, der es hören will oder auch nicht, dass Britannicus und nicht Nero der wahre Nachfolger des Claudius wäre. Du weißt, wie sehr der Kaiser fürchtet, seinen Thron zu verlieren. Keine schlechte Rache, die sich Agrippina für ihren ungehorsamen Sohn ausgedacht hat, und die beste Waffe, um ihn sich wieder gefügig zu machen.«

»Das sehe ich nicht so. Wenn Nero seinen eigenen Kopf durchsetzen will, werden ihn ihre Drohnungen nicht aufhalten. Er hat inzwischen genügend Erfahrung und weiß, wie hier im Palast die Dinge laufen. Dennoch halte ich es für angebracht, meinem ehemaligen Schüler und dem heutigen Kaiser von Rom einen Besuch abzustatten.«

Tags darauf begab sich Lysikrates zum Kaiser. Als er die Tür zu Neros Privatgemächern durchschritt, stieß er beinahe mit Lucusta zusammen, die offenbar eine Audienz beim Kaiser gehabt hatte.

»Mein guter Freund, ich freue mich wirklich, dich zu sehen«, sagte Nero bei seinem Anblick.

»Ich habe beunruhigende Neuigkeiten vernommen, Nero«, erwiderte Lysikrates in dem vertraulichen Ton, den er immer anschlug, wenn er unter vier Augen mit dem Kaiser sprach.

»Du meinst den Wutausbruch meiner kaiserlichen Mutter, weil ich ihren persönlichen Lieblingszeitvertreiber hinausgeworfen habe?« Zum ersten Mal bemerkte Lysikrates in

Neros blauen Augen ein seltsames Flackern, das auf ihn wie das Irrlicht eines Wahns wirkte. »Das beunruhigt mich keineswegs, vielmehr habe ich für heute Abend ein prunkvolles Fest ausgerichtet, zu dem ich auch meinen Stiefbruder, der plötzlich in die Rolle des Thronprätendenten aufgestiegen ist, herzlich eingeladen habe. Da werden die Römer dann sehen, wen meine Mutter gern an meiner Stelle auf dem Thron haben will.«

Danach schlug Nero einen ruhigeren Ton an. »Ich bin es leid, Lysikrates, so leid, die Scharen von Hauslehrern, Freigelassenen und vor allem meine sich überall einmischende Mutter ertragen zu müssen. Rom braucht keine Marionette, sondern einen Kaiser, der die Last seines Amtes zu tragen vermag. Und ich bin sicher, dass ich das kann.«

»Das kannst du gewiss, Nero. Aber ich denke, diplomatisch zu handeln ...«

»Diplomatisch handeln?« Nun erschien wieder das zornige Flackern in den Augen des Kaisers. »Warum sollte ich das? Wegen einer Mutter, die ihren Sohn verleugnet? Die nur daran interessiert ist, in ihren Gemächern ihre Fleischeslust mit Pallantes zu stillen, und die die Staatskasse unseres Volkes plündert? Sollte ich mich angesichts dieser ihrer Lieblingsbeschäftigungen vielleicht diplomatisch verhalten? Ich habe den Senat auf meiner Seite, ebenso das Heer und das Volk. Ich bin Rom – und Rom ist ich.«

Pünktlich erschienen die geladenen Gäste, die alle zu den höchsten aristokratischen Kreisen der Stadt zählten. Sobald Lysikrates Cherèmones, den er seit Langem nicht mehr gesehen hatte, unter den Gästen entdeckte, eilte er auf ihn zu, um mit ihm zu sprechen.

»Ich habe das Gefühl, Cherèmones, dass die Dinge eine sehr beunruhigende Wendung nehmen«, sagte Lysikrates, kaum dass sie sich an zwei nebeneinander stehenden Triklinien niedergelassen hatten.

»Ich weiß, was du meinst. Auch ich habe feststellen müssen, dass sich Nero ziemlich eigenartig verhält, obwohl ich selten im Palast bin. Auch darf man nicht unterschätzen, welche Feindseligkeiten ihm von seinen eigenen Familienangehörigen entgegengebracht werden. Unsere Aufgabe jedoch besteht darin, die Dinge zugunsten unseres Landes und unserer Kultur zu beeinflussen. Denk an den Eid, den du geschworen hast, Lysikrates.«

»Niemals vergesse ich, dass ich ein Priester des Osiris bin. Mein Schwur bleibt für immer lebendig.«

Dann erzählte Lysikrates, welche höchst gefährlichen Personen er in den Gemächern des Kaisers angetroffen hatte: Simon, den Magier aus Samaria, und Lucusta, die Giftmörderin.

Da sank plötzlich Britannicus unter schrecklichen Zuckungen zu Boden.

Nero erhob sich, während sich Stille im Saal ausbreitete. »Hast du erneut einen deiner epileptischen Anfälle, mein lieber kleiner Bruder?«, fragte er mit ironischer Stimme.

Erleichtert von seinen Worten, wandten sich die Tischgäste wieder dem köstlichen Mahl zu, als wäre nichts geschehen.

Alle außer Britannicus, der Sohn von Claudius und Messalina, Stiefbruder und Schwager von Nero, der gerade an einem gefährlichen Gift starb.

Mittelmeer, Frühling 1335

Der Schrei hallte über die Holzhäuser des Dorfes hoch am Himmel. Diletta Campagnola blickte hinauf und sah Al-Buraq, den Falken, wie er immer engere Kreise zog. Sollte ihr die Flucht von der Insel gelingen, auf der sie nun bereits seit Monaten gefangen gehalten wurde, musste sie gegen die unerklärliche Unruhe ankämpfen, die sie befiel, sobald sie daran dachte, das Dorf des Muqatil zu verlassen.

Die Übergabe der Galeere war ohne offizielle Zeremonie vonstatten gegangen. Hito Humarawa betrachtete das Schiff, mit dem er schon bald das Meer befahren würde, auf der Jagd nach seinem Feind. Es hatte nur einen einzigen Mast, der ein Spitzsegel trug – so nannten die Venezianer die dreieckigen Segel, die sonst als Latinersegel bezeichnet wurden – und achtzehn lange Ruder auf jeder Bordseite, von denen jedes von jeweils drei Ruderern betrieben wurde.

Und während die Matrosen das *Celeuma* anstimmten, den rhythmischen Gesang, der ihre anstrengende Arbeit begleitete, stach das Schiff in See. Schweigend starrte Humarawa auf die Weite des Meeres und lauschte dem hoch in die Lüfte aufsteigenden Gesang und dem Klatschen der Ruder, die zu Beginn eines jeden Verses in die Wellen eintauchten.

O Dio Ayunta noi
O que somo servi toy
O voleamo ben servir
O la fede mantenir
O la fede del cristiano
O malmenta lo pagano
Sconfondi u sarrahin
Turchi e mori gran mastin.

(O Gott, hilf uns
O die wir doch deine Diener sind,
O die wir dir immer dienen werden,
O die wir den Glauben bewahren,
O den Glauben der Christen,
O die wir die Heiden verprügeln,
die Sarazenen,
Türken und Mauren …)

Die Galeere glitt schnell dahin. Humarawa schwieg, und sein eisiger Blick verlor sich über den Wellen. Jetzt hatte er einen Feind, den es zu bekämpfen galt.

Die jüngste von Dilettas Mägden hieß Giuditta und stammte aus einer Familie von Seefahrern. Sie war diejenige, der die Idee für ihre Flucht kam.

»Es liegen einige *Zaruk* in der Bucht vertäut«, sagte sie eines Tages zu ihrer Herrin. »Das sind kleine Schiffe, wie sie die Ungläubigen für die Fischerei in Küstennähe benutzen. Ich glaube, dass ich ein solches Boot manövrieren kann, und wenn wir Glück haben, erreichen wir damit eine der venezianischen Kolonien in der Ägäis oder treffen vielleicht auf ein christliches Schiff.«

Und so eilten die vier Frauen, gekleidet wie muselmanische Männer und mit bunten Turbanen auf den Köpfen, zu einem am Pier vertäuten *Zaruk*. Der Falke aber, der über dem Dorf seine Kreise zog, ließ seinen Alarmruf erschallen, als er sie erblickte.

Nicht weit entfernt vom Boot mit den flüchtenden Frauen glitt die Dromone vorbei. Doch niemand schenkte ihnen auch nur die geringste Aufmerksamkeit, da an Bord große Aufregung herrschte.

»Schnell, schnell, wir brauchen heißes Wasser und saubere Binden. Der Muqatil ist schwer verwundet!«, rief ein Mann, kaum dass das Schiff in Rufweite des Dorfes war.

Die venezianische Galeere durchkämmte die Handelsrouten auf der Suche nach den gefährlichsten Piraten des Mittelmeers. Mit Ausnahme einiger Fischerboote war Humarawa keinen anderen Schiffen begegnet, und es schien, als hätte sich der Muqatil mit seinen Männern in der ungeheuren Weite der See aufgelöst.

Das beträchtliche Kopfgeld, das die Republik Venedig auf den Sarazenen ausgesetzt hatte, schien nichts zu nützen;

niemand war bereit, brauchbare Informationen über den Aufenthaltsort des Seeräubers zu liefern.

Zaydun, der Mann, den der Muqatil wegen der versuchten Vergewaltigung an den christlichen Gefangenen bestraft hatte, war wenige Tage zuvor mit einem der Schiffe losgefahren, die in regelmäßigen Abständen zum Festland pendelten, um die erbeuteten Waren aus den Raubüberfällen zu verkaufen.

Angetrieben von einer leichten Brise, fuhr das Schiff ziemlich langsam, als plötzlich am Horizont die Galeere auftauchte.

Inzwischen hatte der *Zaruk*, den Giuditta hervorragend manövrierte, die Bucht verlassen. Plötzlich aber empfand Diletta in ihrem Herzen ein entsetzliches Gefühl der Leere. Der Muqatil war verwundet, den Worten des Matrosen zufolge sogar schwer.

»Ich kann nicht«, murmelte Diletta, als sie nur noch wenige Meilen von ihrer Freiheit trennten. »Ich kann nicht. Dieser Mann hat uns vor Gewalt und Erniedrigung bewahrt.« Und laut rief sie: »Fahr zur Insel zurück, Giuditta!«

»Aber, Herrin, er ist ein Pirat und ein ausgestoßener Ungläubiger!«, antwortete Giuditta.

»Dieser Mann hat uns das Leben gerettet«, wiederholte Diletta. »Ich kann ihn nicht in Stich lassen, jetzt, da das seine in Gefahr ist.«

»Wir sind dem Tod geweiht, wenn wir weiterhin auf dieser Insel bleiben«, sagte eine andere der Frauen.

»Nicht der Tod ist unser Schicksal, sondern ein Dasein als Sklavinnen«, antwortete Diletta wehmütig. »Aber was macht es schon für einen Unterschied, auf einer gottverlassenen Insel nur ein wenig Freiheit zu genießen oder die Sklavin eines alten reichen Venezianers zu sein, den ich heiraten soll?« Dann befahl sie in einem Ton, der keinen Widerspruch zuließ: »Kehr um!«

Januar 2002

Yasuo Maru trat im sechsundsiebzigsten Stock des Jing-Mao-Towers an die breite Fensterfront. Der Blick vom Stadtbezirk Pudong am östlichen Flussufer über Shanghai ähnelte dem auf eine westliche Metropole. Der Jing-Mao-Tower war ein wenig höher als die Zwillingstürme in New York und erbaut worden von Skidmore, Owings & Merrill aus Chicago. Zu beiden Seiten des riesigen Turms reihten sich weitere kühn konstruierte Gebäude mit glänzenden Fensterfronten, die bis hinauf in den Himmel reichten und auf ihren riesigen Dächern gigantische Werbetafeln trugen. Nicht weit davon entfernt umschloss die weite Biegung des Flusses Hwangpu fast das gesamte Finanz- und Handelsviertel Lujiazui.

»Schöne Aussicht, nicht wahr?«, kommentierte Zhu Ling. »Ein Panoramablick auf die zwölf Millionen Menschen, die in dieser Stadt leben. Denken Sie nur, Herr Präsident Maru, beim Neuaufbau von Shanghai wurden achtzig Prozent der weltweit vorhandenen Baukräne eingesetzt. Zwölf Millionen Menschen und eine Milliarde und zweihundertfünfzig Millionen Chinesen in Gesamtchina sind ein gewaltiger Markt, Maru-*sama*. Und jeder Einzelne von ihnen benötigt Wasser, große Mengen an Wasser, und das in einem Land, das noch zum Großteil zu erschließen und wettbewerbsfähig zu machen ist. Und das alles lässt sich noch um ein Vielfaches steigern. Ganz zu schweigen von den ›nicht ganz legalen‹ chinesischen Organisationen, die einen Vorteil haben, der der japanischen Yakuza fehlt: ihr weit verzweigtes Netzwerk auf dem gesamten Staatsgebiet. Auf diese Organisationen habe ich großen Einfluss, und zur Yakuza, wenn ich nicht irre, unterhalten Sie, Herr Präsident Maru, denkbar gute Beziehungen.«

»Ich schätze es, dass Sie, so wie ich, sofort zur Sache kommen, ohne lange drumherum zu reden. Ich höre Ihren Vorschlägen gern zu, Herr Vorsitzender Ling.«

»Was ich Water Enterprises anzubieten habe, ist die Verdopplung Ihres Geschäftsvolumens. Dabei kann ich Ihnen schon jetzt versichern, dass mithilfe der chinesischen Organisationen die ›angeschlossenen Gruppen‹ überall auf der Welt Fuß fassen werden.«

»Wollen Sie damit sagen …«

»Ich will damit sagen, dass ich Ihnen unter anderem die absolute Monopolstellung bei der chinesischen Wasserversorgung anbiete.«

»Meine Handelsattachés haben diese Möglichkeit mehrfach sondiert, und das einzig erzielte Resultat ist das Abkommen mit den Streitkräften, das Sie bereits kennen. Eine bedeutende Möglichkeit, aber geradezu lachhaft, wenn man sie auf den Wasserbedarf von mehr als einer Milliarde Einwohnern hochrechnet. Ich will Ihr unermessliches Ansehen bei den staatlichen Stellen nicht in Zweifel ziehen, aber ich kann einfach nicht nachvollziehen, wie der Vorsitzende der Militärkommission das erreichen will.«

»Es gibt viele Wege, Herr Präsident Maru«, antwortete Zhu Ling und lächelte finster. »Zum Beispiel könnte eine Serie von Anschlägen das gesamte System der nationalen Wasserversorgung zum Zusammenbruch bringen. Und dann, ganz zufällig, verfügt allein Water Enterprises, ein Unternehmen, das ja schon die Streitkräfte unseres Landes versorgt, über alle notwendigen Mittel für die dringenden Reparaturen. In diesem Fall wird es für mich und meine Getreuen keine Schwierigkeit bedeuten, Ihre Gesellschaft als unentbehrlichen Partner vorzustellen.«

»Anschläge, aha. Welchen Vorteil hätten denn Sie davon?«, fragte Maru.

»Mit ein paar brillanten militärischen Aktionen würden die Terroristen dingfest gemacht und als Mitglieder einer separatistischen Organisation demaskiert werden, mit Kontakten zu Taiwan. Von diesem Moment an müssen Sie sich bereithalten, Ihre vertragliche Schuld einzulösen.«

Zhu Ling redete lange. Er hatte jede Einzelheit berücksichtigt. Zur Durchführung seines Plans, den er bereits seit Jahren vorbereitete, fehlte ihm nur noch die Zusage von Yasuo Maru.

»Noch eine letzte Sache«, sagte Zhu Ling zum Schluss. »Ich würde Ihnen zu großer Vorsicht raten, Maru-*sama*. Ich habe soeben die vertrauliche Nachricht erhalten, dass die italienischen Geheimdienste hinsichtlich Ihrer Verbindung zur sizilianischen Mafia ermitteln, und dahinter steckt der Chef der Antimafia-Ermittlungsbehörde, Alberto Vite, persönlich.«

Die tiefe Stimme Henry Vittards ließ sie erschauern. Sara Terracini rückte ein wenig von ihrem Computer weg und streckte die Beine unter ihrem Schreibtisch aus.

»Die Arbeit geht bestens voran, Henry. Der Computer sichtet bereits die mit unserer Spezialkamera angefertigten Aufnahmen und liefert uns gleichzeitig automatisch eine Übersetzung.«

»Ja, aber eine völlig sterile Übersetzung«, sagte Vittard ein wenig enttäuscht. Er hatte von dieser berühmten Wissenschaftlerin etwas mehr erwartet.

»Die Übersetzung der Maschine ist tatsächlich recht blutleer, aber ich werde sie anschließend in adäquate Prosa übertragen.«

»In Prosa übertragen?«

»Ich meine, sie lesbar machen. Wie einen Roman. Wobei ich mich natürlich eng an dem Originaltext orientiere, den Lysikrates der Nachwelt überlieferte. Inzwischen halte ich es übrigens für angebracht, noch einen Tauchgang zu dem versunkenen Schiff zu unternehmen, auch wenn das Wetter im Augenblick nicht besonders gut ist.«

»Die *C'est Dommage* hat sich bereits in sehr viel tückischeren Meeren bewährt, außerdem erlaubt die moderne Ausrüstung Tauchgänge bei polarer Kälte. Sagen Sie mir nur, wann wir auslaufen sollen.«

»In ungefähr zehn Tagen, sobald ich die neue Textabschrift beendet habe.«

Ein Verrückter, dachte Yasuo Maru, während er sich im Salon seines Privatflugzeugs auf der großen Couch ausstreckte. Zhu Ling konnte nichts anderes als ein Verrückter sein. Doch er würde Maru nützen, und zwar sehr.

Das Telefon läutete. Sein Privatsekretär Taka teilte ihm mit, dass Grégoire Funet ihn zu sprechen wünschte.

»Da Sara Terracinis Festnetzanschluss im Institut abhörsicher ist, habe ich dafür gesorgt, dass Henry Vittards Handy angezapft wird«, sagte der Beamte des französischen Denkmalschutzamts aufgeregt. »Dank der Mittel und auch der Männer, die Sie mir zur Verfügung gestellt haben, ist das auch gelungen, Maru-*sama*.«

»Am Telefon keine Namen«, befahl Maru. »Haben Sie etwas so Wichtiges in Erfahrung gebracht, dass es keine Zeit hat, bis ich wieder in Tokio bin?«

»Sara Terracini übersetzt das, was auch immer unsere Freunde gefunden haben. Sie hat übrigens auch vorgeschlagen, dass sie einen weiteren Tauchgang durchführen sollen«, antwortete Grégoire triumphierend.

»Wann?«

»In höchstens zehn Tagen, aber seien Sie unbesorgt, wir beobachten das Schiff.«

8

Kaiserliches Rom, anno 812 nach der Gründung (59 n. Chr.)

»Begreifst du jetzt, dass sie alles daransetzen, ihren neuen Kaiser zu demütigen, Lysikrates?« Mit weit aufgerissenen Augen berichtete Nero seinem Lehrer von der Schmach, die ihm im Senat widerfahren war. »Sie haben meinen Vorschlag zu einer Steuerreform einfach übergangen. Niemand stimmte dafür, sie alle waren gegen mich. Doch sie werden dafür bezahlen. Ganz gewiss werden sie dafür bezahlen!«

»Beruhige dich, Nero. Eine ablehnende Antwort bedeutet noch keine Niederlage«, beschwichtigte Lysikrates, damit sein Kaiser leisere Töne anschlug.

»Keine Niederlage? Nach Jahrhunderten des Kampfes erfreut sich Rom einer Zeit des Friedens und des Wohlstands, wie es seit Augustus nicht mehr war. Ist das etwa eine Art, es seinem Kaiser zu danken, dass er der Stadt und dem Volk von Rom den Frieden geschenkt hat?«

Lysikrates wusste, dass die Ablehnung der Steuerreform, mit der Nero die indirekten Steuern abschaffen wollte, nur ein Vorwand gewesen war, um dem Kaiser das Misstrauen des Senats zu signalisieren. Auf diese Weise wollte man ihn zu einem anderen Verhalten mahnen, denn allzu häufig widersprach Neros Lebensstil dem allgemeinen Sinn für Moral und Sitte. Seine Übertretungen aller Konventionen und seine beunruhigenden Extravaganzen wurden immer öfter außerhalb der Palastmauern offenbar, sodass seine Reputation als Herrscher in Gefahr geriet.

Zur allgemeinen Verwirrung setzten sich einige übel beleumundete Individuen mit Gedichten, die vom Augustus selbst stammten und oft auch von ihm mit musikalischer

Begleitung versehen waren, auf der Bühne in Szene. Solche ungebührlichen Aufführungen entfachten bei den Römern größere Entrüstung, als es jedes unpopuläre Gesetz vermocht hätte.

Die Juvenalien waren zirzensische Spiele, mit denen man den Jahrestag der ersten Bartrasur Neros beging. Dieser Flaum wurde in einem goldenen Kelch aufbewahrt, einem der Lieblingsgegenstände des Kaisers.

Neben dem Flussbett des Tibers war ein künstlicher kleiner See gegraben worden, in dem zu diesem Anlass Seeschlachten nachgespielt wurden. Außerdem gab es Turniere und andere Wettkämpfe, die allerdings ohne großes Blutvergießen verliefen. Da der Kaiser blutige Spektakel verabscheute, hatten sie mehr Ähnlichkeit mit den olympischen Disziplinen, sodass der eine oder andere sie spöttisch als »Griechische Spiele« bezeichnete. Die Erziehung, die ihm seine Hauslehrer, insbesondere Lysikrates und Cherèmones, angedeihen ließen, hatte dazu geführt, dass sich Nero von den Sitten und Gebräuchen der römischen Welt zunehmend entfernte.

Am letzten Tag der Juvenalien stieg Nero selbst auf die Bühne. Über das Publikum senkte sich Stille, während der Kaiser in der Mitte der Bühne Platz nahm. Ein Diener reichte ihm eine in Gold ziselierte Kithara. Mit leichtem, geschicktem Zupfen der Saiten begleitete Nero jene Verse, die er selbst gedichtet hatte, während den Prätorianern und Tribunen vor lauter Verwunderung der Mund offen stehen blieb. Als der Augustus seine Darbietung beendet hatte, herrschte einen Moment lang Stille. Dann erhob sich aus dem hinteren Teil des dicht gedrängten Publikums tosender Beifall. Er kam von einer ausgewählten Gruppe junger Ritter, den Augustanern, die taten, als hätte ihnen die Aufführung sehr gefallen. Nero wirkte überaus zufrieden, als er, auf einem Triklinium liegend, den Jubel entgegennahm.

Während der gesamten Dauer des prunkvollen Festmahls hielt sich Lysikrates abseits, wie er es bei offiziellen Gelegenheiten immer tat, beobachtete aber genau die Vielzahl der Höflinge im Gefolge der Mächtigen.

Oktavia, die Stiefschwester, die Nero geheiratet hatte, starrte mit traurigem, erloschenem Blick auf einen undefinierbaren Punkt in der Ferne. Der Kaiser hingegen konnte sich an den Kurven der schönen Freigelassenen Atte und den sinnlichen Rundungen von Poppaea Sabina nicht sattsehen.

Seit einiger Zeit schon unterhielt Nero ein fast offizielles Verhältnis mit Atte, was bereits den Zorn Agrippinas hervorgerufen hatte. Doch Poppaea Sabina sollte der Augusta noch sehr viel schwereren Kummer bereiten.

Poppaea war eine ebenso schöne wie auch intelligente und ehrgeizige Frau. Sie kleidete sich elegant und schmückte ihr kupferrotes Haar mit kostbaren Diademen aus Gold. Um ihren gesetzlich angetrauten Ehemann Salvius Otho loszuwerden, hatte ihn der Kaiser als seinen Regierungsvertreter ins ferne Lusitanien entsandt. Natürlich entgingen einer so aufmerksamen und berechnenden Frau wie Agrippina nicht die leidenschaftlichen Blicke, die Nero und Poppaea austauschten. Die Sonne, von der sie so innigst wünschte, dass sie über dem Imperium strahlte, sank seit einiger Zeit unaufhaltsam dem Horizont entgegen. Ihr Sohn hielt sie von sämtlichen Staatsangelegenheiten immer mehr fern. Agrippina wusste, dass Poppaea das definitive Ende all ihres Strebens bedeutete. Noch war sie schön und einflussreich. Wäre sie weniger an der Macht interessiert gewesen, hätte sie sich von der politischen Bühne zurückziehen und ein wohlsituiertes Leben fern von Rom und von Nero führen können.

Sic winkte mit einer herrischen Geste einen Diener herbei. Für eine Weile ruhte der Blick ihrer grünen Augen auf Lysikrates, der nicht weit weg von ihr stand. Kurze Zeit später trat derselbe Diener an den griechischen Hauslehrer heran und flüsterte ihm ins Ohr, dass die Augusta ihn an diesem Abend in ihren Gemächern zu empfangen wünsche.

Mittelmeer, 1335

Mit großer Geschwindigkeit näherte sich die Galeere dem von Zaydun kommandierten Schiff. Jeder Fluchtversuch wäre sinnlos gewesen. Der Araber erteilte den Befehl, die Segel einzuholen und abzuwarten, bis das venezianische Schiff sie einholte.

»Wir sind ägyptische Kaufleute, Freunde von Venedig!«, rief Zaydun der Besatzung der Galeere in der Sprache zu, die er während der Jahre seiner Gefangenschaft erlernt hatte.

»Habt ihr einen Passierschein des Dogen?«, fragte einer der venezianischen Offiziere.

»Freilich haben wir den«, antwortete Zaydun, wohl wissend, dass das Dokument, das in der Kajüte des Kapitäns aufbewahrt wurde, gefälscht war.

»Wir kommen an Bord, um das Schiff zu inspizieren«, erklärte daraufhin der Offizier, und man ließ das Beiboot zu Wasser.

Das kleine *Zaruk* wendete und fuhr zurück zur Inselbucht.

Von den vielen Menschen, die den Strand bevölkerten, achtete niemand auf die vier als Fischer verkleideten Frauen, da alle auf den verwundeten Muqatil warteten. Das Dorf schien menschenleer, jeder Einwohner war offenbar, kaum dass sich die Nachricht verbreitet hatte, hinunter zum Hafen gelaufen.

Diletta und ihre Dienerinnen zogen in aller Eile die Männerkleidung aus und ihre eigene wieder an. Als sie zum Haus des Muqatil wollten, mussten sie sich einen Weg durch die Menschenmenge bahnen.

Der Krieger lag auf dem Bett. Er war bewusstlos, und die wachsbleiche Gesichtshaut ließ nichts Gutes erahnen.

»Schnell, bringt mir die Heilkräuter!«, befahl Diletta, die anscheinend als Einzige mit der Situation umzugehen imstande war. »Setzt viel Wasser auf und bringt mir sauberes Verbandszeug!« Dann wollte sie von Salìm, dem Ersten Offizier, wissen: »Wie ist das passiert?«

»Wir haben ein Schiff geentert, und die Besatzung ergab sich ohne Blutvergießen. Doch als wir an Bord gingen, schoss ein Feigling mit der Armbrust auf den Muqatil. Es war nur ein Streifschuss, doch dann verschlechterte sich der Zustand unseres Kommandanten rapide. Die Pfeilspitze war wohl in Gift getränkt.«

Zaydun verbeugte sich ehrerbietig vor Humarawa, der auf dem Deck seines Schiffs einherschritt.

»Meine Männer stehen zu Eurer Verfügung, mein Herr«, sagte der Araber in unterwürfigem Ton.

»Zeig den Passierschein, Ägypter!«, befahl einer der Offiziere des Dogen.

Zaydun hielt ihm das meisterlich gefälschte Dokument hin, das die Stadtsiegel von Venedig trug.

Der Offizier bedachte es nur mit einem kurzen Blick, da ihm alles in Ordnung schien. Das Schiff, das sie soeben gestoppt hatten, war sicherlich eines der vielen befreundeten Handelsschiffe, die in diesen Gewässern kreuzten.

Zaydun spürte, wie sich die Spannung löste.

Die Venezianer schickten sich bereits an, das Schiff zu verlassen, da zog der Asiate plötzlich das Schwert, das er an seiner Seite trug, und durchtrennte mit einem einzigen Hieb eines der Seile, die die Ladung auf Deck sicherten, dann schnitt er das Tuch auf, mit dem die Ware zugedeckt war.

Zum Vorschein kam einer von sechs großen Koffern, die Diletta Campagnolas Aussteuer für die Heirat enthielten.

Ihre Initialen waren deutlich sichtbar neben dem Schloss eingraviert.

Mit einem feuchten Lappen betupfte Diletta die heiße Stirn des Muqatil. Das Fieber verzehrte ihn, und die schönen Gesichtszüge des Kriegsherrn waren fast nicht mehr wiederzuerkennen. Es sah ganz so aus, als würde der Tod seinem Leiden bald ein Ende machen.

»Ich bitte dich, mein Gott«, flüsterte die junge Frau auf einmal, »ich bitte dich, lass diesen Mann am Leben. Ich bitte dich, Gott aller Menschen und Herr aller Völker, auch wenn sie dich bei einem anderen Namen nennen, lass den Muqatil nicht sterben. Ich kann keinen Groll gegen ihn empfinden, und je mehr Zeit vergeht, desto mehr fühle ich mich mit ihm verbunden. Ich bitte dich, lass ihn am Leben.«

Eine weitere Nacht senkte sich hernieder. Bestimmt würde es die alles entscheidende sein.

Zaydun stand aufrecht vor dem Asiaten, seine beiden Hände waren ihm auf dem Rücken gebunden. Der Rest der Besatzung, insgesamt gut vierzig Männer, war im Laderaum angekettet worden.

»Wo versteckt sich der Muqatil?«, fragte Humarawa mit grimmiger Miene.

»Ich habe es Euch doch bereits gesagt, Herr: Ich kenne keinen Muqatil«, antwortete Zaydun. »Ich habe diese Ladung einem sarazenischen Kaufmann abgekauft. Ich dachte, ich kann einen guten Ertrag erzielen, wenn ich sie weiterverkaufe.«

»Stattdessen könntest du reich werden, wenn du uns verrätst, wo sich die Basis der Piraten befindet«, beharrte Humarawa. »Auf ihn ist ein hohes Kopfgeld ausgesetzt.«

Zayduns Augen leuchteten auf einmal vor Gier und enthüllten gleichzeitig den tiefen Groll, den er seit Langem gegen seinen Kommandanten hegte.

»Ich habe Euch doch schon gesagt, dass ich ein ägyptischer Kaufmann bin. Ich kann nicht verraten, was ich nicht weiß.«

»Ich wiederhole es zum letzten Mal, Zaydun«, sagte Humarawa, und sein eisiger Blick ließ erkennen, dass er es ernst meinte. »Dein Leben – und zwar ein sicherlich angenehmes Leben im Wohlstand – gegen eine schlichte Information.«

»Eine Information, die mich eben dieses Leben kosten könnte, wenn jemand davon erfährt.«

»Sei unbesorgt, keiner deiner Männer wird je die Gelegenheit bekommen, dein Geheimnis zu verraten.«

Die Nacht war um, und Diletta hatte die ganze Zeit über bei ihm gewacht. Der schweißgebadete Körper des Muqatil lag noch immer auf dem Bett hingestreckt, als der Kriegsherr im ersten Morgengrauen die Augen öffnete.

Diletta konnte es nicht verhindern, dass ihr Tränen der Erleichterung übers Gesicht liefen. Auch wenn sie es sich selbst gegenüber nicht eingestehen wollte, sie liebte seine Augen, die die Farbe des Meeres hatten, ebenso wie sie diesen Mann liebte, der keine Furcht kannte.

Zaydun sah noch immer auf sein Schiff, das wie Zunder brannte. Aus dem Laderaum drangen die verzweifelten Schreie seiner Männer, die einen schrecklichen Tod sterben würden.

Innerhalb kürzester Zeit versank das Schiff, ohne einen einzigen Überlebenden zu hinterlassen.

»Gleich wenn wir in Venedig ankommen, wirst du deinen Lohn erhalten, Zaydun«, sagte Hito Humarawa in zufriedenem Ton. »Anschließend wirst du uns und einige Geleitschiffe zum Versteck des Muqatil führen.«

Zaydun nickte, und er empfand nicht einmal einen Anflug des Bedauerns.

Diletta blieb an der Seite des Genesenden und pflegte ihn aufopferungsvoll.

»Es ist seltsam«, sagte der Muqatil. »Ich dachte, du hasst mich, und nun verdanke ich dir mein Leben.«

»Ich habe nichts gemacht, außer über dich zu wachen und dich zu verarzten. Das Verdienst an deiner Genesung gebührt nicht mir, sondern Gott, der es nicht für richtig befand, dass du stirbst.«

»Welcher Gott, Frau? Der meine oder der deines Volkes?«

»Gibt es da im Angesicht von Schmerz und Tod einen Unterschied? Doch wisse, dass ich sowohl zu meinem als auch zu deinem Gott gebetet habe, damit du wieder gesund wirst.«

»Das lässt mich hoffen, dass dir mein Leben am Herzen liegt.«

»Hör auf zu reden.« Diletta lächelte ein wenig verlegen. »Ich muss dir den Verband wechseln.«

Der Muqatil legte sich auf die Seite. Diletta nahm die Binden von der Wunde, die bald heilen würde.

Die nackte Haut des Muqatil war samtig weich, während sich seine Muskeln durch den Schmerz, den ihm die Wunde verursachte, zusammenzogen. Sie versuchte, ihm so wenig Leid wie möglich zuzufügen, indem sie sehr sanft zu Werke ging, und spürte, wie in ihr das Verlangen emporstieg. Das Laken glitt von seinem Körper, und ihre Erregung steigerte sich noch. Ihre Hände verweilten zunächst in der Nähe der Wunde, glitten dann jedoch über seine männliche Brust. Sein Mund suchte nach ihr, und ihre Lippen öffneten sich und ließen es zu, dass sich ihre Zungen liebkosten.

Dann fühlte sie seine Hände, starke und doch zarte Hände, die ihren Leib begehrlich und neugierig erforschten, während sie sich mehr und mehr in der Lust verlor.

Ihre Brust bebte atemlos, und sie gaben sich einander hin und überließen sich ganz ihrem Verlangen.

Januar 2002

Seit er die DNA leitete, wohnte Alberto Vite aus Sicherheitsgründen in einer Kaserne der Carabinieri im römischen Stadtviertel Prati, und zwar in einem kleinen, aber zweckmäßig eingerichteten Apartment, das von der hohen Umfassungsmauer und zahlreichen bewaffneten Männern beschützt wurde.

Während seiner Laufbahn als Richter waren auf Vite zwei Attentate verübt worden, die er wie durch ein Wunder überlebt hatte. Doch in ihm war die Erinnerung an die Explosionen stets präsent und ebenso der Anblick der aufgerissenen Straßen und das Blut seiner Kollegen und Freunde.

Die Welt, in der sich ein Antimafia-Kämpfer wie er bewegte, glich einem Stück Land voller Minen. Jeder Schritt konnte sich als fatal erweisen. Vielleicht hatte Vite deshalb nie geheiratet und auch niemals daran gedacht, eine Familie zu gründen. Der einzige Zweck seines Daseins war es, die organisierte Kriminalität zu bekämpfen, und zwar in jeder erdenklichen Ausprägung und an jedem erdenklichen Ort.

Er verabschiedete seine Haushaltshilfe, die seit einiger Zeit für Ordnung in seiner Wohnung sorgte, dann entzündete er das Gas unter der Espressokanne und betrachtete wie hypnotisiert die kleine blaue Flamme, die den Boden der Kaffeekanne erhitzte.

Sogar die Japaner mussten sich einmischen, dachte er grimmig, während er den Kaffee in eine kleine Tasse goss. Wenn die italienischen Geheimdienste ihre Fühler bis in einen anderen Kontinent ausstreckten, mussten sie mit ernsthaften Schwierigkeiten rechnen.

Vite ging im Geist noch einmal das Dossier durch, das seine Leute in den letzten Tagen zusammengestellt hatten und das eine Reihe von biografischen Notizen über Yasuo Maru enthielt.

Glücklicherweise hatte ihm ein glaubwürdiger Informant

berichtet, dass es zu keiner Übereinkunft zwischen Mafia und Yakuza gekommen war. Die Kehrseite der Medaille war jedoch, dass die Spitze der Cosa Nostra mit einer massiven Aktion der japanischen Verbrecherorganisation rechnete. Der Kampf um unermessliche wirtschaftliche Interessen würde sicherlich zahlreiche Menschen das Leben kosten.

Vite rieb sich die Augen, er war sehr müde.

Er sah durch die Panzerglasscheibe des Fensters nach draußen. Im Hof der Kaserne fuhren die Autos der Carabinieri mit blau flackernden Blinklichtern vorbei. Schon oft hatte er sich gefragt, ob sich das alles lohnte und dieses klaustrophobische und abgeschottete Leben überhaupt einen Sinn ergab. Doch sobald er von der Verhaftung einer bestimmten Person erfuhr oder ein Informant reden wollte, riss es ihn mitten in der Nacht aus dem Bett, und er stürzte sofort los, um seine Aufgabe zu erfüllen.

Ja, nur ein Missionar war dazu fähig, alles für eine einzige Sache zu opfern.

Vite trat ins Badezimmer und zog sich aus. Er brauchte eine Dusche, um seine Müdigkeit zu vertreiben.

Die Versammlung der *Oyabun*, der Oberhäupter der verschiedenen Familien, war zusammengetreten. Yasuo Maru ergriff das Wort, als säße er nicht vor den Anführern der Yakuza, sondern vor dem Aufsichtsrat einer seiner zahllosen Gesellschaften.

»Wie ich schon befürchtet habe, ist die Vereinbarung mit den Italienern geplatzt. Die Mafia ist viel zu alt und verkrustet, als dass aus ihr eine moderne, dynamische Organisation werden könnte. Doch weinen wir dem nicht nach. Unsere Profite erfahren eine stetige Steigerung, und es werden sich uns bald neue Märkte öffnen.«

Danach erläuterte Yasuo Maru eine Reihe verschiedener Daten und Statistiken hinsichtlich der Einnahmen aus den illegalen Operationen der Organisation.

»Zusätzlich zu diesen zwölf Milliarden Dollar, dem Gewinn aus nicht ganz legalen Aktivitäten, kommen noch die Einnahmen aus ganz offen geführten und legalen Unternehmen, allen voran die Gesellschaft, die ich ins Leben gerufen habe und an der die gesamte Yakuza beteiligt ist. Noch befindet sich Water Enterprises in einer Phase der Expansion, doch ich kann Sie jetzt schon darüber informieren, dass wir in absehbarer Zeit einen Vertrag abschließen werden, der das bereits beträchtliche Geschäftsvolumen unserer Gesellschaft um ein Beträchtliches erhöhen wird. Wir werden in die Haushalte von mehr als einer Milliarde neuer Abnehmer gelangen, die zusammen mit den bereits akquirierten insgesamt drei Milliarden Menschen ergeben. Denken Sie nur: drei Milliarden Menschen, die ihr Dasein ausnahmslos uns verdanken, darunter Mächtige und normale Bürger, Reiche und gesellschaftlich Ausgestoßene, eine riesige Anzahl von Privatwohnungen und Unternehmen, in denen wir ein- und ausgehen, wann und so oft es uns beliebt. Das Wasser ist unser Schlüssel, mit dem wir selbst in die bestbewachten und geheimsten Schutzräume eindringen können.«

Angesichts dieser enormen Möglichkeiten blitzte in Yasuo Marus Augen ein triumphierendes Leuchten auf.

Oswald Breil legte mit traurigem Blick den Hörer auf. Sein alter Freund Alberto Vite war tot. Ein Mann wie er wäre sicher lieber auf dem Schlachtfeld gefallen, statt in seiner Dusche zu sterben. Breil hatte erst vor wenigen Tagen mit ihm gesprochen, als er mit dem italienischen Richter den Besuch des Chefs des Mossad, Derrick Erma, abgesprochen hatte.

Oswald sagte alle Termine für den folgenden Tag ab. Er wollte einem der wenigen Menschen, deren Freundschaft und Achtung er genossen hatte, das letzte Geleit nicht verwehren.

Am nächsten Tag strahlte eine winterliche Sonne über

Rom, und ein kalter Nordwind pfiff über die Stadt. In dem großen Hof der Kaserne fuhr eine blaue Limousine mit dunklen Scheiben vor. Oswald Breil und Derrick Erma stiegen aus und gingen auf das Krematorium innerhalb des Militärgebäudes zu.

Lange standen die beiden Israelis vor dem Sarg. Mit Alberto Vite ging ein Verfechter der Gerechtigkeit und ein Stück persönlicher Geschichte von Oswald Breil dahin.

Henry Vittard wusste nicht, wie viel Etienne Jalard als Geheimagent taugte. Sicher war aber, dass er ein hervorragender Seemann war, denn seit er auf der *C'est Dommage* angeheuert hatte, herrschte auf ihr absolute Ordnung, und alles klappte reibungslos.

»Ich finde, Sie sollten das auf den Speicher Ihres Computers laden«, sagte Jalard und hielt ihm eine Floppy Disk hin.

»Was ist da drauf?«

»Ein Programm, das jede Mail verschlüsselt, die Sie empfangen oder abschicken. Ich habe es von jemandem, der meint, dass die Nachrichten zwischen Ihnen und Frau Dr. Terracini besser nicht gelesen werden sollten. Versteht sich von selbst, dass sich das Programm in irgendeinem Winkel Ihres Computers ansiedeln wird und praktisch unsichtbar ist. Außerdem wird es sich bei jedem Kopierversuch automatisch löschen.«

Yasuo Maru verließ das Zimmer in dem luxuriösen New-Otani-Hotel, in dem die Versammlung der *Oyabun* stattgefunden hatte. Sein Fahrer erwartete ihn bereits vor dem Haupteingang.

Der Herr der Wasser setzte sich auf die Rückbank der Limousine und blätterte rasch die Tageszeitungen durch. Die meisten der westlichen Blätter brachten die Nachricht vom Tod Alberto Vites auf der Titelseite.

»Das Wasser ist unser Schlüssel, mit dem wir selbst in die

bestbewachten und geheimsten Schutzräume eindringen können…«, murmelte der Herr der Wasser leise.

Kuniko Sagashi betrat das Büro des Präsidenten. Yasuo Maru saß an seinem Schreibtisch und bedeutete ihr zu warten, während er sein Telefonat zu Ende führte.

»Gut, Genji, dann sind wir uns einig. Morgen Abend bei mir zu Hause, und du selbst garantierst mir für die Exklusivität der Ware.«

Kuniko täuschte weiterhin völliges Desinteresse vor. In Wirklichkeit prägte sie sich jedes Wort ein. Ihr war sofort klar, dass Maru mit Genji Enshigoju sprach, der Chefin der exklusivsten Geisha-Schule im gesamten asiatischen Raum.

Kaiserliches Rom, anno 812 nach der Gründung (59 n. Chr.)

Lysikrates betrat Agrippinas Gemächer, während sich die Nacht auf die Stadt herabsenkte.

Die Augusta lag hingestreckt auf einem Triklinium. Einige Mägde kämmten sie. Sie trug ein Gewand aus kostbarem Leinen, das ihren Körper umschmeichelte wie Quellwasser, leicht und hauchfein.

Kaum hatte Lysikrates das Zimmer betreten, hieß Agrippina die Sklavinnen zu gehen.

»Poppaea Sabina ist eine gefährliche Frau«, begann sie ohne Umschweife.

»Ich kenne sie nicht genug, um mir darüber ein Urteil erlauben zu können, Augusta«, antwortete Lysikrates behutsam.

»Aber du musst mir doch beipflichten, dass sich mein Sohn verändert hat, seit sie erschienen ist. Ich finde, dass sein Verhalten in letzter Zeit oft ziemlich beunruhigend ist, besonders mir gegenüber.«

Lysikrates hätte allzu gern gesagt, dass es wohl eher umgekehrt sei, dass eher Agrippinas Verhalten Anlass zur Sorge bot. Unter anderem flüsterte man sich im Palast zu, dass sich die Mutter ihrem Sohn dargeboten habe, um ihn von seiner Leidenschaft für Atte und Poppaea abzubringen.

»Noch weniger erlaube ich mir ein Urteil über den Kaiser«, antwortete Lysikrates nach einer Weile. Ihm war bekannt, dass sich all ihre treuen Diener, die sie Nero zur Seite gestellt hatte, von ihr abgewandt hatten. So war es nicht verwunderlich, dass sie in ihm einen Verbündeten suchte, auch wenn es schien, als wären all ihre Pläne bereits zum Untergang verdammt.

Agrippina stand auf. Durch ihr hauchdünnes Gewand schimmerten ihre weiblichen Rundungen, während ihre Hand über das schwarze Haar des Lysikrates strich.

»Ich bin noch immer eine mächtige Frau. Wenn du mir bei meinen Plänen zur Seite stehst, wüsste ich schon einen Weg, dich zu belohnen«, flüsterte sie, und ihre Finger spielten mit seinen kurzen Locken.

»Ich finde, zwischen Mutter und Sohn sollte es keine unüberbrückbaren Gegensätze geben«, sagte er und zog sich ein wenig von ihr zurück.

»Aber leider gibt es die. Doch wenn du ein wenig Einfluss auf Nero ausübst, könntest du ihn sicher auf den rechten Weg zurückführen.«

»Ich glaube nicht, dass mein Einfluss so weit reicht, dass ich auf das Denken und die Einstellungen des Kaisers einwirken kann.« Noch einmal rückte er von der Augusta weg.

»Du weichst vor mir zurück, Lysikrates. Gefällt dir mein Körper nicht?« Agrippina streifte ihr Gewand ab.

»Ich bitte dich, Augusta. Tu nichts, was mich in Verlegenheit brächte.«

Während er diese Worte sprach, drehte sich Lysikrates um und war drauf und dran, den Raum zu verlassen.

Agrippina konnte nicht glauben, was sie sah. Noch niemals hatte es jemand gewagt, sie abzuweisen.

»Das heißt, du verschmähst meinen Körper? Den Körper einer Kaiserin?«

»Ich bitte dich, Agrippina…«, sagte Lysikrates noch einmal.

»Du wagst es, so mit mir umzugehen? Du weißt ja nicht, wozu ich fähig bin! Von heute an wirst du kein leichtes Leben mehr haben, Lysikrates, und das gilt auch für diejenigen, die dir verbunden sind.«

Rasch eilte er aus dem Zimmer, verfolgt von ihren Drohungen.

Es war Nacht, als eine Hand zart an Lysikrates' Schulter rüttelte. Er wachte auf, doch die Dunkelheit, die ihn weiterhin umfangen hielt, ließ ihn nicht erkennen, wer vor ihm stand.

Über Julia Litias Wangen strömten Tränen. Nur mit Mühe und unter ständigem Schluchzen konnte sie undeutlich hervorbringen: »Agrippina beklagte das Verschwinden eines goldenen Diadems. Dann wurde das Schmuckstück in meinem Zimmer gefunden. Ich schwöre dir, Lysikrates, ich bin unschuldig.«

»Wir haben keine Zeit zu verlieren, Julia«, sagte er rasch. »Du musst sofort fliehen. Die Strafe, die auf dieses Vergehen steht, ist der Tod.«

Die beiden Soldaten, die den Nebeneingang des Kaiserpalasts bewachten, kannte Lysikrates gut. Es war kalt an diesem Märzabend, und die Männer standen neben einem Kohlebecken. Lysikrates blieb neben ihnen stehen und plauderte ein wenig mit ihnen, wobei er die Sprache auf ihr Lieblingsthema brachte.

»Die Grünen haben wieder im Zirkus gesiegt. Ihr habt keine Möglichkeit mehr, wieder aufzusteigen«, sagte er mit spöttischem Unterton.

»Da warte mal ab«, antwortete einer der beiden. »Es heißt, die Roten haben einen unschlagbaren Wagenlenker angeheuert.«

Die rote und die grüne Mannschaft waren eingeschworene Feinde, die sich bei jedem Pferderennen immer wieder bis aufs Blut bekämpften.

»Ja, gewiss. Doch solange Nero ein fanatischer Anhänger der Grünen ist, werden die einfach nicht zu schlagen sein«, murrte der andere.

Genau in diesem Moment stahl sich Julia Litia zum Tor hinaus.

»Nun gut, meine Freunde«, sagte Lysikrates. »Ich denke, ich mache bei dieser frischen Frühlingsluft noch einen Spaziergang.« Damit verabschiedete er sich von den beiden Wachen.

Inzwischen war Julia in einem dunklen Winkel in der Nähe des Palasts stehen geblieben und wartete auf ihn. Sie hatte das Gesicht verhüllt, damit man sie nicht erkannte.

»Ich kenne ein Gasthaus nicht weit von hier«, sagte Lysikrates. »Dort wirst du die Nacht verbringen, und morgen früh entscheiden wir dann, was wir tun. Agrippina hat überall Augen und Ohren. Wir müssen sehr vorsichtig sein.«

Er war Julia aufrichtig zugetan und fühlte sich für das Unglück verantwortlich, das sie getroffen hatte. Denn dies war mit Sicherheit Agrippinas erster Racheakt, weil er sie verschmäht hatte.

Mittelmeer, 1335

»Ich muss mit dir reden, Diletta«, sagte der Muqatil, der inzwischen vollständig genesen war.

»Hier bin ich, mein Herr«, antwortete sie mit einem Lächeln, in dem Versuch, seine ernste Miene zu besänftigen.

»Du kannst nicht bleiben«, erklärte er. »Morgen wirst du dich mit mir einschiffen. Wir werden ein venezianisches Schiff entern und dich und deine Mägde dem Kapitän übergeben, der euch wieder in deine Stadt zurückbringen wird.«

»Aber ich will an deiner Seite bleiben und …«

»Das ist nicht möglich. Ich habe meine Entscheidung getroffen. Ich habe eine Aufgabe zu erfüllen. Du kannst nicht an der Seite eines Mannes bleiben, der bereit ist, sein Leben zu opfern, und dazu noch für etwas, das dir völlig fremd ist. Du musst zu deinem Vater und in dein Land zurückkehren, wo du in Frieden leben kannst.«

»Was weißt du von meinem Leben an der Seite meines Vaters und dem Schicksal, das mich dort erwartet? Hast du überhaupt eine Ahnung, wie viel Liebe ich für dich empfinde?« Ihre Augen füllten sich mit Tränen.

»Tu das nicht, du machst alles nur noch schwerer für mich.«

»Ein Leben ohne dich wäre mir unerträglich«, brach es aus ihr heraus, ehe sie aus dem Haus des Muqatil floh.

Die Dromone war zum Auslaufen bereit. Wehmütig ging Diletta an Bord und richtete sich, ohne ein weiteres Wort zu verlieren, im Hinterschiff ein.

Im Verlauf der folgenden vier Tage vermieden es Diletta und der Muqatil, auch nur einen einzigen Blick miteinander zu tauschen.

Dann, am Morgen des fünften Tages, erschien ein Schiff am Horizont.

»Bist du dir sicher, was du tust, Muqatil?«, fragte Diletta und brach das erzwungene Schweigen.

»Es ist besser für uns beide, Diletta, glaube mir.«

»Aber ich liebe dich mehr als mein eigenes Leben.« Sie sprach diesen Satz in einem einzigen Atemzug, als befürchtete sie, der Mut könnte sie verlassen, ihm ihre Gefühle zu gestehen.

Dann konnte sie nicht mehr an sich halten und brach erneut in Tränen aus.

»Auch ich liebe dich«, murmelte der Muqatil, als Diletta bereits in ihr Quartier gerannt war.

Am nächsten Tag wurde das venezianische Schiff nach einer kurzen Verfolgung geentert.

Der Kapitän und die Männer der Besatzung standen auf dem Deck aufgereiht und hielten die Hände zum Zeichen ihrer Kapitulation in die Höhe.

»Wir haben nicht vor, euch zu verletzen oder eure Ladung zu plündern«, sagte der Muqatil zu der Schiffsbesatzung. »Wir bitten euch lediglich, diese Frauen gesund nach Venedig zurückzubringen, wofür ihr sicherlich eine großzügige Belohnung erhalten werdet.«

»Wir haben Venedig erst vor wenigen Tagen verlassen«, antwortete der Kapitän, »doch es macht uns sicherlich nichts aus, wieder dorthin zurückzukehren, sofern Ihr uns ziehen lasst.«

»Ihr habt mein Wort«, versicherte der sarazenische Krieger.

Diletta blickte der Dromone nach, bis sie am Horizont verschwand. Noch immer waren ihre Augen voller Tränen und ihr Herz erfüllt von Angst. Al-Buraq, der Falke, drehte eine letzte Runde über der venezianischen Kogge und stieß zum Abschied einen schrillen Schrei aus, um dann in jene Richtung zu entschwinden, die das Schiff des Muqatil genommen hatte.

»Es ist eine große Ehre für mich, Euch an meiner Tafel willkommen zu heißen, Diletta. Euer Vater ist in Venedig eine hoch angesehene Persönlichkeit.« Das ehrerbietige Verhalten des Kapitäns konnte Dilettas Verzweiflung nicht besänftigen. »Ich hoffe von ganzem Herzen, dass die Ungläubigen Euch arme Dinger nicht entehrt haben. Doch ich kann euch versprechen, dass der Muqatil bald seine Strafe erhalten wird. Eine Flotte ist zu seinem geheimen Versteck unterwegs. Es gibt kein Entrinnen mehr für ihn, und dann werden die Meere endlich wieder sicher sein.«

»Was sagt Ihr da, Kapitän?«, fragte Diletta, aus ihrer Benommenheit aufschreckend.

»Was ich gesagt habe? Zusammen mit uns haben drei Kriegsschiffe Venedig verlassen. Anscheinend hat ein Informant die genaue Lage des Piratenverstecks verraten.«

Kurz darauf wurde ein Rettungsboot nach achtern gezogen. Es war ein kleines Boot, das ungefähr zehn Männer fassen konnte und über ein Segel und einige Ruder verfügte.

Giuditta zu diesem Abenteuer zu überreden, war nicht besonders schwer gewesen, da auch sie nichts zurück nach Venedig zog.

Diletta fasste nach dem Tau, an dem das Rettungsboot befestigt war. Mit etwas Mühe gelang es den beiden, über die Reling zu steigen und zu dem Rettungsboot hinabzuklettern.

Dann schnitt Diletta das Tau durch, und schließlich verschwand die Hecklaterne des Schiffs in der Dunkelheit.

Giuditta gab Diletta präzise Kommandos, sodass sie wusste, was sie zu tun hatte, und kurz darauf steuerte das Boot unter vollem Wind nach Südosten.

»Wie nur sollen wir uns auf diesem endlos scheinenden Meer orientieren?«, fragte Diletta nach einer Weile besorgt.

»Ich danke meinem Vater, denn er brachte mir bei, mich nach den Sternen zu orientieren, Herrin.«

Und die Sterne führten sie auf den rechten Weg. Dann brach der Sturm los.

Januar 2002

Hauptmann Macchi von den Carabinieri hatte jahrelang Seite an Seite mit Alberto Vite gearbeitet. Wenige Stunden vor dem Tod des Richters hatte er ihm noch ein Dossier gebracht, auf das Vite bereits ungeduldig gewartet hatte. Der Richter hatte ihm erklärt, dass diese vertraulichen Informationen aus den höchsten Ebenen des Mossad kamen, des berüchtigten israelischen Geheimdiensts. Niemals würde

Macchi jene Männer des Mossad vergessen, mit denen er mehrere Missionen erfolgreich durchgeführt hatte. Sie waren ein perfekt aufeinander eingespieltes und durchorganisiertes Team gewesen, angeführt von einem Zwerg, der hyperintelligent war. Oswald Breil war womöglich genau die Person, an die er sich wenden musste.

Als er seinen Vorgesetzten erklärt hatte, er würde nie und nimmer glauben, dass Vite eines natürlichen Todes gestorben wäre, hatten die von ihm Beweise statt schlichter Ahnungen verlangt. Vielleicht konnte ihm Breil da helfen …

Langsam öffnete sich die Tür zu Yasuo Marus Schlafzimmer. Auf der Schwelle erschien ein Kind, das so eingeschüchtert war, wie es nur ein kleines Mädchen sein kann. Allerdings war es nicht jung genug, um nicht zu begreifen, was ihm bevorstand. Es handelte sich um eine Brasilianerin oder ein Kind aus einem anderen Land Südamerikas. Unter dem Nachthemd, das eher zu einer Prostituierten als zu einer Dreizehnjährigen gepasst hätte, waren zwei unreife Brüste zu erkennen.

Yasuo Maru saß im Schneidersitz auf dem Bett. Schon ergriff die Erregung Besitz von seinem Verstand und seinem Körper.

»Wie heißt du?«, fragte Maru mit falscher Sanftheit.

»Ga … Gabriela, Senhor.«

Das Mädchen war dick geschminkt, was auf ihrem kindlichen Gesicht wie ein Sakrileg wirkte.

»Hast du es schon mal gemacht, Gabriela?«

»Nie, Senhor.«

»Schwöre es.«

»Ich schwöre es, Senhor, auf alles, was mir lieb ist. Ich schwöre es.«

»Zieh dein Höschen aus.«

Anschließend umschlossen Marus Hände den Tanga aus schwarzer Spitze und führten ihn an seine Nase. Er sog den

Duft des Mädchens so gierig in sich auf wie der Satan die Schwefeldämpfe der Unterwelt.

Nachdem er die Kleine eine Stunde lang auf jede nur erdenkliche Weise missbraucht hatte, drückte er ihr die Kehle zu, bis alles Leben aus ihrem geschändeten Körper gewichen war.

Immerhin ersparte ihr der Tod die Erinnerung an diese schreckliche Nacht.

»Es funktioniert nicht! Es funktioniert einfach nicht!«, sagte Kuniko Sagashi, und das Mikrofon, das in einem Knopf ihrer Bluse versteckt war, übertrug ganz deutlich ihre Worte.

Von dem hoch empfindlichen Apparat, den sie an der Decke von Manus Büro angebracht hatte, genau unterhalb seines Schlafzimmers, kam allerdings nur ein langgezogenes Brummen.

»Ich glaube nicht, dass es das Mikro ist, das nicht funktioniert«, klang Bruno Milanos Stimme über den Miniempfänger in Kunikos linkem Ohr. »Wie die Außenfenster und die gesamte Wandkonstruktion sind offenbar auch die Böden des Gebäudes abgeschirmt.«

»Abgeschirmt?«, wiederholte Kuniko flüsternd, obwohl das Büro menschenleer war.

»Sie senden Radiowellen aus, die jeden Abhörversuch in der Umgebung scheitern lassen.«

»Eine Tür!«, rief Kuniko aus, und in ihrer Stimme schwang Angst mit.

Auf dem Teakfußboden im Eingang ertönte der weibische Gang von Taka, und Kuniko hörte Marus Sekretär auch einen berühmten Song in Falsett trällern.

Als Taka die Tür zu seinem Büro öffnete, drückte sie auf einen Knopf der Fernbedienung, damit sich der Mikrospion von der Decke löste. Geschickt fing sie die Scheibe, die kaum größer war als eine Münze, mit einer Hand auf.

Offenbar telefonierte Taka, denn sie hörte ihn sagen: »Der Chef hat heute Abend Kricket gespielt. Ein Sack mit schmutziger Wäsche muss abgeholt werden.«

Hätte Kuniko gewusst, dass sich in dem Sack, den es abzuholen galt, der Körper eines Mädchens befand, das in einer Favela gekauft und von einem wahnsinnigen Japaner getötet worden war, hätte sie alles hingeschmissen. Oder sie hätte den Füllfederhalter benutzt, der sich auch als Pistole verwenden ließ und den sie bei ihrem Eintritt in den Mossad erhalten hatte.

Taka beendete das Telefonat und verließ wieder sein Büro. Kuniko hörte, wie sich das Klappern seiner Absätze dem Empfangsraum, in dem die Sekretärinnen arbeiteten, näherte.

Kuniko saß an ihrem Schreibtisch und tat so, als würde sie an ihrem Computer arbeiten, den sie vorsorglich schon vorher eingeschaltet hatte.

So fand Taka sie auch vor, als er den Raum betrat.

»Wieso sind Sie noch bei der Arbeit?«, fragte der Privatsekretär. »Sie haben doch schon seit Stunden Feierabend.«

Doch es musste ja immer eine von ihnen anwesend sein. Die Welt schläft nie, war eine der Weisheiten, die Yasuo Maru immer wieder zum Besten gab. Und die Angestellten von Water Enterprises arbeiteten in jedem Winkel der Welt.

»Ich habe mit einer Kollegin getauscht, da ich übermorgen einen Termin habe, Taka-*sama*.«

»Sie wissen doch, dass ich über sämtliche Änderungen informiert werden will und sie persönlich genehmigen möchte!«, sagte Taka mit schriller Stimme, die an die hohe Tonlage eines Soprans in einem Melodram erinnerte.

Hysterisches Theater!, hätte ihm Kuniko fast ins Gesicht geschleudert, stattdessen setzte sie einen Ausdruck des Bedauerns auf, während Taka auf das Textdokument schielte, an dem sie arbeitete.

»Darf ich Sie daran erinnern, Kuniko Sagashi, dass Sie

noch in der Probezeit sind. Falls Sie sich einen einzigen Fehler erlauben, werde ich Sie aus diesem Büro entfernen! Und zwar nicht bloß aus *diesem* Büro, sondern aus der gesamten Firma! Noch habe ich das nicht getan, weil Sie einwandfreie Arbeit leisten. Vergessen Sie aber nie, welche Position Sie innehaben und dass diese enorme Diskretion verlangt.«

Mit einem strengen Blick verabschiedete er sich von ihr.

»Nehmen Sie Platz, Hauptmann Macchi.« Oswald Breil war hinter seinem Schreibtisch aufgestanden und drückte dem Polizisten herzlich die Hand, dann wies der kleine Mann auf die Sitzecke im Büro des Regierungschefs.

Männer, die wirkliche Abenteuer erlebt haben, sprechen nur sehr selten darüber. So war es auch bei Oswald und dem Hauptmann der Carabinieri. Ein Blick genügte, um zu wissen, dass es zwischen ihnen trotz der Jahre, die vergangen waren, und der unterschiedlichen Wege, die sie eingeschlagen hatten, noch immer ein unauflösliches Band gab.

»Ich glaube nicht daran, dass Dr. Vite eines natürlichen Todes starb«, begann Macchi ohne Umschweife.

»Haben Sie irgendeinen Beweis oder ein Indiz?«

»Wahrnehmungen und Vermutungen, nichts weiter. Doch Vite war völlig gesund, vielleicht nur ein bisschen müde. Ich traf ihn noch, bevor er sich in sein Apartment zurückzog. Nichts an seinem körperlichen Zustand hätte diese Tragödie erahnen lassen. Alles, was er brauchte, war eine Dusche, dann wäre er wieder topfit gewesen. Doch als Vite unter der Dusche stand, kam seltsamerweise kein Wasser. Ich war ebenfalls gerade im Bad, und es blieb etwa eine halbe Stunde lang alles trocken.«

»Aber in Vites Apartment muss es noch Wasser gegeben haben. Sein Kopf war nass, als die Haushaltshilfe noch einmal zurückkam. Sie hatte ein paar Sachen im Bad vergessen und fand den Toten, etwa zwanzig Minuten nachdem sie ihn das letzte Mal lebend gesehen hatte.«

»Offenbar sind Sie wie immer über alles bestens unterrichtet, Dr. Breil.«

»Ich habe lediglich ein paar Informationen eingeholt, nachdem ein lieber Freund unter ungeklärten Umständen starb. Können Sie herausfinden, Hauptmann, wer die Kaserne mit Trinkwasser beliefert?«

»Dafür brauche ich nur ein Telefongespräch.«

Ein paar Minuten später trug Macchi einige Notizen vor, die er sich auf einem Blatt Papier gemacht hatte.

»Es handelt sich um die Acquedotti Romani S.p.A., ein an der Börse notiertes Unternehmen, das vor ungefähr drei Jahren von dem multinationalen japanischen Konzern Water Enterprises übernommen wurde.«

»Yasuo Maru!«, stieß der israelische Premierminister zwischen den Zähnen hervor.

Kuniko Sagashi verließ ihr Büro um sechs Uhr morgens. In Tokio herrschte eisige Kälte. Die ersten Pendler bestiegen die Züge der U-Bahn. Sie saß in einem Wagon voller Menschen, die zu verschlafen waren, um sie zu beachten. Das Gebäude am östlichen Stadtrand der Metropole, in dem sie wohnte, war gewiss nicht luxuriös, aber ihre Nachbarn waren wohlsituierte Leute.

Kuniko öffnete die Wohnungstür, doch bevor sie noch das Licht anschalten konnte, verschloss ihr eine Hand von hinten den Mund.

»Ich bin es, nicht schreien!« Obwohl er sehr leise sprach, erkannte sie seine Stimme sofort. »Du kannst ganz beruhigt sein, niemand hat mich kommen sehen, und niemand wird mich weggehen sehen. Aber ich muss dich unbedingt persönlich sprechen.«

»Wir sind also bereits zum Du übergegangen«, sagte Kuniko, nachdem sie sich von ihrem Schrecken erholt hatte. »Mit welcher Abkürzung oder welchem Codenamen soll ich dich heute ansprechen?«

»Bruno Milano. Ich bin Major Bruno Milano vom Mossad.«

»In Ordnung«, antwortete Kuniko freundlich.

Sie sprachen einige Minuten miteinander, und Milano empfahl ihr wegen des geringen Vertrauens, das Taka ihr gegenüber an den Tag legte, sehr vorsichtig zu sein. Dann fragte er sie, ob er ihren Computer benützen dürfe. Er zog eine Microdisk aus der Innentasche seines Jacketts und steckte sie in den Leseschlitz.

Die mit einer Infrarotkamera aufgenommenen Bilder füllten den Bildschirm.

»Das ist Genji Enshigoju, während sie das Bürogebäude betritt. Wie du siehst, trägt sie die Uniform von Water Enterprises und verteilt die Hauspost.« Das Bild wechselte, dann fuhr Milano fort: »Das ist sie noch immer, wie sie achtzehn Minuten später das Gebäude der Gesellschaft verlässt. Die Uniform ist ebenso verschwunden wie der Postwagen. Einer unserer Agenten hat berichtet, dass die Frau nicht einen der vier allgemein zugänglichen Aufzüge in der Halle benutzte, sondern jenen, der einen zu Maru persönlich bringt.«

»Du meinst den, der ohne Zwischenhalt zu den Büros des Präsidenten oder zu seiner Privatwohnung fährt.«

»Ganz genau. Der Wagen war übrigens so groß, dass er leicht eine Person aufnehmen könnte.«

»Wenn jemand Maru besucht hat, muss derjenige irgendwie wieder aus dem Gebäude gekommen sein. Bei so wenig Betrieb in der Nacht... Habt ihr den Lieferanteneingang überwacht?«

»Natürlich. Es ist niemand herausgekommen, außer einem Lieferwagen der Wäscherei, der gegen vier Uhr zwanzig einen großen Sack Wäsche aufgeladen hat. Ich bin überzeugt, dass heute Nacht in dem Hochhaus von Water Enterprises etwas Schwerwiegendes passiert ist.«

Kuniko sagte nichts. Sie hatte verstanden, was Milano meinte, und Takas seltsames Telefonat mit einer »Wäscherei« schien seine Worte zudem zu bestätigen.

Milano zog die Microdisk aus dem Leseschlitz des Computers und verabschiedete sich.

»Gibt es irgendjemanden, der auf dich wartet, Bruno?«, fragte sie hastig. »Ich meine, eine Ehefrau oder eine Familie?« Als er verneinte, fuhr Kuniko fort: »Es ist bereits Morgen, und du wirst müde sein. Wenn du willst, kannst du dich auf die Couch legen. Ich habe morgen ... das heißt: heute meinen freien Tag.«

Im Dunkel ihrer Wohnung schlich Kuniko zielsicher zur Couch und streichelte sanft Bruno Milanos Kopf. Er schlief nicht, und seine Hände umfassten ihren Nacken, bevor er seinen Mund auf ihre Lippen drückte.

Kuniko glitt unter die Decke, dann gab es nichts mehr außer ihrem Verlangen.

Kaiserliches Rom, anno 812 nach der Gründung (59 n. Chr.)

Lysikrates hielt vor dem Wirtshaus mit einem Wagen, der von zwei Lastpferden gezogen wurde. Er ging hoch ins Zimmer, in dem Julia untergebracht war, und geleitete sie hinunter auf die Straße, wo er ihr half, hinten auf die zugedeckte Pritsche zu steigen.

Während der letzten Stunden hatte er zum ersten Mal nach so vielen Jahren die Macht des Osiris und seiner Priester kennengelernt.

Mitten in der Nacht hatte er sich in das Haus eines ägyptischen Kaufmanns begeben, dessen Adresse Cherèmones ihm vor einiger Zeit anvertraut hatte, unter der Auflage, sie nur in schwerwiegenden Fällen aufzusuchen. Alles, was er hatte tun müssen, war, dem alten Amphorenverkäufer den Isisknoten aus rotem Jaspis zu zeigen und ihm zu sagen, dass eine Person in aller Eile aus Rom geschafft werden müsse. Daraufhin hatte ihm der Kaufmann die Adresse eines Landsmanns in der Nähe von Neapel genannt, wo er Hilfe und Aufnahme fände.

Am Rand der Straße, die von Rom nach Neapel führte, umringte eine Gruppe von Menschen einen Mann.

Lysikrates erkannte ihn sofort: Es war Simon der Magier, der inmitten der Menschenansammlung stand und mit einigen Palmenzweigen in der Hand in die Höhe zeigte. Seine Augen waren seltsam verdreht, sodass nur noch das Weiße darin zu sehen war.

Schon seit einiger Zeit erzählte man sich, dass Simon predigend über das Land zöge und Wunder vollbringe. Der einzige Unterschied zwischen ihm und den tausend anderen falschen Propheten, die das Land überschwemmten, war seine Schläue. Der Magier predigte und sammelte im Namen des Augustus Schüler um sich, und wie zuvor Claudius schien auch Nero große Stücke auf ihn zu halten.

Lysikrates trieb die Pferde an, soweit das bei den beiden Gäulen überhaupt möglich war, denn die waren es nur gewohnt, große Lasten und landwirtschaftliche Geräte zu ziehen.

Noch bevor es Abend wurde, holten zwanzig Soldaten auf Pferden, denen man einen Wink gegeben hatte, die Flüchtenden ein, und Lysikrates und seine Gefährtin wurden gefangen genommen.

»Noch ein Letztes, Anicetus«, sagte Nero. »Lass den guten Lysikrates im Gefängnis wissen, dass er sich keine Sorgen zu machen braucht. Sein Freund, der Kaiser, wacht über ihn.«

Anicetus bekleidete schon seit Langem das Amt des Kommandanten der kaiserlichen Flotte, die am Kap Miseno vor Anker lag. Niemand wusste zu sagen, ob er diesen begehrten Posten aufgrund seiner militärischen Fähigkeiten oder der zahlreichen Gefallen erhalten hatte, die ihm Nero schuldete, denn Anicetus hatte viele Vergehen des Kaisers gedeckt.

Er verließ die kaiserlichen Gemächer, um Lysikrates im Gefängnis aufzusuchen und die beruhigenden Worte Neros an ihn weiterzugeben.

Eine warme Frühlingsbrise blies über die Bucht von Baia. Die Villen der römischen Adligen wurden von einer Vielzahl von Fackeln beleuchtet, die entlang der imposanten Marmortreppen und den Statuen in den Nähe des erwärmten Schwimmbeckens angebracht waren.

Die gesamte Stadt war in Feierstimmung, denn es wurde der Quinquatrus begangen, der fünfte dunkle Tag nach den Iden des März.

Nero hatte Agrippina eingeladen, von Anzio, ihrer Heimatstadt, zu ihm nach Baia zu kommen. Sie war der Einladung auch gefolgt und spielte die Rolle der Mutter, die den verloren geglaubten Sohn in die Arme schließen wollte. Den ganzen Abend über hatte sich auch Nero wie ein vorbildlicher Sohn verhalten und sie mit allen nur erdenklichen Aufmerksamkeiten verwöhnt.

Dann, spät in der Nacht, inmitten der Reste des verlassenen Banketts und der letzten Gäste, die nach dem Trinkgelage mit stumpfen Blicken umherirrten, sah Nero in die Augen seiner Mutter und schluchzte auf.

Agrippina streichelte ihm sanft den Nacken. Es war an der Zeit, so dachte sie, mit ihm Frieden zu schließen.

Dann ging sie mit raschen, graziösen Schritten auf die Hafenmole zu, wobei sie von einem Diener und der alten Sklavin Acerronia begleitet wurde. Das Schiff, das man ihr zur Verfügung gestellt hatte, hatte eine elegante Form und ähnelte einer fein verzierten Liburne.

Agrippina hatte im Raum am Heck Quartier bezogen. Sie saß auf dem Bett, während Acerronia ihr das Haar kämmte und der Diener das Nachtkleid herauslegte.

Plötzlich krachte unter großem Lärm die Decke der Kabine herunter, und splitterndes Holz wirbelte überall umher. Eine dicke Bleiplatte, mit der das Dach beschwert worden war, fiel auf den Diener herab. Sein Kopf wurde auf unnatürliche Weise abgeknickt, bevor er zwischen den Schultern verschwand, doch das dauerte nur den Bruchteil einer Sekunde. Agrippina und Acerronia waren wie versteinert und gingen davon aus, dass nun sie an der Reihe waren.

Das eiserne Betthaupt gab einen fast klingenden Ton von sich, als die Bleiplatte gegen seine zwei oberen Pfosten knallte und von ihnen aufgehalten wurde. Nur allmählich wurde den beiden Frauen klar, dass sie bei diesem Unglück auf wundersame Weise unversehrt geblieben waren.

Doch der schreckliche Plan, den Anicetus und Nero ausgeheckt hatten, ging noch weiter: Das Schiff mit der Augusta sollte untergehen, damit jeder Beweis ausgelöscht wurde. Aber wie bei so vielen Schiffsuntergängen sollte es auch in diesem Fall Überlebende geben – Männer, die Anicetus und Nero treu ergeben und in die Verschwörung eingeweiht waren. Einige arme Sklaven jedoch würden ertrinken, nicht ahnend, dass sie einer Inszenierung wegen geopfert wurden.

Während also die einen mit Äxten Löcher in die Wandungen des Schiffs schlugen, bemühten sich andere, mit Pumpen und Eimern zu retten, was nicht mehr zu retten war.

Das Schiff neigte sich zur Seite, und Agrippina und Acerronia wurden ins Meer geschleudert. Die alte Sklavin kämpfte schon bald in der Nähe eines Beiboots voller Schiffbrüchiger ums nackte Leben. Damit man sie an Bord zog, schrie sie um Hilfe und behauptete, sie wäre die Augusta Agrippina. Die Männer im Boot, die in Anicetus' Diensten standen und sich einen sorgfältigen Fluchtplan zurechtgelegt hatten, erschlugen sie mit den Rudern.

Agrippina, die dies beobachtete, war eine ausgezeichnete Schwimmerin, zudem war das Meer ruhig und das Ufer nicht allzu weit entfernt. Sie durchschaute das heimtückische Spiel, und auch der Anflug von Rührung, den ihr Sohn gezeigt hatte, rückte in ein anderes Licht.

Sie versuchte, sich so leise wie möglich zu bewegen, und schwamm stetig weiter, im schützenden Mantel einer mondlosen Nacht.

Wenig später wurde sie an Bord eines Fischerboots genommen. Die Männer fühlten sich geehrt, die Augusta gerettet zu haben, und brachten sie, heil und gesund bis auf eine leichte Verletzung an der Schulter, in ihre Villa.

Nero war inzwischen vom Misslingen des Plans unterrichtet worden und rief die beiden Berater, die sich für dieses dumme Abenteuer eingesetzt hatten, zu sich.

Seneca und Burrus erschienen und waren voller Sorge. Die Angelegenheit duldete keinen Aufschub und musste sofort bereinigt werden, sonst würden innerhalb kürzester Zeit der Anschlag auf die Augusta und die heimtückische Verschwörung, die gegen sie angezettelt worden war, dem Volk und dem Senat von Rom bekannt werden. Doch beide waren sie überzeugt, dass keiner der Prätorianer die Tochter eines großen Kriegsherrn ermorden würde.

Es war Agrippina selbst, die den Verschwörern zu Hilfe kam. Sie befahl einem Diener, sich zum Kaiser zu begeben und ihn davon in Kenntnis zu setzen, dass die Augusta den Schiffbruch überlebt hatte und dem feigen Anschlag auf ihr Leben entronnen war.

Kaum hatte der Diener Neros Gemächer betreten, warf ihm dieser ein Kurzschwert vor die Füße und schrie: »Mörder! Verbrecher! Diesen Mann hat meine Mutter geschickt, mich zu töten!«

Die Wachen eilten herbei, und der nichtsahnende, sich keiner Schuld bewusste Diener wurde gefangen genommen und auf der Stelle hingerichtet.

Dieses Ereignis ebnete Anicetus den Weg für sein weiteres Vorgehen. Mit einigen Männern drang er in Agrippinas Gemächer ein. Auf dem Bett liegend empfing sie den Admiral mit strengem Blick, überzeugt davon, dass er sie niemals töten würde. Ihr Irrtum währte nur einen Augenblick, dann brachten Anicetus und seine Männer die wahrscheinlich mächtigste Frau des Imperiums mit Stockschlägen und Dolchstichen um.

Agrippina wurde vierundvierzig Jahre alt. Offiziell hieß es, sie habe sich selbst getötet, weil sie die Schmach nicht ertrug, dass man sie als Auftraggeberin des Attentats auf ihren Sohn enttarnt hatte.

Mittelmeer, 1335

Die Wellen warfen das Beiboot hin und her, als wäre es eine Nussschale in einem reißenden Fluss.

Mittlerweile hatten die beiden Frauen jede Kontrolle über das winzige Boot verloren, und es sah so aus, als könne sie nichts mehr vor einem Schiffbruch bewahren. Bisher war es ihnen unter tausend Schwierigkeiten gelungen, das Boot die gesamte Nacht hindurch zu steuern. Angesichts der nicht nachlassenden Gefahren jedoch ergaben sie sich schließlich in ihr Schicksal.

Eine erste Welle schlug seitlich auf das Boot, und es platschte wie die schallende Ohrfeige eines Riesen. Eine zweite, noch mächtigere Welle hob das Heck in die Höhe und richtete das Boot fast senkrecht auf, bis es nach einer schier unendlich lang erscheinenden Zeit in die Höhlung des Brechers zurückfiel.

»Es ist vorbei!«, rief Diletta. »Verzeih mir, meine Freundin, dass ich dich in dieses Abenteuer mit hineingezogen habe!« Und dann blieb sie, blind von den salzigen Spritzern, bewegungslos sitzen und erwartete ihren Tod.

Da geschah etwas, was man wohl nur als Wunder bezeichnen kann. An der Bordwand zog sich ein Mann, nass und keuchend, in die Höhe. Mit fester Hand griff er nach dem Steuer, setzte das Segel – oder eher das, was davon übrig war – und manövrierte das Beiboot bis unterhalb der Dromone, von wo aus zahlreiche kräftige Arme die beiden Frauen an Bord zogen.

Mit ihren letzten noch verbliebenen Kräften murmelte Diletta: »Das Dorf … Sie werden das Dorf mit drei Schiffen angreifen. Die Venezianer wissen, wo die Insel liegt …«

Es war kein Augenblick mehr zu verlieren. Der Muqatil befahl seinen Männern, sofort zur Insel zurückzukehren und dabei ohne Rücksicht auf sich selbst gegen den Sturm anzukämpfen.

Unheil verkündend stieg eine Rauchsäule in den Himmel. Aus dieser Entfernung sah es so aus, als wäre der schon seit Jahrhunderten erloschene Vulkan erneut zum Leben erwacht.

Als sie in die Bucht einfuhren, bot sich ihnen ein Bild des Grauens. Selbst die wenigen Kinder waren der Mordgier der Angreifer zum Opfer gefallen. Die Frauen lagen, grauenhaft verstümmelt, wie makabre Trophäen nackt auf den Überresten von Türen oder Dächern, auf die man ihre geschändeten Leiber genagelt hatte. Das Dorf selbst war vollständig zerstört.

Begleitet von einer Gruppe seiner Männer, ging der Muqatil an Land. Die islamische Religion verlangte die umgehende Bestattung der Toten. Doch es blieb keine Zeit, um die Totengebete zu sprechen, da die grausamen Feinde vielleicht noch in der Nähe der Insel kreuzten, auf der der Muqatil so glücklich gewesen war.

In der Tat lag Hito Humarawa mit seiner Flotte nur wenige Meilen von der Insel entfernt. Bevor er nach Venedig zurückfuhr, wollte er dem, den er für seinen schlimmsten Feind hielt, den Todesstoß versetzen.

Dabei war es nicht Hass, was der Samurai gegen den Muqatil empfand. Humarawa war gar nicht imstande, irgendein Gefühl zu empfinden. Er war wie ein Werkzeug, das eine höhere Macht einsetzte, um zu töten, so wie etwa eine Armbrust oder ein Katapult. Und wie jedes Werkzeug tat er, wofür er geschaffen worden war.

Al-Buraq, der Falke, kehrte zur Dromone zurück und stieß seinen Ruf aus. Alle an Bord wussten, was das zu bedeuten hatte.

Und tatsächlich rief der Ausguck kurz darauf »Da sind sie!« und deutete auf drei Punkte am Horizont.

»Männer, ich zähle auf euch!«, sagte der Muqatil in die entstehende Stille hinein. »Bringt das Schiff auf höchste Geschwindigkeit. Diese Ungläubigen sollen für all die vielen Leben bezahlen, die sie ausgelöscht haben!«

Dann wandte sich der Muqatil an Diletta und ihre Dienerin und befahl ihnen, unter Deck zu gehen und sich in seiner Kajüte zu verstecken.

Wie ein Delphin glitt die Dromone durch die Wasserfläche dahin.

Was hatten diese verrückten Selbstmörder vor? Während sich Humarawa diese Frage stellte, schaute er auf die schäumende Bugwelle der Dromone, die mit enormer Geschwindigkeit auf seine Galeere zusteuerte.

»Los, Männer, an die Ruder! Sie sollen für all ihre Schandtaten bezahlen!«, trieb der Muqatil seine Mannschaft an.

Der Zusammenprall stand unmittelbar bevor, doch dann brach die venezianische Galeere plötzlich zur Seite hin aus. Unaufhaltsam setzte die Dromone ihre Fahrt fort und prallte in die Flanke des feindlichen Schiffes. Viele der achtzehn Ruder gingen zu Bruch, bevor sich der Rammsporn des Sarazenenschiffs in die Bordwand bohrte.

Die Männer des Muqatil schwangen die mächtigen Ruder in die entgegengesetzte Richtung, und die Dromone löste sich, wenn auch mühsam, von dem gerammten Schiff.

Der Rammsporn, den der Emir selbst entworfen hatte, hatte ein Leck gerissen, das von der Wasserlinie bis hinauf zum oberen Deck reichte. Die Galeere würde vielleicht nicht untergehen, aber seetüchtig war sie auch nicht mehr. Der Rammsporn nahm eine makabre Trophäe mit sich: Durchbohrt von der eisernen Spitze, die so scharf war wie eine Klinge, rang Zaydun, der Verräter, am Vorschiff der Dromone mit dem Tod. Seine Augen waren aus ihren Höhlen getreten, und zwei blutige Rinnsale liefen ihm zu beiden Seiten des Mundes herab.

Der Muqatil blickte auf die venezianische Galeere. Der Mann, der auf dem Kommandoposten stand, war kein Europäer, sondern trug asiatische Gewänder, und sein rabenschwarzes Haar war über dem Scheitel zu einem Knoten zusammengebunden.

Für einen kurzen Moment begegneten sich die Blicke der beiden, und wären diese imstande gewesen zu töten, hätten sie sich einen Kampf bis aufs Blut geliefert.

Der Asiate würde für alles bezahlen, was er getan hatte, nahm sich der Muqatil vor, bevor er seinen Männern den Befehl zum Rückzug gab. Die Dromone war so schnell, dass sie jeden Verfolger abschütteln konnte, umso mehr die beiden kleinen Schiffe, die die Galeere eskortierten.

Januar 2002

Taka betrachtete eine zweite Serie von Schnappschüssen. Die Gesichtszüge des Mannes, der aus Kuniko Sagashis Wohngebäude kam, waren deutlich zu erkennen. Taka konnte zufrieden sein. Endlich hatte er einen Fleck auf der makellosen Vita seiner Mustersekretärin entdeckt. Es war eine gute Idee gewesen, einige *Kobun*, die der Yakuza angehörten, auf Kuniko anzusetzen, nicht diese Dummköpfe vom Sicherheitsdienst. Taka war weiterhin felsenfest davon überzeugt, dass er hinsichtlich Kuniko noch die eine oder andere böse Überraschung erleben würde.

Acht Stunden später wusste er, dass der junge Mann auf den Fotos ein Mitarbeiter der israelischen Botschaft war.

Taka klopfte an die Tür zum Büro seines Chefs …

Kuniko erwachte in ihrem Bett und tastete mit der Hand vergebens nach Brunos Körper. Für eine Weile blieb sie liegen und dachte an die leidenschaftlichen Stunden, die sie gemeinsam verbracht hatten.

Tags darauf trat sie wie gewohnt ihren Dienst im Büro an. Sie setzte sich an ihren Schreibtisch und begann, die alltäglichen Angelegenheiten zu erledigen.

Eine Anweisung aus der Sprechanlage riss sie aus der gewohnten Routine. Kuniko griff nach einem Schreibblock und trat ins Büro des Präsidenten.

Der Schlag in den Nacken traf sie völlig unerwartet. Nur einen Augenblick dauerte der Schmerz, dann versank sie in einer Ohnmacht.

Als sie wieder zu sich kam, wusste sie nicht zu sagen, wie lange sie ohne Besinnung gewesen war. Es kam ihr vor, als würde ihr gleich der Kopf zerspringen. Die Decke über ihr war mit Stuck verziert und ein paar Strahler waren in den Verputz eingelassen, die nur bestimmte Bereiche des Raums ausleuchteten. In ihrem Blickfeld sah sie antike Fundstücke und Gemälde, die sie aus kunsthistorischen Büchern oder von den Umschlägen von Ausstellungskatalogen her kannte.

Nachdem er die gereinigten und entsprechend behandelten Papyri seiner direkten Vorgesetzten übergeben hatte, versenkte sich Toni Marradesi wieder in jene Arbeiten, die er zunächst zurückgesetzt hatte. Hin und wieder aber ging er in Saras Büro hinauf, um sie zu fragen, wie sie mit der Analyse der Papyri vorankam. Er erhielt stets nur ein zufriedenes

Gurren zur Antwort, während sie den Blick nicht vom Bildschirm ihres Computers löste.

Alba, eine tüchtige Mitarbeiterin des Instituts, betrat schwungvoll Marradesis Labor. In der Hand hielt sie zwei schwarze Folien, die jenen ähnelten, wie man sie für Röntgenaufnahmen benutzt.

»Schauen Sie her!«, rief sie und hielt die beiden Aufnahmen gegen das Licht, damit er sie miteinander vergleichen konnte.

»Sind Sie sicher, dass es sich um dasselbe Werk handelt?«, fragte Toni, obwohl er die Antwort bereits kannte.

»Ohne den geringsten Zweifel, Dr. Marradesi.«

»Ich glaube, wir sollten diese Entdeckung der Chefin mitteilen«, sagte Marradesi und machte sich auf den Weg zu Saras Büro.

Aus ihrem Blickwinkel wirkte Yasuo Maru noch furchterregender als sonst. Kuniko wagte es nicht, sich zu rühren, nur ihre Augen bewegten sich, und ihr Blick pendelte hin und her zwischen dem strengen Gesicht ihres Chefs und Takas Rechter, die eine Spritze hielt.

»Sie liegen auf einer Einbalsamierungsbank, die aus der fünften ägyptischen Dynastie stammt. Erregt es Sie nicht, zu wissen, dass auf dieser Granitfläche, auf der Sie gerade liegen, die Körper der Pharaonen für die Reise ins Jenseits vorbereitet wurden?« Marus Miene wirkte völlig teilnahmslos, als ginge ihn das Leben, das er in seinen Händen hielt, überhaupt nichts an.

»Was haben Sie mit mir vor? Warum bin ich hier, Maru-*sama*? Ich bitte Sie, machen Sie mich los. Ich bin sicher, das alles ist ein Irrtum.«

»Das werden wir ja sehen, Kuniko Sagashi.« Maru deutete auf die Spritze, deren Nadel sich ihrem nackten, ausgestreckten Arm näherte. »Wissen Sie, was das ist? Das Basismedikament heißt Thiopental-Natrium, ein modernes, hoch potenziertes Derivat des bekannteren Pentothal. Eine Wahrheitsdroge, der sich niemand widersetzen kann.«

»Was wollen Sie von mir?« Kuniko versuchte vergeblich, sich von ihren Fesseln zu befreien.

»Wir möchten nur wissen, welche Verbindung Sie zum israelischen Geheimdienst unterhalten«, stieß Taka hervor, den Kunikos Hilflosigkeit erregte.

»Was sagen Sie da? Welcher Geheimdienst? Ich bin Studentin, die sich das Geld für ihr Studium verdient und …« Sie stockte, denn in diesem Moment drang die Nadel in ihre Vene ein, und die gelbe Flüssigkeit vermischte sich mit ihrem Blutkreislauf.

»Sara, erinnerst du dich an die Gemälde, die aus Frankreich eingetroffen sind?«, fragte Marradesi, während er ihr die beiden Röntgenaufnahmen hinhielt.

»Ja, natürlich. Sehr erstaunlich, dass uns die Kollegen von jenseits der Alpen diesen Auftrag erteilt haben, und das umso mehr, als dieses ›Paket‹ nicht von Grégoire Funet kam.«

»Wie es der Zufall will, wurde eines dieser Bilder, *La messe d'oro* von Paul Gauguin aus dem Jahr 1889, in unserem Institut vor vier Jahren restauriert. Unsere fabelhafte Alba hat im Archiv die Unterlagen herausgesucht. Und als sie die Röntgenaufnahmen vom Rand der Leinwand näher untersuchte, was meinst du, was sie da entdeckt hat?«

Sara nahm Toni die beiden Aufnahmen aus den Händen und hielt sie gegen das Licht. »Ganz eindeutig handelt es sich nicht um dasselbe Werk. Eines der beiden Gemälde ist eine Fälschung.«

Die Ränder von Leinwänden zu röntgen, war eine der wenigen Methoden, um mit absoluter Gewissheit festzustellen, ob ein Original durch eine Fälschung ersetzt worden war. Die Fälscher lieferten mittlerweile so hervorragende Arbeiten ab, dass es schwierig war, ihren Strich von dem des echten Künstlers zu unterscheiden, und sie verwendeten Materialien, die denen des Originals sehr ähnelten, sodass niemand die Fälschung mit bloßem Auge erkennen konnte. Daher nahmen Museen und große Sammler beim Katalogisieren ihrer Gemälde inzwischen Röntgenaufnahmen der Leinwandränder in ihre Unterlagen auf, sozusagen digitale Fingerabdrücke und unmöglich zu fälschen.

»Haben Sie uns auch die Karteikarte geschickt?«, fragte Sara.

»Sicher, hier ist sie«, antwortete Toni. »Und ich sage dir bereits jetzt, dass der Gauguin in den letzten drei Jahren im Musée d'Orsay gewesen ist – mit einer einzigen Ausnahme, einer etwa dreißigtägigen Ausstellung im Museum für westliche Kunst in Tokio. Meinst du, dass wir diese Entdeckung der französischen Denkmalbehörde melden sollten?«

»Warten wir noch ein paar Tage. Ich muss erst mit Oswald darüber reden.«

»Das klingt meiner Meinung nach gar nicht gut«, murmelte Marradesi kopfschüttelnd.

Kaiserliches Rom, anno 814 nach der Gründung (61 n. Chr.)

Agrippina war immer fest davon überzeugt gewesen, dass die Stadt Rom ihr, als einer der einflussreichsten Frauen ihrer Zeit, im Falle ihres Ablebens einen würdigen Abschied bereiten würde. Doch statt eines Staatsbegräbnisses und marmorner Gedenksteine wurde ihr Leichnam noch an dem Tag ihrer Ermordung eingeäschert, und der Senat erließ ein Edikt, dass man ihren Namen überall löschte, wo immer er auch Erwähnung gefunden hatte. Übrig von ihr blieb nur ein kleines Grabmal in der Nähe der Villa von Julius Caesar, das einige Zeit nach ihrem Tod von ihren ergebensten Dienern zur Erinnerung an die Augusta errichtet wurde.

Seit seine Mutter gestorben war, veränderte sich Neros Charakter auf drastische Weise. Manchmal schien er sich vor allem und jedem zu fürchten wie ein Kind, und er fand keinen Sinn mehr im Leben. In anderen Situationen hingegen verhielt er sich so arrogant und gewaltbereit, dass sein Handeln völlig maßlos und unangebracht war.

Zwei Tage nach Agrippinas Tod wurde Lysikrates aus der Haft entlassen und nahm seinen Posten an der Seite des Kaisers wieder ein. Die Anklage gegen Julia Litia wegen Diebstahls blieb zunächst bestehen, doch nach einem Monat Gefängnis wurde sie in einem Prozess freigesprochen.

»Was befiehlst du, Nero? Warum hast du verlangt, dass ich dich sofort aufsuche?«, fragte Lysikrates, der den Kaiser in tiefster Verzweiflung vorgefunden hatte.

»Ich bin allein, Lysikrates. Mir fehlt die Umarmung meiner Mutter. Und die Umarmung meiner Stadt und meines Volkes.«

»Aber ich bin doch bei dir, Nero. Alle sind bei dir.«

»Ich bin allein, Lysikrates, so allein!« Zuerst brach der Caesar in Schluchzen aus, dann trat der blanke Wahnsinn in seine Augen. »Weißt du, was wir jetzt machen werden, Lysikrates? Wir werden die prunkvollsten Spiele seit Menschengedenken veranstalten. Wir werden Athleten und Poeten aus jedem Winkel des Imperiums einladen. Ich will Maschinen zeigen, über die jeder staunen wird. Ich will ein Szenario ohnegleichen.«

Mehr als einhundertfünfzigtausend Menschen standen dicht gedrängt im Circus Maximus. Viele von ihnen hatten sich schon am Tag zuvor, als die Gittertore geöffnet worden waren, einen Platz ergattert, denn einen reservierten Bereich gab es nur für Senatoren und Angehörige des Ritterstands, für amtierende Richter und das Gefolge des Kaisers. Alle anderen, selbst die Reichen und die Patrizier, mussten sich selbst um Plätze kümmern und schickten oft ihre Sklaven voraus, damit sie ihnen einen freihielten.

Die Gladiatorenkämpfe waren sorgfältig vorbereitet worden, und die Inszenierung war so perfekt, wie es der Kaiser verlangt hatte.

Nero schritt auf der Aschenbahn in einem weißen Gewand einher, das an den Rändern mit Gold verziert war. Die Ovationen der Menge klangen bis hoch in den Himmel.

Lysikrates betrachtete ihn von der Höhe der Tribüne aus. Nero wollte den Kontakt zur Menge und hielt deren endlose Schmeicheleien für bare Münze.

Wie durch einen Zauber öffneten sich auf den Trassen, auf denen die Rennen mit den Quadrigen, den zweirädigen Streitwagen, stattfinden sollten, Bodenluken von gewaltigen Ausmaßen, und aus ihnen erhoben sich verschiedene Landschaften, mit exotischen Pflanzen, zwischen denen sich wunderschöne Tänzerinnen bewegten. Das Publikum war begeistert.

Lysikrates war so versunken in das Werk, das er geschaffen hatte, dass er kaum bemerkte, wie ihn eine Hand berührte.

»Wie viele Dinge unser Lysikrates doch beherrscht – er ist nicht nur Schiffskapitän aus Alexandria, sondern auch Wagenlenker und Bühnenbildner in Rom.« Der Blick von Simon dem Magier war undurchdringlich.

Dennoch stand es nun für Lysikrates fest, dass sich der Magier an die Nacht in der Nekropole erinnerte und ihn auch bei seiner Flucht mit Julia Litia wiedererkannt hatte. Wahrscheinlich war er es auch gewesen, der ihm den Trupp Soldaten auf den Hals gehetzt hatte.

Der Aufschrei der Menge beendete die Unterredung der beiden, bevor diese überhaupt begonnen hatte.

Plötzlich war ein Elefant erschienen, mit kostbaren Stoffen und goldenen Zierdecken herausgeputzt. Die tarnten die Hebeseile, an denen das Tier nur auf halber Höhe über den Tribünen hing. Die Vorrichtung, unter der die Seile verliefen, erstreckte sich fast über das gesamte Stadion. Fasziniert betrachteten alle den gigantischen Dickhäuter, während er von der einen Seite des Circus Maximus zur anderen zu fliegen schien.

Was hier geboten wurde, hinterließ in den Anwesenden eine einprägsame Erinnerung, die niemand je vergessen sollte.

Nero war überaus erfreut von der Zuneigung, die Rom ihm bekundet hatte. Offenbar konnte das Volk nicht auf seinen Kaiser verzichten, auch wenn das vielleicht an seinen großzügigen Geschenken lag.

»Du hattest recht, Lysikrates. Das Volk liebt mich. Und ich kann meinem geliebten Volk nicht nahe genug sein«, sagte Nero, kaum dass Lysikrates neben ihm auf der Aschenbahn der kleinen Pferderennbahn stand.

Caligula hatte am rechten Tiberufer, innerhalb des Parks, der einst seiner Mutter gehörte – heute liegt er in der Nähe des Vatikans –, einen Miniaturzirkus erbauen lassen. Er, der große Pferdeliebhaber, hatte dort so häufig wie nur irgend möglich trainiert. Nach seinem Tod war das Anwesen nicht mehr benutzt worden, bis es Nero für jenen Zweck wieder hatte herrichten lassen, für den es von seinem Onkel mütterlicherseits erbaut worden war.

Die vier Pferde der kaiserlichen Quadriga schlugen mit den Vorderhufen in die Luft und schnaubten wild. Sie wirkten, als wären sie gerade aus der Unterwelt geprescht, um den Seelen der Verdammten nachzujagen.

Der Kaiser trug die Tracht eines Paladins, die ihn bei gefährlichen Stürzen schützen sollte und die aus einer Art halbstarrem Stützwerk aus überkreuzten Lederstreifen und einem Helm aus ebenfalls mit Leder verkleidetem Holz bestand. Darunter trug Nero ein smaragdgrünes Gewand.

»Willst du dich nicht ebenfalls umziehen, Lysikrates?«, fragte der Kaiser, der so aufgeregt war wie ein Kind. »Ich möchte sehen, ob der Schüler inzwischen den Meister besiegen kann.«

Dass sich ein vornehmer und mächtiger Mann zur Schau stellte, indem er auf der Bühne Verse rezitierte oder an den Spielen im Zirkus teilnahm, widersprach zutiefst den römischen Moralvorstellungen. Bisher war Nero auch hinsichtlich der Pferderennen, einer Leidenschaft, die er von seinem Onkel Caligula geerbt zu haben schien, dem Rat seiner Mutter und Lehrer gefolgt und hatte nie in der Öffentlichkeit daran teilgenommen, obwohl er ein erfahrener Wagenlenker war.

Dennoch trainierte der Kaiser stets auf seiner Privatbahn, wo ihm viele bei seinen Übungen zusahen. Anfangs waren die Neugierigen noch von den Wachen ferngehalten worden, doch später waren auf persönliche Anweisung des Kaisers die Gittertore der privaten Pferderennbahn für jedermann geöffnet worden.

Lysikrates war achtunddreißig Jahre alt und hatte das Training und seine Leibesertüchtigung niemals aufgegeben. So wirkte er mit seinem muskulösen Oberkörper in der Schutzvorrichtung der Wagenlenker völlig anders als Nero, der zwar noch immer sehr kraftvoll und wendig war, jedoch bereits eine Neigung zur Fettleibigkeit zeigte, wie sie für die väterliche Linie seiner Familie typisch war.

Die beiden Quadrigen wurden nebeneinander an die Startlinie gelenkt. In der Arena wurde es ganz still. Dann wurde eine Fahne geschwenkt, was das Startsignal für das Rennen war.

Nero startete als Erster, vielleicht sogar ein wenig zu früh. Lysikrates folgte ihm und lenkte die vier Pferde mit großem Geschick, auch wenn er alle Hände zu tun hatte, das Ungestüm der Tiere zu bremsen.

Der Kaiser vollendete als Erster die erste der vereinbarten sieben Runden. Seine schwarzen Vollblüter liefen enorm schnell, und während der zweiten Runde vergrößerte sich sein Vorsprung so erheblich, dass es nahezu unmöglich schien, ihn noch einzuholen. Doch es wirkte, als würde Lysikrates, der die Farben der Roten trug, der ewigen Widersacher der Grünen, absichtlich immer langsamer werden. Ein missbilligendes Raunen erhob sich von den Tribünen, da das Publikum solch ein Verhalten nicht schätzte.

In der dritten Runde, als Nero gut zwei Längen vorn lag, lockerte Lysikrates die Zügel und legte seinen Streitwagen entschlossen in die Kurven der Rennbahn. Die Distanz zwischen den beiden Kontrahenten schmolz dahin, und die Pferde des Griechen wirkten nun weitaus frischer.

Als noch zwei Runden bis ins Ziel fehlten, ging Lysikrates zum Angriff über. Er brach zur Seite aus, und als Nero das Manöver bemerkte, steuerte er nach rechts, um den Gegner nicht vorbeikommen zu lassen. Da lenkte Lysikrates seine Quadriga nach links und strebte in der Kurve auf die Innenbahn zu.

Zu Beginn der letzten Runde lag er vorn, was Nero vor Wut schäumen ließ. Er konnte die Schmach einer Niederlage vor Publikum einfach nicht ertragen. Ohne Gnade drosch er mit der Peitsche auf die Rücken der Pferde ein.

Sie preschten auf die letzte Kurve zu, und der Kaiser lenkte seine Pferde neben das Gespann von Lysikrates, während beide Wagen mit großer Geschwindigkeit dahinschossen. Es schien, als käme es für keinen der beiden Lenker auch nur in Frage, den anderen gewinnen zu lassen. Nero drängte seine beiden Pferden mit den Zügeln nach innen und drückte dadurch Lysikrates' Gespann gegen die Palisade der Kurve.

Lysikrates ließ sich von diesem unredlichen Manöver nicht einschüchtern. Er wandte sich zu Nero um und wunderte sich nicht, in dessen Augen das gefährliche Flackern zu sehen, das er so gut kannte. Plötzlich berührten sich die Räder der Quadrigen. Dumpf knallende Geräusche durchbrachen die angespannte Stille in der Arena, als Neros Radnabe zwischen die Speichen des gegnerischen Wagens geriet.

Lysikrates' Quadriga wurde in die Höhe geschleudert, fiel dann schwerfällig wieder zu Boden, bevor sie umfiel und einige Längen von den ungestümen Rössern mitgezogen wurde.

Lysikrates wurde auf den weichen Sand der Rennbahn geschleudert und überschlug sich mehrmals, bevor er unverletzt aufstand.

Zur gleichen Zeit prallte Neros außer Kontrolle geratene Quadriga mit großer Wucht gegen die Palisade. Zwei der vier Pferde stürzten, der Kaiser hielt sich am Handlauf seines Wagens fest, um den Aufprall etwas abzufangen. Als seine Quadriga zum Stehen kam, stieg er völlig unversehrt und gewandt von ihr herab.

Das Publikum verhielt sich völlig still, da beide Wagenlenker noch in einer wallenden Staubwolke verborgen waren und daher ihr Schicksal ungewiss war.

Dann wurden die Konturen der beiden Widersacher sichtbar. Nero hatte eine Hand auf Lysikrates' Schulter gelegt und war ebenso schmutzig und über und über mit Staub bedeckt wie dieser. Das Blut, das ihnen aus einigen oberflächlichen Wunden sickerte, mischte sich mit dem Sand und bildete auf ihren Körpern dunkle Flecken.

Nero hob Lysikrates' Arm und sagte, noch ein wenig atemlos, doch mit ausreichend lauter Stimme, dass er von allen Anwesenden vernommen wurde: »Lysikrates ist ein tapferer Mann und mein Freund!«

Das Publikum bezeugte mit einem feurigen Aufschrei seinen Mut. Noch hatte sich die Begeisterung auf der Rennbahn nicht gelegt, als sich Nero zu dem am übelsten zugerichteten Ross herabbeugte und es am Hals tätschelte. Die Diener eilten von allen Seiten herbei, besorgt um den Zustand des Kaisers.

»Mögen diesem Tier alle weiteren Leiden erspart bleiben«, sagte Nero und deutete dabei auf das am Boden liegende Pferd. »Tötet es, seine beiden Hinterbeine sind gebrochen!«

Ein wenig später betraten Lysikrates und der Kaiser die Umkleidekabine. Nach einem langen Bad in warmem Wasser überließen sie sich den erfahrenen Händen der Masseure.

»Das Volk liebt mich. Und ohne mein Volk kann ich nicht sein.«

Lysikrates verstand sehr wohl, was Nero damit sagen wollte. Es war bekannt, dass der Kaiser die Gewohnheit hatte, sich als Plebejer zu verkleiden und in Begleitung von ebenso nichtswürdigen wie verlässlichen Freunden durch die Nacht zu streifen. Oft endeten diese nächtlichen Ausflüge in Straßenschlägereien. Einmal war Nero sogar mit einem überaus kräftigen Patrizier aneinander und dabei in Lebensgefahr geraten.

»Deine Vorstellung von Demokratie ehrt dich, Nero«, sagte Lysikrates ausweichend. »Darin ähnelst du den hellenistischen und ägyptischen Anführern. Andererseits entspricht deine Bildung sehr viel mehr der des gelehrten Griechenlands als der militärischen Natur eines Volkes von Eroberern.«

»Griechenland, das herrliche Griechenland«, antwortete Nero mit verträumtem Blick. »Vor allem dir, Lysikrates, verdanke ich meine Art des Denkens.«

»Mir ebenso wie deinen anderen Lehrern«, sagte Lysikrates.

»Vergiss die anderen.« Tiefer Groll verdüsterte Neros Miene. »Die standen immer auf Seiten meiner Mutter. Sowohl Seneca als auch Burrus waren ihr ergeben, bis zu dem Moment, als ich sie töten ließ. Da erst waren sie auf einmal mir treu. Ich vergesse nichts, Lysikrates, ich vergesse nie etwas.«

Muhammad, der Emir der Region Al-Andalus im sarazenischen Spanien, hörte sich schweigend den Bericht des Muqatil an. Er erschauerte angesichts der Grausamkeiten, welche die Ungläubigen an den Einwohnern des Dorfes begangen hatten, und fand es eine weise Entscheidung des Piratenführers, innerhalb der hohen Mauern von Hadarru Schutz zu suchen.

»Das empfindliche Gleichgewicht, das uns bis vor Kurzem den Waffenstillstand sicherte, hält nicht länger. Ständig kommt es zwischen meinen Kriegern und den Ungläubigen zu neuen Auseinandersetzungen. Ich kann dir tausend Männer geben, Muqatil, damit du dir Tabarka wieder zurückholst. Deine Stadt, die von einer Marionette der Christen regiert wird, ist ein Dorn im Fleisch des heiligen Landes unseres Propheten, bis sie endlich wieder befreit ist.«

Diletta war in dem Palast mit großem Argwohn empfangen worden, der nach einigen Tagen jedoch zu Gleichgültigkeit geworden war. Während der Mann, den sie liebte, damit beschäftigt war, die ihm zur Verfügung gestellten Krieger auszubilden, ließ sie der Emir von Hadarru zu sich rufen.

»Der Muqatil ist der Abkömmling eines Mannes, der meine Freundschaft genoss. Für mich ist er wie ein Sohn. Welche Gefühle binden dich, eine Frau aus einer völlig anderen Kultur, an ihn?«

»Die Liebe, mein Herr. Tiefe, uneigennützige Liebe. Ich glaube, dass jede Religion dieses Gefühl als den entscheidenden Antrieb jedes Menschen anerkennt, der an irgendeinen Gott glaubt.«

»Aber weißt du, welch ein Leben damit auf dich zukommt? Der Muqatil ist ein Mann des Kampfes, der durch die Meere pflügt, um deine Glaubensbrüder zu vernichten.«

»Ich habe keine Brüder mehr und auch keine Familie, Emir. Ich habe nur ihn. Ich wurde wie eine Sklavin behandelt und wie eine solche an einen reichen Händler verschachert. Ich will nicht zurückkehren. Ich will sein Leben leben, das Leben des Mannes, den ich liebe.«

»Der große und barmherzige Gott möge sich deiner annehmen, junge Frau«, sagte Muhammad und breitete die Hände zum Zeichen seines Segens aus.

Angelo Campagnola war erschüttert. Der Inhalt des Briefes, den er soeben von seiner Tochter erhalten hatte, war äußerst respektlos, ja, nahezu frevelhaft.

Die von dem Rammsporn der Dromone beschädigte Galeere war vor wenig mehr als einem Monat nach Venedig zurückgekehrt. Bestimmt litt auch der Muqatil unter dem schweren Schlag, dass sein Dorf mit Feuer und Schwert niedergemacht worden war, doch Diletta war zurück zu ihm geflohen, obwohl sie sich bereits in Sicherheit befand. Für Campagnola war es weniger wichtig, seine Tochter aus den Händen dieses Barbaren zu befreien, vielmehr ging es ihm darum, dass ihre geplatzte Hochzeit für ihn bedeutete, sich von seinen lebenslang gehegten Ambitionen verabschieden zu müssen.

Durch ihren Brief wurden die Reparaturarbeiten an der Galeere machtvoll vorangetrieben.

»Ich will den Kopf dieses Ungläubigen«, sagte Campagnola zu Humarawa und Crespi. »Er hat meine Tochter in seine Abhängigkeit gebracht und ihren Willen mit irgendwelchen Drogen oder auch Folter gebrochen. Bringt sie zu mir zurück. Der Edelmann, dem sie versprochen ist, wartet auf sie. Wir müssen uns beeilen, damit er seine Entscheidung nicht noch einmal überdenkt. Bringt mir den Kopf des Muqatil auf einem Silbertablett.«

Januar 2002

Als Bruno Milano sein Büro in der Botschaft betrat, wartete bereits der Leiter der Sicherheitsabteilung auf ihn. Der Mann war Unteroffizier, ein Veteran der Armee des Davidsterns. Obwohl er daran gewohnt war, dem Tod ins Auge zu sehen, verriet seine Miene tiefe Erschütterung.

»Wie bei jedem Paket, das in der Botschaft eintrifft, haben wir auch dieses hier sorgfältig durchleuchtet«, sagte er und wies dabei auf eine Hutschachtel. »Es war an Sie adressiert, Major Milano, und ich befürchte, dass das, was sich darin befindet, eine furchtbare Überraschung für Sie ist.«

Die Hutschachtel enthielt den abgeschnittenen Kopf Kuniko Sagashis. Ihre Augen waren ebenso wie der Mund im Schrecken des Todes weit aufgerissen. Das Blut war am Hals gestockt, und ihr Gesicht hatte einen grünlich-grauen Farbton.

Dieser Anblick war selbst für einen Mossad-Offizier, der schon oft die Leiche eines Freundes, eines Kollegen oder Angehörigen gesehen hatte, zu viel. Milano drehte sich ruckartig weg. Schier unerträgliche Trauer bemächtigte sich seiner, und er keuchte zwischen zusammengepressten Zähnen hervor: »Dafür wirst du zahlen.«

Der Lieferwagen mit den Ausrüstungsgegenständen blieb vor dem Heck der *C'est Dommage* stehen. Der Fahrer, ein massiger Italiener, stieg aus und rief mit lauter Stimme: »Hey, ist denn niemand an Bord?«

Wie ein Taucher aus den Tiefen des Ozeans stieg Etienne Jalard aus dem Piek empor, dem Raum ganz vorn unten im Vorschiff.

»Ich sitze jetzt seit zehn Stunden ununterbrochen am Steuer«, beklagte sich der Fahrer mit deutlichem römischen Akzent. »Im Institut ist mir gesagt worden, dass die Sache dringlich ist.«

Wenige Augenblicke später setzte Jalard zusammen mit Vittard den Heckkran in Bewegung und hob mithilfe des hydraulischen Teleskoparms die großen Packstücke vom Kai.

»Halten Sie sich bereit, Funet.« Der Ton, den Yasuo Maru ihm gegenüber anschlug, war wie immer herrisch und autoritär. »Meine Männer haben mir mitgeteilt, dass die *C'est Dommage* heute Ausrüstung an Bord genommen hat. Es sieht ganz so aus, als bereiten sie sich auf das Auslaufen vor.«

»Ich kann hier nicht weg. Ich bin gerade von einem angeblichen Urlaub zurück ins Büro gekommen und …«

»Kriegen Sie's hin, Funet! Denken Sie immer daran, dass Ihre Bezüge als Staatsbediensteter in keinem Verhältnis zu dem stehen, was Sie von mir erhalten.«

Breils Miene wurde immer besorgter, während er die Informationen überflog, die er soeben auf seine Anfrage hin vom Mossad erhalten hatte. Gerade einmal fünfundzwanzig Minuten waren vergangen, seit er Saras Nachricht erhalten hatte, und schon befand sich das Dossier über das Gemälde von Gauguin auf dem Tisch des Premierministers.

»Der gute Hauptmann Bernstein …«, murmelte Breil vor sich hin.

Das Logo des Sponsors, der die Ausstellung in Japan mitfinanziert hatte, prangte auf dem Plakat, mit dem sie beworben worden war: ein W und ein E, durch einen stilisierten Wassertropfen voneinander getrennt. Das Logo von Water Enterprises.

Nicola Crisafullis Büro befand sich in einer Querstraße des Corso Vittorio Emanuele im Zentrum Mailands, von wo aus er das große Bauunternehmen leitete. Insgesamt betreute er mehr als zweihundert Baustellen gleichzeitig, und das auch noch in den unterschiedlichsten Bereichen des Bauwesens. Sein bemerkenswertes Organisationstalent hatte ihm bereits vor Jahren dabei geholfen, seine Mafia-Organisation von Grund auf neu durchzustrukturieren.

Dennoch hatten die Schläge, die Alberto Vite und seine Männer der Mafia zugefügt hatten, tiefe Wunden in seinem Syndikat hinterlassen. Als er die Nachricht vom Tod des Richters erhielt, sprach Crisafulli einen Toast aus. Doch tat er dies nicht aus Freude und Erleichterung, sondern um den loyalsten und scharfsinnigsten seiner Gegner zu ehren.

Der Mann, der vor ihm saß, sprach mit einem deutlichen italo-amerikanischen Akzent, auch wenn nichts an ihm an einen Gangster denken ließ. Er ging auf die Sechzig zu, war elegant und kultiviert.

»Eine groß angelegte Offensive, das ist es, was die Kerle vorhaben, Nicola. Bisher haben sich die Chinesen ausschließlich Geschäften zugewandt, die wir als sekundär einstufen: Verbrecherringe in den Chinatowns der Großstädte oder die illegale Einwanderung. Nie – oder zumindest fast nie – hatten sie auf amerikanischem Territorium die Finger im Drogenhandel.«

»Doch das Goldene Dreieck, von wo aus der Opiumhandel kontrolliert wird, befindet sich in der Hand der chinesischen Triaden«, entgegnete Crisafulli. »Bei der Beschaffung und Einfuhr der Drogen kommen wir an denen nicht vorbei. Aber wir hegen die besten Beziehungen zu unseren Lieferanten.«

»Genau, die besten Beziehungen«, sagte das Haupt der amerikanischen Cosa Nostra. »Und die habe ich auch bemüht, um herauszufinden, was überhaupt abgeht. Anscheinend steht hinter dem Ganzen ein Abkommen mit der Yakuza.«

»Die Yakuza!«, zischte Crisafulli.

»Ja, genau. Und offenbar ist es auch die Yakuza, die dafür gesorgt hat, dass der Bau von sechs neuen Kasinos in Las

Vegas genehmigt wurde. Jemand, der bereits die Pläne eingesehen hat, behauptet, es sei das luxuriöseste Bauvorhaben der ganzen Stadt. Aber Las Vegas hat immer uns gehört, auch wenn sich die Stadt heute in einer leichten Krise befindet. Wie soll das erst werden, wenn sechs neue Hotels mit den entsprechenden Kasinos hinzukommen? Der Krieg hat begonnen, und unser Feind ist gerissen und erbarmungslos. Wir müssen ebenso gerissen agieren.«

Nicola Crisafulli blickt ihn nachdenklich an.

Kaiserliches Rom, anno 815 nach der Gründung (62 n. Chr.)

»Meine Ehefrau Oktavia«, sagte Nero zu Seneca, »ist nicht in der Lage, mir einen Nachkommen zu schenken. Doch die göttlichen Geschlechter der Domitier und Claudier dürfen nicht wegen einer unfruchtbaren Stute untergehen.«

»Ich kenne dich gut genug, um zu wissen, worauf du hinauswillst, göttlicher Kaiser«, antwortete der Philosoph ernst. »Poppaea Sabina ist mittlerweile ständiger Gast in deinen Gemächern, und bei vielen öffentlichen Auftritten gehört sie bereits deinem Gefolge an. Hör zu, Nero. Rom verzeiht dir alles, die Leute reden sogar über eine mögliche Scheidung. Was dir Rom allerdings niemals verzeihen würde, wäre die Verstoßung von Claudius' Tochter, die eine mildtätige, bescheidene und vom Volk geliebte Frau ist.«

»Rom redet! Rom redet!« Nero schien plötzlich entflammt wie ein Bündel trockenes Reisig auf einem Kohlebecken. »Kommst du daher, um mir aus der Gerüchteküche dieser Klatschmäuler zu berichten! Meinst du, dass ich keine Ohren habe, Seneca? Bis heute hat es wegen deiner Nähe zum Kaiser niemand gewagt, dich öffentlich anzuklagen. Doch gibt es mittlerweile etliche, die deine angeblich so wohlanständigen, tatsächlich aber äußerst dekadenten Lebensgewohnheiten anprangern. Oder stimmt es etwa nicht, dass sich dein Privatvermögen auf dreihundert Millionen Sesterzen beläuft und die Gäste deiner zahlreichen Residenzen auf Triklinien liegen, die mit Intarsien aus Elfenbein verziert sind und auf goldenen Füßen ruhen? Dieses Rom, das jetzt so viel redet, raunt auch, dass du davon ganze fünfhundert Stück besitzt!«

»Ich bin alt und müde, Nero«, sagte Seneca nach einem Moment des Nachdenkens. »Diese Reichtümer, von denen du sprichst, interessieren mich nicht. Viele davon verdanke ich deinen großmütigen Schenkungen. Ich habe ohnehin vor, mich zurückzuziehen, um mich nur noch meinen geistigen Interessen zu widmen, und mein deiner Meinung nach so beachtliches Vermögen von kaiserlichen Beamten verwalten zu lassen. Die Erträge aus dem, was ich besitze, werden dann an dich fließen oder dem Volk zugute kommen.«

Nero überlegte einen Augenblick, dann sagte er: »Niemand würde je deine großzügige Bescheidenheit erkennen, wenn du mir zurückgibst, was ich dir geschenkt habe. Alle würden vielmehr denken, du würdest es nur angesichts meiner grausamen Habgier tun, weil du das Herz eines Hasen hättest. Zudem – bist du dir wirklich sicher, dass du dich zurückziehen willst?«

Mit einer Reihe floskelhafter Schmeicheleien zählte Nero auf, was Seneca in den vergangenen Jahren geleistet hatte, um ihn dazu zu überreden, an seiner Seite zu bleiben, doch der Philosoph hielt unbeirrt an seiner Entscheidung fest, sodass die Diskussion bald ein Ende fand.

Nero blieb nichts weiter übrig, als die Arme auszubreiten und Seneca zu umarmen. Für einige Zeit standen sie da, eng umschlungen wie zwei alte Freunde, die nun für immer auseinandergingen. Als Seneca den Raum verlassen hatte, rief Nero nach einem der Diener und befahl ihm, Lysikrates hereinzuholen.

Der wartete in den Hallen der kaiserlichen Residenz, als

Seneca aus dem Zimmer trat und dabei recht besorgt wirkte. Der Grieche begrüßte ihn herzlich.

»Jetzt hat er nur noch dich an seiner Seite, Lysikrates«, sagte Seneca zu ihm, nachdem er stehen geblieben war, um einige Worte mit ihm zu wechseln. »Wir alle haben einen beträchtlichen Teil unseres Lebens der Aufgabe gewidmet, Nero unsere Erfahrung und Liebe zu schenken. Bleib bei ihm. Ich erkenne, dass sich die dunklen Wolken in Kopf und Verstand des Kaisers verdichten.«

Als Lysikrates den Raum betrat, war Nero bester Laune. Er erwähnte mit keinem Wort, was Seneca ihm eröffnet hatte, sondern kam sofort auf das Thema zu sprechen, dessentwegen er Lysikrates zu sich gebeten hatte.

»Deine Erfahrung auf dem Gebiet des Schiffsbaus ist einzigartig, Lysikrates. Ich will ein Schiff haben, das meiner Person würdig ist, ein Schiff, das einem Kaiser gebührt. Das schönste Schiff, das es je gegeben hat.«

Tigellinus war bei Hofe schon bald als Mann des Verrats und der Freveltaten bekannt, der ein großes Talent dafür hatte, Ränke zu schmieden und damit Menschen in Verruf zu bringen.

Sein erstes berühmtes Opfer wurde ausgerechnet Oktavia, die Ehefrau des Kaisers.

Eines Tages wurde sie des Ehebruchs beschuldigt, und eilfertige Diener, die vom Senat angehört wurden, behaupteten, sie hätten ihre Herrin in kompromittierenden Situationen belauscht und beobachtet. Allerdings reichte das Wort eines Sklaven nicht aus, um die Tochter des Claudius zu diskreditieren.

Doch nachdem Oktavia dermaßen in Verruf gebracht worden war, konnte Nero immerhin die Scheidung verlangen, die er auch erhielt. Zumal ja die Kaiserin nicht in der Lage gewesen war, ihm einen Erben zu schenken.

Dass der einzige redliche und ehrliche Mensch dieser

Familie vom Hof verbannt wurde, erfreute die Römer ganz und gar nicht, zumal ihre Unfruchtbarkeit in den Augen des Volkes kein ausreichender Grund für eine Scheidung war, und so befürchtete man in Rom schon bald den Ausbruch von Tumulten.

Doch wie immer in schwierigen Zeiten fand sich auch diesmal eine Person, die bereit war, schlagende Beweise zu liefern: Es war Anicetus, Agrippinas Mörder und leitender Kommandant der Flotte, der behauptete, ein Verhältnis mit Oktavia gehabt zu haben.

Zwölf Tage, nachdem Oktavia wegen Ehebruchs zum Tode verurteilt und von einem gedungenen Mörder erdrosselt worden war, heiratete Nero Poppaea. Anicetus' Strafe hingegen fiel erstaunlich milde aus: Er wurde nach Sardinien verbannt, in ein goldenes Exil.

Dass eine Plebejerin zur Augusta aufgestiegen war, dem standen sowohl die römischen Adelsfamilien als auch der gesamte Senat äußerst ablehnend gegenüber, wobei die charakterliche Ähnlichkeit Neros neuer Ehefrau mit Agrippina wie ein Mühlstein auf Poppaeas Ansehen lastete.

9

Mittelmeer, 1336

Fünf Schiffe folgten der Dromone. Unmittelbar nachdem die vom Emir von Hadarru zur Verfügung gestellte Flotte eine geschützte Bucht in der Nähe von Tabarka erreicht hatte, gingen die Krieger an Land. Tausend Männer reichten eigentlich nicht, um eine optimal verteidigte Stadt zu belagern, doch der Muqatil rechnete mit der zusätzlichen Unterstützung durch ihre Bewohner.

Abd al-Hisàm war gerade dabei, im Palast des Emirs Recht zu sprechen, als der Kommandant der Wachen atemlos zu ihm eilte.

»Männer gehen an Land und laden Kriegsgerät aus, Herr. Mindestens tausend Krieger sind es, offenbar gut bewaffnet und hervorragend ausgebildet.«

»Was, nur so wenige? Dieser Handvoll Männer wird es nicht gelingen, auch nur einen einzigen Pfeil über die Stadtmauern von Tabarka zu schießen. Die haben wir gleich besiegt. Wer kommandiert sie?«

»Der Muqatil«, antwortete der Soldat, und der Namen, den erneut zu hören sich Abd al-Hisàm immer gefürchtet hatte, schien unter dem Deckengewölbe widerzuhallen.

Der zitternde kleine Dieb, der vor ihm stand, bekam den Zorn zu spüren, mit dem Abd al-Hisàm seinen Schrecken zu verdrängen suchte: »Schlagt ihm den Kopf ab und stellt ihn zwanzig Tage lang auf dem Hauptplatz der Stadt zur Schau. Ich will, dass alle sehen, wie die Vögel seine leblosen Augen herauspicken!«

Hito Humarawa landete auf der Insel, auf der er und seine blutrünstigen Männer nur wenige Monate zuvor gewütet hatten.

Er lächelte, als er die spitzen oder abgerundeten Grabsteine sah, die erkennen ließen, wo ein muselmanischer Mann oder eine Frau begraben waren. Jemand hatte dafür Sorge getragen, dass den Einwohnern des Dorfes die letzte Ehre erwiesen worden war. Und dieser Jemand konnte nur der Muqatil gewesen sein, der nur noch ein entwurzelter Krieger ohne jede Zuflucht war. Für immer war er von nun an gezwungen, über das Meer zu fahren, da ihn kein Hafen mehr aufnehmen würde.

Der Samurai versetzte einem der Grabsteine einen Tritt, und ein unheilvolles Grinsen legte sich auf sein Gesicht.

Dilettas Lächeln vermochte sogar die Herzen der Männer zu erheben, die daran gewohnt waren, dem Tod ins Auge zu blicken.

Jeder dieser rauen Kämpfer behandelte sie mit tiefem Respekt – nicht etwa, weil sie die Gefährtin des Muqatil war, sondern weil dieses sanfte, freundliche Mädchen freigiebig jedem Trost spendete, der ihn benötigte.

»Los, bringt die Männer und Pferde an Land – rasch!« rief der Muqatil seinen Offizieren zu. Dieser Moment war immer besonders gefährlich, da sie in dieser Zeit bei einem eventuellen Angriff kaum Deckung hatten. Es war durchaus kein schnelles oder leichtes Unterfangen, Vorräte und Ausrüstung für eine – wenn auch kleine – Armee von Bord eines in einer Bucht ankernden Schiffes an den Strand zu schaffen.

Waren die Männer erst einmal an Land, mussten sie das Lager aufschlagen und es mit einer Palisade schützen. Anschließend würden die Zimmerleute eine kleine Mole aus Holz bauen, an der die Schiffe anlegen konnten, damit die schwereren Materialien und die Kriegsmaschinen ausgeladen werden konnten.

Der Falke war kaum mehr als ein Punkt im Blau des Himmels. Al-Buraq zog endlose Kreise hoch über Tabarka, bevor er sich auf dem höchsten der Türme niederließ. Voller Schrecken blickten die Soldaten der Garnison zu ihm hoch, eine Schar Ungläubiger, die die Bevölkerung in Schach hielt.

»Da! Da ist sein Falke! Er ist sein Botschafter! Aufgepasst, Bogenschützen, legt eure Pfeile an die Sehnen!«

Mit seinen aufmerksamen gelben Augen beobachtete Al-Buraq die Wachen dabei, wie sie Armbrüste und Bögen spannten und auf ihn anlegten. Die geschärften Sinne des herrlichen Tiers erkannten die Gefahr, die von dieser kleinen Gruppe Männer ausging. Der Falke stieß einen spitzen Schrei aus, breitete die Flügel aus und erhob sich majestätisch in die Luft.

Unheilverkündend flatterte das Banner Abd al-Hisàms an der eisernen Fahnenstange des Turms. Al-Buraq schlug seine Krallen hinein und schlug machtvoll mit den Flügeln, bevor er davonflog. Die Soldaten konnten dem pfeilschnellen Raubvogel nicht einmal mehr mit ihren Blicken folgen.

Draußen vor der Stadtmauer erschien auf dem Hügelkamm das Heer des Muqatil, das schon in Schlachtordnung aufgestellt war.

Januar 2002

Inspektor Iku von der Tokioter Polizei gab sich wie ein harter Bursche, was mit seinem kümmerlichen Aussehen und seiner kleinen Statur heftig kontrastierte.

Bruno Milano schaute sich seine Dienstmarke an, die ihm der Inspektor unter die Nase hielt.

»Sie behaupten also, die Hutschachtel mit dem abgeschlagenen Kopf von Frau Kuniko Sagashi beim Joggen im Hibiya-Park gefunden zu haben?«, fragte Iku und stolzierte langsamen Schrittes durch das Büro des Mossad-Offiziers in der Botschaft.

»Auf diese Frage habe ich bereits Ihren Untergebenen etliche Male geantwortet, Inspektor.«

»Gut, dann sagen Sie es doch bitte auch mir, Herr Dr. Milano ...«

»Also, gestern früh entdeckte ich die Hutschachtel unter einem Busch und hob sie auf. Als ich sie öffnete, lag darin der Kopf dieser armen jungen Frau.«

»Verzeihen Sie, Milano-*san*. Ich würde Ihnen diese Frage niemals stellen, wenn Sie nicht ... nun ja, ein Angehöriger der Botschaft wären, insbesondere der israelischen.«

»Was wollen Sie damit sagen, Inspektor Iku?«

»Ich will damit sagen, dass Sie noch sehr jung sind. Ich weiß nicht, ob dies das Resultat einer blitzschnellen Karriere ist oder ob man mit Ihnen die richtige Person auf den richtigen Posten gesetzt hat. Die Effizienz des israelischen Geheimdienstes ist geradezu sprichwörtlich. Kannten Sie Kuniko Sagashi, Milano-*san*?«

»Nein, ich kannte Frau Sagashi nicht«, antwortete Milano, während ein unmerklicher wehmütiger Schleier seine Augen verfinsterte. »Was dagegen den ersten Teil Ihrer spitzfindigen Äußerungen betrifft, Iku-*san*, scheinen bei Ihnen, wie ich feststellen muss, Spionagefilme eine gewisse Wirkung zu hinterlassen. Ich bin ein Botschaftsangestellter und gehöre dem Büro für wirtschaftliche Zusammenarbeit an. Ich diene meinem Land und werde ihm immer dienen. Das heißt jedoch nicht, dass ich ein Agent des Geheimdienstes bin. Wäre ich tatsächlich ein moderner 007, wissen Sie, was ich dann tun würde?«

Die fragende Miene des Inspektors füllte die Gedankenpause in Bruno Milanos Vortrag.

»Ich würde mich an die Firma wenden, für die die junge Frau gearbeitet hat. In der Zeitung steht, dass sie Sekretärin bei Water Enterprises war. Ich würde mich auf dem schnellsten Weg dorthin begeben und bis ins kleinste Detail rekonstruieren, was sie in den Stunden vor ihrem Tod gemacht hat.«

»Das ist bereits geschehen. Eine Videoaufzeichnung der hausinternen Überwachungsanlage von Water Enterprises mit allen Angaben zu Datum und Uhrzeit beweist, wann Kuniko Sagashi ihr Büro betreten und wann sie es nach Büroschluss wieder verlassen hat.«

Der verfluchte Hund hatte also an alles gedacht, durchfuhr es Bruno Milano hasserfüllt. Selbst daran, sich ein elektronisches Alibi zu verschaffen.

Der Winter war besonders streng und kalt gewesen, doch es hatte wenig geregnet. Lange Zeit war ein eiskalter Nordwind über den gesamten europäischen Kontinent gefegt und hatte den Menschen feuerglühende Sonnenuntergänge und polare Temperaturen beschert.

Nun trieb ein von Norden kommender steifer Wind die *C'est Dommage* vom Heck her an. Die Szene schien fast identisch mit der, die Vittard und Grandi wenige Tage zuvor erlebt hatten, nur mit dem Unterschied, dass sie auf die Übersetzung der Papyri warteten, die Sara Terracini in Kürze fertig haben würde, womit ihre Forschungsarbeiten in eine neue Phase traten. Inzwischen war fast sicher, dass Grandi mit seinen Vermutungen richtig lag: Das Wenige, was Sara vorab hatte verlauten lassen, bestätigte, dass in den Papyri von einem Schiff die Rede war, einem Schiff aus Gold, das Nero Claudius Caesar Drusus Germanicus gehört hatte.

Kaiserliches Rom, anno 817 nach der Gründung (64 n. Chr.)

Die Pläne des kaiserlichen Schiffs lagen ausgebreitet auf einem großen Marmortisch in der Nähe des Compluviums. Die erste Hälfte des Monats Juli war drückend heiß gewesen, sodass es Nero vorgezogen hatte, die Hundstage besser in seinem Hause in Anzio zu verbringen.

Seit Lysikrates den Auftrag erhalten hatte, arbeitete er eifrig am Bau dieses einzigartigen Schiffes, das das schönste und kostbarste aller Zeiten werden sollte.

Im Verlauf dieser beiden Jahre war er nach Miseno umgezogen, wo er ungestört in einer Werft arbeiten konnte, während bewaffnete Wachen ihn beschützten und jedem den Zutritt verwehrten, mit Ausnahme der Werftarbeiter.

Obwohl bereits ein reifer Mann mit noch immer athletischer Statur und großer Charakterstärke, war Lysikrates in seinem Innern der Junge aus Piräus geblieben, der sich an dem starken Geruch des Pechs und dem Geräusch der Hobel auf dem Holz erfreute. Er zog seine neue Tätigkeit dem Dienst im Gefolge des Kaisers vor, der, wie es schien, immer häufiger ein ruchloses Treiben an den Tag legte.

Auch unter der Plebs machten besorgniserregende Gerüchte die Runde und wurden durch den Klatsch noch weiter aufgebauscht.

»Weißt du, dass Nero doch glatt um fünfhunderttausend Sesterzen pro Runde würfelt?«, sagte ein Zimmermann zum anderen

»Ein Cousin von mir aus Anzio hat mir erzählt, dass er mit einem goldenen Netz fischen geht«, setzte der andere sofort noch eins drauf.

Lysikrates, der nicht weit entfernt stand, konnte nicht anders, als diese Unterhaltung mit anzuhören.

»Niemandem ist es erlaubt, den göttlichen Caesar zu kritisieren!«, rief er wutentbrannt und beendete damit das Geschwätz der beiden. »Ihr könnt von Glück sagen, dass ich jede Hand für den Schiffsbau brauche und euch deshalb die Peitsche erspare. Doch seid vorsichtig. Weh euch, wenn ich noch einmal höre, wie ihr Neros Namen in den Schmutz zieht!«

Allerdings musste Lysikrates zugeben, dass die grassierende üble Nachrede vor allem von Neros Verhalten selbst genährt wurde, der immer unmäßiger wurde und Züge des blanken Wahns zeigte.

Als ihn der Kaiser zu sich nach Anzio rief, zeigte ihm Lysikrates die Baupläne. »Das Schiff, Nero, kann schon bald vom Stapel gehen. Es fehlen nur noch wenige Einzelheiten. Wie ich dir schon berichtete, ließ ich mich beim Entwurf vom heiligen Schiff des Amun-Re inspirieren. Es handelte sich dabei um ein großes Flussschiff, das Amenhotep III., dem Pharao aus der achtzehnten Dynastie, gehörte. Es war aus dem Holz der Libanonzeder gefertigt, die Seiten waren mit Gold bedeckt, und das Innere war mit Silber ausgekleidet. Der Legende nach verteilte der Pharao während der auf dem Nil stattfindenden religiösen Zeremonien Gold, Silber und Türkise aus diesem Schiff heraus an sein Volk.

Unsere heutigen Bedürfnisse sind natürlich andere und verlangen besondere Beachtung. Das Wasserfahrzeug des Pharao war für das Befahren eines Flusses ausgelegt, wofür es kleinere Abmessungen benötigte. Dein Schiff hingegen, Nero, wird seetüchtig sein, und damit es ohne Gefahr die Küsten Griechenlands oder Ägyptens erreicht, ist es beachtliche zweiundvierzig Schritt lang und zwölf Schritt breit.

Für seinen Bau wurde ausschließlich besonders hochwertige Libanonzeder verwendet, die lange genug abgelagert wurde, und anschließend wurde der Rumpf vollständig mit Perlen und Platten aus Gold verkleidet. Der Kiel wurde zudem mit Bleiplatten verstärkt, die einerseits das Holz vor der *Teredo navalis* schützen – einer Muschel, die als Schiffsbohrwurm bekannt ist und häufig sehr schwere Schäden am Kiel verursacht –, zum anderen verleihen die Platten dem unter der Wasserlinie liegenden Teil genügend Gewicht und Stabilität.

Die Gold-Bronze-Legierung, die, was den optischen Effekt betrifft, dem kostbaren Metall in nichts nachsteht, wurde wie mit dir vereinbart von Künstlern aus dem Fernen Osten gefertigt, die die Einzigen sind, die das Geheimnis dieser Legierung kennen. Aus diesem goldähnlichen Metall wurden übrigens sämtliche Verzierungen wie auch die Reling und die Statuen, die zum Schmuck auf Deck stehen, gefertigt. Außerdem haben geschickte Schnitzer mythologische Figuren aus Elfenbein für die Aufbauten hergestellt, sodass das gesamte Schiff von Satyren, Nymphen und sonstigen Figuren umgeben ist, die einander jagen oder voreinander fliehen. Das Schiff verfügt zwar nur über einen Mast, wird aber von drei übereinander angeordneten Ruderreihen angetrieben.«

»Wann, lieber Freund, werde ich mit meinem Schiff zum ersten Mal fahren können?«, fragte Nero mit einem Blick, der dem eines Kindes ähnelte, das auf sein ersehntes Spielzeug wartet.

»Schon in wenigen Tagen, Imperator. In höchstens drei Wochen wird die Zeremonie des Stapellaufs stattfinden.«

Nero blieb keine Zeit, um sich über diese Nachricht zu freuen, da ein Offizier in das Peristylium der kaiserlichen Residenz in Anzio stürmte. »Rom brennt, Caesar«, waren die einzigen Worte, die der völlig abgehetzte Bote mit brüchiger Stimme hervorbrachte.

Der Brand war in der Nacht in jener Gegend ausgebrochen, wo der Circus Maximus an die Stadtteile Caelius und Palatin angrenzte. Es handelte sich um das am dichtesten bebaute Gebiet der inzwischen mehr als eine Million Einwohner zählenden Stadt, in dem die Gassen besonders eng waren. In ihnen wechselten sich Häuser aus Holz mit Läden und Lagerräumen ab, die häufig mit Stoffen und anderen leicht entflammbaren Materialien vollgestopft waren.

Nero, der Anzio sofort verlassen hatte, leitete die Löscharbeiten selbst. Doch obwohl ihn Tausende von Freiwilligen im Kampf gegen die Flammen unterstützten, schafften es die *Sifonarii* und die *Aquarii* mit ihren Pumpen und Bottichen nicht, die Wut des Feuers zu bändigen.

»Circus Maximus, Caelius und Palatin sind ein einziges Flammenmeer«, sagte einer der Quästoren. »Es ist völlig aussichtslos, den Brand bekämpfen zu wollen, Imperator!«

Nero betrachtete die Säule aus Rauch, die sich über seiner Stadt erhob und so riesig war, dass sie das Licht der Sonne verdunkelte. Die Luft konnte fast nicht mehr geatmet werden, und überall regnete Asche auf die Straßen hernieder.

»Ziehen wir die Helfer aus den brennenden Stadtvierteln ab und bemühen wir uns zu retten, was noch zu retten ist«, befahl der Kaiser.

Innerhalb weniger Stunden versammelten sich die Männer zum Schutz Esquilins, eines der ärmsten und bevölkerungsreichsten Stadtviertel. Um den Flammen nicht weitere Nahrung zu geben, befahl Nero, die leicht brennbaren Gebäude niederzureißen. Tausende von Menschen machten auf Neros Befehl Häuser und Läden dem Erdboden gleich und fällten die rundherum stehenden Bäume, um eine Feuerschutzzone zu schaffen. Die Feuerfront kam zum Stillstand, und zumindest Esquilin war gerettet.

Lysikrates blieb die ganze Zeit über an Neros Seite und half ihm dabei, die Löscharbeiten zu koordinieren. Während der ersten sechs Tage konnte niemand länger als nur ein paar Stunden schlafen. Dann endlich, in der sechsten Nacht, nahm die Rauchentwicklung so weit ab, dass man wieder Luft bekam, und die Dunkelheit wurde nicht mehr vom Flammenschein vertrieben. Es sah fast so aus, als wollte sich der Brand all denen ergeben, die Ihre gesamte Energie auf die Rettung der Stadt verwandt hatten.

Doch kaum schien die Situation unter Kontrolle, flammten plötzlich an verschiedenen Orten neue Brände auf, die mit dem ursprünglichen Feuer gar nichts zu tun hatten und oft weit davon entfernt emporzüngelten. Noch drei weitere

Tage und Nächte brannte Rom, bis nach unendlich langen neun Tagen der Albtraum endlich endete.

Bei Anbruch des Tages blickte Nero hinüber zum Circus Maximus, doch das große Stadion existierte nicht mehr, und die Stadtviertel Palatin, Isis und Serapis waren nur mehr ein riesiger rauchender Krater.

Damit waren von den insgesamt vierzehn Stadtvierteln, in welche die Stadt eingeteilt war, drei vollständig zerstört, und sieben hatten schwere Schäden erlitten. Nur vier der Viertel waren unversehrt geblieben – Esquilin, Porta Capena, Trastevere und Ata Semita. Mehr als viertausend *Insulae* und einhundertzweiunddreißig *Domus* waren zu Asche verbrannt.

»O Rom, mein Rom«, seufzte Nero mit tränenumflortem Blick. Dann aber riss er sich zusammen, straffte seine Haltung. »Wir haben keine Zeit zu verlieren, Lysikrates. Wir müssen die Toten begraben und uns um die Überlebenden kümmern. Danach werden wir Zeit haben, über das nachzudenken, was zu tun ist.«

Auf dem Campo Martio zimmerten Soldaten provisorische Unterkünfte für die Verwundeten und Flüchtlinge. Sämtliche Gemeinden in der Nähe Roms wurden gebeten, Nahrungsmittel und sonstige Hilfsgüter in die Hauptstadt zu schicken. Durch kaiserliches Edikt sank der Preis für Weizen auf drei *Nummi* pro Malter, was einem Sechzehntel des üblichen Marktpreises entsprach.

Die Toten wurden auf Staatskosten begraben. Außerdem wurden die Gegenden, die von den Flammen verschont geblieben waren, in eine riesige Heimstatt für all jene verwandelt, die bei dem Brand alles verloren hatten.

Das Pantheon und die Thermen, der Porticus Vipsania als auch die großen öffentlichen Säle nahmen Tausende von heimatlosen Menschen auf, während gleichzeitig einige Kontingente Soldaten Plünderungen verhindern sollten.

»Lysikrates, kannst du dich noch an meine erste Rede vor dem Senat erinnern? Für die ich eine ganze Nacht lang mit dir geprobt hatte?«

Wieder wunderte sich der Grieche darüber, wie sich innerhalb eines einzigen Augenblicks Neros Miene und seine Stimmung völlig verändern konnten. In einem Moment muteten seine blauen Augen wie die des Knaben an, den er einst in die Welt des Wissens eingeführt hatte, und im nächsten loderten aus ihnen Blitze wie bei den Furien aus der Unterwelt.

»Natürlich erinnere ich mich daran, Nero. Du sprachst damals über die Hilfsmaßnahmen für die Stadt Bononia, die von einem Brand verwüstet worden war. Ich erinnere mich auch daran, wie schnell du Jahre später veranlasst hast, die Stadt Lugdunum zu unterstützen, die innerhalb eines einzigen Tages von einem Feuer verwüstet wurde.«

»Ich habe das nicht verdient, Lysikrates. Und auch meine Stadt hat das nicht verdient. Doch Rom wird wiederauferstehen, ich schwöre es. Rom wird schöner denn je wiederauferstehen …«

Mittelmeer, 1336

»Dreihundert Ungläubige und ein Verräter halten unsere Brüder gefangen«, sagte der Muqatil und deutete dabei auf die Stadtmauer von Tabarka.

»Es mag sein, dass dreihundert bewaffnete Männer ausreichen, um die Bevölkerung der Stadt gefangen zu halten«, entgegnete Salìm. »Aber im Kampf Mann gegen Mann werden sie gegen uns unterliegen.«

»Du hast recht, Salìm. Doch bevor es so weit ist, müssen wir erst die Stadtmauer von Tabarka bezwingen, was ich für ein schier unmögliches Unterfangen halte.«

In der Tat hatten sie bereits seit zwanzig Tagen immer

wieder versucht, die Stadtmauer an verschiedenen Stellen zu überwinden, doch waren dies kaum mehr als Störmanöver, die höchstens die Kampfeslust der Männer wachhielten. Bisher war es dem Muqatil jedenfalls nicht gelungen, einen sicheren Plan zur Eroberung der Stadt auszuarbeiten.

Beim ersten Tageslicht drehte sich plötzlich, wie bei einem magischen Schrein, der sich wie durch einen Zauber öffnet, das schwere Haupttor von Tabarka in den Angeln. Ein Grüppchen, bestehend aus etwa vierzig Ungläubigen, lief mit erhobenen Händen und unbewaffnet heraus. Hinter ihnen bewarfen sie die Einwohner der Stadt unter wilden Beschimpfungen mit Steinen, während sie die Soldaten in die Richtung jagten, wo sie die Truppen des Muqatil vermuteten.

Die Männer und Frauen von Tabarka hatten sich gegen die Eroberer aufgelehnt. Die wenigen verängstigten und verwundeten Krieger waren die Einzigen, die den Kampf innerhalb der Stadtmauern überlebt hatten, der in der Nacht zuvor stattgefunden hatte.

Der Mann, der das Kommando über die Aufständischen übernommen hatte, kniete vor dem Muqatil nieder. »Leider ist es Abd al-Hisàm gelungen, durch einen Geheimgang zu entfliehen. Mit einigen seiner Männer hat er sich zur Ostküste begeben, wo mindestens zwei Schiffe auf ihn warten«, berichtete er. »Und er hat einen großen Teil vom Schatz des Emirats mitgenommen. Hiermit übergebe ich dir deine Stadt wieder, Muqatil, Emir von Tabarka.«

»Ich danke dir, mein Bruder. Ich danke euch allen von ganzem Herzen. Doch jetzt dürfen wir keinen einzigen Augenblick verlieren, den Usurpator, der mein Volk in die Sklaverei gezwungen hat, für seine Schuld bezahlen zu lassen. Ich will, dass mein Schiff zum Auslaufen bereit ist, noch bevor der Abend anbricht.«

Die anwesenden Frauen wirbelten ihre Zungen im Mund und stießen gleichzeitig schrille Schreie aus, die triumphierend bis hinauf in den Himmel stiegen. Dies war der Gruß des Volkes von Tabarka an seine wiedergewonnene Freiheit.

Januar 2002

Sara Terracini strich sich mit der Hand über die Stirn, um den Schweiß wegzuwischen. Die Flammen, die in Lysikrates' Erzählung Rom verschlangen, schienen auch die aseptische Atmosphäre des Instituts entzündet zu haben.

Nicht mehr lange, dann würden ihre beiden Verbündeten wieder in See stechen. Also los!, sagte sich die schöne Wissenschaftlerin und nahm die Arbeit an ihrem Computer wieder auf.

Das »Moulin Rouge« befand sich in der Nähe des Kaiserlichen Theaters von Tokio an der Kreuzung der Hisiya und Yurakucho Street und hatte wenig gemein mit dem gleichnamigen, aber sehr viel berühmteren französischen Lokal.

Ein mandelförmiges Auge musterte Bruno Milano durch einen Spion in der Tür. Als sie sich öffnete, schenkte ein Japaner mit dem Körper eines Sumoringers dem Offizier des Mossad ein wohlwollendes Lächeln. Solch attraktive Männer waren in seiner Diskothek immer willkommen.

Milano konnte sich nicht daran erinnern, jemals dermaßen beschämt gewesen zu sein. Die drei Agenten, zwei Männer und eine Frau, die ihn bei dieser Aktion unterstützten, waren in lautes Gelächter ausgebrochen, als sie ihn in seiner Verkleidung begutachtet hatten.

Milano trug eine eng anliegende Hose aus schwarzem Leder und unter einer ebenfalls schwarzen Lederweste ein weißes T-Shirt mit Rundausschnitt. Der gepflegte Dreitagebart gehörte ebenfalls zu seiner Verkleidung, und seine eigentlich schwarzen Haare hatte er in ein völlig unnatürliches Blond umgefärbt. Hinter einer Brille im angesagten

Design leuchteten seine Augen mit den farbigen Kontaktlinsen blau. Niemand hätte in diesem westlichen Gigolo Bruno Milano erkannt.

Im »Moulin Rouge« waren die Barfrau und zwei Kellnerinnen die einzigen Vertreterinnen des weiblichen Geschlechts. Ansonsten war die Diskothek voll von Männern, die sich küssten und andere Zärtlichkeiten miteinander austauschten, während sie eng umschlungen tanzten.

Taka saß in einer Ecke, der Boden einer umgedrehten Champagnerflasche Marke Cristall blitzte aus einem Eiskübel hervor. Schon brachte dic Kellnerin eine neue Flasche, während sich die vier ziemlich unförmigen jungen Männer, die am Tisch von Manus Privatsekretär saßen, sehr amüsiert zeigten.

Der Blick Hauptmann Milanos durchdrang das gedämpfte rosige Licht, das im Lokal herrschte, und bohrte sich in Takas vom Champagner umnebelte Augen. Wenige Sekunden später stand der Japaner vom Tisch auf und ging auf die Toilettentür zu, wobei er an der Bartheke vorbeimusste.

Milano schenkte ihm ein Lächeln, während Taka den Blick auf ihn geheftet hielt.

»Was macht ein schöner Jüngling aus dem Westen hier so allein?«, fragte Taka in perfektem Englisch, wobei er sich zu Milanos Ohr vorbeugte, um die laute Musik zu übertönen. »Warum setzt du dich nicht zu uns? Du wirst sehen, wir sind echte Spaßvögel.«

Der Wind hatte die *C'est Dommage* mit ziemlicher Geschwindigkeit bis zum toskanischen Archipel getrieben, doch als der Katamaran dann die Insel Gorgona umschiffte, flaute er plötzlich ab. Etienne Jalard war ein hervorragender Segler, der sich seiner Meerestaufe als würdig erwiesen hatte. Er hatte die nicht enden wollenden Tage im Hafen gut genutzt, sodass ihm an Vittards Schiff nichts mehr fremd war.

»Die erste Regel für einen jeden Matrosen ist es, sein

Schiff zu kennen«, sagte Grandi zu Vittard, während er den neuen Segelkameraden beobachtete, den ihnen *»ein sehr einflussreicher Freund«* aufgedrängt hatte, *»dem ihre Sicherheit am Herzen«* lag.

Grandi erinnerte sich an diese Worte Sara Terracinis, die in diesem Augenblick wahrscheinlich damit beschäftigt war, sich in die geheimnisvolle Geschichte eines Schiffs aus Gold einzuarbeiten. Dieses goldene Schiff musste es tatsächlich gegeben haben, spann Grandi seine Gedanken weiter, sonst hätte Sara ihnen nicht eine zweite Expedition ans Herz gelegt. Oder es handelte sich, wie sie in einer ihrer verschlüsselten Nachrichten geschrieben hatte, um einen Transport halbfertiger Materialien, die das Kaiserschiff hatten schmücken sollen. Sara hatte die Übersetzung noch nicht fertiggestellt, aber was sie bisher gelesen hatte, schien so bedeutend und wichtig, dass die *C'est Dommage* umgehend nach Favignana aussegeln sollte.

Taka lehnte lasziv am Türstock. Sein Blick verriet seine Erregung, die durch die große Zahl alkoholischer Getränke noch verstärkt wurde, die er im Verlauf des Abends genossen hatte. Er streichelte den Hals von Hauptmann Milano, der nicht zurückwich, sondern ihn im Gegenteil noch ermutigte.

Das kleine Liebesnest, das Taka im Stadtzentrum Tokios hatte, war mit ebenso viel Geschmack eingerichtet wie das eines hochklassigen Callgirls. Taka setzte sich auf die Couch, in freudiger Erwartung dessen, was kommen sollte.

»Schenk mir was zu trinken ein, Daniel. Du hast doch gesagt, dass du so heißt, nicht wahr? Bei der lauten Musik konnte ich dich nicht so gut verstehen«, sagte er, während er seinen Pullover abstreifte.

»Ja, ich heiße Daniel, und ich arbeite für eine italienische Modefirma«, log Milano und steuerte auf die Hausbar zu. »Morgen Vormittag muss ich wieder zurück nach Italien.«

Taka schlürfte genussvoll das Getränk, das ihm Milano reichte, dann lächelte er und stellte das Glas auf den Tisch. Er legte seine Lippen auf die von Milano, der neben ihm auf der Couch Platz genommen hatte, und streichelte ihm über die Innenseite seines Schenkels bis hoch zur Leiste.

Bruno Milano musste den Anflug von Ekel niederkämpfen, doch schon nach wenigen Sekunden sank Taka in sich zusammen und fiel in einen tiefen Schlaf. Das Betäubungsmittel, das Milano ihm ins Glas geschüttet hatte, wirkte prompt.

Sofort zog er aus seiner Westentasche ein Lesegerät für Magnetkarten hervor. Er brauchte nicht lange, bis er in Takas Taschen den Dienstausweis von Water Enterprises fand.

Er steckte die Magnetkarte in das Lesegerät, bis ein rotes Signallämpchen aufleuchtete. Dann nahm er Blatt und Stift zur Hand, um eine Abschiedsnachricht zu hinterlassen: Er bedaure die verpfuschte Liebesnacht, schrieb er, doch Taka wäre wegen des vielen Champagners eingeschlafen, und sein Flug nach Italien würde nicht warten, also dann bis zum nächsten Mal!

Zufrieden verließ Bruno Milano das Gebäude. Seine Männer würden anhand der Kodierung, die er auf das Lesegerät kopiert hatte, innerhalb von wenigen Minuten einen Klon der Ausweiskarte herstellen können.

Kaiserliches Rom, anno 817 nach der Gründung (64 n. Chr.)

Rom und seine Bewohner waren gefangen in unendlicher Traurigkeit, denn ein Großteil der Stadt war zu Asche verbrannt.

Zum Zeichen der Trauer feierte Nero den Stapellauf seines Schiffs nicht mit einer prunkvollen Zeremonie. Nur für einen Tag begab er sich nach Capo Miseno und ging an Bord seines goldenen Schiffs. Verwundert betrachtete er, welches Können Lysikrates an den Tag gelegt hatte, und kommentierte enthusiastisch jede Einzelheit.

Wenige Tage nach der Schiffsübergabe kehrte Lysikrates pünktlich wieder in die kaiserliche Residenz zurück. Nicht lange darauf befahl ihn der Kaiser vor sein Angesicht. Auch Simon der Magier war zugegen, der ihn mit einer Geste seiner Hand begrüßte, auch wenn sein Blick Misstrauen und Verachtung ausdrückte.

Doch Nero empfing Lysikrates so freundschaftlich wie immer und forderte ihn nach der Audienz dazu auf, neben ihm Platz zu nehmen. Dann bedeutete er Simon, er möge doch weitersprechen.

»Die Christen, mein göttlicher Kaiser«, fuhr Simon fort. »Es waren die Christen, die die neuen Feuer gelegt haben, nachdem der eigentliche Brand nach sechs Tagen und Nächten unter Kontrolle war. Es gibt viele Dutzend Zeugen, die zu schwören bereit sind, dass sie die Angehörigen dieser Sekte gesehen haben, wie sie mit Brandfackeln durch die Stadt liefen.«

Nero entließ ihn, doch sobald er mit Lysikrates allein war, fragte er ihn, was er von dieser neuen Version hinsichtlich der Ursache der Brände hielt.

»Mehr als unwahrscheinlich«, antwortete Lysikrates und zeigte nicht den Schatten eines Zweifels. »Die Anhänger Christi sind keine solchen Fanatiker, dass sie Rom zerstören wollten. Mir kommen sie vielmehr wie friedliebende Menschen vor, zumindest gebietet ihr Glaube das friedliche Zusammenleben aller Menschen. Ich denke, dass es Simon sehr gut in den Kram passte, würde man den Christen die Schuld an dem Feuer anlasten. Es heißt, er behauptet von sich, er selbst wäre der von den Juden erwartete Prophet und nicht Jesus von Nazareth. Ich bin sicher, dass Simon der Magier beabsichtigt, Vorteile für sich aus diesen Beschuldigungen zu ziehen. Nimm dich in Acht vor ihm, Nero.«

»Aber auch mir feindlich gesinnte Kreise könnten Kapital aus der Katastrophe ziehen, wenn wir die Schuld nicht auf die Christen abwälzen. Denk nur, es heißt, ich selbst hätte befohlen, meine Stadt in Brand zu stecken. Doch ist das nicht der Grund, warum ich dich herkommen ließ, Lysikrates.« Der Kaiser klatschte zweimal in die Hände, dann führte ein Sklave einen Mann von schlichtem Äußeren herein, in dessen Blick der Wahn fieberte.

»Das ist Cesellius Bassus, Lysikrates. Ein heldenhafter römischer Legionär, der tagelang darauf gewartet hat, mit seinem Kaiser zu sprechen. Ich nehme an, dass die Geschichte, die er zu erzählen hat, auch für dich interessant ist.« Und Nero gab Cesellius mit einem Wink zu verstehen, dass er das Wort ergreifen sollte.

Vierter Teil

Diffugiunt cadis cum faece siccatis amici.

Wenn die Krüge zur Neige gehen, entfliehen auch die Freunde.

HORAZ

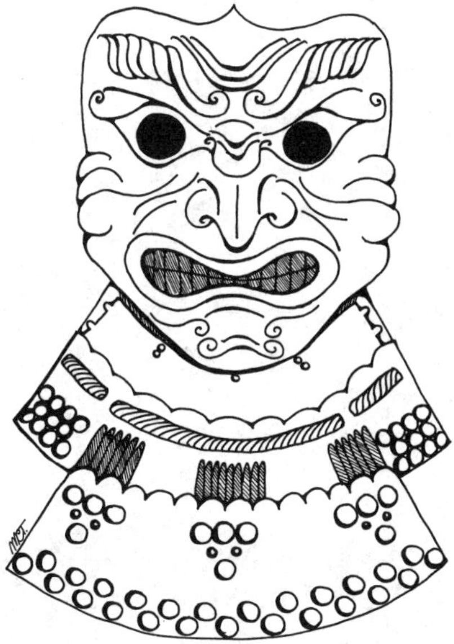

Samuraimaske aus Maulbeerbaumholz

10

Mittelmeer, 1336

Wäre es dem Verräter Abd al-Hisàm gelungen, mit seinem Schiff die sizilianische Küste zu erreichen, wäre er sicher entkommen.

Drei Tage und zwei Nächte hatte es gedauert, bis die Dromone des Muqatil Abd al-Hisàms Schiff aufgespürt hatte. Diletta hatte darauf bestanden mitzukommen, da sie, wie sie argumentierte, auf seinem Schiff sehr viel sicherer sei als in der Stadt Tabarka, wo man jeden Moment mit einem Gegenangriff der Christen oder einem Anschlag seitens der wenigen verbliebenen Getreuen Abd al-Hisàms rechnen müsse.

»Nur noch wenige Seemeilen, dann wird er in Sicherheit sein. Los, Männer, wir müssen den Verräter einholen!«, rief der Muqatil, während die Dromone über das Wasser flog.

Das Meer ist unendlich weit und hat keine Grenzen, doch schienen sich auf seinen Wellen Neuigkeiten weit schneller zu verbreiten als auf dem Festland. Kapitäne tauschten, wenn ihre Schiffe einander begegneten, sofort die neuesten Nachrichten aus, die sie dann, zusammen mit ihrer Ladung, zu ihren jeweiligen Zielhäfen brachten.

Auf diese Weise erfuhr Hito Humarawa von der Flotte, die der Muqatil anführte und mit der er seine Stadt Tabarka zurückerobert hatte.

Dem Samurai war klar, dass der Pirat nicht mehr länger ziellos übers Meer streifen musste, wenn er über eine befestigte Stadt verfügte. Und das würde ihn noch weitaus gefährlicher machen.

Wie ein Raubtier, das seine Beute gestellt hatte, vollzog die Dromone ihre Manöver. Das Schiff von Abd al-Hisàm befand sich daraufhin seitlich vor ihr, und der Rammsporn am Bug der Dromone bohrte sich tief in die Flanke des Gegners. Danach drehte die Dromone bei, sodass sie direkt neben Abd-al Hisàms Schiff zu liegen kam, und fast im selben Moment sprangen etwa hundert bewaffnete Männer, angeführt vom Muqatil, über die Reling und schwärmten auf dem feindlichen Deck aus.

Voller Schrecken starrte Abd al-Hisàm auf die Feinde, die nur noch wenige Meter von ihm entfernt waren. Unter den verzerrten Gesichtern der in dieser Schlacht auf Leben und Tod kämpfenden Männer entdeckte er plötzlich das seines Cousins.

»Kämpft, Männer!«, feuerte der Muqatil seine Krieger an. »Diese Verräter haben eure Häuser besetzt und eure Frauen geschändet. Sie verdienen es nicht, am Leben zu bleiben!«

Schließlich hatte er sich mit machtvollen Hieben seines Säbels den Weg bis zur Windviering am Bug freigekämpft, wo sich sein Cousin verschanzt hatte, und zischte: »Endlich habe ich die Genugtuung, dir noch einmal in die Augen zu sehen!«

Abd al-Hisàm stand die Angst ins Gesicht geschrieben. Vergeblich suchte er Hilfe bei seinen treuen Dienern, und schon bald merkte er, dass die wenigen Überlebenden anderes zu tun hatten, als ihren Kapitän zu beschützen.

»Mein lieber Cousin, nun wird abgerechnet.« Mit diesen Worten öffnete der Muqatil seine Deckung, um seinen Gegner zu provozieren.

Sofort wagte Abd al-Hisàm einen Ausfall und versuchte, dem Muqatil die Klinge in die Brust zu rammen. Doch der wich zur Seite aus und holte gleichzeitig zu einem Säbelhieb aus. Seine Klinge riss die Lederrüstung des Verräters auf und grub sich in sein Fleisch. Es war eine tiefe, aber nicht tödliche Wunde.

Abd al-Hisàms Gesicht wurde bleich wie Wachs, während er mit einer Hand die Wunde zuzuhalten versuchte. Da ging der Muqatil mit einem weiteren Hieb auf ihn los und vollführte, während er den Säbel mit beiden Händen hielt, eine rasche Drehbewegung mit dem Körper. Mit großer Wucht durchtrennte die Klinge Abd al-Hisàms Hals. Sein Kopf kippte unnatürlich weit nach hinten, während aus der durchschnittenen Kehle das Blut in einem riesigen Schwall hervorschoss.

Wenige Augenblicke später stießen die Männer des Muqatil einen Freudenschrei aus, denn sie hatten gesiegt.

»Der Verräter ist tot, es lebe die Gerechtigkeit!«, sprach der Muqatil. »Abd-als Schiff ist leider zu sehr beschädigt, um es noch gebrauchen zu können. Doch den Schatz von Tabarka, den ladet sogleich auf unsere Dromone um. Für diese Nacht werden wir in einer Bucht Schutz suchen, bevor wir morgen wieder in See stechen, heim zu unserer Stadt.«

Nachdem die Besatzung ohne Unterbrechung damit beschäftigt gewesen war, den von Abd al-Hisàm gestohlenen Schatz umzuladen, ging die Dromone bei Sonnenuntergang in einer geschützten Bucht der Insel Favignana vor Anker.

Januar 2002

Wieder einmal war Bruno Milano dank einer geschickten Verkleidung nicht zu erkennen. Diesmal sah er aus wie ein alter Rentner, und er begab sich in die Büros von Water Enterprises unter dem Vorwand, seine Wasserrechnung persönlich bezahlen zu wollen. Eine Weile wanderte der Mossad-Offizier in dem Bürogebäude umher, bevor er einen Platz fand, wo er sich bis nach Büroschluss verstecken konnte.

Es war ungefähr Mitternacht, als er in Aktion trat. Einer seiner Agenten hatte schon Tage zuvor Fotos gemacht, aufgenommen aus denselben Blickwinkeln, die von den Kameras des hausinternen Sicherheitssystems überwacht wurden. Milano schlich dicht an der Wand entlang auf eine der Kameras zu, die auf eine Aufzugstür gerichtet war. Geschickt hangelte er sich hoch, um genau vor dem Objektiv ein Foto anzubringen, das den menschenleeren Bereich vor dem Aufzug zeigte. Danach ging er zum Aufzug und drückte auf den Rufknopf des Lifts, der wenige Augenblicke später kam. Dass die Aufzugskabine auch zu dieser späten Stunde noch unterwegs war, würde niemanden misstrauisch machen, da sich auch nachts Männer und Frauen der unterschiedlichen Schichtdienste in den Büros des multinationalen Konzerns aufhielten, um zu den verschiedenen Niederlassungen und Tochtergesellschaften in aller Welt Kontakt zu halten.

Als er den Knopf für die einunddreißigste Etage drückte, verlangte die Anzeige eines kleinen digitalen Bildschirms, dass er die Magnetkarte in den dafür vorgesehenen Schlitz einführte. Um in die oberen Stockwerke zu gelangen, wo Yasuo Maru mit seinen engsten Vertrauten arbeitete, musste man die strengsten Kontrollen über sich ergehen lassen.

Milano steckte die geklonte Karte in den Schlitz und wartete. Es vergingen Bruchteile von Sekunden, die ihm vorkamen wie ein ganzes Leben. Dann erschienen auf dem Display die Worte »WILLKOMMEN, TAKA-SAMA«, und der Lift glitt nach oben.

Bedauernd schüttelte Derrick Erma den Kopf. Der Tod eines Agenten, der so gut geschult und zuverlässig gewesen war wie Kuniko Sagashi, war auch für den Chef des Mossad eine schmerzliche Angelegenheit, obgleich er es gewohnt war, seine Leute bei riskanten Einsätzen zu verlieren.

Die Angelegenheit, in der die junge Kuniko ermittelt hatte, war zweifellos sehr gefährlich gewesen, zumal Oskar Breil, sein direkter Vorgesetzter und Chef der israelischen Regierung, alles, was mit Yasuo Maru zu tun hatte, offenbar sehr am Herzen lag.

Erma nahm den Hörer und wählte eine Geheimnummer.

»Wir haben unseren Kontakt in der Operation ›Aufgehende Sonne‹ verloren«, berichtete Erma, ohne sich mit Höflichkeitsfloskeln aufzuhalten.

»Ein Unfall oder etwas Schlimmeres?«, fragte Breil.

»Sehr viel schlimmer, Herr Premierminister, sehr viel schlimmer.«

»Schicken Sie mir einen Bericht über das, was geschehen ist, Erma. Ich werde ihn lesen, sobald ich die Zeit dazu finde.«

Oswald Breil legte den Hörer auf und verharrte still in sich gekehrt. Die Sache wurde immer ernster, und Oswald war davon überzeugt, dass sich Sara und ihre Freunde in höchster Gefahr befanden.

Sara Terracini war es nicht gelungen, die strenge Geheimhaltung beizubehalten, die sie sich bis nach der Beendigung ihrer Übersetzung selbst auferlegt hatte. Je mehr sie erfuhr, desto mehr war sie davon überzeugt, dass auch Grandi und Vittard davon erfahren sollten.

Einige Minuten zuvor hatte sie unter Benutzung des üblichen Verschlüsselungsprogramms geschrieben: <MIR FEHLEN JETZT NUR MEHR WENIGE PAPYRI. ICH BESTÄTIGE IHNEN DIE EXISTENZ EINES MIT GOLD VERKLEIDETEN SCHIFFES, DAS NERO GEHÖRTE. DAS SCHIFF, DAS SIE SUCHEN, MÜSSTE ZWEIUNDSECHZIG METER LANG UND ACHTZEHN METER BREIT SEIN.>

Beinahe in Echtzeit erhielt Sara vom Computer des Katamarans die Antwort: <DANKE FÜR DIE INFORMATION. MOMENTAN ANKERN WIR VOR DER INSEL CAPRAIA. FÜR MORGEN IST DAS ENDE DER FLAUTE VORHERGESAGT. BINNEN DREI TAGEN WERDEN WIR AM ORT DES UNTERNEHMENS ANKOMMEN. ICH UMARME SIE. HENRY VITTARD>

Die letzten Worte führten dazu, dass sich Sara für einen kurzen Moment in Phantasien verlor, die sich für eine Wissenschaftlerin sicher nicht geziemten. Sie lächelte, dann raffte sie sich auf und fuhr damit fort, die Abenteuer des Lysikrates zu übersetzen.

Bruno Milano entfaltete den Plan, den ihm Kuniko Sagashi während ihres letzten Treffens gegeben hatte. Wenn er daran dachte, dass sie nur wenige Tage zuvor noch gelebt und diese Skizze so präzise gefertigt hatte, ergriff ihn eine innere Leere.

Ohne das geringste Geräusch zu verursachen, schlich er durch die menschenleeren Flure. Er wusste genau, dass sich nicht weit von ihm entfernt in diesem weitläufigen Büro zumindest eine Sekretärin aufhielt.

Erneut holte er die Magnetkarte aus seiner Tasche und schob sie in das neben einem Türrahmen angebrachte Lesegerät. Ein metallisches Klicken begleitete die übliche Begrüßungsformel.

Takas Büro machte einen völlig aseptischen Eindruck: Es herrschte eine penible Ordnung, in der ein jedes Ding an seinem Platz lag. Mit Ausnahme zweier Papierstapel, die allerdings ebenso perfekt geordnet waren, war der Schreibtisch völlig leer.

Aufmerksam sah Milano die Papiere durch, bis er eine Bankgutschrift fand, auf die nicht der Name der Firma, sondern der von Yasuo Maru persönlich angegeben war. Die Identität des Begünstigten war ihm dank der gewissenhaften Nachforschungen, die Kuniko angestellt hatte, bekannt: Maru hatte Genji Enshigoju die beträchtliche Summe von zweihunderttausend Dollar auf ein Schweizer Konto überwiesen. Mit ziemlicher Sicherheit erkaufte er sich damit ihr Schweigen hinsichtlich seiner perversen Neigungen.

Milano dachte erneut an die Aufzeichnungen, die er Kuniko in ihrer Wohnung gezeigt hatte – der von Taka gerufene Lieferwagen, der einen Sack schmutziger Wäsche abgeholt hatte, und zuvor Genji Enshigoju, wie sie das Gebäude von Water Enterprises als Bürobotin verkleidet betreten und einen großen Wagen vor sich hergeschoben hatte. Für eine Postzustellung, gleich welcher Art, war die überwiesene Summe zweifellos um einiges zu hoch.

Milano schaltete den Computer auf Takas Schreibtisch ein. Auf dem Bildschirm erschien die Aufforderung, die Magnetausweiskarte einzuschieben, was Milano sofort tat, und nach einer kurzen Begrüßung öffnete die Maschine daraufhin ihre ansonsten uneinnehmbaren Pforten. Milano steckte einen kleinen CD-Brenner am Computer an. Da er nicht die Zeit hatte, die Festplatte der Maschine zu durchsuchen, kopierte er ihren gesamten Inhalt auf einige CD-ROMs.

Danach verschwand Milano auf dem Weg, den er gekommen war. Er betrat einen der vier privaten Aufzüge, die zu den obersten Stockwerken des Gebäudes führten und von den Topmanagern sowie dem Präsidenten selbst benutzt wurden.

Milano steckte die Magnetkarte in das Lesegerät neben der Fahrstuhltür, dann drückte er auf den obersten Knopf, der zu Marus Residenz im Penthouse im zweiunddreißigsten Stockwerk des Hochhauses führte. Nach kurzer Fahrt hielt der Lift, die Tür öffnete sich, und ein weitläufiges, sehr luxuriöses Ambiente tat sich vor Milano auf.

Er bewegte sich wie ein erfahrener Einbrecher, schlich ins Studierzimmer und entdeckte, dass die Wand der Bibliothek hochgefahren war und den Blick auf eine Tür aus Edelstahl freigab, die aussah wie die eines Lifts.

Auf einmal hörte Milano ein alarmierendes Geräusch: Der kleine Aufzug war in Bewegung gesetzt worden. Milano suchte nach einem Versteck, während er sich noch immer fragte, wohin dieser Lift vom obersten Stockwerk des Gebäudes aus führen konnte. Vor seinem geistigen Auge sah er den Grundriss des Stockwerks unter ihm, wo sich keine weiteren Schächte für einen Lift oder einen Lastenaufzug befanden.

In seinem Versteck prägte er sich die Töne der digitalen Tastatur ein, als Yasuo Maru den Code eingab, um die Panzertür des Lifts zu schließen.

Deutlich drangen auch Stimmen an sein Ohr, von denen er mit absoluter Sicherheit die von Taka erkannte. Die zweite gehörte mit großer Wahrscheinlichkeit dem Herrn der Wasser.

»... brauchen wir uns um Kuniko Sagashi keine Gedanken mehr zu machen«, sagte Taka. »Ich konnte sie ohnehin nie ausstehen.«

»Du hattest ganz recht, Taka. Du bist mein wertvollster Mitarbeiter.«

Bruno Milano lehnte sich gerade so weit vor, dass er noch sehen konnte, wie Yasuo Maru ein Tintenfass drehte, das auf seinem Schreibtisch stand. Begleitet vom Surren eines elektrischen Motors kehrte die Bibliothekswand wieder in ihre Ausgangsposition zurück.

Kaiserliches Rom, anno 818 nach der Gründung (65 n. Chr.)

Ein Jahr! Ein ganzes Jahr klebte Lysikrates an den Fersen von Cesellius Bassus, während der wie von Sinnen nahe der iberischen Stadt Karthagena durch die Felder streifte, unwegsame Pfade durchmaß und auf Felsen kletterte, damit sich sein vom Wahn verdunkelter Geist daran erinnerte, wo er den Schatz gefunden hatte, doch ohne jeden Erfolg.

Als Lysikrates bereits drauf und dran war, den Misserfolg dieser Mission zu akzeptieren, schien ein Blitz den Verstand Cesellius' zu erhellen.

Was Lysikrates am folgenden Tag zu sehen bekam, raubte ihm förmlich den Atem. Er erblickte den Schatz der legendären Dido, der von unschätzbarem Wert war und beinahe den gesamten Raum einer riesigen Grotte ausfüllte. Diese enorme Menge an Gold, Silber und Edelsteinen würde die leeren Kassen des Imperiums wieder beträchtlich füllen.

Lysikrates verlor keine Zeit. Begleitet von dem verrückten Entdecker, der neben ihm der einzige Hüter dieses Geheimnisses war, schiffte er sich nach Rom ein und bat, kaum dass er angekommen war, um eine Audienz bei Nero.

Ihm wurde eine Antwort erteilt, die er zuvor noch nie erhalten hatte, nämlich dass der Kaiser im Moment zu beschäftigt sei und ihn empfangen würde, sobald er wieder Zeit habe.

So wanderte Lysikrates in der Zwischenzeit in den weitläufigen Hallen der kaiserlichen Residenz umher, in die eine warme Maibrise die nahenden Sommerdüfte hereinwehte. Lange schon war er nicht mehr im Palast gewesen, da ihn der Bau des kaiserlichen Schiffes sowie die Suche nach Didos Schatz von Rom ferngehalten hatten. Er wunderte sich daher nicht, dass er auf den Gängen nur noch wenigen bekannten Gesichtern begegnete, obwohl es wie üblich von einer Vielzahl verschiedener *Clientes* und von Höflingen und Dienern wimmelte.

Dann aber erhellte ein Lächeln seine Miene, als er eine weibliche Gestalt auf sich zukommen sah, die er kannte.

Julia Litia, inzwischen eine alte Hofdame, erwies sich wie immer als eine unbezahlbare Informationsquelle.

»Es hat sich viel verändert, seit du gegangen bist, Lysikrates, und Nero schwebte sogar in größter Gefahr«, berichtete sie ihm, nachdem sie ein wenig abseits gegangen waren. »Die Christen wurden als die angeblichen Brandstifter Roms gnadenlos verfolgt, und der Kaiser gab seine moderate Haltung ihnen gegenüber für immer auf. Die Unzufriedenheit, die seit dem Mord an Oktavia unter den römischen Patriziern schwelt, wird immer größer, und nachdem er sie und seine Mutter töten ließ, bestehen die verwandtschaftlichen Bande zu den Juliern und Claudiern nicht mehr, was Neros

Position empfindlich geschwächt hat und seine Abstammung vom Kaiserhaus fragwürdig macht. Sowohl die Anwärter auf den Thron als auch seine Gegner sprechen bereits voller Hohn vom ›göttlichen Domitius Ahenobarbus‹. Auch seine pompösen Pläne zum Wiederaufbau Roms helfen ihm in keiner Weise, und die Denunzianten gewinnen täglich mehr Einfluss. Sie behaupten, Nero würde den Brand zu seinem Vorteil nutzen, denn er rief die beiden Architekten Celerus und Severus zu sich und beauftragte sie mit dem Bau eines prunkvollen Kaiserpalasts, der die gesamte Fläche der vom Feuer verwüsteten Stadtviertel einnehmen soll.«

»Wie viel hat sich doch seit meiner Abreise in Rom verändert«, sagte Lysikrates kopfschüttelnd.

»Warte, ich bin noch nicht fertig. Ende letzten Monats, während der Spiele zu Ehren der Ceres, war eine Verschwörung gegen den Kaiser geplant. Nero sollte von einem gedungenen Mörder erstochen werden, während er sich auf seiner Tribüne des voll besetzten Circus Maximus befand. Der Plan war nahezu perfekt, doch durch eine Kette von Zufällen kam er ans Licht. Es wird gemunkelt, eine der Verschwörerinnen namens Epicari versuchte, ihren Galan zur Mitwirkung an dem Mordkomplott zu überreden. Doch er, ein Mann namens Volusius Proculus, war Nero treu ergeben und warnte den Kaiser, auch wenn er weder die Namen der Verschwörer noch ihren Zeitplan kannte.

Am Tag vor dem Mord aber bat ein Freigelassener namens Milicus um eine Audienz bei Nero und erzählte, dass er seinen Herrn, den Senator Scevinius, sowie einen Krieger namens Antonius Natale von der Verschwörung habe reden hören. Die beiden wurden verhaftet und nannten unter der Folter Namen, die ganz Rom erzittern ließen: Pison, Seneca, Rufus, Lateran, Lucanus und viele, viele andere. Daraufhin wurden in den letzten Tagen neunzehn Personen hingerichtet, und einige andere nahmen sich das Leben, bevor die Wachen an ihre Tür klopfen konnten. Seneca hat sich in seiner Villa umgebracht, als Nero ihn vor die Wahl stellte, sich das Leben zu nehmen oder hingerichtet zu werden. Und dreizehn Patrizier wurden in die Verbannung geschickt.«

Lysikrates konnte es nicht glauben. Sogar Seneca hatte sich gegen den Menschen aufgelehnt, bei dessen Erziehung er selbst mitgewirkt hatte.

Während sie sich angeregt unterhielten, näherte sich ihnen ein Diener, der Lysikrates eröffnete, dass der Kaiser ihn nun zu sprechen wünsche.

Eine üppige Frau erhob sich von dem Triklinium, auf dem Nero lag.

»Statilia Messalina tröstet mich«, sagte Nero, nachdem die Frau das Zimmer verlassen hatte, »jetzt, da meine Frau Poppaea kurz davor steht, mir ein Kind zu schenken. Denk nur, Lysikrates, ein Kind! Endlich!«

»Ich habe nach meiner Heimkehr beunruhigende Neuigkeiten gehört, mein Kaiser.«

»Nichts allzu Ernstes. Ein Gesindel von schlecht organisierten Verrätern plante, ein Attentat auf mich zu verüben. Dennoch, mein guter Freund, machen sich trotz meiner Liebe zu meinen Untertanen Spannungen und Unzufriedenheit breit, die von niederträchtigen Denunzianten weiter angeheizt werden. Noch ist nicht die Zeit, sie offen zu benennen, Lysikrates, noch nicht. Ich habe trotzdem vorsorglich angeordnet, dass mein neues Schiff in einem geheimen Hafen versteckt gehalten wird. Ein Schiff aus Gold würde nur die übelwollenden Gerüchte nähren. Auch habe ich verfügt, dass drei sehr gute Schauspieler, die mir sehr ähnlich sehen, bei Zeremonien im Falle einer drohenden Gefahr statt meiner auftreten. Doch sprich, erzähl mir vom Ausgang deiner Unternehmung, Lysikrates.«

In kurzen Worten berichtete dieser von seiner zermürbenden Suche, bevor er eingehend beschrieb, wie riesig der entdeckte Schatz war. Die Aussicht auf eine so enorme Menge

Gold erregte den Kaiser, der voller Begeisterung rief: »Dann los, wir müssen sofort eine Expedition aufstellen! Der Schatz soll nach Rom gebracht werden, und dann … Nein, alles muss streng geheim bleiben. Dieses Gold wird mir von großem Nutzen sein, sollten sich die Wolken, die mein Kaisertum verdunkeln, auf meine Person selbst entladen. Für eine Flucht könnte ich diesen Schatz sehr gut brauchen, der mir für immer ein Leben in Wohlstand garantiert. Du hast ihn genau im richtigen Moment entdeckt. Nur leider muss ich den verrückten Ex-Legionär, der um das Versteck des Schatzes weiß, töten lassen. Wie hieß er noch?«

»Er heißt Cesellius Bassus, und ihn zu töten ist meiner Ansicht nach nicht nötig. Es sei denn, du willst damit erreichen, dass man die Behauptungen eines völlig verrückten Schatzsuchers auf einmal ernst nimmt. Ich empfehle dir, ihn lieber frei herumlaufen zu lassen, damit er deinen Großmut preist, weil du diesen Verrückten, der von dem Versteck eines Schatzes fantasiert und davon überzeugt ist, sein Gerede entspräche der Wirklichkeit, begnadigst. In Rom wurde viel darüber geredet, dass eine Expedition ausgerichtet wurde, um den Goldschatz der Dido zu finden, und nun warten alle, was daraus geworden ist. Wenn du den armen Cesellius begnadigst, werden diese Erwartungen zum Schweigen gebracht, dein Großmut hingegen wird dadurch sprichwörtlich werden. Ich bin ebenfalls deiner Meinung, den Schatz dort zu lassen, wo er jetzt ist, aber zugleich empfehle ich dir auch, nach einem Land Ausschau zu halten, das dich aufnehmen wird, sollte die Lage hier in Rom noch prekärer werden.«

»Daran habe ich bereits gedacht. Aber wohin soll ich mich als Verbannter begeben, da doch Rom überall ist?«

»Nutze deine Bildung und dein Wissen und richte dein Augenmerk auf jene Länder, die zwar unter der Ägide Roms stehen, aber politisch und wirtschaftlich autonom sind. Wenn Rom diesen Gebieten die Unabhängigkeit garantiert hat, tat es das, weil sie mit ihrem Wissen und ihrer Kultur, ihren Sitten und Gebräuchen nur schwer zu unterjochen sind.«

»Von welchen Gebieten sprichst du, Lysikrates?«

»Von Ägypten und Griechenland, mein Kaiser …«

Mittelmeer, 1336

Das langsame Schaukeln der vor Anker liegenden Dromone schien in dieser dunklen, mondlosen Nacht die Krieger in den wohlverdienten Schlaf zu wiegen. Nun, da der Verräter Abd-al Hisàm nicht mehr unter den Lebenden weilte, gab es keinen Grund mehr, noch irgendetwas zu befürchten.

Der Muqatil betrachtete die Umrisse der Bucht. In der Dunkelheit ließ sich die Insel Favignana nur anhand der verschwommenen Felskonturen erahnen.

Diletta drückte seine Hand. Sie spürte, dass sich seine Anspannung allmählich löste. Sie lächelte ihn an, damit er in diesem nur allzu kurzen innigen Moment die Tiefe ihrer Gefühle erkannte.

»Ein Leben, ein ganzes Leben liegt vor uns, und das in unserer Stadt«, flüsterte der Muqatil und schaute ihr in die Augen, in denen sich der schwache Schein der Laternen an Deck widerspiegelte. »Sobald wir nach Tabarka zurückgekehrt sind, will ich dich heiraten und ein Kind mit dir haben. Denn ich liebe dich.«

»Hinsichtlich des ersten Teils Eurer Bitte willige ich gern ein und gebe Euch meine Hand«, antwortete Diletta mit einem Lächeln. »Was aber den zweiten betrifft, so glaube ich nicht, dass Ihr bis Tabarka warten müsst.«

»Willst du damit sagen, dass du …«

In genau diesem Augenblick wurde die Dromone von einer Galeere gerammt, die wie ein Meteor aus der Schwärze der Nacht aufgetaucht war. Der Muqatil legte beide Arme schützend um seine Gefährtin, während sich der Rammsporn in den Rumpf seines Schiffs bohrte.

»Zu den Waffen! Wir werden angegriffen!«, rief der Muqatil und zog seinen Säbel. Gerade noch konnte er sich zum Heck zurückziehen, da ergoss sich eine glühende Flut über das Deck der Dromone. Aus großen Metallbehältern wurden riesige Mengen Griechischen Feuers über einen eisernen Kanal auf die Dromone gegossen, und der Brand breitete sich innerhalb eines Augenblicks wie ein Lavastrom aus.

Im selben Moment enterten die Angreifer das Schiff des Emirs. Die aus dem Schlaf gerissenen Sarazenen taten ihr Möglichstes, um sie zurückzuschlagen, doch die Feinde hatten das Überraschungsmoment und das flüssige Feuer auf ihrer Seite.

Da erblickte der Muqatil eine Gestalt, die geschickt zwischen den lodernden Flammen umherlief und mit einem gekrümmten Schwert nach rechts und links wuchtige Hiebe austeilte. Das Gesicht des Mannes, der offenbar der Anführer der Angreifer zu sein schien, war unter einer schauerlichen goldenen Maske verborgen. Dem Muqatil war bekannt, dass im fernen Osten viele Krieger solche Masken trugen, um ihre Feinde in Schrecken zu versetzen, allerdings hatte er noch nie gehört, dass einer von ihnen eine aus purem Gold trug. Dennoch – es musste sich um jenen Asiaten handeln, den er einst auf dem Deck des feindlichen Schiffes gesehen hatte.

Entschlossen bahnte sich der Muqatil seinen Weg, um den Mann zu erreichen, der für das Gemetzel in seinem Dorf verantwortlich war. Schon damals hatte er dessen Kampftechnik und die außergewöhnliche Art, mit der er seine Hiebe setzte, genau beobachtet.

Nur wenige Meter von ihm entfernt hielt der Muqatil an, bereit, dem Krieger mit der Goldmaske in einem Duell auf Leben und Tod entgegenzutreten, und er atmete tief durch, um seine Kräfte zu sammeln.

Doch da tat Hito Humarawa etwas, das den Zorn des Muqatil in blanken Schrecken verwandelte …

Durch die Augenschlitze seiner goldenen Kampfmaske sah Humarawa, wie sich ihm der Muqatil näherte und mit seinem Säbel jeden niedermachte, der sich ihm in den Weg zu stellen versuchte.

Gleich als Humarawa die Dromone in der Bucht von Punta Marsala erblickt hatte, beschloss er, dass Diletta Campagnola, die er in Begleitung des sarazenischen Piraten am Deck hatte stehen sehen, diesen Überfall als Einzige überleben sollte. Er hatte so lange nach ihr gesucht und sie endlich, unter Tüchern und Schals verborgen, in ihrer Kabine gefunden.

Jetzt griff er mit starken Armen nach ihr und zerrte sie auf die Galeere, die noch immer neben der Dromone lag.

Der Muqatil schätzte die Entfernung ab. Niemals würde es ihm gelingen, den Asiaten zu erreichen, bevor dieser auf dem Deck der Galeere anlangte, auch wenn sich Diletta mit aller Kraft gegen ihn zu wehren versuchte.

Seine Hand glitt an seinen Gürtel und packte den fein ziselierten Dolch, der seiner Gefährtin gehört hatte. Er wog ihn kurz zwischen den Fingern, bevor er auf die Brust seines Gegners zielte und ihn dann warf.

So schnell wie ein Raubtier wich Humarawa zur Seite aus, während sich der schmale Dolch in der Luft drehte, das Ziel verfehlte und sich in das Holz der Dromone nagelte.

Dieser kurze Augenblick, in dem der Muqatil auf den Wurf konzentriert gewesen war, reichte aus, um die Situation radikal zu wenden. Irgendetwas Hartes traf ihn von hinten am Kopf, und er wurde zu Boden geschleudert, wo er ohnmächtig liegen blieb. Einer von Humarawas Männern hatte ihm mit dem Schwertgriff einen Schlag gegen den Schädel versetzt.

»Bringt die Gefangenen auf unser Schiff, dann verschwinden wir. Die Dromone sinkt bereits!«, rief Hito Humarawa und übertönte mit seiner Stimme das Prasseln der Flammen, die das Flaggschiff des Muqatil verzehrten.

Januar 2002

Die auf ein einfaches weißes Blatt Papier ausgedruckte E-Mail lag auf dem Schreibtisch des israelischen Premierministers. Wieder und wieder las Oswald Breil die wenigen Worte, während Derrick Erma schweigend neben ihm stand.

›ERBITTE EINWILLIGUNG, FÜR DEN BETREFFENDEN EIN GEBURTSTAGSFEST AUSZURICHTEN.‹

Mit diesen wenigen Worten bat Bruno Milano um freie Bahn, Yasuo Maru zu eliminieren.

Breil überflog noch einmal den beigelegten Bericht, dann wandte er sich an Erma. »Offenbar hat Bruno Milano unwiderlegbare Beweise dafür, dass Yasuo Maru für die Ermordung der Agentin Sagashi verantwortlich ist. Außerdem ist der Herr der Wasser seinem Bericht zufolge auch weiterer Verbrechen schuldig und zudem einer der wichtigsten Köpfe der Yakuza, deren volle Achtung er genießt.«

»Das ist noch nicht alles«, sagte Erma. »Hauptmann Bernstein hat einige der Passwörter entschlüsselt, mit denen der Computer von Marus Sekretär Tara gesichert ist, und wir fanden auf der zweiten der fünf CD-ROMS, die Milano kopiert hat, zwischen den üblichen Programmen und Budgetplänen der Firma dies hier.« Mit diesen Worten reichte er Breil ein weiteres Blatt Papier.

Auf den ersten Blick sah das, was darauf ausgedruckt war, aus wie der Plan für einen elektrischen Schaltkreis, doch dann sah Breil, dass am unteren Rand eine Adresse angegeben war, eine Adresse in Italien.

»Das ist die Anschrift jener Kaserne, in der Alberto Vite lebte!«, rief er aus.

»Ja, und was Sie da sehen, Herr Premierminister, ist ein Plan, wie dort die Wasserleitungen verlaufen.«

»Die eindeutige Bestätigung unseres Verdachts. Dennoch, ich bin mir nicht sicher, ob es richtig ist, Maru zu eliminieren. Israel ist keine Weltpolizei. Derartig radikale Aktionen richten wir gegen die direkten Feinde unseres Landes, nicht gegen einen Mörder, wie mächtig oder gefährlich er auch immer sein mag. Außerdem – wenn wir diesen Mann, der uns heute als Gegner Nummer Eins erscheint, vom Spielfeld räumen, wie viele andere Yasuo Marus stehen dann bereit, um seine Nachfolge anzutreten? Bevor wir eine solche Entscheidung fällen, müssen wir sehr sorgfältig prüfen, ob und in welchem Maße Maru eine Gefahr für Israel darstellt.«

»Ich würde die Gefahr nicht auf unser Land allein beschränken, Dr. Breil. Ich bin davon überzeugt, dass Kerle wie dieser Maru eine Bedrohung für die gesamte Menschheit sind.«

Die *Shimakaze* legte in den ersten Morgenstunden im Hafen von Marsala an. An Bord befand sich Grégoire Funet, der in seine Kabine verbannt war, da sich bereits wieder die Symptome der Seekrankheit bei ihm eingestellt hatten.

Yasuo Maru würde innerhalb weniger Tage zu ihnen stoßen. Er hatte Funet damit beauftragt, an Land zusätzliche Männer anzuheuern, die die Besatzung der *C'est Dommage* genauestens beobachten sollten. Yasuo Marus Schiff sollte nur dann auslaufen, wenn es unumgänglich war.

Die Übersetzung, an der Sara Terracini arbeitete, hielt für die junge Wissenschaftlerin einige Überraschungen parat. Sollte es ihr und ihren Freunden gelingen, das Kaiserschiff, das einst Nero gehört hatte, zu bergen, wäre das eine der größten archäologischen Entdeckungen der letzten Jahrzehnte. Auf den letzten Papyri, die sie übersetzt hatte, wurde sogar der legendäre Schatz der karthagischen Königin Dido erwähnt.

Sie musste sich beeilen. Selbst wenn ihre Kameraden einige Tage brauchen würden, um die Bucht von Punta Marsala auf der Insel Favignana zu erreichen. Bis dahin musste sie es geschafft haben, die Übersetzung von Lysikrates' Memoiren fertigzustellen.

Derrick Erma hatte sein Büro vor einer knappen Stunde verlassen, als Oswald Breil die Nachricht erhielt, dass ein Verwaltungsgericht die Rechtmäßigkeit des Vertrags zwischen dem Staat Israel und Water Enterprises bestätigt und seine sofortige Erfüllung angeordnet hatte.

Das bedeutete, dass Yasuo Marus Firma in wenigen Monaten den Wasserbedarf der gesamten Bevölkerung Israels kontrollieren würde. Er durfte tatsächlich keine Zeit mehr verlieren. Und so griff er zum Telefonhörer und sagte, kaum dass sich Erma gemeldet hatte: »Ich genehmige hiermit das Geburtstagsfest für unseren Freund.«

Mittelmeer, anno 820 nach der Gründung Roms (67 n. Chr.)

Lysikrates hatte schon seit Langem nicht die nötige Ruhe gefunden, um über die sich stetig überschlagenden Ereignisse nachzudenken, die im Leben Neros und der Geschichte des Kaiserreichs erfolgt waren. Nun endlich war er mit dem kaiserlichen Schiff nach Griechenland unterwegs und betrachtete die Flotte, die den Kaiser auf seiner triumphalen Reise begleitete. Das Schiff aus Gold jedoch war an seinem geheimen Liegeplatz verblieben. Neros Beharren auf dieser Reise zu einer Zeit, da in Rom Chaos und Unsicherheit herrschten, war auch so schon streng vom Senat verurteilt worden. Hätte der Kaiser dazu noch offengelegt, welches

Juwel er für sich hatte schaffen lassen, wäre die Kritik der Römer sicher noch schärfer ausgefallen.

Nero war immer mehr isoliert, dennoch lechzte er danach, vor Publikum aufzutreten. Unter den unzufriedenen Augen des römischen Adels, der sich den alten, strengeren Sitten verbunden fühlte, stellte sich der göttliche Caesar in einer Darbietung nach der anderen auf der Theaterbühne zur Schau.

Zwei Jahre zuvor war eines Abends Poppaea gestorben, wodurch auch das Kind verloren ging, das sie unter ihrem Herzen trug. Obwohl die offizielle Version von einem schlimmen Sturz auf einer Treppe sprach, besagten die *Rumores*, dass sich der Kaiser während eines Trinkgelages über seine Frau erzürnt und sie dann mit einem Fußtritt die Treppe hinabgestoßen habe. Allerdings schien Nero über Poppaeas Hinscheiden mehr als verzweifelt, und sein bereits sehr labiler Geist hatte damit einen neuen Schlag erhalten, den nicht einmal seine Heirat mit Statilia Messalina lindern konnte.

Und auch die Staatskasse litt immer wieder Not. Roms Wiederaufbau verschlang ungeheure Mittel, ebenso der Bau von Neros neuer Residenz, ein Vorhaben, das viele für schlichten Wahnsinn hielten. Doch das geschickte Einwirken der kaiserlichen Politik auf die Münzprägung zeigte bald spürbaren Erfolg: Die größere Liquidität schien sowohl den Verbrauchern als auch den Märkten das Vertrauen zurückzugeben. Auch die Bauindustrie erhielt anfangs von der Erhöhung der zirkulierenden Geldmenge neuen Aufschwung. So erhielt man für ein Pfund Gold fünfundvierzig *Aurei* statt der bisher üblichen zweiundvierzig und für ein Pfund Silber sechsundneunzig *Denarii* statt vorher vierundachtzig. Später wurden auch geringwertige Münzen aus Kupfer und Chrysochalk geprägt, ein Unterfangen, das sich nach Lysikrates' Meinung jedoch bald als schädlich erweisen würde. Auf die erzwungene Steigerung der Wirtschaftsleistung würde schon bald eine weitere und sicher noch schwerere Krise folgen.

Schon seit zu langer Zeit erhielt der römische Staatsschatz nicht mehr die notwendigen Einnahmen, die sich aus den jeweiligen Kriegsbeuten zusammensetzten, seit die Cottischen Alpen ebenso wie die Schwarzmeergebiete durch entsprechende Friedensabkommen unter die kaiserliche Ägide zurückgekehrt waren. Einzig an der armenischen Front, wo General Corbulo gegen den tapferen Partherkönig Vologaeses stritt, war noch gekämpft worden, doch dann wurde der König dazu gezwungen, zugunsten seines Bruders Tiridates abzudanken, der wiederum damit einverstanden war, sich unter die Herrschaft Roms zu stellen.

Die Zeremonie der Unterwerfung des Tiridates, der in voller Pracht in die *Urbe* einzog, war äußerst prunkvoll und zog die Kritik all derer auf sich, die sich darum sorgten, dass solch ebenso pompöse wie unnütze Veranstaltungen die Staatskasse völlig aufbrauchten.

Nero wurde deshalb zunehmend jähzorniger und verfing sich mehr und mehr in düsteren Gedanken und Rachsucht. Sein Leib, einst agil und schlank, war beträchtlich schwerer geworden, schlaff und fett, und sein großer Kopf ruhte auf einem Stiernacken.

»Ich glaube, die Zeit ist gekommen, dass du dich nach Griechenland begibst, mein Kaiser«, sagte eines Tages Lysikrates, der mittlerweile einer der wenigen Ratgeber war, die noch Neros Vertrauen genossen. »Es kursieren viele übelwollende Stimmen hinsichtlich deiner Person in der Stadt, sodass ich um deine Unversehrtheit bange.«

Tausend Wagen und fünftausend Angehörige der kaiserlichen Leibwache, Tausende von Prätorianern und unzählige Sklaven sowie eine Menge goldener und silberner Sänften setzten sich auf der Via Appia nach Brindisi in Bewegung. Mit dem Schutz des Kaisers und seines ansehnlichen Gefolges war Ofonius Tigellinus beauftragt.

Als sie in Brindisi angekommen waren, bestiegen sie die Schiffe und fuhren weiter in Richtung Korinth, angetrieben von günstigen Winden.

»Findest du nicht, dass er meiner geliebten Poppaea ähnelt?«, fragte Nero während der Reise an Lysikrates gewandt und deutete auf einen jungen Mann mit femininen Gesichtszügen.

»Das stimmt, mein Kaiser«, antwortete Lysikrates. »Sporus sieht tatsächlich wie die Reinkarnation von Poppaea aus.«

Das entsprach durchaus der Wahrheit, und schon, als er den Sklaven das erste Mal erblickte, hatte sich Nero rettungslos in ihn verliebt. Es hieß, dass er Sporus später während eines ausgelassenen Festes sogar heiratete, nachdem er ihn vorher hatte entmannen lassen.

»Ich hole dich nur ungern in die Realität zurück, mein Kaiser«, sagte Lysikrates. »Doch ich muss dich an den Zweck unserer Reise erinnern. Wie du weißt, sind viele deiner Vorgänger niederträchtigen Verschwörungen zum Opfer gefallen, nur weil sie nicht vorsichtig genug waren.«

»Ich werde alles dafür tun, um die Zuneigung und Ergebenheit dieses wunderbaren Volkes zu erringen«, antwortete Nero, während am Horizont die Anhöhen von Korinth erschienen.

In Griechenland verbrachten der Kaiser und sein Gefolge eine sorglose Zeit. Fern der Regierungspflichten und frei von der Angst, einer Verschwörung zum Opfer zu fallen, schienen Neros viele positiven Seiten seines Charakters wiederaufzuleben.

Um ihren berühmten Besucher zufriedenzustellen, hatten die Griechen verschiedene Spiele auf wenige Tage zusammengelegt. So reiste Nero von einem Ort zum anderen und erhielt bei den Isthmischen und den Nemeischen, bei den Olympischen und den Pythischen Spielen die Siegerpalme.

Mit einem goldenen Spaten vollzog er den ersten Spatenstich für ein gewaltiges Vorhaben, von dem die Menschen bereits seit den Tagen Julius Caesars träumten – einen Kanal durch den Isthmus von Korinth, damit man sich die lange, gefährliche Umschiffung des Peloponnes sparen konnte, um ins Ionische Meer zu gelangen.

Anschließend proklamierte Nero auf dem Marktplatz von Korinth, auf dem sich die Honoratioren und viel Volk drängten, dass die römische Provinz Achaia, die das Gesamtgebiet des Peloponnes umfasste, von jeglichem Rom geschuldeten Tribut befreit sei.

So viel Großzügigkeit gegenüber der hellenischen Provinz wurde von der Richterschaft nicht gern gesehen, und böswillige Stimmen verbreiteten das Gerücht, dass dies der Preis war, den Nero dafür bezahlte, aus den Spielen stets als Sieger hervorgegangen zu sein. Niemand außer Lysikrates erkannte den wahren Grund für diese Geste: Nero wollte sich der Freundschaft dieses Volkes versichern, falls er als Römischer Kaiser abgesetzt wurde. Bisher war das nur eine hypothetische Gefahr, doch sie wurde immer realer, je mehr die Unzufriedenheit und der Neid nicht nur in Rom, sondern in allen Provinzen des Imperiums anwuchsen.

Mittelmeer, 1336

Die Flammen verzehrten die Dromone, und schließlich sah Hito Humarawa das Schiff in den Tiefen vor Punta Marsala versinken.

Die etwa sechzig Männer des Muqatil, die noch am Leben waren, wurden von den Halsabschneidern im Dienste des Samurai umringt. Sie alle standen in der Nähe des Großbaums der Galeere und erwarteten ihr Schicksal, das sich in den nächsten Augenblicken erfüllen sollte. Als Humarawa seinen Männern den Befehl gab, der ihr Ende einläutete, kam der Muqatil wieder zu sich. Auf den Wink des Asiaten hin stürzten sich seine Männer auf die unbewaffneten Gefangenen, und unerbittlich hieben ihre Schwerter auf die Wehrlosen ein.

Ein junger Matrose des Muqatil flehte völlig verängstigt um Gnade: »Tötet mich nicht, ich bitte euch! Auf unserem Schiff befand sich der Schatz von Tabarka. Ihr könntet unermesslich reich werden. Verschont mich!«

Ein korpulenter Kerl, der zu Humarawas Mannschaft gehörte, lächelte grausam, bevor er sein Schwert in die Brust des jungen Sarazenen stieß.

»Jetzt bist du dran, Muqatil!«, rief schließlich Humarawa mit unheilvoller Miene. »Doch ich will, dass deine junge Gefährtin Zeugin deines Todes wird. Sagte dieser Pirat die Wahrheit, als er etwas von einem Schatz faselte?«

Verzweifelt blickte der Muqatil um sich. Von den mehr als dreihundert Männern der Besatzung seines Schiffes war er allein noch am Leben. Das Deck der Galeere schwamm im Blut, während die venezianische Schiffsbesatzung damit begann, die grauenhaft verstümmelten Leichen über Bord zu werfen, und andere damit beschäftigt waren, das hölzerne Deck wieder zu säubern. Zu jeweils vier oder fünf wurden die Leichen der Sarazenen in Stücke der alten Segel gewickelt und ins Meer geworfen.

»Feigling! Du bist nur ein Feigling, der nichts anderes kann, als wehrlose Männer kaltblütig zu ermorden! Gib mir eine Waffe und kämpf mit mir wie ein Mann!«, schrie der Muqatil, während er versuchte, die Fesseln zu sprengen, mit denen seine Hände auf dem Rücken verschnürt waren.

»Wenn ich nicht irre«, antwortete Humarawa lächelnd, »hatten du und deine Männer bereits Gelegenheit, eure Kampfkünste unter Beweis zu stellen. Der Krieg kennt kein Erbarmen, und zum Schluss streicht der Sieger alle Ehre ein. Jetzt ist Schluss. Bringt Diletta Campagnola her. Ich will, dass sie den Kopf ihres geliebten Piraten übers Deck rollen sieht.«

Der riesige Wu schlug dem Muqatil ein Stück Holz gegen die Beine, sodass er auf die Knie fiel. Humarawa zog das funkelnde *Katana,* hielt es in die Höhe und zielte mit der Klinge direkt auf den Hals seines Opfers. Diletta stieß einen verzweifelten Schrei aus, während der Samurai sich sammelte, um den Mann zu enthaupten, den sie auf immer lieben würde.

Da stieß plötzlich Al-Buraq, der getreue Falke, vom Himmel herab, und seine Krallen gruben sich tief in Humarawas Gesicht. Der Schmerz und die Überraschung ließen ihn sich ganz auf die neue Bedrohung konzentrieren, und wenige Augenblicke später lag der edle Vogel leblos auf dem Deck.

Doch er hatte sich nicht umsonst geopfert. Die allgemeine Verwirrung ausnutzend, sprang der Muqatil über die Schiffsreling ins Wasser.

Fast jedes der Besatzungsmitglieder griff zur Armbrust und wartete, zum Schuss bereit, dass der Muqatil wieder auftauchte. Doch vergebens.

Das kalte Wasser weckte den Muqatil aus dem Zustand der Benommenheit, der dem sicheren Tod vorausgeht. Rasch bewegte er die Beine, um den Körper hinab in die Tiefe zu drücken, die einzige Möglichkeit, die ihm blieb, um den Pfeilen der Venezianer zu entrinnen. Doch allmählich ging ihm die Luft aus, sein Brustkorb drohte zu bersten. Dann begannen seine Ohren zu schmerzen, und nur mit Mühe konnte er die Augen offen halten. Nur noch wenige Momente, dann würde er bewusstlos in die Schmerzlosigkeit des Todes hinübergleiten. Dennoch waren all seine Gedanken auf Diletta und seine Männer gerichtet, die als tapfere Kämpfer gestorben waren. Seine Kräfte versagten. Vergeblich versuchte der Muqatil, seine Hände aus den Stricken zu befreien.

Welch ein Hohn, dass ein Mann, der sein Leben dem Meer gewidmet hatte, so sterben sollte.

Plötzlich gewahrte er etwas Großes, das sich aus der Tiefe auf ihn zubewegte. Eine Vision vielleicht, wie sie, so wusste er, bei einem Erstickungstod auftrat.

Doch dann erkannte er im trüben Wasser ein Segeltuch, direkt vor ihm, das wirkte, als würde es vom Wind aufgebläht. Der Muqatil starrte es an, dann erkannte er darin eines von den Teilen des Segels, in denen die Leichen seiner Männer eingewickelt worden waren. Unweit von ihm schwamm es dahin und umhüllte eine große Luftblase, die es zur Wasseroberfläche aufsteigen ließ. Das Tuch war oben ausgebeult, sodass es wie eine große Kugel aussah. Das Öl und das Paraffin, womit die Segel der Dromone getränkt gewesen waren, hatten den Stoff wasserundurchlässig gemacht. Diese Luftblase war für ihn die einzige Möglichkeit zu überleben.

Der Muqatil bewegte sich näher an das Tuch heran, bis er eine Öffnung in einer Seite entdeckte. Mit seiner Schulter schob er die Beine der Leichen beiseite, bis sein Kopf im Inneren der Luftblase steckte. Vier leblose Körper schwammen unter ihm, einer von ihnen hatte noch einen Dolch zwischen den Schulterblättern stecken.

Mithilfe des Dolchs gelang es ihm, die Stricke um seine Handgelenke zu zerschneiden, dann füllte er mit tiefen Atemzügen seine Lungen mit Luft, bevor er sich wieder unter Wasser wagte und so schnell, wie er konnte, in die entgegengesetzte Richtung schwamm, weg von dem schwarzen Umriss des Galeerenkiels.

Völlig entkräftet gelangte er schließlich in Küstennähe und tauchte hinter einem hoch aufragenden Felsen aus dem Wasser. Das Schiff seines Feindes entfernte sich, doch Humarawas Stimme drang klar und deutlich an sein Ohr, als der Asiat in unsicherem Venezianisch rief: »Niemand kann das überleben. Bestimmt ist der Muqatil mit seinen auf dem Rücken gefesselten Händen ertrunken. Verliert keine Zeit mehr, Männer, und lasst euch von Wu in der Kunst der Perlenfischer unterweisen. Ich will den Schatz von Tabarka, den die Dromone geladen hatte.«

Januar 2002

Der Pick-up erreichte das Gebäude von Water Enterprises genau in dem Moment, als die Limousine mit Yasuo Maru und Taka losfuhr.

Der Mann auf der Ladefläche schlug die Plane zurück, die ihn vor neugierigen Blicken geschützt hatte. Geschickt bestückte er das Abschussrohr der tragbaren Stinger-Boden-Luft-Rakete und visierte mit dem *Fire and Forget* genannten Infrarotsystem sein Ziel an.

Der starke Rückstoß auf seiner Schulter zeigte ihm an, dass die Rakete ihren ultraschallschnellen Flug in Richtung der Limousine aufgenommen hatte, in der der Herr der Wasser und sein Privatsekretär saßen.

Sogleich versteckte sich der Mann wieder unter der Plane, während der Pick-up mit quietschenden Reifen davonbrauste.

Yasuo Marus Fahrer sah auf die blinkende rote Signallampe auf dem Armaturenbrett, die zu dem hoch entwickelten Verteidigungssystem gehörte, wie es auch in modernen Militärflugzeugen oder Panzern zu finden ist. Das Signal zeigte an, dass das Fahrzeug von einem Zielsystem ins Visier genommen worden war. Was dann geschah, fand in Bruchteilen einer Sekunde statt: Der Mann, der Marus Fahrzeug steuerte, hatte gerade noch genug Zeit, das Raketenabwehrsystem zu aktivieren, das die Stinger knapp von der schwarzglänzenden Karosserie der Limousine entfernt zur Explosion brachte. Trotzdem traf die ungeheure Druckwelle den Wagen mit voller Wucht.

Aufgrund der zahlreichen Extraausstattungen, die die Unversehrtheit der Insassen garantieren sollten, war das Fahrzeug ein uneinnehmbares technologisches Wunderwerk gewesen. Nun lag es rauchend und mit den Rädern nach oben auf dem Bürgersteig vor dem Hauptsitz des multinationalen Konzerns.

Vittard zeigte Grandi die Verbindungsmuffe. »Es ist eigentlich ganz einfach: Man muss diese Muffe nur an den Meerwasseranschluss der Motorkühlung anbringen, dann wird mithilfe des Antriebsmotors ein Kubikmeter Sand pro Minute angesaugt.«

Grandi betrachtete das lange Rohr und die Öffnung aus Edelstahl, durch die unter Wasser der Sand gesaugt wurde. Dann richtete er seine Aufmerksamkeit auf die Filter, die verhinderten, dass allzu große Sandkörner in den Kreislauf der Kühlanlage gerieten.

»Schön«, sagte Grandi, »doch das Problem ist nach wie vor die genaue Ortung des Wracks. Wenn wir weiterhin bloß auf gut Glück suchen, müssen wir mit einer Menge mehr als einem Kubikmeter Sand pro Minute rechnen! Dann können wir den Sand tonnenweise wegschaufeln!«

»Keine Angst, die von Sara gelieferte Ausrüstung entspricht dem neuesten Stand der Technik. Ich bin sicher, dass wir nicht mit leeren Händen zurückkehren werden.«

»Da sind sie!«, sagte der Kapitän und deutete auf einen blinkenden Punkt auf dem Radarschirm der *Shimakaze*. »Sie sind noch achtzig Seemeilen von der Insel entfernt und steuern auf Favignana zu.«

Zufrieden rückte Funet seine Brille zurecht. »Ich glaube, dies ist der richtige Zeitpunkt, Herrn Maru zu informieren.«

Mühsam öffnete Yasuo Maru die gepanzerte Tür des auf dem Dach liegenden Autos, kletterte hinaus und bohrte die Fingern in seine noch immer schmerzenden Ohren. Erstaunlicherweise war er unversehrt. Den Fahrer hatte ein schlimmeres Los getroffen. Sein Kopf war gegen das Seitenfenster geschmettert worden, was ihn augenblicklich getötet hatte. Taka hingegen hatte eine klaffende Wunde an der Stirn davongetragen.

Der Sicherheitsdienst von Water Enterprises hatte den Bereich bereits abgeriegelt, um die neugierigen Gaffer und einen Großteil der Angestellten fernzuhalten, die nach der Explosion alarmiert auf die Straße gestürzt waren.

Leibwächter eskortierten den Herrn der Wasser in das Gebäude der Gesellschaft. In seinem Gesicht zeichnete sich deutlich der Schrecken ab.

»Wer auch immer dafür verantwortlich ist, wird dafür bezahlen«, zischte er, während er durch die große Glastür schritt, durch die man in die Eingangshalle des Wolkenkratzers gelangte.

In diesem Augenblick drückte Bruno Milano, der in einem anonymen Lieferwagen Stellung bezogen hatte, auf die rote Taste und brach die Aufnahme der Kamera ab, die auf den Ort des Attentats gerichtet war.

Kaiserliches Rom, anno 821 nach der Gründung (68 n. Chr.)

Lysikrates bestaunte die Räumlichkeiten von Neros Domus Aurea. Noch nie hatte er etwas gesehen, was mit diesem Palast vergleichbar war, den man im Zentrum der *Urbe* errichtet hatte.

Neros Kleinod erstreckte sich auf einem Gebiet von ungefähr achtzig Hektar und wurde eingerahmt von den Hügeln Oppius, Palatin, Esquilin und Caelius. In dem Tal, das zwischen den vier Hügeln lag, befand sich das, was Nero als seinen Teich bezeichnete, was aber viele bereits das »Meer des Kaisers« nannten. Rundum war alles über und über mit

Gold und Stuckwerk, kostbaren Muscheln und Fresken verziert. Die Wände des Vestibüls waren so hoch, dass die einhundertzwanzig Fuß messende goldene Statue des Kaisers, die ihn in Gestalt des Sonnengotts darstellte, mühelos Platz darin fand.

Die Architekten Severus und Celerus hatten den Willen des Kaisers bis ins Detail umgesetzt. Doch ein Werk von solcher Opulenz, mitten in der Stadt und von jedermann zu sehen, bot Anlass zu heftiger Kritik. Es hieß, Nero habe während der Übergabefeier begeistert ausgerufen: »Endlich ein Haus, das eines Menschen würdig ist!«

Doch hielt sich der Kaiser überhaupt noch für einen Menschen? Auch Lysikrates versuchte mehrfach, darauf eine Antwort zu finden, doch aufgrund des wechselhaften Verhaltens Neros musste er sein Urteil immer wieder verwerfen. Nero war durchaus ein Mensch, der hervorragende Reden hielt und wohl einer der tüchtigsten Politiker war, den die *Urbs* je erlebt hatte. Auch schien er ein Mensch zu sein, wenn er die verschiedenen Etappen seiner Kaiserzeit analysierte, dabei Fehler eingestand und sich vornahm, jeden davon fortan zu vermeiden. Und er war auch Mensch, wenn er allein mit Lysikrates war.

Doch war er ein Gott oder hielt sich zumindest dafür, wenn er sich die Votivgaben aus den Tempeln holen ließ, um einen seiner Paläste mit Gold zu überziehen. Er hielt sich für einen Gott, wenn seine Augen Flammen sprühten und sein Mund ein Todesurteil so ungezwungen aussprach wie einen Gruß. Er glaubte sich über jede menschliche Kritik erhaben, wenn er sich zügellosen Bacchanalen hingab und wie ein Tier vor aller Augen und mit jedem und allen koitierte. Seiner Ansicht nach durfte sich kein Sterblicher ein Urteil über ihn erlauben, wenn er sich Roms Reichtum aneignete, nur zu dem Zweck, seine prunkvollen Paläste zu errichten und sein persönliches Vermögen zu mehren.

Lysikrates stand vor der kolossalen Statue aus Gold, die

den nackten Nero darstellte, wie er die Weltkugel emporhielt. Sein Kopf war mit einer sechsstrahligen Krone geschmückt, und ein jeder dieser Strahlen war mehr als zwanzig Fuß lang. Als Nero die Statue bei dem griechischen Bildhauer Zenodorus in Auftrag gab, hatte er ausdrücklich verlangt, wie der Sonnengott dargestellt zu werden.

Ein Diener näherte sich Lysikrates und erbot sich, ihn zum Kaiser zu geleiten, der für eine Theateraufführung probte.

Lysikrates folgte ihm durch einen der Bogengänge, der mehr als eine Meile lang war. Zu beiden Seiten des Portikus erstreckten sich Felder und einige Wälder, in denen zwischen exotischen Pflanzen und jahrhundertealten Bäumen Tiere von jeder Spezies umherspazierten. In dem künstlichen See lagen sieben Schiffe vertäut, baugleich mit den Kriegsgaleeren. Sie waren Kopien der Originalschiffe, allerdings in sehr viel kleinerem Maßstab, und fanden bei den Seeschlachten im Zirkus Verwendung.

In einem kleinen Pavillon an der östlichen Peripherie von Neros prunkvoller Stadt war das *Auditorium* untergebracht. Lysikrates wunderte sich, dass niemand auf den fünf Stufenreihen aus Marmor saß, die halbkreisförmig um das Bühnenbild angelegt waren. Nero liebte es, von Publikum umgeben zu sein, selbst bei den Proben.

Stattdessen stand der Kaiser allein in der Mitte des Halbrunds und deklamierte mit fester Stimme die Verse seines neuesten Werks. Nach Beendigung der Probe war der Applaus, den Lysikrates ihm zollte, ehrlich gemeint.

»Das war gar nicht der echte Nero, mein guter Lysikrates«, sagte auf einmal eine wohlbekannte Stimme hinter ihm, und als er sich umdrehte, stand Nero vor ihm, genau gegenüber dem anderen Nero, der soeben in der Mitte des kleinen *Auditoriums* seinen Vortrag beendet hatte. »So ist es Septimius gelungen, selbst dich zu täuschen, den Menschen, der mich am längsten kennt.«

Nachdem das erste Erstaunen vorüber war, pflichtete Lysikrates ihm bei, dass der Schauspieler Neros Bewegungen, seine Haltung und seine Redeweise aufs Vortrefflichste eingeübt hatte. »Nein, mein Kaiser. Niemand käme wohl auf den Gedanken, dass Septimius nicht der göttliche Caesar ist«, sagte Lysikrates, nachdem er sich den Doppelgänger genau angeschaut hatte.

Mittelmeer, 1336

Unter Wus gestrenger Aufsicht waren Hito Humarawas Männer während der zwei Wochen, in denen die Galeere in der Bucht von Punta Marsala ankerte, Tag und Nacht getaucht.

Sie verwendeten mit Luft gefüllte Ziegenblasen und beschwerten sie für das Abtauchen mit großen Steinen. Sobald sie unten angekommen waren, befestigten sie Taue an der Ladung der halb verbrannten Dromone, oder sammelten das, was auf dem Meeresgrund verteilt lag, in große Netze.

Immer wieder betätigte der kräftige Wu allein die große Seilwinde und barg damit die unzähligen Kostbarkeiten oder hob Teile des gesunkenen Schiffes, die den Zugang zu den Laderäumen versperrten.

Zwei Tage zuvor hatten sie eine antike Amphore heraufgeholt, die eine römische Ziffer und ein Siegel auf dem Amphoriskos trug, das Humarawa nicht entschlüsseln konnte. »Das macht nichts«, meinte der Japaner, »Crespi wird für mich übersetzen, was da geschrieben steht.«

Er war sich fast sicher, dass die Amphore nicht aus der Ladung der Dromone, sondern mit großer Wahrscheinlichkeit aus einem früheren Schiffbruch stammte.

Nach und nach brachte die Mannschaft des Japaners den gesamten Schatz des Emirs von Tabarka an die Oberfläche, der dank der geringen Wassertiefe und ihrem raschen Handeln nur aufzusammeln war.

»Männer, klar zum Ankerlichten!«, befahl Humarawa. »Wir kehren nach Venedig zurück!«

Dann wandte er sich an Diletta, die sich tagelang in Schweigen gehüllt hatte: »Mein Fräulein, ich nehme an, Euer Vater wird über den Ausgang dieser Mission mehr als entzückt sein. Was merkwürdigerweise aber nicht für Euch zu gelten scheint, ganz so, als habe Euch der Tod des Piraten einen Stich ins Herz versetzt.«

Ein grausames Lachen folgte diesen Worten, während sich die Galeere auf den Weg in die venezianische Lagune machte.

Salìm hatte nur zusehen können, als die Dromone abgelegt hatte, um die Verfolgung des Verräters Abd al-Hisàm aufzunehmen. Es war das erste Mal, dass sein Kapitän ihn an Land zurückließ, doch hatte er dies aus gutem Grund getan. Salìm wurde in Tabarka gebraucht, denn er sollte die Stadt im Namen des Muqatil verwalten, nun, da der Usurpator verjagt worden war.

Seit dem Auslaufen des Schiffes waren inzwischen fast drei Wochen vergangen, und vor einigen Tagen verstärkte sich Salìms Empfinden, dass sich ein Unglück ereignet haben musste.

Er sah von der Stadtmauer in den Hafen hinab, als ein vereinzeltes Schiff an dessen Einmündung auftauchte.

Wenige Augenblicke später erkannte Salìm den Muqatil an Bord eines Beibootes, das aufs Land zuhielt.

»Was ist passiert?«, fragte Salìm, als sein Herr vor ihm stand.

»Wir wurden von dem Asiaten angegriffen. Meine Männer ... *alle* meine Männer wurden hingeschlachtet.«

»Und Diletta? Was ist mit deiner Gefährtin geschehen?«

»Wir hatten den Schatz meiner Familie an Bord genommen, da wurden wir plötzlich angegriffen. Diletta und ein

Großteil des Goldes, das die Ungläubigen aus den Tiefen des Meeres geborgen haben, sind auf dem Weg nach Venedig.«

Auf triumphale Weise wurde die Galeere empfangen, kaum dass sie in die Lagune einfuhr. Emissäre des Dogen standen am Kai, um dem Samurai die gebührenden Ehren zu erweisen, der als Einziger imstande gewesen war, den Muqatil zu besiegen.

Kurz bevor sie die Stadt erreichten, hatte Humarawa seine Mannschaft aus ehemaligen Galeerensklaven auf Deck versammelt.

»Die Hälfte der Beute, die wir gemacht haben, gehört von Rechts wegen mir. Ihr dagegen habt eure Freiheit wiedergewonnen«, erklärte Humarawa seinen Männern. »Doch niemand soll je behaupten können, ich wäre nicht großzügig. Jeder von euch erhält daher für seine Tapferkeit zehn Goldmünzen, und zudem werde ich die Herren dieser Stadt bitten, mir das Kommando dieses Schiffs zu überlassen, um auch weiterhin die Piraten zu bekämpfen, die die Routen des Mittelmeers verseuchen. Falls also einer von euch mir weiterhin folgen will…« Seine weiteren Worte wurden vom Jubel der aus Halsabschneidern bestehenden Mannschaft übertönt.

»Beeilt Euch, mein Herr«, sagte einer von Angelo Campagnolas Dienern. »Die Galeere legt bereits an. Es heißt, eine Frau sei an Bord.«

Kurz darauf traf Campagnola am Kai ein.

»Willkommen auf Eurem Schiff, Herr«, empfing ihn Humarawa mit einem Lächeln. »Ich glaube, dass ich meine Aufgabe aufs Beste erfüllt habe. Der Muqatil liegt auf dem Meeresgrund – und außerdem…« Mit weit ausholender Geste dirigierte er den Blick des Venezianers hin zu Diletta, die in einer Ecke saß. Über ihre Wangen ergoss sich eine Flut von Tränen.

Angelo Campagnola versuchte es zunächst mit Sanftmut:

»Welche Freude. Welche Freude für einen armen Vater. Komm, meine Kleine. Schon bald wirst du dieses schlimme Abenteuer vergessen haben. Lass uns nach Hause gehen.«

Doch die junge Frau blieb zusammengesunken vor der Reling sitzen. Campagnola bemühte sich noch einmal, sie im Guten zu überreden, doch es erfolgte keinerlei Reaktion.

Da wurde der venezianische Herr ungeduldig. Er packte seine Tochter am Arm und rüttelte sie.

»Ich weiß nicht, welche Dämonen deinen Geist verwirren, doch ich warne dich, ich habe eine hervorragende Kur, um sie dir auszutreiben. Nun steh schon auf, wir gehen nach Hause!«

Dann zerrte er sie barsch hinter sich her.

Kopfschüttelnd betrachtete Humarawa die Szene. Soweit er die Gelegenheit gehabt hatte, Diletta ein wenig kennenzulernen, brauchte es wohl etwas ganz anderes als diesen rabiaten Vater, um sie wieder zur Vernunft zu bringen.

»Mein Willkommensgruß dem tapfersten Feind der *Wokou*, den es je gegeben hat!«, rief Crespi, der fließend Japanisch sprach und am Kai stand. »Wie sonderbar das Leben ist. Findest du nicht auch, Daimyo von Matsue?«, scherzte der venezianische Kaufmann.

»Komm an Bord, Crespi. Ich möchte dir etwas zeigen.«

Wenig später saßen die beiden Männer vor der antiken Amphore.

»Nein, auch ich glaube nicht, dass sie zum Schatz des Muqatil gehört«, sagte Crespi. »Sie stammt sicherlich aus einer lang zurückliegenden Epoche. Oben ist die Nummer einundzwanzig eingraviert, auch scheint der Amphoriskos fein verziert. Man kann noch die Worte *Nero Claudius Pontifex* und ein M und dann das Wort *Imperator* erkennen. Die Gestalten daneben sind anscheinend weiblich. Du hast sie noch nicht geöffnet?«, fragte er, auf den versiegelten Amphoriskos deutend.

Ohne noch weiter Zeit zu verlieren, zog Humarawa sein *Katana* und versetzte der Amphore einen heftigen Hieb. Einige Augenblicke lang schwankte sie ein wenig, dann fiel ihr Hals herab wie die vielen Köpfe, die das Schwert des Japaners bereits abgeschlagen hatte.

Verwundert starrten sowohl Crespi als auch der Japaner, als sie erkannten, dass das Innere der Amphore völlig trocken war. Dann steckte Crespi die Hände gierig hinein und zog den ersten Gegenstand heraus.

Wenig später hatte er einen goldenen Kelch, die kleine Statue eines Mädchens und zwei Ringe herausgeholt und reihte sie neben der Amphore auf. Dann nahm er den Papyrus zur Hand und versuchte, ihn zu lesen. »Er ist in einer Sprache ähnlich dem Griechischen geschrieben. Hier in der Nähe lebt ein alter Freund von mir, ein Kaufmann aus Athen. Gut möglich, dass er uns hiermit weiterhelfen kann.«

Mit dem Papyrus in der Hand eilte Crespi an Land, um schon nach weniger als einer Stunde wieder an Bord zurückzukehren.

»Diese Gegenstände gehörten einem Kaiser des alten Roms, Hito«, erklärte er mit begeisterter Miene und theatralischen Gesten, dann deklamierte er die wenigen übersetzten Zeilen, die der griechische Kaufmann auf ein Blatt gekritzelt hatte: *»Aus dem Inventar von Kaiser Lucius Domitius Nero, verfasst von Lysikrates aus Athen, Vertrauter des Kaisers. Inhalt und Beschreibung der Amphore Nr. XXI: Kelch aus Gold, Statue eines Mädchens, Ring der Könige, Ring mit Edelstein, darin eingraviert eine Abbildung des Raubs der Proserpina. Diese dem Kaiser besonders teuren Objekte werden von mir hermetisch in der Amphore versiegelt, welche die Nummer XXI trägt. Eine Kopie der Inventarliste, die von den Schreibern angefertigt wurde, wird von mir gegengezeichnet und in die Amphore gelegt. Das Original wird dem Kommandanten des kaiserlichen*

Schiffes übergeben und zusammen mit dem Inventar aufbewahrt. Lysikrates.

Was sagst du dazu? Neben dem halben Schatz des Emirs von Tabarka gehören dir nun auch noch diese Gegenstände, die einem Kaiser besonders lieb und teuer waren. Bist du nicht glücklich, Humarawa?«

»Glücklich werde ich erst wieder sein, wenn meine Familie in Japan von der Schmach und Schande befreit ist, die ich über sie brachte.«

»Und wie willst du das bewerkstelligen? Doch sicher nicht, indem du dir den Bauch aufschlitzt! Aber ... du könntest sie glauben lassen, dass du genau das getan hast. Was hältst du davon, wenn ich deiner Familie eine Urne überbringen lasse, in der sich angeblich deine Asche befindet? Die Asche eines Samurai, der die Schande nicht länger ertragen konnte und sich, wenn auch verspätet, für den *Seppuku* entschied. Niemand dort würde sich je nach Venedig begeben, um sicherzustellen, dass dies der Wahrheit entspricht.«

Verwundert überlegte Humarawa einen Augenblick lang, dann ergriff er einen der beiden goldenen Ringe, die in der Amphore gewesen waren, und hielt ihn Crespi hin.

»Das ist für dich und deine Freundschaft. Und bitte, lass zusammen mit der Urne auch den Goldkelch, die Statue und den anderen Ring überbringen. Dann können meine Nachfahren diese Gegenstände ehren, als das Einzige, was ihnen von einem tapferen, in der Ferne gestorbenen Ahnen geblieben ist.«

Crespi nahm den Ring der Könige und steckte ihn in jene Tasche, in der er schon den Papyrus mit dem von Lysikrates gegengezeichneten Inventar aufbewahrte. Mithilfe seines weit gespannten Handelsnetzes im Fernen Osten würde es für ihn ein Leichtes sein, innerhalb weniger Tage Hito Humarawas »letzten« Willen zu erfüllen.

11

Februar 2002

Das Dröhnen der beiden Triebwerke des Falcon-Jets der israelischen Regierung drang mit einem gedämpften, anhaltenden Brummen an Breils Ohren.

Noch einmal sah sich Oswald den Film des missglückten Anschlags auf dem Computerbildschirm an, dann wählte er auf dem Bordtelefon eine geheime Nummer.

»THEL?«, fragte der Premierminister gleich, sobald er Erma in der Leitung hatte.

»Sieht so aus, oder es war zumindest ein sehr ähnliches System«, antwortete der Chef des Mossad. »Die Stinger-Rakete explodierte ungefähr zehn Meter vom Auto entfernt. Der Fahrer ist tot, aber die Insassen, auf die es uns ankam, sind davongekommen.«

Die Abkürzung THEL stand für *Tactical High Energy Laser* und bezeichnete ein Verteidigungssystem, das mithilfe einer Laserkanone jede feindliche Rakete noch im Flug zerstören konnte.

»Manche Fehler dürfen wir uns einfach nicht erlauben«, meinte Breil. »Schicken Sie Major Milano so schnell wie möglich in mein Büro.«

»Wird erledigt, Dr. Breil«, antwortete Erma, bevor er auflegte.

Aus alter Gewohnheit öffnete Oswald sein elektronisches Postfach. Saras Nachricht würde er erst später lesen. Vielmehr erregte eine E-Mail seine Neugier, die von einer ihm unbekannten Absenderadresse kam und deren Endung ».jpn« den einzigen Hinweis auf die Herkunft der Nachricht lieferte. Oswald konnte sich jedoch denken, wer der Absender war, allerdings würde es mit Sicherheit nicht möglich sein, eine Verbindung zum Herrn der Wasser zu beweisen.

<ES GIBT SEHR VIEL ELEGANTERE METHODEN ALS EINE PLUMPE STINGER, UM UNERWÜNSCHTE GÄSTE VOR DIE TÜR ZU SETZEN. ICH NEHME AN, DASS SIE SCHON SEHR BALD EINE LEKTION IN BENIMM ERHALTEN WERDEN, DR. BREIL.>

Noch lange blickte Oswald auf den in den Mahagonischreibtisch eingelassenen Computerbildschirm im Salon des Flugzeugs. Auf einmal neigte sich der Jet nach unten und begann mit beunruhigender Geschwindigkeit den Landeanflug.

Vor etwa zehn Minuten hatte Yasuo Maru sein Büro betreten. Eben noch war er bei seinem Firmenarzt gewesen, der die kleinen Schürfwunden in seinem Gesicht desinfiziert hatte. Als sich Maru nun am Schreibtisch niederließ, klingelte sein Privattelefon.

Natürlich erkannte er sofort die Stimme von Zhu Ling. »Es freut mich, dass Sie offenbar bei guter Gesundheit sind«, sagte der chinesische General. »Ich glaube, es ist an der Zeit, dass wir unsere Kräfte bündeln. Wenn Sie wissen wollen, wer sich daran ergötzt, Raketen auf wehrlose Bürger abzuschießen, dann fragen Sie doch einmal den israelischen Premierminister und seine Handlanger vom Mossad. Beste Grüße, Maru-*sama*. Bis bald.«

Der Anker der *C'est Dommage* rasselte auf den sandigen Meeresboden vor Punta Marsala herab, und eine Stunde später unternahmen Grandi und Vittard einen ersten Tauchgang. Sie ahnten nicht, dass sie dabei genau beobachtet wurden.

Das Fernglas vor seinen Augen, betrachtete Grégoire Funet aufmerksam das Geschehen an Bord des Katamarans und sah auch den auf Deck liegenden Schlauch eines Saugbaggers. Grandi und Vittard zogen sich die Taucheranzüge an und ließen sich dann zu einem Erkundungstauchgang ins Wasser hinab.

Im Kontrollraum des bedeutendsten israelischen Flughafenknotenpunkts Tel Aviv erzeugten die Stimmen der vor ihren Radarschirmen sitzenden Männer ein gedämpftes Gemurmel. Jeder von ihnen hatte das kleine Mikrofon eines ultraleichten Headsets vor dem Mund, über das er den Besatzungen der Flugzeuge Anweisungen zu Flughöhe und -richtung durchgab, damit die einzelnen Flugzeuge einander nicht in die Quere kamen.

Auf den ersten Blick mochten sie wie die etwas zu alten Besucher einer Videospielhalle aussehen, die ihre Monitore nicht aus den Augen ließen, doch in ihren Händen lag das Leben jedes einzelnen Menschen, der sich in diesem Moment im Luftraum über Tel Aviv bewegte.

Plötzlich blitzte für den Bruchteil einer Sekunde das Neonlicht auf, dann erlosch es vollständig und mit ihm jede andere elektronische Einrichtung. Der Schichtleiter forderte seine Leute auf, Ruhe zu bewahren, denn im Fall eines Stromausfalls sollten die Notstromaggregate sofort anspringen. Einige endlose Minuten vergingen, ohne dass sich etwas tat. Auch die batteriebetriebene Anlage für die Notbeleuchtung blieb außer Funktion. Als der Schichtleiter den Telefonhörer abhob, um Alarm zu geben, blieb der Apparat tot.

Am Himmel befanden sich zu diesem Zeitpunkt siebzehn Flugzeuge, die sie zu überwachen hatten, darunter auch eine Maschine der Regierung, die der Premierminister des Staates Israel benutzte. Doch ohne die Weisungen durch das Kontrollzentrum bestand für alle in der Luft befindlichen Flugzeuge – und damit auch für ihre Passagiere – die Gefahr einer Kollision.

Es hieß, die amerikanische Airforce hätte diese Waffe zum ersten Mal während der Bombadierung Serbiens ausprobiert. Allerdings war der Einsatz einer sogenannten *E-Bomb*, einer »Elektromagnetischen Bombe«, im Nachhinein schwer festzustellen, da sie keine Ruinen oder Toten zurücklässt. Zu erkennen waren nur der oft irreversible Ausfall jedes elektrischen oder elektronischen Geräts sowie die schrecklichen Unfälle, die daraus resultieren.

Der Kommandant der Boeing 747 der El Al, der sich mit seiner Maschine auf der Rückreise von Rom zum Flughafen Ben Gurion in Tel Aviv befand, hatte sich gewissenhaft an die ihm vom Kontrollzentrum gegebenen Anweisungen gehalten. Jetzt musste er um neunzehn Grad nach rechts abdrehen, um den Sinkflug zur Landebahn Nummer drei zu beginnen.

»El Al 252 an Kontrollzentrum. El Al 252 an Kontrollzentrum, antworten Sie – over!«, sprach der Kommandant ins Mikrofon und wartete vergebens auf eine Antwort.

»El Al 252 an Kontrollzentrum. Antworten Sie bitte. Wir haben unseren Sinkflug zur Landebahn Nummer drei des Internationalen Flughafens Ben Gurion begonnen. Wir brauchen Anleitung für die Landung. El Al 252 an Kontrollzentrum, antworten Sie – over!«

Da schoss weniger als tausend Meter von dem großen Linienflugzeug entfernt eine kleine Falcon aus einer Wolkenbank hervor. Sie befand sich auf direktem Kollisionskurs. Bei einer Geschwindigkeit von neunhundert Stundenkilometern, also einem Tempo von vier Sekunden pro Kilometer, stand den beiden Piloten genau diese Zeit zur Verfügung, um den drohenden Zusammenstoß zu vermeiden.

Nur wenige Experten wollen sich hinsichtlich dieser ebenso effektiven wie leicht herzustellenden Waffe äußern. Die *E-Bombe* ist praktisch ein Flusskompressionsgenerator. Es genügt ein Rohr, das mit Sprengstoff befüllt wird und an dessen Ende ein Detonator angebracht wird. Danach muss das Rohr in einen spiralförmigen Zylinder, also eine Spule, eingefügt werden, die mit einer Antenne versehen ist. Dann wird elektrische Energie durch die Spule geleitet, die dadurch ein Magnetfeld generiert. In dem Moment der Aktivierung entzündet sich die Ladung in dem Metallrohr, und kurz bevor die innere Druckwelle den Sprengkörper zerstört, explodiert das innere Metallrohr und führt einen Kurzschluss herbei. Das dadurch entstehende Magnetfeld dehnt sich aus und gewinnt im selben Maß an Intensität, wie sich die Explosion räumlich ausdehnt. Durch die Zerstörung des Sprengkörpers geht die gesamte angesammelte elektromagnetische Energie auf die Außenantenne über und setzt damit jedes in der Nähe befindliche Gerät außer Kraft. Der gesamte Vorgang dauert nur eine Zehntelmillisekunde, sendet aber Kraftfelder aus, die weit über ein Terawatt liegen.

Breil klammerte sich an den Armlehnen seines Sitzes fest. Die Falcon zischte in weniger als dreißig Meter Entfernung unter dem Bauch der Boeing dahin, dann wurde der kleine Jet von den heftigen Turbolenzen in die Höhe gezogen. Die Strömungen des Jumbojets erfassten die Falcon und drehten sie beinahe um hundertachtzig Grad.

In der Pilotenkanzel der Boeing schrillte der Alarm los, und eine metallische Stimme wiederholte ständig den Satz: »*Nose up!*« Die beiden Piloten waren altgediente Angehörige der israelischen Fluggesellschaft. Die Falcon vollführte einige Pirouetten um die eigene Längsachse und war dann außer Sicht, während die Hände des Kommandanten der Boeing fest den Steuerknüppel umschlossen und sein Copilot die Handhebel bediente. Der Erdboden war bereits gefährlich nahe, als das Flugzeug an Auftrieb gewann und sich wieder steuern ließ.

»Hier ist die militärische Radarstation Jaffa«, krächzte es aus dem Funkgerät. »Sieht so aus, als habe sich bei unseren zivilen Freunden ein schwerer Blackout ereignet. Daher an alle Flugzeuge in der Luft: Keine Angst, Leute, wir bringen euch sicher runter!«

»Danke, Jaffa, das haben wir echt gebraucht. Hier spricht der Kommandant von Flug El Al 252. Sobald wir gelandet sind, werde ich dem Piloten eines kleinen Privatjets einen ausgeben. Nur durch seine hervorragenden Reflexe wurde eine Tragödie verhindert.«

Der Kommandant konnte natürlich nicht wissen, dass sich an Bord der Falcon Israels höchster Regierungsvertreter befand.

Breil entspannte sich, als das Flugzeug wieder unter Kontrolle war. Bis zur Landung waren es noch fünf Minuten. Er sah auf den Computerbildschirm vor sich und fand in seinem elektronischen Postfach eine neue Nachricht, die von dem unbekannten japanischen Absender stammte: <WIR HOFFEN, SIE HATTEN EINEN ANGENEHMEN FLUG. BITTE DENKEN SIE DARAN, IHR HANDGEPÄCK UND IHRE PERSÖNLICHEN GEGENSTÄNDE WIEDER MITZUNEHMEN. SIE WERDEN BALD IHR UNGESTÜM BEREUEN, DR. BREIL.>

Kaiserliches Rom, anno 821 nach der Gründung (68 n. Chr.)

»Nimm dich vor ihm in Acht, Nero!«, sagte Lysikrates.

»Warum hast du solch eine solche Abneigungen gegen Simon den Magier?«, fragte der Kaiser, ehrlich erstaunt.

»Ich kenne Simon schon lange und traue ihm nicht. Ich bin überzeugt, dass er es war, der Julia Litia und mich damals verraten hat, als wir auf der Flucht waren. Kurz nachdem wir ihn getroffen haben, holte uns ein Trupp Wachsoldaten zu Pferd ein. Außerdem behauptet er, dass er der Messias wäre und nach dem Willen Gottes handle, doch in diesen Räumlichkeiten verbeugt er sich ehrerbietig vor dem göttlichen

Caesar. Er bringt dich dazu, die Christen als die Urheber des großen Brandes zu verfolgen, nur um eine ihm nicht genehme Sekte aus dem Weg zu räumen. Ein großer Teil seiner Zaubereien sind bloß geschickte Illusionen. So hat er die Leute aus dem Volk dazu gebracht zu glauben, dass eine antike Statue auf der Tiberinsel seiner Göttlichkeit geweiht wäre. Hat er vor deinen Augen jemals Wunder oder wundertätige Heilungen vollbracht? Nimm dich in Acht vor ihm, mein Kaiser.«

»Du hast recht, Lysikrates, es ist Zeit, dass Simon seine Zauberkräfte unter Beweis stellt. Andernfalls wird das Symbol der Macht, das er an seinem Finger trägt, mir gehören. Du selbst hast mir gesagt, dass dieser Ring wohl einst König Salomon gehörte und enorme Kräfte verleihen kann.«

Doch der Kaiser hätte über ganz andere Kräfte verfügen müssen, um den unwiderruflichen Niedergang abzuwenden, den er selbst eingeläutet hatte. Er musste seinen Aufenthalt in Griechenland abbrechen und überstürzt nach Rom zurückkehren, um seine Widersacher zum Schweigen zu bringen, die kritisierten, dass sein Thron so lange unbesetzt war.

Die Atmosphäre in der Hauptstadt, besonders aber im Palast, war mit extremer Spannung geladen.

Manchmal schien das Nero überhaupt nicht zu merken, während er andere Male von panischer Angst befallen wurde. Dann rief er sofort nach Lysikrates, um mit ihm die Einzelheiten des Plans durchzugehen, den sie gemeinsam für seine Flucht ausgearbeitet hatten.

Wenige Tage später befahl Nero den Magier zu sich.

»Ich habe viele deiner Ratschläge befolgt und glaubte dir jedes Wort, Simon. Doch jetzt ist es an der Zeit, dass du mir beweist, dass du wirklich jenen göttlichen Geist, von dem du so oft redest, in dir trägst«, forderte Nero in gebieterischem Ton.

Simon sah ihn mit stechenden Augen an, bis der Kaiser den Blick senkte.

»Du hast mir mal gesagt, deine Götter würden dich durch die Luft schweben lassen, nicht wahr?«, sagte Nero. »Dann flieg, du neuer Ikarus. Flieg!«

Das Marsfeld quoll nicht vor Menschenmassen über, was ein greifbares Zeichen für Neros sinkende Popularität war.

An einer der Seiten ragte ein Holzturm empor, während gegenüber, in geringer Entfernung, eine kleine Tribüne aufgebaut worden war, auf der Nero Platz genommen hatte.

Der Mann oben auf dem Turm trug eine Maske, die aussah wie der Schnabel eines Vogels, sowie das hellblaue Priestergewand von Simons Sekte. Mithilfe von kleinen Stäben waren zwei riesige Flügel aus Leichtholz an seinen Armen befestigt.

Einen Augenblick lang herrschte atemlose Stille, dann breitete der Mann die Flügel aus und sprang. Schwer stürzte er in die Leere hinab.

Ein paar Tropfen Blut trafen die schneeweiße Tunika des Kaisers. Nero erhob sich und sagte ein paar floskelhafte Worte des Gedenkens an Simon den Magier, jenen weisen Mann, dem sein übergroßes Wissen den Verstand getrübt habe, sodass er geglaubt hatte, ein Gott zu sein. Dann befahl er seinen Männern, dem im Sterben liegenden Unglücklichen, der nach dem schweren Aufprall kaum noch zu erkennen war, den Ring vom Finger zu ziehen.

Nero nahm den Ring der Könige aus den Händen eines Soldaten entgegen und hob ihn hoch empor. Die Frühlingssonne ließ das antike Gold funkeln, als wollte sie all die abenteuerlichen Geschichten bestätigen, die man sich über das Schmuckstück mit dem Symbol König Salomons erzählte.

Italische Halbinsel, 1336

»Satans Sohn!«, brüllte Campagnola, wobei ihm die Augen beinahe aus den Höhlen traten. »Was du unter deinem Herzen trägst, ist Satans Sohn! Welche Schmach für meinen ehrwürdigen Namen. Doch ich werde dafür sorgen, dass niemand je davon erfährt. Ich stecke dich in ein Kloster, du schamlose Tochter, aus dem du nie wieder herauskommst. Dort kannst du deine Sünden abbüßen. Und das Kind von dir und diesem Ungläubigen gebe ich nach seiner Geburt an eine andere Familie.«

»Nein, Vater, ich bitte Euch. Es ist die Frucht meines Leibes. Nehmt es mir nicht weg!«

»Die Frucht deiner Sünde, du nichtswürdiges Ding!«, brüllte Angelo Campagnola und schlug seiner Tochter heftig ins Gesicht.

Dilettas Blick drückte keinen Hass aus, sondern nur den Schrecken darüber, dass sie das Geschöpf, das sie unter dem Herzen trug, nicht behalten durfte.

Graf Giacomo di Valnure durchmaß langsamen Schrittes den großen Salon des Schlosses nahe Piacenza, das schon seinen Ahnen gehört hatte.

»Ist dir überhaupt klar, mein lieber Cousin, was du da von mir verlangst?«, fragte Giacomo und schüttelte den Kopf.

»Nicht sehr viel. Niemals habe ich Anstalten gemacht, Ansprüche auf den Titel geltend zu machen oder den mir zustehenden Teil des Familienvermögens einzufordern«, sagte Lorenzo höflich, aber bestimmt.

»Ich glaube, mein lieber Cousin, den Weg, den du beschritten hast, hast du aus freien Stücken gewählt …«

Giacomo di Valnure war ein weiser, ehrbarer Mann und keiner jener Landadligen, die ihre Untergebenen und ihr Land ausbeuteten. Stattdessen verwaltete er die riesigen Güter der Valnure gerecht und mit großem Geschick.

»Was mich betrifft«, fuhr Giacomo fort, »würde ich nie jemandem das Geheimnis verraten, das ich hüte. Nicht einmal unter der Folter könnte mich jemand dazu bringen, die Identität des Muqatil zu enthüllen. Kannst du dir vorstellen, was passiert, wenn bekannt würde, dass der Pirat, der die christlichen Flotten bedroht, in Wirklichkeit ein Adliger aus dem Gebiet um Piacenza ist? Doch kommen wir auf den Grund zu sprechen, der dich nach so vielen Jahren wieder in unser Land geführt hat. Was du von mir zu erfahren erhoffst, ist nicht für die Öffentlichkeit bestimmt. Ganz im Gegenteil handelt es sich dabei um eine extrem vertrauliche Angelegenheit. Und trotz meiner engen Beziehungen zu den Spitzen der venezianischen Gesellschaft wird es nicht leicht für mich sein herauszufinden, wo sich die Frau befindet, nach der du suchst. Aber gib mir ein wenig Zeit, dann sehe ich, was ich für dich tun kann. Zudem werde ich dir einige verlässliche Männer zur Seite stellen.«

In ihrer engen Zelle, die von einer Kerze nur spärlich beleuchtet wurde, strich Diletta zärtlich über ihren Bauch und flüsterte: »Wenn es dich nicht gäbe, wäre ich längst den gleichen Weg gegangen wie der Mann, den ich liebte und immer lieben werde.« Vor ihrem geistigen Auge sah sie das Gesicht des Muqatil, wie er sie anlächelte, und sie begann zu weinen.

»Dieses Leben ist schlimmer als der Tod und das Schicksal, das mir vorgezeichnet war. Vielleicht hätte ich in den Armen des alten Mannes, den ich heiraten sollte, nicht die Qualen erlitten, wie sie mir jetzt hier zuteil werden. Mein Gott, warum lässt du zu, dass ich so sehr leide? Warum hast du mich nicht gemeinsam mit meinem Liebsten sterben lassen? Warum erlaubst du mir nicht, mein Leben mit meinem Kind zu teilen, wie es dem heiligen Wunsch jeder Mutter entspricht? Doch solltest du es tatsächlich so beschlossen haben, werde ich, sobald mir mein Kind aus dem

Schoß gerissen wird, meinem unnützen Dasein ein Ende setzen.«

Februar 2002

Saras Hände durchlief ein leises Zittern. Vor ihr auf dem Bildschirm erschienen die letzten Zeilen aus den Schriften des Lysikrates und wurden auf den keimfreien Chip eines Computers aus dem dritten Jahrtausend nach Christi Geburt aufgezeichnet.

Endlich war sie fertig! Es fehlte nur noch dieses rätselhafte letzte Gedicht, das Lysikrates vor zweitausend Jahren geschrieben hatte, dann würde sie alles an Vittard und Grandi schicken.

Philologisch überaus genau übersetzte Sara die antiken Gedichtzeilen, die auf sie wie der Abschiedsgruß eines Menschen wirkten, der bedeutsame geschichtliche Ereignisse oder zumindest ein sehr wichtiges Kapitel daraus hautnah miterlebt hatte.

Mal ist das Meer ruhig und still, mal peitschen Stürme
das wild aufschäumende Wasser.
Reichtum und Armut, Macht und Unheil, Leben und Tod.
Wechselhaft ist das Leben, so wechselhaft wie die
Natur. Und nur bedingt kann der Mensch darauf Einfluss
nehmen.
Was nutzen alle Reichtümer, wenn das Ende naht?
Was bleibt, ist, denen, die nach uns kommen, einen
Hinweis zu hinterlassen, damit sie verstehen.
Jetzt ist das Meer ruhig, und die Stille umhüllt alles,
auch das Ende.
Das Gefühl von Frieden ist so groß, dass es einem Angst
macht.

Sara las die letzten Worte, mit denen die Papyri endeten, immer wieder. Sie gaben einer Fülle von Emotionen Ausdruck. Ein zärtliches Lächeln umspielte ihren Mund, als wollte sie dem griechischen Hauslehrer aus dem Altertum für all das danken, was er hinterlassen hatte.

Sie schrieb einen kurzen Kommentar zu der Datei, die sie per E-Mail an Vittard und den Admiral abschicken wollte, damit sie sich beim Lesen leichter zurechtfinden konnten. Mit ziemlicher Sicherheit lag die *C'est Dommage* vor Punta Marsala vor Anker, und unterhalb von ihr befand sich mit großer Wahrscheinlichkeit ein einzigartiges, wunderbares Schiff, das sich, da es zweitausend Jahre lang im Sand gefangen war, vielleicht noch sehr gut erhalten hatte.

Nachdem sie die Datei an das Team auf der *C'est Dommage* abgeschickt hatte, blieb sie noch eine Weile an ihrem Schreibtisch sitzen.

Plötzlich erschien vor ihrem geistigen Auge das Bild ihrer komfortablen Wohnung, die sie seit einer Woche nicht mehr gesehen hatte. Sie fuhr den Computer herunter und ging nach Hause.

Auch diesmal, dachte Sara, als sie draußen die kalte Luft umfing, war es ihr gelungen, ein Fenster zur Geschichte der Menschheit zu öffnen, durch das neue Informationen hereingeströmt waren. Sie hoffte von ganzem Herzen, dass sie eine der faszinierendsten Kulturen auf diesem Planeten noch mehr erhellen würden. Nun mussten Grandi und Vittard nur noch das Wrack finden und einige Fundstücke an die Oberfläche holen, dann würden sie ihre Entdeckung den italienischen Behörden melden. Möglicherweise würde sie selbst versuchen, einen Finanzier aufzutreiben, um das, was von Neros Schiff noch übrig war, zu bergen. Und dann?, fragte sie sich. Dann würde dieses Abenteuer tatsächlich zu Ende sein.

Plötzlich sah sie, wie ihr auf der menschenleeren Straße zwei Männer entgegenkamen.

»Wie ich gehört habe, hatten Sie einen recht ereignisreichen Flug«, sagte der Fahrer des gepanzerten Mercedes, der auf der Landebahn, wo die Falcon der israelischen Regierung niedergegangen war, gewartet hatte.

Oswald Breil nickte mit einem Lächeln. Er stieg ein, und der kleine Konvoi aus insgesamt sechs Fahrzeugen, besetzt mit Agenten und persönlichen Leibwächtern des Premierministers, setzte sich in Bewegung.

Nachdem er es sich auf den Ledersitzen der Limousine bequem gemacht hatte, loggte sich Oswald mit seinem Laptop wieder ins Internet ein. Er wunderte sich über sich selbst, dass er diesmal nicht Saras Nachricht als allererste geöffnet hatte. Das holte er nun nach:

<ICH BIN FERTIG!!! SCHADE, DASS DU NUR AM RANDE MIT DIESER SACHE ZU TUN HAST, DIE MEINER AUFFASSUNG NACH ALLE MERKMALE EINER SCHATZSUCHE AN SICH HAT, WAS DIR DOCH NORMALERWEISE AUCH GEFÄLLT. NACH EINER WOCHE ARBEIT ERWARTET MICH NUN EINE HEISSE DUSCHE UND EINE NACHT IN MEINEM EIGENEN BETT. ENDLICH!
SHALOM
SARA.>

Oswald schüttelte besorgt den Kopf. Sara hätte ihn früher darüber unterrichten sollen. Es war unvorsichtig von ihr, das Institut ohne Schutz zu verlassen, denn die Leute, mit denen sie zu tun hatte, waren sehr gefährlich.

Die Metallsonden hatten sich bis zu einer Tiefe von zwölf Metern in die Sanddecke gebohrt. Sie bestanden aus hohlen Edelstahlrohren von wenigen Zentimetern Durchmesser, und direkt unter der Saugspitze war eine Miniladung Sprengstoff angebracht. Ähnlich wie bei Bohrern für die Ölförderung konnten einige Verlängerungen angesetzt werden, sodass sie bei einem relativ weichen Boden eine ziemliche Tiefe erreichten.

Vittard und Grandi hatten den ganzen Tag unter Wasser gearbeitet, während ihnen Jalard vom Katamaran aus die nötige logistische Unterstützung gegeben hatte. Am folgenden Tag würden sie das abgesteckte Feld endlich eingehend untersuchen können.

Als die Sprengladungen detonierten, breitete sich eine seismische Welle aus, deren Bewegung von den Instrumenten an Bord der *C'est Dommage* aufgezeichnet wurde, um auf diese Weise ein Bild der Sandbank und eventuell darin vorhandener fester Gegenstände zu erhalten, ein Verfahren, das unter dem Begriff »Auslesung« bekannt war. Doch der Seismograph zeigte dabei nicht nur Wracks, sondern auch große Steine, Felsen und festere Schichten des Meeresbodens an, wodurch die Interpretation der Daten nicht eben erleichtert wurde.

Am Morgen erwachten Grandi und Vittard sehr früh. Grandi bereitete wie üblich das Frühstück vor und machte den Kaffee so stark, dass er jede Müdigkeit vertrieb.

Vittard kam voller Begeisterung aus dem Kartenraum: »Es ist da! Sara hat gestern Abend die gesamte Übersetzung der auf den Papyri überlieferten Memoiren geschickt!«

»Wo ist es?«, fragte Grandi interessiert.

»Ich habe zwei Exemplare ausgedruckt. Sie haben doch nicht geglaubt, verehrter Herr Admiral, dass wir uns um ein einziges Exemplar balgen müssten. Es sind ungefähr achtzig Seiten, und der Drucker wird sie hoffentlich alle ausgespuckt haben, wenn wir von unserem Tauchgang zurück sind. Unsere schöne Sara hat Wort gehalten und, wie versprochen, die Sache innerhalb einer Woche erledigt. Wahrscheinlich schnurrt sie so zufrieden und glücklich wie eine Katze, die eine Maus gefangen hat, jetzt, da alles erledigt ist.«

Doch Sara Terracini hatte in diesem Augenblick ein Erlebnis ganz anderer Art.

Sie hatte sich über die beiden Asiaten, die ihr auf der Straße vor dem Institut entgegenkamen, ziemlich gewundert. Dann aber sagte sie sich, dass viele Menschen ihr Land und ihre Heimat verließen, in der trügerischen Hoffnung, in der Fremde Glück und Wohlstand zu finden, um dann herbe enttäuscht zu werden. Doch dieser Gedanke währte nur kurz, da ihr im nächsten Moment ein mit einem Betäubungsmittel getränktes Tuch aufs Gesicht gedrückt wurde.

Sie erwachte in einem dunklen Zimmer und versuchte vergeblich, ihren Blick zu fokussieren, während ihr der Kopf unerträglich schmerzte. Trotz aller Anstrengung war sie nicht imstande, in dem Dunkel, das sie umgab, irgendetwas zu erkennen. Ihre Hände waren mit Handschellen gefesselt, ein zweites Paar war an ihren Fußknöcheln angebracht.

Nur ruhig, Sara, sagte sie sich. Denk nach, warum man dich hierher verschleppt haben könnte.

Natürlich kam ihr die Geschichte des Lysikrates in den Sinn. Außer den Geheimnissen Neros und seines goldenen Schiffs gab es keinen Grund, sie zu kidnappen.

Kaiserliches Rom, anno 821 nach der Gründung (68 n. Chr.)

Neros Miene drückte Bestürzung aus. »Schnell, Lysikrates! Steh auf, wir müssen gehen!«

Die Schwüle der ersten Juninächte wurde kaum von dem Grün gemildert, das den kaiserlichen Wohnsitz des Domus Aurea umgab. Doch vielleicht war es gar nicht die Hitze, sondern die Sorgen, die Lysikrates bereits seit einiger Zeit nicht mehr schlafen ließen, denn die Ereignisse hatten sich seit ihrer Rückkehr aus Griechenland regelrecht überschlagen.

Vindex, der junge Statthalter der römischen Provinz Gallia *Lugdunensis*, war der Erste gewesen, der sich gegen den Kaiser erhoben hatte. Das war etwa Mitte des Monats März gewesen.

Allerdings hatte der vierunddreißigjährige Vindex nicht derartigen Einfluss gehabt, dass sich ein ganzes Imperium seinetwegen hätte Sorgen machen müssen. Es war vielmehr wie das erste Symptom einer Krankheit, die den Senat und den gesamten Adel befiel, was Nero jedoch unterschätzt hatte.

Der Kaiser befand sich in Neapel, als der Aufstand in Gallien ausbrach. Anstatt sofort nach Rom zurückzukehren und geeignete Maßnahmen zu ergreifen, beschränkte er sich darauf, einen schriftlichen Antrag an den Senat zu senden, in dem er darum bat, er möge die Ächtung Vindex' bestätigen.

»Ich bin dieses Lebens müde, Lysikrates«, hatte er bereits einige Tage zuvor geäußert. »Oft male ich mir aus, wie es wohl wäre, ein normales Dasein zu führen – ohne den Prunk des Kaisertums, die tausend Ängste und die nie endenden Verpflichtungen, die das Amt mit sich bringt.«

Vielleicht waren Neros Sinne tatsächlich von der Last der Macht vollkommen niedergedrückt. Zumindest zeigte sich der Kaiser immer gleichgültiger hinsichtlich der Berichte über drohende Aufstände in den verschiedenen Provinzen, die Rom nach und nach erreichten.

Auch in Hispania, das mittlerweile seit acht Jahren von Sulpicius Galba, einem despotischen und arroganten Mann, regiert wurde, bahnte sich eine Revolte an.

Am zweiten Tag des Monats April schließlich schritt Galba zur Tat und rief sich zum »Vertreter des Senats und des Römischen Volkes« aus, worauf sich der Quästor von Baetica, Aulua Caecina, und Neros alter Freund Marcus Otho an seine Seite stellten.

»Das ist mein Ende!«, rief Nero, als er die Nachricht

davon erhielt, doch nachdem er sich wieder von seinem Schrecken erholt hatte, trat er im Theater auf.

Am folgenden Tag entschied sich der Kaiser zu handeln und ließ Galba zum öffentlichen Feind erklären. Zwei Legionen, die eigentlich in Kürze nach China hätten aufbrechen sollen, auf den Spuren Alexander des Großen, ließ er zur iberischen Halbinsel marschieren.

Doch jede Entscheidung, die Nero traf, wirkte erzwungen, ganz so, als erstickte die Last der Verantwortung bei ihm jeden eigenen Willen. Vielleicht hatte der Kaiser bereits seine Wahl getroffen. So lag das Heft des Handelns nun in den Händen einiger weniger Generäle, die dem Kaiser noch treu ergeben waren.

Lucius Verginius Rufus kommandierte die starken Truppenverbände, die in der Nähe des Rheins in ihren Garnisonen lagen. Nachdem er die Nachricht von der Rebellion Vindex' erhalten hatte, ließ er etwa zwanzigtausend Mann gegen die schlecht bewaffneten und noch schlechter ausgebildeten Aufständischen ausrücken.

Anfang Mai besiegte er in der Ebene von Vesontio die zusammengewürfelten Truppen unter Vindex' Kommando, worauf sich dieser, besiegt und gedemütigt, das Leben nahm.

Doch Galba verweigerte sich der Wiederherstellung der kaiserlichen Ordnung und versuchte, Virginius Rufus auf jede erdenkliche Art zur Strecke zu bringen, bevor der sich mit seiner Legion an einen sicheren Ort zurückziehen konnte.

Vergeblich warteten die Nero treu ergebenen Truppen und ihre Kommandanten auf ein Zeichen des Kaisers. Auch Lysikrates hatte ihm bereits mehrmals dazu geraten, sich an die Spitze einer Legion zu setzen und gegen Galba zu marschieren. Und ebenso viele Male hatte Nero ihm zur Antwort gegeben, dass seine Heimat nunmehr Ägypten sei. Die Apathie, in der der mächtigste Mann der Welt zu ersticken schien, hemmte all seine Entscheidungen.

Es hieß, Nero wandere durch die schier endlosen Räume der Domus Aurea und dichtete dabei Verse, die er zu deklamieren beabsichtigte, sobald er den Rebellentruppen gegenüberstünde. Dass er sich auf diese Weise den martialischen Gebräuchen verweigerte, war wohl mehr als alles andere Grund dafür, dass Nero in Rom allein dastand und ihm Senat, Ritter und Militär den Rücken kehrten. Selbst der listige Tigellinus witterte bereits die Gefahr und machte sich aus dem Staub, womit er diese äußerst delikate Situation in den Händen des zweiten Prätorianerpräfekten, Nymphidius Sabinus, zurückließ, und dieser äußerst zwielichtigen, verachtenswerten Gestalt gelang es, den Kaiser davon zu überzeugen, dass das gesamte Heer gegen ihn stünde.

In der Nacht des neunten Tages im Monat Juni erwachte der Kaiser in seinem Palast, der völlig menschenleer und ausgeplündert war. Die Prätorianer, deren Aufgabe es war, das Leben des Kaisers zu schützen, hatten ihre Posten verlassen und alles mitgenommen, was nicht niet- und nagelfest war. Wie ein Wahnsinniger lief Nero in den verlassenen Räumen umher, dann beschloss er, es sei an der Zeit, den Plan in die Tat umzusetzen, den er und Lysikrates vor Langem schon gefasst hatten.

Venedig, 1337

Das erste Edikt, das den Venezianern Exzesse während des Karnevals verbot, wurde vom Dogen am 2. Mai 1268 erlassen. Noch viele weitere sollten folgen, die alle darauf abzielten, dem zügellosen Treiben von Männern und Frauen Einhalt zu gebieten, die sich hinter ihren Masken verbargen und sich überall, einschließlich heiliger Orte wie Klöster und Konvente, miteinander paarten.

Lorenzo di Valnure folgte einem der Männer, die ihm sein Cousin zur Verfügung gestellt hatte und der, verkleidet als

Franziskanerbruder, eilig durch die Calli von Venedig schritt, die von maskierten Menschen nur so überquollen.

Auch Lorenzo alias der Muqatil trug eine abgetragene und abgewetzte Kutte und hielt den Kopf gesenkt. Wer ihn bemerkte, hätte nicht zu unterscheiden vermocht, ob es sich bei den beiden tatsächlich um Klosterbrüder handelte oder nicht. Aber in der allgemeinen Feierlaune war es auch nicht wichtig, wer die beiden wirklich waren.

Diletta war völlig erschöpft. Ihre Brüste schmerzten vom Milchstau und durften doch kein Kind stillen, auch wenn sie vor einer Woche ein kleines Mädchen zur Welt gebracht hatte. Die mürrische Mutter Oberin und die anderen beiden Nonnen, die bei der Geburt dabei gewesen waren, hatten es nicht einmal zugelassen, dass sie ihre Tochter an die Brust legte. Wie in einem bösen Traum hatte Diletta mit angesehen, wie das kleine Bündel von einer Hand zur anderen weitergereicht wurde, bis die Mutter Oberin mit der Kleinen die Kammer verließ. Als sie schließlich allein in der Zelle gewesen war, hatte sich Diletta mit großer Mühe erhoben und die Tür einen Spalt geöffnet. Da sah sie, wie der Asiate, der in den Diensten ihres Vaters stand, ihr Neugeborenes in Empfang nahm, bevor sich ihr der Kopf vor lauter Schwäche zu drehen begann und die junge Frau ohnmächtig niedergesunken war.

»Jetzt, da du einen Teil deiner Sünde gebüßt hast, wirst du lange beten müssen, Diletta«, sagte die Mutter Oberin am Tag nach ihrer Niederkunft, »damit das Licht Unseres Herrn auf dich herabkomme und dich erleuchte. Dann wirst du dein Gelübde ablegen.«

»Mutter, ich bitte Euch, sagt mir, wohin Ihr meine Tochter gebracht habt«, flehte Diletta verzweifelt.

»Weder ich noch irgendeine von den anderen weiß, wo das Mädchen jetzt ist. Doch sicherlich befindet es sich in frommen, gottesfürchtigen Händen. Du musst diese Sache aus deinem Gedächtnis verbannen. Ich will nichts mehr davon hören.«

Wieder allein, legte sich Diletta auf die Pritsche und begann zu weinen. Sie weinte fast ununterbrochen die ganze Woche lang, völlig erschöpft von den Anstrengungen der Geburt und niedergeschlagen wegen der Trennung von ihrem Kind.

»Wir sind zwei Ordensbrüder, die aus Piacenza kommen, und erbitten eure Gastfreundschaft für diese Nacht, Schwester«, sprach der Mann, der Lorenzo di Valnure begleitete, dann wurde die massive Eingangstür des Konvents geöffnet.

»Wartet, Brüder. Ich muss erst die Mutter Oberin um Erlaubnis fragen«, antwortete die Klosterschwester und eilte davon.

In der Calle grölte eine Gruppe Maskierter und Betrunkener aus vollem Halse.

»Was wollt ihr, Brüder?«, fragte kurz darauf eine weibliche Stimme in gebieterischem Ton.

»Der Franziskanerkonvent hat für heute Nacht keine Plätze mehr frei, da viele Menschen, die wegen des Karnevals in die Stadt gekommen sind, dort Unterkunft fanden. Unsere Mitbrüder haben uns empfohlen, uns an Euch zu wenden, ehrwürdige Mutter Oberin.«

»Ihr kennt die Regel, Brüder. Nur dem Bischof und unserem Beichtvater ist der Eintritt in dieses Haus gestattet, keinem anderen Mann.«

»In dringenden Fällen schon«, widersprach der als Ordensbruder verkleidete Begleiter Lorenzos. »Und ich versichere Euch, hier handelt es sich um einen solchen Fall. Mein Gefährte und ich sind müde, und müssen wir bei dieser Kälte heute Nacht im Freien schlafen, werden wir das, wie ich glaube, kaum überleben. Ich bitte Euch, uns aufzunehmen. Im Morgengrauen werden wir unseren Weg fortsetzen.«

»Gut, um der Gnade des Herrns willen. Ich gewähre Euch eine Zelle im äußeren Bereich, die Ihr aber morgen in aller Früh wieder verlasst.«

Die Stimmen von Feiernden, die fröhliche Lieder sangen, drangen aus der Stadt durch die Mauern des alten Konvents an Dilettas Ohren und verstärkten noch ihren Schmerz. In der Einsamkeit ihrer Zelle sagte sie sich wohl zum tausendsten Mal, dass es für sie nichts mehr gäbe, wofür es sich noch zu leben lohnte.

Ein paar Tage zuvor hatte sie sich von der Lagerverwalterin des Konvents einen langen Strick erschwindelt. Sie lächelte wehmütig, während sie eifrig eine Schlinge knotete. In den langen Stunden, während der Muqatil sein Schiff navigierte, hatte er sie die Seemannskunst gelehrt. Nun lag ihr geliebter Mann tot auf dem Meeresgrund, und ihr gemeinsames Kind war ihr für immer genommen worden.

Der Balken befand sich in erreichbarer Höhe direkt über ihrem Kopf. Bereits beim zweiten Wurf gelang es ihr, den Strick darüberzuschleudern, sodass er auf der anderen Seite wieder herabfiel. Diletta platzierte den Hocker genau darunter, stieg hinauf und steckte ohne Zögern den Kopf in die Schlinge.

Floriano, der älteste der drei Männer, die der Graf von Valnure seinem Cousin zur Verfügung gestellt hatte, hätte den Sarazenenkrieger gern bei seinen Raubzügen auf See begleitet, hätte er nicht schon von Geburt an in den Diensten von Lorenzos Vaters gestanden. Trotz seiner sechzig Jahre hatte Floriano eine beneidenswerte Kraft und war immer noch äußerst gelenkig. Allerdings hatte er sein ganzes Leben auf dem Schloss der Valnures verbracht und es nur für drei Jahre verlassen, um Theologie zu studieren. Das daraus resultierende Wissen ermöglichte es ihm nun, einigermaßen glaubwürdig die Rolle des Mönchs zu spielen.

Der Plan war bis in die letzte Einzelheit ausgearbeitet, und zwar seit dem Augenblick, als es dem Grafen gelungen war, über seine Beziehungen und Bekannten herauszufinden, wohin Diletta gebracht worden war. Doch wie bei jedem Plan hing das Gelingen auch hier sowohl vom Glück ab als auch davon, wie gut alle auf unvorhersehbare Faktoren reagierten.

»Jetzt beeil dich, Lorenzo«, drängte Floriano, als sie allein in ihrer Zelle waren. »Du musst zu den Zellen der Novizinnen, und die liegen mit Sicherheit in jenem Bereich des Konvents, der am schwersten zugänglich ist.«

Es herrschte fast völlige Stille, und nur wenige Öllampen beleuchteten schwach den Gang. Lorenzo stieg eine Treppe empor und ging durch mehrere Korridore, bis er in einen Gang mit fünf Türen gelangte, die alle gleich aussahen und hinter denen sich sicherlich die Zellen der Novizinnen befanden. Er zückte seinen Dolch, als er plötzlich ein Geräusch vernahm, das aus einem der Räume kam. Es klang, als würde jemand einen Stuhl oder einen Hocker über den Boden schleifen. Lorenzo lehnte sich an die Tür und öffnete sie vorsichtig einen Spalt.

Zu welchem Gott sollte sie jetzt beten?, fragte sich Diletta, als sie bereits auf dem Hocker stand. Zu dem des Mannes, mit dem sie ihr Leben hatte verbringen wollen, oder zu jenem, in dessen Namen sie erzogen worden war? Nein, sie betete zu dem einzigen, dem barmherzigen Gott, dem aller Menschen und Völker. O Gott, ich bitte dich, meine Tat zu verstehen, dachte sie. Ich bitte dich zu begreifen, wie leer und sinnlos mein Leben geworden ist.

Nur ein winziger Schritt trennte sie noch von dem ewigen Frieden. Sie schloss die Augen und sprang dann vom Hocker. Doch sie spürte keinen Schmerz an ihrem Hals, der in der Schlinge steckte, sondern zwei starke Arme, die ihre Taille umfassten und sie aufgefangen hatten.

Sie öffnete die Augen und sah in ein Gesicht, von dem sie nicht gedacht hatte, es jemals wiederzusehen – das Antlitz des Mannes, den sie liebte, und das vor lauter Angst wie verzerrt wirkte. Niemals hatte sie ihn in einem derartigen Zustand erlebt, nicht einmal damals, als er seinen Feinden erlegen gewesen war.

Wieder und wieder küsste sie ihn, während sie ihm zuflüsterte: »Ist es das, was man nach dem Tod erlebt? Dann ist das Sterben wunderschön!«

Lorenzos Hände streichelten zärtlich ihre Wangen, über die ihre Tränen flossen.

»Du bist in der Welt der Lebenden, Geliebte. Doch schnell, wir müssen von hier fliehen! Ein Schiff erwartet uns unweit des Konvents.«

»Unsere Tochter! Sie haben unsere Tochter geraubt. Wir können nicht weg, bevor wir sie nicht gefunden haben. Würde ich jetzt mit dir fliehen, würde mein Vater dafür sorgen, dass ich sie nie mehr wiedersehe.«

Lange blickte der Muqatil sie an. »Hältst du es aus, noch eine Zeit hier eingesperrt zu bleiben?«

»Jetzt, da ich weiß, dass du lebst, bin ich bereit, mein Leben hier zu verbringen. Ich habe gesehen, wie der Asiate die Kleine aus den Armen der Mutter Oberin entgegennahm. Er und mein Vater wissen sicherlich, wo sie sich befindet.«

Bei Tagesanbruch verließen die beiden Mönche den Konvent, nicht ohne sich vorher bei der Mutter Oberin für ihre Gastfreundschaft zu bedanken.

Diletta wirkte auf sonderbare Weise wie neugeboren. Ein strahlendes Lächeln erhellte ihr Gesicht, während sie die Morgengebete sprach.

»Ich sehe, dass du dich an das fromme Leben der Klausur gewöhnst«, sagte die Mutter Oberin mit forschendem Blick. »Ich hoffe, dass du nicht allzu viele Sünden auf dich geladen hast, denn heute ist Beichttag.«

Als der Beichtvater im Kloster eintraf, eilte die Oberin sogleich auf ihn zu. »Ihr habt offenbar viel zu tun in Eurem Konvent«, sagte sie. »Mir wurde berichtet, Ihr habt einige Pilger dort aufgenommen, die zum Karneval in die Stadt kamen.«

»Davon weiß ich nichts, ehrwürdige Mutter. Unser Prior nimmt keine Gäste auf, die nur in die Stadt kommen, um sich den Ausschweifungen des Karnevals hinzugeben.«

»Wurdet Ihr denn vergangene Nacht nicht von zwei Mitbrüdern aus Piacenza gebeten, sie über Nacht aufzunehmen?«

»Das ist ganz ausgeschlossen, ehrwürdige Mutter.«

Wieder tauchten vor dem geistigen Auge der Oberin die beiden geheimnisvollen Mönche auf, und sie erkannte einen Zusammenhang mit dem Lächeln, das Diletta an diesem Morgen gezeigt hatte. Sie musste ihren Verdacht unbedingt dem gottesfürchtigen Vater mitteilen, der ihr die junge Frau anvertraut hatte.

Februar 2002

Ein Mann in einer schwarz-weiß gemusterten Kefiah saß vor Oswald Breil und betrachtete ihn mit ebenso tiefem Respekt wie Oswald ihn. Es war der palästinensische Premierminister gewesen, der um dieses Treffen ersucht hatte. Obwohl Breil erst wenige Tage im Amt war, hatte seine gemäßigte Haltung bereits eine wohltuende Wirkung auf die palästinensische Frage.

»Tatsächlich sind wir von einer Lösung des Konflikts noch weit entfernt«, sagte Breil.

»Ja, aber ich bin davon überzeugt, dass wir mit Ihnen als Premierminister die extremistischen Strömungen in unseren Reihen eindämmen können. Sie genießen großen Respekt, Dr. Breil, auch unter den Volksvertretern von Palästina. Vielleicht gelingt uns, woran andere gescheitert sind.«

»Der Weg ist noch lang und beschwerlich.«

Da unterbrach das Telefon ihr Gespräch. Breil lauschte seiner Sekretärin, die sehr aufgeregt klang.

»Bitte, verzeihen Sie die Störung, Exzellenz. Aber ich glaube, dass es sich um einen wichtigen Anruf handelt. Dr. Marradesi aus Rom besteht darauf, Sie zu sprechen. Er hat mir den Grund nicht nennen wollen, aber er sagt, es gehe um eine lebenswichtige Angelegenheit, und Sie würden schon Bescheid wissen.«

»Toni Marradesi?«, fragte Breil. »Stellen Sie sofort durch!«

Tonis Worte wirkten wie eine kalte Dusche auf Breil, als der ihm mitteilte, dass Sara seit zwei Tagen unauffindbar und offenbar entführt worden war.

Langsam tastete sich Sara zu dem Tablett vor, das man ihr hingestellt hatte. Als die Tür geöffnet worden war, hatte ihr das grelle Licht in den Augen geschmerzt, da sie zwei Tage in absoluter Dunkelheit verbracht hatte.

Dennoch verlor Sara nicht den Mut, immerhin bekam sie endlich, nach achtundvierzig Stunden, etwas zu essen. In der Dunkelheit ihres Gefängnisses suchte sie nach dem Tablett und stopfte sich mit den Fingern die Nahrung in den Mund. Noch konnte sie sich nicht vorstellen, warum man sie entführt hatte, obwohl ihrer Ansicht nach das goldene Schiff der einzig plausible Grund war.

Sie hoffte nur, dass ihre Freunde nicht in eine ähnliche Falle getappt waren. Dann entfaltete das Betäubungsmittel in dem Essen seine Wirkung.

Der Hubschrauber ohne Erkennungszeichen drehte seine Kreise über dem Mast der *C'est Dommage* und sank dann herab, um nur einige Meter vom Katamaran entfernt zu wassern.

Geschickt kletterte Etienne Jalard in das Schlauchboot und steuerte auf den Helikopter zu, der in der Bucht von

Punta Marsala auf seinen zigarrenförmigen Schwimmkörpern schaukelte.

Nachdem Vittard und Grandi aus den Tiefen der Bucht emporgestiegen waren, kletterten sie nichtsahnend die Schiffsleiter hoch. Vor ihnen saß ein kleiner Mann, beinahe ein Zwerg, mit einem sehr großen Kopf. Sein höfliches Lächeln konnte die Besorgnis des israelischen Premierministers kaum verbergen.

»Meine Herren, bitte entschuldigen Sie meine Störung«, sagte er. »Glauben Sie mir, ich unterbreche Ihre Arbeit nur ungern, aber offenbar hat sich etwas Schwerwiegendes ereignet: Sara Terracini wurde offenbar entführt. Und nach meiner Einschätzung befinden auch Sie beide sich in großer Gefahr.«

»Man hat Sara entführt?«, rief Vittard erschrocken. »Meinen Sie etwa, dass das mit unseren Forschungen zu tun hat?«

»Das ist für mich absolut sicher, auch wenn ich, ehrlich gesagt, keinerlei Beweise dafür habe.«

»Wenn wir nun alles hinschmeißen«, mischte sich Grandi ein, »hätten die Entführer doch freie Bahn. Sollten sie es tatsächlich auf das Schiff aus Gold abgesehen haben, brauchen sie ja nur jetzt, da wir kurz vor der Entdeckung stehen, unseren Spuren zu folgen, dann finden sie das Wrack. Und wenn sie dann bekommen haben, was sie wollen, werden sie Frau Dr. Terracini doch freilassen, oder?«

»Kurz vor der Entdeckung?«, fragte Oswald nach. »Könnten Sie genauer werden, Admiral?«

Aber es war Vittard, der daraufhin das Wort ergriff, und nachdem er ein Blatt Thermopapier vor sich ausgebreitet hatte, deutete er auf einen dunklen Fleck auf dem Relief des Meeresbodens, das darauf abgebildet war.

»Sehen Sie, Dr. Breil«, sagte er, auf das pilzförmige Gebilde deutend, »das ist ein riesiger Felsen, der sich genau in der Mitte dieser unterirdischen Ebene aus Sand befindet. Allerdings ragen nur wenige Meter davon aus dem Meeresboden, da der Großteil des Felsens bereits vor Jahrtausenden erodierte und nun unter Tonnen von Sand begraben ist.« Dann zeigte er auf eine andere Stelle des Papiers. »Dieser schwarze Fleck hier allerdings hat eine zu präzise Form, als dass es sich um ein Werk der Natur handeln könnte. Während unseres heutigen Tauchgangs haben wir unseren Saugbagger eingerichtet und hoffen nun, in einigen Tagen das Wrackteil freilegen zu können, das unter gut sechs Metern Sand begraben sein muss.«

»In einigen Tagen«, wiederholte Breil. »Dann muss ich versuchen, mehr Leute zu Ihrer Bewachung zu organisieren. Und Sie müssen ständig auf der Hut sein, wir haben es mit sehr gefährlichen Leuten zu tun.«

Der Premierminister tippte eine Nummer in sein Handy, dann tauchte wieder wie aus dem Nichts der Hubschrauber auf und wasserte erneut, fast genau an der Stelle, wo er zuvor niedergegangen war.

Breil verabschiedete sich freundschaftlich von den beiden Männern, während Jalard im Schlauchboot auf ihn wartete, um ihn zurück zu dem Helikopter zu bringen.

Kaiserliches Rom, anno 821 nach der Gründung (68 n. Chr.)

Das Haus befand sich im Hafen von Ostia. Lysikrates hatte es einige Monate zuvor mit den Denari erworben, die Nero ihm für die geplante Flucht zur Verfügung gestellt hatte. Es war nicht besonders groß und wirkte sehr schlicht, aber da es am Handelshafen stand, hatte man von dort aus den Kai im Blick, wo ein Boot die kostbare menschliche Fracht an Bord nehmen würde.

Es handelte sich um ein größeres Fischerboot, das Lysikrates gekauft hatte. Er hatte auch Matrosen angeheuert, die von der Isola del Giglio stammten, einer Insel, die den Ahenobarbi immer schon treu ergeben gewesen war. Er sorgte dafür, dass das Boot jeden Tag zum Fischen hinausfuhr, damit es niemand mit Nero in Verbindung brachte.

»Du hast meine Flucht tatsächlich sehr weitsichtig und gewissenhaft geplant, Lysikrates«, sagte Nero, während er im Schutz der Fensterläden auf das Fischerboot blickte, das in der Nähe des Hauses vertäut lag.

»Wir müssen noch einige Tage warten, Kaiser, da sich gerade erst die Nachricht von deinem Tod verbreitet. Doch es wird nicht mehr lange dauern, bis die Kontrollen wieder nachlassen. Dann können wir Anicetus treffen und auf das kaiserliche Schiff überwechseln.«

In Rom hatte man sich gewundert, warum der Mann, der den Ehebruch mit Oktavia einst öffentlich zugegeben hatte, vom Kaiser so großmütig behandelt wurde. Anicetus war nicht zum Tode verurteilt, sondern lediglich verbannt worden. Natürlich wurde gemunkelt, dass sich der Admiral als Komplize des Kaisers in einem hervorragend ausgeheckten Plan hergegeben hatte und dass er Nero auch weiterhin treu ergeben war. Und tatsächlich war das lästerliche Geschwätz des Volkes der Wahrheit nie näher gekommen als in diesem Fall. Anicetus hatte sich in Korsika versteckt, wo er das Kommando über das goldene Schiff übernommen hatte, und stand bereit, seinem Kaiser zu Hilfe zu eilen, sobald es erforderlich würde.

Der Freigelassene Elius war neben Lysikrates, Epafroditus und den anderen direkt Beteiligten der einzige Mensch, der wusste, dass Nero durch einen Doppelgänger ersetzt worden war.

Als der Tag der Abreise anbrach, betrat er morgens das Haus in Ostia und berichtete begeistert und in allen Einzelheiten über die wirren Tage, in denen sich das Ende der Dynastie der Julier und Claudier ereignet hatte.

»Septimius spielte die Rolle des verzweifelten Kaisers und irrte durch die Räume des Palasts, dann reichte er dem Gladiator Spiculus das kurze, breite Schwert und bat ihn, ihm mit einem einzigen Streich die Kehle durchzuschneiden. Als der getreue Gladiator ihm diesen Wunsch nicht erfüllte, befahl er, dass Lucusta zu ihm geführt werde, der ihm einen tödlichen Trank bereiten sollte.

Doch dann überlegte er es sich noch einmal anders und erteilte Befehle an die wenigen Soldaten, die nicht gerade Galba zum neuen Caesar ausriefen. Niemand außer Sporus und Faones, Epaphroditus und Neophitus waren an der Seite des in Ungnade gefallenen Machthabers geblieben. Ein großer Künstler, mein Kaiser, ein großer Künstler, auch wenn er nicht wusste, welchen Epilog das Drama haben würde!«

Als ihm bewusst wurde, dass seine Worte respektlos gegenüber dem Kaiser klangen, fügte Elius eilig hinzu: »Verzeih mir, Herr, doch alles, was ich dir berichte, entspricht der Wahrheit. Wenn meine Worte in Bezug auf den, den alle für den echten Nero hielten, in deinen Ohren blasphemisch klingen, erbitte ich deine Vergebung.«

Nero war aufgeregt wie ein Kind, dass ihm ein Streich von solch ungeheuren Ausmaßen gelungen war. In ihm war inzwischen jede Gier nach Macht und Rache versiegt, alles, was er sich noch wünschte, war, Rom so weit wie nur möglich hinter sich zu lassen.

»Sprich weiter, mein guter Elius. Ich möchte erfahren, wie es zu Ende ging.«

»Faones riet dem falschen Kaiser, in einem Haus zwischen der Via Salaria und der Via Nomentana Zuflucht zu suchen – einem bescheidenen Haus, das er sich nach seiner Freilassung kaufte, um darin seinen Lebensabend zu verbringen. Da setzte sich Septimius, ganz in seiner Rolle, einen Sklavenhut auf und warf einen Mantel um seine Schultern, dann eilte er, begleitet von seinem dürftigen Gefolge, zu den Ställen. Zu fünft durchquerten sie fast die ganze Stadt und stießen immer wieder auf Truppen von Soldaten, die alle zum Palast liefen, um Rache an dir zu üben und den neuen Kaiser auszurufen.«

Nero hörte ihm zu, als lauschte er einer fantastischen Geschichte, die ihn nichts anging. Elius machte eine kurze Pause, bevor er fortfuhr: »Ich traf später als die anderen beim Haus des Faonus ein. An seiner rückwärtigen Seite hatten sie bereits ein Loch in einem Brombeerstrauch geschaffen, der den Hintereingang des Hauses tarnte. Dein Doppelgänger, mein Kaiser, war auf allen vieren hindurchgekrochen, wobei er sich die Tunika aufriss und an den tückischen Dornen verletzte. Drinnen legte er sich auf ein schmutziges Bett, über das Faones einen alten Mantel gebreitet hatte. Kaum dass er mich sah, fasste er wieder Mut, denn man hatte ihm gesagt, dass Epaphroditus und ich nach dieser meisterlichen Darbietung seine Flucht absichern würden.

Sporus und Faones schlugen ihm vor, sich ehrenvoll selbst zu entleiben, bevor Galbas Männer dies tun würden, doch der falsche Kaiser erwiderte darauf nur: ›Der Tod? Der Tod? Mich erwarten die alten Kulturen, um mich zu ihrem Führer auszurufen. Und stürbe ich, welch ein Künstler stürbe mit mir!‹ Diesen letzten Satz wiederholte er unzählige Male, sodass Epaphroditus und ich schon befürchteten, Septimius wäre drauf und dran, den Schwindel auffliegen zu lassen.

Da erschien auf einmal ein Trupp Prätorianer vor dem Haus, um den Kaiser zu verhaften. Nun war die Flucht nicht mehr möglich, und es blieb nur mehr eine Sache zu tun. Wäre er festgenommen worden, hätte Septimius mit Sicherheit seine wahre Identität enthüllt. Also ergriff Epaphroditus sein Kurzschwert, und während dein Doppelgänger sich zur Flucht bereitmachte und dabei einen Vers der *Aeneis* rezitierte, stieß Epaphroditus dem falschen Nero das Schwert in die Kehle.«

Nero verbarg nicht sein Wohlgefallen, während er einige Floskeln der Bewunderung über die letzte gekonnte Darbietung des Schauspielers von sich gab. Besser, Septimius war tot und begraben, als dass sich ausschwärmende Prätorianer auf die Suche nach dem echten, verschwundenen Kaiser machten. Er bedeutete Elius, er möge fortfahren.

»Ich kroch in ein Versteck in der Zwischendecke, genau oberhalb der Stelle, an der dein Doppelgänger gerade seine letzten Atemzüge tat, und konnte von dort aus das Ende des Schauspiels beobachten. In der Umnachtung, die dem Tod vorangeht, flüsterte Septimius einem Zenturio, der ihm zu helfen versuchte, einige Dankesworte zu, dann sackte sein Kopf zurück, und er verschied. Wenig später beugte sich ein Mann in einer hellblauen Kutte über den Leichnam und besah sich aufmerksam die Ringe, die Septimius trug. Er erhob sich und schüttelte den Kopf. Ich bin vollkommen sicher, in ihm Simon den Magier erkannt zu haben.«

»Simon? Ich selbst zog den Ring von seiner Leiche, die zerschmettert auf dem Pflaster des Marsfelds lag!« Doch trotz seiner Worte war unübersehbar, dass Nero in seinem Innern Zweifel plagten.

Venedig, 1337

Der Muqatil drückte die Klinge des Dolches gegen die Halsschlagader Angelo Campagnolas.

Das Gesicht des edlen Venezianers war wachsbleich und wurde noch blasser, als der Sarazene zischte: »Ich rate dir, dich still zu verhalten, denn ich schneide dir schneller die Kehle durch, als du schreien kannst. Ich weiß nicht, was mich eigentlich daran hindert, dich zu töten, nach allem, was du mir angetan hast, Angelo Campagnola. Leider bleibst du immer der Vater der Frau, die ich liebe, und der Großvater meiner Tochter. Vielleicht ist das der Grund, weshalb ich dein Leben schone.«

Angelo Campagnola schien sich bei diesen Worten ein wenig zu entspannen, doch sofort drückte Lorenzo die

Klinge wieder fester gegen seinen Hals: »Allerdings nur unter der Voraussetzung, dass mir meine Tochter übergeben wird und du anschließend uns fromme Männer zum Konvent begleitest, um Diletta aus ihrer Gefangenschaft zu befreien. Erst, wenn meine Familie danach in Sicherheit ist, wirst auch du deine Freiheit wieder zurückerhalten.«

In großer Eile verließ die Mutter Oberin das Kloster. Unter diesen Umständen war die Klausur nicht einzuhalten. Die Adresse des Kaufmanns, bei dem Diletta niedergekommen war, war ihr bekannt. Sein Name war Alessandro Crespi, und in seinem Haus lebte auch der Asiate, der das kleine Mädchen mitgenommen hatte.

Den edlen Campagnola mit dieser Sache zu behelligen, schien ihr im Moment noch nicht vonnöten, zumindest nicht, solange sie noch nicht wusste, was die beiden Ordensbrüder wirklich im Kloster gewollt hatten.

Angelo Campagnola bestieg die Gondel, die vor seinem Palazzo vertäut lag. Rechts und links standen die beiden falschen Ordensbrüder wie Schutzengel neben ihm. Niemand konnte ahnen, dass die beiden frommen Männer scharfe Dolche in den Händen hielten, deren Spitzen auf den Bauch des edlen Mitglieds des Rates der Zehn gerichtet waren.

Die Gondel legte ab und bewegte sich durch das Labyrinth der Kanäle auf den Rand der Stadt zu. Auf den Brücken und entlang der Calli wurde der Karneval gefeiert, und niemand achtete auf die merkwürdige kleine Gruppe.

Sie durchfuhren den gesamten Kanal an der Giudecca und an den Fondamenta di Sant'Elena entlang. Fast zwei Stunden, nachdem sie abgelegt hatten, machte die Gondel in der Nähe der äußersten Spitze der Isola di Sant'Andrea fest.

Dort lebte ein Ehepaar, das sich der Kleinen angenommen hatte. Die sehr tüchtige Frau hatte vor Kurzem ihr eigenes

Kind verloren, und ihr Ehemann, ein Bauer, arbeitete schon seit jeher auf einem der Güter Campagnolas.

»Wir müssen das Kind zurückbringen«, erklärte der venezianische Adlige den beiden Eheleuten. »Meiner Tochter geht es sehr schlecht, denn es gab Komplikationen bei der Geburt, und es sieht so aus, als würde sie die nicht überleben. Ihr letzter Wunsch ist es, noch einmal ihr Kind zu sehen. Sobald ich meiner Diletta diesen Wunsch erfüllt habe, bringe ich euch die Kleine wieder. Wenn sie ihr Kind noch einmal in die Arme schließen darf, so hoffe ich, bewirkt dies vielleicht ein Wunder, das die besten Ärzte der Stadt nicht zuwege bringen. Diese frommen Ordensbrüder werden mich zum Kloster geleiten.«

Da es offenbar um Leben und Tod ging, erklärte sich das Bauernpaar sofort einverstanden, und zudem hätten sie sich einem der mächtigsten Männer von Venedig auch gar nicht widersetzen können. Doch dass man ihnen das kleine Mädchen, das sie bereits liebgewonnen hatten, nun wieder wegnahm, erfüllte sie mit großem Kummer. Liebevoll nahm die Frau das Kind in den Arm, befreite eine ihrer großen, vor Milch schwellenden Brüste und betrachtete dann zärtlich das Mädchen, während es gierig saugte. Anschließend packte sie es warm ein, um es vor der rauen Luft der Lagune zu schützen, und überreichte es einem der Ordensbrüder, so wie ein Priester dem Gläubigen das Brot der Kommunion hinhält, während ihr die Tränen über das runde, gerötete Gesicht liefen.

Voller Freude nahm Lorenzo das Kind aus den Armen der Frau entgegen. Dieses hilflose Bündel war die Frucht seiner Liebe und die Zukunft seines Lebens. Doch dann war Eile geboten, denn nun folgte der zweite Teil ihres Plans.

»Ich muss mich vergewissern, ob Euer Verdacht gerechtfertigt ist, Mutter Oberin«, sagte Hito Humarawa völlig emotionslos. »Das Haus Campagnolas liegt nicht sehr weit von hier. Wir unterrichten ihn besser über das, was in der Nacht geschehen ist.«

Als sie den Adelspalast erreichten, teilte ihnen ein Diener mit, dass sein Herr vor ungefähr vier Stunden in Begleitung zweier Ordensbrüder mit seiner Gondel weggefahren sei. »Signore Campagnola war sehr in sich gekehrt und wirkte müde und krank. Als ich ihn fragte, ob alles in Ordnung sei, antwortete er mir, er wäre im Auftrag der Zehn mit den beiden frommen Männern unterwegs und würde erst heute am Abend wieder zurück sein.«

»Wir haben keine Minute zu verlieren«, zischte Humarawa, der ahnte, was da vor sich ging, auch wenn er nicht begriff, wer diesen Plan ersonnen haben konnte, nachdem der Muqatil doch tot war.

Der riesige Wu wollte sofort eines der Boote losmachen, die an der privaten Anlegestelle des Palazzo lagen.

»Halt ein, Wu. Was machst du da?«, fragte Humarawa.

»Ich dachte, wir müssen zur Isola di Sant'Andrea, wo die beiden falschen Ordensbrüder, wie ich vermute, das Kind abholen wollen.«

»Seit ihrem Aufbruch sind über vier Stunden vergangen, sodass wir das Haus des Bauern viel zu spät erreichen würden. Nein, die Mönche treffen wir dort sicher nicht mehr an.« Die Augen des Samurai schienen vor Hass zu glühen. »Falls die Dämonen den Muqatil am Leben erhalten haben, sollten wir diesem verfluchten Piraten dort, wo er hinwill, einen Hinterhalt legen.«

Februar 2002

Der Hubschrauber mit Oswald Breil an Bord ging seitlich der Landepiste der amerikanischen Basis Sigonella nieder. Der israelische Premierminister bemerkte, dass neben dem Regierungsflugzeug, das ihn nach Sizilien gebracht hatte, eine zweite Falcon stand, und Oswald erkannte in ihr sofort die Maschine, die üblicherweise der Chef des Mossad benutzte. Wenn Erma extra bis hierher geflogen war, um mit ihm zu sprechen, musste etwas Schwerwiegendes vorgefallen sein.

Das Treffen der beiden Männer dauerte nur wenige Minuten und fand, abgeschirmt von fremden Augen und Ohren, im Inneren einer der beiden Regierungsmaschinen statt.

»Die Yankees sind immer von ausgesuchter Höflichkeit, wenn man sie um eine Landeerlaubnis bittet«, sagte Erma, nachdem sie im Salon hinter der Pilotenkanzel Platz genommen hatten.

»Das ist wahr, Dr. Erma«, antwortete Breil. »Aber nur, weil gut zwanzig Prozent ihrer nachrichtendienstlichen Ermittlungen im Ausland ohne unsere Unterstützung gar nicht stattfinden würden.« Dann kam er wie üblich gleich zur Sache. »Was ist los, Erma? Warum sind Sie hergekommen? Da muss doch etwas Wichtiges passiert sein.«

In den vielen Jahren, die sie zusammengearbeitet hatten, waren weder Erma noch Breil auf den Gedanken gekommen, dem anderen das Du anzubieten, obwohl sie gute Freunde waren und sich gegenseitig sehr schätzten.

»Eigentlich bräuchte ich Sie gar nicht zu fragen, denn ich kenne Sie lange genug«, begann Erma. »Doch obwohl ich Ihnen gegenüber keinerlei Zweifel hege, bin ich dennoch verpflichtet, diese Frage zu stellen, auf die Sie, wie ich hoffe, mit der größtmöglichen Ehrlichkeit antworten werden: Besitzen Sie irgendwelche Dollareinlagen bei Schweizer Kreditanstalten oder bei Banken anderer Steuerparadiese?«

Oswald lächelte, obwohl er wusste, wie schwerwiegend diese Frage war. »Ich will nicht behaupten, dass jemand, der solch hohe Ämter bekleidet, wie ich sie in den letzten Jahren innehatte, mit Almosen abgespeist wird. Doch Sie wissen so gut wie ich, Dr. Erma, dass mich Geld nicht interessiert. Meine großzügige Vergütung als Chef der israelischen Regierung wird so wie die, die ich zuvor als Chef des Mossad und des Shin Beth und davor als Mitglied der Knesset und der Exekutive erhielt, auf mein Konto bei der Hauptniederlassung der Bank of Israel an der Kaplan Street in Jerusalem überwiesen. Mir ist nicht einmal der aktuelle Stand meines Kontos bekannt, das übrigens das einzige ist, das ich habe.«

»Ich kannte Ihre Antwort bereits, Dr. Breil. Daher ist die Sache, die ich mit Ihnen besprechen muss, auch so erschütternd.«

Sara war sich vollkommen darüber im Klaren, dass dem Essen, dass man ihr vorsetzte, ein Betäubungsmittel beigemengt war. Aber es war besser zu schlafen, als sich in diesem dunklen Gefängnis das Gehirn zu zermartern, sagte sie sich, während sie ihre einzige Mahlzeit pro Tag verzehrte. Sie führte auch ihren Schwindel auf die Wirkung des Betäubungsmittels zurück. Dann erkannte sie jedoch, dass es kein Schwindel war, der sie ins Schwanken brachte, sondern sie sich auf einem Schiff auf See befand.

Als sich die Tür wieder öffnete, wurde sie einige Augenblicke lang erneut von dem grellen Licht geblendet. Zwei Männer mit Mandelaugen, die eine elegante Uniform trugen, packten sie unter den Achseln, aber gewiss nicht, um ihr beim Aufstehen zu helfen, sondern um zu vermeiden, dass sie sich vielleicht wehrte. So eskortiert, wurde Sara durch die Schiffskorridore geführt und fuhr schließlich in einem Aufzug zu den höheren Decks hinauf. Als sich die Aufzugstür öffnete, befand sie sich in einem weitläufigen, sehr luxuriös eingerichteten Salon.

Sie erkannte den Mann auf der großen Couch sofort wieder, der ihr bedeutete, dass sie sich setzen solle. Schaudernd wurde ihr bewusst, dass die Tatsache, dass sich ihr die Entführer so offen zeigten, ihren Tod bedeutete, sobald man sie nicht mehr brauchte.

Ruhig, Sara, bleib ruhig, versuchte sie sich zu besänftigen.

Irgendwie musste sie eine Möglichkeit finden, aus dieser gefährlichen Situation herauszukommen.

»Ich freue mich, Sie als unseren Gast begrüßen zu dürfen, Frau Dr. Terracini«, sagte Grégoire Funet mit einem unheilvollen Lächeln.

»Wie ich sehe«, antwortete Sara, auf das prunkvolle Ambiente des Salons der *Shimakaze* deutend, »behandelt der französische Kulturstaatsminister seine Spitzenbeamten sehr viel besser, als andere öffentliche oder private Einrichtungen dies tun. Könnten Sie sich nicht auch für meine Einstellung verwenden, lieber Kollege? Auch ich hätte gern einen Arbeitsplatz auf einer solchen Luxusyacht.«

»In Ihrer Lage sollten Sie keine Witze reißen, Sara. Sie sind hier, um uns sämtliche Einzelheiten über die Bergung von Neros Schiff mitzuteilen.«

»Ich finde, Sie sollten lieber einmal *Ihre* Lage überdenken, Dr. Funet. Ich rate Ihnen, mich sofort freizulassen, sonst …«

»Sonst könnte ich Ärger mit Ihren hochgestellten Freunden kriegen? Ist es das, was Sie sagen wollen? Dann sollten Sie wissen, dass sich bereits jemand um Ihre Freunde gekümmert hat.«

Sara dachte an Breil und war überzeugt, dass er bereits alles tat, um sie zu finden. Bestimmt war er über ihr Verschwinden informiert worden. Oswald würde sie niemals einfach so ihrem Schicksal überlassen.

»Morgen früh um sieben Uhr, Ostküstenzeit«, sagte Erma mit ernster Miene, »wird eine der größten amerikanischen Tageszeitungen die Nachricht verbreiten, dass Sie, Dr. Breil, der israelische Premierminister, im Verdacht stehen, Schmiergelder in Höhe von zig Millionen Dollar erhalten zu haben, und zwar von palästinensischen Gruppen, die mit der Intifada in Verbindung gebracht werden. Der Bericht wird untermauert von einem abgedruckten Foto, das Sie bei Ihrem geheimen Treffen mit dem Spitzenvertreter der Palästinenser zeigt. Zusätzlich stützen sich die Journalisten auf die Zeugenaussagen von gleich drei Vertretern von Banken sowohl in der Schweiz als auch auf den Cayman-Inseln, die alle behaupten, Sie persönlich zu kennen und erhebliche Summen auf einige Nummernkonten überwiesen zu haben, die mit absoluter Sicherheit Ihnen zuzuschreiben sind. Der Plan scheint mir sehr gut durchdacht, Dr. Breil.«

»Nun, wäre ich von einem Skandal dieses Ausmaßes betroffen, bliebe mir keine Wahl als zurückzutreten. Ein Politiker unter Korruptionsverdacht stinkt wie ein toter Hund, und niemand würde mehr etwas mit mir zu schaffen haben wollen oder mich gar öffentlich unterstützen. Alles, was ich erreicht habe, gerade meine Leistungen für den Staat Israel, würde durch diese Vorwürfe zunichte gemacht. Können wir den Artikel nicht stoppen?«

»Unmöglich, Dr. Breil. Diese Vorwürfe, garniert mit Fotos von Ihnen, werden morgen früh als Titelstory der Zeitung erscheinen. Das wird eine Lawine auslösen. Stellen Sie sich nur einmal vor, was das für Israel bedeutet und was dadurch in Gang gesetzt wird.«

»Abgesehen von der Presse, müsste ich auch eine Untersuchung durch den staatlichen Aufsichtsbeamten über mich ergehen lassen, der die Akten bei der Staatsanwaltschaft anfordern wird. So gut, wie diese Intrige vorbereitet ist, werden meine Unschuldsbeteuerungen unter der Last der falschen Beweise erdrückt werden.«

»So wird es sein, Dr. Breil. Ich rate Ihnen deswegen, vorläufig nicht nach Israel zurückzukehren. Offiziell befinden Sie sich gerade auf einer Privatreise. Halten Sie sich an einem sicheren Ort auf, und lassen Sie uns machen. Einige Tage bleiben Ihnen noch, bevor Sie zu den Anschuldigungen, die man gegen Sie erheben wird, öffentlich Stellung nehmen müssen. Ich hoffe, dass es meinen Männern innerhalb dieser Zeit gelingt, Beweise dafür zu finden, dass dieses Szenario konstruiert wurde, um den israelischen Staat zu destabilisieren.«

Kurz darauf hoben die beiden Regierungsflugzeuge innerhalb weniger Minuten nacheinander von der Startbahn in Sigonella ab.

Die Maschine des Premierministers schwenkte auf die Atlantikroute ein und würde gemäß den Anweisungen, die Breil der Besatzung persönlich erteilt hatte, auf dem Internationalen Flughafen von Las Vegas landen.

Derrick Erma hingegen wies seinen Piloten an, zurück nach Israel zu fliegen, damit er die Aufgabe, die er sich vorgenommen hatte, sofort angehen konnte. Ohne Zweifel würde es sehr schwierig werden, die Verleumdungen gegen Oswald Breil als solche zu entlarven.

Zwei Stunden später landete das Flugzeug in Tel Aviv. Langsam rollte es über die Landebahn und erreichte jenen Bereich des Flughafens Ben Gurion, der Privatmaschinen vorbehalten war. Noch heulten die Düsentriebwerke, als Derrick Erma hinaus auf die Gangway trat. Die beiden Soldaten seiner Eskorte und sein Wagen erwarteten ihn.

Auf der ersten der acht Stufen nach unten stockte er auf einmal, und sein Kopf ruckte zurück, als wäre er gegen einen unsichtbaren Gegenstand geprallt. Mitten auf seiner Stirn befand sich plötzlich ein roter Punkt mit versengten Rändern.

Wie versteinert stand der Chef des Mossad einen Augenblick lang da, dann sackte er in sich zusammen, und sein Körper rollte leblos die Gangway des Flugzeugs hinab.

Kaiserliches Rom, anno 821 nach der Gründung (68 n. Chr.)

Schon seit den ersten Morgenstunden belebte sich der Hafen von Ostia wie eine Bühne zu Beginn einer Theateraufführung. Mit Weizensäcken und Amphoren schwer beladene Sklaven marschierten in langen Reihen und brachten ihre Last in die großen Laderäume der vertäuten Schiffe, während auf einer Unzahl von Wagen all das herangekarrt wurde, was

Rom exportierte. Der Hafen, der auf Betreiben von Claudius nördlich der Tibermündung errichtet worden war, quoll über vor Menschen und Schiffen.

Wie fern erschienen bei diesem Anblick die kaiserlichen Einschiffungen mit Tausenden von Wagen und Zehntausenden von Höflingen. Lysikrates ertappte sich bei diesem Gedanken, als er und Nero sich, als Fischer verkleidet, auf den Weg zu dem Boot machten, das sie in Sicherheit bringen sollte.

Sie konnten nur wenige Sachen mitnehmen. Der Kaiser verbarg in einem Korb, der intensiv nach Fisch stank, die Dinge, die ihm die teuersten waren, und Lysikrates hatte seine kostbaren Papyri in einer Amphore verschlossen.

Bei den Unterhaltungen der Kaufleute, von denen sie hin und wieder etwas auf ihrem Weg aufschnappten, schien Neros Tod tatsächlich das vorrangige Thema zu sein.

Was hätten sich diese Männer wohl gedacht, hätten sie den göttlichen Caesar in diesem Fischer in den völlig verdreckten, zerschlissenen Lumpen wiedererkannt, der einen großen Korb trug und einen hässlichen Hut tief ins Gesicht gezogen hatte.

Das Fischerboot war nur noch wenige Schritte entfernt, als plötzlich eine Stimme in militärischem Ton erklang und Lysikrates das Blut in den Adern gefrieren ließ.

»He, ihr beiden, bleibt stehen!«, gebot der Soldat hinter ihnen.

Lysikrates griff nach dem Schwert, das er unter seiner Kleidung versteckt hielt. Sollte man sie entdeckt haben, würde er sich auf jeden Fall gegen die Festnahme wehren.

Verwundert bemerkte er jedoch, dass der Soldat keinerlei Anstalten machte, ihre Personalien zu überprüfen, sondern die Straße für einen gerade kommenden Trupp freihielt, der aus etwa dreißig Soldaten bestand. In der Mitte der Eskorte befand sich eine Sänfte, die von etwa einem Dutzend Sklaven getragen wurde. Die Vorhänge waren halb geschlossen, doch wurde dazwischen für einen Augenblick das Gesicht von Simon dem Magier sichtbar. Der Blick seiner unheimlichen Augen richtete sich auf zwei Liburnen. Sie lagen an Anlegeplätzen, die Kriegsschiffen vorbehalten waren.

Im Laderaum stank es, und es war eng. Die einzige Luftzufuhr stellte ein Spalt in der hölzernen Luke dar.

Nero hatte sich während der gesamten Zeit, die sie sich über den Kai bewegt hatten, mustergültig verhalten. Endlich im Fischerboot und in Sicherheit, ließ er sich nur noch gehen.

»Sieh, wie weit der mächtigste Mann der Welt heruntergekommen ist«, jammerte er und wies im Halbdunkel auf die mit Fischschuppen verkrusteten Wände und seine abgenutzte Kleidung.

»Sorge dich nicht, Nero. Sobald du in Ägypten bist, wirst du wieder Macht und Ansehen haben«, antwortete Lysikrates in dem Versuch, ihn zu trösten. »Und vielleicht wirst du eines Tages sogar unter den Jubelrufen deines Volkes nach Rom zurückkehren.«

»Bist du dir so sicher, mein treuer Freund, dass es Macht und Ansehen sind, die mich noch interessieren? Wäre es nicht eher ein normales Leben, das mich wirklich erfreuen könnte?«

Das Fischerboot fuhr an den majestätischen Vorschiffen der Liburnen vorbei. Lysikrates spähte durch den Spalt und sah Simon den Magier auf einem der Decks stehen, während die Matrosen der kaiserlichen Flotte das Ablegemanöver durchführten.

Venedig, 1337

Im Inneren des Klosters herrschte unwirkliche Stille, während Lorenzo di Valnure durch das Halbdunkel schlich. Er hatte sich den Weg zu Dilettas Zelle genau eingeprägt.

Floriano, der noch immer als Franziskaner verkleidet war, folgte ihm schweigend über die Treppe, die zu den Zellen führte. Lorenzo hatte nur den alten Mann mitgenommen, der im Dienst der Valnure stand, denn zwei Männer genügten seiner Meinung nach, um Diletta zu befreien. Die anderen Mitglieder seines Trupps waren auf dem Boot geblieben, das in einem Kanal in der Nähe des Konvents lag, bereit, den beiden falschen Ordensbrüdern im Falle des Falles zu Hilfe zu eilen. Salìm, der junge Stellvertreter des Muqatil, bewachte derweil Angelo Campagnola und kümmerte sich zudem um das kleine Mädchen, das glücklicherweise in tiefem Schlaf lag.

Lorenzo di Valnure verursachte keinerlei Geräusch, als er den hölzernen Riegel zurückschob und gleich darauf die Zelle betrat.

Die Kammer war so eng, dass es Hito Humarawa und seinem getreuen Wu nicht möglich war, sich richtig zu verstecken. Der Samurai hielt sich flach an die Wand neben der Tür gepresst, während der Chinese im Bett lag und versuchte, seine massige Gestalt unter der Decke zu verbergen.

Ganz langsam, dass es an den Nerven zerrte, wurde die Zellentür geöffnet.

Kaum dass der Spalt breit genug war, warf der Muqatil einen Blick in das vollkommen dunkle Zimmer.

Konnte es sein, dass ihn Diletta gar nicht erwartete? Oder war sie inzwischen in eine andere Zelle verlegt worden? Diese Fragen und sein daraus resultierendes Zögern retteten Lorenzo das Leben.

Da sich die Tür nicht weiterbewegte, sprang Hito Humarawa nach vorn, das *Katana* in der Faust.

Doch er konnte den Muqatil nicht überrumpeln, da dieser die Tür zwischen sich und den Angreifer brachte und einen

Schritt zurücktrat. Es war ihm bewusst, dass er es mit einem ebenbürtigen Gegner zu tun hatte, der über ebenso viel Kampferfahrung verfügte wie er selbst. Eine Weile standen die beiden Krieger einander im schwachen Licht des Korridors gegenüber.

»Endlich kann ich dir in die Augen schauen«, sagte der Muqatil und zog den Säbel.

In diesem Augenblick trat Wus Gestalt in den Türrahmen und füllte ihn fast zur Gänze aus. Schon wollte er sich auf Lorenzo stürzen, als Floriano, den Säbel in der Faust, seine Aufmerksamkeit auf sich zog und den Chinesen zwang, sich erst einmal ihm zu stellen.

Dann erfüllte das Klirren der aufeinanderprallenden Klingen die Stille, in die das Kloster gehüllt gewesen war.

Februar 2002

Es waren nur wenig mehr als zwei Stunden vergangen, seit das Flugzeug des israelischen Premierministers von der Militärbasis Sigonella gestartet war. Oswald Breil wirkte ruhig, trotz der vielen Sorgen, die ihn bedrückten, von denen Saras mysteriöses Verschwinden am vorrangigsten war. Er schaltete den Computer ein in der vergeblichen Hoffnung, eine Nachricht von ihr vorzufinden. Stattdessen bekam er einen kurzen Text zu lesen, der ihm von der üblichen und nicht zu ermittelnden japanischen Adresse zugeschickt worden war:

<ICH FRAGE MICH, WAS SIE IN ZUKUNFT MACHEN WERDEN, DR. BREIL. VIELLEICHT FINDET EIN MENSCH MIT IHREN KÖRPERLICHEN ATTRIBUTEN NOCH EINE ANSTELLUNG IM ZIRKUS.>

Die Beleidigung kümmerte Oswald nicht weiter, zumal im selben Augenblick das Telefon läutete.

Breil lauschte mit finsterer Miene. »Derrick Erma?«, fragte er dann, und als ihm der Mord am Chef des Mossad bestätigt wurde, sagte er nur noch, bevor er auflegte: »Ich verstehe.«

Zum ersten Mal in seinem Leben fühlte sich Oswald Breil ganz allein.

Bruno Milano blickte aus einem der Fenster seiner luxuriösen Suite im neunten Stock des Keio-Plaza-Hotels an der Aoyama-Dori auf den Wolkenkratzer von Water Enterprises. Langsam schraubte er die Kamera auf das Stativ und richtete sie auf den Haupteingang des Firmensitzes. Dann setzte er sich in einen Sessel, hob das Fernglas an die Augen und wartete geduldig.

Jemand klopfte an die Tür. Milano stand auf und öffnete. Inspektor Iku stand vor ihm, ein Lächeln im Gesicht.

»Wenn ich mir die Bemerkung erlauben darf: Der israelischen Botschaft liegt offenbar sehr am Herzen, dass ihre Mitarbeiter komfortabel untergebracht sind. Wir müssen uns unterhalten, Milano. Es sei denn, Sie ziehen es vor, wegen Spionage in Ihre Heimat abgeschoben zu werden.«

Der Saugbagger war unter den erfahrenen Händen der beiden Taucher ohne Unterlass im Einsatz gewesen. Schließlich erhob sich ein Stück dunklen Holzes aus dem Meeresboden, so wie die Spitze eines Eisbergs aus der schäumenden See. Admiral Grandi, der den Ansaugschlauch in Händen hielt, betätigte den Schalter, der das ständige Absaugen des Sandes stoppte.

Das Wrackteil mit seiner abgerundeten Form ragte nur wenige Zentimeter aus dem Meeresboden hervor. Ungeduldig setzten die beiden Männer das Gerät wieder in Gang, um das riesige Objekt komplett freizulegen.

Doch es würde nicht leicht werden, das Wrackteil gänzlich aus dem Boden zu befreien, da der feine Sand ständig nachrutschte und ihnen für die jeweiligen Tauchgänge nur eine beschränkte Zeitspanne zur Verfügung stand.

Sara hämmerte wild an die Tür ihrer dunklen Zelle. Sie war mit den Nerven am Ende. »Schluss jetzt! Ich habe genug! Lassen Sie mich aus diesem Loch raus! Ich sage alles, was ich weiß. Lassen Sie mich endlich raus!«

Schließlich wurde die Stahltür geöffnet und Sara auf das obere Schiffsdeck geführt.

Funet saß wieder auf der Couch im weitläufigen Salon und gebärdete sich wie ein allmächtiger Herrscher. Er hatte das Leben der jungen Forscherin in der Hand und genoss es.

»Man teilte mir mit, Frau Dr. Terracini, dass Sie endlich leisere Töne anschlagen«, sagte er mit einem höhnischen Lächeln.

»Ich sage Ihnen alles, was Sie wissen wollen, Hauptsache, Sie sperren mich nicht wieder in dieses Loch«, erwiderte Sara, ihr Kampfgeist gebrochen.

»Gut«, antwortete Funet, »dann erzählen Sie mir mal was Interessantes über das kaiserliche Schiff …«

Der Anruf erreichte Bruno Milano, als er dem Inspektor der Tokioter Polizei gerade einen Teil der ihm bekannten Fakten darlegte, doch mit keinem Wimpernzucken ließ er erkennen, dass ihn sein Gesprächspartner am anderen Ende der Leitung über den Mord an Derrick Erma in Kenntnis setzte. Sobald das Gespräch beendet war, widmete er sich wieder Ikus drängenden Fragen.

»Sie kannten also Frau Kuniko Sagashi. War sie etwa als eingeschleuste Agentin für den israelischen Geheimdienst tätig, Milano-*san*?«

»Nicht doch«, log Milano. »Ich hatte mit ihr ein Verhältnis, das ist alles.«

»Und wie kommen Sie dazu, dass der brutale Mord an Frau Sagashi mit Water Enterprises in Verbindung stehen könnte?«, fragte der Polizeibeamte.

Äußerst geduldig zählte Milano daraufhin die vielen Details auf, die ihm über Yasuo Maru bekannt waren.

»Ist Ihnen klar, Milano-*san*, dass es leichter ist, gegen ein Mitglied der Regierung Ermittlungen einzuleiten als gegen den Herrn der Wasser? Er hat zahlreiche Freunde in den höchsten Kreisen und räumt alle aus dem Weg, die ihm in die Quere kommen.«

Milano dachte an die Nachricht, die er gerade erhalten hatte. Mit dem Mord an Erma hatte Maru jenen Mann ausgeschaltet, der die Ermittlungen gegen ihn vorangetrieben hatte. Der neue Chef des Mossad würde Marus Aktivitäten gewiss weniger Bedeutung beimessen. Damit sein Streben nach Gerechtigkeit und sein Bedürfnis nach Rache nicht ungestillt blieben, musste er Unterstützung suchen und Bündnisse schmieden. Dabei kam ihm der japanische Polizist gerade recht.

In diesem Moment stoppte eine schwarze Limousine vor dem Eingang des Firmensitzes von Water Enterprises. Milano griff wieder zu seinem Fernglas und beobachtete, wie ein Mann in aller Eile aus dem Fond des Wagens stieg und die große Glastür durchschritt. Er erkannte ihn sofort wieder.

»Das ist General Zhu Ling, einer der mächtigsten Männer der Volksrepublik China«, sagte der israelische Offizier und deutete auf die in einen riesigen Mantel gehüllte Gestalt.

Yasuo Maru erhob sich von seinem Sessel, setzte eins seiner seltenen Lächeln auf und ging dem General entgegen. Zhu Ling erwiderte Marus Gruß ebenso freundlich, dann ließ er sich ihm gegenüber auf der Couch nieder.

Er verlor keine Zeit: »Es ist alles bereit, Herr Präsident

Maru. Ich wollte Ihnen das persönlich mitteilen, auch weil ich unser Abkommen mit dieser kleinen Aufmerksamkeit besiegeln wollte.«

Damit reichte er Yasuo Maru die lederüberzogene Schachtel, die aussah wie eine, in der man wertvolle Schmuckstücke aufbewahrte.

Maru öffnete die Schachtel. Darin lag der Ring der Könige, dem die Zeit kaum etwas hatte anhaben können. Lediglich die Oberfläche des antiken Goldes war ein wenig angegriffen. Das Siegel König Salomons war deutlich zu erkennen, ein Stern mit sechs Spitzen, gebildet aus zwei übereinanderliegenden gleichschenkligen Dreiecken.

Der Herr der Wasser nahm das kostbare Schmuckstück in die Hand. Nun hatte er seiner Sammlung sämtliche Lieblingsstücke Kaiser Neros einverleibt.

Etwa eine Stunde lang besprach er mit Zhu Ling sämtliche Details, die noch offen waren, dann verabschiedete sich der General. Als er gegangen war, überlegte Maru kurz, wie groß die Zeitverschiebung war, dann wählte er die Nummer des Satellitentelefons an Bord der *Shimakaze*.

Grégoire Funet wurde in seiner Kabine vom Telefon geweckt. Müde nahm er den Hörer ab, doch die schroffe Stimme seines Auftraggebers ließ ihn innerhalb eines Augenblicks vollständig erwachen.

»Sprechen Sie ganz unbeschwert, Funet. Diese Telefonverbindung ist abhörsicher. Gibt es etwas Neues?«

»Wir machen Fortschritte, Maru-*sama*«, antwortete Funet, »Sara Terracini hat sich zur Kooperation entschieden und erzählte uns eine Menge Dinge über den Inhalt einiger Papyri, die ihre abenteuerlustigen Gefährten gefunden haben und …«

»Haben Sie das Wrack entdeckt?«, unterbrach ihn Maru.

»Noch nicht, aber die beiden Taucher erledigen diese Arbeit für uns. Wir behalten sie im Auge. Seit mehreren

Tagen saugen sie an einer ganz bestimmten Stelle den Sand ab. Sollten sie etwas finden, sind wir sofort zur Stelle.«

»Gut, halten Sie mich auf dem Laufenden. Sobald ich mich freimachen kann, komme ich zur *Shimakaze*.«

Das Meer, das bis zu diesem Moment ruhig geblieben war, schien urplötzlich seine Stimmung zu ändern. Zum wiederholten Mal brachte das leichte Schlingern des Schiffs das prekäre Gleichgewicht in Saras Organismus völlig durcheinander.

»Gerade aus dem tiefen Pflichtgefühl, das ich gegenüber meiner Heimat empfinde, der ich seit jeher diene und immer dienen werde, erkläre ich hiermit unwiderruflich meinen Rücktritt. Ich brauche die Möglichkeit, frei agieren zu können, um die ehrenrührigen Anschuldigungen zu entkräften, die irgendein Feind Israels geschickt konstruiert hat. Von meinem Volk erbitte ich nur Verständnis und Geduld.«

Oswald Breil las noch einmal die Worte, mit denen sein Rücktrittsgesuch endete, während das Flugzeug bereits zur Landung auf dem McCarran-Flughafen von Las Vegas ansetzte. Dann ging der israelische Premierminister in den rückwärtigen Teil des Fliegers, in dem ein bequemes Schlafzimmer untergebracht war.

Als Oswald Breil wieder zurück in den Salon kam, wunderte sich die Flugbegleiterin. Er trug ein paar abgenutzte Jeans, ein flammend grünes T-Shirt der Chicago Bears und eine auffällige rote Schirmmütze, die er tief ins Gesicht gezogen hatte. Wenn man ihm nur einen oberflächlichen Blick schenkte, sah er aus wie ein Kind von etwa zwölf Jahren, das wie jeder amerikanische Heranwachsende gekleidet war.

Die Falcon landete, rollte zum Terminal für Privatflugzeuge und blieb dort stehen, während Oswald seine beiden Sicherheitsbeamten, die ihn auf all seinen Reisen begleitet hatten, und die fünf Besatzungsmitglieder ermahnte, strengste Geheimhaltung über sein Reiseziel zu wahren. Ihnen selbst stünde es frei, nach Tel Aviv zurückzukehren.

»Aber Exzellenz, unsere Befehle lauten, überall die Sicherheit Ihrer Person zu garantieren«, sagte einer der beiden Agenten. »Und wenn ich richtig verstanden habe, wurden die örtlichen Behörden über Ihren Besuch nicht in Kenntnis gesetzt. Ich halte es nicht für akzeptabel, Sie ohne jeden Geleitschutz herumspazieren zu lassen und …«

»Für mich ist es jetzt wichtig, nicht weiter aufzufallen. In dieser Verkleidung als Kind wecke ich, so hoffe ich zumindest, keine Neugier. Meine Bitte, mir nicht zu folgen und unser Reiseziel geheim zu halten, ist ein Befehl, meine Damen und Herren. Mit großer Wahrscheinlichkeit der letzte Befehl, der Ihnen von Ihrem derzeitigen Premierminister erteilt wird.«

Wenige Minuten später verließ Oswald Breil das Flughafengebäude durch einen der Lieferanteneingänge und stieg in einen Kleinwagen, den er bei einer Autovermietung hatte bestellen lassen. Einem flüchtigen Betrachter mochte er wie ein Junge vorkommen, der eine viel zu große Reisetasche schleppte. In ihr befanden sich seine wenigen persönlichen Habseligkeiten sowie ein leistungsstarker Laptop.

Oswald lenkte das Auto bis zum Lieferanteneingang des Glamour-Hotels, wobei er sich im Straßennetz von Las Vegas bestens zurechtfand. Er war entschlossen, sich Unterstützung für seinen Kampf gegen Yasuo Maru zu beschaffen und Sara Terracinis Leben zu retten. Und in dieser Stadt gab es jemanden, der ihm diese Unterstützung gewähren konnte.

Als er das Büro von Antony Sorrentino im obersten Stockwerk eines der luxuriösesten Hotels der Welt betrat, empfand er seine Einsamkeit nicht mehr als so bedrückend. Der Mann, der das Hotel für die *Familien* leitete, hatte eine alte Dankesschuld ihm gegenüber zu begleichen, außerdem war

Breil die unüberwindliche Rivalität zwischen der Cosa Nostra und der japanischen Mafia bekannt.

Als er ungefähr eine Stunde später wieder in den Kleinwagen stieg und ihn aus dem Parkstreifen des Glamour-Hotels lenkte, fühlte er sich deutlich erleichtert.

Henry Vittard blickte besorgt auf die dichten schwarzen Wolken, die sich im Süden zeigten und von dem Schirokko, der bereits deutlich zu spüren war, übers Meer getrieben wurden.

»Sturm im Anmarsch?«, fragte Grandi und sog die feuchte Luft ein.

»Anscheinend. Doch wenn wir die Bergungsarbeiten jetzt unterbrechen, besteht die Gefahr, dass der Sand aufgewühlt wird und unsere gesamte Arbeit umsonst war. Wir müssen das Wrackteil vor dem Gewitter an die Oberfläche bringen.«

Wenige Minuten später sah Etienne Jalard, wie sich die beiden Männer über die Bordwand hinab ins Wasser fallen ließen.

Der Matrose zog die Öljacke fester um sich. Der heftige Wind drang selbst durch den wasserdichten Stoff, und schon fielen die ersten Regentropfen, so groß wie Haselnüsse.

Auf einmal drehte ein Fischerboot an Steuerbord neben der *C'est Dommage* bei.

»Hallo, ist niemand an Bord?«, fragte eine Stimme.

Instinktiv umfasste Jalard den Pistolengriff unter seiner Jacke, während er sich vorbeugte, um zu sehen, wer da war.

»Ich wollte fragen, ob Sie frischen Fisch wollen«, fragte ein junger Mann mit dunklen Augen, der mit starkem sizilianischem Akzent sprach. »Ninos frischen Fisch zu essen, lässt die Sorgen schnell vergessen.« Er deutete auf die Luftblasen an der Wasseroberfläche und fügte hinzu: »Auch die der beiden Taucher dort unten.«

»Nein danke, Nino«, antwortete Jalard höflich. »Wir lichten gleich den Anker. Bald hat der Sturm Favignana erreicht, da ist es besser, in einer geschützten Bucht Zuflucht zu suchen.«

»Ganz richtig, der Herr«, stimmte Nino zu. »Und anscheinend wird das ein besonders heftiger Sturm. Das sagt zumindest der Wetterdienst. Aber eins würde mich interessieren.«

»Ja, bitte?«

»Was gibt es da unten so Wichtiges? Ich fische fast jeden Tag hier in dieser Gegend und hab Sie bereits im Herbst gesehen. Nachdem Sie abgereist sind, kamen die Japaner her. Sie hatten einen riesigen Kahn, der aussah wie ein Schlachtschiff. Ein paar von ihnen haben sich im Dorf eingemietet und sind ständig bei Punta Marsala getaucht.«

»Ich glaube nicht, dass es da was Interessantes gibt«, antwortete Jalard und bemühte sich, ganz ungezwungen zu wirken. »Ich bin nur der Matrose und hab überhaupt keine Ahnung, was mein Arbeitgeber da unten treibt. Jedenfalls habe ich bisher nichts davon mitgekriegt.«

Das kleine Boot entfernte sich mit schnaubendem Dieselmotor, und Etienne Jalard blickte auf das sich kräuselnde Meer, während er noch einmal über das nachdachte, was der sizilianische Fischer gesagt hatte.

12

Mittelmeer, anno 821 nach der Gründung Roms (68 n. Chr.)

»Sobald wir in einem sicheren Land sind und neue Identitäten angenommen haben, werden wir von allen Nachstellungen verschont bleiben«, sagte Nero zu Lysikrates, während ihm eine warme Brise das bronzefarbene Haar zerzauste.

»Ja, aber immer unter der Voraussetzung, dass wir keine Aufmerksamkeit erwecken, denn sonst laufen wir Gefahr, dass dich jemand als den Kaiser erkennt und die Emissäre von Galba benachrichtigt. Zum jetzigen Zeitpunkt ist Nero tot, sein Leichnam liegt in Rom, sodass niemand auf die Idee verfallen würde, den verblichenen Kaiser mit einem anonymen Bürger des Römischen Reichs in den Provinzen Ägypten oder Galiläa in Verbindung zu bringen. Wenn wir in aller Bescheidenheit vom Schatz der Dido leben, wird niemand misstrauisch. Aber wir dürfen immer nur so viel davon nehmen, wie gerade nötig ist, um dir ein standesgemäßes Leben zu ermöglichen.«

Das Schiff aus Gold – oder besser gesagt: das schönste Schiff aller Zeiten – kreuzte bereits seit einigen Tagen vor Stromboli, als die Besatzung des Fischerboots es sichtete.

»Schon bald sind wir in Sicherheit, Lysikrates«, freute sich Nero, der nach sieben Tagen auf dem offenen Meer, fern von Prunk und Ausschweifungen, geistig und körperlich erstarkt schien.

Lysikrates nickte nur, dann richtete er den Blick auf das Segelschiff, das das Ergebnis seines enormen Einfallsreichtums war.

Die Goldplatten, die den Schiffsrumpf bedeckten, waren

unter einer dicken Schicht Farbe verborgen und die schneeweißen Segel durch grobes Tuch ersetzt worden, sodass es wie ein Lastschiff wirkte. Auch war ein Teil der Friese, die aus Gold und Elfenbein bestand, entfernt worden, so wie auch das *Numen* des Schiffs, eine lebensgroße Statue aus Gold, die die Göttin Isis darstellte, die die Beschützerin der Seefahrer war. So unkenntlich gemacht, sah das goldene Schiff aus wie eines der vielen Lastschiffe mit schlechter Takelage, die das Mittelmeer durchkreuzten.

Lysikrates erschauerte, denn es war ihm, als würde ihm sein Werk, das er bis in die kleinsten Einzelheiten selbst gestaltet hatte, eine Mitteilung machen.

Kaum hatte die Besatzung des kaiserlichen Schiffs das Fischerboot bemerkt, wurden die Segel nach dem Wind gerichtet und die Ruder aus dem Wasser geholt.

»Schnell, Lysikrates, vergeude keine Zeit damit, Memoiren zu schreiben, die niemals gelesen werden. Wir müssen an Bord meines Schiffs überwechseln«, trieb ihn der Kaiser zur Eile an, während er die vier Gegenstände, die ihm besonders am Herzen lagen, vorsichtig in eine Amphore gleiten ließ.

»Ich habe so etwas wie eine Vorahnung, Nero, eine schlimme Vorahnung«, erklärte der Grieche. »Ich fürchte, dass dieses Schiff seinem Unheil entgegenfährt. Wir sollten auf diesem Fischerboot bleiben und deinem Schiff so lange folgen, bis es sich in sicheren Gewässern befindet. Lass uns beidrehen. Die wenigen Habseligkeiten, die wir auf unsere Flucht mitgenommen haben, können wir auf das Schiff umladen. Dem Kapitän teilen wir mit, dass wir erst an Bord kommen, wenn die äußerste Spitze Siziliens umfahren ist. Ich fürchte, Simon der Magier ist uns auf den Fersen.«

Lysikrates hielt plötzlich inne. Das Papyrusblatt lag ausgebreitet vor ihm auf dem roh zusammengezimmerten Tisch in der einzigen Kabine, die für den Kapitän des Bootes vorgesehen war. Seit sie abgefahren waren, hatte Nero diese Unterkunft für sich und seinen treuen Berater in Anspruch genommen.

»Schon bald werden wir bei deinem Schiff anlegen. Die Entscheidung liegt bei dir, mein Kaiser. Was mich betrifft, so habe ich nur noch wenige Zeilen zu schreiben, bevor ich die Amphore versiegele, die das enthält, was du als ›Memoiren, die niemals gelesen werden‹ bezeichnest. Auf jeden Fall werde ich der Nachwelt hinterlassen, was wirklich geschehen ist, da ich jetzt der einzige Hüter des Geheimnisses bin, nachdem Cesellius Bassus im Wahn gestorben ist. Auf seinem Grabstein steht der Weg beschrieben. *Tjet*, der Knoten, wird den Weg weisen.«

Und dann glitt der Gänsekiel wieder über den Papyrus …

Mal ruht das Meer ruhig und still, mal peitschen Stürme das wild aufschäumende Wasser.

Reichtum und Armut, Macht und Unheil, Leben und Tod.

Wechselhaft ist das Leben, so wechselhaft wie die Natur. Und nur bedingt kann der Mensch darauf Einfluss nehmen.

Was nutzen alle Reichtümer, wenn das Ende naht?

Was bleibt, ist, denen, die nach uns kommen, einen Hinweis zu hinterlassen, damit sie verstehen.

Jetzt ist das Meer ruhig, und die Stille umhüllt alles, auch das Ende.

Das Gefühl von Frieden ist so groß, dass es einem Angst macht.

Venedig, 1337

Hätte er auf einmal die gesamte Flotte der Ungläubigen vor sich gehabt, Salìm wäre nicht so aufgewühlt gewesen wie bei dem Weinen des hungrigen Kindes, das ihm in die Ohren plärrte.

Warum brauchte der Muqatil nur so lange?, fragte sich der junge Sarazene.

Sicherlich würde das ständige Weinen jemanden auf das Boot aufmerksam machen, das da im Dunkel der venezianischen Nacht in der Nähe des Klosters vertäut lag.

Ohne weiter zu zögern, beschloss der junge Mann, seinem Herrn zu Hilfe zu kommen, und mit demselben Seil, das auch Lorenzo und Floriano benutzt hatten, überwand er die Einfriedungsmauer.

Im Klosterhof angekommen, führte das Klirren aufeinanderprallender Klingen den Stellvertreter des Muqatil zu seinem Kommandanten.

Der Samurai führte die Hände, die den Griff des *Katana* fest umfassten, an den Brustkorb. Er bewegte sich mit federnden Schritten wie bei einem tödlichen Tanz, ohne den Blick von seinem Gegner zu lösen. Dann setzte Hito Humarawa mit der Geschmeidigkeit einer Katze seinen ersten mörderischen Hieb.

Lorenzo wich aus, sodass ihn die Klinge des *Katana* nur an der rechten Seite streifte. Allerdings brachte ihn die plötzliche Bewegung leicht aus dem Gleichgewicht, und er ließ, um seinen Körper wieder auszubalancieren, die linke Hand nach oben schnellen. Da blitzte die Klinge des Samurai durch die Luft und hieb dem sarazenischen Krieger die ersten Glieder des mittleren Fingers glatt ab, sodass sie auf den hölzernen Boden des Konvents fielen.

Inzwischen nahm es Floriano mit dem riesenhaften Chinesen auf. Der hielt ein Schwert in der Hand, doch Floriano war sofort klar, dass sein Gegner den Umgang mit der Klinge nicht gewohnt war, sondern nur auf seine Masse und seine Körperkraft setzen konnte. Dennoch stand Wu die Mordlust ins Gesicht geschrieben. Sein deformierter Mund zeigte ein schreckliches Lächeln.

Floriano stürzte nach vorn und zielte mit dem Säbel auf

den Bauch seines Gegners. Wu parierte den Schlag, konnte aber dem Fußtritt nicht entgehen, den ihm der Mann aus Piacenza in den Magen versetzte.

Florianos Fuß tauchte quasi in das Fett des Chinesen ein, doch der lächelte nur und griff erneut an. Floriano wich nur so weit aus, um die Attacke parieren zu können, dann vollführte er eine Pirouette und versetzte dem Riesen einen Hieb gegen den rechten Arm, wobei seine Klinge bis auf den Knochen drang. Wu hielt inne und schaute ungläubig auf die Wunde, die im ersten Moment aussah wie eine tiefe, weiß umrissene Kerbe, bis das Blut aus den durchtrennten Venen und Kapillargefäßen schoss.

Für einen Moment schien Wu verwirrt, dann umschloss seine Hand die gegnerische Klinge. Ohne auf den Schmerz zu achten, entriss er Floriano den Säbel und attackierte ihn wie ein verwundetes Rhinozeros mit gesenktem Haupt.

Floriano schaute sich blitzschnell nach einer passenden Waffe um und ergriff einen schweren Stuhl, der im Flur des Konvents stand, riss ihn mit aller Kraft, die ihm noch verblieben war, empor und traf damit den Kopf des Chinesen.

Wu sank bewusstlos zu Boden und sah aus wie ein tödlich getroffener Dickhäuter.

Lorenzo drückte seinen Fingerstumpf gegen die Tunika. Er hatte keine Zeit, sich um das Blut zu kümmern, das aus seiner Wunde pulsierte, dafür war der Samurai ein viel zu gefährlicher Gegner, der sein Schwert mit großem Geschick einzusetzen wusste.

Mit einer Finte verleitete Lorenzo den Samurai zu einem Angriff gegen seinen Brustkorb, der ohne Deckung schien. Doch als Humarawa die Einladung annahm und sich ihm dadurch näherte, sprang Lorenzo blitzschnell wieder in seine alte Position, parierte den Hieb und schlug im nächsten Moment mit seinem Säbel nach dem Japaner.

Ungläubig presste der seine Hand auf die rechte Seite, und

als er sie wieder fortzog, war sie ganz und gar mit Blut besudelt.

Nun wichen die beiden Duellanten voneinander zurück und kämpften wieder auf Distanz gegeneinander, wobei sie ständig den Schwachpunkt des anderen suchten.

Salìm kam polternd in den Flur gestürzt. Hito Humarawa wandte ihm den Rücken zu, denn es blieb ihm nichts anderes übrig, wenn er nicht von Lorenzo aufgespießt werden wollte.

Salìm stürzte sich ohne zu zögern von hinten auf den Mann, der es wagte, seinen Herrn zu bedrängen, und bohrte ihm die Klinge seines Säbels knapp unterhalb des rechten Schulterblatts in den Leib. Humarawa sank auf die Knie, während sein Atem zu einem unheilvollen Zischen wurde.

Da senkte Lorenzo die Klinge auf die Kehle seines kraftlosen Gegners hinab, doch er stieß nicht zu. Die schwarzen Augen des japanischen Kriegers ließen keinerlei Angst erkennen.

»Wohin habt ihr Diletta gebracht?«, fragte Lorenzo und drückte die Klinge gegen die Halsschlagader des Samurai.

Der andere antwortete nicht, sondern hielt nur seinen Blick auf den Mann gerichtet, der sein Leben in Händen hielt.

»Sag mir, wohin ihr sie gebracht habt, und dein Leben wird verschont.«

Doch der Samurai schwieg, dann wurde die Farbe seines Gesichts wachsbleich, sein Blick trübte sich, und er verlor das Bewusstsein.

Nun herrschte wieder Stille im Inneren des Konvents, doch hielt sie nur wenige Augenblicke an, dann riefen die Oberin und die anderen Nonnen laut um Hilfe.

»Los, verschwinden wir von hier!«, befahl Lorenzo, während er seinen Säbel wieder in die Scheide steckte. Salìm aber zog seinen Dolch hervor, um dem verwundeten Samurai den Todesstoß zu versetzen.

»Halt! Was tust du da, Salìm?«, rief Lorenzo, der Muqatil.

»Ich schicke ihn in die Ewigkeit zu seinen Höllengöttern«, antwortete Salìm.

»Ein solcher Kämpfer hat es verdient, in der Schlacht zu sterben. Überlass es höheren Mächten, sein Leben einzufordern. Offenbar ist der barmherzige Gott der Ansicht, dass seine Zeit noch nicht gekommen ist und ein so tapferer Kämpfer wie er mit der Waffe in der Faust sterben soll.«

In den nebligen Calli waren noch viele Nachtschwärmer unterwegs, die von irgendeiner lärmenden Karnevalsfeier kamen.

Während der Muqatil und seine Männer den Konvent nach Diletta absuchten, lockten die Hilferufe der Nonnen einige Neugierige herbei, die nach ihren ausgiebigen Zechgelagen ein wenig frische Luft brauchten.

Doch keiner von ihnen hatte den Mut, es mit den drei bewaffneten und zu allem entschlossenen Männern aufzunehmen, die wild wie die Furien aus dem Eingang des Klosters jagten, um dann in dem Nebel, der die Stadt einhüllte, unterzutauchen und an Bord ihres Bootes zu gehen, das auf sie wartete.

Februar 2002

Die Stadt quoll über vor Touristen, die die Einwohnerzahl Denvers von etwas über einer halben Million beinahe verdoppelten. Es war die beginnende Wintersaison, die diese Unmenge von leidenschaftlichen Skifahrern und anderen Wintersportlern in die Hauptstadt von Colorado zu Füßen der Rocky Mountains lockte.

Denver war im Jahre 1859 entstanden, als Ausgangspunkt für die Goldsucher, die geblendet von der Hoffnung auf unermesslichen Reichtum in die gefährlichen Territorien der

Arapaho und Cheyenne aufbrachen und denen wenig später kleinere Gruppen von Pionieren folgten. Der Armeegeneral William Larimer hatte beschlossen, sämtliche Goldgräberlager zusammenzulegen, damit daraus eine Stadt wurde. Zu diesem Zweck ließ er sich von dem damaligen Gouverneur James Denver eine Konzession für die Gründung einer städtischen Siedlung erteilen, wofür er versprach, der neuen Stadt den Namen des Gouverneurs zu verleihen. In den Jahren, die dem Goldrausch folgten, wandelte Denver tausend Mal sein Gesicht, bis es schließlich zu einem kulturell und wirtschaftlich bedeutenden Zentrum der USA wurde.

Während seiner tausenddreihundert Kilometer langen Fahrt von Las Vegas zur Hauptstadt von Colorado hielt Oswald Breil eine konstante Geschwindigkeit von neunzig Stundenkilometern. Er wollte nicht riskieren, dass irgendein eifriger Polizist wegen einer banalen Geschwindigkeitsüberschreitung seine Personalien aufnahm. Er musste allein sein und fern von der Welt, um in der Deckung der Anonymität seinen Plan auszuarbeiten und voranzutreiben.

Ungefähr zwanzig Stunden zuvor hatte er das Glamour-Hotel in Las Vegas verlassen, froh, nicht allein gegen so gefährliche Feinde wie Yasuo Maru und die Yakuza kämpfen zu müssen, an deren Spitze der Herr der Wasser stand. Das Letzte, was er vor seiner Abreise erledigt hatte, war die Niederschrift seines Rücktrittsgesuchs. Der per Eilpost abgesandte Brief würde wenige Stunden später auf dem Tisch des Präsidenten der Republik Israel und des stellvertretenden Premierministers liegen.

Breil fuhr auf der Staatsstraße 70, an den Gebäuden des Denver Federal Center vorbei. Auf dem Beifahrersitz lag eine zusammengefaltete Zeitung. Das Foto auf der Titelseite zeigte den israelischen Premierminister während des kürzlich stattgefundenen Geheimtreffens mit dem Vertreter der Palästinenser. Die Beweise für Breils Bestechlichkeit schienen erdrückend.

Doch das war nicht die einzige Nachricht, die Oswald Sorge bereitete. Ein Teil der ersten und die gesamte zweite Seite der amerikanischen Tageszeitung befassten sich mit dem schweren Attentat, das auf die Aquädukte der beiden größten chinesischen Städte verübt worden waren.

Peking und Shanghai waren achtundvierzig Stunden lang von jeder Wasserversorgung abgeschnitten, da das Trinkwasser mit giftigen Substanzen kontaminiert worden war. Glücklicherweise war durch die automatische Messung Alarm ausgelöst worden, bevor das Wasser ins Netz gelangt war, was zu einer Katastrophe von enormen Ausmaßen geführt hätte. Der Vorsitzende der Militärkommission Zhu Ling erklärte im Interview mit dem Korrespondenten der amerikanischen Tageszeitung, dass Water Enterprises als Vertragspartner für die Wasserlieferung des Militärs derzeit dabei war, Filter zu installieren, um das verunreinigte Wasser wieder trinkbar zu machen. Diese Filter, bestimmt für das Wasserversorgungsnetz des Militärs, waren sofort auf die zivilen Anlagen umgeleitet worden, und das in China stationierte Personal von Water Enterprises hatte sich gleich an die Arbeit gemacht. Innerhalb von weniger als zehn Tagen werde alles wieder in Ordnung sein, wobei die Filter eine Wiederholung ähnlicher Anschläge zukünftig wirksam verhindern würden. In der Zwischenzeit sorgte Water Enterprises mit seinem firmeneigenen Leitungssystem für die Notfallversorgung der Bevölkerung, wobei man sich der Wasservorräte des Militärs bediente.

Eine Organisation, die in Verbindung mit der Republik China auf Taiwan stand, hatte inzwischen die Verantwortung für die Terroranschläge übernommen.

Am Ende des Artikels unterstrich General Zhu Ling noch einmal die beiden Umstände, die die Katastrophe verhindert hatten: Zuerst hatten die automatischen Messinstrumente die mindestens fünfundzwanzig Millionen Einwohner von Shanghai und Peking vor einem Verhängnis nie gekannten

Ausmaßes bewahrt, und zweitens war Water Enterprises sofort nach Bekanntgabe der Messergebnisse aktiv geworden, um mit seiner hoch entwickelten Filtertechnik weiteren Schaden abzuwenden.

Wer auch immer der Auftraggeber für diese enorme Bedrohung gewesen sein mochte, so schloss Zhu Ling und nährte damit den Hass zwischen seinem Land und der Republik Taiwan, würde teuer dafür bezahlen.

Wenig später hielt Breil den Wagen vor einem einstöckigen Einfamilienhaus in der ruhigen Wohngegend Wheat Ridge.

»Wer ist da?«, fragte eine Stimme durch die Tür, nachdem er geklopft hatte. Sie zitterte leicht, doch es war unverkennbar, dass ihre Besitzerin eine lebhafte Frau war.

»Wenn *Mame-loshen* mich einlässt, verrate ich es ihr.« Oswald benutzte den jiddischen Spitznamen für die Person, die sich nach dem mysteriösen Autounfall, bei dem seine Eltern ums Leben gekommen waren, um ihn gekümmert hatte.

»Die amerikanischen Bundesbehörden«, sagte Bruno Milano zu Inspektor Iku, »bekamen Al Capone wegen Vergehen dran, die nichts damit zu tun hatten, dass er der Chef der Cosa Nostra war. Und soweit ich weiß, hat unser Freund Yasuo Maru ein Laster, das ihm mit Sicherheit einen langjährigen Aufenthalt in einem japanischen Gefängnis einbringen wird.«

Iku blieb zunächst still und sah weiterhin auf das Gebäude von Water Enterprises auf der anderen Straßenseite. Wenn auch nur ein Zehntel von dem, was ihm Milano offenbart hatte, der Wahrheit entsprach, war Maru einer der Köpfe des organisierten Verbrechens in Japan.

»Gut, Milano-*san*, Sie haben mich überzeugt«, brach Iku sein Schweigen. »Wir werden das private Treiben des Herrn der Wasser mal genauer unter die Lupe nehmen. Diese

Ermittlungen werden nicht allzu viel Staub aufwirbeln und keinen der mächtigen Freunde, die Yasuo Maru hat, verstimmen.«

Zwei Tage nach diesem Treffen drang die Polizei in die namhafte Geisha-Schule von Madame Genji Enshigoju ein und nahm sie wegen Zuhälterei fest. In dem umfangreichen und sehr ordentlich geführten Karteikasten, den die Ermittler in diesem Bordell für finanzkräftige Kunden entdeckten, fand sich zwar kein Hinweis auf Yasuo Maru, allerdings wurden etliche Abbuchungen für Flüge zwischen Tokio und Rio de Janeiro und zurück sichergestellt. Auffallend daran war, dass auf den Tickets von Japan nach Brasilien immer der Name eines angeblichen Ehepaars angegeben war, während der Rückflug für eine drei- bis vierköpfige Familie ausgestellt war. Zu dem Paar kamen immer sehr junge Reisende hinzu, angeblich Töchter der Eheleute. Insgesamt konnten fünf solcher Fälle nachgewiesen werden, bei denen Mädchen im Alter von zehn bis zwölf Jahren, so lauteten zumindest die Angaben der Fluggesellschaft, nach Tokio gereist waren, aber dann spurlos verschwanden.

Henry Vittard sicherte den letzten Haken des Stahlseils, dann hob er den Daumen und bedeutete dem Admiral mit Handzeichen, dass sich der anbrechende Sturm bereits in der Tiefe auswirkte. Sie mussten sich beeilen. Sobald sein Kopf die Wasserfläche durchbrach und er das Mundstück herausgenommen hatte, befahl er Etienne, rasch den Anker zu lichten. Der Elektromotor des Krans am Heck der *C'est Dommage* wurde von dem Heulen des stetig zunehmenden Schirokkos vollständig übertönt.

Vittard tauchte noch einmal, um zusammen mit dem Admiral das Fundstück bei seinem Aufstieg an die Wasseroberfläche zu begleiten.

In einer Sandwolke erhob sich das schwere Wrackteil vom

Boden. Einige wenige Augenblicke blieb es auf halber Höhe und schaukelte dabei langsam hin und her, bevor es dann weiter nach oben stieg.

Nachdem das antike, aber noch sehr gut erhaltene Holzteil die Wasseroberfläche durchbrochen hatte, gingen Vittard und Grandi an Bord. Sie legten ihre Taucherausrüstungen ab, dann versuchten sie, zusammen mit Jalard das Wrackteil zu bergen, was durch das heftige Schlingern des Katamarans erschwert wurde.

Etwa zwanzig Minuten lang mühten sie sich ab, dann gelang es ihnen, das Wrackteil direkt hinter dem Cockpit am Heck abzusetzen.

Die heftigen Stöße, die das Meer dem Schiff versetzte, ließen es beängstigend schwanken; nur noch wenige Minuten, dann würde die Angelegenheit mehr als kritisch werden, und die Wellen würden die *C'est Dommage* gegen das Riff von Punta Marsala werfen.

»Wir müssen sofort los«, sagte Vittard und betätigte den Starter des Motors.

Doch der Hilfsmotor mit seinen zweihundert Pferdestärken, der meistens für die Manöver im Hafen verwendet wurde, stieß bloß einige raue Huster aus, ohne richtig anzuspringen.

Rasch überdachte Vittard die Situation, die immer gefährlicher wurde. Der Bug stand im Wind, somit konnten sie noch die Segel setzen, die wegen der starken Böen gerefft worden waren. Fast ohne ein Wort zu wechseln, betätigten Jalard und Grandi die Winschen und Fallen, denn der Katamaran würde der Gewalt des Sturms bestimmt nur noch wenige Minuten standhalten können.

Einen Moment lang schien die *C'est Dommage* reglos im Wind zu stehen, dann begannen die Segel zu knattern, und Jalard holte den Anker ein. Vittard übernahm das Ruder, die Segel bauschten sich auf, und der Katamaran bewegte sich leicht krängend auf die Einfahrt der Bucht zu. Inzwischen hatte der Wind eine Geschwindigkeit von fast fünfzig Knoten erreicht, was fünfundneunzig Kilometern pro Stunde entsprach. Zufrieden lächelten sich die drei Männer an; sie schienen tatsächlich in Sicherheit zu sein.

Doch es blieb ihnen kaum Zeit, sich über ihr geschicktes Manöver zu freuen, denn ihre Sicht auf das offene Meer wurde auf einmal vom Umriss der *Shimakaze* verdeckt, die mit ihren einhundertzwanzig Metern Länge die Einfahrt der Bucht blockierte. Das frühere Schlachtschiff lag parallel zur Küstenlinie. Es schaukelte zwar heftig unter den seitlich anrollenden Wellen, doch es nahm ihnen jede Möglichkeit zur Flucht.

Einige Stunden, bevor die Nachricht von Madame Genji Enshigojus Verhaftung bekannt wurde, erfuhr Taka, Marus Privatsekretär, bereits davon. Sofort wählte er die Nummer, unter der er Yasuo Maru im Flugzeug von Water Enterprises, das auf dem Weg nach China war, erreichen konnte.

Die Geräusche der Triebwerke vom Typ General Electrics CF6, mit denen die Boeing 767–300 ausgestattet war, drangen nur gedämpft in den Salon hinter der Pilotenkanzel. Die restlichen fünfundfünfzig Meter des Flugzeugs nahmen drei komfortable Schlafzimmer sowie der Servicebereich und die Unterkünfte für das Personal ein, das den Herrn der Wasser auf seinen Reisen immer begleitete.

Als Taka den Herrn der Wasser über Madames Verhaftung unterrichtete, schien Maru dem keine größere Bedeutung beizumessen.

»Eine Person im Rotlichtmilieu muss nun mal mit so etwas rechnen, das ist Berufsrisiko.« Das war alles, was er dazu sagte.

»Da ist noch eine Kleinigkeit, Maru-*sama*«, fuhr Taka fort. »Der Beamte, der die Verhaftung durchgeführt hat, fragte Madame Genji Enshigoju nach ihrer Beziehung zu Ihnen.«

»Wie heißt dieser übereifrige Polizist?«

»Iku. Inspektor Iku vom einunddreißigsten Revier der Tokioter Polizei.«

»Ruf sofort unsere Freunde im Innenministerium an und lass über die vertraulichen Wege herausfinden, welche prestigeträchtigere Aufgabe diesem unermüdlichen Diener der aufgehenden Sonne zugewiesen werden kann. Wir sollten uns für eine schöne Beförderung für diesen Mann einsetzen.«

Die Welt ist doch voll von neugierigen Menschen, dachte Yasuo Maru, nachdem er das Gespräch beendet hatte. Doch ihm waren sämtliche Methoden bekannt, wie man diese Neugier zum Erliegen bringen konnte. Jetzt musste er seine Gedanken auf etwas anderes konzentrieren, denn das Flugzeug würde bereits in Kürze in Shanghai landen, und General Zhu Ling hatte ihm noch etliches mitzuteilen.

Voller Freude führte *Mame-loshen* Oswald in ihr Haus, wobei die alte Frau ständig liebevoll vor sich hinplapperte. »*Oy, oy, oy!* Mein Oswaldchen, was für eine Überraschung! Ezer, schau doch, wer uns besuchen kommt!«, sagte sie zu ihrem Gatten, der gerade Zeitung las.

Ezer erhob sich aus dem Sessel und sah ihn verwundert an. »Oswald, du? Ich hab gerade die *Sheqetz* gelesen. All diese verwerflichen Dinge, die über dich in der Zeitung stehen. Aber ich bin überzeugt davon, dass kein einziges Wort in dem Artikel der Wahrheit entspricht. *Nu?*«

»Ja, so ist es, Ezer, nichts davon ist wahr. Doch derjenige, der sich das alles ausgedacht hat, hat das sehr geschickt eingefädelt. Es wird nicht einfach werden, das Lügengebäude niederzureißen, das da zu meinem Schaden errichtet wurde.«

»Gewiss, Oswald«, meinte Ezer, »ich verstehe, was du damit sagen willst. Aber ich denke mal, dass du als Premierminister noch einige Pfeile im Köcher hast, mit denen du auf diese Verleumdungen antworten kannst und …«

»Verzeih, wenn ich dich unterbreche, Ezer, aber ich bin seit einigen Stunden nicht mehr Premierminister, was in Kürze auch offiziell verlautbart werden wird. Jetzt bin ich nur noch ein ganz einfacher Staatsbürger, der befürchten muss, dass sich einige seiner Freunde in ernster Gefahr befinden. Genau darüber wollte ich mit euch sprechen.«

»Kennen Sie dieses Mädchen?«, fragte Inspektor Iku und wies auf das Foto, das auf dem Tisch im Verhörzimmer lag. Es war kurz zuvor aus Brasilien eingetroffen und zeigte Gabriela, das von Yasuo Maru gekaufte und getötete Mädchen.

Madame Genji Enshigoju schüttelte den Kopf, doch Iku fuhr unbeirrt fort: »Wie aus dem Bericht der brasilianischen Polizei hervorgeht, gab ihre Mutter zu, dass sie das Mädchen vor ungefähr einem Monat an ein japanisches Ehepaar verkauft hat. Heute Vormittag haben wir zwei Ihrer Mitarbeiter verhaftet, und ihre Fotos wurden an die Polizei in Rio geschickt. Ich gehe fest davon aus, dass die Mutter des Mädchens die beiden identifizieren wird. Die Kleine hieß Gabriela und wurde vor zwei Monaten dreizehn Jahre alt.«

Bruno Milano saß in Ikus Büro, einer Art Glasbox im zweiten Stock eines modernen Gebäudes, und erhob sich, als der Inspektor, der gerade eine Pause bei Madame Genji Enshigojus Verhör machte, den Raum betrat.

»Sie ist ein verdammt harter Knochen, Milano-*san*«, sagte Iku und ließ noch einige zusätzliche Blätter Papier auf seinen bereits vollen Schreibtisch fallen. »In weniger als einer Stunde habe ich ein Treffen mit dem Polizeipräsidenten. Gut vorstellbar, dass unser Freund bereits seine Kontakte in den höheren Etagen instruiert hat.«

»Ich bin überzeugt, dass das die einzige Methode ist, Yasuo Maru aufzuscheuchen, damit er aktiv wird und einen Fehler begeht.«

»Ja, aber dann müssen wir seinen Gegenangriffen standhalten können. Ich befürchte ohnehin, dass ich ab morgen den Verkehr auf der Ginza Street regeln muss.«

»Sobald Sie das Verhör beendet haben, Inspektor Iku, besuchen Sie mich doch bitte in meinem Büro«, bat Milano. »Ich glaube, ich habe da etwas sehr Interessantes, das ich Ihnen zeigen möchte.«

Der Polizeipräsident von Tokio empfing Inspektor Iku mit ungewohnter Herzlichkeit. »Wie lange arbeiten Sie nun bereits für diese Dienststelle, Inspektor?«, fragte er mit verschwörerischem Lächeln.

»Seit neun Jahren und sieben Monaten«, antwortete Iku.

»Ich glaube, es ist an der Zeit, Ihre Verdienste endlich einmal entsprechend zu würdigen. Was würden Sie dazu sagen, wenn man Sie auf einen höheren Posten versetzt?«

»Ihr Vorschlag ehrt mich natürlich, aber vorher möchte ich meine derzeitigen Ermittlungen abschließen.«

»Aber, Inspektor Iku, wie wichtig Ihre Ermittlungen auch immer sein mögen, ich denke nicht, dass Sie deshalb auf eine Beförderung verzichten wollen. Den Fall kann jemand anders weiterbearbeiten.«

»Niemand anderer als ich selbst kann sich um diese Sache kümmern.«

»Nun seien Sie doch vernünftig, Inspektor«, versuchte der Polizeipräsident noch einmal, ihn umzustimmen. »Was Ihnen da angeboten wird, ist eine einmalige Gelegenheit.«

»Wenn ich offen sprechen darf: Auch die Spur, die ich gerade verfolge, ist eine einmalige Gelegenheit. Ich bin schon zu lange bei der Polizei, um nicht einen Fall von entscheidender Bedeutung zu erkennen. Meiner Meinung nach betrifft diese Angelegenheit die Sicherheit unzähliger Menschen, und wie ich das sehe, haben hochstehende Persönlichkeiten mit weitreichenden Beziehungen ihre Finger im Spiel, die sich mit Beförderungen und Geld unser Stillschweigen erkaufen wollen. Nur haben sie damit bei mir keinen Erfolg, denn ich werde niemals eine Beförderung akzeptieren, die mich von meinen Ermittlungen abhalten soll. Dagegen werde ich mich mit allen Mitteln wehren, und wenn ich meine Informationen an die Presse weitergeben oder sämtliche zuständigen Behörden einschalten muss. In beiden Fällen würde dann unweigerlich die schmutzige Wäsche der Tokioter Polizei in der Öffentlichkeit gewaschen, was sicher in niemandes Interesse wäre, nicht wahr, Herr Präsident?«

Iku wartete die Antwort seines Vorgesetzten erst gar nicht ab, sondern fuhr fort: »Ich ziehe es daher vor, Polizeiinspektor zu bleiben, und verzichte auf Beförderung und Gehaltserhöhung, um meine Spur weiterzuverfolgen, die mich sicher zu mancher Überraschung führen wird. Um ehrlich zu sein, ich glaube, dass die Zukunft unseres Landes in allergrößter Gefahr ist. Aus diesem Grund erlaube ich mir, von unseren Institutionen die größtmögliche Unterstützung einzufordern, Herr Polizeipräsident.«

Iku verabschiedete sich mit einer respektvollen Verbeugung und verließ das Büro des Polizeipräsidenten von Tokio.

Die Segel der *C'est Dommage* blähten sich, während der Katamaran hart am Wind auf die *Shimakaze* zusteuerte. Als sie das Kriegsschiff fast erreicht hatte, wies Vittard seine beiden Begleiter an, die Schoten der Segel zu vieren, während er selbst am Luvsteuerrad stand.

An Bord der *Shimakaze* beobachtete Grégoire Funet, wie sich der Katamaran näherte. Er hatte große Mühe, sich zu konzentrieren, da die hohen Dosen an Skopolamin, die er gegen seine Seekrankheit nahm, sein Denken verlangsamten.

»Die, die … werden mit uns noch zusammenstoßen … Nein, sie versuchen, am Bug an uns vorbeizukommen. Schnell, Kapitän, volle Kraft voraus! Blockieren Sie die

Durchfahrt zwischen uns und dem Festland. Sie dürfen uns nicht entkommen!«

Sofort setzte sich die *Shimakaze* in Bewegung und versperrte mit ihren riesigen Ausmaßen die Durchfahrt.

Vittard hatte nur auf dieses Manöver gewartet. Er änderte den Kurs um neunzig Grad, und auf einmal schien der Katamaran nur so über das Wasser zu fliegen. Während des Schiftens schlugen die Segel ein paar Sekunden lang hin und her, dann blähten sie sich wieder, während die *C'est Dommage* auf das Heck des japanischen Schiffs zusteuerte.

»Schnell, Kapitän, jetzt wollen sie am Heck vorbei! Volle Kraft zurück!«, rief Funet wie besessen.

»Es dauert ein paar Sekunden, bis das Schiff reagiert«, erwiderte der Kapitän, nachdem er den entsprechenden Hebel betätigt hatte. Langsam bewegte sich die *Shimakaze* in die gewünschte Richtung, als der Katamaran, der bereits nahe dem Heck des japanischen Schiffs war, ein zweites Mal abdrehte.

Vittard hielt seinen Blick fest auf die bedrohlich wirkenden Aufbauten des Kriegsschiffs gerichtet, die das Deck des Katamarans um mehrere Meter überragten. Sie waren sehr nah, fast zu nah an das andere Schiff herangekommen.

Dann jagte die *C'est Dommage* am Heck der *Shimakaze* vorbei, während dieses immer näher auf den Katamaran zurückte. Die stählerne Bordwand prallte gegen die Kante des rechten Ausläufers. Mit einem Blick schätzte Vittard die Schwere des Schadens ein, dann befahl er Grandi und Jalard, erneut die Segel zu vieren, und endlich lag das offene Meer vor ihnen.

Der Katamaran hatte es geschafft und die Blockade durchbrochen.

Grandi und Jalard stießen einen Freudenschrei über das geglückte Manöver aus.

»Es ist noch nicht vorbei«, mahnte Vittard. »Bald schon werden sie uns hinterherjagen, obwohl …«

»Obwohl was?«, fragten Grandi.

»Bei diesen Wind- und Meeresbedingungen können wir ihnen entkommen, auch wenn die Chance nur recht klein ist.«

Vittard drehte das Steuerruder und löste die Leinen der Segel, sodass der Katamaran mit Höchstgeschwindigkeit dahinschoss. Dann wandte er sich zu dem bedrohlich wirkenden Kriegsschiff um, das Punta Marsala inzwischen hinter sich gelassen hatte und sie verfolgte.

»Wir haben jetzt eine Geschwindigkeit von sechsundzwanzig Knoten, da werden sie, wie ich glaube, nicht mithalten können.«

Und tatsächlich verhinderten die riesigen Wellen, dass die Motoren der *Shimakaze* ihre siebzigtausend Pferdestärken ausspielen konnten. Der Abstand zu ihr vergrößerte sich immer mehr, während der Katamaran diese widrigen Meeresbedingungen nicht zu fürchten schien. Immer weiter entfernte sich die *C'est Dommage* von der Küste und fuhr aufs offene Meer hinaus.

Auf einmal jagte eine Rakete mit scharfem Pfeifen durch die Luft, und gleich darauf schien der Mast des Katamarans in Flammen zu stehen. Das gesamte Schiff erzitterte, und die Detonation war so heftig, dass sie in den Ohren der drei Seefahrer noch sekundenlang nachklang. Der Mast schwankte auf einmal nach rechts und nach links, bis er schließlich wie ein dürrer Zweig zersplitterte und in einem Gewirr aus Segeln und Schoten, Fallen und Wanten ins Meer stürzte.

Ungläubig betrachtete Vittard den etwa zehn Meter hoch aufragenden Stumpf, der alles war, was von dem Mast seines Schiffs geblieben war. An der Stelle, an der die Rakete ihn getroffen hatte, war er schwarz verkohlt, und Splitter des Projektils hingen noch darin.

Die *Shimakaze* ging längsseits. Vittard und seine Männer blickten zu dem Kriegsschiff empor, von dem aus zahlreiche

Männer ihre automatischen Waffen auf sie angelegt hatten. Zum Zeichen der Kapitulation hoben die drei Seefahrer die Hände.

Venedig, 1337

»Dein Leben für deine Tochter, Angelo Campagnola«, sagte der Muqatil, während er mit fester Hand die Klinge gegen die Halsschlagader des venezianischen Edelmanns presste.

»Woher soll ich wissen, wo man Diletta versteckt?«, fragte Campagnola, den Tod bereits vor Augen. Doch dann kam ihm die Idee, dass man sie zu Crespis Haus gebracht haben könnte, der der einzige Freund des Asiaten war. So wies er den Muqatil an, seine Gondel durch die nebligen Kanäle zu lenken, um ihn zu Dilettas Versteck zu führen.

Bei dem sanften Schaukeln des Boots hatte sich Lorenzos und Dilettas Tochter beruhigt, das Kind hatte aufgehört zu weinen und war eingeschlafen.

Nach wenigen Minuten Fahrt hielt die Gondel in der Nähe eines prächtigen Gebäudes. »Das ist der Palazzo, in dem der Kaufmann wohnt«, keuchte Campagnola. »Wenn sich Diletta dort nicht aufhält, habe ich keine Ahnung, wo man noch nach ihr suchen könnte.«

Februar 2002

Mit forschender Miene blickte sich Inspektor Iku um, als befürchtete er, das Büro des Abteilungsleiters für Wirtschaftsbeziehungen innerhalb der israelischen Botschaft könnte mit elektronischem Teufelszeug bestückt sein, das einem James Bond alle Ehre gemacht hätte.

Milano forderte ihn auf, sich zu setzen, dann legte er eine Mikrodisk in seinen Computer ein.

»Diese Dame in der Uniform einer Bürobotin von Water Enterprises ist Genji Enshigoju«, kommentierte er die Bilder auf dem Computerbildschirm. »Wie Sie sehen, Inspektor, schiebt sie einen ziemlich großen Wagen vor sich her. Auf dieser Aufnahme nun sehen Sie, wie sie das Gebäude von Water Enterprises wieder verlässt. Nun trägt sie keine Uniform mehr, sondern ist elegant in westlichem Stil gekleidet, und sie schiebt auch keinen Wagen mehr. Und genau um vier Uhr zwanzig an diesem Morgen fuhr am Lieferanteneingang von Water Enterprises der Wagen einer Wäscherei vor, zwei Laufburschen stiegen aus und verluden einen großen Leinensack.« Sofort zückte Iku sein Notizbuch, um den Namen der Wäscherei aufzuschreiben, der auf den Seitenflächen des Lieferwagens stand.

»Geben Sie sich keine Mühe, Inspektor. Im Umkreis von hundert Kilometern von Tokio gibt es keine Wäscherei dieses Namens. Stattdessen empfehle ich Ihnen, sich diese Daten zu notieren.« Milano hielt dem Inspektor ein Blatt Papier hin. »Es handelt sich um eine Überweisung von zweihunderttausend Dollar an Genji Enshigoju. Der Name des Auftraggebers lautet Yasuo Maru, und durchgeführt wurde der Transfer von einem Schweizer Kreditinstitut am Tag nach den Aufnahmen, die wir gerade gesehen haben.«

»Passt anscheinend alles zusammen«, sagte Iku. »Ein brasilianisches Mädchen, das an zwei Mitarbeiter von Genji Enshigoju verkauft wird, und zwei Tage später wird ein Wagen in das Gebäude von Water Enterprises geschoben, in dem man leicht ein Mädchen verstecken könnte. Wenige Stunden später holt eine Wäscherei, die es gar nicht gibt, einen großen, schweren Sack ab. Und unsere Freundin Enshigoju erhält die beträchtliche Summe von zweihunderttausend Dollar für einen ganz speziellen Dienst. Glauben Sie, dass dieses Mädchen noch am Leben ist, Milano-*san*?«

»Ich hoffe, dass ich mich irre, Inspektor Iku, aber ich denke nicht, dass sie überlebt hat, was immer man ihr antat«, antwortete Milano. Ganz bewusst ließ er nichts über den Inhalt des von Kuniko mitgehörten Telefonats zwischen Marus Privatsekretär und der angeblichen Wäscherei verlauten.

»Indizien … Das sind nur Indizien«, fuhr Iku mit einem wütenden Knurren fort. »Um einen der mächtigsten Männer der Welt festzunageln, brauchen wir mehr als ein paar Indizien, die ein mittelmäßiger Rechtsanwalt als bloße Verkettung schlichter Zufälle hinstellen wird. Wir sind in einer schwachen Position, Milano-*san*. Wir sind in einer *äußerst* schwachen Position, denn wir haben keinen einzigen Beweis.«

Da läutet Milanos Telefon.

Vor vielen Jahren waren Ezer und Lilith Habar nach Denver gezogen, nachdem Professor Habar, eine echte Koryphäe in Sachen Kernenergie, Direktor von Rocky Flats Plant geworden war, dem großen Atomwaffenzentrum an der Nordwestperipherie der Stadt. Davor hatten sie einige Jahre in einem Einfamilienhaus in Tel Aviv gelebt, in dem Lilith mehr aus Leidenschaft den Kindern aus der Nachbarschaft Jiddischunterricht erteilt hatte. Eines dieser Kinder mochte sie besonders gern, einen kleinen Jungen, dem es nichts auszumachen schien, dass seine Altersgenossen alle in die Höhe schossen, während bei ihm nur seine Intelligenz und seine Abenteuerlust wuchsen.

Als Oswald vierzehn Jahre alt war, klopfte ein Streifenpolizist an die Tür der Habars. Sichtlich bedrückt setzte er sie darüber in Kenntnis, dass ihre Nachbarn, die Eheleute Breil, bei einem Verkehrsunfall ums Leben gekommen waren. Lilith hatte Oswald die schreckliche Nachricht beibringen müssen, der als Einziger von der Familie Breil noch übrig war.

Die Frau kämpfte vor Gericht um das Sorgerecht für ihn, das sie nach einiger Zeit auch erhielt. Und so lebte Oswald bis zu seiner Volljährigkeit bei den Habars, danach trat er in die Fußstapfen seines Vaters und begann seine Karriere im israelischen Geheimdienst, schaffte es bis an die Spitze dieser Organisation und wurde schließlich israelischer Premierminister.

Dennoch blieb Oswald in all diesen Jahren der Lebensinhalt von *Mame-loshen*, die ihn mit der ganzen Liebe und Fürsorge einer Mutter großgezogen hatte.

Nun bezog er Ezers Arbeitszimmer, von wo aus er seine Armee leiten würde, eine Armee ohne Soldaten. Vielleicht hatte er das Glück, dass noch der eine oder andere seiner Getreuen übrig war.

Oswald nahm den Telefonhörer auf und wählte eine geheime Nummer in der israelischen Botschaft in Tokio.

Das japanische Schiff blieb so lange längsseits der *C'est Dommage*, wie nötig war, die Besatzung und das riesige Fundstück, das Vittard und Grandi geborgen hatten, umzuladen. Nach etwa einer Stunde befand sich alles, was von Wichtigkeit erschien, auf der *Shimakaze*.

Grégoire Funet empfing die Gefangenen wieder auf der großen Couch im Salon sitzend. Der Tisch vor ihm war über und über mit den Unterlagen bedeckt, die Marus Männer von der *C'est Dommage* geraubt hatten.

»Funet!«, rief Vittard zornig. »Ich wusste immer, dass du ein Hurensohn bist!«

»Beleidigungen werden dir nicht helfen, deine Freiheit wiederzuerlangen.« Funet machte eine Kopfbewegung hin zu einem der japanischen Besatzungsmitglieder, der daraufhin Vittard einen Faustschlag in die Nieren versetzte. Dann fuhr Funet fort: »Das ist, damit meinem früheren Kommilitonen und seinen Freunden klar wird, dass dies hier kein Scherz ist. Je eher ihr uns die notwendigen Informationen zur Bergung des kaiserlichen Schiffes gebt, desto weniger werdet ihr leiden.«

»Bastard!«, zischte Vittard, sobald er wieder soweit Luft holen konnte, dass er überhaupt sprechen konnte.

»Ich habe einige dieser Seiten kurz überflogen«, sagte Funet und deutete auf Saras ausgedruckte Übersetzung. »Mir scheint, ihr Inhalt ist sehr interessant. Vielleicht so interessant, dass ich auf eure Hilfe und die von Dr. Terracini verzichten kann.«

»Wo ist Sara?«, fragte Vittard.

»Sehr viel näher, als du glaubst, mein Freund. Du wirst deine gut aussehende Helferin sehr bald wiedersehen. Jetzt dreht euch mal um, dann werdet ihr Zeugen eines faszinierenden Schauspiels.«

Während er sprach, betätigte Funet einen Schalter, und die Blende vor der breiten Fensterfront des Salons öffnete sich wie ein Bühnenvorhang. Vittard sah, wie die *C'est Dommage* ungefähr zweihundert Meter von der *Shimakaze* entfernt von dem sturmgepeitschten Meer umhergeworfen wurde. Der Katamaran sah mit dem Stumpf, der vom Mast übrig geblieben war, und den zerfetzten, hin und her schlagenden Segeln wie ein verwundeter Raubvogel aus. Neben ihm lagen zwei Schlauchboote, und einige Männer in Matrosenuniform an Bord des Katamarans warfen alles ins Wasser, was schwamm – Rettungsringe und selbstaufblasende Floße.

»Sie simulieren einen Schiffbruch«, erkannte Grandi, während er die Szene beobachtete.

»Genau, Admiral«, bestätigte Funet perfide. »Denken Sie mal, was für ein Pech der große Skipper da gehabt haben muss, wo er doch die tückischsten Passagen der Weltmeere gemeistert hat. Und nun ist er im relativ sicheren Mittelmeer untergegangen.«

Die Männer verließen den Katamaran, der den tobenden Wellen kaum noch standhalten konnte, während seine Wasserlinie unerbittlich sank. Plötzlich bäumten sich die beiden Ausleger auf, und für einige Sekunden blieb das Schiff mit dem Heck nach oben stehen, bevor es für immer in den Fluten versank.

»Die Wassertiefe beträgt an dieser Stelle etwa tausendzweihundert Meter. Unmöglich, das Schiff noch zu bergen«, sagte Funet triumphierend. »Und was euch betrifft, werden wir noch sehen, was wir mit euch anstellen. Bis dahin dürft ihr die sprichwörtliche Gastfreundschaft der Asiaten genießen.«

Vier Besatzungsmitglieder mit entsicherten Waffen führten Vittard, Grandi und Jalard in die unteren Decks des Schiffs, bis vor die wasserdichte Tür eines Raums, die von zwei Männern bewacht wurde.

Die Tür wurde geräuschvoll aufgezogen, und Sara hob erschrocken den Blick. Sie sah Vittard und die anderen beiden Männer, die brutal in die Kammer gestoßen wurden.

Sara stand auf und schloss Vittard in die Arme, und Vittard drückte sie an sich. »Es tut mir so leid, Sara, dass ich dich in dieses schlimme Abenteuer mit hineingezogen habe.«

Sara legte sich den Zeigefinger auf die Lippen und deutete vielsagend um sich. Sicher gab es hier etliche Mikrofone, mit denen jedes Wort, das sie sagten, belauscht wurde.

»Sie haben mich gezwungen zu reden«, sagte sie überdeutlich, die Rolle einer Gefangenen spielend, die sich vor Angst und Verzweiflung nicht mehr zu helfen weiß. »Verzeiht mir!«

Kaum hatten sich die vier auf ihren Pritschen niedergelassen, ging bereits wieder die Tür auf.

»Vittard, ans Deck mit Ihnen!«, befahl einer der Wärter, die Maschinenpistole auf die Gefangenen gerichtet.

»Ich glaube kein einziges Wort von dem, was man da über Sie schreibt, Exzellenz.« Bruno Milanos Worte klangen wie ein unabänderlicher Treueschwur.

»Das freut mich«, antwortete Breil, der mehrere Tausend Kilometer entfernt war. »Wir sollten über die üblichen Kanäle miteinander in Verbindung bleiben, Herr Milano.«

»Einverstanden, ich warte auf Ihre Nachrichten.«

Als Milano auflegte, sah ihn Iku mit einem Ausdruck von ungläubiger Bewunderung an.

»War das etwa der israelische Premierminister Oswald Breil?«, fragte er.

»Der *ehemalige* Premierminister«, korrigierte ihn Milano. »Er ist inzwischen zurückgetreten.«

»Er ist eine Persönlichkeit mit sehr viel Einfluss«, meinte Iku.

»Eine Persönlichkeit, die sehr viel Einfluss *hatte*. Ich bezweifle, dass ein der Korruption beschuldigter Politiker noch Freunde unter den Mächtigen hat. Breil war es, der die Ermittlungen gegen Water Enterprises veranlasst hat, und seine Erfahrung wird uns sicher nützlich sein. Doch ich befürchte, dass wir auf seine wertvollen Kontakte kaum zählen können. Wir stehen diesem blutrünstigen Riesen Maru ganz allein gegenüber.«

»Ich möchte hierzu deine geschätzte Meinung hören«, sagte Funet, wobei er auf das Fundstück deutete, das Vittard und Grandi geborgen hatten.

Vittard sagte kein Wort.

»Offenbar willst du noch immer nicht reden. Ich gebe dir Zeit, deinen Standpunkt zu überdenken.«

Auf seinen Wink hin schlug der Bewaffnete, der Vittard bewachte, mit der stählernen Schulterstütze seiner Maschinenpistole zu. Vittard presste sich die Hände auf das blutende Gesicht, während Funet fortfuhr.

»Wenn du mir nicht sagen willst, was du über diesen Gegenstand weißt, musst du dir zumindest anhören, was ich darüber denke.« Funet wies mit ausgestrecktem Arm auf einige Details des geborgenen Wrackteils. »Siehst du diese Nägel, mit denen die Schiffswandung zusammengehalten wird? Ganz sicher stammen sie nicht aus dem alten Rom, sondern, wie ich vermute, aus einer späten Epoche des Mittelalters. Auf jeden Fall sieht es aus, als wäre dies hier der Teil eines Schiffsbugs, und das hier, diese zwei Horizontalachsen, lassen mich an einen mehrkieligen Schiffsrumpf denken, wie den einer Dromone. Allerdings scheint das Schiff einem Brand zum Opfer gefallen zu sein. Und diese eisernen Verstärkungen deuten auf einen Rammsporn hin, sodass es sich also um ein Kriegsschiff gehandelt hat.«

Funet machte eine Pause und referierte dann weiter wie ein Professor, der eine Archäologievorlesung hält. »Ich bin der Ansicht, dass dieses Wrack nichts mit dem Schiff des Kaisers zu tun hat. Vielleicht liegen dort unten gleich zwei Wracks übereinander. Hast du das nicht von Anfang an vermutet, Henry? Nun, jedenfalls werde ich Sara Terracinis Aufzeichnungen weiterlesen, bis die *Shimakaze* in Punta Marsala eingetroffen ist.«

»Grégoire Funet, du bist ein Verbrecher der schlimmsten Sorte«, sagte Vittard, während ihm das Blut übers Gesicht lief.

»Ich ein Verbrecher? Vielleicht ... Jedenfalls weißt du nicht, wozu ich fähig bin, Henry.«

Venedig, 1337

Aus dem Erdgeschoss drangen leise Geräusche an Dilettas Ohr, und sie meinte auch die Stimme des Kaufmanns zu hören, an den der Japaner sie übergeben hatte.

Die Tür zu dem Zimmer, in dem sie eingesperrt war, wurde geöffnet, und gleich hinter Crespis Gesicht sah Diletta das des Mannes, den sie so liebte.

»Ich wusste, du würdest mich finden«, sagte sie, während

sie ihm in die Arme fiel. »Bring mich weg von hier, ich bitte dich!«

Als sie ihr Gefängnis verließ, kam sie an ihrem Vater vorbei, den Salìm mit dem Säbel bedrohte. Zunächst sprach sie kein Wort mit ihm, sondern ging über eine Galerie auf die Treppe zu, die nach unten führte. Dann blieb Diletta stehen und betrachtete ihn lang, während ihr alle Enttäuschungen und Qualen, die sie in ihrer Gefangenschaft hatte erleiden müssen, wieder mit Macht ins Gedächtnis stiegen. »Meine einzige Schuld ist meine Liebe zum Muqatil, während Ihr mich für Taten büßen lassen wolltet, die ich nicht begangen habe. Doch ich versichere Euch, ich habe bezahlt, und zwar einen hohen Preis. Ihr dagegen habt jedes väterliche Gefühl für mich Eurer Gier unterworfen. Ihr wolltet mich mit diesem Greis verheiraten, statt mich mit dem Mann, den ich liebe, und mit dem Wesen, das ich unter meinem Herzen trug, glücklich werden zu lassen. Und deswegen habt Ihr mich zu einem Leben in Klausur verdammt. Ihr seid nicht mehr mein Vater.«

Auf einmal sprang Crespi nach vorn, rammte Salìm dabei zur Seite und warf sich mit aller Wucht gegen Diletta, die das Gleichgewicht verlor und die Treppe hinabstürzte. Crespi nutzte das wilde Durcheinander und eilte die Treppenstufen hinab, wobei er über Dilettas Körper stolperte. Doch sogleich raffte er sich wieder auf, erreichte das Erdgeschoss und rannte durch das Eingangstor hinaus.

Wie versteinert blickte der Muqatil auf die reglos daliegende Diletta, dann eilte er zu ihr hinab und beugte sich über sie. Sie war offensichtlich verletzt und kaum noch bei Besinnung.

»Lasst Crespi laufen, wir kümmern uns zunächst um sie«, entschied der Muqatil.

Das Boot lag vertäut im inneren Hafenbecken von Crespis Palast. Als die Männer des Muqatil ihre Kameraden mit der verwundeten Frau sahen, liefen sie ihnen eiligst entgegen. Wenige Augenblicke später wurde Diletta in das Boot gelegt.

Sie hatten gerade abgelegt, als das kleine Mädchen wieder zu schreien anfing. Diletta öffnete die Augen. »Das ist meine Tochter, nicht wahr?«, fragte sie leise.

»Ja, Liebste, das ist unsere Tochter«, antwortete der Muqatil.

»Gibst du sie mir, dass ich sie halten kann? Bitte.«

Zärtlich legte ihr der Muqatil das Kind in die Arme, das unter einem Bündel aus Decken fast zu verschwinden schien. Das kleine Mädchen hörte auf zu weinen, während Diletta ihre vor Milch schwellende Brust entblößte.

Kraftvoll begann die Kleine zu saugen, und Lorenzo di Valnures Augen füllten sich mit Tränen.

Langsam fuhr der Karren die Straße nahe der Stadt Mira entlang, als ein berittener Trupp von sieben Soldaten des Dogen die Insassen zum Halten aufforderte.

»Wir sind Schauspieler und waren für mehrere Karnevalsauftritte in Venedig«, erklärte der Mann, der auf dem Kutschbock saß.

Der Kommandant des Soldatentrupps stieg vom Pferd und ging misstrauisch um den Karren herum. Lorenzo und die anderen legten unbemerkt die Hände auf ihre Waffen.

Der Soldat schlug die Plane zurück. Im Inneren des Karrens saßen weitere Schauspieler, außerdem lagen noch einige Theaterkostüme und Bühnenhintergründe herum, die ziemlich zerschlissen waren und von denen die Farbe abblätterte.

Überzeugt davon, dass er wirklich eine der vielen zerlumpten Theatertruppen vor sich hatte, die sich während der Festtage durch Venedig drängten, ließ der Soldat die Plane wieder fallen. Doch als er den angeblichen Schauspielern bereits bedeuten wollte, sie sollten weiterfahren, hörte er ein Geräusch, das ihn stutzig machte. Es war Angelo

Campagnola, der gefesselt und geknebelt in einen großen Koffer eingesperrt war und nun die Wände seines Verstecks mit harten Fußtritten traktierte.

»Halt!«, versuchte der Soldat noch zu rufen, doch es war bereits zu spät. Schon sprangen die Männer des Muqatil mit den Waffen in der Faust vom Karren.

Es dauerte nicht lange, da Lorenzo und seine Männer Situationen wie diese kannten und selbst, wenn sie zahlenmäßig unterlegen waren, gut damit zurande kamen.

Dennoch hatte der Muqatil aus Vorsicht einen Mann zu Pferd abgestellt, der ihnen Rückendeckung geben und eventuelle Verfolger melden sollte. Es war Dario, der einige Meilen hinter ihnen geritten war, doch nun preschte er heran und rief aufgeregt, noch ehe er vom Pferde sprang: »Alarm, eine Abteilung Soldaten kommt geradewegs auf uns zu, mindestens fünfzig Mann. Sie werden uns bald eingeholt haben.«

Lorenzo hatte noch immer mit einem der Gegner zu tun, doch dann verwundete er ihn am Arm und rief seinen Männern zu: »Los, nehmen wir uns die Pferde der Soldaten und fliehen! Helft Diletta aufsteigen, sie wird zusammen mit mir reiten! Und du, Salìm, bindest dir das Kind auf die Brust!«

Vier Soldaten des Dogen lagen tot am Boden, und den Übriggebliebenen stand offenbar nicht der Sinn danach, sie zu verfolgen.

Nachdem sie einige Meilen zurückgelegt hatten, versteckten sie sich in einem Wald, und erst dort bemerkte Lorenzo, dass Dario fehlte.

Februar 2002

Nach den Anschlägen auf die Aquädukte der beiden größten chinesischen Städte hatten sich die internationalen Spannungen verschärft und beschränkten sich nicht länger bloß auf die beiden direkt betroffenen Länder. Zwischen China und Taiwan herrschte ein alter Groll, doch der Druck der westlichen Staaten, vor allem der USA, hatte bis dahin einen chinesischen Angriff abgewendet.

Die Rede des chinesischen Staatspräsidenten im Fernsehen wurde mit großer Neugier erwartet. Fast sämtliche Sender des Planeten würden die Worte des Mannes, von dem zu diesem Zeitpunkt der Weltfrieden abhing, live übertragen.

Oswald Breil saß vor dem Fernseher. In Colorado war es tiefe Nacht, als auf dem Bildschirm das Ereignis übertragen wurde.

»Das Terrorkommando, das diesen Massenmord an unschuldigen Menschen geplant hatte, wurde, nachdem es in einem Eilverfahren abgeurteilt wurde, heute Morgen hingerichtet. Die sechs Terroristen waren geständig und erklärten, in direkter Verbindung mit der Regierung von Taiwan gestanden und in ihrem Auftrag gehandelt zu haben.«

Der Gesichtsausdruck des chinesischen Staatsoberhaupts wirkte außerordentlich streng. Rechts neben ihm saß General Zhu Ling in Galauniform. »Die Volksrepublik China wird demnächst Beweise vorlegen, die die Verstrickung Taiwans in die jüngsten terroristischen Aktionen belegen, wenn ich auch die Geständnisse der Hingerichteten als hinreichend erachte. Mein Volk wird keine weiteren solcher Angriffe hinnehmen, die von jetzt an in jeder Hinsicht als kriegerischer Akt betrachtet werden.«

Breil schüttelte den Kopf. Er wusste noch nicht, wie Yasuo Maru in diese Sache verwickelt war, doch er war sich sicher, dass der Herr der Wasser in diesem heiklen, gefährlichen Spiel nicht bloß eine Nebenrolle innehatte.

Die *Shimakaze* fuhr in die Bucht von Punta Marsala ein. Das Meer schien sich nach der unheilvollen Sturmflut, die bis vor wenigen Stunden gegen die Küste gepeitscht war, endlich wieder zu beruhigen.

Kaum, dass das Schiff Anker geworfen hatte, ließ sich bereits die erste Tauchergruppe ins Wasser hinab. Funet stemmte sich wacker gegen die Seekrankheit und schaffte es, von Deck aus den Tauchgang zu verfolgen. Er hatte Saras Übersetzung der Memoiren des Lysikrates aufmerksam gelesen, und sie hatten jeden Zweifel ausgeräumt: Das goldene Schiff musste sich nur wenige Meter unter ihnen befinden.

»Wir sind am Ende«, sagte Vittard zu seinen Mitgefangenen. »Jetzt, da Funet Saras Übersetzung hat, ist unser Leben nichts mehr wert.«

Oswald Breil saß in dem Arbeitszimmer, das ihm Ezer überlassen hatte, und war sehr besorgt. Der Konflikt zwischen China und Taiwan konnte jeden Moment eskalieren, wobei die Konsequenzen bisher noch nicht einzuschätzen waren.

Der Computer meldete mit dem üblichen Signalton, dass eine Mail eingetroffen war. Oswald schrak zusammen, als er die E-Mail-Adresse von Sara Terracini erkannte.

<VERZEIHEN SIE, DR. BREIL. MEIN NAME IST DR. TONI MARRADESI, UND ICH BENUTZE SARAS COMPUTER UND IHR VERSCHLÜSSELUNGSPROGRAMM, DAMIT UNSER KONTAKT GEHEIM BLEIBT.>, schrieb er.

<DAS IST GUT, DR. MARRADESI. GIBT ES NEUIGKEITEN?>, antwortete Oswald.

<LEIDER KEINE ÜBER SARAS VERBLEIB. ABER ICH HABE GELESEN, WAS DIE ZEITUNGEN ÜBER SIE VERÖFFENTLICHEN, UND ICH DRÜCKE IHNEN HIERMIT MEINE UNEINGESCHRÄNKTE SOLIDARITÄT AUS. DOCH DAS IST NICHT DER GRUND, WESHALB ICH IHNEN SCHREIBE: NACHDEM WIR HERAUSGEFUNDEN HABEN, DASS ES SICH BEI DEM GEMÄLDE VON GAUGUIN MIT DEM NAMEN MESSE D'OROR UM EINE FÄLSCHUNG

HANDELT, HABE ICH ERMITTLUNGEN ANGESTELLT BEZÜGLICH VERSCHIEDENER AUSSTELLUNGEN, DIE ALLE AUF JAPANISCHEM BODEN STATTGEFUNDEN HABEN UND VON WATER ENTERPRISES GESPONSORT WURDEN. EINE DER AUSSTELLUNGEN AUS JÜNGSTER ZEIT TRUG DEN TITEL ›ITALIEN IN JAPAN‹, FÜR DIE EINIGE MEISTERWERKE DER ITALIENSCHEN SCHULE ENTLIEHEN WURDEN. ICH HABE AUCH DIESE GEMÄLDE ENTSPRECHEND UNTERSUCHT UND BIN ZU DEM UNUMSTÖSSLICHEN ERGEBNIS GELANGT, DASS VON DEM ›PORTRÄT EINER FRAU‹ (LA VELATA) VON RAFFAEL UND VON MINDESTENS ZWEI GEMÄLDEN VON BOTTICELLI, DAVON EINES MIT DEM TITEL ›DIE AUFFINDUNG DES ENTHAUPTETEN HOLOFERNES‹, EBENFALLS NUR PERFEKTE FÄLSCHUNGEN NACH ITALIEN ZURÜCKGESANDT WURDEN.>

<WEN HABEN SIE DAVON IN KENNTNIS GESETZT, DASS SOWOHL DER RAFFAEL ALS AUCH DIE BEIDEN BOTTICELLIS GEFÄLSCHT SIND?>, fragte Oswald.

<MOMENTAN NOCH NIEMANDEN, DR. BREIL. ICH WOLLTE MICH ERST MIT IHNEN BERATEN, BEVOR ICH DIE ITALIENISCHEN BEHÖRDEN INFORMIERE.>

<GUT, TONI. WARTEN SIE BITTE MEINE INSTRUKTIONEN AB.>

Oswald beendete die Verbindung, nachdem er sich von Marradesi verabschiedet hatte.

Dann schrieb er eine neue Nachricht, in der inständigen Hoffnung, dass Bruno Milano sein E-Mail-Postfach öfter abfragen würde.

Bruno Milano betrat sein Büro, schaltete den Computer ein und loggte sich ins Internet ein. Er erkannte sofort den Absender der verschlüsselten Nachricht und wirkte, nachdem er die Mail gelesen hatte, als wäre er vom Blitz getroffen worden.

»Der Lift hinter der Bücherwand!«, rief er, während er den Telefonhörer aufnahm.

»Inspektor Iku«, sagte Milano wenig später, »ich glaube, Sie sollten mich rasch in meinem Büro aufsuchen.«

»Ich beglückwünsche Sie zu Ihrer Arbeit, Funet.« Zum ersten Mal hörte der Franzose einen Anflug von Zufriedenheit in Marus Stimme. »Hätte ich nicht einige unaufschiebbare Verpflichtungen, wäre ich bereits auf die *Shimakaze* gekommen. Doch sagen Sie, wie kommen Sie mit der Arbeit voran?«

»Der Meeresboden wurde durch einen heftigen Sturm völlig aufgewühlt, sodass unsere Männer beim zweiten Tauchgang das Teilstück eines Masts entdeckt haben, das aus dem Sand ragte. Bei den vorangegangenen Tauchgängen war es noch nicht zu sehen gewesen und bei den seismografischen Untersuchungen auch nicht zu sehen, da das Stück hinter einem großen Felsbrocken in der Mitte der unterseeischen Ebene im Sand lag. Ich habe mir die Aufnahmen der Taucher angeschaut und bin mir fast sicher, dass es sich um den Mast eines antiken römischen Schiffs handelt.«

»Gut gemacht, Funet. Machen Sie weiter. Ach, und den Ballast, den brauchen wir nicht länger.«

Yasuo Maru beendete das Gespräch genau in dem Augenblick, als der chinesische Staatspräsident und seine engsten Mitarbeiter auch die Pressekonferenz für beendet erklärten.

Zhu Ling stellte dem Herrn der Wasser den Staatspräsidenten der Volksrepublik China vor.

»Meine Nation ist Ihnen und Ihren Mitarbeitern zu unendlichem Dank verpflichtet, denn Sie haben Millionen von Bürgern vor großem Schaden bewahrt«, sagte der Staatspräsident, während er Maru die Hand schüttelte und mit dem Kopf eine Verneigung andeutete.

»Eine Verkettung glücklicher Umstände sowie die richtigen Anlagen zur rechten Zeit am richtigen Ort haben uns dies ermöglicht, Herr Präsident«, antwortete Maru.

»China wird Ihnen seine Dankbarkeit unter Beweis stellen, Herr Maru.«

Die sechs Männer schwammen in dem dunklen Wasser dicht nebeneinander. Sie konnten keine Unterwasserfackeln verwenden, denn deren Leuchten hätte man im kristallklaren Wasser noch von Favignana aus an der Oberfläche gesehen. So war ihre einzige Orientierungshilfe ein beleuchteter Kompass, den jeder von ihnen am Handgelenk trug. In der gleich bleibenden Tiefe von etwa zehn Metern bildeten sie eine Formation. Sie waren mit Sauerstoffflaschen ausgerüstet, wie das Militär sie benutzt und die keine Luftblasen an die Oberfläche dringen lassen. Rasch glitten sie über die große Sandfläche von Punta Marsala und verharrten erst unter dem Kiel der *Shimakaze.*

»Ich muss Sie warnen, Inspektor Iku«, sagte Bruno Milano. »Sie setzen nicht nur Ihre Karriere aufs Spiel, sondern auch Ihr Leben.«

Iku betrachtete ihn nachdenklich. Jetzt wirkte er nicht mehr wie der Held eines Kriminalfilms, sondern wie ein Gesetzeshüter, der zu oft dazu verdammt gewesen war, nichts anderes tun zu können, als Katzen von Fenstersimsen zu retten oder sich die Fantastereien älterer Damen anzuhören. »Wenn man sich auf so einen Job einlässt«, sagte er, »muss man gelegentlich das eigene Leben riskieren. Und was meine Karriere betrifft, da habe ich mit dreiundvierzig aufgehört, mir noch irgendwelche Hoffnungen zu machen. Also weiter, Milano-*san*. Sagen Sie mir, was Sie vorhaben.«

Milano legte den Finger auf das Foto des Wolkenkratzers von Water Enterprises, und zwar genau auf den Bereich zwischen dem Hubschrauberlandeplatz und Yasuo Marus Privatwohnung.

»Diese etwa dreieinhalb Meter fallen bei den Dimensionen des Gebäudes kaum auf, und man könnte denken, dass es sich dabei um eine Art Servicebereich handelt, von dem aus der gesamte Wolkenkratzer versorgt wird, und dass sich dort nur Vorratsbehälter für Wasser, Überwachungsmonitore für die Kameras, eine zentrale Klimaanlage und Ähnliches befinden.« Milano machte eine Pause, als wollte er sich Ikus vollständiger Aufmerksamkeit versichern, dann fuhr er fort: »Ich weiß aber, dass dieser Bereich eine Art doppelter Boden ist und Marus geheime Schätze beherbergt.«

»Welche Schätze, Milano-*san*?«

»Wir sind davon überzeugt, dass Marus Leidenschaft für Gemälde und andere Kunstwerke ihn zu illegalen Aktionen verführt hat. Es wurden verschiedene europäische Meisterwerke, nachdem sie in mehreren von Water Enterprises gesponsorten Ausstellungen gezeigt wurden, durch detailgetreue Kopien ersetzt.«

Dann schilderte Milano ausführlich, wie er in Marus Privaträume eingedrungen war. Er beschrieb das Paneel, hinter dem sich ein in der Bibliothek versteckter Lift verbarg, und gab die wenigen Worte wieder, die er aufgeschnappt hatte, als der Herr der Wasser seinen Sekretär dafür lobte, Kuniko Sagashi niemals über den Weg getraut zu haben.

»Sind Sie tatsächlich davon überzeugt, dass in dieser Art Bunker Marus Privatsammlung versteckt ist?«

»Ja, das bin ich. Dort befinden sich Kunstgegenstände, wie sie die meisten Menschen nie zu Gesicht bekommen.«

»Beschaffen Sie mir umgehend eine schriftliche Bitte um Amtshilfe von den europäischen Behörden. Wenn ich die einem unbestechlichen Richter vorlege, der sich nicht vor Maru fürchtet, kann ich vielleicht einen Durchsuchungsbefehl für Water Enterprises erwirken.«

Vittard betrachtete die Dichtungen aus dunklem Gummi, die von der schweren Stahltür der Kajüte, in der sie eingesperrt waren, zusammengedrückt wurden. Ein furchtbarer Verdacht stieg in ihm auf. Welchen Sinn machte es, eine Kajüte mit einer wasserdichten Tür auszustatten? Es sei denn …

Auf einmal lenkte ein Geräusch über ihnen seinen Blick zur Kabinendecke, wo plötzlich durch zwei dicke Rohrleitungen, die scheinbar der Belüftung dienten, zwei mächtige Strahlen Salzwasser in den engen Raum schossen.

13

Piacenza, Schloss der Grafen von Valnure, 1337

Die schwerste Verletzung, die sich Diletta bei ihrem Sturz zugezogen hatte, war offenbar ein gebrochener Arm, der nunmehr, nach zwanzig Tagen, auf dem Weg der Besserung schien.

Während der Zeit, in der sie als Gäste im Schloss von Lorenzos Ahnen weilten, genossen der Muqatil und seine Gefährtin zum ersten Mal die Freuden eines ruhigen Familienlebens.

»Werden wir jemals die Gnade erfahren, ohne Angst leben zu können?«, fragte Diletta.

»Als Emir in Tabarka führt man ein gänzlich anderes Dasein, als wenn man auf Raubzug auf See ist«, antwortete der Muqatil. »Ich bin sicher, dass wir von jetzt an in Frieden zusammen sein können, meine Liebste. Natürlich unter der Voraussetzung, dass unsere Feinde nicht versuchen, die Stadt erneut in ihre Gewalt zu bringen. In ungefähr zwei Wochen wird das Schiff eines mir treu ergebenen Kaufmanns aus dem Hafen von Livorno auslaufen. Möge Gott, dass du dich bis dahin wieder erholt hast. Bis nach Tabarka ist es eine lange Reise.«

»Mach dir keine Sorgen, mir geht es bereits viel besser. Und trotz meiner Verletzung habe ich ja unsere Flucht aus Venedig sogar zu Pferd bewältigt.«

Die Atmosphäre in den Kerkern von Venedig war gespenstisch. Hito Humarawas Augen schienen im flackernden Schein der Fackeln zu leuchten.

»Er ist der Einzige, den wir ergreifen konnten, Herr, aber

er weigert sich zu reden«, sagte ein Soldat des Dogen zu dem Japaner.

»Ich kenne viele Arten, einen Mann zum Sprechen zu bringen.« Ein bösartiges Lächeln verzerrte das Gesicht des Samurai zu einer Grimasse.

Dario, einer der Getreuen des Muqatil, hing mit gesenktem Kopf und nach oben gereckten Armen an zwei schweren Ringen aus Holz an der feuchten Zellenwand.

Als die Zellentür geöffnet wurde, blickte er auf und sah Hito Humarawa, der den Kerkermeistern befahl, die Tür hinter ihm wieder zu verschließen.

Mehrere Stunden später klopfte Humarawa an die Zellentür, und ein zufriedener Ausdruck lag in seinem Gesicht. Hinter ihm lag Dario, dessen Leib nur noch ein blutiger Klumpen Fleisch war und der nach unbeschreiblichen Qualen, die er erlitten hatte, sein Leben ausgehaucht hate.

Februar 2002

»Das ist also das Schicksal, das sich Funet für uns ausgedacht hat«, sagte Sara und sprach so laut, dass sie das Brausen des Wassers übertönte, das ihr bereits bis zur Brust stand.

»Wahrscheinlich wird man unsere Körper in der Nähe des Wracks der *C'est Dommage* treiben finden«, antwortete Grandi, ohne einen Funken Angst erkennen zu lassen.

»Wir sollten alles versuchen, um unserem französischen Freund und seinen Auftraggebern die Party zu verderben«, meinte Vittard und tauchte, gefolgt von Etienne Jalard, in der Nähe der wasserdichten Tür ab.

<ICH HABE GUTE KONTAKTE ZU EINIGEN BEAMTEN DES ITALIENISCHEN DENKMALSCHUTZAMTS>, schrieb Toni Marradesi an Oswald Breil. <ICH GLAUBE, ICH KANN

ES HINKRIEGEN, DASS MAN SICH DORT MIT EINEM ERMITTLUNGSERSUCHEN DIREKT AN DIE JAPANISCHE POLIZEI WENDET. DOCH ICH MACHE MIR SORGEN UM SARA, DR. BREIL.›

‹DIE MACHE ICH MIR AUCH›, antwortete Oswald. ‹SCHON SEIT SIEBEN TAGEN HABEN WIR KEINE NACHRICHT MEHR VON IHR. ABER ICH BIN ÜBERZEUGT, ALLES IN DIE WEGE GELEITET ZU HABEN, UM IHR LEBEN ZU RETTEN. WIR MÜSSEN MIT GRÖSSTER DISKRETION UND SEHR SCHNELL HANDELN.›

‹ICH WERDE MICH BEEILEN. IN WENIGEN STUNDEN, DAS VERSPRECHE ICH, WIRD DER JAPANISCHE INSPEKTOR DAS ERMITTLUNGSERSUCHEN DER ITALIENISCHEN BEHÖRDEN AUF SEINEM SCHREIBTISCH HABEN.›

Anschließend kontaktierte Breil Hauptmann Bernstein, der ihn in einer E-Mail gebeten hatte, sich sofort mit ihm in Verbindung zu setzen.

Das Zwischendeck ragte ungefähr drei Meter weit über die Wandungen der *Shimakaze* hinaus. Durch eine elektronische Vorrichtung konnte ein Teil davon bis etwa fünfzig Zentimeter über die Wasseroberfläche abgesenkt werden und diente als Landungssteg. Zwei große Schlauchboote für die Taucher waren dort an Pollern vertäut.

Die beiden Männer, die gerade Wache schoben, gingen auf der schmalen Plattform auf und ab und unterhielten sich miteinander auf Japanisch.

Plötzlich wurden sie von zwei präzisen Schüssen, die durch einen Schalldämpfer kaum hörbar waren, mitten in die Stirn getroffen. Fast gleichzeitig und ohne noch einen Laut von sich zu geben, sanken die beiden nieder, worauf die sechs Männer des mysteriösen Kommandotrupps die Plattform erklommen und ihre jetzt nutzlose Taucherausrüstung im Meer versenkten.

»Wir kommen hier einfach nicht raus«, sagte Vittard, als er zum wiederholten Mal wieder auftauchte. Inzwischen reichte das Wasser bereits bis knapp dreißig Zentimeter unter die Kabinendecke.

Die vier Gefangenen waren völlig erschöpft. Sie versuchten mit den wenigen ihnen verbliebenen Kräften die Arme zu bewegen, um die Köpfe in den noch mit Luft gefüllten und immer kleiner werdenden Raum zu halten. Nur noch wenige Minuten, dann würde sie nichts mehr vor dem Ertrinken retten können.

Fast lautlos huschten die sechs Männer des Kommandotrupps durch die menschenleeren Korridore der *Shimakaze*. Mit ihren Nachtsichtgeräten vor den Gesichtern wirkten sie wie eine Schar Außerirdischer. Es war nicht besonders schwer, die Kabine mit den Gefangenen ausfindig zu machen, denn davor saß ein Wachtposten auf einem Stuhl. Noch einmal spie eine schallgedämpfte Pistole den Tod aus, dann hockte der Wächter regungslos und mit ungläubigem Gesichtsausdruck vor der Gefängnistür.

Einer der Männer zog den Riegel zurück und drehte das kleine Rad, das die Tür luftdicht verschloss, dann warf ihn ein Wasserschwall an die gegenüberliegende Wand.

Es dauerte weniger als eine Minute, bis das Wasser aus der Zelle abgeflossen war. Fast fünf Zentimeter hoch stand es im Korridor, da plärrte auf einmal der Alarm los.

Vittard sah Sara an. Sie schien vor dem Tod keine Angst zu haben, obwohl die Kabinendecke nur noch wenige Zentimeter von ihrem Mund entfernt war und die Luft allmählich knapp wurde. Vor seinem geistigen Auge erschien Sylvie, die er einst sterben gesehen hatte.

Vittard hätte Sara noch so vieles sagen wollen, doch das Wasser drang ihm bereits über die Lippen. Sara, die in der letzten noch verbliebenen Luftblase nach Atem rang, las die

Verzweiflung in seinem Blick. Dann schlug das Wasser über ihr zusammen.

Jalard ertappte sich dabei, wie er ein Gebet zum Himmel sandte. Eine wahrhaft peinliche Art zu sterben. Vor allem für einen Agenten des Mossad, der schon so oft sein Leben riskiert hatte und dem es bislang immer gelungen war, mit heiler Haut davonzukommen. Guglielmo Grandi hingegen war der festen Meinung, dass das Leben eines Matrosen im Meer enden müsse, auch wenn er sich niemals hätte träumen lassen, *in* einem Schiff zu ertrinken. Das erschien ihm wie Hohn.

Saras Lungen schienen explodieren zu wollen, und sie folgte ihrem Selbsterhaltungstrieb und stieß sich nach oben ab. Überrascht stellte sie fest, dass ihr Kopf die Wasserfläche durchbrach und der Wasserspiegel rapide sank. Doch an ein Wunder wollte sie nicht glauben.

Augenblicke später ruderten sie alle vier wild mit den Armen zwischen den in der Kabine umherschwimmenden Gegenständen, während sie durch die Türöffnung nach draußen gespült wurden. Die sechs Männer im Korridor halfen ihnen, wieder auf die Beine zu kommen.

»Schnell, wir müssen sofort weg!«, sagte einer ihrer Retter. Eine Alarmsirene heulte, innerhalb kürzester Zeit würde ihnen die gesamte Schiffsbesatzung auf den Fersen sein.

Die »Abteilung 8200«, die unter dem Kommando von Hauptmann Bernstein stand, war wie ein unantastbarer Schrein, der die gesamten Informationen des Mossad barg. Die zweite, nicht weniger wichtige Aufgabe der Abteilung war es, dafür zu sorgen, dass diese Informationen den über die ganze Welt verstreuten israelischen Agenten zur Verfügung standen, während dieser Informationsfluss durch hochentwickelte Technik abgesichert und geheim gehalten wurde.

Voller Sorge wartete Bernstein darauf, dass Oswald Breil mit ihm Kontakt aufnahm. Als dann endlich dessen Codename auf dem Bildschirm erschien, stürzte er sich regelrecht auf die Tastatur seines Computers.

<ES FREUT MICH, DASS SIE OFFENBAR BEI BESTER GESUNDHEIT SIND, MAJOR.> Bernstein würde wahrscheinlich nie damit aufhören, Breil mit dem Dienstgrad anzusprechen, den er einst beim Mossad bekleidet hatte.

<ICH DANKE IHNEN, HAUPTMANN BERNSTEIN, AUCH WENN WIR ZURZEIT SCHWERWIEGENDERE SORGEN ALS MEINEN GESUNDHEITSZUSTAND HABEN.>

<GERADE UM IHNEN IHRE SORGEN ZU ERLEICHTERN, BAT ICH SIE, MICH UMGEHEND ZU KONTAKTIEREN.>

Piacenza, Schloss der Grafen von Valnure, 1337

In der Stille der Nacht tönten die Worte überlaut: »Öffnet, im Namen des Gesetzes!«

»Wer seid ihr, und was wollt ihr?«, entgegnete einer der Posten, die oberhalb des massiven Tors des Schlosses von Valnure auf Wache standen.

»Ich bin der Bote von Azzone Visconti, dem Herrn von Piacenza. Ich habe ein Beglaubigungsschreiben bei mir und befehle, mir umgehend das Tor zu öffnen und mich und mein Gefolge ins Schloss zu lassen.«

»Wartet, mein Herr. Ich werde meine Herrschaft, den Grafen, rufen«, antwortete die Wache.

Kurz darauf betrat Giacomo das Gemach, das er seinem Cousin Lorenzo, Diletta und dem kleinen Mädchen überlassen hatte.

»Schnell, Lorenzo. Da sind Männer, die ins Schloss wollen. Einer von ihnen ist ein Bote der Visconti. Er befindet sich in der Begleitung von etwa zwanzig Soldaten. Ich glaube, die suchen nach dir.«

Der Muqatil und Diletta erhoben sich augenblicklich und brachten das Zimmer so gut es ging in Ordnung. Dann nahmen sie ihr Kind und eilten eine Wendeltreppe hinab, die direkt in die Schlossverliese führte.

»Ich bin Giacomo di Valnure. Wer verlangt Einlass in mein Schloss?« Die Stimme des Grafen dröhnte vom Schilderhaus hoch über der Zugbrücke hinab.

»Ich bin ein Bote von Azzone Visconti, des Herrn von Piacenza, und verlange, eingelassen zu werden. Diese beiden Edelmänner, die mich begleiten, behaupten, in Eurem Schloss halte sich ein gefährlicher Flüchtling versteckt.«

Das Tor drehte sich schwer in den Angeln, während die Zugbrücke herabgelassen wurde. Begleitet von dem Getrappel und Schnauben ihrer Pferde, drängten sich die drei Männer und ihre Eskorte durch das Tor.

Angelo Campagnola sah sich aufmerksam um. Er richtete nur einige floskelhafte Höflichkeiten an den Hausherrn, dann setzten sich er und der ihn begleitende Asiate jeweils an die Spitze eines Trupps und begannen, das Schloss Zimmer um Zimmer zu durchsuchen.

»Dieses Eindringen mitten in der Nacht werdet Ihr mir büßen«, sagte Giacomo di Valnure zu dem Boten der Visconti. »Ihr werdet feststellen, dass sich kein gefährlicher Verbrecher innerhalb dieser Mauern einquartiert hat. Ich werde mich an Azzone Visconti persönlich wenden, damit er Eure Arroganz bändigt.«

Die Suche erstreckte sich über mehrere Stunden. Zuletzt betraten die Soldaten jenes Gemach, das bis vor Kurzem der Muqatil bewohnt hatte. Es sah ganz so aus, als wäre dieser Raum bereits seit langer Zeit nicht mehr benutzt worden.

»Seht Ihr, Signore Campagnola«, sagte der Bote des Herrn von Piacenza, »es versteckt sich niemand in diesem Schloss. Euer Verdacht war gänzlich unbegründet. Wir haben alles systematisch von unten nach oben abgesucht, ohne Ergebnis. Ich meine, wir sollten uns bei dem Grafen für dieses unsinnige Unterfangen entschuldigen und uns zurückziehen.«

»Ich bitte um Eure Vergebung, gnädiger Herr«, sagte Campagnola, während er sich vor Giacomo di Valnure verbeugte. »Doch stellt der Mann, nach dem wir suchen, eine Bedrohung für die gesamte Christenheit dar. Nur darum wagten wir es, Eure Ruhe zu stören.«

Die Mitglieder der Eskorte verließen bereits das Zimmer, da fiel der Blick des Asiaten auf einen Zipfel weißen Stoffs, der unter dem Bett hervorlugte. Ein unheilvolles Lächeln legte sich auf Humarawas Gesicht, als er erkannte, dass es sich dabei um eine Windel handelte, wie man sie für Neugeborene verwendete.

Februar 2002

Taka schien eher erbost denn verängstigt. Aufmerksam las er das Papier, mit dem ihm Inspektor Iku vor der Nase herumgewedelt hatte, dann beruhigte er sich, da er davon überzeugt war, dass die Durchsuchung keinerlei Ergebnisse bringen würde. Schließlich wurden sämtliche Objekte, die niemand zu Gesicht bekommen sollte, an einem sicheren, nur seinem Herrn zugänglichen Ort aufbewahrt.

»Darf ich erfahren, wer der Herr ist, der Sie begleitet?«, fragte Taka, wobei er auf Bruno Milano deutete. Er hatte ihn sofort als jenen Mann auf den Fotos erkannt, mit denen sie Kuniko Sagashi in die Zange genommen hatten.

»Ich habe einen Experten hinzugezogen, so wie es das Gesetz vorsieht«, antwortete Iku ausweichend. »Wenn Sie jetzt bitte so freundlich wären, uns in Herrn Marus Privaträume zu führen.«

»Einen Augenblick, ich möchte ihn zuerst benachrichtigen und unserem Rechtsbeistand Bescheid geben, Herr Inspektor.«

»Natürlich, das ist Ihr gutes Recht. Aber während Sie versuchen, Ihre Anwälte zu erreichen, werden wir uns schon mal ein wenig umsehen.«

Ungefähr eine Stunde lang hielten sich Iku, Milano und die sechs Polizisten in dem Penthouse auf, wobei sie jedes der dortigen Kunstwerke fotografierten und katalogisierten. Als sie das Lesezimmer betraten, ließ Taka nun doch eine gewisse Unruhe erkennen.

Milano steuerte entschlossen auf den Schreibtisch zu, auf dem das Tintenfass stand. Es sah aus wie ein ganz normaler Gebrauchsgegenstand, wenn auch der obersten Preiskategorie. Doch dann drehte er es ein wenig nach links, worauf sich eine Wand zwischen den Regalen hob und die gepanzerte Tür zu dem verborgenen Lift freigab.

»Sieh an, eine Geheimtür. Ich schlage vor, Sie nennen uns die Kombination, mit der man die Tür öffnet«, wandte sich Iku an den Sekretär. »Es sei denn, Sie wollen eine Anklage wegen Mitwisserschaft riskieren.«

»Ich kenne die Kombination nicht«, antwortete Taka, einem Nervenzusammenbruch nahe. »Die kennt nur Herr Yasuo Maru persönlich, der als einziger Zugang zu dem Tresorraum hat.«

»Gut, dann werden wir es selbst versuchen«, entschied Iku.

»Sie verletzen die Privatsphäre meines Arbeitgebers!«, behauptete Taka mit schriller Stimme.

»Vielleicht haben Sie den Durchsuchungsbefehl nicht genau gelesen. Ich bin durch den unterzeichnenden Richter ermächtigt, auch Tresore und gepanzerte Räume zu inspizieren, selbst wenn ich sie dafür aufbrechen muss. Kurz, ich habe das Recht, das gesamte Gebäude zu durchsuchen, und zwar so lange, wie ich es für nötig halte.«

Milano ging zu der Tastatur. Es schien, als trällerte er ein Liedchen vor sich hin, in Wirklichkeit aber versuchte er, sich an die Töne zu erinnern, die er in seinem Versteck gehört hatte, als Yasuo Maru die Kombination in die Tastatur eingegeben hatte.

Beim dritten Versuch leuchtete eine grüne LED-Anzeigelampe auf. Sein Gedächtnis hatte ihn also nicht im Stich gelassen. Spöttisch lächelte er Taka an, der plötzlich zusammenzuckte, denn auch sein Gedächtnis begann zu arbeiten, und ihm kam wieder der Abend im Moulin Rouge in den Sinn und die verlockende italienische Beute, die ihm entwischt war, als er im Alkoholrausch einfach eingeschlafen war. Er erinnerte sich an den schweren Kopf, mit dem er am nächsten Morgen wieder erwacht war, und an die Nachricht seines Fast-Liebhabers. Natürlich hatte er gleich nachgeschaut, ob der italienische Gigolo nicht etwa seine Brieftasche oder andere Wertgegenstände hatte mitgehen lassen. Erleichtert, dass dies nicht der Fall gewesen war, hatte er nur bedauert, dass ihm offenbar ein aufregendes Abenteuer entgangen war, das sich nicht mehr wiederholen ließ.

Doch nun sah er ihn wieder. Er trug zwar andere Kleidung, doch der Mann, der gerade in den geheimen Aufzug trat, war derselbe wie in jener Nacht. Taka fühlte sich wie verloren.

Einer der Männer des Kommandos lud sich den Kameraden auf die Schulter, der beim Öffnen der Kajütentür von dem Wasserschwall von den Beinen gerissen worden war; er schien ernsthaft verletzt zu sein. Dann machten sich alle auf den Weg durch die engen Korridore des Schiffsbauchs, wobei die Männer des Kommandotrupps die vier Flüchtlinge in ihrer Mitte hielten.

Ein erstes Besatzungsmitglied stellte sich ihnen in den Weg und wurde von drei bestens gezielten und ebenfalls schallgedämpften Schüssen niedergestreckt. Sara stieg über den Leichnam, ohne ihn anzusehen.

Jalard hatte um eine Waffe gebeten und sie auch erhalten. Nachdem sie einige Meter gegangen waren, flüsterte er dem Anführer des Kommandos zu: »Gebt mir eine Minute, ich muss noch etwas regeln.« Ohne eine Antwort abzuwarten, verschwand er durch eine Tür, die zu den oberen Decks führte.

Das Aufheulen des Alarms hatte Funet unsanft aus tiefem Schlaf gerissen. Er vermutete, dass die Sirene wegen eines Feuers ertönte, das an Bord ausgebrochen war, vielleicht auch wegen eines Wassereinbruchs. Niemals hätte er sich träumen lassen, dass es den Gefangenen gelungen war, dem grauenhaften Tod zu entrinnen, den er für sie vorgesehen hatte.

Rasch zog er sich an, doch als er aus seiner Kajüte trat, wurde ihm auf einmal die Mündung einer Pistole ins Gesicht gehalten.

»Jetzt kommst du mit mir, du verdammter Hurensohn«, befahl Jalard in einem Tonfall, der keine Widerrede duldete.

Funet nickte stumm.

Das Geräusch ihrer Schritte erfüllte den Korridor. Jalard presste Funet den Lauf der Pistole fest in die Seite und zwang ihn damit zum Weitergehen.

Als plötzlich zwei Besatzungsmitglieder der *Shimakaze* um eine Ecke kamen, glitt Funet rasch zur Seite, wodurch Jalard ohne Deckung war.

Geistesgegenwärtig warf sich Jalard zu Boden und eröffnete das Feuer auf die beiden Matrosen.

Der erste der beiden konnte nur mehr seine Pistole ziehen, bevor er tödlich getroffen zusammenbrach. Der Zweite aber schaffte es noch, zwei Schüsse abzufeuern, von denen einer Jalard am linken Arm traf.

Mit einem kurzen Blick schätzte der die Schwere der Verletzung ab, was Funet dazu nutzte, die zu Boden gefallene Waffe des toten Matrosen an sich zu nehmen.

Im selben Moment, als er sie auf Jalard richtete, hob dieser den Blick. Er wich schnell zur Seite aus, aber nicht schnell genug, um der Kugel noch entgehen zu können.

Doch bevor er das Bewusstsein verlor, schoss auch er, und

Funets erschrockenes Gesicht schien zu explodieren, während sein Blut die Korridorwand bespritzte.

<ICH HABE AUF EIGENE INITIATIVE WEITERERMITTELT UND SÄMTLICHE TELEFONANSCHLÜSSE VON YASUO MARU KONTROLLIERT>, schrieb Hauptmann Bernstein. <LEIDER STIESS ICH NUR AUF GESCHÄFTLICHE GESPRÄCHE. ES SCHEINT, ALS FÜHRTE MARU SEINE VERTRAULICHEN PRIVATTELEFONATE ÜBER EINE ABHÖRSICHERE VERBINDUNG. ALLERDINGS BESTÄTIGTE GENERAL ZHU LING MARU WÄHREND EINES GESCHÄFTLICHEN GESPRÄCHS, DASS DIE OPERATION ›HAVE A NICE DAY, CHINA!‹ PLANMÄSSIG VERLAUFE.>

<GUT, DASS SIE MICH DARÜBER INFORMIEREN, HAUPTMANN>, antwortete Breil. <HALTEN SIE MICH WEITERHIN AUF DEM LAUFENDEN.>

<MACHEN SIE SICH KEINE SORGEN, MAJOR BREIL. ICH STEHE WIE IMMER VOLL ZU IHRER VERFÜGUNG …>

Fassungslos und mit ungläubiger Miene starrte Inspektor Iku auf die Gemälde. Obwohl er kein Kunstexperte war, erkannte er dennoch, dass diese Sammlung viele der Meisterwerke enthielt, die man aus Schulbüchern kannte und die in den wichtigsten Museen der Welt ausgestellt waren. Trotzdem hingen sie auch an den Wänden dieses Geheimraums im obersten Stockwerk des Wolkenkratzers von Water Enterprises.

»Das reicht, um einen Haftbefehl für Yasuo Maru zu erwirken«, murmelte er.

»Sicher, obwohl das Fälschen und der Diebstahl von Kunstwerken das geringste Verbrechen ist, dessen sich der Herr der Wasser schuldig gemacht hat«, antwortete Milano, während er sich eine große Stahltür besah, durch die man mit großer Wahrscheinlichkeit in einen weiteren gepanzerten Raum gelangte. »Wir werden mindestens zwei Arbeitstage brauchen, um das hier zu öffnen. Unser Freund Taka wird sicherlich behaupten, dass er auch diesen Zugangscode nicht kennt.«

»Wir können ihn nicht hierlassen!«, sagte Vittard, während er einen raschen Blick auf seine Armbanduhr warf. Die Minute, die Jalard sich ausbedungen hatte, war längst vorbei.

Vittard ließ sich eine Waffe geben und lief den Weg, den sie gekommen waren, zurück. Inzwischen war der Alarm verstummt, doch das Geschrei der Matrosen und das Gescharre auf den oberen Decks machten deutlich, dass ihre Flucht entdeckt worden war.

Auf einmal tat sich vor seinen Augen ein Bild des Grauens auf. Funet lag auf dem Rücken, sein Gesicht war nur noch ein blutiger Klumpen, und unweit davon lagen die leblosen Körper von zwei Matrosen. Dann erregte ein klagender Laut Vittards Aufmerksamkeit. Das Stöhnen kam von einem vierten Mann. Es war Jalard, dessen Zustand Vittard nicht einschätzen konnte. Rasch lud er ihn sich auf die Schulter und eilte zum Landungssteg, wo ihn die anderen erwarteten.

»Fast hätten wir ohne Sie abgelegt, Vittard. Los, schnell! Hier wird gleich die Hölle los sein!«, rief der Anführer des Kommandotrupps. Dann bestiegen die sechs Männer und die vier vor Kälte steifen Flüchtlinge ohne ein weiteres Wort die beiden Schlauchboote.

Auf einmal hörten sie über ihren Köpfen aufgeregte Rufe auf Japanisch, während sie die starken Außenbordmotoren anließen.

Sofort hagelte eine Unzahl von Geschossen auf sie herab, die rings um die beiden Boote ins Wasser schlugen, während diese mit Höchsttempo von der *Shimakaze* davonbrausten.

»Wir sind außer Reichweite ihrer Waffen«, sagte kurz darauf der Bootsführer. »Sind alle in Ordnung?«

Vittard vergewisserte sich, dass seine beiden übrigen Freunde nicht verwundet waren, dann drehte er sich zu dem japanischen Kriegsschiff um. Und er sah, wie durch einen komplizierten hydraulischen Mechanismus ein großer Metallquader aus dem Bauch des Schiffs gehoben wurde, in dem er, obwohl er kein Waffenexperte war, einen hochentwickelten Raketenwerfer erkannte. Und Vittard wusste aus leidvoller Erfahrung, wie gut die Japaner damit umzugehen wussten.

Nur noch Sekunden, dann würden die beiden Schlauchboote von dem automatischen Zielsuchsystem des Raketenwerfers erfasst werden, und einen Augenblick später würde von ihnen allen keine Spur mehr übrig sein.

Da erzitterte die *Shimakaze*, und das Schiff wurde auf einmal von Feuer und hochspritzendem Wasser eingehüllt. Die acht mit Fernzündern versehenen Bomben, die die Männer des Kommandotrupps unter dem Bauch des Kriegsschiffs angebracht hatten, waren alle gleichzeitig hochgegangen. Die *Shimakaze* neigte sich leicht zur Seite, dann versank sie in dem nicht sehr tiefen Wasser vor Punta Marsala.

Der Mann, der das Schlauchboot lenkte, stieß einen triumphierenden Schrei aus und nahm gleichzeitig sein Nachtsichtgerät ab.

Jalard, der das Bewusstsein wiedererlangt hatte und auf dem Sitz am Bug lag, betrachtete lange das strahlende Gesicht ihres Retters.

»O Gott, Nino«, rief er, als er den Mann erkannte, dem sie ihr Leben verdankten. Es war der junge Fischer, der noch vor Kurzem an der *C'est Dommage* angelegt hatte.

»Kennt ihr euch, Etienne?«, fragte Admiral Grandi leicht verwundert.

»Eigentlich nicht«, antwortete Jalard mit schwacher Stimme. »Doch ich versichere euch, ich weiß, wo es den besten Fisch des ganzen Mittelmeers zu kaufen gibt.«

»Ein gewisser Herr Antonio hat angerufen und nach dir gefragt, Oswald«, berichtete Lilith Habar. »Und wie du es mir gesagt hast, hab ich ihm geantwortet, dass es hier keinen Oswald gibt. Da hat er mir die Nummer eines öffentlichen Telefons hinterlassen und gesagt, dass er die nächsten fünf Minuten in der Nähe der Telefonzelle auf deinen Rückruf warten wird.«

Oswald wählte die Nummer in Las Vegas. Wenige Augenblicke später hatte er Antony Sorrentino am Apparat.

»Ihren Freunden geht es gut, Oswald«, sagte er, »obwohl der eine oder andere ein wenig mitgenommen ist. Sie sind alle außer Gefahr, auch Frau Dr. Terracini. Ich habe meine Schuld beglichen, Herr Dr. Breil.«

Oswald legte den Hörer auf. Er fühlte sich von einer riesigen Last befreit, die ihn lange bedrückt hatte. Jetzt endlich konnte er gegen den Herrn der Wasser auf gleicher Höhe antreten.

Italische Halbinsel, 1337

Diletta war eine gute Reiterin und konnte mit Salìm und dem Muqatil sehr gut mithalten. Das kleine Mädchen war mit einem leinernen Tragebeutel auf die Brust seines Vaters gebunden, und so hatten sie bereits viele Meilen zurückgelegt. Ihre Rettung schien nicht mehr allzu fern, und schon lag der Duft eines neuen Lebens in der Luft.

Der Pfeil traf das Pferd des Muqatil in den Schädel. Es bäumte sich auf und stürzte dann wie vom Blitz getroffen.

Geschickt sprang Lorenzo di Valnure von seinem stürzenden Reittier, dann entledigte er sich rasch des Tragebeutels und übergab das Kind an Diletta.

Mitten auf dem Weg stand Hito Humarawa wie ein Gespenst aus der Hölle. Er trug seine Samurai-Rüstung und die schreckliche Maske aus Gold vor dem Gesicht, die für den Muqatil inzwischen zu einem Fluch geworden war.

»Flieht!«, befahl Lorenzo di Valnure. »Bringt euch in Sicherheit!« Dann versetzte er Dilettas Pferd einen Klaps auf die Flanke, sodass es losgaloppierte, dicht gefolgt von Salìm, der schweren Herzens dem Befehl seines Herrn folgte.

»Nun zu uns beiden«, sagte der Muqatil und zog den Säbel.

Die drohenden Augen des Samurai leuchteten unheilvoll, was durch die kriegerische Maske umso tückischer wirkte. Hito Humarawa wechselte rasch seine Deckung und begann seinen Totentanz. Mit beiden Händen hielt er das *Katana*, das er blitzschnell kreisen ließ.

Der massige Wu hielt sich abseits und fügte sich damit Humarawas Befehl. Der Samurai hatte ihm gesagt, dieses Duell sei eine persönliche Angelegenheit, die nur ihn und den Muqatil betraf, und er solle auf keinen Fall eingreifen.

Anmutig wie die Tänzer in einem Ballett umkreisten sich die beiden Gegner. Nur das Klirren der stählernen Klingen bezeugte die Härte dieses Kampfes auf Leben und Tod. Doch keinem von beiden gelang es, die Oberhand zu gewinnen oder den Gegner auch nur zu verletzen.

Die auf der Rüstung des Samurai angebrachten Eisenplättchen ließen ein leichtes Klingen ertönen, wenn sie von Lorenzos Säbel getroffen wurden. Humarawa bog sich zur Seite und bot dabei den oberen Teil seines Rumpfes dar. Mit einer schnellen Ausfallbewegung wollte ihm der Muqatil den Todesstoß versetzen.

Bereits am Anfang des Duells hatte Wu bemerkt, dass der junge Sarazene seinem Herrn im Kampf ebenbürtig war, ja, diesen Zweikampf vielleicht sogar gewinnen konnte. Als dessen Hieb Humarawa in die Seite traf und der in sich zusammenklappte, legte Wu einen Pfeil auf die Sehne seines Bogens.

Gerade wollte der Muqatil seine Klinge in den Hals seines

Gegners stoßen, da erlosch der siegessichere Ausdruck in seinem Gesicht, denn der plötzlich aufflammende Schmerz in seinem rechten Arm vernebelte ihm die Sinne. Sein Säbel fiel zu Boden, weil ihm die Hand den Dienst verweigerte.

Dann fand sich der Muqatil am Boden wieder, und die Klinge des Japaners drückte gegen seine Halsschlagader.

»Töte mich, worauf wartest du?«

»Ich stehe in deiner Schuld, Muqatil«, antwortete Humarawa. »Du hast mich gelehrt, dass ein Krieger wie du nicht hinterrücks niedergestreckt sterben darf.«

In den ersten Stunden des Morgens begaben sich Diletta, Salìm und das kleine Mädchen auf das Schiff des arabischen Kaufmanns. Ständig starrte Diletta auf den leeren Kai des Hafens von Livorno, in der Hoffnung, endlich ihren Geliebten zu erblicken.

»Wir sind bereit zum Auslaufen«, teilte ihr der Kaufmann mit.

»Ich bitte Euch, wartet noch«, flehte Diletta mit vor Angst brüchiger Stimme.

»Ihr müsst Euch mit den Tatsachen abfinden, Herrin«, sagte der Kaufmann. »Seit Eurer Ankunft sind bereits etliche Stunden vergangen. Wäre der Muqatil unversehrt, wäre er längst eingetroffen. Bleiben wir noch länger, laufen wir Gefahr, dass man Euch entdeckt.«

Er wandte sich um und gab den Befehl zum Ablegen, als in der Ferne plötzlich eine Gestalt zu Pferd auftauchte.

Der Reiter kam näher, und freudestrahlend erkannte Diletta in ihm den Muqatil.

»Wir sind gerettet, mein Geliebter. Deine Stadt erwartet uns«, sagte sie, während sie die Wunde an der Schulter ihres Liebsten versorgte.

»Ja, wir sind gerettet. Doch als Preis dafür habe ich eine lebenslange Schuld gegenüber meinem tapferen Gegner auf mich geladen. Ich verdanke mein Leben nur dem Ehrgefühl des Kriegers mit der Goldmaske, aber früher oder später wird er von mir die Einlösung dieser Schuld verlangen. Es ist noch nicht zu Ende …«

Februar 2002

<DU HAST KEINE AHNUNG, WIE FROH ICH BIN, DICH LEBEND UND GESUND ZU WISSEN>, tippte Oswald Breil an Sara. <ICH HABE MIR DIE GRÖSSTEN SORGEN UM DICH GEMACHT.>

<DIESMAL HABE ICH, JA, HABEN WIR ALLE ZIEMLICH SCHWARZ GESEHEN. GLÜCKLICHERWEISE HIELTEN DEINE MYSTERIÖSEN FREUNDE SOWOHL DIE SHIMAKAZE ALS AUCH DEN KATAMARAN VON VITTARD UNTER BEOBACHTUNG UND HABEN EINGEGRIFFEN, ALS ES BRENZLIG WURDE. SIE HABEN UNS ALLEN IN LETZTER SEKUNDE DAS LEBEN GERETTET. NUR WENIG SPÄTER, UND ICH HÄTTE DIR JETZT NICHT MEHR VON MEINEN ABENTEUERN BERICHTEN KÖNNEN.>

<ICH WÜRDE SAGEN, DA HABEN WIR SCHWEIN GEHABT, AUCH WENN JALARD ZWEI KUGELN ABBEKOMMEN HAT. DOCH ER BEFINDET SICH BEREITS AN EINEM SICHEREN ORT UND WURDE OPERIERT. DER ARZT, DER DIE KUGELN HERAUSGEHOLT HAT, MEINTE, JALARD SEI NICHT IN LEBENSGEFAHR.>

<ES IST VITTARDS MUT ZU VERDANKEN, DASS JALARD GERETTET WURDE. WÄRE ER NICHT GEWESEN, WÄRE JALARD SICHER ZUSAMMEN MIT DEM SCHIFF UNTERGEGANGEN. DOCH ERZÄHL MIR LIEBER VON DIR. MAN HAT MIR MITGETEILT, DASS DU ZIEMLICHE PROBLEME HAST.>

<JEDES MEINER PERSÖNLICHEN PROBLEME IST NICHT SO WICHTIG WIE DEINE UNVERSEHRTHEIT. OBWOHL ICH MIR VORSTELLEN KANN, DASS DU

GERADE IN DEN ARMEN DIESES GEHEIMNISVOLLEN ATTRAKTIVEN SKIPPERS LIEGST, VON DEM DU MIT SO GROSSER LEIDENSCHAFT BERICHTEST, DASS ICH FAST EIFERSÜCHTIG WERDE.>

<MACH DICH NICHT LUSTIG ÜBER MICH, OSWALD BREIL>, tippte Sara. Doch sie lächelte dabei, denn wie immer hatte Oswald Breil ins Schwarze getroffen: Henry Vittard war es tatsächlich gelungen, ihr Herz zu erobern.

Schon seit Stunden arbeitete die Mannschaft mit dem Schweißbrenner daran, den letzten geheimen Tresorraum des Herrn der Wasser zu öffnen. Kurz nach der Entdeckung der gestohlenen Gemälde in seinem geheimen Penthouse hatte die japanische Polizei einen internationalen Haftbefehl gegen Yasuo Maru erwirkt. Einige dieser Werke waren aus den wichtigsten Museen der Welt entwendet und durch Fälschungen ersetzt worden, andere stammten aus Privatsammlungen und gehörten zur Beute unzähliger Auftragsdiebstähle.

Bruno Milano loggte sich ins Internet ein und hoffte, dass Oswald Breil online war.

Nachdem er das Verschlüsselungsprogramm geöffnet hatte, tippte er die Identifikationsnummer des früheren Premierministers ein und wartete auf Antwort.

»Ich glaube, Sie sollten einfach mal Urlaub machen und ein wenig ausspannen, Herr Präsident Maru«, sagte Zhu Ling. »Diese unschöne Überraschung ausgerechnet jetzt wäre nicht nötig gewesen. Aber wie Sie sehen werden, kommt wieder alles ins Lot. Obwohl Sie per Haftbefehl gesucht werden, arbeiten Water Enterprises und seine Tochterunternehmen, die unter Ihrer Kontrolle stehen, wie gehabt weiter. Die Angelegenheit behindert unsere Pläne nicht. Und ich bin sicher, dass die Zukunft viele Dinge ändern wird.«

»Sie haben sicherlich recht, Herr Vorsitzender Ling. Ich

werde für eine Weile untertauchen. Ich beabsichtige keineswegs, mich in einem japanischen Gefängnis einsperren zu lassen, obwohl es meinen Anwälten sicher gelänge, mich innerhalb kurzer Zeit wieder herauszuholen.«

Während er sprach, dachte Maru an den gepanzerten Quader in seinem Privatmuseum, in dem viele seiner Geheimnisse aufbewahrt waren. Es bestand keinerlei Grund, Zhu Ling davon zu erzählen, zumindest nicht, bevor ihr Plan in die Tat umgesetzt war. Um in den Tresorraum zu gelangen, würde die Polizei einige Tage brauchen, bevor es ihnen gelang, die Panzertür aufzubrechen. Und danach würden die Ermittlungsbehörden weitere wertvolle Tage damit beschäftigt sein, die Sicherheitssysteme seines Computers zu knacken. Es fehlten nur noch wenige Stunden, bis die Operation »Have a nice day, China!« anlief.

<ICH BIN SICHER, DASS WIR IN DIESEM TRESORRAUM INTERESSANTE DINGE FINDEN WERDEN, DR. BREIL>, tippte Bruno Milano, als sich der frühere Premierminister bei ihm gemeldet hatte.

<WIE LANGE, MEINEN SIE, WIRD MAN NOCH BRAUCHEN, BIS DIE PANZERTÜR GEÖFFNET IST?>

<DIE SPEZIALISTEN DER JAPANISCHEN POLIZEI ARBEITEN OHNE UNTERBRECHUNG. ICH GLAUBE, SPÄTESTENS MORGEN FRÜH – ORTSZEIT TOKIO – KÖNNEN WIR IN DEN TRESORRAUM VORDRINGEN.>

<IST MARUS SEKRETÄR VERHAFTET WORDEN?>, fragte Oswald.

<JA, DR. BREIL. TAKA WURDE VOR MEHREREN STUNDEN WEGGEBRACHT. ABER MIT SICHERHEIT WIRD ER SCHON BALD WIEDER AUF FREIEM FUSS SEIN, DENN ES GIBT GEGEN IHN KEINE BELASTENDEN INDIZIEN.>

<NOCH EINE LETZTE BITTE, MAJOR: SCHICKEN SIE SOFORT ALLE WICHTIGEN INFORMATIONEN AN HAUPTMANN BERNSTEIN IN TEL AVIV.>

<WIRD GEMACHT>, tippte Milano und beendete die Verbindung.

Die Villa aus dem achtzehnten Jahrhundert erhob sich auf einem Felsausläufer mit dem Namen Capo San Marco, der den Golf von Marinella vom Golf von Sciacca trennt. Bei der klaren Luft war am Horizont der Umriss der Insel Pantelleria zu erkennen, während das winterliche Grau der sizilianischen Landschaft vom blutroten Sonnenuntergang in ein Meer aus Farben verwandelt wurde.

Sara Terracini nahm die Hände von dem schmiedeeisernen Geländer, das den Balkon einfasste, während Henry Vittards grüne Augen im Licht des Sonnenuntergangs erstrahlten.

»Noch vor wenigen Stunden hätte ich nicht geglaubt, dass ich ein Schauspiel wie dieses hier noch einmal genießen dürfte. Dass ich überhaupt noch lebe, kommt mir vor wie ein Traum.«

»Es tut mir leid, Sara …«, erwiderte Vittard.

»Das hast du jetzt schon so oft gesagt, du brauchst dich für das, was geschehen ist, nicht verantwortlich zu fühlen. Wir alle, die wir dir gefolgt sind, ob nun aus Liebe, Wertschätzung oder Neugier, waren uns der Risiken, die damit verbunden waren, voll bewusst. Und was mich betrifft, so kann ich meinen Erfahrungen ein weiteres aufregendes Abenteuer mit gutem Ausgang hinzufügen. Was mir am meisten leid tut, ist, dass ich Grandi, Jalard und auch dich aus den Augen verlieren werde, wenn alles vorbei ist.«

Ihre Blicke begegneten sich, und sie sahen sich lange Zeit einfach nur an.

»Sobald es Jalard besser geht und wir uns sicher sein können, dass die Gefahr gebannt ist«, sagte Vittard, »werden wir alle wieder in unsere Heimatländer gebracht. Das haben mir die Männer, die uns gerettet haben, versichert. Hast du vielleicht eine Idee, wer sie angeheuert haben könnte?«

»Ich denke, das war Oswald Breil. Er hat unzählige Freunde, fast so viele wie Feinde. Ich nehme an, dass er nach seinem Rücktritt als Premierminister ein paar … nun, *ungewöhnliche Bündnisse* schmieden konnte.«

»Willst du damit sagen, dass wir unser Leben der Mafia verdanken?«

»Nein, ich will sagen, dass wir es Oswald Breil verdanken«, antwortete sie. »Ich will gar nicht wissen, wer ihm einen Gefallen geschuldet hat oder welchen sonstigen Deal er dafür eingehen musste.«

Auf einmal fand sie sich in Vittards starken Armen wieder. Ihre Lippen berührten einander in einem zarten Kuss, dem noch ein zweiter folgte.

Sara atmete ein wenig schneller und öffnete leicht den Mund. Mit seiner Zunge erkundete er ihn, während seine Hände für eine Weile auf ihrem Rücken verweilten, dann über ihre Hüften strichen, bis sie schließlich ihre Brüste zart und zugleich kraftvoll umfassten.

Schließlich begann er sie auszuziehen, und Sara passte sich all seinen Bewegungen an. Sie brauchten keine Worte, um sich einander ihre Leidenschaft zu gestehen, die sie vom ersten Augenblick, da sie einander begegnet waren, verspürt hatten.

Sara legte sich nackt aufs Bett und zog seinen Körper zärtlich an den ihren heran, ihren Mund fest auf seine Lippen gedrückt. Ihr Atem wurde zu einem lustvollen Stöhnen, als er in sie eindrang.

Sie hob ihm ihr Becken entgegen, um ihn noch tiefer in sich aufzunehmen, während der Rhythmus seiner Bewegungen immer schneller wurde.

Beide erbebten sie vor Lust und umschlangen einander noch fester, als versuchten sie, zu einem einzigen Körper zu verschmelzen. Ohne zu sprechen, blieben sie lange so liegen und fühlten sich innig miteinander verbunden. Jedes Wort war überflüssig.

»Morgen gehen wir zu den italienischen Behörden und melden die Entdeckung eines sehr alten Schiffs«, sagte Sara einige Minuten später, als sie nach einer Dusche wieder ins Zimmer kam. »Und wir werden aussagen, dass aus dem Inhalt einer aufgefundenen Amphore der kühne Schluss gezogen werden kann, dass dieses Schiff einst einem römischen Kaiser gehörte. Das müsste selbst die Behörden ein wenig aufrütteln, damit sie hoffentlich eine Expedition zusammenstellen, um das goldene Schiff aus den sandigen Tiefen vor Punta Marsala zu bergen. Das wird das hitzige Gemüt unseres Gegners erheblich abkühlen, denn dann wird er sich seinen Plan abschminken müssen, sich selbst des Wracks zu bemächtigen. Wenn nicht, wirst du dich wieder wie ein Comic-Held aufführen müssen. Weißt du, dass ich wirklich die Befürchtung hatte, dass du nie mehr zurückkommst, Henry?«

»Und ich hatte Angst, dich in dieser Kabine zu verlieren«, sagte Vittard und küsste sie wieder. »Außerdem mag ich die tapferen Recken aus Heldenepen lieber als die aus Comicheften.« Und er begann auswendig die ersten Verse der *Aeneis* zu rezitieren, wobei er die Metrik entsprechend betonte: »*Arma virumque cano, Troiae qui primus ab oris Italiam fato profugus Laviniaque venit* … Waffen besing ich und ihn …«

Sara sah ihn verwundert an. »Die Betonung der Akzente!«, rief sie, als sie die Erkenntnis wie ein Blitz traf. »Sie sind bei dem Gedicht, mit dem Lysikrates' Erzählung endet, nicht richtig, sondern der Metrik entgegengesetzt. Ich muss Toni bitten, mir rasch eine Kopie der letzten Verse zu schicken. Und zwar im Original! Ich glaube, wir könnten auf diese Weise die Hinweise finden, von denen Lysikrates geschrieben hat.«

Nulla terra exilium est, sed plerumque altera patria.

Kein Land ist ein Exil,
sondern fast immer eine neue Heimat.

(UNBEKANNT)

Epilog

Februar 2002

Nur eineinhalb Kilometer liegt die Insel Quemoy von ihrer Schwesterinsel Amoy entfernt, und nur fünf Kilometer trennen sie vom Festland. Besondere Bedeutung kommt der im Golf von Xiamen eingekeilten Insel deshalb zu, weil sie sozusagen der Vorposten von Taiwan ist und fast unmittelbar vor dem unermesslich großen Hoheitsgebiet der kommunistischen Volksrepublik China liegt.

Daher ist Quemoy seit Langem ein Stachel im Fleisch der chinesischen Supermacht, und so kam es beim Ringen um diesen Landstreifen bereits mehrmals zu kriegerischen Auseinandersetzungen. Die erste Schlacht um die Insel fand gegen Ende des Bürgerkriegs im Jahr 1949 statt: Damals gelang es Chiang Kai-shek, die rote Armee zurückzuschlagen und Taiwan auf diese Weise vor einer chinesischen Invasion zu bewahren.

Während der zweiten Schlacht im Jahr 1958 aber vermochten die Chinesen auf der Insel zu landen, die damit zum Schauplatz blutiger Kämpfe wurde. Erst die Ankunft der amerikanischen Flotte zwang die Angreifer zum Rückzug.

Heute zählt Quemoy ungefähr dreißigtausend Einwohner, die meisten davon Angehörige der taiwanesischen Armee. Bevor die Vereinigten Staaten die Insel in den Siebzigerjahren des letzten Jahrhunderts endgültig verließen, errichteten sie dort starke Abwehrbatterien, und noch heute liefern die USA an diesen unüberwindbaren Vorposten hochmoderne Waffentechnologie. Es heißt, die sich im Zentrum der Insel befindende, einzige Erhebung von Quemoy sei von unzähligen Stollen durchzogen, regelrechten unterirdischen Autobahnen, über die ganze Bataillone von bewaffneten Männern auf direktem Weg an jeden Ort der Insel transportiert werden können. Die permanente Gefahr einer Invasion ließ die Zentralregierung zudem eine Reihe unterirdischer Schutzbunker und Krankenhäuser errichten.

Auf der dem Golf von Xiamen gegenüberliegenden Seite hingegen befindet sich eine unterirdische U-Boot-Basis der Volksrepublik China. Ein ausgeklügeltes Radarsystem registriert jede verdächtige Bewegung in den umliegenden Gewässern, und die Raketenabschussanlagen sind permanent gegen Taiwan ausgerichtet und stellen eine ständige Bedrohnung des Erzfeindes des kommunistischen Chinas dar.

Rasch gingen die fünf Techniker auf die offen stehende Einstiegsluke des Postflugzeugs zu, das von Taipeh nach Quemoy flog. Sie trugen grüne Overalls, auf denen das Logo von Taiwan Water Main Supply prangte.

Dabei handelte es sich um eine gemischte Kapitalgesellschaft mit öffentlicher Minderheitsbeteiligung, die einige Jahre zuvor im Steuerparadies Hongkong gegründet worden war. Die Identität des tatsächlichen Eigentümers blieb hinter einer Reihe von Strohmännern und Briefkastenfirmen verborgen. Niemand wäre auf die Idee gekommen, dass Yasuo Maru Mehrheitseigner jener Gesellschaft war, der die Wasserversorgung des gesamten Gebiets der Republik Taiwan oblag.

»Ihr seid neu, nicht wahr?«, fragte eins der Besatzungsmitglieder des Postflugzeugs. »Ich glaube nicht, euch schon mal gesehen zu haben, als wir eine neue Schicht rüber nach Quemoy brachten. Ihr werdet sehen, auf der Insel kann man sich mehr als wohlfühlen. Die Frauen von Quemoy sind besonders hübsch.«

Einer der Techniker antwortete mit einem Lächeln, dann setzten sich alle fünf auf die wenigen Plätze, die für Passagiere zur Verfügung standen, die zudem nur sehr selten mitgenommen wurden. Als sie angeschnallt waren, startete das Flugzeug vom Militärflughafen Taipeh.

»Zum Sohne hin!«, sagte Sara Terracini, während sie die Buchstaben des antiken Gedichts zusammensetzte, auf denen der Akzent falsch gesetzt war. »Das ist der Hinweis Lysikrates', der zum Schatz führt.«

»Vorausgesetzt, dass da überhaupt ein Gramm Gold zu finden ist«, meinte Vittard. »Vielleicht stammt dieser Lysikrates ja von Kreta. Du erinnerst dich doch an das Paradoxon des Epimenides, nach dem alle Kreter Lügner sind? Was, wenn unser griechischer Hauslehrer nichts anderes war als ein geschickter Schwindler?«

»Dann hätte er sich nicht die Mühe gemacht, so viele Seiten von eigener Hand zu schreiben«, war Sara überzeugt. »Außerdem lassen sich viele der Ereignisse und Details, die Lysikrates erwähnt, in den Texten der römischen Geschichtsschreiber verifizieren. Von daher glaube ich nicht, dass er ausgerechnet bei einer so wichtigen Sache wie dem Schatz der Dido gelogen hat. Das Problem, das sich stellt, ist ein ganz anderes: Existiert wenigstens noch eine Spur dieser Reichtümer?«

»Genau«, sagte Grandi. »Seit damals sind zweitausend Jahre vergangen. Davon abgesehen, hätten Nero und Lysikrates, sofern sie ihre Flucht überlebten, ja auf diese versteckten Reserven zurückgegriffen, um sich ein angemessenes Dasein zu finanzieren.«

»Das ist wahr«, meinte Sara. »Doch wenn sie ihren Häschern, die Simon der Magier offenbar anführte, in die Hände fielen und ums Leben kamen, ist es sehr wahrscheinlich, dass der Schatz noch völlig unberührt irgendwo verborgen ist. Allerdings gab es bereits in der Antike einige Leute, die Neros Tod anzweifelten. Und in einigen Texten wird sogar von mehreren vermeintlichen Neros berichtet, die erfüllt von Rachgier wieder in Erscheinung traten.«

»Diese Geschichten kenne ich«, sagte Grandi. »Der erste von ihnen tauchte auf Kythnos auf, einer Inselgruppe der Kykladen, und zwar genau ein Jahr nach Neros mutmaßlichem Tod. Es heißt, es handelte sich um einen Sklaven aus der Provinz Pontus, der behauptete, der Kaiser zu sein. Er scharte eine Räuberbande um sich, die die Gegend terrorisierte. Als er von den Römern gefangen wurde, versuchte der falsche Nero, die Soldaten dazu zu bringen, mit ihm nach Ägypten zu ziehen. Die aber schlugen ihm den Kopf ab und brachten diesen als Trophäe nach Rom.

Ein weiterer angeblicher Nero hieß in Wirklichkeit Terentius Maximus und ähnelte ihm wie ein Ei dem anderen. Anscheinend wurde er im Jahr achtzig bei den Parthern von König Artabanos empfangen. Ebenso an die Parther wandte sich neun Jahre später ein dritter Nero, der nach langen Verhandlungen an die Römer ausgeliefert wurde.«

»Es gibt aber noch einen vierten Fall, von dem im jüdischen Talmud die Rede ist«, fügte Sara hinzu. »Dieser Kaiser zeigte kein Interesse daran, seinen Besitz zurückzuerobern, er wollte nur singen und komponieren. Später heiratete er eine Jüdin und lebte mit ihr bis ins hohe Alter glücklich und zufrieden in Jerusalem, umringt von einer Kinderschar. Wenn dem so war, wäre dieser überlebende Nero niemandem allzu sehr aufgefallen, da er nicht mit Reichtümern protzte und also den Schatz der Dido auch nicht mit vollen Händen ausgab. Dadurch, dass er seinen Lebenswandel mäßigte, könnte der größte Teil des legendären Schatzes über die Zeit erhalten geblieben sein. Daher sollten wir jetzt – meiner Meinung nach – eine Reise in die schöne spanische Stadt Cartagena unternehmen.«

»Seht nicht mich an«, sagte Grandi mit einem Lächeln. »Ich will mich eigentlich nur noch in einen Sessel zurücklehnen und mich bei einem guten Buch entspannen. In meinem Alter gibt man sich solchen Obsessionen nicht mehr hin. Außerdem sollte ich in Punta Marsala bleiben, um der

Bergungsmannschaft zur Seite stehen zu können, für den Fall, dass meine Hilfe gebraucht wird.«

Sowohl Iku als auch Milano brannten vor Ungeduld. In der Luft lag ein intensiver, sehr unangenehmer Geruch nach Rauchgas. Eine Panzertür wie diese fand man auch in den stählernen Tresorräumen von Banken, und ihr Stahl glühte noch von der Bearbeitung mit dem Schweißbrenner.

Endlich, nach fast zwei Arbeitstagen, gab die Tür mit ihrem komplizierten Schloss und den schweren Bolzen nach, und die beiden Männer konnten den Tresorraum dahinter betreten.

Sie hätten erwartet, mehr in diesem bestens abgeschotteten Versteck vorzufinden, vor allem nach dem wie ein Museum eingerichteten Raum davor. Doch dieser war fast völlig leer. In der Mitte stand nur ein sehr teurer, modern gestylter Schreibtisch neben einem ergonomisch gestalteten Computertisch, mit einem Rechner der jüngsten Generation darauf. Die Arbeitsfläche des Schreibtischs war völlig frei, darauf befanden sich keine Schreibutensilien oder Unterlagen.

Milano schaltete den Computer ein, und nach ungefähr zehn vergeblichen Versuchen, das Passwort zu knacken, beschloss er, die Hilfe eines Fachmanns anzufordern.

Er begab sich in Takas Büro, das zu seiner Operationsbasis geworden war, schaltete dort den Computer ein und tippte eine Nachricht für Oswald Breil.

<WIR SIND IN DEN ZWEITEN TRESORRAUM VORGEDRUNGEN, ABER DAS EINZIGE, WAS WIR DARIN GEFUNDEN HABEN, IST EIN COMPUTER, DER DURCH EIN PASSWORT GESCHÜTZT IST. HAUPTMANN BERNSTEIN STEHT MIT UNSERER ZENTRALE IN KONTAKT UND VERSUCHT, DIE SCHUTZFUNKTIONEN DES RECHNERS ZU UMGEHEN.>

Oswald Breil schüttelte den Kopf. »Have a nice day, China!«, sagte er immer wieder. Was war damit gemeint? Was hatten diese Burschen vor? Und vor allem, wo in diesem unendlich großen Gebiet, das die Volksrepublik China umspannte, wollten sie zuschlagen? Und wann?

Auch Milanos jüngste Nachricht brachte ihm die Lösung des Rätsels nicht näher. Er musste auf die Fähigkeiten Hauptmann Bernsteins vertrauen, der normalerweise in jedes noch so gesicherte Informationssystem hineinkam.

Die drei Computer waren alle mit dem in Marus Tresorraum vernetzt und sondierten gerade die Sicherheitssysteme des Rechners.

Bernstein beobachtete die vielen kleinen Ziffern, die über die Bildschirme scrollten. Jeder dieser Computer war in der Lage, innerhalb weniger als einer Stunde ein gesamtes Wörterbuch mit dem gesuchten Passwort abzugleichen. Vor dieser Prüfung allgemeiner und numerischer Möglichkeiten hatten die Computer bereits potenzielle Passwörter aus Informationen über den Eigentümer zusammengestellt, die sie aus dem elektronischen Archiv des Mossad geschöpft hatten. Anschließend würden sie Passwörter ausprobieren, deren Auswahl logischen Kriterien folgten – Daten aus standesamtlichen Unterlagen oder Namen aus dem privaten Telefonverzeichniss, aber auch Wörter, die mit den Hobbys und dem beruflichen Umfeld des Users zu tun hatten.

Dieses Verfahren konnte Tage dauern, doch Bernstein wusste, dass er am Schluss Erfolg haben würde. Es war nur eine Frage des Glücks – und der Zeit.

Der Waggon des Zuges, der von Madrid nach Cartagena unterwegs war, war bis auf Sara Terracini und Henry Vittard leer. Doch Sara war keineswegs unglücklich darüber, die Fahrt ungestört nur mit ihm verbringen zu können.

»Der Denkmalschutz hatte heute Morgen einen ersten Ortstermin vor Punta Marsala«, sagte Sara, nachdem sie ihr Telefonat mit Grandi beendet hatte. »Die Experten halten eure Entdeckung für so bedeutend, dass die Behörden diesmal schnell aktiv wurden. Und der Admiral meint, dass sich das Wrack der *Shimakaze* für die anstehenden Arbeiten als durchaus nützlich erweisen könnte. Sollte das römische Schiff noch in einem Stück sein, wäre es nötig, einen Teil der Bucht trockenzulegen, um es ohne Risiko bergen zu können, damit es nicht beschädigt wird. Das japanische Kriegsschiff liegt parallel zur Küste und würde dann Teil eines künstlichen Damms aus Sprungbeton werden, sodass man erheblich Material sparen könnte.«

»Dennoch bleibt es eine sehr kostspielige Angelegenheit«, antwortete Henry.

»Anscheinend haben die italienischen Behörden aber schon mehrere private Sponsoren gefunden, die das Projekt zu finanzieren bereit sind.«

»Ich hoffe nur, dass Water Enterprises nicht zu ihnen gehört«, sagte Vittard mit einem Lächeln und strich Sara mit den Fingerspitzen über die Wange.

»Nun zu uns«, fuhr sie fort und versuchte dabei, professionell zu wirken. »Was weißt du über Dido, ihren Schatz und die antike Stadt Karthago Nova?«

»Nur, dass laut Vergil die Königin Dido Aeneas begegnete. Mehr nicht.«

»Dann werde ich dich etwas besser aufklären. Die Legende berichtet, dass Dido, besser bekannt unter dem Namen Elissa, die Schwester von Pygmalion war und aus dem phönizischen Tyros stammte. Nach dem Mord an ihrem Gatten floh sie aus ihrer Heimatstadt, begleitet von vielen Patriziern, die natürlich eine Menge Gold und Schmuck mit sich führten. Auf ihrer Wanderschaft schlossen sich Dido weitere Anhänger an, bis sie schließlich an die afrikanische Küste gelangte und dort die Stadt Karthago gründete.«

»Und wie soll der legendäre Schatz von Elissa-Dido von Afrika nach Spanien gelangt sein?«

»Cartagena, wohin wir unterwegs sind, wurde von dem Karthager Hasdrubal im dritten Jahrhundert vor Christus gegründet und entwickelte sich innerhalb kurzer Zeit zu einem wichtigen Handelsposten für Karthago. Im Jahr 209 vor Christus wurde die Stadt von Publius Scipio erobert und mit dem Status der römischen Hauptstadt von Hispania versehen. Nach der Niederlage gegen die Römer nahmen aller Wahrscheinlichkeit nach die karthagischen Kolonisten den Schatz der antiken Königin auf der Suche nach einem sicheren Ort mit sich.«

»Bestimmt war es genau so, wie du es sagst, dann brauchen wir jetzt nur noch die Nadel in dem berühmten Heuhaufen zu finden. Bist du nicht ein wenig zu optimistisch, Sara? Die Informationen, die uns Lysikrates geliefert hat, sind mehr als dürftig.«

»Cartagena ist voll von Museen, und überall sind Spuren des alten Roms zu finden. Damit sollten wir anfangen. Außerdem würde ich gern einfach mal für ein paar Tage Touristin spielen. Ein wenig Zeit zum Ausruhen hab ich mir sicherlich verdient. Dann sehen wir weiter.«

»Bingo!«, rief Bernstein, wie er es immer tat, wenn er ein komplexes elektronisches System geknackt hatte. Nun hielt er die Schlüssel zu Yasuo Marus Geheimnissen in Händen.

»Zunächst einmal kopieren wir die gesamte Festplatte«, murmelte er, während er eine Scheibe in den DVD-Brenner seines Computers schob. Er hatte jetzt direkten Zugang zum Computerspeicher des Herrn der Wasser.

»Da ist alles Mögliche drauf!«, rief er glücklich wie ein Kind, das soeben die Tür zu einer Speisekammer voller Süßigkeiten geöffnet hat, und überwachte das Fortschreiten des Kopiervorgangs. Die Titel der Dokumente, die über den Bildschirm zogen, waren aussagekräftig genug: Das gesamte

Netzwerk der Yakuza, der gefürchtetsten aller kriminellen Organisationen, ihre Einnahmequellen, die Angehörigen und die Kontaktpersonen – alles war mit manischer Genauigkeit abgespeichert worden.

Plötzlich wurde der Bildschirm dunkel. Bernsteins Reaktivierungsversuche erwiesen sich als nutzlos. Eben noch waren unendliche Kolonnen von Buchstaben und Zahlen wie verrückt über den Bildschirm gerast, nun stand eine schwarze, undurchdringliche Mauer zwischen Bernstein und Yasuo Marus Geheimnissen.

Oswald Breil ging vor seinem Computer nervös auf und ab, denn das lange Warten zerrte an seinen Nerven.

Wo, wann und wie würden sie zuschlagen?, fragte er sich immer wieder. Er hoffte, dass ihn Bernsteins Recherchen bald dazu befähigen würden, diese Fragen beantworten zu können.

Der Signalton, den der Computer von sich gab, hörte sich an wie immer, wenn er eine elektronische Botschaft meldete, doch für Breil hatte er einen besonderen Klang, als er den Decknamen von Hauptmann Bernstein auf dem Bildschirm sah.

<EIN SCHLEICHENDER VIRUS WURDE AKTIVIERT, ALS ICH DAS PASSWORT VON MARUS COMPUTER GEKNACKT HATTE>, schrieb Bernstein. <SIEHT SO AUS, ALS WURDE DIE FESTPLATTE VOLLKOMMEN GELÖSCHT. ICH HATTE ZWAR GLÜCKLICHERWEISE BEREITS ANGEFANGEN, EINE KOPIE DAVON HERZUSTELLEN, ALLERDINGS UMFASST DIE NUR ETWA EIN ZEHNTEL DER GESAMTEN DATEN.>

<BESTEHT DIE MÖGLICHKEIT, DEN REST WIEDERHERZUSTELLEN?>, fragte Oswald.

<ICH GLAUBE NICHT, MAJOR BREIL. DIE FESTPLATTE IST NEU FORMATIERT WORDEN, UND DABEI WURDE ALLES UNWIEDERBRINGLICH GELÖSCHT. ICH HABE

MIR ALLERDINGS SCHON EINIGE DER KOPIERTEN DOKUMENTE ANGESEHEN. SIE ENTHALTEN GENÜGEND BEWEISE, UM MARU ZU LEBENSLANG ZUCHTHAUS ZU VERURTEILEN, DENN ER HAT JEDES SEINER PERVERSEN SEXTREFFEN GEFILMT. MIT DIESEN AUFNAHMEN KÖNNEN WIR IHM UNZWEIFELHAFT WIEDERHOLTEN KINDESMISSBRAUCH UND MORD ANHÄNGEN.>

<ICH BITTE SIE, DIE ENTSPRECHENDEN DATEIEN SOFORT AN DIE TOKIOTER POLIZEI ZU SENDEN, DAMIT DER INSPEKTOR, DER MIT MILANO ZUSAMMENARBEITET, EINEN HAFTBEFEHL BEANTRAGEN KANN. SIND AUCH DATEN ÜBER MARUS MITGLIEDSCHAFT BEI DER YAKUZA ODER ÜBER DIE OPERATION ›HAVE A NICE DAY, CHINA!‹ UNTER DEN KOPIERTEN DOKUMENTEN?>

<NEGATIV, WAS DIE ERSTE FRAGE BETRIFFT. DIE UNTER EINEM ORDNER MIT DER BEZEICHNUNG 8-9-3 (YA-KU-ZA) ENTHALTENEN DOKUMENTE SIND VERLOREN. ALLERDINGS WURDE DER VIRUS IN DEM AUGENBLICK AKTIV, ALS ICH DEN ORDNER MIT DEM TITEL ›HAVE A NICE DAY, CHINA!‹ HERUNTERGELADEN HABE. WARTEN SIE EINEN MOMENT, DANN SCHAUE ICH NACH, WAS ICH KOPIEREN KONNTE.>

Breil hatte das Gefühl, endlos warten zu müssen, doch schließlich erschien eine neue Textnachricht auf dem Bildschirm seines Computers.

<LEIDER IST ES NICHTS GROSSARTIGES, MAJOR BREIL. NUR EIN PLAN, ÄHNLICH DEM, DEN WIR IN TAKAS COMPUTER GEFUNDEN HABEN, MIT DEN WASSERLEITUNGEN DER KASERNE, IN DER DR. VITE EINQUARTIERT WAR.>

<ICH KANN MICH GUT DARAN ERINNERN. LÄSST SICH DER ORT BESTIMMEN, AN DEM DIESES LEITUNGSSYSTEM ZU FINDEN IST?>, fragte Breil.

<DAS WIRD NICHT LEICHT, MAJOR, ABER ICH VERSUCHE ES.>

<ES IST WICHTIG, BERNSTEIN. ICH BIN FEST DAVON ÜBERZEUGT, DASS ES SICH UM EINE SACHE VON AUSSERORDENTLICHER BEDEUTUNG HANDELT.>

Inspektor Iku betrat das Büro von Marus Sekretär und schüttelte den Kopf.

»Taka wurde verhört«, sagte er zu Milano, »doch da er durch keine weiteren Indizien belastet wird, waren wir gezwungen, ihn wieder laufen zu lassen. Wir haben ihm allerdings den Pass abgenommen und ihn angewiesen, das Land nicht zu verlassen. Doch kaum hatte er das Polizeigebäude verlassen, gelang es ihm, seine Spuren zu verwischen.«

Milano war klar, dass auch das keine ausreichenden Gründe waren, Taka aus dem Verkehr zu ziehen, doch er hoffte, dass vielleicht aus dem Dokument, das Hauptmann Bernstein ihm gleich mailen würde, hinreichende Indizien hervorgehen würden, um eine Anklageerhebung möglich zu machen.

Allerdings dauerte es gut zwanzig Minuten, die gesamten vier Gigabyte an Speicherdaten downzuloaden, die von Yasuo Marus Computer kopiert worden waren. Danach setzten sich die beiden Ermittler an den Rechner und sichteten das Material.

Das Museo Arqueológico Municipal von Cartagena befindet sich in der Nähe des Paseo Alfonso XIII, der großen Verkehrsader, die die Stadt längs durchschneidet.

Henry und Sara hatten sich einer Touristengruppe angeschlossen, und eine junge Reiseführerin stand vor einer großen Marmortafel aus römischer Zeit und erzählte darüber. Auf einmal aber wurde Saras Aufmerksamkeit von einer zweiten, sehr viel kleineren Tafel gefangen genommen, die dicht unterhalb der großen angebracht war.

Es handelte sich um ein Halbrelief aus Marmor, das eine Landschaft darstellte. Unten auf der Tafel befand sich eine von der Zeit sehr in Mitleidenschaft gezogene Inschrift. Nur die Buchstaben ESELLIUS hatten der jahrhundertelangen Erosion getrotzt.

»Was ist das denn?«, fragte Sara die Reiseführerin und deutete auf die kleine Marmorplatte.

»Das ist eines von zwei Fragmenten einer Marmortafel«, antwortete die Reiseführerin freundlich. »Man nimmt an, dass sie aus christlicher Zeit stammt, weil auf dem anderen Fragment, das in der Kirche Santa Maria de Gracia aufbewahrt wird, eine Madonna mit Kind abgebildet ist. Wahrscheinlich handelt es sich um die Votivgabe eines reichen Christen aus dem vierten oder fünften Jahrhundert.«

»Ich glaube, es ist Zeit, diese fröhliche Reisegesellschaft wieder zu verlassen«, raunte Sara ihrem Begleiter zu.

Wenig später stiegen sie in ein Taxi, das sie zur Calle del Aire fahren sollte, der Straße, an der die Kirche Santa Maria de Gracia stand.

»Natürlich könnten einen die Buchstaben ESELLIUS an den Namen des Cesellius Bassus denken lassen, den verrückten Kerl, der laut Lysikrates den Schatz entdeckt hat«, sagte Vittard, als sie beide im Fond des Taxis saßen. »Doch wenn die Datierung, von der die Reiseleiterin sprach, wirklich zutreffend ist, stammt diese Tafel aus einer Zeit, in der Nero und Lysikrates schon seit ein paar Jahrhunderten tot waren, es sei denn, sie wären mit der Gabe der Unsterblichkeit gesegnet gewesen.«

»Datierungen sind immer eine recht schwierige Sache.«

»Ja, sicher, aber ebenso schwierig ist es zu erklären, wie jemand zu Neros Epoche die Jungfrau Maria mit dem Kinde abgebildet haben soll«, sagte Vittard skeptisch.

»Und wer sagt uns, dass es sich wirklich um die Madonna handelt? Oft wurden Abbildungen von Göttern anderer Kulturen der Zeit angepasst. Der italienische Süden ist voll von antiken Abbildungen heidnischer Gottheiten, die später zu christlichen Heiligen oder Madonnen umgestaltet wurden, obwohl sie ursprünglich einmal Götter wie Jupiter oder Minerva darstellten. Das riesige Standbild des Nero aus vergoldeter Bronze, das sich in der Domus Aurea befand, zierte später den Eingang zum Amphitheater des Flavius. Noch heute wird es Kolosseum genannt, eben wegen der riesigen Statue, die nach einigen kleinen Abänderungen als das angebliche Abbild des Sonnengottes Apoll vor dem berühmtesten Monument des alten Rom aufgestellt wurde.«

Das Kircheninnere war menschenleer. Ein alter Priester kniete vor dem Altar und sprach seine Gebete. Aufmerksam gingen Sara und Henry durch das gesamte Kirchenschiff und besahen sich auf der Suche nach der Votivgabe aufmerksam jede Wand der zahlreichen Nischen und Seitenaltäre.

Inzwischen hatte der Priester sein Gebet beendet und kam auf die beiden zu.

»Kann ich Ihnen behilflich sein?«, fragte er mit dem leisen, respektvollen Ton, in dem viele Menschen an heiligen Orten sprechen.

»Wir sind zwei Archäologen auf der Suche nach einer Marmortafel, Vater«, antwortete Sara. »Oder, besser gesagt, wir suchen nach dem Teilstück eines Halbreliefs, das wir soeben im Museum bewundert haben. Das zweite Fragment soll eine Madonna mit Jesuskind zeigen.«

»Ah, das«, sagte der Priester. »Denken Sie nur, es ist bereits das zweite Mal innerhalb weniger Tage, dass jemand etwas über diese Gedenktafel wissen will.«

»Das zweite Mal?«, fragten Sara und Henry gleichzeitig.

»Ja, mehrere Herren haben mich erst gestern darum gebeten, das Relief sehen zu dürfen. Einer von ihnen war ein Japaner. Ich habe nicht sehr viel mit ihnen geredet, da sie mir sehr unsympathisch waren«, erklärte er und blieb dann vor einer Marmorplatte stehen, die ungefähr einen mal eineinhalb Meter maß und in die Kirchenwand eingelassen war.

»Hier ist, was Sie suchen. Da Sie mir sehr viel angenehmer sind als die vorherigen Besucher, werde ich Ihnen auch über die Herkunft dieses Reliefs erzählen. In den vielen Jahren, die ich schon hier in meiner Kirche verbracht habe, habe ich mir diese Marmortafel immer wieder angesehen, aber natürlich auch all die anderen Werke, die sich hier befinden.«

Sara und Vittard fühlten sich von dem kühlen weißen Marmor förmlich angezogen, der ziemlich sicher aus der weit entfernten ligurischen Stadt Luna stammte, und besahen es sich lange und aufmerksam.

Sara brach als Erste das Schweigen, indem sie sich an den Priester wandte. »Sind Sie sicher, dass es sich hier um ein christliches Kunstwerk handelt, Vater?«

»Auf diese Frage habe ich schon gewartet. Offenbar sind Sie mit der Materie vertraut. Und meine Antwort lautet: Nein, ich bin mir keineswegs sicher. Sehen Sie sich nur die Krone an, die auf dem Haupt der Madonna sitzt. Es ist gut zu sehen, dass sie verändert wurde, mit großer Wahrscheinlichkeit zu einem späteren Zeitpunkt. Aber machen Sie sich nicht die Mühe zu überlegen, was diese Krone vorher war, ich sage es Ihnen: Sie war ein Thron. Ja, was nun wie eine kostbare Krone aussieht, war ursprünglich wohl eine Kopfbedeckung in Form eines Throns.«

Der Priester machte eine kurze Pause und sah die beiden Wissenschaftler an. Sein Blick war so intensiv, als sei er der Meinung, sie müssten von selbst auf den naheliegenden Schluss kommen.

»Ein Thron«, wiederholte Sara und kramte in ihrem Gedächtnis. »Ein Thron …«

Einen Moment lang herrschte Schweigen. Auf dem runzligen Gesicht des Priesters breitete sich ein gutmütiges Lächeln aus, als wollte er sie damit zu noch größerer Anstrengung ermutigen.

»Der Thron!«, rief da Sara aus. »Die Hieroglyphe des

Throns ist eindeutig ein Hinweis auf die Göttin Isis! Diese Gedenktafel stammt nicht aus der christlichen, sondern einer viel früheren Zeit. Und sie stellt auch nicht die Jungfrau Maria, sondern die Göttin Isis und ihren Sohn Horus dar!«

»Sehr gut«, lobte der Priester. »Sie sind zu derselben Schlussfolgerung gekommen wie ich. Schade, dass sich in dieser schnelllebigen Welt niemand mehr für derlei Dinge interessiert.«

Saras Verstand arbeitete nun auf Hochtouren. Sie versuchte den Vorsprung einzuschätzen, den sie Yasuo Maru gegenüber hatten. Noch immer stellte der eine ernste Bedrohung dar. Nun war sie sich sicher, dass ihm ihre Übersetzung zugespielt worden war, sehr wahrscheinlich von Funet, der sie ihr ja auch entwendet hatte. Nur ahnte ihr Gegenspieler nichts von dieser letzten Botschaft Lysikrates', die er seinen Lesern mittels der falsch gesetzten Akzente hatte zukommen lassen.

»Zum Sohne hin«, sagte Sara und ging ganz nah an das Halbrelief heran.

Horus, das Kind, saß auf dem Arm der Mutter, die ihn mit ihrem linken Arm umfasste, während der andere nach vorn gestreckt war. Hinter ihrer rechten Hand erhoben sich drei Berge, die äußerst präzise herausgearbeitet waren.

»Verzeihen Sie, Vater, noch eine Frage«, nahm Henry die Unterhaltung wieder auf. Er und Sara hatten sich den Knaben sehr genau angeschaut, um die rätselhaften Worte Lysikrates' deuten zu können. »Haben Sie eine Ahnung, ob es diese so exakt herausgearbeiteten Berge auch in der Wirklichkeit gibt?«

»Nun, offenbar handelt es sich hier um drei bei Wanderern sehr bekannte Berge, drei der vielen, die rings um unsere Stadt zu finden sind. Sie liegen nicht weit von dem Fluss Taibilla entfernt und sind bekannt als die Gipfel des Gavilán. Sie haben eine ganz besondere Form, die auf dieser Tafel beinahe naturgetreu nachgebildet ist, wodurch man sie relativ leicht erkennt.«

»Gavilán?«, fragte Sara. »Gavilán, der Falke. Horus, der Sohn der Isis, war der Falkengott. Zum Sohne hin. ›*Tjet*, der Isisknoten, wird euch den Weg weisen.‹ Alles scheint aufzugehen. Haben Sie vielleicht eine Leiter, Vater?«, fragte Sara, während sie aus ihrer Handtasche ein Futteral hervorholte. Darin befand sich der Isisknoten aus rotem Jaspis, der einst zu Lysikrates' Priesterausstattung gehört hatte.

Tabarka, 1342

Lorenzo di Valnure betrachtete seine Tochter, die stark und gesund heranwuchs. Als sie erst wenige Tage alt war, hatte sie wegen ihrer lebhaften kobaltblauen Augen und ihres intensiven Blicks den Namen Celeste erhalten.

Liebevoll sah Diletta ihren Mann an, als der mit einem Wink die Zeremonie beginnen ließ. Dies war ein sehr bedeutender Tag, denn Lorenzo hatte beschlossen, das Kommando über die Flotte abzugeben. Von nun an würde er in seiner Stadt bleiben und übertrug anderen die Verantwortung für die gefährlichen Raubzüge auf See. Nach den zahllosen Kämpfen zwischen ihm und seinem ewigen Rivalen, dem kampferprobten Asiaten im Solde der mächtigen Republik Venedig, dem bereits zu Lebzeiten der Nimbus einer Legende anhaftete, sehnte er sich nach Frieden. Obwohl sie sich jahrelang auf den Wellen des Mittelmeers gejagt hatten, war es keinem von ihnen jemals gelungen, den anderen zu bezwingen.

Der Festsaal des Palasts war festlich geschmückt, kostbare Teppiche bedeckten den Boden. Auf einem von ihnen kniete Salìm vor Lorenzo, der ihm das Kommando über die gesamte Flotte übertrug.

Der junge Sarazene, den Lorenzo im Kampf ausgebildet hatte, sprach den rituellen Eid: »Möge Gott mein Zeuge sein: Ich werde die ungläubigen Feinde bekämpfen, solange ich lebe.«

Als Lorenzo die Worte hörte, war ihm wohl bewusst, dass sein Lieblingsschüler dieses feierliche Versprechen niemals brechen würde. Seine Feinde würden Salìm bald kennen- und fürchten lernen.

Er richtete seine Aufmerksamkeit wieder auf Diletta und seine kleine Tochter, die in der Obhut ihrer Ammen in einer Ecke mit ihren Beinchen spielte. Er freute sich über das spontane Lächeln, das ihr schönes Gesicht erhellte, als sie seinen Blick bemerkte.

Auf einmal schoss ihm ein düsterer Gedanke durch den Kopf: Es wird nicht enden, solange wir beide noch am Leben sind! Der Krieger mit der Goldmaske ist ein Fluch, der dich verfolgen wird, bis einer von euch den Tod findet!

Der Gedanke an Hito Humarawa trübte die Heiterkeit dieses Augenblicks. Während all die Anwesenden den neuen Kommandanten der Flotte beglückwünschten, ergriff Lorenzo die Hand Dilettas.

Februar 2002

Sara Terracini stieg auf die Leiter und untersuchte das antike Halbrelief. Sie zog den Isisknoten aus rotem Jaspis aus dem stoßsicheren Futteral und ließ ihn in einen passgenauen Freiraum im Marmor gleiten, den die leicht geöffnete rechte Hand der Isis mit Daumen und Zeigefinger bildete.

»Das ist der Schlüssel!«, rief Sara. »Und da haben wir den Weg!«

Der Bereich zwischen den Fingern der Gottheit hatte eine rechteckige Form, in die der ebenfalls rechteckige Fuß des Isisknotens genau hineinpasste. Damit wies der Ring am oberen Teil des Amuletts auf einen Punkt in der Nähe der Spitze eines der drei Gipfel des Gavilán.

»Zum Sohne hin. Zu Horus, dem Falkengott«, sagte Sara.

»Sehr gut, Frau Dr. Terracini«, erklang auf einmal eine befehlsgewohnte Stimme hinter ihnen. »Jetzt können Sie von Ihrer Leiter wieder heruntersteigen.«

Im Gegenlicht des großen Kirchenportals stand die Gestalt Yasuo Marus. Er hielt eine Pistole in der Hand und schien entschlossen, sie auch zu benutzen.

»Endlich haben wir das Vergnügen, den Urheber all dessen, was uns zustieß, kennenzulernen«, sagte Henry, ohne den Hass zu verhehlen, den er in diesem Moment empfand.

»So ist es, mon cher Monsieur Vittard. Und wie ich sehe, sind Sie nicht allein. Die schöne Sara hilft Ihnen, die Rolle des Klassenbesten zu spielen. Gleich als ich Lysikrates' Memoiren zugeschickt bekam, habe ich mich an die Arbeit gemacht und die Übersetzung studiert. Am Ende gelangte ich zur selben Schlussfolgerung wie Sie, nur fehlten mir noch einige Informationen, über die ich nun dank Ihrer bezaubernden Gefährtin verfüge. Wie schade, dass Sie beide jetzt sterben müssen. Aber leider versucht eine Person, die Ihnen beiden sehr nahe steht, zu zerstören, was ich geschaffen habe. Sollte ich deswegen gezwungen sein, wieder von vorn anfangen zu müssen, wird mir der Schatz der Dido sehr von Nutzen sein.«

Schon lag der Zeigefinger von Marus rechter Hand am Abzug, als eine Stimme aus den oberen Gewölben der Kirche zu ihnen herabhallte.

»Waffe weg, Yasuo Maru, oder ich schieße!«

Mit unglaublicher Schnelligkeit riss der Herr der Wasser die Pistole nach oben und feuerte mehrere Schüsse ab.

Etienne Jalard hatte seinen linken Arm noch in der Schlinge und hielt die Waffe in der Rechten. Die plötzliche Bewegung des Japaners hatte ihn verunsichert. Dadurch zögerte er einen winzigen Moment, und so traf ihn Marus Kugel in die Brust. Aus dem Gleichgewicht gebracht, durchbrach der Agent des Mossad das hölzerne Geländer der Empore und stürzte ins Leere.

Maru hatte die Situation wieder im Griff oder glaubte es zumindest, doch da fielen im Inneren des Kirchenschiffs zwei weitere Schüsse.

Der kleine alte Priester hielt mit zitternden Händen Jalards Waffe. Maru ging verletzt zu Boden.

»Ich sagte doch, dass mir dieser Japaner unsympathisch war«, knurrte der Priester, während die Mündung der SIG Sauer in seinen Händen noch rauchte.

Sara und Henry liefen zu Etienne, der im Sterben lag.

»Dachtet ihr, ich würde euch im Stich lassen?«, sagte er, die Stimme nur mehr ein Flüstern. »Ich wollte euch beschützen, ohne dass ihr was davon mitkriegt, um euch zwei Turteltauben nicht den Urlaub zu ruinieren.« Das Atmen fiel ihm schwer, dennoch schaffte er es noch zu sagen: »Übergebt Maru den Behörden. Ganz sicher wird er ein paar Jahrhunderte in einem japanischen Gefängnis schmoren…« Danach schloss er für immer die Augen.

Henry drehte sich zu der Stelle um, an der Yasuo Maru verletzt am Boden gelegen hatte, doch der japanische Gangster war verschwunden. Eine Blutspur führte zum Ausgang der Kirche und zeigte klar und deutlich, dass Maru die Flucht gelungen war.

Milano und Iku empfanden tiefe Abscheu, während sie sich eine der zahllosen Aufnahmen ansahen, auf denen Yasuo Marus viehisches Treiben festgehalten war. Zu sehen, wie ein kleines Mädchen von einem perversen Wahnsinnigen missbraucht und getötet wurde, war auch für diese Männer zu viel, obwohl sie schon jede Grausamkeit miterlebt hatten.

»Dieses Beweisstück werde ich dem Richter persönlich überbringen«, sagte Iku, der die CD-ROM in Händen hielt, auf die die Aufnahmen kopiert worden waren. »Damit wird es kein Problem sein, einen Haftbefehl wegen Missbrauch und Mord an Minderjährigen zu erwirken.«

»Gut«, erwiderte Bruno Milano. »Ich gehe jetzt an die frische Luft. Bin hier seit Tagen eingeschlossen, ohne dass ich was Richtiges gegessen oder vernünftig geschlafen hätte.«

Sie fuhren mit Marus Privatlift gemeinsam hinab ins Erdgeschoss.

Sobald sie auf der Straße standen, steuerte Iku auf das Auto mit den blinkenden Warnlichtern zu, das auf ihn wartete, doch dann blieb er noch einmal kurz stehen, reichte Bruno Milano die Hand und sagte in tiefem Ernst: »Danke, Milano-*san*. Wenn Sie nicht gewesen wären, hätte dieser Verbrecher den Namen meines Landes noch wer weiß wie lange beschmutzt.«

Milano erwiderte den Händedruck und lächelte. Er empfand große Sympathie für diesen asiatischen Columbo und hatte ihn in den letzten Tagen zu schätzen gelernt.

Dann trennten sie sich.

Milano dachte an die schöne Kuniko Sagashi, deren Tod endlich gerächt werden konnte. Mit einer Verurteilung wegen Kindesmissbrauch und Mord konnte nicht einmal ein so mächtiger Mann wie Maru dem Gefängnis entgehen. Die Justiz würde ihn überallhin verfolgen, bis man seiner habhaft wurde. Milanos Mission war damit beendet.

Auf der Aoyama-Dori wimmelte es von Leuten, die geschäftig umhereilten, ohne zu wissen, welche Gefahr von Machtmenschen ohne Skrupel, wie Yasuo Maru einer war, für sie alle ausging. Umso besser, dachte Bruno Milano, während sein Blick zufällig auf eine Frau fiel, die recht unbeholfen auf zu hohen Absätzen unterwegs war.

Als sie an ihm vorbeigehen wollte, schien sie zu straucheln, doch Milanos starke Arme fingen sie auf.

Doch es handelte sich nicht um eine Frau, sondern um Taka, der lediglich Frauenkleider angezogen hatte und

Milano mit einem Blick voller Bosheit und Raserei anlächelte.

»Du hast einen letzten Kuss vergessen, Milano«, stieß Marus Sekretär hervor, während er mit den Zähnen den Sicherungsring einer Handgranate zog und den Sprengkörper zwischen ihre beiden Körper schob.

Bruno Milano begriff sofort, dass keine Zeit mehr war, zu entkommen. Alles, was ihm blieb, war, Taka mit beiden Armen an sich zu drücken, damit ihre Körper die Explosionswucht so weit dämpften, dass möglichst wenige Unbeteiligte zu Schaden kamen.

Der Mann aus dem Westen und die auffällig gekleidete Frau, die er umarmte, explodierten, und in der elegantesten Straße Tokios herrschten mit einem Mal nur noch Schrecken und Verzweiflung.

»Ich bitte Sie, Inspektor, hören Sie mich an«, sagte Sara Terracini zu dem spanischen Polizeibeamten in einem Ton, der sicher keiner Bitte gleichkam. »Ich werde auf jede Ihrer Fragen antworten, doch zuerst müssen wir hoch zum Gipfel des Gavilán. Das ist eine Angelegenheit von äußerster Wichtigkeit.«

»Meine Liebe, sind Sie sich darüber im Klaren, dass ein Mensch getötet wurde?«

»Genau darum geht es ja. Es dürfen keine weiteren Personen zu Schaden kommen, außerdem darf dieser Schatz, der von unschätzbarem Wert und Eigentum Ihres Landes ist, nicht in die Hände eines international agierenden Kriminellen fallen. Und genau deshalb bitte ich Sie, uns gehen zu lassen.«

»Hören Sie auf die junge Frau, Inspektor Ortega, sie weiß, wovon sie redet«, sagte der Priester mit drängender Stimme. »Ich werde Ihren Leuten sämtliche Fragen beantworten. Derweil können Sie zusammen mit diesen beiden Zeugen den wohl wichtigsten Beweis für Ihre Ermittlungen beschaffen.«

»Das kann mich meine Karriere kosten, Pater Martínez«, sagte Ortega, doch dann bedeutete er Sara und Henry, ihm zu folgen.

Die Instrumententafeln im Kontrollraum des Aquädukts von Quemoy erinnerten an die in einem modernen Atomkraftwerk. Ein beleuchtetes Schema zeigte, welche Wasserleitungen gerade benutzt wurden, während computergesteuerte Ventile den Wasserfluss kontrollierten.

Die Techniker der Taiwan Water Main Supply hatten gerade ihre Kollegen von der vorherigen Schicht abgelöst. Die fünf Männer setzten sich an die Konsolen, dann begannen sie mit dem Kontrollcheck. Die beiden Soldaten der zum Schutz des Aquädukts abgestellten Garnison beobachteten die routinemäßigen Arbeiten mit gelangweiltem Desinteresse.

Der gleichmütige Gesichtsausdruck verblieb auf ihren Gesichtern, als sie einige Stunden später, ohne es zu bemerken, vom Leben in den Tod befördert wurden.

»Jetzt haben wir freie Bahn«, sagte der Techniker, der soeben zweimal den Abzug seiner schallgedämpften Pistole betätigt hatte und nun auf die beiden leblosen Körper blickte. »Die nächsten zwölf Stunden wird sicher niemand bemerken, dass die zwei fehlen.«

Sofort griffen die anderen nach ihrer Ausrüstung und zogen einige Hochdruckflaschen hervor.

Obwohl Henry während des Aufstiegs immer wieder einige Zeit verharren und warten musste, bis Sara zu ihm aufschloss, kamen sie beide doch sehr viel schneller voran als Ortega und seine Beamten. Der Inspektor der spanischen Polizei schnaufte wie eine Lokomotive, während er mit seinem Trupp die unwegsamen Pfade erklomm, die zum Felsengipfel emporführten.

Es war Sara nicht schwergefallen, jenen Punkt auszumachen, den ihr Lysikrates mit seinem originellen »Zielsystem« gedeutet hatte. Der Gipfel des Falken war nur noch wenige Meter entfernt, als Henry auf einige Felsen deutete: »Schau, es sieht fast so aus, als hätte jemand die Felsblöcke dort an der Wand aufgeschichtet!«

Inzwischen hatten die Polizisten sie eingeholt. Sie wälzten mit Sara und Vittard die Steine beiseite und legten den schmalen Zugang zu einem Tunnel frei.

Zwei der Beamten blieben draußen, während der Inspektor mit einigen anderen sowie Sara und Henry in den Stollen eindrang.

Sie gingen etwa fünfzig Meter weit in den Tunnel hinein und beleuchteten mit den Taschenlampen, die sie für alle Fälle mitgenommen hatten, die engen Gänge und die steilen Abhänge. Plötzlich tat sich vor ihnen eine große Höhle auf. Die Lichtkegel der Stablampen tanzten einige Augenblicke lang umher, bevor sie sich auf drei große Schreine konzentrierten, die an einer Seite des in den Fels gehauenen Raumes aufgestellt waren.

Mit zitternden Händen öffnete Sara den ersten der drei Schreine. Darin befand sich eine dicke Staubschicht, vermischt mit verfallenen Textilfasern, die ihr einen deutlichen Hinweis auf den einstigen Wert des Inhalts gaben.

»Das müssen sehr kostbare Stoffe gewesen sein«, erklärte Sara und klaubte einen Edelstein aus der Tiefe des Schreins hervor. »Und offenbar waren sie mit kostbaren Steinen besetzt, die sie noch wertvoller machten. Da es in dieser Höhle kaum Temperaturschwankungen gibt und die Luftfeuchtigkeit sehr gering ist, haben die anderen Artefakte die Jahrhunderte wahrscheinlich besser überdauert, was man von Kleidungsstücken und anderen Textilien nach ein paar Tausend Jahren natürlich nicht erwarten kann. Schauen wir einmal, ob wir mit dem zweiten Schrein mehr Glück haben.«

Doch erneut war im Schein der Stablampen Saras enttäuschte Miene zu sehen. Der Schrein war fast völlig leer, abgesehen von einer Vase aus mattem Glas, die mit einem Stopfen luftdicht verschlossen war. Es handelte sich um ein Objekt von großem, ja enormem Wert, wenn man die Zeit seiner Herstellung in Betracht zog, doch war es ein Nichts im Vergleich zu dem Schatz, den Sara zu finden gehofft hatte.

Etwas mutlos öffnete sie den dritten und letzten Schrein. Darin funkelte und glitzerte es im Licht der Taschenlampen, denn diese Truhe war voller kostbarer Gegenstände. Sara hob eine gold- und silberverzierte Vase empor, auf der ein Greif eingraviert war, von Schmuckmotiven in Form von Lotusblättern umringt.

»Sieht tatsächlich so aus, als stammte sie aus phönizischer Zeit«, sagte Sara. »Das ist alles, war von dem Schatz der Dido übrig ist«, fügte sie dann hinzu und deutete dabei vor den ungläubig staunenden Polizisten auf den Inhalt des Schreins.

Es dauerte ungefähr eine Stunde, die drei Schreine aus der Grotte zu tragen, wobei sehr sorgfältig vorgegangen werden musste, damit sie beim Transport nicht noch mehr in Mitleidenschaft gezogen wurden, als es während der vielen Jahrhunderte bereits geschehen war.

Sobald sie im Tageslicht standen, untersuchte Sara die Glasvase genauer, während sie darauf wartete, dass der von Ortega gerufene Polizeihubschrauber kam, um sie alle zusammen mit den kostbaren Fundstücken in Sicherheit zu bringen.

Durch das matte, nur teilweise durchsichtige Glas entdeckte Sara einen zylindrischen Behälter. Vorsichtig, damit sie das Gefäß nicht noch beschädigte, zog sie den Stopfen heraus, mit dem die Vase versiegelt war. Das lederne Behältnis, in dem sicherlich ein Papyrus steckte, war bestens erhalten und hatte noch die ursprüngliche rote Farbe.

Sämtliche Vorsichtsmaßnahmen vergessend, öffnete sie

das lederne Etui und zog tatsächlich einen Papyrus heraus, den sie an den Knochenstäben hielt, um die die Seite gewickelt war.

Langsam rollte sie ihn auf und legte ihn auf einem der drei großen Schreine ab. Sie erkannte die Handschrift auf den ersten Blick und übersetzte mit lauter Stimme die letzte Botschaft des Lysikrates.

Tabarka, 1347

Eines Morgens war der Tag gekommen, den Lorenzo immer gefürchtet hatte.

Aufgrund der nicht enden wollenden Beutezüge der Piraten unter dem Befehl des Muqatil hatten die Venezianer ein Heer von ein paar Tausend Mann aufgestellt, und wieder einmal wurde Tabarka belagert, jene Stadt, die so schwer einzunehmen war.

Hito Humarawa hob den Blick bis zum oberen Rand der Stadtmauer. Dort flatterte das Banner des Emirs von Tabarka im warmen mediterranen Wind, und zwischen den Zinnen des Wehrgangs war die Gestalt des Muqatil deutlich zu sehen.

Diesem Feind verdankte der Samurai seine Lebensangst. Jahre des Kampfes, der Jagd und der Niederlagen belasteten ihn schwer, denn in all der Zeit hatte er keine Gelegenheit mehr erhalten, dem Muqatil in einem Zweikampf auf Leben und Tod gegenüberzutreten.

Der Japaner war gegen den Plan der Venezianer gewesen, doch die enthusiastischen Reden der anderen Offiziere hatten seine Argumente übertönt.

Humarawa schaute auf das Katapult, das gegen die Stadt gerichtet war, und schüttelte den Kopf. Er fand es nicht richtig, dass ein solch tapferer Mann auf diese ehrlose Art und Weise sein Leben verlieren sollte.

Lorenzo di Valnure betrachtete das Feindeslager von der Höhe der Stadtmauer aus. »Früher oder später werden sie genug haben«, sagte einer der sarazenischen Offiziere zum Emir. »Wir haben jeden ihrer Angriffe zurückgeschlagen, und die Ungläubigen haben nicht einen einzigen Fortschritt erzielt. Schon bald werden sie die Belagerung aufgeben und sich zurückziehen.«

Doch da konzentrierte sich der Blick der kobaltblauen Augen des Muqatil auf eine einsame Gestalt. Die metallenen Plättchen der Samurairüstung reflektierten das Sonnenlicht, und obwohl er diesmal seine Goldmaske nicht trug, erkannte Lorenzo di Valnure seinen tapfersten und gefährlichsten Feind, gegen den er jedoch keinen Hass empfinden konnte.

Dann sah er in die Richtung, in die auch der Japaner blickte. Das Katapult stand abgesondert von den anderen vieren, die zu einer Batterie aufgestellt waren, und nur wenige Männer befanden sich im Bereich des Kriegsgeräts.

Lorenzo wandte sich um und sah auf seine Stadt. Die Straßen waren voller Leben, als fühlte sein Volk nicht die bedrohliche Last der Belagerung.

Ein dumpfes, dunkles Geräusch erfüllte die Luft, als der hölzerne Hebel mit voller Wucht auf die Tierhäute traf, die zum Schutz an den Querbalken des Katapults angebracht waren.

Lorenzo stand da und verfolgte den Flug des Geschosses, das keine schwarze Rauchfahne hinter sich herzog und bei dem es sich auch nicht um einen der größeren Steinbrocken handelte, wie der Feind sie zumeist warf. Es sah vielmehr aus wie ein Bündel Stofffetzen, das, hoch über die Stadtmauer hinweg, durch die Luft pfiff und sich dabei um sich selber drehte.

Eine schreckliche Ahnung stieg in Lorenzo auf. Eiligst verließ er die Stadtmauer und rannte dorthin, wo das Geschoss niedergegangen war.

»Halt!«, rief er einer Gruppe Kinder zu, die sich neugierig um diesen seltsamen Ball aus Fetzen versammelt hatten. Doch es war schon zu spät. Der Größte von ihnen hatte ein Messer herausgezogen und die Säcke geöffnet, die daraufhin ihren makabren Inhalt preisgaben.

Eine Frau beugte sich hinab, während das Kind angewidert zurücktrat. Der menschliche Schädel zwischen den Fetzen befand sich im Zustand fortgeschrittener Verwesung. Dennoch war noch ein großer schwarzer Fleck auf der Stirn des Kopfes zu sehen, den der Feind hinter die Stadtmauer geschleudert hatte. Es war das Zeichen des Schreckens.

»Die Pest!«, flüsterte die Frau und wich entsetzt zurück. »Die Pest!«, schrie sie gleich darauf, während die Angst und der Schrecken in ihrer Stimme die engen Gassen von Tabarka erfüllten.

Februar 2002

»Es tut mir leid, Herr Dr. Breil, der Genosse Vorsitzender arbeitet gerade an seiner Rede, die er in wenigen Stunden in der Plenarversammlung des Nationalen Volkskongresses halten wird«, sagte eine höfliche Stimme am anderen Ende der Leitung in einem Englisch, aus dem das asiatische Idiom deutlich herauszuhören war. »Er bittet Sie, ihm zu verzeihen, dass er Ihren Anruf nicht entgegennehmen kann, und lässt ausrichten, Sie können auch mir sagen, worum es geht. Ich bin He Chung, sein Privatsekretär, und werde dem Staatspräsidenten persönlich den Grund Ihres Anrufs vortragen.«

Oswald verabschiedete sich höflich und legte auf. Wie hätte er seinen Verdacht dem Sekretär des chinesischen Staatspräsidenten erklären sollen? Ich befürchte einen Anschlag finsterer Kräfte, aber ich weiß nicht, wo, wann und wie er stattfinden soll?

In den Augen der Welt war der ehemalige israelische Premierminister jetzt ein korrupter Politiker, vor dem man sich vorsehen musste und von dem man sich fernhielt, als hätte er eine ansteckende Krankheit. Wie sollte Oswald Breil die chinesische Regierung da zum Handeln bewegen, zumal es doch mehr ein Gefühl war, das ihn warnte? Wer glaubte einem Mann, der als Verräter an seinem eigenen Land galt und von einer nebulösen Bedrohung faselte? »Have a nice day, China!« – das musste nicht zwangsläufig bedeuten, dass jemand in irgendeinem Winkel des neun Millionen und fünfhunderttausend Quadratkilometer großen Staatsgebiets einen Anschlag verüben wollte. Vielleicht wollte er dem Land, das so groß war wie ein ganzer Kontinent, schlicht einen schönen Tag wünschen.

Da er aber um die Gefährlichkeit solcher Menschen wie Yasuo Maru und Zhu Ling wusste, war sich Oswald absolut sicher, dass sich hinter diesem rätselhaften Gruß eine durchaus reale Gefahr verbarg.

Die Abkürzung A24 bezeichnete eine Raketenstellung von geringer Schlagkraft, verglichen mit den vielen anderen, die mit Waffen der neuesten Generation ausgestattet waren. Die unterirdische Station befand sich im westlichen Teil der Insel, nicht weit von dem Aquädukt entfernt, der die gesamte Insel Quemoy versorgte. Sie war bestückt mit drei ballistischen Raketen vom Typ Boeing LGM-30 Minuteman, überholten Waffen, deren Produktion 1978 eingestellt worden war. Die drei interkontinentalen Trägerraketen verfügten über konventionelle Sprengköpfe von hohem Potenzial. Eine jede dieser Raketen, die vertikal nebeneinander in den unterirdischen Abschussrampen standen, hatte eine Länge von achtzehn Metern und ein Gewicht von mehr als zweiunddreißig Tonnen. Ihre durchschnittliche Geschwindigkeit betrug etwa fünfzehntausend Kilometer pro Stunde. Durch ihre Reichweite von ungefähr zehntausend Kilometern konnten diese Raketen jeden Punkt im gesamten chinesischen Staatsgebiet erreichen, und das Inertialsystem von Boeing war von fast unfehlbarer Präzision.

Vielleicht wurden diese drei alten LGM-30-Minuteman-Raketen, die aus irgendeinem aufgelösten amerikanischen Waffenlager stammten, deshalb wie Juwelen behandelt. Der Offizier, die beiden Unteroffiziere und die sechs Männer der Standorttruppe A24 waren jedenfalls entschlossen, mit ihren alten Raketen vom Typ Minuteman ihren Beitrag zu leisten, sollten die Spannungen zwischen der kommunistischen Volksrepublik China und der Republik China auf Taiwan in einen kriegerischen Konflikt ausarten.

Hauptmann Bernstein ging nach den gleichen Prinzipien vor wie Paläonto-Anthropologen, wenn sie die Gesichtszüge prähistorischer Menschen rekonstruieren, nur analysierte er nicht die Knochenstruktur eines Schädels, sondern den maßstabsgetreuen Plan einer Wasserversorgungsanlage. Schon seit einigen Stunden beschäftigte er sich mit dem einzigen Dokument, das er aus dem Ordner »Have a nice day, China!« hatte retten können, bevor ein Virus die Festplatte von Marus Computer unwiederbringlich gelöscht hatte.

Bernstein versuchte, anhand der wenigen Informationen, die ihm zur Verfügung standen, in groben Zügen ein morphologisches Profil von dem Gebiet zu rekonstruieren, auf dem sich dieses Wasserversorgungsnetz befand.

Das Vorhandensein von Pumpstationen bewies ihm, dass es dort Erhebungen oder ein Gefälle gab. Die Leistung der einzelnen Pumpstationen, die auf dem Plan genauestens wiedergegeben wurden, ließ auf die ungefähre Höhe der Erhebungen schließen, die den Weg des Rohrleitungssystems bestimmten. Der rechts unten auf dem Plan angegebene Maßstab besagte, dass das betreffende Gebiet nur wenige Quadratkilometer umfasste.

Bernstein scannte das Ergebnis seiner Arbeit, das einem

Lageplan glich, ein, und der Computer übersetzte alles in eine für das Elektronengehirn verständliche Sprache. Das rhythmische elektronische Ticken sagte ihm, dass der Computer den Plan mit den in den Archiven vorliegenden topografischen Informationen abglich.

Er verschränkte die Finger ineinander und hoffte, dass ihm das Schicksal einmal mehr zu Hilfe käme. Zunächst überprüfte der Computer, ob es innerhalb des chinesischen Staatsgebiets oder in den angrenzenden Landstrichen etwas Vergleichbares gab. Der Computer brauchte nur eine halbe Stunde, dann teilte er ihm mit, dass er vier Entsprechungen gefunden hatte, also vier Orte, die große Übereinstimmungen mit den gelieferten Informationen aufwiesen.

Der Name eines der Orte ließ den Elektronikexperten im Dienst der israelischen Republik zusammenzucken. Er sprang auf, um Oswald Breil sofort zu informieren.

Sara Terracinis Stimme war fest und wohlklingend, als sie den letzten Papyrus mündlich übersetzte, den Lysikrates der Nachwelt hinterlassen hatte.

Henry Vittard hockte auf einem Stein und lauschte ihr wie ein Kind, das neben dem Herd sitzt und gespannt auf das Ende des Märchens wartet, das der Großvater gerade erzählt.

Kaiserliches Rom, anno 845 nach der Gründung (92 n. Chr.)

Ich weiß nicht, ob eine Gottheit der Unterwelt meine Memoiren aufbewahrt hat und sie bis zu dir hat gelangen lassen, der du sie nun liest, nachdem du die nötigen Hinweise entdeckt und verstanden hast, um hierher zu gelangen. Vielleicht bist du ganz zufällig auf den Schatz gestoßen, oder, besser gesagt, auf das, was von dem Schatz der Dido noch übrig ist. Vielleicht offenbarte sich ja das Innere dieser Höhle durch einen kleinen Erdstoß, der die Steine beiseite stieß, mit denen der Eingang verschlossen wurde.

Das Gold und die noch übrigen kostbaren Gegenstände stellen nur einen kleinen Teil des enormen Schatzes dar, den ich, Lysikrates aus Pyräus, zu betrachten die Gelegenheit hatte. Ich habe den Tunnel erstmals zusammen mit Cesellius Bassus betreten, einem alten Legionär, der nicht mehr ganz bei Verstand war. Was fehlt, wurde von dem Mann verbraucht, der einst als der mächtigste Mann aller Zeiten galt. Er benötigte das Vermögen, um ein gut situiertes und standesgemäßes Dasein zu führen, ohne dafür seine Identität preisgeben zu müssen.

Ich spreche von Nero Claudius Drusus Germanicus Caesar. So jedenfalls hieß er, als er Kaiser von Rom war. Heute lebt er unter dem Namen Plautius in Jerusalem, und jeder, der ihn dort kennt, glaubt, dass er einst Offizier der römischen Legionen war und sich in die Hauptstadt von Palästina zurückzog, um sich nach seinem Dienst an der Front ganz seiner Leidenschaft hinzugeben, der Kunst.

Seit jenen stürmischen Ereignissen, die ihn dorthin führten, sind inzwischen vierundzwanzig Jahre vergangen. Der älteste der drei Söhne, die Lucius Domitius Nero von Rebecca beschenkt bekam, einer sanften, treuen Jüdin, die mein Herr heiratete, ist nun neunzehn Jahre alt. Ich hingegen gehe auf die siebzig zu, und sollte ich jemals wiedergeboren werden, würde ich gern noch einmal ein Leben führen wie jenes, das ich bereits lebte. Auch die absolute Ruhe, in der ich die letzten Jahrzehnte verbringen durfte, würde ich gern wieder erfahren, da sie mir eine Gelassenheit schenkte, wie sie mir und vor allem Nero in den hektischen Zeiten des Imperiums versagt blieb.

Die Macht und das Gold und das Gold und die Macht. Oft töten und sterben Menschen, um beides zu erringen. Nero hat getötet, um nicht unterzugehen, aber auch, weil er von der Macht überwältigt und geblendet war. Wie fern ist das unheilvolle Blitzen, das in seinen Augen funkelte. Heute vermittelt sein Blick nur noch Frieden, wenn sich die Mitglieder seiner Familie um ihn scharen und er seine Verse vorträgt oder ein Lied anstimmt, das er soeben komponiert hat.

Wie fern sind das Gold und die Gier nach Reichtum und ausschweifendem Luxus, der nur dazu diente, die Menschen vor Neid und Staunen erstarren zu lassen. Heute blendet das Gold meinen Herrn nicht mehr. Es dient nur noch dafür, ihm und den Seinen ein ruhiges, bequemes Dasein zu ermöglichen. Und das verdankt er der Königin von Thyros und ihrem Schatz aus alter Zeit.

Ich habe mich heute zum letzten Mal hierher begeben, um etwas aus den verborgenen Schreinen zu entnehmen, für den Mann, dem ich mein Leben gewidmet habe. Aus diesem Grund habe ich beschlossen, diese wenigen Zeilen niederzuschreiben. Nero bezeichnete meine Tagebücher einst als »Memoiren, die niemals gelesen werden«, doch ich spüre, dass eines Tages jemand diesen Papyrus in Händen halten wird.

Seit ich die beiden Amphoren versiegelte, die meine Memoiren und die Gegenstände enthielten, die dem Kaiser am teuersten waren, habe ich die Episoden meines Lebens nie mehr schriftlich niedergelegt. Vielleicht auch aus Angst, gefährliche Spuren zu einer Vergangenheit zu legen, die besser vergessen werden sollte.

Das Glück wollte es, dass mein Herr auf meinen Rat hörte und beschloss, an Bord des Bootes weiterzureisen, mit dem wir von Ostia aus geflohen waren, denn die beiden von Simon dem Magier befehligten Liburnen holten das goldene Schiff ein, als es gerade die Nordwestspitze von Sizilien umfuhr.

Nach einer kurzen Verfolgungsjagd gelang es den beiden römischen Schiffen, den langsameren kaiserlichen Segler in eine Bucht zu drängen, wo er in der Falle saß. Ich habe mit eigenen Augen von Bord des Fischerboots aus gesehen, wie sich die Liburnen wie Raubtiere auf das von mir gebaute Schiff stürzten und ihre Rammsporne wie Reißzähne und Klauen in die Flanken ihrer Beute schlugen. Ich habe gesehen, wie das schönste Schiff aller Zeiten im aufschäumenden Meer hinab in die Tiefe sank. Ich habe gesehen, wie die überlebenden Matrosen von den feindlichen Pfeilen getroffen wurden, während sie sich schwimmend zu retten versuchten.

Das Fischerboot, auf dem wir uns befanden, hatte sich in der Nähe der zwischen Sizilien und der Insel Egusa liegenden Meerenge mit anderen Fischerbooten zusammengeschlossen. Gleich nach dem furchtbaren Gemetzel steuerte eine der beiden Liburnen auf die Fischerboote zu. Als ich das sah, wähnte ich uns schon verloren. Dann hörte ich im Laderaum, in dem Nero und ich uns versteckten, die Stimme Simons des Magiers, der auf dem Bug der Liburne die Besatzungen der Fischerboote warnte, die Zeugen des Massakers geworden waren.

»Niemand von euch hat irgendetwas gesehen!«, befahl er mit lauter Stimme, sobald er in Rufweite war. »Das ist ein Geheimnis Roms, und ein jeder von euch, der etwas darüber verrät, ist des Todes!«

Fest davon überzeugt, dass Nero als auch jede Person seines Gefolges für immer ausgelöscht waren und alle Zeugen schweigen würden, gab Simon der Magier den Befehl zur Umkehr und fuhr zurück nach Italien.

So gelangten mein Herr und ich in das Land, das uns heute eine Heimat ist und in dem wir unsere Tage in Frieden beschließen werden.

Nulla terra exilium est, sed plerumque altera patria.

»Kein Land ist ein Exil, sondern fast immer eine neue Heimat.« Sara sprach diese letzten Worte mit einem leichten Zittern in der Stimme, das sie anders als sonst klingen ließ.

Wenige Minuten später erfüllte der Rotorenlärm eines Hubschraubers die kleine Lichtung an den Hängen des Gavilán, dann ging der Helikopter der spanischen Polizei nicht weit entfernt von ihnen nieder.

»Fast immer eine neue Heimat«, wiederholte Henry und legte einen Arm um sie, während sie auf den Hubschrauber zugingen. »So endet die schöne Geschichte von Lysikrates und seiner Welt.«

»Genau«, antwortete Sara nur, doch eine seltsame Ahnung warnte sie, dass auch diesmal noch nicht das Wort »Ende« unter ihr unglaubliches Abenteuer gesetzt werden konnte.

<DER PLAN DES WASSERNETZES IST IDENTISCH MIT DEM DER INSEL QUEMOY. KENNEN SIE DIE, MAJOR?>, tippte Hauptmann Bernstein, sobald er Kontakt zu Oswald Breil hatte.

<SIE MEINEN DIE INSEL, DIE NUR WENIGE MEILEN VON DER CHINESISCHEN KÜSTE ENTFERNT LIEGT, ABER ZUR REPUBLIK TAIWAN GEHÖRT?>

<GENAU DIE, MAJOR BREIL, EINE UNEINNEHMBARE MILITÄRISCHE FESTUNG. AUF DEM ORIGINALPLAN STICHT EINEM EINE ROHRVERZWEIGUNG UNWEIT VOM HAUPTAQUÄDUKT INS AUGE. SIEHT GANZ SO AUS, ALS WÜRDE VON DORT AUS AUCH EINE UNTERIRDISCHE RAKETENBASIS MIT WASSER VERSORGT, WAS UNSERE SATELLITENAUSWERTUNGEN BESTÄTIGEN. NACH DEM DURCHMESSER DER AUSTRITTSÖFFNUNGEN UND DER ANZAHL DER UNTERIRDISCHEN STARTRAMPEN, DIE VOM SATELLITEN AUS ZU SEHEN SIND, DÜRFTE ES SICH UM EINE BATTERIE VON DREI BALLISTISCHEN INTERKONTINENTALRAKETEN HANDELN. ALSO SPRENGKÖPFE, DIE PRÄZISE JEDEN ORT AUF DEM CHINESISCHEN STAATSGEBIET TREFFEN KÖNNTEN.>

<JA SCHON, ABER WELCHEN ORT GENAU?>, schrieb

Breil. Dann hatte er einen Einfall. Er musste das Pferd von hinten aufzäumen und in Erfahrung bringen, wo sich Zhu Ling, Marus mächtiger Verbündeter und Vorsitzender der chinesischen Militärkommission, in den nächsten Stunden *nicht* aufhalten würde. Der Sekretär des chinesischen Staatspräsidenten hatte von einer Plenarversammlung des Nationalen Volkskongresses gesprochen und …

<KÖNNEN SIE FESTSTELLEN, HAUPTMANN, OB ZHU LING MITGLIED DER PLENARVERSAMMLUNG DES NATIONALEN VOLKSKONGRESSES IST?>, fragte Oswald.

<NUR EINEN AUGENBLICK.> Kurz darauf erschien seine Antwort auf Breils Computerbildschirm: <DIE FAST DREITAUSEND ABGEORDNETEN DER KONGRESSVERSAMMLUNG WÄHLEN NEBEN DEM STAATSPRÄSIDENTEN, DESSEN STELLVERTRETER, DEM PREMIER UND VERSCHIEDENEN ANDEREN INSTITUTIONELLEN ÄMTERN AUCH DEN VORSITZENDEN DER MILITÄRKOMMISSION, IM VORLIEGENDEN FALL GENERAL ZHU LING. SIE SITZEN VON RECHTS WEGEN ALLE IN DER VERSAMMLUNG.>

<BLEIBEN SIE IN DER LEITUNG, HAUPTMANN, ICH MUSS NUR NOCH EINE LETZTE SACHE PRÜFEN.>

Der Offizier, der das Kommando über die Raketenstellung A24 auf der Insel Quemoy hatte, schloss die Toilettentür hinter sich und öffnete den Reißverschluss seiner Hose. Als er fertig war, betätigte er die Wasserspülung. Das Gas, das anstatt des Wassers aus der Rohrleitung trat, füllte zuerst den Toilettenkasten oberhalb des WC, dann verteilte es sich im Waschraum und kurz darauf auch im angrenzenden Kontrollraum.

Das im Fachjargon Acetylcholinesterase genannte Nervengas tötete den Offizier innerhalb weniger Sekunden, dann brachte das in den engen Räumen der Garnison freigesetzte Sarin den Tod in die gesamte Raketenstellung.

Vier der Techniker von Taiwan Water Main Supply verließen das Gebäude mit dem Aquädukt. Sie gingen nur wenige Dutzend Meter, dann brach einer von ihnen ein Stahltor auf, durch das man in einen kleinen künstlichen Hügel gelangte.

Die vier setzten ihre Gasmasken auf und drangen in die unterirdische Raketenstellung ein.

»Entschuldigen Sie bitte nochmals, Herr He Chung«, sagte Breil, als er innerhalb weniger Minuten ein zweites Mal im Büro des chinesischen Staatspräsidenten anrief. »Wenn Sie so freundlich wären und mir die Privatadresse von General Zhu Ling gäben, könnte ich ihn persönlich kontaktieren. Ich kenne den Vorsitzenden der Militärkommission schon lange.«

»Der Herr Vorsitzende Ling befindet sich im Ausland, ist also momentan nicht erreichbar«, antwortete der Sekretär, dessen Tonfall inzwischen recht gereizt klang.

»Entschuldigen Sie bitte noch einmal, Herr He Chung. Sie haben mir gegenüber eine Plenarversammlung des Nationalen Volkskongresses erwähnt. Wird General Zhu Ling nicht daran teilnehmen?«

»Ich habe keine Ahnung, Herr Breil, wie der Terminplan des Genossen General Ling aussieht und welche Prioritäten er setzt, und was seine Privatadresse betrifft, bin ich nicht autorisiert, sie Ihnen zu nennen. Jedenfalls – und das ist keine vertrauliche Information – wird der Vorsitzende der Militärkommission nicht an der Plenarversammlung teilnehmen, die gerade in diesem Moment beginnt.«

Auf einmal glaubte Breil zu wissen, auf welche Weise der Feind zuschlagen würde und was sein Ziel war. War erst einmal das gesamte Parlament ausgeschaltet, würde Zhu Ling als einziger Überlebender dieses schrecklichen Attentats die Führung der chinesischen Regierung übernehmen. Und keine Nation der Welt würde sich den »legitimen Vergeltungsmaßnahmen« Chinas gegen die Republik Taiwan entgegenstellen können, die sich angeblich eines so niederträchtigen Mordanschlags schuldig gemacht hatte, denn das Resultat eines militärischen Eingreifens wäre unweigerlich ein dritter Weltkrieg.

Als ihm dieser perfide Plan bis in die Einzelheiten klar geworden war, fühlte Oswald die Last seiner eigenen Ohnmacht. Wie sollte er allein die Mächtigen aufrütteln und diesen grausamen Massenmord verhindern, der noch furchtbarere Folgen haben würde? Wie konnte ein als bestechlich geltender Ex-Politiker die Mitglieder des Parlaments des bevölkerungsreichsten Staates der Welt retten?

Ein leises Lächeln umspielte seine Lippen. Auch Odysseus war es dank seiner Schläue gelungen, den Riesen Polyphem zu bezwingen.

<SIND SIE NOCH DRAN, HAUPTMANN?>, tippte Oswald auf der Computertastatur.

<ICH BIN NOCH DA, DR. BREIL>, antwortete Bernstein.

<ICH GLAUBE ENDLICH ZU WISSEN, WIE UND WO SIE ZUSCHLAGEN WERDEN. WAS WIR NOCH NICHT WISSEN, IST, WANN. WAS DIESEN UNSICHERHEITSFAKTOR BETRIFFT, WÜRDE ICH GERN WIE FOLGT VORGEHEN …>

Wenige Minuten später wählte Bernstein mittels seines Computers eine Telefonnummer in Peking an. Die Nummer lautete 8610–6309-7914 und verband ihn mit dem computergesteuerten System, mit dem im Gebäude der Großen Halle des Volkes am Platz des Himmlischen Friedens in Peking, wo der Nationale Volkskongress tagte, Telefaxe empfangen und versandt wurden.

Ein Tonsignal informierte den Offizier des Mossad, dass sein Modem mit dem des chinesischen Kommunikationssystems verbunden war.

»Drinnen sind wir also, aber jetzt kommt es drauf an«, murmelte Bernstein und beugte sich zum x-ten Male über die Computertastatur.

Der Sekretar des Kongresses blickte auf die riesige elektronische Anzeigetafel, die hinter dem Präsidiumstisch angebracht war.

»Von 2619 Mitgliedern sind 2560 anwesend. Die Sitzung ist damit beschlussfähig«, verkündete er in feierlichem Ton. »Der Genosse Staatspräsident hat das Wort.«

Das Staatsoberhaupt der Volksrepublik China stand auf, rückte das Mikrofon vor seinem Mund zurecht und begann seine Ansprache. Der Sessel zu seiner Rechten, auf dem normalerweise General Zhu Ling saß, Vorsitzender der Militärkommission, war leer.

»Die schwierige Situation, hervorgerufen durch Terroristen, die unser Land ins Chaos stürzen wollen, machte die kurzfristige Einberufung der Vollversammlung des Volkskongresses unumgänglich. Die Hintermänner dieses feigen …« Auf einmal wurden die Worte des Staatspräsidenten von einem Geraune unterbrochen, das sich laut aus der Versammlung der Abgeordneten erhob.

Als sich das Oberhaupt der Volksrepublik China umwandte und auf die riesige elektronische Anzeigetafel blickte, wurde ihm der Grund für die Unruhe klar.

ACHTUNG, stand auf der Tafel, WIR WURDEN GEWARNT, DASS SPRENGLADUNGEN IM PARLAMENT VERSTECKT WORDEN SIND. DIE GENOSSEN ABGEORDNETEN WERDEN AUFGEFORDERT, DEN SAAL OHNE PANIK UND AUF GEORDNETE WEISE ZU VERLASSEN, WÄHREND DAS PERSONAL DAZU ANGEHALTEN IST, FÜR EINE RASCHE EVAKUIERUNG DES GEBÄUDES ZU SORGEN.

In Tausenden Kilometern Entfernung nahm Hauptmann Bernstein die Finger von der Tastatur und lächelte in sich hinein.

Er würde seine asiatischen Sprachkenntnisse in Zukunft weiter ausbauen, denn das Verfassen der Nachricht auf Chinesisch hatte ihm doch einige Mühe bereitet. Trotzdem ließ er zufrieden die Fingergelenke knacken.

Die drei Raketen vom Typ LGM-30 Minuteman erhoben sich gleich den Höllengöttern, die einst dem Dunkel der Erde entstiegen, mit großem Getöse aus den Tiefen von Quemoy und zogen lange Rauchschweife hinter sich her.

Die beiden ersten Trägerraketen flogen synchron dahin, während ihnen die dritte einige Bruchteile von Sekunden später folgte, was bei dieser Geschwindigkeit etliche Hundert, wenn nicht Tausend Meter Entfernung bedeutete.

»Der Hase und die beiden Läufer sind auf Kurs«, sagte einer der falschen Techniker, bevor er zusammen mit den anderen die Raketenabschussbasis A24 verließ.

Die leistungsstarke Radaranlage der chinesischen Basis Fozhou schlug Alarm, unmittelbar nachdem die Raketen gestartet waren.

»Zwei nicht identifizierte Flugobjekte wurden von Quemoy abgeschossen, deren voraussichtliches Ziel die Stadt Peking ist. Die Geschwindigkeit der beiden Flugkörper beträgt momentan zwölftausenddreihundert Stundenkilometer, die Flughöhe achtzehntausend Kilometer. Flugbahn steigend. Einschlag voraussichtlich in drei Minuten.«

Dem für das Radar zuständigen Offizier unterlief bei der Alarmierung seiner Vorgesetzten und der Batterien mit den Abwehrraketen ein entscheidender Fehler: Da die drei Minuteman-Raketen so dicht nebeneinander flogen, erschienen zwei von ihnen auf dem Radar, als handelte es sich um nur einen einzigen Flugkörper, was jeden Versuch, die Bedrohung auszuschalten, aufs Schwerste beeinträchtigte.

Das Bunkersystem unterhalb des Parlaments umfasste mehrere Stockwerke und glich einer unterirdischen Stadt, die vollständig autark war. Gut fünftausend Personen konnten dort ein Jahr lang versorgt werden. Zudem war der riesige Atombunker mit einem Krankenhaus ausgestattet sowie einer Operationszentrale, um von dort aus mit der Außenwelt zu kommunizieren und im Angriffsfall Gegenmaßnahmen zu koordinieren und zu leiten.

Inzwischen hatten alle Parlamentarier das Gebäude geordnet verlassen, sodass gut dreißig Minuten nach dem Alarm das gesamte Parlament einschließlich des Personals komplett evakuiert und in Sicherheit gebracht worden war.

Die Sicherheitsbeauftragten fragten sich natürlich, wer den Alarm überhaupt ausgelöst hatte, als über ihren Köpfen plötzlich der Teufel los war.

Die zehn Abfangraketen stiegen in den Himmel, dichte Rauchschweife hinter sich herziehend, ähnlich den beiden weißen Streifen, die, obwohl sehr viel höher, auch mit bloßem Auge noch auszumachen waren. Die von Quemoy aus abgeschossenen Trägerraketen befanden sich etwa auf halber Strecke, als die Kurzstreckenabfangraketen vom Typ Dongfeng, die ähnlich funktionierten wie die bekannteren amerikanischen Patriot-Raketen, sie erreichten.

Ein heller Lichtblitz am Himmel war für die Streitkräfte am Boden Beweis genug, dass die Ziele zerstört worden waren. Der Kondensstreifen der übrig gebliebenen LGM-30 verlor sich im Rauch der Explosion und zwischen den Trümmern der Raketen, die zu Boden fielen.

Doch schon Sekunden später teilte der für das Radar zuständige Offizier seinen Vorgesetzten mit, dass es einer der Raketen gelungen war, den Abwehrschirm zu durchdringen. Nun war es zu spät, sie noch aufhalten zu wollen.

Die Minuteman schlug dreißig Sekunden später im Gebäude des chinesischen Parlaments ein. Die Explosion war noch Dutzende Kilometer entfernt zu hören. An vielen Gebäuden im Umkreis des Platzes des Himmlischen Friedens gingen die Fensterscheiben zu Bruch.

<UNSER SICHERHEITSSYSTEM HAT SOEBEN GEMELDET, DASS EINE DER RAKETEN DEN CHINESISCHEN SCHUTZSCHILD DURCHDRUNGEN HAT UND IM GEBÄUDE DES NATIONALEN VOLKSKONGRESSES EINGESCHLAGEN IST>, tippte Hauptmann Bernstein. <GLÜCKLICHERWEISE WAR DAS PARLAMENT EVAKUIERT WORDEN, DANK DER HELDENHAFTEN CHINESISCHEN GEHEIMDIENSTE, DIE DIE GEFAHR OFFENBAR GEWITTERT HABEN. EIN SCHÖNER ERFOLG, MAJOR BREIL.>

<FROHLOCKEN SIE NICHT ZU FRÜH, HAUPTMANN. JETZT MÜSSEN WIR DEN CHINESEN BEIBRINGEN, DASS DIESER ANSCHLAG NICHT IN TAIWAN GEPLANT WURDE, SONDERN VOM HERRN DER WASSER UND VON EINEM WICHTIGEN MITGLIED DER VOLKSREGIERUNG. NOCH IST DIE SACHE NICHT ZU ENDE.>

Wenige Augenblicke später war Breil das dritte Mal mit dem Sekretär des chinesischen Staatspräsidenten verbunden.

»Herr Dr. Breil, verzeihen Sie, aber hier herrscht das reinste Chaos, und ich habe weder Zeit noch Lust, mich ständig mit Ihnen herumärgern zu müssen«, antwortete der Sekretär des Staatspräsidenten in einem Ton, der keinen Widerspruch duldete.

»Gerade wegen des Chaos, von dem Sie sprechen, rufe ich ja an, Herr Chung. Um zu verhindern, dass noch mehr Verwirrung entsteht. Wenn Sie nicht wollen, dass ich persönlich nach China komme und Ihnen die Eier abschneide, sollten Sie mich jetzt sofort mit dem Staatspräsidenten verbinden.«

Gleich darauf begrüßte Oswald mit herzlichen Worten das Staatsoberhaupt der Volksrepublik China.

März 2002

Die neununddreißig Stockwerke des Hauptquartiers der Vereinten Nationen erhoben sich über dem Wasser des East River, das ein kalter Nordwind kräuselte. Sechs Monate nach dem Angriff auf die Twin Towers schien New York erst wieder zum Leben zu erwachen. In der Versammlungshalle tagte die Generalversammlung der UN, und es wimmelte dort von Delegierten.

Oberstleutnant Baedeker war erst vierunddreißig Jahre alt und dennoch schon ein Veteran. Er war in seiner F15 kreuz und quer über ganz Bosnien geflogen und hatte mit dazu beigetragen, in dieser Region die Ordnung wiederherzustellen.

Er war mit seinem Geschwader aus drei Jagdflugzeugen aufgestiegen. Seit jenem schrecklichen 11. September 2001 patrouillierten ständig Abfangjäger am Himmel der riesigen Metropole mit der Aufgabe, jedes nicht gemeldete Flugobjekt sofort abzuschießen.

Der chinesische Staatspräsident eröffnete die Sitzung der Vereinten Nationen. Am Ende seiner Rede deutete er auf eine Person in einer der Sitzreihen direkt vor den Plätzen der Delegierten in der Versammlungshalle.

Der kleine Mann stand auf und neigte das Haupt, während der Applaus aller Vertreter der Länder dieses Erdballs aufbrandete. Oswald ging zum Rednerpult und stellte das Mikrofon auf seine Höhe ein. Ehrfürchtig schweigend erwarteten die Delegierten seine Worte.

»Wenn ich ehrlich sein soll«, sagte Oswald, »bin ich wahrscheinlich derjenige, der am wenigsten engagiert war in dieser Sache, mit der das Gleichgewicht der gesamten Welt aus den Fugen gebracht werden sollte. Mein einziges Verdienst war vielleicht, dass ich kühles Blut bewahrte, als man das Ansehen meiner Person mit Schmutz bewarf. Aber es gab viele andere, die mutig das eigene Leben riskierten, um die Menschheit vor großem Schaden zu bewahren. Gestatten Sie mir, diese Leute, die heute hier anwesend sind, zu benennen.«

Oswald erhob die Stimme und sprach die Namen von Sara Terracini, Henry Vittard und Guglielmo Grandi ins Mikrofon. Die drei standen nacheinander auf und quittierten den dankbaren Applaus mit einem Lächeln. Dann fuhr Oswald fort: »Nun möchte ich noch all der anderen gedenken, die heute nicht unter uns sind, teils, weil es ihre tägliche Aufgabe ist, uns vor Bedrohungen zu schützen, teils, weil sie im Kampf gegen das Böse ihr Leben ließen. Mein Dank geht an Derrick Erma, Bruno Milano, Etienne Jalard und viele andere gute Menschen, die sich dem Bösen in den Weg stellten.« Erneut brandete Applaus auf.

»Der kriminell agierende Großkonzern Water Enterprises wurde von der japanischen Regierung zerschlagen und seine einzelnen Gesellschaften wurden in öffentlichen Auktionen veräußert, wobei die japanische Regierung in jedem Fall bevorzugt wurde. Zwar ist es noch nicht gelungen, den Kopf dieses Verbrechersyndikats zu fassen, doch ich bin sicher, dass seine Stunden gezählt sind, denn bei jeder Polizeiorganisation dieser Welt steht Yasuo Maru ganz oben auf der *Most-Wanted*-Liste. Die Eroberungsfantasien von General Zhu Ling hingegen werden wohl in einem Pekinger Gefängnis enden, wobei ich sicher bin, dass die chinesische Regierung für ein gerechtes Verfahren sorgen wird.«

Oberstleutnant Baedeker beendete seinen Bericht an das Kontrollzentrum. Die Rolle des städtischen Schutzpolizisten, der vom Himmel aus den Verkehr auf den Straßen New Yorks und das Geschehen in der Luft überwachte, passte seiner Meinung nach nicht zu ihm. Er dachte zurück an seine Einsätze in Bosnien. Da war ihm das Adrenalin durch die

Adern geschossen, während er mit seinem Jagdflugzeug die serbischen Luftabwehrstellungen beschossen hatte.

Bei dem Job hier aber gab es nichts Aufregendes, seit Monaten flogen er und seine Männer routinemäßige Patrouillenflüge über jener Stadt, die sie im äußerst unwahrscheinlichen Fall eines Angriffs verteidigen sollten.

Oswald Breils Rede endete unter großem Beifall. Zum Zeichen der Anerkennung für all die Menschen, die diese schreckliche Bedrohung abgewendet hatten, erhob sich die gesamte Versammlung. Der Applaus dauerte mehrere Minuten.

Ungefähr eine Stunde später, nachdem er auf einer überfüllten Pressekonferenz die Fragen der Journalisten beantwortet hatte, verließ Breil zusammen mit seinen drei Freunden das UN-Hauptquartier.

Draußen vor dem Eingang wartete eine Mercedes-Großraumlimousine mit dunkel getönten Scheiben auf sie. Die Begleitfahrzeuge standen in einer Reihe direkt hinter ihr.

Oswald griff in seine Hosentasche und holte einen Gegenstand hervor, während er zu Sara sagte: »Der japanische Premierminister bat mich, dir dies als Zeichen seiner Anerkennung zu geben.«

Saras Finger schlossen sich um das antike Gold, aus dem vor vielen Jahrhunderten der Ring der Könige geschmiedet worden war.

Wohlerzogen trat Oswald zur Seite und ließ seinen Gefährten den Vortritt beim Einsteigen.

Plötzlich erweckte das Schlagen von Rotorblättern seine Aufmerksamkeit, und sofort waren alle seine Sinne hochkonzentriert.

Das Abtastradar des Militärjets meldete Oberstleutnant Baedeker ein nicht autorisiertes Flugobjekt in der Nähe des UN-Hauptquartiers.

Noch so ein Industriemagnat, der sich verfranst hat, dachte Baedeker und zog den Steuerknüppel nach rechts, woraufhin der Jet in die entsprechende Richtung jagte.

Der Hubschrauber kam aus Richtung der East 43th Street, flog über die Kirche und die United Nation Plaza hinweg und sank dabei immer tiefer herab. Die wirbelnden Rotoren ließen das Gras vor dem UN-Hauptquartier wie das sich kräuselnde Wasser eines Meeres erscheinen. Als er noch etwa sechzig Meter von der Großraumlimousine vor dem von Le Corbusier entworfenen Wolkenkratzer entfernt war, blieb der Helikopter, der keinerlei Beschriftung aufwies, in der Luft stehen. Anscheinend befand sich nur der Pilot an Bord.

Das Gebiet des UN-Hauptquartiers war doch seit dem 11. September für jeden Flugverkehr gesperrt, schoss es Oswald durch den Kopf, während sein Blick für einen Moment auf dem metallenen Raubvogel verharrte.

Mit großem Geschick handhabte Yasuo Maru den Hubschrauber, der nun völlig reglos wenige Meter über dem Boden in der Luft stand – genau gegenüber des Asphaltkreises, auf dem die auf ihre Passagiere wartenden Limousinen standen. Marus Gesicht verzerrte sich wie das eines Wahnsinnigen, als er die Personen sah, die sein Imperium und sein Leben zerstört hatten. Endlich konnte er Rache nehmen an dem verdammten Zwerg und seinen Freunden.

Mit der unumstößlichen Entschlossenheit eines Menschen, der nichts mehr zu verlieren hat, klappte der Herr der Wasser die Sicherheitsabdeckung hoch und drückte den darunter liegenden Knopf. Der Hubschrauber machte einen Satz zurück, als zwei Geschosse aus den Raketenwerfern knapp oberhalb der Landekufen jagten.

Mit einem Sprung warf sich Oswald blitzartig über die Sitze hinweg auf den Mann, der am Lenkrad saß und nicht mehr reagieren konnte. In einer geradezu lächerlichen Position landete Oswald mit dem Kopf nach unten zwischen den Beinen des Fahrers, und es gelang ihm, nach dessen Füßen zu greifen, die auf den Pedalen ruhten. Mit seiner ganzen Kraft stemmte er die Hand auf den rechten Fuß, wodurch das Gaspedal nach unten gedrückt wurde. Mit laut radierenden Reifen machte die Großraumlimousine einen Satz nach vorn.

Das Zischen der beiden Raketen, die nur wenige Zentimeter am Heck des nach vorn springenden Fahrzeugs vorbeijagten, durchschnitt die nachmittägliche Ruhe des sonnigen Tages.

Gleich darauf endete die kurze Fahrt des Mercedes an einem Pfeiler des Vordachs, genau in dem Augenblick, als die beiden Raketen, die ihr Ziel verfehlt hatten, ein anderes, abgestelltes Auto zur Explosion brachten und einen Regen von glühenden Trümmerteilen ringsum herniedergehen ließen.

Und wieder senkten sich mit einem Mal Angst und Schrecken auf die große Metropole hinab.

Oberstleutnant Baedeker brauchte für sein Handeln keine Genehmigung einzuholen: Der Hubschrauber hatte einen Angriff gestartet und musste abgeschossen werden.

Yasuo Maru zog den Steuerknüppel zu sich heran, und der Helikopter stieg in die Höhe. Die Wolkenkratzer am East River gaben einen hervorragenden Schutzschild ab, hinter den er sich zurückziehen wollte. Der Hubschrauber war überaus wendig, sodass er ohne große Schwierigkeiten dem Aufgebot an Sicherheitskräften würde entfliehen können.

So jedenfalls dachte Yasuo Maru, bevor ihn Oberstleutnant Baedeker ins Fadenkreuz nahm.

Das Letzte, was Maru durch die dunkel getönte Scheibe

der Helikopterkanzel sah, waren die Abgasstreifen der zwei Luft-Luft-Raketen, die gleich darauf in den Hubschrauber einschlugen.

Baedeker drehte ab, und sein Jäger flog eine weitere Schleife. Von oben sah er die Überreste des Hubschraubers, die auf dem Rasen mit der Friedensglocke vor dem UN-Hauptquartier brannten.

Baedeker sah aber auch dichten schwarzen Rauch unter dem Schutzdach aufsteigen, unter dem üblicherweise die Limousinen parkten und auf ihre Passagiere warteten.

Was dort unten wohl passiert war?, fragte sich der Air-Force-Pilot.

Am Boden herrschte nackte Panik. Alarmsirenen erfüllten mit ihren schrillen Klagen die Luft. Die Großraumlimousine war schwer beschädigt, die Windschutzscheibe und auch sämtliche anderen Fenster des Wagens waren zu Bruch gegangen, und der Pfeiler, der die Fahrt des Mercedes gestoppt hatte, hatte die Motorhaube des Fahrzeugs eingedrückt, aus dem gerade die Insassen kletterten.

Admiral Grandi betastete mit den Fingerspitzen eine Wunde an seinem Kopf, während Henry Vittard seine schmerzenden Arme massierte. Der Fahrer half Oswald, der offenbar das meiste abbekommen hatte, da er zwischen dem Lenkrad und den Pedalen eingeklemmt gewesen war, als das Auto gegen den Pfeiler rammte. Sein Zustand war jedoch nicht bedrohlich.

Sobald er draußen war, schätzte Oswald mit raschem Blick den Zustand seiner Gefährten ein. Dann packte ihn die Angst.

»Sara!«, rief er laut. »Sara!«

Doch seine Sorge stellte sich als unbegründet heraus, denn sogleich erklang die Stimme von Sara Terracini aus dem Fahrgastraum.

Sie hatte sich zwischen die Sitze gequetscht und suchte nach etwas.

»Der Ring, Oswald!«, rief die junge Frau und hob den Kopf. »Mir ist der Ring der Könige aus der Hand gefallen!« Auf ihrem Gesicht waren ein paar Abschürfungen zu sehen.

»Lass nur, Sara«, sagte Breil. »Ich glaube, es ist jetzt dringender, dass sich ein Arzt um dich und uns alle kümmert.«

Niemand von ihnen hörte das metallische Klimpern, mit dem der Ring der Könige über den Asphalt rollte …

Danksagung

Wie immer bedanke ich mich bei meinen »drei Frauen«, Consuelo, Andrea und Beatrice, für die Ruhe, die sie mir während meiner Arbeit schenken.

Ich danke dem unermüdlichen Giancarlo und all jenen, die mir bei der Niederschrift dieses Buches geholfen haben.

Ich danke meinem Großvater mütterlicherseits, Vincenzo, dem ich dieses Buch gewidmet habe. Er und seine unvergleichliche Kunst haben mich gelehrt, welch eine treue, unentbehrliche Gefährtin die Inspiration sein kann.

Außerdem danke ich all denen, die über die Zeiten geschrieben haben, in denen die Handlung dieses Buchs angesiedelt ist, insbesondere den Klassikern Seneca und Sueton, Tacitus, Apuleius und Plinius dem Älteren. Und von den »Modernen«:

Enzo Angelucci, Attilio Cucari, *Le navi*, Mailand 1975 (Mondadori).

Klaus Bergdolt, *Der schwarze Tod in Europa – Die Große Pest und das Ende des Mittelalters*, München 1994 (C.H. Beck).

Claude Blair, *Enciclopedia delle armi*, Mailand 1979 (Mondadori).

Pietro Caricato, *Manuale di navigazione a vela*, Rom 2001 (Incontri Nautici).

Jean Chevalier, Alain Gheerbrat, *Dizionario dei simboli*, Mailand 1986 (Rizzoli).

Gabriele Crespi, *Gli Arabi in Europa*, Mailand 1998 (Jaka Book).

Henry B. Culver, *The Book of Old Ships*, New York 1983 (Dover).

Giulia d'Angelo, *Anfore e ancore sommerse*, Pisa 1980 (Nistri-Lischi).
Denis Diderot, *Saggio sui regni di Claudio e Nerone, e sui costumi e gli scritti di Seneca*, Palermo 1987 (Sellerio).
Alberto Fenoglio, *I misteri dell'antico Egitto*, Padua 1987 (MEB).
Giovanni Filorano, Marcello Massenzio, Massimo Raveri, Paolo Scarpi, *Manuale di storia delle religioni*, Rom 1998 (Laterza).
Massimo Fini, *Nerone. Duemila anni di calunnie*, Mailand 1993 (Mondadori).
Charles Freeman, *Il mondo dei romani*, Novara 1994 (De Agostini).
Ilaria Gallinaro, Giovanni Barberi Squarotti, *Dizionario di Marina*, Mailand 2000 (Longanesi).
Roberto Gervaso, *Nerone*, Mailand 1978 (Rusconi).
Michael Grant, *Gli Imperatori romani, storie e segreti*, Rom 1984 (Newton & Compton).
Michael Grant, *Gli Imperatori Romani, Storia e Segreti*, Rom 2001 (Newton & Compton).
Hung Chien-Chao, *A History of Taiwan*, Rimini 2000 (Il Cerchio).
Indro Montanelli, *Storia d'Italia*, Mailand 1979 (Rizzoli).
Francesco Negri Arnoldi, *Storia dell'arte*, Mailand 1978 (Fabbri).
Carlo Palumbo, *La vita di Nerone*, Mailand 1985 (Peruzzo).
Carlo Pascal, *Nerone. Storia e leggenda*, Genua 1987 (I dioscuri).
Marisa Ranieri Panetta, *Nerone, il principe rosso*, Mailand 1999 (Mondadori).
Leo Rosten, *Oy, oy, oy*, Mailand 1999 (Mondadori).
Elisabetta Segala, Ida Sciortino, *Domus Aurea*, Mailand 1999 (Electa).
Antonio Spinosa, *La Grande Storia di Roma*, Mailand 1998 (Mondadori).

Petros G. Temelis, *L'antica Corinto*, Athen o. J. (Hannibal).
Stephen Turnbull, *I guerrieri Samurai*, La Spezia 1991 (Melita).
Rosario Villari, *Mille anni di storia*, Rom 2000 (Laterza).
Versch. Autoren, *Maometto in Europa*, Mailand 1982 (Mondadori).

Inhalt